Das Buch

Der exzentrische Multimillionär von Thum lädt ein: drei junge Männer und drei junge Frauen. Zwei von ihnen sollen sein Millionenerbe antreten. Als sie sich kurz vor Mitternacht in der Burg von Crailsfelden einfinden, ahnen sie nicht, dass ihnen die längste Nacht ihres Lebens bevorsteht. Noch vor Mitternacht verunglückt der Erste aus der Gruppe – unter mysteriösen Umständen, die noch als Unfall gedeutet werden können. Doch der zweite Todesfall ist eindeutig das Werk eines Mörders ...

Der Autor

Wolfgang Hohlbein, 1953 in Weimar geboren, zählt zu Deutschlands erfolgreichsten Autoren phantastischer Unterhaltung. Seine Bücher haben inzwischen eine Gesamtauflage von über acht Millionen erreicht.

Von Wolfgang Hohlbein sind in unserem Hause
bereits erschienen:

Die Chronik der Unsterblichen 1. Am Abgrund
Die Chronik der Unsterblichen 2. Der Vampyr
Die Chronik der Unsterblichen 3. Der Todesstoß
Die Chronik der Unsterblichen 4. Der Untergang
Die Chronik der Unsterblichen 5. Die Wiederkehr
Die Chronik der Unsterblichen 6. Die Blutgräfin
Die Chronik der Unsterblichen 7. Der Gejagte
Nemesis – Band 1: Die Zeit vor Mitternacht
Nemesis – Band 2: Geisterstunde
Nemesis – Band 3: Alptraumzeit
Nemesis – Band 4: In dunkelster Nacht
Nemesis – Band 5: Die Stunde des Wolfs
Nemesis – Band 6: Morgengrauen

Wolfgang Hohlbein

Nemesis

Die Zeit vor Mitternacht
Geisterstunde
Alptraumzeit

Drei Bestseller in einem Band

Ullstein

Besuchen Sie uns im Internet:
www.ullstein-taschenbuch.de

Umwelthinweis:
Dieses Buch wurde auf chlor- und säurefreiem Papier gedruckt.

Ungekürzte Ausgabe im Ullstein Taschenbuch
August 2006

Umschlaggestaltung: Büro Hamburg
Titelabbildung: © Michael Trevillion/Trevillion Images
Satz: Pinkuin Satz und Datentechnik, Berlin
Gesetzt aus der Stempel Garamond
Druck und Bindearbeiten: Ebner & Spiegel, Ulm
Printed in Germany
ISBN-13: 978-3-548-26447-9
ISBN-10: 3-548-26447-6

Die Zeit vor Mitternacht

Der Tag hatte beschissen angefangen, war kontinuierlich und unaufhaltsam schlimmer geworden, und ich hatte schon gewusst, dass er ein wirklich *böses* Ende nehmen würde, noch bevor dem Kerl auf der anderen Seite des Tanzsaales der Schädel wegflog und ich beinahe von einem fünfhundert Jahre alten Fallgatter gepfählt worden wäre.

Dabei war dieser Teil der Geschichte noch der, für den ich am wenigsten konnte. Alles andere …

Nun, an allem anderen war ich selbst schuld, ganz egal wie man es dreht oder wendet. Ich meine – niemand kann schließlich etwas dafür, wenn er ganz harmlos in eine Bahnhofshalle kommt und irgendeinem Typ auf der anderen Seite des Raums fliegt der Schädel auseinander wie ein fauler Halloween-Kürbis, in den die Nachbarskinder anstelle einer Kerze einen Feuerwerkskörper gesteckt haben, oder?

Aber an allem anderen war ich selbst schuld, ganz eindeutig.

Ich hatte mich (wieder einmal) wie ein Idiot benommen. Nicht dass das falsch verstanden wird – ich *bin* kein Idiot, jedenfalls kein schlimmerer als der allergrößte Teil meiner Mitmenschen, aber es gibt Tage, da bin ich wirklich gut darin, mich wie ein solcher zu benehmen, und dieser Tag gehörte ganz eindeutig dazu.

Es hatte damit begonnen, dass dieser verdammte

Wecker nicht geklingelt hatte – wobei der Wecker genau genommen kein Wecker war, sondern das Telefon auf dem Nachttisch in meinem Hotelzimmer: eines von diesen modernen Dingern, die außer Kaffee kochen so ziemlich alles können (mit ein bisschen Glück kann man damit sogar telefonieren) und an denen man die Weckzeit einstellen konnte – *wenn* man es konnte.

Ich hatte es eindeutig *nicht* gekonnt. Ich meinte mich düster zu erinnern, dass ich gestern Abend unten am Empfang Bescheid gegeben hatte, mich um sieben zu wecken – das Flugzeug ging um neun, also hatte ich noch genügend Zeit, zu duschen und in aller Ruhe zu frühstücken, bevor ich ins Taxi zum Flughafen steigen musste –, aber die Betonung liegt auf *meinte.*

Ich war mit dröhnenden Kopfschmerzen und einem Geschmack im Mund erwacht, als hätte ich die halbe Nacht auf einer alten Socke herumgekaut, und was mich geweckt hatte, das war nicht das Telefon und nicht der Concierge gewesen, sondern das unterlegte Lachen in der Comedy, die im Fernseher lief. Gottlob hatte ich den Apparat am vergangenen Abend laufen lassen, und das Hotel verfügte nicht über die Komfortgeräte, die sich nach einer voreingestellten Zeit abschalteten, wenn man nicht eine bestimmte Taste auf der Fernbedienung drückt. Ich erwachte, weil ich mich über das unechte Lachen und die Stimmen in meinem Zimmer ärgerte, und dann – nachdem ich verschlafen ein Auge geöffnet und auf die rote Digitalanzeige des Weckers geblinzelt hatte – erwachte ich ein zweites Mal mit dem Geschmack von purem Adrenalin auf der Zunge.

Zwanzig nach acht.

Ich hatte verschlafen!

Gottverdammt, dies war vielleicht der wichtigste Tag in den letzten zehn Jahren meines Lebens und ich hatte *verschlafen!*

So hastig, dass mir mein Kreislauf prompt den Stinkefinger zeigte und ich gerade noch den Arm ausstrecken konnte, um mich irgendwo festzuhalten, sprang ich auf, machte einen torkelnden Schritt und blieb einen Moment lang stehen, bis die bunten Lichter hinter meinen Lidern aufhörten, sich wie wild zu drehen, und mein Kreislauf allmählich in Schwung kam. Halb blind taumelte ich ins Bad, schaufelte mir zwei Hände voll eiskalten Wassers ins Gesicht und tappte keuchend zurück ins Zimmer. Ich hätte mich ohrfeigen können. Ich bin nicht einmal sicher, dass ich es nicht getan habe.

Ich hatte *verschlafen!* Großer Gott, ausgerechnet *heute!*

Der Panik nahe, sah ich mich nach meinen Kleidern um und blinzelte geschlagene fünf kostbare Sekunden verständnislos in die Runde, ehe ich an mir hinabsah und feststellte, dass ich mir am vergangenen Abend offensichtlich gar nicht erst die Mühe gemacht hatte, sie auszuziehen. Verflucht, wie betrunken war ich eigentlich gewesen? Ich erinnerte mich an zwei Bier – allerhöchstens drei –, die ich an der Hotelbar getrunken hatte, keinesfalls genug, um mir einen Filmriss zu bescheren; unter normalen Umständen nicht einmal genug, um den Alkohol überhaupt zu spüren.

Das musste dieser verdammte Jetlag sein. Drei Stunden Flug von L.A. nach Chicago, drei Stunden Wartezeit auf den Anschlussflug und dann noch einmal zehn Stunden in der Economy-Class, eingepfercht in einen Sitz, der so schmal war, dass er einem rechts und links die Rippen einquetschte und so dicht an der vorderen Reihe stand, dass ich den ganzen Flug über praktisch das Kinn auf den eigenen Knien hatte aufstützen können – und das alles nur, weil ich ja *ach so clever* gewesen war und das First-Class-Ticket gegen eines der Touristenklasse eingetauscht hatte, um die Differenz einzustreichen. Man muss ja schließlich sehen, wo man bleibt.

Habe ich schon erwähnt, dass ich mich manchmal wie ein kompletter Idiot benehme?

Ich sah auf die Uhr und bekam einen neuerlichen, noch schlimmeren Schrecken. Die Zeiger hatten einen regelrechten Satz gemacht, seit ich aufgesprungen und ins Bad getorkelt war. So hastig, dass ich mich in meinen eigenen Fingern verhedderte und vermutlich mehr Zeit brauchte, als hätte ich es in Ruhe getan, raffte ich meine Habseligkeiten zusammen, stopfte sie in die große Reisetasche, die mein gesamtes Gepäck für diesen Überseetrip darstellte, und rannte aus dem Hotelzimmer. Dabei fiel ich fast über ein Zimmermädchen, das einen großen Wagen voller Bettwäsche und Kunststoffflaschen voller Reinigungsmittel vor sich herschob und mich aus aufgerissenen Augen anstarrte, als wäre ich ein Gespenst.

Vermutlich sah ich aus, als wäre ich gerade aus einer Mülltonne gekrochen – ungewaschen, nicht rasiert, mit ungekämmten Haaren und Kleidern, die nicht nur so *aussahen*, als hätte ich darin geschlafen –, aber wen störte das? Ich würde nie wieder in dieses Hotel kommen und die Leute hier waren wahrscheinlich sowieso Kummer gewohnt.

Der Aufzug bewegte sich so langsam nach unten, als wären die Tragseile festgeklebt. Unten angekommen, quetschte ich mich durch den Spalt der quälend langsam aufgleitenden Tür, durchquerte die marmorgeflieste Eingangshalle und beantwortete den strafenden Blick des livrierten Pinguins hinter dem Empfang, indem ich schwungvoll meine Reisetasche über die linke Schulter warf – mit dem Ergebnis, dass ich prompt mit dem Ding in der Drehtür stecken blieb.

Ich sah nicht einmal in die Richtung, aber ich konnte förmlich hören, wie eine steile Falte zwischen seinen sorgsam gezupften Augenbrauen erschien. Vermutlich machte er sich angesichts des in so offensichtlicher Hast davoneilenden Gastes Sorgen um die Rechnung – zu Recht. Sollte doch diese vermaledeite Kanzlei Flemming & Sohn dafür aufkommen. Mittlerweile wirklich im Laufschritt, eilte ich auf das erstbeste Taxi zu, warf meine Reisetasche auf den Rücksitz und hechtete so nervös hinterher, dass ich mir fast den Kopf am Türholm anstieß.

Immerhin begriff der Fahrer, dass ich es eilig hatte, denn er ließ den Motor an, noch bevor ich mich ganz aufgerichtet und die Tür hinter mir zugeknallt hatte, und ein Trinkgeld, das eindeutig großzügiger ausfiel, als ich mir im Grunde genommen leisten konnte, brachte ihn dazu, die Innenstadt in Rekordzeit zu durchqueren.

Wir kamen auf die Sekunde pünktlich am Flughafen an, damit ich zusehen konnte, wie das Gate geschlossen wurde und die Maschine zur Startbahn rollte. Mein Anschlussflug war weg.

Das war der Morgen.

Den Rest des Vor- und den größten Teil des Nachmittags verbrachte ich stehend im Gang eines hoffnungslos überfüllten Intercitys – vormittags in der Gesellschaft einer grölenden Bande von Hooligans, die fast nahtlos von einer (etwas, nicht viel) disziplinierteren Horde Wehrpflichtiger abgelöst wurde, die aus irgendeinem Grund in Kompaniestärke in den Zug stiegen und sich offensichtlich auf dem Weg ins Wochenende befanden. Mit einer Reservierung hätte ich Anspruch auf einen Sitzplatz gehabt, und ich war sowohl körperlich als auch seelisch durchaus in der Verfassung, einen Schaffner zu rufen und auf dieses Recht zu pochen – oder wäre es gewesen, hätte ich eine solche gehabt. Der Fahrkartenverkäufer hatte mich danach gefragt, aber die zusätzliche Fahrkarte hatte bereits einen guten Teil meines Bargeldes aufgezehrt, und ich hatte dankend abgelehnt, um den Fünfer zu sparen.

Habe ich schon erwähnt, dass ich mich manchmal wie ein kompletter …?

Ja, habe ich.

Zwei weitere Stunden vergingen mit einer Odyssee aufeinander folgender S-, U- und Straßenbahnfahrten, die mich letztendlich nicht *ganz* zum Ausgangspunkt zurückbrachte, aber auch nicht sehr weit davon weg. Irgendwann siegte dann sogar bei mir die Vernunft und ich investierte den Rest meiner arg zusammengeschmolzenen Barschaft, ging zum nächsten Taxistand und handelte mit dem Fahrer einen Pauschalpreis für die Fahrt nach Crailsfelden aus.

Der Blick, mit dem er mich maß, als ich ihm mein Fahrtziel nannte, hätte mich warnen müssen.

Die Fahrt dauerte eine gute Stunde. Crailsfelden war – auf der Landkarte – nicht einmal sonderlich weit entfernt, aber *nicht einmal sonderlich weit* auf einer Landkarte kann das genaue Gegenteil auf der Straße bedeuten, vor allem, wenn der Weg nur ein kurzes Stück über die Autobahn führte, dann ein kaum nennenswert längeres über eine Landstraße und schließlich über Straßen, die diesen Namen nicht wirklich verdienten. Nicht dass ich die Fahrt nicht genoss; sie führte durch eine wirklich malerische Landschaft, und nach dem hektischen Tag, der hinter mir lag, tat es außerordentlich gut, einfach entspannt im gepolsterten Sitz des Mercedes zu lümmeln und der leisen Musik aus dem Autoradio zu lauschen. Der Fahrer war nicht an einer Unterhaltung interessiert, was mir im Moment aber nur recht war, maß mich aber ab und zu mit einem sonderbaren Seitenblick, immer dann, wenn er wahrscheinlich glaubte, ich merke es nicht.

Auf halber Strecke begann es dunkel zu werden und die nahezu lautlos vorübergleitenden Bäume verwandelten sich in massive schwarze Mauern, die die Straße zu einem unbeleuchteten Tunnel zu machen schienen, der direkt ins Nirgendwo führte.

Nun, zumindest der Reaktion des Taxifahrers nach zu schließen lag mein Ziel ja auch nicht allzu weit davon entfernt. Und was erwartete ich? Die junge Frau, die mich im Auftrag der Kanzlei Flemming & Sohn ein paar Mal angerufen hatte, hatte keinen Hehl daraus gemacht, dass Crailsfelden eine abgeschiedene kleine Ortschaft war.

Der berühmte Ort, an dem sich Fuchs und Hase Gute Nacht sagten.

Der Fahrer brach sein beharrliches Schweigen erst, als wir uns unserem Ziel näherten – nicht um mit mir zu reden, sondern um dem Autoradio einen ärgerlichen Blick zuzuwerfen und es dann mit einer geknurrten Bemerkung, die ich lieber nicht verstand, und einer übertrieben kraftvollen Bewegung abzuschalten. Seit ein paar Minuten war der Empfang immer schlechter geworden; jetzt drang nur noch Rauschen aus den Lautsprechern, und die Leuchtanzeigen vollführten einen wahren Veitstanz, als die Elektronik ebenso tapfer wie vergeblich versuchte, einen neuen Sender zu finden.

»Kaputt?«, fragte ich, nicht weil es mich wirklich interessierte, sondern nur aus reiner Höflichkeit und weil ich das Gefühl hatte, dass er irgendeine Art von Reaktion von mir erwartete.

»Nein«, antwortete der Taxifahrer und zog eine Grimasse. »Das liegt an der Gegend. Ist hier immer so.«

»Der Radioempfang?«

»Alles«, erwiderte der Fahrer. »Radio, Fernsehen, Satelliten-TV, GPS, Handys ...« Er deutete ein Achselzucken an und schaltete in einen niedrigeren Gang, ehe er weitersprach. »Hier funktioniert so gut wie nichts. Muss wohl so eine Art Superfunkloch sein.«

Ich warf ihm einen schrägen Blick zu, unterdrückte ein Seufzen und revidierte meine ohnehin höchst vage Vorstellung von Crailsfelden in Gedanken ein weiteres Mal. Fuchs und Hase sagten sich hier eindeutig *nicht* Gute Nacht.

So weit waren sie noch nicht vorgedrungen.

Der Wagen quälte sich in einem immer noch viel zu hohen Gang eine Steigung hinauf, folgte einer jähen Straßenbiegung, und die grellen Lichtfinger der voll aufgeblendeten Scheinwerfer stachen für einen Moment ins Leere. Vor uns fiel die Straße in ebenso steilem Winkel wieder ab, wie sie bisher angestiegen war, allerdings nicht mehr in willkürlichen Kehren und Wendungen, sondern so schnurgerade wie mit einem Lineal gezogen. Auch diese Seite des Hanges war mit dichtem Wald bedeckt, der in der fast mondlosen Nacht wie eine einzige kompakte Masse wirkte, aber zumindest hatte man von hier aus einen perfekten Blick auf das gesamte dahinter liegende Tal. Und auf Crailsfelden.

Was für ein Kaff!

Das war das Erste, was mir durch den Kopf schoss, als ich den Ort sah, in dem ich die nächsten drei Monate meines Lebens zuzubringen gedachte, um als fünffacher Millionär wie Phönix aus der Asche wieder emporzusteigen. *Was für ein Kaff!*

Dabei war im Moment gar nicht viel zu sehen – aber ich hatte plötzlich das ungute Gefühl, dass das weniger an den schlechten Lichtverhältnissen lag, sondern vielmehr daran, dass es einfach nicht viel zu sehen *gab.*

Crailsfelden lag in einem nahezu perfekt kreisrunden Talkessel, dessen Hänge von dichtem Wald bestanden waren, so weit man nur sehen konnte. Der Ort selbst konnte kaum mehr als zweieinhalb oder drei Kilometer Durchmesser haben und war, soweit ich das erkennen konnte, ebenfalls nahezu kreisrund angelegt, und an seinem linken Rand ragte eine Art Hügel empor, auf dem sich ein dunkles und sonderbar kantig wirkendes Gebilde erhob; ein außergewöhnlich großes Haus, eine kleine Burg, ein Aussichtsturm – ich war auf reine Mutmaßungen angewiesen, denn das Gebäude war nicht beleuchtet. Was nahezu für die gesamte Stadt galt. Falls es so einen Luxus wie Straßenlaternen gab, so waren sie nicht eingeschaltet, und auch in den meisten Gebäuden brannte kein

Licht. Der Mond war nur eine kaum fingerbreite Sichel, die kein nennenswertes Licht spendete, und der Himmel hatte sich seit unserer Abfahrt zunehmend bewölkt, sodass auch das Licht der wenigen Sterne nahezu vollkommen aufgesogen wurde.

Dennoch glaubte ich zu erkennen, dass die meisten Gebäude niedrig und irgendwie altertümlich aussahen – aber vielleicht bildete ich mir das auch nur ein. Es war fast vollkommen dunkel, und wahrscheinlicher war wohl, dass meine Fantasie sich zusammenbastelte, was meine Augen nicht zu erkennen imstande waren. Nach allem, was ich erlebt und gehört hatte, *musste* Crailsfelden einfach eine mittelalterliche Stadt mit kleinen, schindelgedeckten Fachwerkhäusern, wuchtigen Türmen und einer fünf Meter hohen Stadtmauer aus moosbewachsenen Quadern sein.

Ganz unpassend zu diesem Eindruck war das erste Gebäude, an dem wir vorüberkamen, eine Tankstelle.

Sowohl die Leuchtreklame als auch die Lichter hinter der großen Scheibe des Tankwarthäuschens waren abgeschaltet, aber ich erhaschte einen flüchtigen Eindruck von wuchtigen Tanksäulen, die ganz bestimmt nicht über einen Eingabeschlitz für Kreditkarten und *schon gar nicht* über eine moderne Elektronik verfügten, die schädliche Restgase aus den Zapfhähnen absaugte. Das Gebäude dahinter war jedoch *tatsächlich* ein Fachwerkhaus, das allerdings zweieinhalb Stockwerke hoch war, nicht eines. Außerdem stand auf dem Dach eine anderthalb Meter durchmessende Satellitenschüssel. So viel zu der Behauptung meines Chauffeurs, es gebe hier weder Fernseher noch Handys.

Darüber hinaus jedoch schien sein Urteil über Crailsfelden der Wahrheit unangenehm nahe zu kommen. Der Wagen wurde langsamer, als wir uns dem Zentrum näherten und schließlich von der Hauptstraße in eine der wenigen Seitenstraßen einbogen, aber ich sah nur sehr wenige Menschen, obwohl es eigentlich noch nicht sehr spät war. Die wenigen Crailsfeldener, die sich trotzdem aus den Häusern gewagt hatten, schienen sich schnell und geduckt zu bewegen, als wären sie auf der Flucht.

Vielleicht mochte man hier aber auch einfach keine Fremden.

Und letztendlich war es mir auch egal. Meinetwegen konnte Crailsfelden buchstäblich hinter dem Mond liegen und von geklonten Nachkommen des Glöckners von Notre-Dame bevölkert sein – ich würde meine zwölf Wochen hier abreißen und als gemachter Mann nach Hause zurückkehren.

Der Gedanke hatte etwas tiefsinnig Komisches, fand ich. Ich war als Deutscher nach Amerika gegangen, um dort mein Glück zu machen – die übliche Geschichte. Vom Tellerwäscher zum Millionär. Wobei ich den Teil mit dem Tellerwäscher ziemlich gut hingekriegt hatte, irgendwo auf dem Weg zum anderen Ende dieses Mottos aber kläglich gescheitert war. Nun ging ich als Amerikaner nach Deutschland und würde als Millionär zurückkehren – und wahrscheinlich *just for fun* meinen eigenen Tellerwäscher einstellen, und sei es nur für eine Weile.

»Wir sind dann gleich da«, brummte der Taxifahrer. Ich sah irritiert nach vorne, begriff erst dann, was er *wirklich* meinte, und griff hastig in die Jacke, um meine Brieftasche hervorzuziehen und die vereinbarte Summe abzuzählen, was mir nicht besonders schwer fiel. Es war so ziemlich alles, was ich noch besaß. Der Wagen bog in eine weitere, noch schmalere Straße ein, wurde langsamer und hielt schließlich an, nachdem die Scheinwerferstrahlen kurz und geisterhaft über die Fassade eines schmucklosen Backsteingebäudes gestrichen waren. Ich bezahlte, stieg aus und nutzte die Zeit, die der Fahrer brauchte, um meine Reisetasche aus dem Kofferraum zu holen und sie mir missmutig vor die Füße zu knallen, um das Gebäude genauer in Augenschein zu nehmen.

Nicht dass es viel zu sehen gegeben hätte. Ein einfacher, anderthalbgeschossiger Bau aus rotbraunen Ziegeln, an denen der Kalk weiß ausblühte, blassgelbes Licht, das aus kleinen Sprossenfenstern fiel, und zahlreiche Dachgauben. Ein schlichtes Schild über der Tür verkündete den Namen des Gasthauses: *Zur Taube*.

»Sind Sie sicher, dass dies das richtige Gasthaus ist?«, erkundigte ich mich.

»Hundertprozentig«, antwortete der Taxifahrer. »Es gibt hier nur das eine. Viel Spaß auch.« Er grinste mich unverhohlen schadenfroh an, stieg in seinen Wagen und fuhr davon. Ich starrte ihm missmutig nach, dann ergriff ich mein Reisegepäck und stieg die drei ausgetretenen hölzernen Stufen zum Eingang empor.

Das Innere der *Taube* entsprach genau seinem Äußeren – rustikal; freundlich ausgedrückt. Es war eines jener einfachen Landgasthäuser, wie man sie eigentlich nur noch aus alten Spielfilmen in Technicolor kannte, nur ohne die Schönfärberei und nostalgische Verbrämtheit der Filme mit Theo Lingen und Heinz Rühmann. Das knappe halbe Dutzend

Tische war niedrig und ebenso grob zusammengezimmert wie die dazugehörigen Stühle. Nur einer der Tische war besetzt. Der Raum wurde von einer verwitterten mehrteiligen Schiebetür begrenzt, die ihn wahrscheinlich in das Crailsfeldener Äquivalent eines Tanzbodens verwandeln konnte, sobald man sie öffnete. Die Theke war von undefinierbarer Farbe und so zerschrammt, dass man wahrscheinlich nicht einmal ein Glas darauf absetzen konnte, ohne dass es wackelte. Das Regal dahinter war ebenso grob und zweckmäßig wie der Rest der Einrichtung, aber es gab auch den obligaten Glasschrank mit seinen gelben Butzenscheiben, hinter denen sich Zigarettenschachteln, Schokoriegel und Päckchen mit Spielkarten stapelten. Einzige Ausnahme in diesem fast perfekten Fünfzigerjahre-Ambiente stellte eine ultramoderne Ministereoanlage dar, die auf einem nachträglich angebrachten Glasboden unter der Vitrine stand, eingerahmt von zwei gleich großen Türmen aus CDs und Musikkassetten.

Und der Gastwirt der *Taube.*

Jedenfalls nahm ich an, dass es der Wirt war – wofür eindeutig die Tatsache sprach, dass er auf der anderen Seite der misshandelten Theke stand und Gläser mit einem karierten Trockentuch polierte, während er mich über den Rand seiner winzigen John-Lennon-Brille hinweg aufmerksam musterte. Passend dazu trug er verwaschene Jeans, die so eng geschnitten waren, dass eigentlich nur noch die Leuchtpfeile fehlten, die auf sein bestes Teil deuteten, und ein nicht allzu sauberes weißes Hemd mit Rüschenkragen und -manschetten. Seine Halbglatze wurde von langem graubraunen Haar eingerahmt, das im Nacken zu einem Pferdeschwanz zusammengebunden war. Wäre er dreißig Jahre jünger gewesen und hätte ebenso viele Kilo weniger gewogen, hätte ich ihn nicht einmal eines zweiten Blickes gewürdigt. Aber so hatte ich Mühe, ein Grinsen zu unterdrücken. Hier in Crailsfelden schien die Zeit wirklich stehen geblieben zu sein.

Aber immer noch besser ein übrig gebliebener Woodstock-Jünger als eine ganze Stadt voller Quasimodo-Klone.

»Hi!«, sagte ich mit einiger Verspätung. Der Alt-Hippie hörte auf, an seinem Glas herumzupolieren, und sah mich einen Moment lang verständnislos an, und ich erinnerte mich daran, wo ich war, und verbesserte mich hastig: »Guten Abend.«

»'n Abend«, antwortete der Wirt. Er starrte mich weiter mit unverhohlener Neugier an. Ich vermochte weniger denn je zu beurteilen, ob Fremde hier gerne gesehen waren oder nicht, aber sie wurden ganz offensichtlich nur *selten* gesehen.

»Mein Name ist Gorresberg«, sagte ich, zugegebenermaßen ein wenig unbeholfen. »Frank Gorresberg. Ich bin hier verabredet. Mit –«

»Sie suchen diesen Anwalt, wie?«, unterbrach mich der Alt-Hippie.

»Ja«, antwortete ich. Mir lag noch eine ganze Menge mehr auf der Zunge, aber ich sprach dann doch nicht weiter, sondern hob nur die Schultern und deutete ein Achselzucken an. Warum sollte ich eigentlich einem Wildfremden etwas erklären, was ihn nun *wirklich* nichts anging? »Ja, so könnte man es ausdrücken.«

»Hab ich mir gedacht«, antwortete der Wirt. »Hier sieht man selten jemanden von außerhalb, aber dafür werde ich ja heute Abend reichlich entschädigt.« Er grinste mich einen Moment lang Beifall heischend an, aber dann schien er zu begreifen, dass ich nicht die Absicht hatte, über diese dümmliche Bemerkung zu lachen, und machte eine Kopfbewegung in Richtung des einzigen besetzten Tisches in der Gaststube.

»Ihre Kollegen sitzen da drüben«, sagte er. »Etwas zu trinken?«

»Vielleicht später.« Ich ergriff meine Reisetasche fester, drehte mich auf dem Absatz herum und sah mich unversehens mit dem ganz und gar nicht angenehmen Gefühl konfrontiert, von einem halben Dutzend wildfremder Menschen ganz unverhohlen neugierig angestarrt zu werden.

Kollegen? Was für *Kollegen*?

Es war nicht ganz ein halbes Dutzend; um genau zu sein, war das halbe Dutzend nicht einmal dann voll, wenn ich mich selbst mitzählte, was ich ganz instinktiv schon getan hatte. Dennoch wusste ich ebenso instinktiv und sofort, wem ich gegenüberstand; und ich kam mir genau so instinktiv sofort unterlegen vor. Ein klassischer Fehlstart. Ich war blindlings und wie ein Trottel hier hereingestolpert, während sie in Ruhe beisammengesessen und mich einer ersten – und zweifellos nicht unbedingt wohlwollenden – Musterung unterzogen hatten.

An dem mit Brandflecken und zahllosen sich überschneidenden Gläserringen übersäten Tisch saßen zwei junge Frauen und zwei Männer. Die beiden Mädels waren vollkommen verschieden – die eine klein und ein wenig pummelig, aber hübsch, mit hellen, kurz geschnittenen Haaren und lustigen Augen, die andere schlank, eher der sportlich-athletische Typ, mit schulterlangen, glatten roten

Haaren und deutlich hübscher als die Pummelige, fast schon eine Schönheit. Sie wäre sogar ganz *eindeutig* eine Schönheit gewesen, hätte sie nicht eine fühlbare Kälte ausgestrahlt und hätte ich in ihrem Blick nicht eine Art von latenter Arroganz gelesen, die mich innerlich sofort auf Distanz gehen ließ. Die beiden waren so unterschiedlich, als hätte man sie ganz gezielt ausgesucht.

Aber das traf auf uns alle zu. Nach dem ersten Eindruck zu urteilen verband uns so wenig Gemeinsamkeit, dass ich kaum glauben konnte, mit dieser Sippschaft verwandt zu sein.

»Du musst Frank sein.«

Die Stimme des hellblonden Burschen, der genau auf der anderen Seite des Tisches saß, riss mich nicht nur jäh aus meinen Gedanken, sondern machte mir auch klar, dass ich die beiden Frauen mindestens zehn Sekunden lang unverblümt angestarrt hatte; und das, dem spöttischen Funkeln in den Augen Pummelchens nach zu urteilen, offenbar nicht mit dem intelligentesten aller Gesichtsausdrücke. Ich hoffte, dass ich zumindest nicht gesabbert hatte.

Ein wenig schuldbewusst wandte ich meine Konzentration dem Jungen zu, der mich angesprochen hatte. *Junge* war das erste Wort, das mir einfiel, als ich in sein Gesicht sah, obwohl er vermutlich höchstens ein Jahr jünger war als ich oder als der Vierte im Bunde, der neben ihm saß. Aber alles an ihm strahlte etwas Jungenhaftes aus, angefangen von dem welligen blonden Haar, das ihm fast bis auf die Schultern reichte, über das saloppe Jeanshemd und die dazu passenden Hosen bis hin zu den ausgelatschten Cowboystiefeln, die er trug – ich konnte sie sehen, obwohl er auf der anderen Seite des Tisches saß, denn er fläzte lang ausgestreckt in dem unbequemen Bauernstuhl und hatte die Beine zur Seite ausgestreckt, als warte er nur darauf, dass jemand kam und darüber stolperte, um in perfekter Slapstickmanier auf die Nase zu fallen. Was für eine lustige Vorstellung, haha! Und dieser Kerl sollte ein *Verwandter* von mir sein? Ich weigerte mich einfach, das zu glauben.

»Frank Gorresberg, das stimmt«, antwortete ich leicht verwirrt, während ich automatisch nach der Hand des Langhaarigen griff, die er mir über den Tisch hinweg entgegenstreckte. Wie er das Kunststück fertig brachte, dabei nicht aus dem Stuhl zu fallen, war mir ein Rätsel. »Aber woher …?«

»Ed«, sagte mein langhaariges Gegenüber. »Eduard, um genau zu sein, aber ich ziehe Ed vor und jeder, den ich kenne, auch.«

Er schüttelte meine Hand kurz und kräftig, ließ sich wieder zurücksinken und deutete auf den blonden Riesen, der neben ihm saß und mich (so kam es mir vor) fast mitleidig musterte. Ich gönnte ihm nur einen ganz kurzen Blick. Ich hatte es nie mit diesen Muskelpaketen gehabt, und die logische Konsequenz daraus war, dass ich nicht unbedingt dazu tendierte, sie *fair* zu beurteilen. »Das ist Stefan. Ich bin Ed, und da wir nur drei Männer in der Gruppe sind, musst du Frank sein.« Er griente selbstzufrieden über diese logische Schlussfolgerung (was erwartete er – dass ich ihn mit offenem Mund anstarrte und dann vor Ehrfurcht auf die Knie sank, um ihn als würdigen Nachfolger von Sherlock Holmes auf Erden willkommen zu heißen?) und machte dann eine flatternde Handbewegung zu den beiden Frauen. »Judith und Ellen. Jetzt fehlt nur noch Maria, aber das ist wieder mal typisch Frau. Sie kommt zu spät ... ihr Name war doch Maria, oder?«

Ich war nicht ganz sicher, wem die Frage galt oder ob er etwa eine Antwort auf seine Bemerkung über Frauen und Pünktlichkeit erwartete, und zog mich hastig aus der Affäre, indem ich auf meine Armbanduhr sah. Flemming hatte uns für acht hierher bestellt und bis dahin waren noch gute zehn Minuten Zeit. Ich war ein wenig überrascht – als ich hereingekommen war, wäre ich jede Wette eingegangen, dass es schon viel später wäre.

»Noch hat sie ein paar Minuten«, sagte ich – was mir einen kurzen, aber eindeutig freundlichen Blick von Pummelchen (*Judith*, wenn ich Eds wedelnde Handbewegung richtig interpretiert hatte – eigentlich hätte das viel besser zu der Rothaarigen gepasst; *nomen est* anscheinend doch nicht immer *omen*) einbrachte. Ed stieß einen anerkennenden Pfiff aus, während sein Blick über das schlichte Mattsilber meiner *Tissot* glitt.

»Das ist ja ein Prachtstück«, sagte er.

Ich beließ es bei einem Achselzucken und schüttelte den Jackenärmel wieder herunter. Ed hatte durchaus Recht. Die Uhr war das mit Abstand Wertvollste, was ich besaß (und übrigens je besessen *hatte*), und soweit es mich anging, konnte er daraus so viele falsche Schlüsse ziehen, wie er wollte. Ich hatte den Edelwecker vor zwei Jahren beim Pokern gewonnen; von irgendeinem armen Trottel, der das Spiel noch weniger beherrschte als ich und dem das Schicksal noch weniger wohlgesinnt war. Ich hätte die *Tissot* längst verkauft, aber ich hatte einfach noch niemanden gefunden, der bereit gewesen war, auch nur einen vernünftigen Bruchteil ihres Wertes zu bezahlen.

»Wenn ihr die anderen fünf – vier – seid«, fragte ich, »wo ist dann Flemming?«

»Ja, wo is' er denn?« Stefan grinste triumphierend. Sehr komisch! Er gab sich wirklich alle Mühe, meine Vorurteile gegen 100-Kilo-Muskelpakete mit streichholzkopfkurzen Haaren und nicht wesentlich höherer Stirn zu bestätigen.

Ed verdrehte die Augen (wohlweislich so, dass Stefan es nicht sah) und antwortete rasch: »Unser spendabler Wohltäter ist bereits da.« Er machte eine Kopfbewegung auf die Schiebetür. »Er wartet schon seit einer Stunde da drinnen. Er hat bisher zwei Kaffee, ein großes Bier und ein Stück Käsekuchen bestellt.«

»Apfelkuchen«, widersprach Judith. »Ich bin ziemlich sicher, es war Apfelkuchen.«

Was für ein kolossaler Unterschied! »Warum gehen wir dann nicht hinein?«, fragte ich.

»Weil Zerberus es nicht zulässt«, antwortete Ed mit einer entsprechenden Geste zum Wirt hin. »Er sagt, wir dürfen erst rein, wenn alle da sind.«

»Und wie will er uns daran hindern?«, fragte ich. »Vielleicht gewaltsam?«

Die Worte taten mir augenblicklich wieder Leid. Weder Ed noch einer der anderen antwortete darauf, aber natürlich sah ich die Reaktion auf ihren Gesichtern und in ihren Augen. Irgendein perverser selbstzerstörerischer Teil meines Egos schien es darauf angelegt zu haben, gleich im ersten Moment einen möglichst schlechten Eindruck zu hinterlassen. Und er machte seinen Job ziemlich gut.

Wenigstens einmal an diesem Tag hatte das

Schicksal ein Einsehen mit mir, denn in diesem Augenblick ging die Tür auf und eine junge Frau in einem einfarbigen Tweedkostüm und schweren Wanderschuhen betrat die *Taube.* Sie hatte blassblondes Haar, das zu etwas wie einer Unfrisur geschnitten war (ein besseres Wort dafür fiel mir nicht ein), und ihr altmodisches Kostüm war nicht nur viel zu dünn für die Jahreszeit, sondern trotz allem auch das mit Abstand Farbenfrohste an ihr. Wenn ich jemals eine Frau getroffen hatte, auf die die Bezeichnung *graue Maus* zutraf, dann sie.

»Guten Abend«, sagte sie, laut und gerade aufgesetzt selbstsicher genug, um auch wirklich *jedem* begreiflich zu machen, dass sie innerlich vor Nervosität fast starb. »Mein Name ist Gärtner, Maria Gärtner. Ich bin hier mit Herrn Flemming vom Anwaltsbüro Flemming & Sohn verabredet.«

Zerberus deutete nur mit einer Kopfbewegung auf den Tisch und polierte weiter an seinem Glas herum; wahrscheinlich war es immer noch dasselbe, an dem er schon herumgewienert hatte, als ich hereingekommen war.

»Die da warten auch auf ihn«, muffelte er. Anscheinend hatte er für Gäste, die nichts verzehrten, nicht besonders viel übrig.

Maria bedankte sich mit einem nervösen Kopfnicken und kam näher. Ihre schweren Wanderschuhe polterten auf dem Boden, und sie ging schräg gebeugt unter der Last des großen Koffers, den sie mit sich schleppte. *Nur die allernötigsten persönlichen Dinge*, hatte es in dem Brief geheißen, in dem die letzten Instruktionen standen. Maria Grauemaus schien demnach über eine mächtig große Persönlichkeit zu verfügen.

Ich wollte etwas sagen, aber Ed war schneller. Er sprang auf, eilte um den Tisch herum und streckte Maria die rechte Hand entgegen; mit der anderen nahm er ihr den schweren Koffer ab, allerdings nur, um ihn fast augenblicklich wieder zu Boden zu setzen und loszulassen.

»Du bist also Maria. Wir haben schon auf dich gewartet.« Er stellte nacheinander mich, sich selbst und die anderen vor (übrigens präzise mit den gleichen Worten, die er vorhin benutzt hatte; es klang noch immer salopp, aber nun auch eindeutig auswendig gelernt – was ihm bei mir ein paar weitere Minuspunkte einbrachte) und schnitt ihr mit einer wedelnden Geste das Wort ab, bevor sie auch nur versuchen konnte, es selbst zu ergreifen.

»Ich weiß, du platzt vor Neugier und dem Wunsch, uns alle besser kennen zu lernen und in dein großes Herz zu schließen, Liebling, aber das muss noch einen Moment warten. Wir haben eine Audienz beim König und wir wollen ihn doch nicht warten lassen, oder?«

Das war zu viel. Auf Marias Gesicht zeigte sich vollkommenes Unverständnis und ich drehte mich mit einer raschen Bewegung herum und steuerte die Schiebetür an. Eds Art begann mir bereits jetzt auf die Nerven zu gehen und dabei kannte ich ihn erst seit ein paar Minuten. Und mit diesem Typ musste ich demnächst meine Zeit verbringen? Das konnte ja noch heiter werden!

Ich war der Schiebetür am nächsten, und das war der einzige Grund, aus dem ich sie als Erster erreichte und weit genug aufschob, um hindurchzutreten.

Der Raum auf der anderen Seite sah genau so aus, wie ich ihn mir vorgestellt hatte, vielleicht sogar noch ein bisschen schlimmer. Es muss einen besonderen Ausbildungszweig an den Universitäten geben, in dem angehende Innenarchitekten darauf getrimmt werden, ein absolutes Maximum an Einfalls- und Geschmacklosigkeit zu entwickeln, wenn es darum geht, die Säle von Gaststätten zu entwerfen, und vor mir lag anscheinend die Examensarbeit eines wahren Champions. Der Saal war erstaunlich groß, mindestens zwanzig auf zwanzig Meter, wenn nicht mehr, und in ein langweiliges Schachbrettmuster aus Biertischen und billigen Stühlen unterteilt. Die Luft roch alt, nach abgestandenem Bier und Zigaretten und auch ein ganz kleines bisschen nach Erbrochenem, und kalte Neonleuchten unter der Decke setzten der abweisenden Atmosphäre die Krone auf. Die Fenster waren ausnahmslos mit schweren hölzernen Läden verschlossen, von denen die Farbe abblätterte, und am hinteren Ende des Raumes gab es eine hölzerne Empore, auf der bei irgendwelchen Festivitäten die übliche Zweimanngruppe spielte; ein drittklassiger Sänger mit einer Gitarre und die obligate Hammondorgel, die die Gäste (wenn sie Glück hatten) mit MIDI-Files berieselte.

Im Moment stand ein einfacher Holztisch darauf, hinter dem ein schlanker, noch überraschend junger Mann saß, der an einer Kaffeetasse nippte und mir ohne die geringste Spur von Überraschung entgegensah, obwohl ich mir nicht die Mühe gemacht hatte anzuklopfen, bevor ich die Tür aufriss. Flemming. Das musste Flemming sein, schon weil sich außer ihm niemand hier im Raum befand. Der Grund für seine mangelnde Überraschung lag wohl zu einem Gutteil in dem aufgeklappten Notebook auf der Tischplatte. Es war halb zur Seite gedreht, und ich hatte den Monitor immerhin gut genug im Blick, um zu erkennen, dass es an eine Videokamera angeschlossen sein musste, die den vorderen Gastraum übersah. Der Kerl hatte uns abgehört!

Ich machte einen weiteren Schritt, hörte, wie die anderen hinter mir den Saal betraten, und holte tief Luft, um ein paar klärende Worte loszuwerden. Flemming setzte hastig seine Kaffeetasse ab und stand auf. Anscheinend ließ der Ausdruck auf meinem Gesicht bezüglich meiner momentanen Stimmung keine großen Zweifel aufkommen. Flemming warf einen nervösen und eindeutig schuldbewussten Blick auf den Computer und entblödete sich nicht einmal, den Monitor hastig herunterzuklappen, gleichzeitig erhaschte ich noch einen flüchtigen Blick auf sein Gesicht. Seltsam, ich hatte jemand vollkommen anderen erwartet. Nach den Briefen, die ich bekommen hatte, und dem halben Dutzend Telefongesprächen war ich einfach davon ausgegangen, jemandem im dunklen Anzug gegenüberzustehen, grauhaarig und ein wenig distinguiert, aber zumindest mit weißem Hemd und Krawatte.

Flemming war das genaue Gegenteil.

Er war keinen Tag älter als ich, wahrscheinlich sogar etliche Jahre jünger, trug einen schwarzen Rollkragenpullover, weiße Jeans und Nike-Schuhe und sein Haar war noch um einiges voller als mein eigenes. Er war schlecht rasiert.

Über sein Gesicht kann ich nicht viel sagen. Er blickte von seinem Computer auf und setzte zu einem entschuldigenden Grinsen an und in der nächsten Sekunde explodierte zuerst sein Gesicht und dann sein Kopf in alle Richtungen.

Im ersten Moment erschrak ich nicht einmal

wirklich. Ich meine: *Natürlich* erschrak ich bis ins Innerste – wer nicht, an meiner Stelle? –, aber der Schock war vermutlich *so* gewaltig, dass ich in der allerersten Sekunde eigentlich gar nichts empfand; außer einer so vollkommenen Fassungslosigkeit, dass vielleicht einfach kein Platz mehr für irgendeine andere Empfindung blieb. Schließlich erlebt man nicht jeden Tag, dass einem Typ, der nichts Schlimmeres getan hatte als aufzustehen und einen Computer auszuschalten, in der nächsten Sekunde das Gesicht wegfliegt.

Wortwörtlich.

Ich bin mir bis heute nicht sicher, ob ich es wirklich gesehen habe oder ob mir meine Fantasie in diesem Moment einen üblen Streich gespielt hat, aber ich meinte ganz deutlich zu sehen, wie sich sein Gesicht aufblähte wie ein Luftballon, den jemand versehentlich an einen Hochleistungskompressor angeschlossen hat. Die Augen quollen aus den Höhlen, die Backen blähten sich wie bei einer dieser naiven Kinderbuchillustrationen aus den Fünfzigern (der Wind, der eine Wolke davonbläst) und die Lippen schienen sich wie zu einem höhnischen Grinsen zu verziehen; es hätte nur noch gefehlt, dass der explodierende Mund ein hämisches *Peng* ausgestoßen hätte. Für den Bruchteil einer Sekunde blickten die Augen in verschiedene Richtungen und zumindest in einem davon glaubte ich einen Ausdruck vollkommener und absoluter Verblüffung zu erkennen – keinen Schmerz, ganz bestimmt keinen Schmerz, dafür ging alles viel zu schnell –, und schließlich sträubte sich jedes einzelne Haar auf dem Schädel, wie bei einer Comicfigur, die die Finger in die Steckdose gesteckt hat.

Dann begann hinter mir eine der Frauen zu kreischen und das brach den Bann. Meine hysterische Fantasie kroch wieder in die Ecke zurück, in die sie gehörte, und die Wirklichkeit nahm die Stelle der grässlichen Halluzination ein.

Nicht dass die irgendwie *angenehmer* gewesen wäre.

Es ging unglaublich schnell, weniger als eine Sekunde, da bin ich mir sicher, aber eine Sekunde kann eine entsetzlich lange Zeit sein, vor allem, wenn man dasteht und sich zu bewegen versucht und der Körper beharrlich darauf besteht, dem normalen Zeitablauf zu folgen, statt auf Warp-Geschwindigkeit zu schalten, wie es meine Gedanken getan hatten. Flemmings Gesicht zerplatzte in kleine Fetzen und flog in alle Richtungen davon (ja, auch in *meine*), dann explodierte sein gesamter Schädel; obwohl ich nicht sicher bin, ob *explodieren* das richtige Wort ist. Es gab keinen Blitz, keine Flammen oder Rauch oder so etwas; sein Schädel löste sich einfach in seine Bestandteile auf, so schnell, dass von einem Sekundenbruchteil auf den anderen nur noch eine auseinander stiebende rosarote Wolke aus Haut und Knochensplittern und Blut oberhalb seines Halses war. Eines der davonfliegenden Augen schien mich vorwurfsvoll anzublicken, während es an mir vorbeisegelte, Knochensplitter schrammten wie die winzigen Kugeln eines Schrapnellgeschosses in die Tischplatte und stanzten ein unregelmäßiges Lochmuster in die Wand hinter ihm und der ganze Raum schien mit einem Male in Blut getaucht zu sein. Selbst das Licht wurde für einen Moment rot, und irgendwie brachte ich es endlich fertig, die Augen zu schließen, um dem furchtbaren Anblick zu entkommen.

Ein Fehler.

Ich sah es immer noch, schlimmer als zuvor. Meine Fantasie hatte sich keineswegs diskret zurückgezogen, und sie hatte auch nicht vor der Wirklichkeit kapituliert, sondern sich im Gegenteil mit ihr zusammengetan und lieferte mir mehr entsetzliche Einzelheiten, als es meine Augen je gekonnt hätten. Etwas Warmes klatschte in mein Gesicht und lief weich und klebrig an meiner Wange herab. Winzige, spitze Knochensplitter flogen wie gemeine Blasrohrgeschosse durch die Luft und eines davon bohrte sich in meinen linken Handrücken. Der Schmerz war nicht einmal sehr schlimm – ein Bienenstich tat eindeutig mehr weh –, aber das Bewusstsein, was mich da getroffen hatte, war beinahe mehr, als ich ertragen konnte. Flemming stand noch immer zehn Meter vor mir auf dem hölzernen Podest, absurderweise auch immer noch aufrecht und mit halb ausgestreckten Armen und leicht hin und her schwankend wie eine kopflose Vogelscheuche, die sich im Wind bewegt. Sein Schädel war verschwunden. Aus den zerfetzten Halsschlagadern sprudelte Blut wie aus einer gekappten Hauptwasserleitung, und irgendwelche Nervenstränge, die noch nicht kapiert hatten, dass sie keine Befehle mehr bekommen würden, sorgten dafür, dass die Arme nicht herunterfielen, sondern sich ganz im Gegenteil zitternd zu heben versuchten. Und dann …

… machte die kopflose Gestalt einen Schritt auf mich zu und hob die Hand, um damit auf mich zu deuten.

Und das war eindeutig zu viel. Ich weiß nicht, ob ich das Bewusstsein verlor – wahrscheinlich ist es gar nicht möglich, in Ohnmacht zu fallen und dabei aufrecht stehen zu bleiben, aber schließlich ist es auch ebenso unmöglich, dass eine kopflose Leiche noch einen Schritt tut und eine eindeutige *Ich-kriege-dich-schon-noch*-Geste in meine Richtung macht, oder? Mein Bewusstsein verabschiedete sich allerdings für einen Moment so vollkommen von meinen Gedanken, dass das Ergebnis dasselbe war. Gnädige Dunkelheit hüllte mich ein. Die Horrorbilder erloschen, und ich hatte das Gefühl, in einen boden- und lichtlosen Abgrund zu stürzen; ein Fall, an dem nichts Erschreckendes war, sondern den ich *begrüßte*, denn ganz egal was mich dort unten erwartete: Es konnte nicht so schlimm wie die Wirklichkeit sein.

Dann war auch diese Sekunde vorbei. Das Kreischen von mittlerweile mehr als einer Stimme riss mich in die Wirklichkeit zurück, Schritte polterten an mir vorbei, und jemand versetzte mir einen derben Stoß, der mich zur Seite und so unsanft gegen einen Tisch taumeln ließ, dass ich mit einem schmerzhaften Keuchen die Luft zwischen den Zähnen einsog und endlich die Augen öffnete. Ed und Stefan rannten auf den Tisch zu, hinter dem der kopflose Flemming stand, aber das Schicksal hatte zumindest jetzt ein wenig Mitleid mit mir – der Stoß hatte mich so herumgewirbelt, dass ich nicht mehr in Flemmings Richtung sah und auch die beiden nur noch aus den Augenwinkeln wahrnahm.

Natürlich war es Stefan gewesen, der mich zur Seite geschubst hatte. Er hätte ebenso gut an mir vorbeirennen können, aber er gehörte eben zu den Menschen, die andere lieber beiseite stoßen, statt ihnen aus dem Weg zu gehen. Trotz allem registrierte ich dieses winzige Vorkommnis sorgsam und schrieb Kurzstirn-Arnie einige weitere Minuspunkte gut. Hinter mir stürmten Ellen und Pummelchen heran, während Maria unter der halb aufgeschobenen Tür stehen geblieben war und ängstlich hereinblickte. Sie konnte unmöglich gesehen haben, was passiert war, aber ich vermutete, dass sie jedes ihr unbekannte Zimmer erst einmal von der Schwelle zögernd musterte, bevor sie sich hereintraute.

Ich weiß selbst nicht, warum – aber ich ließ Ellen an mir vorbeilaufen und streckte dann rasch die Hand aus, um Judith festzuhalten, die ihr dichtauf folgte. Zugleich versuchte ich, sie mit möglichst sanfter Gewalt so herumzudrehen, dass ihr der entsetzliche Anblick auf dem Podest erspart blieb.

»Was …?«, fragte sie unwillig, während sie sich zugleich mit einer instinktiven Bewegung loszureißen versuchte. Sie war erstaunlich stark, aber auch ich verstärkte automatisch den Griff um ihr Handgelenk.

»Sieh nicht hin«, sagte ich rasch. »Bitte!« Ich hatte Mühe, die wenigen Worte halbwegs verständlich hervorzuwürgen. Die Hysterie flaute allmählich ab, aber dafür begann sich wühlende Übelkeit in meinen Eingeweiden breit zu machen. Ich war beinahe sicher, dass ich mich im nächsten Moment übergeben würde. Großer Gott, sein *Kopf* war explodiert! *Einfach so!*

Judith hörte tatsächlich auf, sich zu wehren, drehte aber dennoch sofort den Kopf und sah in die Richtung, in die Ed und Stefan gerannt waren. Als sie sich wieder zu mir herumdrehte, sah sie noch verwirrter aus als zuvor. Wahrscheinlich schirmten die beiden Möchtegernsamariter Flemmings kopflosen Leichnam vor ihren Blicken ab. Ich begann in Gedanken Wetten darauf abzuschließen, welcher von den beiden dem anderen zuerst auf die Schuhe kotzen würde.

»Was ist los?«, fragte Judith verwirrt. Eine schmale, Missbilligung ausdrückende Falte erschien zwischen ihren Brauen. Ihre Stimme wurde schärfer. »Was soll der Unsinn?!«

»Du solltest da wirklich nicht hinsehen«, sagte ich mühsam. »Das ist kein Anblick für dich, glaub mir.«

Mir wurde immer übler. Mein Magen war schon den halben Weg in meinen Hals hinaufgekrochen und sammelte gerade Kraft für den Endspurt. Bittere Galle begann unter meiner Zunge zusammenzulaufen.

Das schien Judith geradezu als Aufforderung zu verstehen, noch einmal zu Ed und Stefan hinüberzublicken, und als sie mich das nächste Mal ansah, wirkte sie nicht mehr verwirrt, sondern eindeutig *wütend.* Mit einem einzigen überraschenden Ruck riss sie ihre Hand los und drehte sich herum.

»Spinner!«, murmelte sie und stiefelte davon.

Ich ließ sie gehen. Ganz abgesehen davon, dass meine Knie so sehr zitterten, dass ich auf die Nase gefallen wäre, hätte ich versucht, auch nur einen einzigen Schritt zu tun. Wenn sie es nicht besser wollte, dann sollte sie eben kriegen, wonach sie verlangte. Schließlich war ich nicht ihr Kindermädchen.

Ich blickte kurz zu Ed, Stefan und Ellen hin – die drei hatten sich nebeneinander über Flemmings Leiche gebeugt, die mittlerweile wenigstens den Anstand aufgebracht hatte, umzufallen, sodass ich nur ihre gekrümmten Rücken sehen konnte – und wandte mich dann in die andere Richtung. Auch Maria war inzwischen hereingekommen, allerdings nur gerade weit genug, um einen Schritt zur Seite und damit Platz für den Wirt zu machen, der immer noch Glas und Spültuch in der Hand hielt, aber ebenfalls nicht ganz eintrat, sondern nur misstrauisch zu uns hereinlugte. Wahrscheinlich machte er sich mehr Sorgen um seine Einrichtung als um irgendetwas anderes. Der immer noch erschreckend große, hysterische Teil meiner Gedanken freute sich insgeheim bereits auf das Gesicht, das er machen würde, wenn er sah, was mit seiner kostbaren Tapete geschehen war.

»Was ist passiert?«, murmelte nun auch Maria. Selbst ihre Stimme klang jetzt irgendwie grau.

»Etwas Schreckliches«, antwortete ich. »Bleiben Sie draußen. Bitte!«

Bevor sie eine weitere Frage stellen konnte (was sie gar nicht vorhatte, denn ich sah aus den Augenwinkeln, wie sie herumfuhr und sich an Zerberus vorbeiquetschte, um fluchtartig aus dem Saal zu flitzen, ganz offensichtlich froh, dass ihr endlich jemand sagte, was sie zu tun hatte), atmete ich tief ein, raffte all meinen Mut zusammen und drehte mich herum.

Gerade zur rechten Zeit, um zu sehen, wie sich Ed aufrichtete und dabei eine komplizierte halbe Drehung vollführte, sodass er mir genau ins Gesicht sah. Er wirkte blass, aber eigentlich nicht besonders erschrocken – aber vermutlich saß der Schock bei ihm ebenso tief wie bei mir. Er würde wahrscheinlich noch ein paar Sekunden brauchen, um überhaupt zu begreifen, was er gesehen hatte.

Seine Stimme klang jedenfalls nicht besonders

schockiert, sondern eher wütend, als er mich anfuhr: »Verdammt noch mal, steht da nicht rum wie die Ölgötzen! Ruft einen Krankenwagen!«

»Einen *Krankenwagen?*« Selbst in meinen eigenen Ohren klang meine Stimme wie das hysterische Quieken einer alten Jungfer. *Einen Krankenwagen?* Wir brauchten hier keinen Krankenwagen mehr. Allerhöchstens die Straßenreinigung.

In Eds Augen blitzte es noch wütender, aber er gab den Versuch auf, weiter mit mir reden zu wollen. Er trat einen halben Schritt zur Seite und wandte sich mit einer befehlenden Geste an den Wirt. »Haben Sie nicht gehört? Wir brauchen einen Arzt, schnell!«

»Was'n passiert?«, nuschelte der Wirt. Er sah jetzt wirklich ein bisschen besorgt aus. Wahrscheinlich hatte er die Knochensplitter entdeckt, die in der Tischplatte steckten.

»Telefonieren Sie endlich!«

Ed schrie nicht wirklich, aber er schaffte es irgendwie, seine Stimme so *klingen* zu lassen, obwohl er sie nicht einmal hörbar hob. Und es wirkte. Der Wirt machte zwar ein beleidigtes Gesicht, drehte sich aber gehorsam herum und ging, und Ed warf mir noch einen verächtlichen Blick zu und wandte sich dann ebenfalls ab, um sich wieder über die Leiche zu beugen. Stefan und Ellen schirmten den Körper des Toten immer noch vor meinen Blicken ab, aber ich konnte sehen, dass sie irgendwie an ihm herumzufummeln schienen. Vielleicht versuchten sie ja, seinen Kehlkopf wieder dahin zurückzustopfen, wohin er gehörte. Nur Judith stand zwei Schritte daneben und blickte mit einer Mischung aus Schrecken und sanftem Interesse auf die entsetzliche Szene hinab. War ich hier eigentlich der Einzige, dessen Magen nicht aus Gusseisen bestand?

Nicht dass ich es wirklich wollte. Ganz im Gegenteil – ich bereute mittlerweile schon fast, überhaupt hierher gekommen zu sein, Euromillionen hin oder her –, aber meine Füße setzten sich plötzlich wie von selbst in Bewegung und trugen mich auf das Podest zu. Judith sah flüchtig in meine Richtung, runzelte die Stirn und blickte dann wieder interessiert nach unten, und sogar mein Magen begann sich einigermaßen zu beruhigen. Mir war noch immer übel, aber ich wusste ja nun, welcher Anblick mich erwarten würde, und versuchte mich innerlich dagegen zu wappnen. Vermutlich war es ohnehin besser, wenn ich mich der Realität stellte, statt es meiner Fantasie zu überlassen, sie sich auszumalen.

Dennoch wurden meine Schritte langsamer, je mehr ich mich dem Podest näherte. Meine Knie fühlten sich jetzt nicht mehr an, als wären sie aus Pudding, aber dafür begannen meine Hände immer heftiger zu zittern. Ich blieb stehen, bevor ich den letzten Schritt auf die Empore hinauf tun konnte, und versuchte über die Rücken der anderen hinweg einen Blick auf Details zu erhaschen, die ich weniger sehen wollte als irgendetwas anderes auf der Welt.

Ed sah hoch. Er sah immer noch verärgert aus, aber ich glaubte nun auch so etwas wie Verachtung in seinen Augen zu lesen. »Verstehst du was davon?«, knurrte er mich an.

»Wovon?« Ich klang schon wieder hysterisch, wie ich mir selbst eingestehen musste. *Von Vivisektion? Bestimmt nicht.*

»Von erster Hilfe, verdammt«, antwortete Ed.

Eduard. Ich beschloss, ihn in Zukunft nur noch *Eduard* zu nennen.

»Erster Hilfe …?« Ich machte einen weiteren halben Schritt und konnte jetzt Flemmings Schultern und den Rest seines Halses erkennen. Mein Herz hämmerte und der See aus bitterer Galle unter meiner Zunge begann überzulaufen. Ich musste immer schneller schlucken, wodurch ich der Übelkeit in meinem Magen natürlich nur noch neue Nahrung gab, und das im wortwörtlichen Sinne. »Ich glaube nicht, dass er noch erste Hilfe …«

Ed bewegte sich ein winziges Stückchen weiter zur Seite und ich schluckte den Rest des Satzes herunter und riss ungläubig die Augen auf.

Flemming lag in sonderbar verkrümmter Haltung auf dem Rücken. Er war so unglücklich auf den linken Arm gefallen, dass er ihn sich vermutlich gebrochen hatte, aber ich glaubte nicht, dass *das* im Moment sein Problem war. Seine weit offen stehenden Augen waren trüb und ohne eine Spur von Leben, und sein Mund sah aus, als hätte er noch versucht, etwas zu sagen, aber nicht mehr genügend Luft dazu bekommen. Seine Gesichtshaut war erstaunlicherweise nicht weiß, sondern schimmerte in einem kränklichen Blaugrau, und aus seiner Nase war ein einzelner Blutstropfen gelaufen, der eine gezackte Spur zu seinem Mundwinkel und dann zum Kinn hinuntergezogen hatte und bereits zu gerinnen begann.

Alles in allem war sein Gesicht aber nahezu unversehrt.

Es war nicht davongeflogen, und sein Kopf war auch nicht explodiert, sondern saß noch genau da, wo er hingehörte.

»Kein schöner Anblick, wie?« Eds Stimme klang plötzlich fast mitfühlend, und als ich verwirrt den Kopf wandte, war der Ausdruck von Verachtung in seinen Augen etwas Mitleidvollem gewichen, das mich beinahe noch mehr anwiderte.

Allerdings verschwendete ich keinen Gedanken darauf, sondern konzentrierte mich wieder auf Flemming. Der Anwalt war tot, das sah man auf den ersten Blick und jenseits allen Zweifels, aber er war eben nur *tot*, nicht explodiert und im gleichen Moment zum Zombie geworden.

»Ich fürchte, er hat Recht«, sagte Ellen seufzend. »Erste Hilfe bringt uns hier nicht weiter. Der Mann ist tot.«

»Woher willst du das wissen?«, fragte Ed. »Er kann genauso gut …«

»Weil ich Ärztin bin«, unterbrach ihn Ellen. »*Daher* will ich das wissen.«

Ed blinzelte. Auch Stefan sah kurz und überrascht auf und musterte das bildschöne Gesicht der jungen Frau mit einer neuen Art von Blick und Judith deutete nur ein Achselzucken an. Nur ich starrte weiter auf den Toten hinab. Wieso war sein Kopf noch da? Ich konnte mir das doch nicht alles nur *eingebildet* haben. Ich hatte es *gesehen*, verdammt noch mal!

»Ärztin?«, vergewisserte sich Ed.

»Internistin, um ganz genau zu sein«, antwortete Ellen. Vielleicht war das auch die Erklärung für die Kälte in ihrer Stimme. Sie musste den Anblick von Toten gewohnt sein. Dennoch – etwas mehr Anteilnahme wäre in diesem Moment vielleicht doch angebracht gewesen.

»Das sieht mir ganz nach einem Aneurysma aus«,

fuhr sie fort. »Da kann man nichts machen. Er muss sofort tot gewesen sein. Ich glaube nicht, dass er überhaupt noch etwas gemerkt hat.«

»Aneurysma?«, erkundigte sich Judith. Ed, vermutete ich, wusste, was das war, während Stefan wahrscheinlich versuchte, das Wort in Gedanken langsam zu buchstabieren, um sich nicht allzu sehr zu blamieren, wenn er es aussprechen wollte.

»Eine geplatzte Ader im Gehirn«, erklärte Ellen. »So etwas kommt vor. Eine ziemlich heimtückische Geschichte, weil sie oft ohne die geringsten Beschwerden abläuft. Eine Stelle in der Venenwand wird dünn und der Druck darauf steigt ganz allmählich. Wenn die Patienten Glück haben, bekommen sie Kopfschmerzen, Sinnestrübungen, Ausfallerscheinungen …« Sie zuckte mit den Achseln. »Aber manchmal eben nicht. Irgendwann wird der Druck zu groß. Die Ader platzt … peng! Das ist ein bisschen so, als ob eine kleine Bombe direkt im Kopf explodiert. Es geht meistens sehr schnell.«

Ich sah mit einem Ruck hoch. *Was* hatte sie gesagt?

»Und das ist ihm passiert?«, fragte Ed.

Ellen schien meinen Blick zu spüren, denn sie drehte den Kopf und sah mich eine halbe Sekunde lang irritiert an, ehe sie sich mit einem neuerlichen Achselzucken wieder an Ed wandte und seine Frage beantwortete.

»Jedenfalls sieht es ganz danach aus. Endgültig festlegen kann ich mich natürlich nicht. Dafür ist der Notarzt zuständig. Vielleicht gehst du mal nachsehen, ob der Wirt schon angerufen hat. Ich meine, es ist nicht nötig, dass der Krankenwagen mit Blaulicht und quietschenden Reifen hier auftaucht.

Die Jungs riskieren ihren Hals weiß Gott oft genug, wenn es notwendig ist.«

Statt aufzustehen, drehte Ed nur den Kopf und warf mir einen auffordernden Blick zu, den ich aber geflissentlich ignorierte. Ich hatte genug damit zu tun, dazustehen und Flemmings Gesicht anzustarren. Ich hatte es *gesehen*, verdammt noch mal!

»Ja, das werde ich machen.« Ed klang eindeutig beleidigt. Er stand zwar auf und ging, warf mir aber im Vorbeigehen einen vernichtenden Blick zu, und ich trat vorsichtig einen halben Schritt näher und beugte mich weiter vor. Flemmings Gesicht blieb, wo es war.

Die bläuliche Farbe und die weit aufgerissenen Augen verzerrten den Eindruck natürlich, aber es musste zu Lebzeiten ein sehr sympathisches Gesicht gewesen sein, gut aussehend, fast hübsch, ohne dass es dadurch irgendwie an Männlichkeit einbüßte, und irgendwie wurde mir erst in diesem Moment klar, dass ich in das Gesicht eines *Toten* blickte. Ich richtete mich hastig wieder auf und drehte mich halb herum, um den Boden zwischen meinen Füßen anzustarren. Es war kein Blut darauf und in den abgewetzten Dielen steckten auch keine Knochensplitter.

»Wirklich kein schöner Anblick«, sagte Ellen. »Ich weiß. Das ist nichts für jeden.«

Hätte Stefan dasselbe gesagt, hätte ich ihm wahrscheinlich eine aufs Maul gegeben, ganz egal ob er mich hinterher auf die Größe eines Taschenbuches zusammenfaltete oder nicht, aber das Mitgefühl in Ellens Stimme klang so echt, dass ich einen flüchtigen Hauch von Dankbarkeit empfand und mit einem angedeuteten Nicken antwortete. Vielleicht hatte ich sie doch falsch eingeschätzt – wie so ziemlich jeden hier, mich eingeschlossen. Was ich für Kälte hielt, das war möglicherweise nur ein Schutzpanzer, den sich jeder zulegte, der in einem solchen Beruf arbeitete.

»Vielleicht gehen wir nach draußen und warten dort auf den Arzt«, schlug Ellen vor. »Hier können wir sowieso nichts mehr tun.«

Anscheinend war ich nicht der Einzige, der dankbar für diesen Vorschlag war, denn auch Stefan und Judith wandten sich eine Spur hastiger um als unter normalen Umständen üblich und traten von der Empore herunter. Ellen tat noch irgendetwas am Gesicht des Toten, was ich nicht genau erkennen konnte und wollte, und schloss sich uns dann an. Sie war die Letzte, die den Tanzsaal verließ. Judith wartete, bis sie an ihr vorbeigegangen war, und zog dann die Schiebetür vollständig hinter sich zu.

Ed stand hinter der Theke und telefonierte, während ein immer nervöser wirkender Wirt neben ihm von einem Bein auf das andere trat und vor Neugier wahrscheinlich gleich platzen würde. Maria hatte am gleichen Tisch Platz genommen, an dem wir alle zuvor gesessen hatten. Sie sah noch unglücklicher aus als bei ihrer Ankunft (und übrigens *kein bisschen* neugierig) und Stefan und Ellen steuerten ebenfalls auf den Tisch zu.

Ich wartete, bis sich Judith herumgedreht hatte und an mir vorbeiging, und streckte die Hand nach ihr aus, hütete mich aber, sie noch einmal anzufassen, als ich ihrem Blick begegnete. »Warte«, sagte ich leise.

Fast zu meiner Überraschung blieb sie tatsächlich stehen, allerdings deutlich außerhalb ihrer Fluchtdistanz, und der Blick, mit dem sie mich maß, war auch nicht unbedingt freundlich.

»Wegen gerade«, begann ich unbeholfen. »Ich ... es tut mir Leid. Ich wollte nicht ...«

Judiths Blick flackerte einen Moment lang und wurde dann weich. »Schon gut«, sagte sie. »Ich wäre wahrscheinlich genauso erschrocken wie du, wenn ich dabei ... zugesehen hätte.« Sie hob die Schultern. »Vergessen wir's einfach, okay?«

Nein, es war ganz und gar nicht okay. Ich *wollte* es nicht einfach vergessen. Aus irgendeinem Grund lag mir viel daran, keinen schlechten Eindruck bei ihr zu hinterlassen, aber das konnte ich ja schlecht sagen. Also nickte ich. »Schwamm drüber.«

Wir gingen zum Tisch und setzten uns; Ellen und Stefan auf die gleichen Plätze, die sie schon vorhin innegehabt hatten, während sich Judith einen Stuhl vom Nebentisch heranzog und zwischen mir und Maria Platz nahm; aber mir war nicht ganz klar, ob sie nun nahe bei mir oder so weit von Stefan weg sitzen wollte, wie es ging.

»Ich glaube, ein Kaffee würde uns jetzt allen gut tun«, schlug Ellen vor. Sie hob die Hand und winkte dem Wirt zu und er reagierte mit einem zustimmenden Nicken. Nicht dass sie besonders laut gesprochen hätte.

»Und – Ed: Sie sollen die Polizei mitbringen.«

»Polizei?« Maria klang erschrocken.

»Das ist Vorschrift, wenn jemand außerhalb des Krankenhauses unerwartet stirbt«, sagte Ellen beruhigend. »Keine Bange. Wir müssen nur so lange hier bleiben, bis sie unsere Aussagen protokolliert haben. Reine Routine.«

»Ich wüsste auch nicht, wohin ich gehen sollte«,

murrte Stefan. Er sah missmutig in die Runde. »Hat einer von euch einen Vorschlag, was wir jetzt tun? Ich meine: Ohne Flemming sind wir ziemlich aufgeschmissen, oder?«

»Der Mann ist *tot*«, sagte Ellen stirnrunzelnd.

»Und er war der Einzige, der uns hätte sagen können, wie's jetzt weitergeht«, nörgelte Stefan.

»Ich glaube nicht, dass er ganz absichtlich gestorben ist, um uns zu ärgern«, sagte Judith. »Also halt die Klappe und bestell dir ein Bier. Irgendjemand wird hier schon auftauchen und uns sagen, wie es weitergeht.«

»Was ist mit dem Computer?« Ed hatte sein Telefonat beendet und kam näher, einen meiner Meinung nach ziemlich unangemessenen Ausdruck von Zufriedenheit auf dem Gesicht und ein frisch gezapftes Bier in der rechten Hand. Der Anblick ließ mir schier das Wasser im Mund zusammenlaufen. Fast explosiv hatte ich plötzlich einen regelrechten Heißhunger auf ein Bier. Aber dies war wahrscheinlich nicht der richtige Moment. Natürlich hatte Ellen Recht, und was jetzt kam, war reine Routine, aber wir hinterließen wahrscheinlich keinen wirklich guten Eindruck, wenn wir die Fragen der Beamten mit einer Bierfahne beantworteten.

Als niemand antwortete, zog sich Ed einen Stuhl heran und fuhr fort: »Flemmings Notebook. Es ist noch eingeschaltet. Wahrscheinlich steht da alles drin, was wir wissen wollen.« Er warf einen fragenden Blick in die Runde. »Versteht einer von euch was von Computern?«

»Ich.« Stefan stand auf und grinste verlegen. »Da hätte ich auch von selbst drauf kommen können.«

»Das wirst du schön bleiben lassen«, sagte Ellen.

Stefan blinzelte. »Wieso?«

»Wir sollten da drinnen lieber nichts anfassen«, antwortete Ellen, während sie ihm gleichzeitig mit einer wedelnden Handbewegung bedeutete, sich wieder zu setzen. »Die Polizei schätzt so etwas gar nicht, wisst ihr? Ich habe keine Lust, eine Menge ebenso überflüssiger wie dummer Fragen zu beantworten.«

»Fragen?« Judith kniff die Augenbrauen zusammen. »Wieso?«

»Weil es hier um eine Menge Geld geht, Schätzchen«, antwortete Ellen. »Und wenn einer von uns aus der Reihe tanzt, könnte das für uns alle das Aus bedeuten. Hast du schon mal daran gedacht?«

»Das Aus? Wieso?«

»Sie hat Recht«, pflichtete ihr Ed bei. »Schon vergessen, dass wir eben erst aus ganz verschiedenen Himmelsrichtungen angekommen sind? Wenn die Bullen dann noch spitzkriegen, dass es um jede Menge Kohle geht, stellen sie wer weiß was für Vermutungen an.«

»Ja – und?«, erkundigte sich Stefan. Meine linke Hand juckte. Ich kratzte beiläufig mit den Fingernägeln daran und sah aufmerksam in Ellens Gesicht. Im Moment fiel es mir ebenfalls schwer, ihrem Gedankengang zu folgen. Außerdem war sie irgendwie im gleichen Moment, in dem sie ihren Vortrag unter der blinkenden Überschrift *Hier tanzt mir keiner aus der Reihe* begonnen hatte, wieder zu der arroganten Zicke mutiert, für die ich sie schon im ersten Moment gehalten hatte.

»Wenn wir uns jetzt in den Computer hacken, dann macht uns das ganz automatisch verdächtig.«

»Verdächtig?« Stefan schüttelte verständnislos

den Kopf. »Aber was hat denn der Computer damit zu tun?«

Ellen verdrehte die Augen; so ungefähr, als hätte sie einem etwas begriffsstutzigen Neunjährigen gerade zum hundersten Mal das kleine Einmaleins zu erklären versucht, obwohl sie genau wusste, dass er es auch diesmal nicht begreifen würde.

»Wir sind sechs Wildfremde in einem abgelegenen Nest. Und dann stirbt plötzlich derjenige, der uns hier zusammengetrommelt hat, ohne uns zuvor über die Details der Einladung zu informieren. Was meinst du, was die Polizei davon hält, wenn wir nach dem Todesfall nichts Besseres zu tun haben, als das Notebook des Opfers zu fleddern – und dabei möglicherweise ein paar Daten zu kopieren oder zu manipulieren?«

Stefan starrte sie mit offenem Mund an. »Ach so«, murmelte er dann.

»Aber wir haben Flemming doch nicht umgebracht!«, begehrte Judith auf.

»Glaub mir einfach, Schätzchen«, seufzte Ellen. »Ich habe oft genug mit Polizisten zu tun. Ich weiß, wie sie denken. Wir sind hier, und der Mann, der uns alle reich machen wird – oder vielleicht auch nur einige von uns –, ist tot. Das macht uns ganz automatisch zu Verdächtigen. Wir können froh sein, wenn es uns nicht automatisch zu *überführten Verdächtigen* macht. Das Dümmste, was wir jetzt tun könnten, wäre, irgendetwas dort drinnen anzurühren.«

»O Mann!«, sagte Stefan. »Warum muss nur immer alles so kompliziert sein?«

Irgendwie habe ich ja gewusst, dass du das nicht schnallst, signalisierte Ellens Blick. Immerhin verkniff sie es sich, die Worte laut auszusprechen. Das war auch nicht nötig. Sie strahlte sie aus wie Judith das Aroma ihres billigen Parfums.

Ed setzte sich wieder und der Wirt kam mit einem Tablett voller Kaffeetassen und einem halb leeren Zuckerstreuer. Während er es scheppernd auf dem Tisch ablud, sagte Stefan: »Etwas Milch wäre nicht schlecht.«

»Kommt sofort«, knurrte Zerberus. »Und wo wir schon mal dabei sind, wer bezahlt das alles jetzt hier eigentlich?«

»Den *Kaffee?*«, krächzte Ellen.

»Den und alles andere«, antwortete der Wirt beleidigt. »Die Saalmiete und den Ausfall heute.«

»Ausfall?«

»Die *Taube* war den ganzen Tag über geschlossen«, antwortete der Wirt. »Extra für euch und diesen Anwalt. Oder glaubt ihr, dass hier immer so wenig los ist?«

Genau das hatte ich in der Tat angenommen, und den Reaktionen der anderen nach zu schließen, sie wohl auch. Irgendwie gelang es mir einfach nicht, die *Taube* mit der Vorstellung von brodelndem Leben und einer fröhlichen Stimmung in Einklang zu bringen.

»Das wird sich schon alles klären«, sagte Ellen schließlich. »Schlimmstenfalls werfen wir zusammen.«

Sie hatte zumindest Humor, das musste man ihr lassen. Alles, was ich *dazuwerfen* konnte, würde wahrscheinlich gerade ausreichen, um den Kaffee zu bezahlen. Dem Wirt jedenfalls schien diese Aussage zu genügen, denn er rang sich eine Grimasse ab, die er wahrscheinlich selbst für ein Lächeln hielt, und wollte gehen, aber Ellen hielt ihn noch einmal zurück.

»Wo wir schon einmal dabei sind: Wo finden wir die anderen?«

»Welche anderen?«

»Die Leute von der Anwaltskanzlei«, erklärte Ellen. »Die Mitarbeiter oder Kollegen von Flemming. Er war unser Ansprechpartner, verstehen Sie? Wir wissen nicht genau, mit wem wir jetzt reden sollen. Man hat uns hierher bestellt, aber leider ist uns sonst niemand von der Kanzlei namentlich bekannt.«

»Da geht es euch wie mir«, antwortete der Wirt. »Ich kenne auch nur diesen Flemming. Kam vor zwei Wochen das erste Mal her, um den Saal zu reservieren und eine Anzahlung dazulassen. Und dann heute Nachmittag wieder.« Er zuckte abermals mit den Schultern. »Sonst habe ich noch keinen von dieser Firma …?«

»Sozietät«, half ihm Ellen aus. »Das ist ein gewisser Unterschied.«

»Meinetwegen. Jedenfalls habe ich sonst niemanden von denen hier gesehen. Warum, glaubt ihr, habe ich gefragt, wer die Rechnung übernimmt?« Er wartete vergeblich darauf, dass irgendjemand seine Frage zum zweiten Mal beantwortete, zuckte schließlich noch einmal mit den Schultern und trollte sich endlich. Ellen blickte ihm kopfschüttelnd nach, während Ed sichtlich Mühe hatte, ein Grinsen zu unterdrücken.

»Das fängt ja gut an«, seufzte Pummelchen, nachdem wir wieder allein waren. *Judith*, verbesserte ich mich in Gedanken. Ich sollte aufhören, sie *Pummelchen* zu nennen (auch wenn sie es war), wenn ich nicht Gefahr laufen wollte, dass es mir irgendwann einmal laut herausrutschte. Außerdem war es unfair. Judith war nicht dick. Sie hatte Übergewicht, aber mit diesem Problem stand sie nun wirklich nicht allein da. Sie hatte einfach nur das Pech, dass sich ihre überzähligen Pfunde auf Stellen verteilten, an denen sie ganz besonders ins Auge fielen. Aber sie hatte ein offenes, sehr freundliches Gesicht, das diesen Makel mehr als wettmachte.

»Ein klassischer Fehlstart«, bestätigte Ed. Er warf einen schrägen Blick in meine Richtung, nippte an seinem Bier und prostete mir anschließend mit dem Glas zu. »Ich schlage vor, wir vergessen alles, was in der letzten halben Stunde passiert ist, und fangen noch mal von vorne an. Schließlich sind wir doch alle eine große glückliche Familie, oder? Also, falls ihr es vergessen haben solltet: Mein Name ist Ed. Eduard, wenn ihr's genau wissen wollt, aber dafür kann ich nichts. Meine Eltern müssen stoned gewesen sein, als sie sich den Namen ausgedacht haben.«

»Und vor allem total bekifft, als sie dich *gezeugt* haben«, dachte ich.

Wenigstens glaubte ich, es nur gedacht zu haben. Aber dann begegnete ich Judiths Blick und dem amüsierten Glitzern in ihren Augen und begriff, dass zumindest *sie* mich gehört haben musste (hoffentlich auch *nur* sie) und ihre Meinung über Ed sich mit meiner ziemlich zu decken schien. Ich deutete ein Grinsen und ein Schulterzucken an, griff hastig nach meinem Kaffee und nannte gehorsam meinen Namen, als die anderen sich auf Eds infantilen Vorschlag einließen. Ich glaubte nicht, dass dieses alberne Spielchen irgendetwas ändern würde, aber wenigstens würde es auch nicht schaden.

Meine Hand juckte wieder. Ich setzte die Kaffeetasse ab, streckte die Finger aus, um mich zu kratzen …

… und spürte so, wie ich erstarrte und mir alles Blut aus dem Gesicht wich.

»In einem hat er ja Recht«, sagte Judith. »Es *war* ein klassischer Fehlstart, also versuchen wir's noch mal. Ich denke, das ist …« Sie stockte. »Was ist los?«

Ich konnte genauso wenig antworten, wie es mir gelang, meinen Blick von meiner linken Hand zu lösen, aber ich spürte, wie mein Herz schon wieder zu hämmern begann.

Meine Hand hatte wieder zu zittern begonnen. Genau in der Lücke zwischen Mittel- und Ringfinger, dort, wo sich die feinen Handflächenknöchelchen vereinten, befand sich eine winzige rote Schwellung.

Eine Sekunde lang versuchte ich noch, mir einzureden, dass die Haut einfach rot war, weil ich mich in den letzten zwei oder drei Minuten ununterbrochen dort gekratzt hatte, und irgendwie stimmte das auch.

Aber nicht ganz.

Ich hatte mich gekratzt, weil die Haut dort juckte, und der Grund dieses Juckens war eine babyfingernagelgroße Schwellung, in deren Mitte sich ein winziger roter Punkt befand. Er war nicht größer als ein Bienenstich und schmerzte nicht einmal so sehr wie ein solcher, aber es *war* kein Bienenstich. In der Wunde steckte kein Stachel, und ein einzelner kleiner Blutstropfen war herausgequollen und zeichnete eine gezackte Spur bis zu meinem Handgelenk hinunter, wo er schließlich genug Substanz verloren hatte, um einfach aufzuhören.

Etwas hatte mich gestochen.

Vielleicht tatsächlich eine Biene. Oder der mikroskopisch kleine Pfeil eines zwergwüchsigen Pygmäen mit einem Miniaturblasrohr.

Oder vielleicht auch ein winziger Knochensplitter.

Es vergingen gute anderthalb Stunden, ohne dass ein Krankenwagen aufkreuzte, was mir selbst angesichts der isolierten Lage von Crailsfelden wie eine kleine Ewigkeit vorkam. *Keine* Stadt in diesem Land liegt anderthalb Stunden vom nächsten Krankenhaus entfernt – was nicht nur meine Vorurteile gegen Crailsfelden bestätigte, sondern in mir auch die Überzeugung festigte, dass es besser war, in diesem Kaff *keinen* Herzinfarkt oder irgendeine andere Krankheit zu bekommen, die rasche ärztliche Hilfe notwendig macht. Meine Hand juckte noch immer.

Stefan und Ed(uard) hatten eines der karierten Tischtücher aus dem Gastraum zweckentfremdet und über Flemmings Leichnam ausgebreitet, was ihnen einen geharnischten Protest des Wirtes einbrachte, der offensichtlich um sein kostbares Damast fürchtete, der aber auch sofort wieder verstummte, nachdem Stefan ihm einen drohenden Blick zugeworfen hatte. Anschließend hatten wir die Schiebetür sorgfältig geschlossen und uns wieder auf unsere Plätze zurückgezogen, um auf den Krankenwagen zu warten.

Der Rest war Routine, wie man so schön sagt. Nicht dass ich besonders viel Übung in solcherlei Dingen gehabt hätte. Die hatte – mit Ausnahme von Ellen vielleicht (*Dr. Ellen*, verbesserte ich mich in Gedanken, aber irgendwie machte sie mir das auch nicht wesentlich sympathischer) – keiner von uns. Aber schließlich hatten wir alle schon genug Krimis gesehen, um zu wissen, wie man sich in einer Situation wie dieser zu verhalten hat. Nicht weggehen, nichts anfassen, nichts verändern, bevor die Polizei, der Arzt, der Katastrophenschutz, eine Sonderabteilung der GSG 9, die Umweltschutzbehörde und eine Sturmtruppe der US Navy Seals eingetroffen waren. Mindestens.

Eine sonderbare und alles andere als angenehme Stimmung begann sich im Gastraum der *Taube* auszubreiten, während wir auf den Krankenwagen warteten, der immer noch nicht kam – und auch nicht kommen *sollte*, aber das wusste in diesem Moment ja noch niemand. Keiner von uns hatte Flemming persönlich gekannt; unsere Kontakte mit ihm hatten sich auf eine Hand voll Telefonate und zwei oder drei Briefe beschränkt, und allem Anschein nach war ich nicht der Einzige hier, der unserem unbekannten Wohltäter trotz allem auch eine gesunde Portion Misstrauen entgegengebracht hatte – was mich, ebenso wie die anderen, aber auch nicht daran gehindert hatte, sein Angebot letzten Endes ziemlich kritiklos anzunehmen. Menschen sind nun einmal gierig.

»Hat einer von euch eine Idee, was wir machen, wenn *niemand* auftaucht, um Flemming zu ersetzen?«, fragte Stefan, während er an seinem mittlerweile dritten Bier nippte. Der Blick seiner dunklen Augen, die vielleicht nicht ganz so stupide in die Welt hinaussahen, wie ich mir bisher eingeredet hatte, tastete dabei aufmerksam über unsere Gesichter, aber nicht auf eine Art, als suche er darin nach einer Antwort auf seine Frage. Vielmehr hatte ich das unangenehme Gefühl, von einem *Feind* gemustert zu werden, der nach einer Schwachstelle in meiner Verteidigung suchte. *Es geht schon los,* dachte ich. Obwohl es möglicherweise bereits vorbei war, bevor es überhaupt richtig angefangen hatte, begann die Feindseligkeit um sich zu greifen – es war ja auch irgendwie die klassische *Highlander*-Situation. *Es kann nur einen geben …*

Ich musste über meinen eigenen Gedanken lächeln, was mir einen etwas deutlicher feindseligen Blick Stefans und ein fragendes Stirnrunzeln von Judith einbrachte. Ich würde niemals behaupten, dass ich der geborene Pazifist bin, aber seit ich an diesem gastlichen Ort eingetroffen war, begann sich eine militaristische Sprache in meinem Denken breit zu machen, die eigentlich gar nicht zu mir passte …

Niemand hatte eine Idee (das heißt: Ich hatte schon die eine oder andere, aber keine davon gefiel mir auch nur selbst, und ich hatte das sichere Gefühl, dass die Fantasie meiner Mitstreiter durchaus ausreichte, um sich selbst genug schlechte Neuigkeiten auszumalen, also behielt ich meine Meinung lieber für mich). Aber ich war auch nicht besonders überrascht, dass es Ellen war, die sich schließlich an den Wirt wandte:

»Sie haben Gästezimmer hier, nehme ich an?«

Gästezimmer? Ich hoffte, dass sie mein unwillkürliches Zusammenzucken nicht zu deutlich bemerkte. Ich konnte mir kein Zimmer leisten. Nicht einmal einen Hühnerstall.

»Leider hab ich nicht genug *Einzel*zimmer«, antwortete Zerberus. Überflüssig zu sagen, dass sich bei diesen Worten die Andeutung eines anzüglichen Grienens auf seinem verlebten Gesicht breit zu machen begann. Statt jedoch irgendeine Zote hinzuzufügen – ich hätte in dieser Sekunde meine rechte Hand darauf verwettet, dass er ganz genau das tun würde –, schüttelte er den Kopf und fuhr fort: »Ist auch nicht nötig. Oben im Internat sind Zimmer für euch alle reserviert.«

»Internat?« Ich tauschte einen fragenden Blick mit Judith, den sie aber nur mit einem Achselzucken und einem Ausdruck irgendwie niedlicher Hilflosigkeit in den Augen beantwortete. Ein rascher Blick in die Runde zeigte mir, dass die anderen auch nicht unbedingt schlauer waren als wir.

»Das Kloster.« Zerberus machte eine vage Kopfbewegung in Richtung Tür. »Die Ruine oben auf dem Berg. Habt ihr sie nicht gesehen?« Ein allgemeines Kopfschütteln, abgesehen von Maria, die einfach nur dasselbe tat wie die ganze Zeit und stumm dasaß und an dem Kunststück arbeitete, gleichzeitig anwesend und zugleich irgendwie auch unsichtbar zu sein, und Zerberus fuhr fort: »War mal ein Kloster und bis vor ein paar Jahren eine teure Privatschule. Heute steht die Bude leer, aber ab und zu vermieten sie ein paar Zimmer.« Er starrte uns der Reihe nach und Beifall heischend an. Als die erwartete Lobeshymne nicht kam, fuhr er in leicht verschnupftem Ton fort: »Ich sollte euch sowieso hinbringen. Später, nachdem ihr mit Flemming gesprochen habt.«

»Das hat sich ja dann wohl erledigt«, nörgelte Ed.

»Wieso?«, fragte Stefan. »Ich meine: Willst du auf dem Fußboden schlafen? Oder draußen auf der Straße?«

»Wie kommen wir überhaupt von hier weg?«, fragte ich rasch, als ich das ärgerliche Aufblitzen in

Eds Augen bemerkte. Eduard war gut im Austeilen, aber nicht besonders humorvoll, wenn es ums Einstecken ging. Nicht dass ich ihm irgendetwas schuldig war, aber ein Streit war im Moment so ziemlich das Letzte, was wir noch brauchten, um den Tag endgültig zu krönen. »Ich nehme nicht an, dass es einen Bahnhof hier gibt, oder?«

»Morgen früh fährt ein Schulbus«, antwortete Zerberus. »Der nimmt euch mit, wenn ihr wollt. Darf er eigentlich nicht, aber ich kenne den Fahrer. Wenn ich ein gutes Wort für euch einlege, dann …«

Das Klingeln des Telefons unterbrach ihn. Er hörte auf, an seinem Glas herumzuwienern – nicht dass er es aus der Hand legte; er packte nur Glas und Putzlappen mit einer Hand, wobei er mit dem Daumen in das Glas hineingriff und einen sichtbaren Fingerabdruck hinterließ –, griff mit der frei gewordenen Hand nach dem Telefonhörer und klemmte ihn sich zwischen Schulter und Ohr, um wieder beide Hände zum Gläserpolieren frei zu haben. Beiläufig nahm ich mir vor, Ellen einmal zu fragen, ob es eine Krankheit gibt, die es dem Betroffenen unmöglich macht, die Hände still zu halten.

»Ja?« Zerberus runzelte die Stirn, lauschte in den Hörer und sah dann in unsere Richtung, wobei ihm fast das Telefon zwischen Ohr und Schulter herausgerutscht wäre. All unsere Aufmerksamkeit richtete sich plötzlich auf ihn, während er fortfuhr, eine Molekülschicht nach der anderen von seinem Glas zu polieren und alle paar Sekunden auf die unhörbare Stimme am anderen Ende der Leitung zu antworten.

»Ja, die sind noch hier …. kein Problem … nein, ganz klar … ich richte es aus … mache ich.«

»*Was* machen Sie?«, fragte Ellen, nachdem er eingehängt und sein Glas erneut mit beiden Händen ergriffen hatte.

Zerberus genoss es sichtlich, erst mal nicht zu antworten. Stattdessen stellte er das Glas mit einer fast zeremoniell wirkenden Geste auf die Theke vor sich, faltete das Tuch sorgsam zu einem Dreieck (das er dann achtlos hinter sich warf) und sah dann jeden Einzelnen von uns eine geschlagene Sekunde lang an, ehe er sich dazu herabließ, Ellens Frage zu beantworten. »Euer Problem hat sich erledigt, Freunde«, sagte er. »Wenigstens für heute Nacht.«

»Ach?« Ellen lächelte, aber in ihrer Stimme war ein neuer, nicht unbedingt duldsamer Unterton, den mit Ausnahme des übrig gebliebenen Woodstock-Veteranen wohl alle registrierten.

»Das war jemand von dieser Kanzlei«, fuhr Zerberus mit einer wedelnden Handbewegung auf das Telefon fort. »Ich soll euch zum Internat hochfahren. Die warten da anscheinend schon auf euch.«

»Die?«, fragte Ed.

»Wer hat angerufen?«, schoss Ellen hinterher.

»Keine Ahnung«, antwortete Zerberus – was anscheinend die Antwort auf *beide* Fragen war. »Ich soll euch jedenfalls gleich hinbringen.«

»Und was ist mit Flemming?«, fragte ich.

»Keine Ahnung«, sagte Zerberus noch einmal. »Ich soll euch nur ausrichten, dass ihr euch keine Sorgen zu machen braucht. Es wird alles geregelt.«

»Ich glaube nicht, dass die Polizei …«, begann Ellen.

»Mit denen komme ich schon klar«, unterbrach sie Zerberus. »Und wenn sie noch Fragen haben, wissen wir ja, wo ihr seid.« Er wischte sich die

Handflächen an seinen schmierigen Jeans ab, womit er sie höchstens noch dreckiger machte, und kam mit albern aussehenden kleinen Schritten hinter der Theke hervor. »Ich hole den Wagen. Sucht schon mal eure Klamotten zusammen. Ich kann den Laden nicht ewig geschlossen lassen.«

Er wartete keine Antwort ab, sondern verschwand durch die Ausgangstür und ließ sechs ziemlich fassungslos dreinblickende potenzielle Millionäre zurück. Korrektur: *einen* zukünftigen Millionär und fünf vergeblich Hoffende, die noch nicht wussten, dass sie bereits auf die Verliererstraße eingeschwenkt waren.

»Jetzt verstehe ich überhaupt nichts mehr«, sagte Ed leise.

»Ich auch nicht«, gestand Stefan. »Aber in einem hat er Recht: Wenigstens brauchen wir uns keine Sorgen mehr zu machen. Ehrlich gesagt: Mir fällt ein Stein vom Herzen. Ich kenne nur diesen Flemming. Ohne ihn …«

»… wäre es schwierig geworden, wenn sich jetzt nicht doch noch jemand von der Kanzlei gemeldet hätte«, beendete ich seinen Satz. Er war nicht der Einzige, dem ein Stein vom Herzen fiel.

»Auf jeden Fall geht es weiter«, pflichtete mir Ellen bei.

»Ich will ja hier nicht den Moralapostel herauskehren«, mischte sich Maria ein. Ihre Stimme zitterte leicht, und sie senkte ganz instinktiv den Blick, als sich plötzlich aller Aufmerksamkeit auf sie richtete. Wenn ich jemals einen Menschen gesehen hatte, der Angst vor seiner eigenen Courage hatte, dann sie und in diesem Moment. Dennoch fuhr sie fort: »Aber habt ihr eigentlich ganz vergessen, dass der

Mann *tot* ist? Großer Gott, nebenan liegt ein *Toter*, und eure einzige Sorge ist, wo ihr schlafen sollt und wie es *weitergeht?!*«

Eine Sekunde lang machte sich betretenes Schweigen breit – aber ich hatte nicht das Gefühl, dass das unbedingt an dem lag, was Maria gesagt hatte. Vielmehr schienen alle (mich eingeschlossen) ein wenig verdutzt über den Umstand, dass sie *überhaupt* etwas gesagt hatte. Um ehrlich zu sein: Irgendwie hatte ich längst vergessen, dass sie da war.

»Das ... stimmt«, sagte Ellen schließlich. »Du hast völlig Recht, Schätzchen. Aber es ändert nichts, weißt du? Menschen sterben dauernd, aber das Leben geht nun mal weiter.«

Marias Augen blitzten. »Mag sein. Aber das Leben geht nun auch mal weiter, wenn man ein bisschen Pietät zeigt. Und nennen Sie mich nicht *Schätzchen.*«

Ellen blinzelte; eindeutig nur überrascht, nicht etwa verärgert. Marias Worte hätten sie vielleicht getroffen, hätte sie sie im dazu passenden Tonfall vorgebracht oder auch einfach nur ruhig. Aber Marias Stimme bebte, und zwar nicht vor Zorn, sondern vor Angst; entweder vor Ellen, viel wahrscheinlicher aber vor ihrer eigenen Courage.

»Ganz wie du willst, Liebchen«, sagte Ellen schließlich mit einem zuckersüßen Lächeln. Demonstrativ griff sie nach ihrem Kaffee, trank den Rest aus der Tasse und stand auf; gleichzeitig griff sie nach ihrer Reisetasche und warf sie sich über die Schulter. Nicht *einfach so.* Die Bewegung war gezielt und beabsichtigt und sie galt ganz eindeutig nur einer einzigen Person hier im Raum. Es war jene ganz besondere Art von Drehung, aus der eine unaufdringliche sportliche Eleganz und Kraft sprach und die einen unwillkürlich an eine Hollywood-Schönheit denken ließ, die sich auf dem Tennisplatz das Handtuch über die Schulter wirft. Ellen verkniff es sich, ihre strahlend weißen Zähne aufblitzen zu lassen und das Haar zurückzuwerfen, aber irgendwie sah man es trotzdem. Ich hatte so etwas noch nie vorher beobachtet und, um ehrlich zu sein, auch hinterher nicht, aber diese eine, beiläufige Bewegung war wie ein gezielter Schlag in Marias Gesicht. Ein Schlag, der traf und der wehtat. Er machte mir Ellen ganz bestimmt nicht sympathischer – und das sollte er auch nicht –, aber er machte nicht nur mir endgültig klar, *wer* Ellen war.

»Peace, Freunde«, sagte Ed. Völlig unpassend dazu spreizte er Zeige- und Mittelfinger zum Victory-Zeichen, ehe er seine Beine auseinander faltete und ebenfalls aufstand. Nacheinander erhoben sich auch Stefan, Judith und Maria, während ich – eigentlich ohne besonderen Grund – noch etliche Sekunden verstreichen ließ, ehe ich ebenfalls aufstand. Irgendwie hatte ich das Gefühl, dass es dadurch allein an mir war, mich um das Gepäck der grauen Maus zu kümmern; nicht dass ich die Höflichkeit mit Löffeln gefressen hätte, aber lebenslang antrainierte Gewohnheiten lassen sich nun einmal schlecht von heute auf morgen wieder ablegen.

Doch als ich nach dem schrankkoffergroßen Gepäckstück greifen wollte, kam mir Maria zuvor. Mit einer irgendwie zornig wirkenden Bewegung – und übrigens ohne die allermindeste Mühe – riss sie den Koffer hoch und stapfte in Richtung Tür. Ed runzelte die Stirn, war aber zumindest in diesem Moment klug genug, nichts zu sagen, während auf Ellens Lippen die Andeutung eines Lächelns erschien, das sie mir noch unsympathischer machte. Ich griff nach meiner Tasche, warf sie mir mit einer deutlich weniger eleganten Bewegung als zuvor Ellen über die Schulter und gesellte mich zum Rest der Gruppe, die sich mittlerweile komplett vor der Tür versammelt hatte. Stefan schlug den roten Samtvorhang zur Seite und öffnete in der gleichen Bewegung die Tür.

Kalte Luft und Nässe strömten herein, und irgendwie hatte ich das Gefühl, dass auch die Dunkelheit unsichtbar und lautlos durch die Bresche strömte, die Stefan unabsichtlich in unsere Verteidigung gerissen hatte. Hastig verscheuchte ich den Gedanken, ließ die alberne Tasche von der Schulter gleiten und reihte mich als Letzter in die Schlange ein, die in einer absurd disziplinierten Reihenfolge die *Taube* verließ.

Bevor ich auf die Straße hinaustrat, sah ich noch einmal zu der geschlossenen Schiebetür zurück, hinter der Flemmings sterbliche Überreste darauf warteten, abgeholt zu werden. Es war kein angenehmes Gefühl. Ich hatte wenig Erfahrung in solcherlei Dingen, aber ich nahm einfach an, dass es *immer* bedrückend ist, einen Toten in seiner Nähe zu wissen, doch das hier war etwas anderes. Ich hatte das völlig verrückte Gefühl, Flemming im Stich zu lassen – als ob er noch irgendwelche Hilfe bräuchte oder auch nur etwas damit anfangen könnte.

Vielleicht lag es einfach an Marias kleinem Auftritt gerade. Ich hatte mir eingebildet, ihren Ausbruch als ebenso deplatziert und albern zu empfinden wie alle anderen auch, und bis zu diesem Moment glaubte ich das sogar selbst, aber die Worte *hatten* etwas in mir bewirkt. Für eine einzelne Sekunde musste ich gegen die absurde Vorstellung ankämpfen, dass die Schiebetür aufgehen und ein kopfloser Flemming heraustorkeln müsse, um sich mit blutig blubbernder Stimme über den Verrat zu beschweren, den wir ihm angedeihen ließen, oder um uns auch gleich mit Knochensplittern zu bewerfen; ich hatte keine Ahnung, wie nachtragend und rachsüchtig kopflose Leichname im Allgemeinen waren.

Ich verscheuchte auch diesen Gedanken, drehte mich mit einem Ruck endgültig herum und verließ als Letzter die *Taube.*

Irgendwie hatte ich das Gefühl, als ob es noch dunkler geworden wäre, als ich auf die Straße hinaustrat. Vielleicht war es das auch tatsächlich: In den Häusern rechts und links der Straße hatten bereits bei meiner Ankunft nur sehr wenige Lichter gebrannt. Jetzt waren auch davon noch etliche erloschen – auch wenn ich nicht sagen konnte, welche – und mit dem Licht schien auch jegliches Leben aus unserer unmittelbaren Umgebung geflohen zu sein. Es war still; so völlig still, dass es schon beinahe unheimlich war. Nirgends rührte sich etwas, und das im wortwörtlichen Sinne. Ich hatte in einem Ort wie Crailsfelden gewiss kein tobendes Nachtleben erwartet, aber diese vollkommene Leblosigkeit war bedrückend. Selbst der Wind war zum Erliegen gekommen, und die Sterne glitzerten am Himmel wie winzige funkelnde Wunden, durch die das Leben aus der Welt herausfloss; langsam, aber mit der unerbittlichen Unaufhaltsamkeit einer Naturgewalt. *Entropie.* Ich konnte nicht sagen, warum mir dieses Wort ausgerechnet jetzt in den Sinn kam. Ich kannte es und wusste natürlich, was es bedeutete, aber mir war noch nie so sehr zu Bewusstsein gekommen, welch bedrohlichen Zustand es beschrieb – erfüllt von einer Hoffnungslosigkeit, die einem den Atem nahm. Der Punkt, auf den das Leben letztendlich zusteuerte und hinter dem es nichts mehr gab, nicht einmal mehr Furcht oder Schmerz.

Und ich schien nicht der Einzige aus unserer Gruppe zu sein, der ähnlich fühlte. Noch immer in der gleichen disziplinierten Reihenfolge, in der wir die *Taube* verlassen hatten, nahmen wir längs des Bürgersteiges Aufstellung wie eine Gruppe Erstklässler, die auf den Schulbus wartet. Zerberus war verschwunden, wenn auch vermutlich nur, um eine Fahrgelegenheit zum Internat hinauf zu organisieren. Niemand sagte etwas, aber Judith rückte ganz instinktiv ein Stück näher an mich heran, als spürte auch sie, dass hier etwas vorging, was nicht richtig war.

Ich versuchte den Gedanken zu verscheuchen oder ihn zumindest als so lächerlich abzutun, wie er ja auch war; ich war ein Großstadtmensch, an das brodelnde Nachtleben und den Lärm San Franciscos und anderer amerikanischer Großstädte gewöhnt, an Fernseher, die niemals ausgeschaltet wurden, und an den Lärm der Millionen und Abermillionen Autos, die auf der Straße vorbeifuhren, an Hotelbars und Werbespots. Diese Stille war etwas Neues für mich, das mich erschreckte, weil ich es nicht kannte und es ungewohnt war, das war alles.

Aber es funktionierte nicht. Die Dinge, mit denen ich mich zu beruhigen versuchte, mochten logisch durchaus richtig sein, aber diese unheimliche Situation hatte nichts mit Logik zu tun, und Logik half nicht, um diese völlig irrationale Furcht zu bekämpfen, die nicht nur von mir Besitz ergriffen hatte. Den anderen erging es ganz genauso, und vielleicht war es diese Erkenntnis, die mich am meisten beunruhigte: Stefan blickte eindeutig nervös in die Runde, und auch Ed, dieser ewige Quassler, war verstummt. Einzig Ellen versuchte irgendwie die Ungerührte zu spielen, aber es gelang ihr nicht wirklich.

Meine Hand juckte. Ich kratzte fast unbewusst mit den Fingernägeln über die betreffende Stelle und wurde mit einem dünnen, aber tief gehenden Schmerz belohnt, der sich wie eine winzige Nadel in das empfindliche Fleisch zwischen Daumen und Zeigefinger bohrte. Erschrocken zog ich die Finger zurück und betrachtete meine linke Hand. In dem praktisch nicht mehr vorhandenen Licht war die brennende Stelle kaum zu erkennen, aber ich erinnerte mich: Irgendetwas hatte mich getroffen, als ich drinnen bei Flemming gewesen war und zugesehen hatte, wie ihm der Schädel wegflog. Sicher nur ein Holzsplitter. Später, wenn wir oben im Internat waren und ich meine Ruhe hatte, würde ich eine Nadel suchen und ihn herauspulen. Der Gedanke an die Prozedur, die bestimmt nicht ohne erhebliche Schmerzen abgehen würde, bereitete mir schon jetzt Unbehagen, aber ich wusste auch aus eigener leidvoller Erfahrung, dass es sein musste. Es gibt kaum etwas Unangenehmeres als einen Splitter, den man sich eingefangen hat und der sich mit jeder Bewegung tiefer ins Fleisch gräbt.

Außerdem war ich doch ein tapferer Bursche, dem ein bisschen Schmerzen nichts ausmachten, oder? Hinterher konnte ich mich wenigstens ein bisschen wie ein Held fühlen.

Ich spürte Judiths – zugleich fragenden wie leise

besorgten – Blick, reagierte mit einer Mischung aus einem Lächeln und einem angedeuteten Kopfschütteln darauf und senkte die Hand in einer Bewegung, die so hastig war, dass sie einfach nicht anders als schuldbewusst wirken *konnte.* Der Splitter tat nicht mehr weh, aber die Hand begann nun heftig zu jucken. Möglichst so, dass Judith es nicht sah (aber natürlich sah sie es trotzdem, denn schließlich gibt es kaum eine bessere Methode, aufzufallen, als der Versuch, etwas besonders *unauffällig* zu tun), rieb ich die Hand an meinem Oberschenkel und drehte mich schließlich demonstrativ weg, um ihrem fragenden Stirnrunzeln zu entgehen. Judith verspielte in diesem Moment wieder eine Menge von den Sympathien, die ich mittlerweile für sie empfand. Irgendwie mochte ich sie, soweit man das von einem Menschen sagen konnte, den man erst seit einer guten Stunde kannte, aber ich war nicht sicher, ob sie nicht eine potenzielle Nervensäge war; jene Art von fürsorglicher Mama, die einen mit ihrer Gluckenhaftigkeit zuerst auf die Nerven ging und einen dann zu erdrücken begann. Pummelchen. Vielleicht sollte ich sie in Gedanken doch weiter so nennen, auch wenn es unfair war. Aber es schreckte wenigstens ab.

Wie lange standen wir jetzt hier draußen und warteten darauf, dass der Wirt zurückkam? Sicher nicht mehr als eine Minute, wahrscheinlich nicht einmal annähernd lange genug, um Zerberus Zeit zu geben, zu seiner Garage zu eilen und den Wagen zu holen. Mir kam es trotzdem wie eine kleine Ewigkeit vor, und dennoch ein messbares Stück weiter auf dem Pfad der Entropie, hin zu dem Ziel aller Dinge, das Hoffnungslosigkeit hieß.

Ich schüttelte den Kopf. Was waren das für Gedanken? Meine eigenen wohl kaum. Ich hatte noch nie viel mit Philosophie im Sinn gehabt, schon gar nicht mit dieser Art von Pseudophilosophie, und Depressionen überkamen mich allenfalls in den letzten acht oder zehn Tagen des Monats, wenn ich meinen Kontostand betrachtete und auf den nächsten Ersten wartete; das allerdings mit schöner Regelmäßigkeit. Es musste an diesem sonderbaren Ort liegen (und so ganz nebenbei sicher auch an der bizarren Situation, in der wir uns befanden), an meiner Übermüdung und Nervosität und vielleicht auch an der dünnen, aber penetranten Stimme in meinem Inneren, die mir beharrlich zuflüsterte, dass ich mich vielleicht etwas vorschnell als Sieger fühlte; Hochmut kam schließlich vor dem Fall.

Wo blieb dieser verdammte Wirt mit dem Wagen? Noch fünf Minuten hier draußen in der Stille und Dunkelheit und ich war reif für die Klapse! *Philosophie?* Wohl eher *Hysterie.*

Ich griff (mit der unverletzten Hand) in die Tasche und suchte nach Zigaretten, fand aber keine. Ed wollte ich nicht danach fragen und wahrscheinlich lohnte es sich auch nicht mehr. Irgendwann würde Zerberus ja wiederkommen und uns einladen. Unschlüssig drehte ich mich herum (wobei ich genau darauf achtete, Judiths Blick auszuweichen, und das möglichst so, dass es ihr nicht auffiel) und ließ meinen Blick über die leer und dunkel daliegende Straße schweifen. Der erste Eindruck, den ich von Crailsfelden gewonnen hatte, schien sich zu bestätigen – aber vermutlich tat ich der Stadt Unrecht. Es war so dunkel, dass man nicht einmal die Häuser auf der anderen Straßenseite richtig erkennen konnte, vom Rest des Ortes ganz zu schweigen.

»Ich frage mich, ob es hier immer so still ist«, murmelte Stefan. »Das ist ja richtig unheimlich.«

Ed hob die Schultern. »Vielleicht haben sie sich mit den Strommultis überworfen. Mir wäre es auch zu mühsam, die ganze Zeit auf dem Hometrainer zu sitzen und den Dynamo auf Touren bringen zu müssen, nur weil ich fernsehen möchte.«

»Kommt drauf an«, sagte Stefan achselzuckend. »Bei der Sportschau kommt so wenigstens das richtige Feeling auf.«

Niemand lachte. Der Scherz war nicht nur schal, sein Zweck war auch zu offensichtlich. Die beiden pfiffen, während sie die Kellertreppe hinuntergingen, aber es funktionierte nicht.

»Es gibt hier *kein* Problem mit elektrischem Strom, ob ihr's glaubt oder nicht.«

Ich war nicht der Einzige, der sich überrascht herumdrehte, als sich ausgerechnet Maria Graumaus zu Wort meldete. Ihre Stimme hatte einen leicht aggressiven Unterton, fast schon zornig, der aber von dem furchtsamen Beben darin vollkommen zunichte gemacht wurde.

»Das war ein Scherz, Liebchen«, sagte Ellen sanft.

»Aber ein schlechter.« Marias Augen blitzten. »Die Leute hier gehen eben früh schlafen. Aber dafür stehen sie auch früh auf und arbeiten hart.« *Ganz im Gegensatz zu einigen der Anwesenden*, fügte ihr Blick hinzu.

»Mit den Hühnern ins Bett und mit dem Hahn wieder raus.« Ellen lächelte zuckersüß. »Nichts für mich.«

»Dieses ständige Picken auf den Hinterkopf ist lästig, nicht wahr?«, griente Ed.

Gottlob erscholl in diesem Moment das Geräusch, auf das nicht nur ich schon sehnsüchtig wartete: das metallische Rasseln eines schweren Dieselmotors, der mühsam und erst beim dritten Versuch ansprang. Wer weiß, mit welchen Zoten uns Ed sonst noch erfreut hätte …

Ich nahm meine Tasche auf und wandte mich in die Richtung, aus der das Motorengeräusch kam. Es verging aber noch beinahe eine Minute, ehe sich zu dem stotternden Dieseln der asymmetrische Lichtkegel eines Scheinwerferpaares gesellte. Einen Moment später schob sich ein uralter, aber sehr großer Landrover aus einer Lücke zwischen der *Taube* und dem Nachbargebäude heraus, die mir bisher kaum breit genug vorgekommen war, um ein etwas größeres Motorrad durchzulassen. Zerberus – ich musste mich unbedingt nach seinem Namen erkundigen, ansonsten würde ich ihn garantiert irgendwann mit *Zerberus* ansprechen – Zerberus (oder wie immer er auch hieß) steuerte den Wagen in einer haarsträubend engen Kehre herum, die ihn buchstäblich Millimeter an der Wand vorbeiführte und jahrelange Übung verriet, brachte den Wagen mit einem unnötig harten Tritt auf die Bremse direkt vor Eds Cowboystiefeln zum Stehen und stieg aus.

»Hat einen Moment gedauert«, sagte er, wobei er uns mit einem Blick maß, der jeden möglichen Protest schon von vornherein im Keim erstickte. »Ich musste den Wagen erst aus der Garage holen.«

»Sie benutzen ihn nicht sehr oft«, vermutete Ellen.

Zerberus verzichtete auf eine Antwort, ging mit schnellen Schritten um den Wagen herum und öffnete die Hecktür. Wo ich die Ladeklappe erwartet hatte, befand sich eine zusätzliche Sitzbank, die im Moment allerdings zusammengefaltet war wie das Meisterstück eines Origami-Künstlers. Als Zerberus sie hochklappte, wirbelte muffig riechender Staub hoch.

»Wie viele Sitzplätze hat das Ding?«, fragte Ed misstrauisch.

»Sieben«, grummelte Zerberus.

»Plus das Gepäck.« Ed schielte auf Marias containergroßen Schrankkoffer, aber das beeindruckte unseren Fahrer auch nicht sonderlich.

»Es ist nicht sehr weit«, sagte er. Natürlich – *nichts* in Crailsfelden war sehr weit. Der ganze Talkessel, in dem das Kaff lag, maß meiner Schätzung nach keine drei Kilometer. »Nur ein paar Minuten. Für das kurze Stück wird's schon gehen.« Er hob die Schultern. »Ihr könnt das Gepäck auch hier lassen und morgen holen.«

Ed seufzte. »Schon gut. Wahrscheinlich haben Sie Recht – für die paar Minuten wird es schon gehen.«

Er hatte Recht. Es ging – aber *wie.* Zerberus und Ellen, die sich mit aller Selbstverständlichkeit der Welt auf den Beifahrersitz neben ihm schwang, noch bevor irgendeine Diskussion über die Sitzordnung losgehen konnte, waren wahrscheinlich die Einzigen, die es halbwegs bequem hatten. Ed, Judith und ich quetschten uns auf die mittlere Sitzbank, während Stefan, Maria und vor allem ihr *Koffer* mit den beiden Notsitzen hinten im Wagen vorlieb nahmen. Ohne das Gepäck wäre es vielleicht noch halbwegs erträglich gewesen; mit sieben Personen und sechs mehr oder weniger sperrigen Koffern und Reisetaschen im Gepäck allerdings begann ich bald zu begreifen, wie sich eine Sardine in ihrer Dose fühlen mochte. Ich hatte Mühe, die Tür neben mir zu schließen; der Griff bohrte sich so unsanft in meine Rippen, dass ich kaum noch Luft bekam, und Stefan, der von der anderen Seite aus in den Landrover geklettert war, beanspruchte mit seinen breiten Schultern so viel Platz, dass Judith zwischen uns nahezu zerquetscht wurde.

Zerberus überzeugte sich mit einem Blick in den Innenspiegel davon, dass wir alle anwesend und die Türen geschlossen waren, dann legte er den Gang ein und fuhr mit einem ebenso unnötig harten Ruck los, wie er gerade angehalten hatte. Marias Schrankkoffer prallte mit solcher Wucht gegen die Lehne hinter mir, dass ich Zerberus möglicherweise unfreiwillig die Zähne in den Nacken gegraben hätte, wäre ich nicht zwischen Judith neben mir und meiner Reisetasche vor meinen Schienbeinen so eingequetscht gewesen, dass mir ohnehin kaum genug Platz blieb, um zu atmen. Judith ächzte vor Schmerz und Überraschung. Sie wurde so heftig gegen mich geworfen, dass ich spüren konnte, dass sie unter ihrer Windjacke und dem T-Shirt keinen BH trug. Ihr musste ebenfalls klar sein, dass ich es gemerkt hatte, denn sie maß mich mit einem ebenso entschuldigenden wie leicht verlegenen Blick. Dennoch hatte ich nicht das Gefühl, dass ihr das kleine Missgeschick *wirklich* unangenehm war.

»Entschuldigung«, brummelte Zerberus. »Die Kupplung ist nicht mehr die Jüngste.«

»Na, das passt doch«, maulte Ed.

Zerberus quittierte die Bemerkung mit einem giftigen Blick in den Spiegel, und der nächste Ruck, der uns alle durchschüttelte, als er schaltete, hatte ganz bestimmt *nichts* mit der altersschwachen Kupplung zu tun. Ed war klug genug, sich dieses Mal jeden Kommentar zu sparen, und zumindest in einem Punkt hatte unser Chauffeur die Wahrheit gesagt: Es war in der Tat nicht sehr weit.

Zwischendurch musste ich wohl kurz eingenickt sein – so unglaublich es mir auch selbst vorkam, denn ich erinnerte mich nicht mehr genau an die Strecke, die wir fuhren. Aber es konnte nicht lange gewesen sein; Crailsfelden war einfach nicht groß genug, um länger als ein paar Sekunden zu schlafen, selbst bei einer kompletten Umrundung. Wir bogen zwei- oder dreimal ab und fuhren auf der Verlängerung der Straße stadtauswärts, auf der ich vor einer knappen Stunde mit dem Taxi hergekommen war. Statt Crailsfelden jedoch zu verlassen, hielt Zerberus nach einem knappen Kilometer wieder an – unnötig zu erwähnen, dass er dabei so hart auf die Bremse trat, dass wir alle wieder nach vorne geworfen wurden. Ed spießte ihn mit Blicken regelrecht auf, aber er hielt zu meiner Erleichterung wenigstens diesmal die Klappe. Hinter uns ächzte Stefan hörbar, als er zum zweiten Mal von Marias Schrankkoffer nahezu zerquetscht wurde, und auch Judith wurde zum zweiten Mal und auf die gleiche Art wie zuvor unsanft gegen mich gepresst. Diesmal sah ich sie einen Moment länger an, aber sie erwiderte meinen Blick ruhig und auf eine fast herausfordernde Art.

Nein. Ich verbesserte mich in Gedanken. Nicht *fast*, sondern *ganz eindeutig* und auf eine Weise, die eine Bereitschaft implizierte, gegen die ich unter anderen Umständen sicher nichts gehabt hätte, die ich im Moment aber als höchst unangebracht empfand. Vor nicht einmal einer Stunde war vor unseren Augen ein Mensch gestorben und trotz des überraschenden Anrufes war unser aller Zukunft höchst ungewiss, und meine ganz besonders. Ich hatte wahrlich anderes im Kopf als Judiths Busen, der sich an meinem Oberarm rieb.

Auch wenn ich gestehen musste, dass das Gefühl nicht unbedingt unangenehm war ...

»Vielleicht sollten wir doch besser ein Taxi nehmen«, ächzte Stefan, nachdem es ihm gelungen war, sich irgendwie unter Marias Schrankkoffer hervorzuarbeiten und wieder zu Atem zu kommen.

Zerberus warf ihm über den Spiegel hinweg einen giftigen Blick zu. »Ihr könnt gerne zu Fuß gehen«, sagte er. »Der Wagen ist alt. Ich bin froh, dass er überhaupt noch angesprungen ist.«

Ed setzte zu einer Antwort an (ich konnte mir ungefähr vorstellen, wie sie ausfallen würde), aber Ellen kam ihm zuvor. »Sie brauchen ihn wohl nicht sehr oft, wie?«, fragte sie. Nicht dass irgendjemand im Wagen – abgesehen von unserem Chauffeur vielleicht – glaubte, dass es sie wirklich interessierte. Aber immerhin ging Zerberus darauf ein und der drohende Streit fiel aus. »Ich bin kein Taxifahrer«, sagte er, immer noch ein bisschen grummelig, aber schon wieder halbwegs versöhnt. Er hob die Schultern, tippte – deutlich behutsamer als zuvor – auf die Bremse und brachte den Wagen nahezu zum Stehen, um ihn um eine 180-Grad-Kehre zu lenken. Die Kurve war extrem eng, und ich hätte meine rechte Hand darauf verwettet, dass er es nicht schaffte, ohne mindestens ein Mal zurückzusetzen.

Aber ich hatte mich getäuscht. Der linke Vorderreifen rumpelte über ein Hindernis, aber dann hatten wir es überwunden. Die Scheinwerfer beleuchteten eine schmale, in steilem Winkel nach oben führende Straße, an deren Ende sich ein zyklopischer Schatten erhob, der in der fast vollkommenen Finsternis zugleich formlos wie bedrohlich wirkte.

»Ich hab die Kiste das letzte Mal vor über einem Jahr angeschmissen«, fuhr Zerberus fort, nachdem er die Drehung geschafft und in einen höheren Gang geschaltet hatte. »Hab nicht viel Verwendung dafür. Ich hab schon überlegt, sie zu verkaufen, aber für diese Spritsaufer kriegt man ja heute nichts mehr.« Er hob die Schultern. »Manchmal ist sie ganz nützlich.«

»So wie heute zum Beispiel.« Ellen lächelte, aber in ihrer Stimme lag eine unüberhörbare Warnung an Stefans Adresse. Keiner von uns hatte große Lust, den Rest der Strecke zu Fuß zurückzulegen.

Zerberus warf einen weiteren, ärgerlichen Blick in den Innenspiegel und gab mehr Gas. Der Motor heulte auf, ohne dass der Wagen spürbar schneller wurde. »War alles nicht ganz so geplant«, sagte er. »Aber im Notfall hilft man ja gerne.«

»Wir sind Ihnen auch wirklich sehr dankbar«, sagte Ellen hastig. »Ohne Ihre Hilfe hätten wir jetzt ein Problem. Oder gibt es noch irgendeine Möglichkeit, von hier wegzukommen? Ich meine, ohne Wagen?«

»Um diese Zeit?« Die Frage schien Zerberus zu amüsieren.

»Ich verstehe«, seufzte Ellen. »Vorhin am Telefon – wer war das?«

Der Themenwechsel war so plump, dass ich instinktiv den Atem anhielt und darauf wartete, dass Zerberus in die Luft ging, aber er hob nur die Schultern. »Einer aus dieser Kanzlei eben. Hab mir den Namen nicht gemerkt.«

Zerberus malträtierte den Motor weiter, indem er noch mehr Gas gab und hochzuschalten versuchte. Der Landrover begann zu hoppeln und der Motor wäre um ein Haar erstorben. Autofahren schien nicht unbedingt seine Stärke zu sein.

»Was tut ihr überhaupt hier?«

»Das wüssten wir selbst gern«, antwortete Judith. Irgendwie schien sie doch mitbekommen zu haben, wie ich mich fühlte, denn sie versuchte ein Stück von mir wegzurücken, aber es ging nicht. Immerhin brauchte ich mir über die fehlenden Airbags in diesem Uraltgefährt keine Gedanken zu machen, sollte Zerberus uns den Abhang hinunterchauffieren und wir uns überschlagen. Meine linke Schulter wurde eisern gegen die Tür gequetscht, und auf der anderen Seite fühlte ich zwei äußerst attraktive Airbags, selbst durch meine Jacke und Judiths Kleider hindurch. Ich war ein bisschen verwirrt und mehr als nur ein bisschen ärgerlich auf mich selbst. Ich war ein gesunder, ganz normaler junger Mann (nun gut, nicht mehr *ganz* so jung, aber auch noch alles andere als *alt*) und ich bin niemals ein Kind von Traurigkeit gewesen, aber die Situation war einfach unpassend. Ganz davon abgesehen, dass Pummelchen nun wirklich nicht mein Typ war.

»Ihr wisst nicht, warum ihr hier seid?« Jetzt war es für Zerberus endgültig klar: Wir waren nicht ganz dicht. Vielleicht hatte er ja sogar Recht damit.

»Es geht um irgendeine Erbschaftsangelegenheit«, sagte Ed fast widerwillig. »Mehr wissen wir auch nicht.«

»Eine Erbschaft?« Zerberus legte zweifelnd die

Stirn in Falten. Dann lachte er. »Ich hätte gewettet, dass ihr vom Fernsehen seid oder so was. Wen wollt ihr denn beerben?«

»Wenn wir das wüssten, wären wir ganz bestimmt nicht hier«, antwortete Ellen.

Glücklicherweise näherte sich unsere Fahrt aber auch schon ihrem Ende. Der Wagen hatte die Steigung hinter sich gebracht – und das sogar, ohne dass Zerberus ihn abgewürgt oder den Hang hinunterkatapultiert hatte – und vor uns lag jetzt nur noch ein kurzes Stück ebener Straße und unser eigentliches Ziel, das alte Internatsgebäude.

Mir kam es im Moment aber eher vor wie Mordor, die schwarze Festung des bösen Zauberers Saruman aus dem *Herrn der Ringe.*

Dabei war gar nicht viel zu erkennen. Das Gebäude war unerwartet groß, das konnte man sehen, sonst aber so gut wie nichts. Alles, was ich konkret erkennen konnte, war das klotzige Torhaus und ein asymmetrisches Stück des schweren Eichentores, das die Scheinwerfer aus der Dunkelheit rissen und das größer wurde, je näher wir kamen. Dahinter erhob sich ein kantiges Durcheinander aus Gebäude, Türmen und zerfallenen Mauerresten, kaum mehr als ein Schattenriss aus vollkommener Schwärze vor dem nicht ganz so tiefen Schwarz des Himmels. Trotzdem ließ mir der Anblick einen kalten Schauer über den Rücken laufen.

Es lag nicht nur daran, dass die fast völlige Dunkelheit der Fantasie vielleicht mehr Spielraum ließ als gut war. Viel schlimmer war das, was man nicht sehen konnte, aber was eindeutig *da* war, unsichtbar und lauernd hinter der Fassade des scheinbar Normalen verborgen, aber *da.* Irgendetwas war dort vorne und es wartete auf uns. Etwas, dem wir vielleicht besser nicht begegneten.

»Das ist unheimlich«, sagte Judith. Sie sprach nichts anderes aus als das, was wir alle in diesem Moment dachten, und trotzdem wünschte ich mir, dass sie es nicht getan hätte. Es gibt Dinge, die ihren Schrecken verlieren, wenn man ihnen einen Namen gibt, aber diese seltsame Stille und Leblosigkeit hier gehörten eindeutig *nicht* dazu. Vielleicht hatte es ja einen Grund, dass es so viele Legenden gab, in denen das Böse erschien, wenn man seinen Namen aussprach.

»Ist nur ein Haufen alter Steine«, sagte Zerberus. Er gab beharrlich weiter Gas, als wäre er wild entschlossen, den Wagen gegen das geschlossene Tor und hindurchzurammen, und obwohl ich natürlich ganz genau wusste, dass es nicht so war, spannte ich mich instinktiv gegen den zu erwartenden Aufprall. Neben mir sog Judith scharf die Luft ein und auch Ellen wirkte plötzlich ein wenig verkrampft.

Im buchstäblich allerletzten Moment trat Zerberus auf die Bremse. Der Wagen rutschte auf blockierenden Reifen weiter und kam wortwörtlich eine Handbreit vor dem Tor zum Stehen; allerdings nur für eine oder zwei Sekunden, dann rollte er weiter, stieß mit einem dumpfen *Klonk!* gegen den rechten der beiden riesigen Torflügel und drückte ihn langsam nach innen.

»He!«, protestierte Ed.

»Keine Sorge, das mach ich immer so«, sagte Zerberus. Er gab ein wenig mehr Gas und das Tor bewegte sich gehorsam auf seinen uralten Angeln nach innen. Dahinter kam ein aus metergroßen Natursteinquadern gemauertes Gewölbe zum Vorschein, das auf einen weitläufigen Innenhof hinausführte. Das Licht der Autoscheinwerfer verlor sich irgendwo auf halbem Wege, obwohl ich den Eindruck hatte, dass es viel weiter reichen müsste, und erneut und diesmal viel heftiger hatte ich das Gefühl, dass in der Dunkelheit dort draußen etwas lauerte, etwas, was uns ganz genau beobachtete, vielleicht aber auch in diesem Augenblick schon zum Sturm ansetzte. Unmittelbar neben Ellen schlug der riesige Torflügel mit einem Geräusch gegen die Wand, das jedem alten Boris-Karloff-Film zur Ehre gereicht hätte, und Zerberus trat das Gaspedal mit einer einzigen Bewegung fast bis zum Bodenblech durch. Der Landrover machte einen Satz, den ich dieser antiken Schrottkarre nie und nimmer zugetraut hätte, und als der Torflügel zurückschwang, verfehlte er das Heck des Wagens um eine gute Handbreit. Gottlob! Das Tor musste eine Tonne wiegen, vermutlich mehr. Hätte es den Wagen getroffen, hätte es ihn vermutlich in Stücke geschlagen. Samt seiner Insassen.

»Nicht schlecht«, lobte Ed. »Funktioniert der Trick immer?«

Statt zu antworten, nahm Zerberus den Fuß vom Gas und lenkte den Wagen in einer engen Kurve über den mit grobem Kopfstein gepflasterten Innenhof, sodass ich erneut gegen Judith geschleudert wurde und sie japsend nach Atem rang.

Hier drinnen war es womöglich noch dunkler als draußen. Alles, was das schwache Licht der Scheinwerfer enthüllte, war ein allgemeiner Eindruck von Verfall und Alter. Wenn das hier tatsächlich einmal ein Internat gewesen war, dachte ich, dann wohl zu einer Zeit, als Bücher noch nicht gedruckt, sondern ausnahmslos mit der Hand geschrieben wurden.

Vor einer ausladenden Freitreppe mit einem ehemals sicher prachtvollen, jetzt aber halb verfallenen steinernen Geländer hielten wir an. Zerberus zog den Zündschlüssel ab, stieg aus und ging schnaufend zwei Stufen weit die Treppe hinauf, bevor er wieder stehen blieb und sich zu uns herumdrehte. Er hatte die Fahrertür offen gelassen. Eisige Nachtluft und Nässe wehten zu uns herein.

»Worauf wartet ihr?«, fragte er ungeduldig. »Ich sage Bescheid, dass ihr da seid. Ladet schon mal das Gepäck aus. Ich kann das Lokal nicht unbegrenzt geschlossen halten.«

»Ich denke, Flemming hat es für den ganzen Abend gemietet«, murrte Stefan.

»Und außerdem habe ich keine Lust, hier zu übernachten«, versetzte Zerberus.

»Wer hat das schon?«, fragte Ed. Irgendwie gelang es ihm, seine Arme so weit auseinander zu falten, dass er den Türgriff auf seiner Seite erreichen und aufziehen konnte. Er stieg aus, atmete übertrieben erleichtert auf und übersah geflissentlich die Mühe, die es Judith bereitete, hinter ihm aus dem Wagen zu krabbeln und dabei ihre Reisetasche hinter sich herzuziehen. Ich selbst stieg auf der anderen Seite aus, trug mein Gepäck zur Treppe und setzte es auf der untersten Stufe ab, bevor ich noch einmal zum Landrover zurückging, um Maria bei ihrem Überseecontainer zu helfen.

Es war nicht nötig. Stefan hatte sich irgendwie aus dem Wagen herausgebeamt und zog das transportable Möbelstück ohne die geringste Mühe hinter sich ins Freie. Es klapperte, als er den Koffer zu Boden setzte. Zum ersten Mal fragte ich mich, was um alles in der Welt eigentlich in diesem Riesenkoffer *war*. Flemming war in diesem Punkt ziemlich deutlich gewesen: nur das Allernotwendigste. Unterwäsche, Zahnbürste, Medikamente. Ich trat einen Schritt zurück und sah dabei zu, wie Maria ungeschickt über die umgeklappte Rückenlehne der mittleren Sitzbank kletterte, um aus dem Wagen zu kommen. Unterwäsche, die klapperte? Maria Graumaus war durchaus der Typ, dem ich zugetraut hätte, einen Keuschheitsgürtel zu tragen ... aber wozu?

Meine Hand schmerzte wieder. Gedankenverloren rieb ich mit dem Daumen über die pochende Stelle und ließ meinen Blick über den Hof schweifen, während ich zu den anderen zurückging.

Das Ergebnis meiner Musterung war allerdings höchst mager. Zerberus hatte die Scheinwerfer brennen lassen, sodass ein Teil der Treppe und die darüberliegende Tür erhellt wurden, doch alles andere war dafür in umso tiefere Dunkelheit getaucht, als lieferten die Scheinwerfer gar nicht wirklich Licht, sondern saugten nur die Helligkeit aus der Umgebung, um sie auf einen Punkt zu konzentrieren. Die Dunkelheit ringsum war dafür umso intensiver.

Ich verscheuchte den Gedanken und versuchte ihn als so lächerlich abzutun, wie er auch war. An dieser Dunkelheit war ganz und gar nichts Übernatürliches. Der Himmel war bewölkt und der Hof an allen Seiten von Mauern umgeben. Nirgendwo brannte ein Licht. Es war dunkel, das war alles.

Jedenfalls redete ich mir das ein.

Als ich die Treppe erreichte, zündete sich Ed umständlich eine Zigarette an. Der Anblick weckte auch meinen Appetit auf eine, aber ich hatte keine mehr, und bevor ich ausgerechnet Ed darum bat, hätte ich lieber auf einer alten Schuhsohle herumgekaut.

»Was für ein Gemäuer!« Ed nahm einen tiefen Zug aus seiner Zigarette und sah sich mit übertriebener Gestik um – als ob er mehr sehen könnte als wir. »Willkommen auf Schloss Frankenstein.«

»Frankenstein hat in einem ganz normalen Haus gelebt und sein Labor war in einem alten Wachturm«, berichtigte ihn Maria, »nicht in einem Schloss.« Sie stellte ihren Koffer ab – Stefans Höflichkeit war nicht so weit gegangen, das zentnerschwere Gepäckstück bis zur Treppe zu tragen – und maß Ed mit einem fast herablassenden Lächeln. »Das hier ist kein Schloss. Im späten fünfzehnten Jahrhundert hat es kurzzeitig als Festung gedient und wurde entsprechend umgebaut und seit den frühen Sechzigern war hier ein Internat untergebracht. Aber die allermeiste Zeit über war es ein Kloster.«

»Ich bin beeindruckt«, sagte Ed spöttisch. »Internet oder öffentliche Bibliothek?«

»Allgemeinbildung«, antwortete Maria. Schlagfertig war sie, das musste man ihr lassen. Unglücklicherweise reichte ihr Mut nicht einmal lange genug, wie sie brauchte, um die Worte auszusprechen. Ihre Stimme zitterte schon wieder und sie hielt Eds breitem Grinsen nicht stand.

»Hehe!«, sagte Ellen. »Keinen Streit, ihr zwei. Das ist wirklich nicht der richtige Moment.«

»Und auch nicht die richtige Umgebung, finde ich«, pflichtete ihr Judith bei. Sie rückte näher an mich heran, schlang die Arme um den Oberkörper und fröstelte übertrieben. Es war kühl, aber keineswegs *so* kalt. »Ihr könnt sagen, was ihr wollt, aber ich finde es hier unheimlich.«

»Wenn ihr mich fragt, ist das hier alles inszeniert«, sagte Stefan. »Einschließlich unseres kauzigen Fahrers. Ich weiß zwar nicht, was das soll, aber ich habe das Gefühl, dass nichts von alledem echt ist.«

»Flemming war jedenfalls *echt tot*«, sagte Ellen. »Das kann ich euch versichern.«

»Sogar so etwas kann man fälschen, oder?«, fragte Judith. Sie sah Ellen dabei jedoch nicht direkt an, sondern blickte unbehaglich in die Runde. Da wir alle im Scheinwerferkegel des Wagens standen, konnte ich sehen, dass sich die feinen Härchen auf ihrem Handrücken und in ihrem Nacken aufgerichtet hatten. Sie fror tatsächlich. »Ein paar Spezialeffekte, wie im Film, ein guter Schauspieler …«

»Er müsste schon verdammt gut sein«, sagte Ellen. »Kein Puls, kein Herzschlag, dafür jede Menge Blut in den Augäpfeln – ich würde sagen, der Typ ist reif für mindestens drei Oscars.« Sie lachte, ganz leise, aber so verächtlich, dass ich sie allein dafür schon beinahe hasste. »Ich bin *Ärztin*, Schätzchen.«

»War ja nur eine Idee«, verteidigte sich Judith. Sie fröstelte erneut und trat noch näher an mich heran. Ich konnte sehen, dass sie *wirklich* erbärmlich fror, und ich konnte ebenso deutlich sehen, dass sie nur darauf wartete, dass ich den Arm um sie legte, um sie zu wärmen. Warum eigentlich nicht? Abgesehen von vielleicht zehn oder fünfzehn Pfund Übergewicht war sie eigentlich ganz niedlich. Und sie war leichte Beute.

Die Tür über uns ging auf und Zerberus erschien. »Ihr könnt kommen«, sagte er. »Ist alles vorbereitet.«

»Bescherung«, spöttelte Ed. »Ich hoffe, die Kerzen am Weihnachtsbaum brennen schon.«

Er schnippte seine Zigarette davon, und ich blickte – missbilligend, wie ich hoffte – dem winzigen Funken sprühenden roten Stern nach, bis er irgendwo hinter uns auf dem Hof aufschlug und auseinander platzte. Aber ich war nicht ganz sicher, ob ein Teil von mir nicht eher *gierig* blickte. Ein ziemlich großer Teil. Mein Nikotinspiegel war auf ein bedrohliches Maß herabgesunken. Ich war noch nicht so weit, der Kippe hinterherzulaufen, um sie aufzuheben und einen Zug daraus zu nehmen, aber auch nicht mehr *so* weit davon entfernt …

Ellen wollte nach ihrer Tasche greifen, aber Zerberus machte eine befehlende Geste. »Lasst das Zeug einfach stehen. Ich bringe es gleich nach oben.«

»Na, das nenne ich Service«, griente Ed. »Wir sind ja richtig lernfähig, wie?«

Der Wirt machte sich nicht die Mühe, darauf zu antworten, sondern trat einen Schritt zurück und zog die Tür dabei weiter auf. Der Raum dahinter war genauso dunkel wie der Hof. Wahrscheinlich, dachte ich amüsiert, würde Zerberus im gleichen Moment, in dem er in diese Dunkelheit hineintrat, zu einem buckeligen Alten mutieren, dessen schütteres graues Haar strähnig bis auf die Schultern fiel und der eine flackernde Gaslaterne in der Hand hielt, während er gebückt vor uns herschlurfte und uns tiefer und tiefer in ein Labyrinth aus Sälen und Gängen hineinführte, in dem riesige staubverklebte Spinnweben wie löcherige graue Segel von der Decke hingen und uralte Rüstungen standen, die sich immer dann bewegten, wenn man gerade *nicht* hinsah.

Aber eigentlich dachte ich diesen Gedanken gar nicht *amüsiert.* Ich redete mir selbst – und für ein paar Sekunden sogar mit Erfolg – ein, dass es so war, aber im Grunde hatte ich fast panische Angst davor, dass *ganz genau das* passieren würde, sobald ich durch die riesige Tür trat. Die Vorstellung war vollkommen absurd, aber seit ich diesen sonderbaren Ort betreten hatte, geschahen eine Menge absurder Dinge. Crailsfelden schien nicht nur am Ende der Welt zu liegen, sondern irgendwie einen halben Schritt *daneben.* Vielleicht galt Logik ja hier nicht mehr und vielleicht war das Gefühl, dass in der Dunkelheit auf der anderen Seite der Tür etwas auf uns lauerte, nicht nur bloße Einbildung.

Und das war es auch nicht. Es war Hysterie. Gute, alte, handfeste Hysterie. Nicht mehr und nicht weniger.

Um mir selbst zu beweisen, wie mutig ich war, griff ich schneller aus und überholte Ellen und Ed auf den letzten Stufen der Treppe, bevor ich durch die Tür trat.

Der Raum dahinter war nicht ganz so dunkel, wie ich erwartet hatte. Das grelle Licht der Autoscheinwerfer hatte den mattgrauen Schein ausgelöscht, der die Halle erfüllte, aber hier drinnen reichte er allemal aus, um mich erkennen zu lassen, dass Zerberus immer noch Zerberus war, nicht der Frack tragende Butler aus der Rocky Horror Picture Show. Ich konnte noch immer wenig sehen, aber das unbestimmte Gefühl von Weite und die hellen klackenden Echos unserer Schritte verrieten mir doch etwas über die Größe des Raumes; vermutlich eine jener weitläufigen Eingangshallen, wie man sie manchmal auf Burgen oder in alten Herrenhäusern findet. In alten Klöstern eigentlich auch? Ich musste gestehen, dass ich keine Ahnung hatte, und nahm mir vor, Maria bei Gelegenheit danach zu fragen.

Nach wenigen Schritten schon hatten sich meine Augen an das schwache Dämmerlicht hier drinnen gewöhnt, sodass ich zumindest ein paar Schemen erkennen konnte. Die Halle war so groß, wie ich angenommen hatte, und schien vollkommen leer zu sein. Zerberus steuerte eine breite, weit geschwungene Treppe an, die von der gegenüberliegenden Seite der Halle aus weiter nach oben führte, ging dann aber daran vorbei und öffnete eine Tür, die bisher in der Dunkelheit verborgen gewesen war. Gelbes Licht fiel in die Halle heraus und zeigte mir, dass der Boden in schwarz-weißem Schachbrettmuster gefliest war. Ein leichter Brandgeruch hing in der Luft; nicht frisch, sondern jener bestimmte Geruch, der sich in Zimmern einnistet, in denen über lange Jahre hinweg mit Kohleöfen oder einem offenen Kamin geheizt worden war.

Judith, die irgendwie wieder zu mir aufgeschlossen hatte und neben mir herging, beschleunigte ihre Schritte, als hätte sie Angst, dass Zerberus die Tür hinter sich schließen und uns allein und wehrlos in dieser wattigen Finsternis zurücklassen könnte.

Und so albern ich diesen Gedanken auch fand, ging ich natürlich ebenfalls schneller; wenn auch selbstverständlich nur, um nicht zurückzufallen und als Letzter die Tür zu erreichen oder womöglich sogar den Anschluss zu verlieren.

Ich war schon immer gut darin, mir selbst etwas vorzumachen.

Trotzdem war ich der Letzte, der hinter Judith durch die Tür trat – wenn auch in so geringem Abstand, dass ich ihr beinahe in die Hacken getreten wäre. Ich selbst hatte keine konkrete Vorstellung von dem gehabt, was wir antreffen würden, aber ich war dennoch fast enttäuscht. Hinter der Tür lag nichts Aufregenderes als eine große, nahezu leere Küche, deren Ausstattung aus den Fünfziger- oder Sechzigerjahren zu stammen schien – soweit sie noch vorhanden war, hieß das. Die meisten Möbel waren weggebracht worden und hatten rechteckige helle Schatten auf dem Laminatfußboden hinterlassen, samt den dazugehörigen Schmutzrändern an den Wänden. Übrig geblieben war lediglich ein uralter, monströs großer Gasherd, dem ich nicht einmal dann vertraut hätte, hätte er noch original verpackt und mit einem Sicherheitszertifikat des Herstellers vor mir gestanden, und ein riesiger zweitüriger Kühlschrank, der nur auf den ersten Blick alt aussah – Fünfzigerjahre-Design, aber vermutlich nagelneu. Nur wenige Schritte hinter der Tür stand ein wuchtiger Holztisch mit einer ausziehbaren Platte, an dem bequem ein Dutzend Personen Platz gefunden hätten. Es gab allerdings nur acht Sitzgelegenheiten: billige Plastikstühle, wie man sie in den Gartenabteilungen großer Baumärkte und Blumenhandlungen findet.

»Gemütlich«, sagte Ed. »Ich bin beeindruckt. So einen luxuriösen Empfang hätte ich mir gar nicht vorgestellt.«

»Setzt euch«, sagte Zerberus knapp. »In der Kanne ist Kaffee. Ich bin gleich zurück.«

»Nicht so schnell.« Ed vertrat ihm mit einer raschen Bewegung den Weg. »Was soll das alles hier? Sie haben uns doch nicht den Weg hier raufgekarrt, damit wir Kaffee trinken.«

Zerberus zog die Augenbrauen zusammen und trat einen halben Schritt auf Ed zu, aber der wich keinen Deut von der Stelle. Ich fragte mich, wie weit die beiden gehen würden, um ihren Rollen treu zu bleiben. Vermutlich nicht bis zum bitteren Ende. Der Wirt war ein übrig gebliebener Hippie, der trotz seiner aufgesetzten Grantigkeit vermutlich niemals so weit gehen würde, Gewalt anzuwenden, und Eds herausfordernde Art war ganz genau die, hinter der sich gewöhnlich die größten Feiglinge verbergen.

»Ich habe keine Ahnung«, sagte Zerberus. »Ich soll euch nur herbringen, das ist alles, was ich weiß. Jemand wird sich um euch kümmern.«

»Jemand?«

»Keine Ahnung, wer«, antwortete Zerberus. »Ich kannte doch auch nur diesen Flemming. Wird schon jemand kommen.«

»Und Sie?«, fragte Ellen. »Was tun Sie jetzt?«

»Ich hole euer Gepäck«, antwortete Zerberus patzig. »Aber nur, wenn ihr nichts dagegen habt. Ihr könnt den Kram natürlich auch liebend gerne selbst hochschleppen.«

»Schon gut«, sagte Judith hastig. »Ein heißer Kaffee ist genau das, was ich jetzt brauche. – Darf ich?«

Die Frage galt Ed, der sie nur verständnislos anblinzelte, dann aber bewusst langsam einen Schritt zur Seite trat, als Judith auf ihn zuging – und das auf eine Art, die keinen Zweifel daran aufkommen ließ, dass sie nicht anhalten würde. Dass Ed mit seinem hastigen Rückzug auch zugleich den Weg für Zerberus frei machte, war dabei ganz bestimmt kein Zufall. Der Wirt ging, und nachdem sich Judith einen der billigen Plastikgartenstühle herangezogen hatte, setzten wir anderen uns ebenfalls; Ed als Letzter, und auch erst, nachdem er eine angemessene Trotzfrist hatte verstreichen lassen.

Auf dem Tisch standen neben einer kleinen Mikrowelle eine verchromte Warmhaltekanne, Plastikbecher und -löffel sowie ein Paket Würfelzucker und ein Glas mit Milchpulver. Judith griff nach der Thermoskanne, schenkte zwei Becher Kaffee ein und schob die Kanne dann wieder in die Mitte des Tisches zurück. An einem Kaffee nippte sie selbst, ohne Zucker oder Milch genommen zu haben, den anderen schob sie mir hin. Ed warf ihr einen zornerfüllten Blick zu und griff seinerseits nach der Kanne, machte aber nicht einmal eine Bewegung, um sich einzuschenken, sondern hielt sie einfach nur mit beiden Händen fest.

»So, und wie geht es jetzt weiter?«, fragte er herausfordernd. »Ich meine: Abgesehen davon, dass wir in der Steinzeit gestrandet sind und das einzige menschliche Wesen, das es außer uns hier zu geben scheint, ganz offensichtlich das *Missinglink* zwischen Affe und Mensch darstellt – was tun wir jetzt?«

Maria, die am anderen Ende des Tisches Platz genommen hatte, die beiden überzähligen Stühle zwischen sich und uns, runzelte ärgerlich die Stirn, aber die verstrichene Zeit hatte noch nicht ausgereicht, um ihren Vorrat an Mut wieder weit genug aufzufüllen, um Ed Paroli zu bieten – obwohl man ihr ansah, dass sie nichts lieber als das getan hätte. Als Ed in ihre Richtung sah, senkte sie hastig den Blick und brachte es irgendwie fertig, mit ihrer Umgebung zu verschmelzen wie ein Chamäleon. Wie viele Menschen, die so wie sie waren, beherrschte sie eine Art psychologischer Mimikry, die fast so perfekt war wie Laurins Mantel.

»Ich schlage vor, wir warten einfach ab, bis je

mand kommt und uns das alles hier erklärt«, sagte Stefan. »Irgendwann wird sich dieser Flemming schon zeigen.«

»Flemming?« Ich sah Stefan fragend an. »Da wäre ich aber überrascht.«

Anscheinend verwirrte *meine* Frage Stefan mindestens ebenso sehr wie mich seine Worte, denn er sah mich mindestens fünf oder auch zehn Sekunden lang eindeutig verdutzt an, aber dann hob er die Schultern und fuhr in eindeutig verärgertem Tonfall fort: »Ich hoffe, es ist eine gute Erklärung. Mir wird das Ganze hier allmählich zu albern.«

»Albern?« Ed ächzte. »Also – als *albern* würde ich die Ereignisse seit unserem Eintreffen nun wirklich nicht bezeichnen.«

»Aber genau das ist es«, beharrte Stefan. »Ich habe es schon einmal gesagt und ich sage es noch einmal: Das Ganze hier ist inszeniert, und das nicht einmal besonders gut. Ein Stück aus einem Schmierentheater, wenn ihr mich fragt.«

»Das tut mir ausgesprochen Leid«, sagte eine Stimme von der Tür her. »Ich würde mir niemals erlauben, Sie zu erschrecken oder gar zu verärgern. Aber die Dinge sind uns leider etwas … aus dem Ruder gelaufen.«

Alle Gesichter wandten sich der Tür zu. Ich sah aus den Augenwinkeln, wie Judith leicht erschrocken zusammenfuhr, und auch Stefan runzelte auf eine Art überrascht die Stirn, die mich nicht ganz sicher sein ließ, ob sich nicht das blanke Entsetzen dahinter verbarg. Alle anderen starrten den Neuankömmling einfach nur an.

Ich sah das alles allerdings nur aus den Augenwinkeln. Ich hätte nicht einmal genauer hinsehen können, wenn ich es gewollt hätte, denn ich war viel zu sehr damit beschäftigt, das Gesicht des Mannes anzustarren, der hinter uns aufgetaucht war und nun mit langsamen, merkwürdig unsicher wirkenden Schritten auf uns zuschlurfte.

»Wirklich, ich wollte Sie nicht erschrecken«, wiederholte der alte Mann. »Es tut mir ehrlich Leid. Aber dennoch: Einen schönen guten Abend und herzlich willkommen in Crailsfelden.«

Er ging weit nach vorne gebeugt und mit hängenden Schultern, auf denen vielleicht ein paar Jahre mehr lasteten, als er zu tragen imstande war. Er trug einen dunkelgrauen dreiteiligen Anzug, der zweifellos maßgeschneidert war, aber auch sichtlich schon bessere Tage gesehen hatte, und bewegte sich auf eine leicht schlurfende Art, die nicht wirklich Schwäche ausdrückte, ihn aber trotzdem auf eine schwer greifbare Weise gebrechlich aussehen ließ; obwohl er das wahrscheinlich gar nicht war. Er hatte ein schmales, von Falten zerfurchtes Gesicht, aber wache Augen und Hände, die früher einmal wahre Pranken gewesen sein mussten und selbst jetzt noch stark wirkten, obwohl sie praktisch nur noch aus Knochen und Sehnen bestanden, die wie dünne blaue Stricke durch die grau gewordene Haut stachen. Unter dem linken Arm trug er einen jener altmodischen Ziehharmonikaordner, wie man sie früher oft in Büros benutzt hatte, und aus der Brusttasche seines Anzuges ragte die schwarzgoldene Kappe eines Montblanc-Füllers. Nachdem er pedantisch die Tür hinter sich geschlossen hatte, machte er noch zwei weitere Schritte in den Raum hinein, ehe er fast abrupt stehen blieb und sich nervös umsah. Auch wenn ich wusste, dass es nicht so war: Er wirkte überrascht, als wären wir so ziemlich das Letzte, was er hier zu finden erwartet hatte, aber auch zugleich ein wenig hilflos.

»Guten Abend«, sagte er schließlich.

Niemand antwortete. Der Mann wirkte irgendwie enttäuscht – hatte er erwartet, dass wir wie eine Schulklasse aufstehen und im Chor mit »Guten Abend« antworten würden?

Der Fremde räusperte sich, trat noch eine oder zwei Sekunden lang linkisch von einem Fuß auf den anderen und straffte sich dann demonstrativ. »Ich muss mich für die Verspätung entschuldigen, aber …«

»Jaja, schon gut«, unterbrach ihn Ed. »Wer sind Sie?«

Der Ankömmling blinzelte. Ein betroffener Ausdruck erschien auf seinem Gesicht. »Ich … äh … ja, natürlich, Entschuldigung«, stammelte er. »Wie … wie unaufmerksam von mir. Bitte verzeihen Sie, aber ich bin …«

Er brach ab, und für einen Moment sah er so hilflos aus, dass er mir schon fast Leid tat. Ed schürzte abfällig die Lippen, verkniff sich aber gottlob jede weitere Bemerkung, und auch Ellen beließ es bei einem bezeichnenden Hochziehen der linken Augenbraue.

»Von Thun«, sagte der Fremde. »Gero von Thun … aber das *von* können Sie getrost vergessen. Ich meine: Wir leben ja schließlich nicht mehr im neunzehnten Jahrhundert, oder?«

Ed verdrehte die Augen. »Stimmt«, sagte er, »und wer …?«

»Oh, ja, natürlich.« Von Thun trat nervös von einem Fuß auf den anderen, wobei er fast seinen

Ordner fallen gelassen hätte. »Ich ... ähm ... bin – war – der Assistent von Herrn Flemming. Zuerst von Herrn Flemming senior und später von Herrn Flemming junior. Ich bin – war – sozusagen sein ...« Er suchte nach Worten.

»Majordomus?«, schlug Ed grinsend vor.

Von Thun wirkte noch irritierter und hilfloser, aber diesmal fing er sich deutlich schneller. »Bürovorsteher kommt der Sache wohl näher«, antwortete er. »Herr Flemming junior hatte mich gebeten, ihn auf diese Reise zu begleiten. Ursprünglich wollte er selbst kommen, aber er ist leider verhindert, sodass ich mich bereit erklärt habe, für ihn einzuspringen. Obwohl ich gestehen muss, dass ...«

»Dann sind Sie also derjenige, der uns endlich aufklären kann, was das alles hier zu bedeuten hat«, unterbrach ihn Stefan.

»Ich kann es zumindest versuchen«, antwortete von Thun. »Aber ich bin selbst ... wissen Sie, ich ... ich bin eigentlich schon seit drei Jahren in Rente und helfe nur manchmal noch in der Kanzlei aus, wenn Not am Mann ist, und ...«

Ellen verdrehte abermals die Augen und auch Judith schien nur noch mit Mühe ihre Selbstbeherrschung zu wahren. Mir hingegen tat von Thun mittlerweile einfach nur Leid. Der Mann war sichtlich überfordert – vorsichtig ausgedrückt. Während er noch weiter herumdruckste und immer angestrengter (und vergeblicher) nach Worten suchte, stand ich rasch auf, ging um den Tisch herum und streckte ihm die Hand entgegen.

»Vielleicht sollten wir uns erst einmal vorstellen«, sagte ich. »Mein Name ist Gorresberg. Frank Gorresberg.«

»Ich weiß.« Von Thun erwiderte meinen Händedruck mit unerwarteter Kraft. »Ich bin über Ihre Personalien informiert. In den Unterlagen, die Herr Flemming mir zur Verfügung gestellt hat, befinden sich auch Lichtbilder und ein kurzer Lebenslauf, müssen Sie wissen.« *Lichtbilder*. Ich konnte mich gar nicht mehr erinnern, wann ich diesen Ausdruck das letzte Mal gehört hatte.

»Wir müssen etwas ganz anderes wissen«, nörgelte Ed, aber ich ignorierte ihn, ergriff von Thun kurzerhand mit der freien Linken am Ellbogen, ohne seine andere Hand dabei loszulassen, und dirigierte ihn mit sanfter Gewalt auf einen der beiden frei gebliebenen Stühle neben Maria. Er leistete keinen Widerstand, setzte sich aber nicht, sondern warf nur seinen Ordner auf den Tisch und stützte sich mit beiden Händen schwer auf die Rückenlehne des Plastikstuhls. Das dünne Material begann sich unter seinem Gewicht zu verformen und er ließ los und richtete sich erschrocken wieder ein wenig auf.

»Bitte, Herr von Thun«, sagte Ellen. »Ich möchte nicht unhöflich sein, aber ...«

»Ich verstehe.« Von Thun nickte nervös und ungefähr ein halbes Dutzend Mal hintereinander, streckte die Hand nach seinem Ordner aus und zog den Arm dann wieder zurück, ohne ihn berührt zu haben. »Also gut, ich werde versuchen, Sie aufzuklären, so weit mir das möglich ist.« Er räusperte sich. »Inwieweit hat Herr Flemming Sie bereits unterrichtet, wenn ich fragen darf?«

»So gut wie gar nicht«, sagte Judith.

»Wir werden reich«, fügte Ed hinzu.

»Nun, zumindest zwei von Ihnen«, antwortete von Thun. »Vielleicht auch mehrere.«

»Was genau soll das heißen?«, fragte Ed misstrauisch.

Von Thun wirkte verlorener denn je. Seine Hände kneteten die Rückenlehne des Gartenstuhls, aber irgendwie hatte ich trotzdem das Gefühl, dass er Ed für seine Frage im Stillen dankbar war. Ich hatte selten jemanden getroffen, der so gründlich die Orientierung verloren hatte wie er in diesem Moment. »Ich sehe schon, ich muss ein wenig weiter ausholen«, seufzte er, während er sich bereits setzte und mit der linken Hand einen Stapel eng beschriebener Computerausdrucke aus seinem Ordner nahm und mit der anderen eine winzige randlose Brille aus der Westentasche zog, die er mit einem gekonnten Schwung auseinander klappte und aufsetzte. »Die Kanzlei Flemming & Sohn vertritt seit mittlerweile vier Generationen die Interessen der Familie Sänger, die in der Vergangenheit hier in Crailsfelden ansässig war. – Hat einer der Herrschaften schon einmal den Namen Sänger gehört?«

Alle – mit Ausnahme Maria – schüttelten den Kopf. Maria nickte nicht direkt, aber irgendwie signalisierte sie Zustimmung, ohne auch nur eine Miene zu verziehen.

»Sänger?« Judith runzelte die Stirn. »Irgendwie kommt mir dieser Name bekannt vor.«

»Zerberus hat ihn nicht erwähnt«, sagte ich.

»Sänger-Institut«, erklärte Maria in ihrem schulmeisterlichen Ton. »So hieß das Internat, das hier untergebracht war.« Dann runzelte sie die Stirn. »Aber wen meinen Sie mit Zerberus?«

»Unseren freundlichen Chauffeur«, antwortete ich. »Den Wirt aus der *Taube*.«

»Carl.« Maria nickte. Sie versuchte ein Lächeln zu

unterdrücken, aber es gelang ihr nicht ganz. »Den Namen habe ich noch nicht gehört, aber irgendwie passt er, finde ich.«

»Das ist korrekt ... das mit dem Institut meine ich.« Von Thun riss das Gespräch zusätzlich mit einer entsprechenden Geste wieder an sich. »Unter anderem hat die Familie Sänger auch dieses Kloster renoviert und durch eine großzügige Spende über nahezu drei Jahrzehnte einen Internatsbetrieb für hochbegabte Schüler hier aufrechterhalten.«

»Wie interessant«, sagte Ed. »Und was haben *wir* damit zu tun?« Soweit es ihn anging, vermutlich weniger als nichts, dachte ich. Ed und ein Internat für Hochbegabte? Bestimmt nicht.

Als hätte er meine Gedanken gelesen, drehte Ed den Kopf und sah mich kurz und fast feindselig an. Ich schenkte ihm das freundlichste Lächeln, das ich zustande bringen konnte, und wandte mich mit einem auffordernden Blick wieder an von Thun. »In den Briefen Ihrer Kanzlei stand etwas von einer Erbschaftsangelegenheit.«

Ellen maß mich mit einem fast verächtlichen Blick, aber das war mir egal. Mein Einwurf hatte nichts mit meiner Geldgier zu tun (jedenfalls nicht nur); ich kannte Menschen wie von Thun hinlänglich, um zu wissen, dass wir morgen früh noch hier sitzen und uns die Geschichte der Familie Sänger anhören würden, wenn ihn nicht jemand bremste.

»Das ist richtig«, sagte von Thun in leicht enttäuschtem Tonfall. Seine Finger blätterten in dem Papierstapel, aber er warf nicht einmal einen Blick darauf. »Wie gesagt: Unsere Kanzlei vertritt die Interessen der Familie Sänger seit vier Generationen – oder hat sie vertreten, um genau zu sein.«

»Hat?«, fragte Stefan.

»Das letzte Mitglied der Familie Sänger ist vor mehr als zehn Jahren gestorben«, sagte Maria.

Diesmal war ich nicht der Einzige, der sie überrascht ansah. Einzig von Thun wirkte kein bisschen überrascht, sondern eher zufrieden. »Vor neunzehnhundertneunzig, um genau zu sein«, sagte er. »Mit Klaus Sänger ist der letzte Angehörige der Familie Sänger gestorben – zumindest der letzte Vertreter dieser Familie in direkter Linie.«

»Und was tun wir dann hier?«, fragte Stefan.

»Klaus Sänger hat ein Vermögen in nicht unbeträchtlicher Höhe hinterlassen«, antwortete von Thun. »Ich bin im Moment nicht befugt, Auskunft über die genaue Höhe der Vermögenswerte zu geben. Aber sie ist ... nicht unbeträchtlich.«

»Einigen wir uns doch einfach darauf, dass wir über ziemlich viel Geld reden«, schlug Ed vor. »Für den Gegenwert eines Abendessens bei McDonald's hätten Sie uns kaum hierher zitiert, oder?«

»Nein«, antwortete von Thun. »Sicher nicht.« Er wirkte irritiert. Ich war ziemlich sicher, dass er den Begriff McDonald's in seinem ganzen Leben noch nicht gehört hatte.

»Aber wieso dürfen Sie uns keine genaue Auskunft geben?«, hakte Ellen nach.

»Wie gesagt: Ich muss etwas weiter ausholen«, antwortete von Thun. »Die direkte Familienlinie der Sängers endete zwar mit dem Tod von Klaus Sänger, aber damit hat sich unser Mandat noch nicht erledigt. Herr Flemming junior ist nicht nur Rechtsanwalt, sondern auch Notar, und in dieser Eigenschaft oblag ihm selbstverständlich auch die Abwicklung des Nachlasses.«

»Endlich kommen Sie zur Sache«, sagte Ed.

Von Thun warf ihm einen leicht irritierten Blick zu, ging aber nicht weiter auf die Bemerkung ein, sondern strich nur glättend mit den Fingerspitzen über die Papiere, die vor ihm auf dem Tisch lagen, und fuhr fort: »Mit Klaus Sänger hat die direkte Linie der Familie Sänger geendet, aber wie gesagt: Die Familie Sänger lebte seit dem frühen Mittelalter hier in Crailsfelden ...«

»... und Sie wollen uns jetzt erklären, dass wir um fünfundvierzig Ecken mit dem alten Zausel verwandt sind«, fiel ihm Ed ins Wort. Er machte eine unwillige Geste. »Wir sind also alle eine große glückliche Familie, wie? Ich glaube, so weit haben wir das alle auch schon verstanden.«

»Ja, und leider kann man sich seine Verwandten ja nicht aussuchen«, murmelte ich.

Ed starrte mich finster an, aber ich lächelte ihm nur zu, und auch Judith hatte alle Mühe, ein Grinsen zu unterdrücken. Ich war nicht der Einzige, der Ed einen feindseligen Blick zuwarf. Er ging nicht so weit, direkt zu fragen: *Wie viel bekommen wir?* Aber die Frage stand wie mit roten Neonlettern auf seine Stirn geschrieben. Nicht dass es mir anders ergangen wäre. Natürlich interessierte uns alle im Grunde nur diese Frage. Aber Eds ständiges Genörgel war alles andere als produktiv. Wenn ihn niemand bremste, dann saßen wir möglicherweise noch morgen früh hier und warteten darauf, dass von Thun endlich die Katze aus dem Sack ließ.

»So ... könnte man es ausdrücken«, sagte von Thun irritiert. Er räusperte sich. »Ja, um ... es auf einen Nenner zu bringen, Sie sechs hier sind die letzten Nachkommen der Familie Sänger, wenn auch teilweise wirklich – wie Sie es ausgedrückt haben – um vierzig Ecken. Klaus Sänger hat schon zu Lebzeiten niemals einen Zweifel daran aufkommen lassen, dass ihm daran gelegen war, sein Erbe nicht dem Staat oder irgendwelchen ominösen Institutionen anheim fallen zu lassen. Insofern oblag es also der Kanzlei Flemming & Sohn, die letzten Nachfahren der Familie ausfindig zu machen – was nicht leicht war, wie ich betonen möchte.«

»Klaus Sänger ist vor fünfzehn Jahren gestorben«, sagte Maria. »Ungefähr.«

Von Thun seufzte. »Ich weiß«, sagte er betrübt. »Wie gesagt: Es war nicht einfach. Wir mussten umfangreiche genealogische Nachforschungen anstellen, Briefe und Faxe an Stadtverwaltungen und Archive schicken, jahrhundertealte Kirchenbücher einsehen …« Er seufzte. »Ich allein habe Dutzende von Reisen unternommen …«

»… und uns am Ende aufgespürt«, sagte Ellen. »Ich bin sicher, das war eine großartige Leistung, aber ich …«

»Sie möchten wissen, wie genau das Testament Klaus Sängers nun aussieht«, sagte von Thun. »Das kann ich verstehen. Ohne ins Detail gehen zu wollen – was ich im Moment weder kann noch darf, wie Sie sicher verstehen werden …«

»Um ehrlich zu sein, nein.« Diesmal war ich es, der von Thun unterbrach. »Ich hob die Hände, als er antworten wollte, und fuhr mit einem Beistand heischenden Blick in die Runde fort: »Ich kann durchaus verstehen, dass Sie Zeit benötigen, um sich in die Unterlagen einzuarbeiten, aber wieso dürfen Sie uns nichts sagen?«

Von Thun antwortete nicht gleich. Er sah mich irgendwie hilflos an, aber ich konnte auch sehen, wie schwer ihm die Entscheidung fiel, die er nun zu treffen hatte. Schließlich seufzte er tief. »Ja, wahrscheinlich haben Sie Recht«, sagte er niedergeschlagen. »Ich kann Sie ja verstehen.« Er sah eine geschlagene Sekunde lang unglücklich auf den Papierstapel vor sich herab, dann schob er ihn mit einer irgendwie resignierend wirkenden Bewegung in den Ziehharmonikaordner zurück.

»Also gut«, begann er von neuem, nachdem er sich umständlich geräuspert und einen neuerlichen, langen Blick in die Runde geworfen hatte. »Ich werde versuchen, Sie zu informieren, so weit mir das möglich ist. Aber bitte, nageln Sie mich später nicht auf Einzelheiten fest.«

»Jaja, schon gut«, sagte Ed. »Also?«

»Wie gesagt«, begann von Thun, »Klaus Sänger war ein etwas ... Sie würden wahrscheinlich sagen: exzentrischer Mensch.« Ich tauschte einen fragenden Blick mit Judith. Ich konnte mich beim besten Willen nicht erinnern, dass er das schon gesagt hatte. Judith offenbar auch nicht, denn ich erntete nur ein unglückliches Achselzucken als Antwort. »Es ist mir leider nicht gestattet, den genauen Wortlaut des Testamentes vorzulesen ...«

»Warum nicht?«, wollte Stefan wissen.

»Ich bin kein Notar«, antwortete von Thun. »Leider sind in einem solchen Fall gewisse ... formaljuristische Regeln einzuhalten.«

»Damit nicht hinterher ein Enkel um siebenundfünfzig Ecken ankommt und das gesamte Testament anfechten kann«, vermutete Judith. »Ich verstehe.«

»So ungefähr«, bestätigte von Thun.

Ellen seufzte. »Bitte verstehen Sie mich nicht

falsch, Herr von Thun ... aber wenn Sie uns sowieso nichts sagen dürfen, warum sind wir dann hier?«

Von Thun schien ein kleines Stück in sich hineinzukriechen und wirkte noch unglücklicher. »Selbstverständlich wird die wirkliche Testamentseröffnung in unserer Kanzlei stattfinden«, sagte er, »und ebenso selbstverständlich wird Herr Flemming selbst anwesend sein, wenn das Testament verlesen wird. Aber zuvor sind gewisse ... Vorbereitungen zu treffen, und es war der ausdrückliche Wunsch Klaus Sängers, dass Sie alle sich *hier* das erste Mal begegnen, auf dem alten Familiensitz.«

»Vorbereitungen?« Stefan klang mit einem Male misstrauisch.

»Wie gesagt, es ist mir nicht gestattet, zu diesem Zeitpunkt schon zu viel zu verraten«, antwortete von Thun unglücklich. »Dennoch kann ich Ihnen so viel sagen: Sie sechs hier sind die letzten Nachkommen der Familie Sänger, die wir ausfindig machen konnten, und Klaus Sänger hat in seinem letzten Willen verfügt, dass sein Vermögen – nach Erfüllung gewisser Bedingungen – zu gleichen Teilen an seine letzten Nachkommen vermacht werden soll, und somit an Sie.«

Eds Augen leuchteten auf. Er begann unruhig auf seinem Stuhl hin und her zu rutschen und auch Ellen wirkte plötzlich deutlich angespannt. Aber vermutlich sah auch ich in diesem Moment nicht unbedingt gelangweilt aus.

»Ohne zu viel zu sagen«, fuhr von Thun fort. »Sollte das Vermögen zu gleichen Teilen aufgeteilt werden, dürfte für jeden von Ihnen eine Summe in deutlich siebenstelligem Bereich anfallen, nur was das Bargeld und das Aktienvermögen Klaus Sängers angeht. Dabei sind die – wie ich betonen möchte: beträchtlichen – Immobilienwerte noch gar nicht berücksichtigt.«

Das erstaunte Raunen, auf das ich wartete, blieb aus. Alles andere aber auch. Alle – selbst Maria – starrten von Thun einfach nur mit mehr oder weniger fassungslosem Gesicht an. Siebenstellig? Ich war noch nie besonders gut in Mathematik gewesen, aber das verstand vermutlich sogar Ed. Jeder von uns würde *mehr als eine Million* erben? Und was bedeutete überhaupt *mehr* als eine Million? Das konnten anderthalb sein, aber auch fünf oder neun. Mir begann leicht schwindelig zu werden. Flemming hatte am Telefon die eine oder andere entsprechende Andeutung gemacht, aber das …

Schließlich war es Ellen, die das atemlose Schweigen brach. »Was genau meinen Sie mit *sollte*?«

»Klaus Sänger hat ein paar Bedingungen an das Erbe geknüpft«, antwortete von Thun. »Ich kann Sie beruhigen: Bei den meisten handelt es sich nur um Formalitäten, über die Sie sich nicht den Kopf zerbrechen sollten.«

»Zum Beispiel?«, fragte Judith.

»Sie müssten sich zum Beispiel einverstanden erklären, gewisse Immobilien nicht zu veräußern.«

»Zum Beispiel diese Ruine hier«, vermutete Ed.

»Zum Beispiel«, bestätigte von Thun. »Klaus Sänger wollte offensichtlich verhindern, dass sein Erbe …« Er suchte nach Worten.

»Verschleudert wird?«, schlug ich vor. Ich wollte es nicht, aber ich konnte nicht verhindern, dass mein Blick dabei in Eds Richtung irrte. Eds Gesicht wurde noch finsterer, aber Ellen gab sich nicht einmal Mühe, ein Grinsen zu unterdrücken.

»Darüber hinaus gibt es gewisse Institutionen und Stiftungen, die Sie weiterhin aufrechterhalten müssten ...« Er hob die Schultern. »Aber wie gesagt: Zumindest nach dem Einblick, den ich bisher in die Aktenlage habe, dürfte der verbliebene Rest immer noch enorm sein. Mehr als nur ein kleines Vermögen, um es vorsichtig auszudrücken.«

»Und wo ist der Haken?«, fragte Ed geradeheraus.

Von Thun druckste einen Moment lang herum. Er sah keinen von uns direkt an, als er antwortete. »Wie gesagt, Klaus Sänger war ein wenig exzentrisch. Er hat verfügt, dass nur zwei von Ihnen in den Genuss des Erbes gelangen sollen. Und auch das erst nach einer gewissen Weile und nach Erfüllung gewisser ... äh ... Bedingungen.«

»Und wie genau sehen diese Bedingungen aus?«, fragte Ellen.

Von Thun räusperte sich unbehaglich. »Klaus Sänger hat verfügt, dass sein gesamtes Vermögen weiterhin im Besitz der Familie bleibt«, antwortete er. »Um dies zu erreichen, müssten zwei der hier Anwesenden heiraten und ihren Familiennamen in Sänger umändern lassen.«

Diesmal dauerte das Schweigen, das sich im Raum ausbreitete, länger.

»Soll ... soll das ein Witz sein?«, murmelte Maria schließlich.

»Ich fürchte, nein«, antwortete von Thun. »Klaus Sängers erklärtes und vorrangigstes Ziel war es, die Familie nicht aussterben zu lassen. Die Bedingungen in seiner letztwilligen Verfügung sind da ganz eindeutig, fürchte ich.«

»Also, jetzt mal langsam, zum Mitschreiben«,

sagte Ed. »Sie wollen sagen, dass zwei von uns heiraten und den Namen Sänger annehmen müssen und dann gibt es das Geld?«

»Das ist doch wohl ein Scherz!«, sagte Maria empört. »Sie glauben doch wohl nicht im Ernst, dass …«

»… irgendjemand dich freiwillig heiraten würde, *Schätzchen*?«, unterbrach sie Ed grinsend. Er schüttelte den Kopf. »Keine Sorge.«

»Bitte!«, sagte Ellen. »Das muss ja jetzt wohl nicht sein.«

»Ich finde schon«, sagte Maria wütend. »Das ist absurd!«

»Jetzt reg dich wieder ab«, knurrte Ed. »Wo ist das Problem? Zwei von uns heiraten, ändern ihren Namen und kassieren die dicke Kohle. Und sobald wir sie haben, lassen wir uns wieder scheiden.« Er grinste so breit, als versuchte er, seine eigenen Ohrläppchen zu verschlucken. »Sänger ist kein schlechter Name, finde ich. Für ein paar Millionen in cash lasse ich mich auch auf Hansrudi Knickebein umtaufen, wenn's sein muss.«

»Ich fürchte, ganz so einfach wird es nicht sein«, sagte von Thun. »Das Sänger-Vermögen ist momentan treuhänderisch angelegt und das wird auch noch für mindestens fünf Jahre so bleiben. Es ist nicht damit getan, eine Scheinehe zu schließen und sich danach wieder scheiden zu lassen. Ich fürchte, das hat Klaus Sänger vorausgesehen.«

»Wär ja auch zu schön gewesen«, knurrte Ed. »Und welche beiden von uns sind nun die glücklichen? Ich meine: Was machen Sie, wenn zwei Paare ja sagen? Oder gleich drei?«

Von Thun hob die Schultern. »Wie gesagt, das

Erbe ist im Moment treuhänderisch angelegt und somit blockiert. Das Paar, das zuerst heiratet, die Namensänderung durchführt und eine weitere Bedingung erfüllt, kommt in den Genuss des gesamten Erbes.«

»Eine weitere Bedingung?«, fragte Stefan misstrauisch.

»Lasst mich raten«, sagte Ellen. »Das Geld kommt bei der Geburt des ersten Kindes zur Auszahlung.«

»Drei Jahre nach der Geburt eines geistig und körperlich gesunden Kindes, um genau zu sein«, sagte von Thun. Er wirkte ziemlich unglücklich und das konnte ich ihm auch nicht verdenken.

»Das meinen Sie jetzt nicht ernst«, sagte Judith.

»Ich fürchte doch«, sagte von Thun. »Wie gesagt: Klaus Sänger wollte unter allen Umständen verhindern, dass die Familienlinie endgültig erlischt.«

»Anscheinend wollte er auch, dass die neue Familie Sänger nur aus schwachsinnigen, geilen Böcken besteht«, sagte Maria. »Kein normaler Mensch lässt sich doch auf so einen ungeheuerlichen Vorschlag ein!«

»Ich schon«, sagte Ed.

»Eben«, versetzte Maria trocken.

»Meine Herrschaften, ich bitte Sie!« Von Thun hob besänftigend die Hände und kroch dann erschrocken wieder ein Stück weit in sich hinein, als ihm klar wurde, dass sich die allgemeine Feindseligkeit plötzlich auf ihn zu konzentrieren drohte. Deutlich leiser und wieder mehr an seinen Aktenordner als an uns gewandt fuhr er fort: »Ich habe befürchtet, dass Sie so oder ähnlich reagieren würden, aber bitte bedenken Sie, dass dieser Vorschlag nicht von mir kommt oder von der Kanzlei Flemming.«

»Sondern von Klaus Sänger, das ist uns schon klar«, sagte Stefan. Anscheinend war er als Einziger darum bemüht, die Wogen zu glätten. Ich konnte allerdings auch sehen, wie sich die kleinen Zahnrädchen und Hebel hinter seiner Stirn immer schneller und schneller zu drehen begannen. »Aber Sie müssen auch unsere ... Verwirrung verstehen. Wir reden hier immerhin über eine sehr ernste Angelegenheit.«

»Wir reden hier vor allem über sehr viel Geld«, sagte Ed. Er deutete herausfordernd mit den gespreizten Fingern der rechten Hand auf von Thun. »Ist das jetzt alles oder haben Sie noch mehr Überraschungen auf Lager?«

»Im Großen und Ganzen sind dies die einzigen Bedingungen, die an das Erbe geknüpft sind«, sagte von Thun unglücklich.

»Das reicht ja wohl auch«, sagte Stefan. Er sah enttäuscht aus, aber auch ein bisschen wütend. »Was für ein Schwachsinn! Ich meine: Was passiert eigentlich, wenn diese so genannte Ehe tatsächlich zustande kommt und die beiden Glücklichen einfach keine Kinder kriegen?«

»Das halte ich für unwahrscheinlich«, antwortete von Thun. »Aber ich bitte Sie jetzt alle, nicht vorschnell zu reagieren. Mir ist klar, wie Sie sich im Augenblick fühlen müssen. Glauben Sie mir, auch mir selbst ist alles andere als wohl zumute, vor allem in Anbetracht der Umstände, die uns hier zusammengebracht haben. Wenn ich deshalb einen Vorschlag machen dürfte?«

»Nur zu«, sagte Ed feindselig. »Teilen wir Baseballschläger aus und klären die Sache gleich an Ort und Stelle? Wer übrig bleibt, kriegt alles?«

»Da wäre ich eher für einen Buchstabierwettbewerb«, sagte Judith freundlich. »Wir geben dir auch eine faire Chance. Keine Worte über drei Buchstaben.«

Diesmal war das, was in Eds Augen aufblitzte, kein Ärger mehr, sondern etwas Schlimmeres. Er antwortete nicht sofort, sondern spannte sich, fast als wolle er tatsächlich aufspringen und sich auf Judith stürzen, und ich ertappte mich tatsächlich einen Sekundenbruchteil lang bei der Überlegung, was ich tun sollte, wenn Ed es tatsächlich wissen wollte. Ich war ziemlich sicher, dass ich diesem Möchtegernrambo gewachsen war, aber ich legte keinen besonderen Wert darauf, es herauszufinden. Jedenfalls jetzt noch nicht.

Ed anscheinend auch nicht, denn er beließ es bei einem drohenden Aufplustern und sank dann wieder in seinen Stuhl zurück. Aber aufgeschoben war ja schließlich nicht aufgehoben, oder?

»Wenn ich einen Vorschlag machen dürfte«, sagte von Thun. »Es ist spät geworden und wir alle haben eine aufregende Zeit hinter uns.«

»Ach?«, fragte Ed.

»Vielleicht sollten wir uns alle ein wenig Ruhe gönnen.« Von Thun sah demonstrativ auf die Uhr – überflüssig zu erwähnen, dass es sich um eine altmodische Taschenuhr handelte, die er an einer Kette aus der Westentasche zog, um den Deckel aufzuklappen und einen Blick auf das Zifferblatt zu werfen – und warf dann einen weiteren, ebenso auffordernden wie leicht vorwurfsvollen Blick in die Runde. Er kam mir vor wie ein Lehrer, der sich den berüchtigtsten Rabauken der Schule gegenübersieht und verzweifelt darüber nachdenkt, wie er ihnen beibringen soll, dass der geplante Klassenausflug nach Disneyland kurzfristig in eine Wallfahrt nach Lourdes umgewandelt worden ist. Er atmete hörbar ein, bevor er weitersprach:

»Carl hat oben Zimmer für Sie alle vorbereitet. Wahrscheinlich ist es nicht der Standard, den Sie gewohnt sind, aber sie sind sauber und trocken und einigermaßen warm. Und ich denke, für eine Nacht wird es gehen. Warum ziehen wir uns nicht zurück und treffen uns morgen früh ausgeruht und mit klarem Kopf hier wieder?«

»Hier?«, ächzte Ed.

»Was ist dagegen zu sagen?« Nicht dass ich diese Umgebung als besonders angenehm oder irgendwie romantisch empfand, aber darüber hinaus kam mir von Thuns Vorschlag höchst vernünftig vor. »Es sei denn, du hättest Angst vor dem Burggespenst.«

»Gibt es keine Zimmer in der *Taube*?«, fragte Ed, ohne auf meine Spitze einzugehen. Gottlob! Die plumpe – und vollkommen überflüssige – Provokation tat mir schon längst wieder Leid.

»Die gibt es«, sagte Maria. »Aber glauben Sie mir, Sie wollen dort nicht schlafen.«

»Ich finde die Idee ganz in Ordnung«, sagte Ellen. »Ich bin tatsächlich müde, und ich denke, wir sollten alle erst einmal eine Nacht über dem Gehörten schlafen, bevor wir vorschnell entscheiden und vielleicht einen Fehler machen.«

»Wenn du mich heiratest, Liebling, machst du ganz bestimmt keinen Fehler«, grinste Ed.

»Nein«, antwortete Ellen liebenswürdig. »Aber ich bin ziemlich sicher, du würdest es bereuen.« Sie stand auf. »Ich hoffe doch, dass wenigstens die Duschen in dieser Ruine noch funktionieren.«

»Nicht in den einzelnen Zimmern«, gestand von Thun kopfschüttelnd. »Das Internat wurde in den Fünfzigerjahren umgebaut. Es gibt gemeinschaftliche sanitäre Anlagen auf jedem Flur. Aber sie sind funktionsfähig, soweit ich weiß. Carl kann Ihnen alles zeigen. Er sieht hier dann und wann nach dem Rechten.«

»Also im Klartext: Das Gemeinschaftsklo ist auf dem Flur«, sagte Ed. Er schob seinen albernen Cowboyhut in den Nacken. »Das kann ja heiter werden.«

»Halt durch, Liebling.« Ellen spitzte die Lippen zu einem Kussmund. »Wenn du der Auserwählte sein solltest, kannst du dir demnächst dein privates Klo mit vergoldeter Brille kaufen.« Sie wandte sich direkt an von Thun. »Unser Gepäck wird nach oben gebracht?«

»Das ist bereits geschehen«, antwortete von Thun. Er klang hörbar erleichtert. »Carl wird Ihnen Ihre Zimmer zeigen. Ich schlage vor, dass wir uns morgen früh um neun Uhr wieder hier treffen.«

»Na super«, sagte Ellen. »Ich habe mir immer schon gewünscht, einmal in einer zugigen Ruine übernachten zu dürfen.«

»Und?« Ed grinste. »Was ist schlimm daran – wenn du eine 30-Prozent-Chance hast, dass dir diese Ruine bald gehört?«

Ellen verzichtete vorsichtshalber auf eine Entgegnung und stand auf. Abgesehen von Maria, die unglücklicher aussah denn je, erhoben sich auch alle anderen, selbst von Thun. Er schien darauf zu warten, dass noch irgendjemand etwas sagte, zuckte aber dann nur die Achseln und schlurfte mit hängenden Schultern zur Tür. Niemand war besonders überrascht, als er sie öffnete und wir sahen, dass Zerberus – Carl – davor stand. Er sah leicht ertappt aus. Vermutlich hatte er gelauscht. Ich an seiner Stelle hätte es getan.

*

Der Weg nach oben war … sonderbar. Unheimlich wäre vermutlich der treffendere Ausdruck gewesen, aber irgendetwas in mir weigerte sich in diesem Moment beharrlich, das Wort zu benutzen. Draußen in der Halle brannte noch immer kein Licht, aber Carl hatte seine Taschenlampe gegen einen tragbaren Scheinwerfer ausgetauscht, der eine grellweiße Spur in die wattige Dunkelheit der Halle stanzte. Die Dunkelheit wäre mir jedoch beinahe lieber gewesen. Der grelle Lichtbalken riss erbarmungslos alle Anzeichen des Verfalls aus der Schwärze, der von dem ehemals vermutlich beeindruckenden Gebäude Besitz ergriffen hatte, schien die Dunkelheit dahinter jedoch noch zu betonen. Wir bewegten uns durch einen Tunnel aus greller Helligkeit, der im gleichen Tempo wie wir selbst vor uns herwanderte, aber die Schwärze, in die er hineinstach, war absolut; eine perfekte Leinwand für alle Monster und Schreckensbildnisse, die normalerweise gut verwahrt in den tiefsten Abgründen meines Unterbewusstseins schlummern sollten. Mein Herz klopfte so heftig, während ich dicht hinter Carl auf die nach oben führende Treppe zuging, dass ich für einen Moment felsenfest davon überzeugt war, dass alle anderen es hören mussten.

Vielleicht war das sogar so. Aber wenn, dann beachteten sie es vermutlich nicht, weil sie alle Hände voll damit zu tun hatten, ihre eigenen Ängste und Alpträume im Zaum zu halten. Selbst Ed ersparte sich jeden Kommentar.

Es wurde ein wenig besser, als wir die Treppe hinaufgingen. Carls Scheinwerferstrahl tanzte einen Moment lang ziellos hin und her, glitt über ausgetretene Marmorstufen und ein steinernes Geländer, das nicht unbedingt so aussah, als sollte man sich mit seinem gesamten Körpergewicht darauf lehnen, huschte über eine stuckverzierte Decke und riss für einen ganz kurzen Moment ein Gemälde aus der Finsternis. Ich konnte nicht genau erkennen, was es darstellte; vermutlich ein Porträt, denn ich hatte einen vagen, aber unangenehm tief gehenden Eindruck des Angestarrtwerdens. Der Lichtstrahl wanderte weiter, bevor ich noch Einzelheiten erkennen konnte, aber das machte es nicht besser. Im Gegenteil. Es war wie in einem jener alten Horrorfilme, die ich in meiner Jugend so gerne gesehen hatte: Die Monster waren furchteinflößender, je weniger man wirklich von ihnen sah.

»Wir müssen noch eine Etage höher«, sagte von Thun, nachdem wir das Ende der breiten Freitreppe erreicht hatten und uns einen hohen, holzvertäfelten Korridor entlangbewegten, an dessen Wänden zahlreiche gerahmte Bilder hingen. »Es tut mir Leid, dass ich Ihnen solche Umstände bereiten muss, aber dort oben haben wir wenigstens Licht.« Er keuchte leicht, was ich gut verstehen konnte. Selbst ich spürte die Anstrengung, die es mir bereitet hatte, die mindestens fünfzig ausgetretenen Steinstufen hinaufzugehen, die gerade eine Winzigkeit zu niedrig waren, um sie wirklich bequem zu überwinden. Für einen Mann in von Thuns Alter musste es eine

Tortur sein. Ich fragte mich, warum er diese Quälerei überhaupt auf sich nahm, beantwortete meine eigene Frage aber auch praktisch im gleichen Augenblick selbst: Weil sein Zimmer auch dort oben lag – so einfach war das.

»Habt ihr die Stromrechnung für die unteren Etagen nicht bezahlt?«, witzelte Ed.

»Ich hab auf die Schnelle nur den Notstromgenerator in Gang gekriegt«, antwortete Carl. »Die Leistung reicht nicht, um das ganze Gebäude zu versorgen. Ich kümmere mich gleich morgen früh darum.«

»Na, das will ich auch hoffen«, sagte Ed. »Schließlich will ich mein neues Leben als Multimillionär nicht im Rollstuhl beginnen, weil ich mir in dieser Bruchbude den Hals gebrochen habe.«

»Die Zunge würde ja schon reichen.« Es war nicht genau zu bestimmen, wer diese Worte gesagt hatte, aber sie taten ihre Wirkung. Ed hielt endlich die Klappe, und ich konnte das Grinsen, das sich auf den Gesichtern der anderen ausbreitete, geradezu hören. Zumindest für den Rest des Weges bis ins Dachgeschoss hinauf verschonte uns Ed mit seinen dämlichen Bemerkungen.

Genau wie Carl versprochen hatte, brannte zumindest im Dachgeschoss Licht – wenn man es so nennen wollte.

Auch hier gehörte nicht besonders viel Vorstellungskraft dazu, sich auszumalen, wie diese Räumlichkeiten einmal ausgesehen haben mochten; die Korridore waren etwas niedriger als unten, die Holzvertäfelungen an den Wänden etwas weniger erlesen, die Teppiche auf den Böden nicht ganz so kostspielig, und unter der Decke hingen sechs- oder achtarmige Kristalllüster, die dem Ganzen einen endgültigen Hauch von Luxus verliehen hätten – wäre nicht jemand hingegangen und hätte aus jedem zweiten Leuchter sämtliche und aus den übrig gebliebenen alle bis auf eine einzige Glühbirne herausgeschraubt (vermutlich war es Carl gewesen, um Kosten zu sparen), sodass der Weg eher zu einem gespenstischen Spießrutenlauf durch Bereiche von wechselnd intensiver Dunkelheit geriet. Carls Handscheinwerfer, dessen Lichtstrahl noch immer wie betrunken vor uns hin und her schwankte, blieb die mit Abstand ergiebigste Lichtquelle, die dann und wann das Fragment eines Gemäldes aus der Dunkelheit riss, ein Stück eines Türrahmens, einen asymmetrischen Streifen längst verblichener Stofftapeten oder einen Lichtschalter aus Messing; der einfache Weg zwei Treppen hinauf und dann durch einen niedrigen Korridor bis hin zu den Gästezimmern wurde auf diese Weise zu etwas anderem, das ich nicht genau in Worte fassen konnte, aber das eindeutig etwas Unheimliches hatte. Und ich musste weder fragen noch einen Blick in die Gesichter der anderen werfen, um zu begreifen, dass ich nicht der Einzige war, der innerlich aufatmete, als Zerberus endlich stehen blieb und seine Lampe wild hin und her schwenkte, als wäre ihr Lichtstrahl ein Speer, mit dem er in trübem Wasser herumstocherte, um einen Fisch aufzuspießen.

»Wir sind da«, sagte er und leuchtete auf unser Gepäck, das aufgereiht im Flur stand. »Die Zimmer sind alle gleich. Sucht euch eins aus, mir ist egal, wer wo schläft. Oder mit wem«, fügte er nach einer winzigen Pause (und in ganz leicht verändertem Ton, der weder mir noch den anderen entging) hinzu.

Zumindest *ich* fand seinen letzten Satz in höchstem Maße überflüssig.

Ed hob die Schultern, konterte mit einer noch viel überflüssigeren, anzüglichen Bemerkung und öffnete kurz entschlossen die Tür, die Carls Lichtstrahl vergeblich einzukreisen versuchte. Anscheinend wollte er erst gar keine Diskussion darüber aufkommen lassen, wer das erste Zimmer und damit den kürzesten Weg zurück zur Treppe und der richtigen Welt dahinter für sich beanspruchen durfte. »Kein Problem«, sagte er, »wir sind sowieso – *au, verdammt!«*

Etwas schepperte, dann ertönte ein grunzender Schmerzlaut und eine gute Sekunde später tauchte Eds vor Wut verzerrtes Gesicht wieder im Zentrum des Scheinwerferstrahles auf. Erstaunlicherweise schien Carl plötzlich keinerlei Probleme mehr damit zu haben, den Handscheinwerfer still zu halten.

»Verdammter Müll!«, beschwerte er sich. »Soll das ein schlechter Witz sein, oder was? Das ist –«

»– die Toilette«, unterbrach ihn Carl. »Wollt ich euch grad sagen.« Der Scheinwerferstrahl schwenkte kurz nach links und kehrte dann rasch und absolut zielsicher zu Eds Gesicht zurück. »Die Zimmer liegen daneben, alle auf dieser Seite des Gangs. Und noch was: Das Licht im Klo geht nicht. Ich bin noch nicht dazu gekommen, die Birne auszutauschen. Tut mir Leid.«

»Und was machen wir heute Abend?«, nörgelte Ed. »Die Beine zusammenkneifen oder hoffen, dass wir die richtige Tür erwischen?«

Ich konnte hören, wie Ellen scharf die Luft zwischen den Zähnen einsog. Offensichtlich war ich nicht der Einzige, dem Eds plötzliche Vorliebe für zotige Sprache nicht besonders gut gefiel. Carl kam ihr jedoch zuvor.

»Ich lasse Ihnen die Lampe hier«, sagte er. »Mit der richtigen Einstellung hält die Batterie die ganze Nacht.« Der Lichtstrahl flackerte, erlosch für einen Sekundenbruchteil ganz und war zu einem milden dunkelgelben Glimmen geworden, als er zurückkam. »Sehen Sie?«

»Ich sehe eher, dass ich nichts sehe.« Ed war offensichtlich auf Streit aus. Unter anderen Umständen hätte ich die Situation zweifellos genossen und mich zurückgelehnt, um entspannt zuzusehen, wer von ihnen zuerst aufgab. Aber spätestens seit wir dieses unheimliche Spukschloss betreten hatten, war *nichts* mehr normal; und die Umstände schon gar nicht.

»Das geht schon in Ordnung«, sagte ich rasch. »Es ist ja nur für diese eine Nacht.« Ich machte eine fragende Geste nach links. »Ich nehme an, du willst gleich das erste Zimmer, Eduard? Für den Fall, dass dir deine schwache Blase wieder zu schaffen macht.«

Ed gab sich alle Mühe, mich mit Blicken aufzuspießen, verkniff sich aber gottlob jegliche Antwort, und ich hätte ihm auch gar keine Gelegenheit zu einem Versuch gegeben, vielleicht doch noch einen Streit vom Zaun zu brechen, denn ich drehte mich rasch um, ging an ihm und den anderen vorbei und zählte die gleichförmigen Türen ab, die es auf der rechten Seite des Gangs gab. Ihrem Abstand nach zu schließen konnten die Zimmer dahinter kaum größer sein als ein begehbarer Schrank. Ed sagte schließlich doch noch irgendetwas, aber ich zog es vor, es nicht zu verstehen, sondern drückte, bei Tür

Nummer sechs angekommen, die Klinke herunter und wappnete mich innerlich gegen eine weitere unangenehme Überraschung, während ich mit der anderen Hand die Wand dahinter nach dem Lichtschalter abtastete. Ich fand ihn erst nach einigen Sekunden, denn er war deutlich tiefer angebracht, als ich es gewohnt war, und ich brauchte noch einmal zwei oder drei Sekunden, bis es mir gelang, ihn zu betätigen, denn auch dieser Schalter war kein Schalter, sondern ein Erster-Weltkriegs-Modell; ein schwergängiges Bakelit-Monster, das man mit spürbarem Kraftaufwand nach rechts oder links drehen musste, bis es klackend einrastete.

Was ich im Licht der schwachen Glühbirne sah, die daraufhin unter der Decke aufleuchtete, war in der Tat eine Überraschung; aber ich hätte nicht sagen können, ob sie wirklich *unangenehm* war. Das Zimmer war tatsächlich kaum breiter als ein sechstüriger Kleiderschrank, aber dafür so lang, dass man einen Lear-Jet darin hätte parken können: ein schmaler Schlauch, der bequem Platz für einen Schrank, ein Bett und einen Schreibtisch samt dazugehörigem Stuhl und Bücherregal bot, die allerdings hintereinander aufgereiht waren, und alle an der gleichen Wand, was den Anblick irgendwie noch bizarrer werden ließ. Um das Maß voll zu machen, war der Raum in den vorderen beiden Dritteln mindestens drei Meter hoch, wenn nicht mehr, während die Decke weiter hinten in eine holzvertäfelte Schräge überging. In der Mitte dieser Schräge befand sich ein schmales, vergittertes Fenster, das wahrscheinlich selbst an einem wolkenlosen Hochsommernachmittag kein nennenswertes Licht hereinließ. Der Anblick war so unwirklich, dass ich einen Moment lang ernsthaft überlegte, kehrtzumachen und mir eines der anderen Zimmer zu sichern, bevor es zu spät war. Aber dann zog ich die Tür mit einer entschlossenen Bewegung hinter mir ins Schloss und machte einen weiteren Schritt in den Raum hinein. Vermutlich *war* es bereits zu spät und mit ziemlicher Sicherheit sahen die anderen Zimmer auch nicht anders aus. Was hatte Carl gerade gesagt? *Das hier war eine Schule, kein Luxushotel?* Wie Recht er doch hatte …

Immerhin war das Bett frisch bezogen, und die Luft roch nicht annähernd so muffig, wie man es angesichts des unübersehbaren Alters dieses Raumes und seiner Einrichtung hätte erwarten können. Ich betrachtete meine Lagerstatt für diese Nacht einige Sekunden lang missmutig – irgendwie fand ich die Vorstellung wenig erhebend, in einem Bett nächtigen zu müssen, das zum letzten Mal vor zwanzig Jahren benutzt worden war, und das vermutlich von einem pubertierenden Internatszögling, der ganz bestimmt *nicht* die ganze Nacht brav die Hände auf der Bettdecke gefaltet hatte, aber dann wurde mir klar, wie albern dieser Gedanke war. Ich hatte schon an weitaus schlimmeren Orten geschlafen. Und mit ein bisschen Glück würde es nicht mehr allzu lange dauern und ich konnte mir ein Luxushotel *kaufen.* Samt der dazugehörigen, garantiert unbenutzten Betten.

Obwohl ich plötzlich spürte, wie müde ich war, legte ich mich noch nicht hin, sondern begann mit einer kurzen Inspektion des Zimmers. Der Kleiderschrank – wie das Bett, der Schreibtisch und das Bücherregal ein schweres, geschnitztes Möbelstück, an dem die Zeit zwar unübersehbare Spuren hinterlassen hatte, das aber trotzdem die Augen jedes Antiquitätenhändlers zum Leuchten gebracht hätte – war leer, und dasselbe galt für den Schreibtisch, dessen Schubladen ich eine nach der anderen aufzog, aber das Bücherregal war noch zur Hälfte gefüllt. Ein flüchtiger Blick über die verblassten Buchrücken zeigte mir, dass es sich größtenteils um Schulbücher handelte. Die meisten waren mir unbekannt, und eine überraschend große Anzahl der Titel war in Englisch abgefasst, was mir allerdings erst auf den zweiten Blick auffiel; die Jahre, die ich in den USA verbracht hatte, hatten dazu geführt, dass ich vermutlich eher Schwierigkeiten haben würde, Bücher in meiner Muttersprache zu lesen. Ich zog den einen oder anderen Band heraus und blätterte darin, ohne wirklich zu lesen. Der vertraute Geruch von altem Papier stieg mir in die Nase und mit ihm flüchtige Bilder und noch flüchtigere Geräusche: eine ganz Horde von Schülern in blauschwarzen Jacken und gleichfarbigen Kniehosen, die alle den Sekundenbruchteil nach dem Schrillen der Glocke nutzten, um aufzuspringen und den Klassenraum zu verlassen (und das selbstverständlich *gleichzeitig*), krakelige Kreidestriche auf einer verschrammten Schiefertafel, das Lärmen der Schüler unten auf dem Hof, das Knarren von Schritten auf den ausgetretenen Dielen der Treppe, die gedämpften Stimmen der anderen, die durch die dünnen Trennwände aus Sperrholz drangen …

Ich ließ das Buch mit einem so heftigen Knall in der Hand zuklappen, dass allein das Geräusch ausreichte, dass ich erschrocken zusammenfuhr.

Jedenfalls redete ich mir ein, dass es das Geräusch gewesen war …

Mein Herz klopfte. Plötzlich spürte ich, wie kalt es hier drinnen war und wie muffig die Luft trotz allem roch – nein, nicht *muffig*. Moderig. Als wäre irgendetwas verdorben und längst weggebracht worden, hätte aber einen ganz leisen Verwesungsgeruch in den Möbeln und Wänden hinterlassen, der nicht wirklich zu orten, aber auch nicht wirklich zu ignorieren war. Meine Hand, die noch immer das Buch hielt, zitterte, und trotz der Kälte konnte ich die Stelle zwischen den Schulterblättern spüren, an denen mein Hemd schweißnass auf der Haut klebte. *Was zum Teufel war mit mir los?*

Viel hastiger, als ich es beabsichtigt hatte, stellte ich das Buch wieder an seinen Platz zurück, richtete mich auf und fuhr mir nervös mit dem Handrücken über den Mund. Der moderige Geschmack verstärkte sich, und vielleicht lag das ganze Geheimnis allein in diesem fünfzig oder auch hundert Jahre alten Buch und hatte weniger mit alten Flüchen und den Geistern verwunschener Spukschlösser zu tun als vielmehr mit uraltem Papier, das tatsächlich zu vermodern begonnen hatte. Hatte ich nicht einmal etwas über gewisse Schimmelpilze gehört, deren Sporen nicht nur hochgiftig waren, sondern auch Halluzinationen auslösen konnten?

Ein billiger Trick, um mich selbst zu beruhigen; und noch dazu einer, der nicht wirklich funktionierte. Meine eigene Drogenkarriere ähnelte jener der meisten anderen meiner Generation: Der eine oder andere Joint während meiner Schulzeit, einige vorsichtige Experimente mit Dope und ein einziger (allerdings heftiger) Schneesturm, dann hatte die Vernunft (und – gottlob! – die Angst) gesiegt und ich hatte die Finger von dem Zeug gelassen. Aber man wächst nicht im Europa oder auch Amerika des ausklingenden zwanzigsten Jahrhunderts auf, ohne eine Menge über dieses Zeug zu *erfahren*, und ich *wusste* einfach, dass es keine Drogen gibt, die so schnell und auf diese Art wirken. Und schon gar keine, die ihre Wirkung ebenso schnell wieder verlieren. Was immer ich gerade erlebt hatte, es lag nicht an irgendwelchen high machenden *Fluch-des-Pharao*-Sporen in diesem Buch. Es lag an mir.

»Natürlich liegt es an dir«, murmelte ich. »Was hast du denn erwartet, nach so einem Tag?«

»*Was* liegt an mir?«

Diesmal hatte ich mich nicht mehr gut genug in der Gewalt, um nicht mit einem erschrockenen Keuchen herumzufahren. Mein Herz jagte nicht mehr, es hüpfte mit einem Satz in meine Kehle hinauf und versuchte über meine Zunge zu entkommen.

In der Tür stand Judith. Zumindest im allerersten Moment sah sie kein bisschen weniger erschrocken aus als ich, dann machte sich ein halb verlegener, halb aber auch schuldbewusster Ausdruck auf ihrem Gesicht breit. »Entschuldige«, sagte sie. »Ich wollte dich nicht erschrecken.«

»Hast du nicht«, log ich. Dann zuckte ich mit den Schultern und fügte hinzu: »Wenigstens nicht sehr.« Innerlich atmete ich erleichtert auf – unendlich erleichtert, um der Wahrheit die Ehre zu geben. Ich hätte in diesem Moment nicht sagen können, *was* ich erwartet hatte, aber es war ganz und gar nicht so, dass ich *nichts* erwartet hätte. Nicht Judith oder einen der anderen, nichts wirklich Konkretes. Aber in dem unendlich kurzen Moment, den ich gebraucht hatte, um auf die Stimme zu reagieren und mich herumzudrehen, hatte ich einfach *gewusst*, dass hinter mir irgendetwas Grässliches lauerte; etwas, von dem ich keinerlei Vorstellung hatte, aber das irgendwie mit dem moderigen Geruch und den unheimlichen Halluzinationen zu tun hatte und dessen bloßer Anblick mich vernichten musste.

»Das hast du wirklich nicht«, sagte ich noch einmal, wie um der Behauptung durch bloße Wiederholung mehr Gewicht zu verleihen. Ich konnte selbst hören, wie wenig überzeugend die Worte klangen. Die wenigsten Lügen gewinnen an Glaubwürdigkeit, wenn man sie wiederholt.

»Na, dann ist es ja gut«, antwortete Judith. Sie wirkte verlegener als zuvor, verloren, als wüsste sie nichts mit sich anzufangen; ungefähr wie jemand, der ohne anzuklopfen in ein Zimmer platzt und seine beiden Brüder dabei überrascht, wie sie *Evil* Ernie und Bert spielen. Sie versuchte zu lächeln, aber irgendwie war dieses Lächeln wie meine Behauptung gerade: Es betonte die Wahrheit mehr, als sie zu widerlegen.

»Komm ruhig rein«, sagte ich. »Du störst wirklich nicht. Ich kann sowieso noch nicht schlafen.«

»Kein Wunder – in diesem Spukschloss.« Judith gab sich einen sichtbaren Ruck und war von einem Sekundenbruchteil auf den anderen wieder Judith, mit allen Wenn und Aber. Sie waren mir egal. Auch wenn ich es niemals offen zugegeben hätte: In diesem Moment wäre ich sogar froh gewesen, Ed zu sehen. Wenn auch vielleicht nicht lange.

Judith drehte sich halb herum, um die Tür zu schließen (ich wünschte mir, sie hätte es nicht getan, auch wenn ich beim besten Willen nicht sagen konnte, warum), wandte sich dann wieder in meine Richtung und rief: »Fang!«

Irgendetwas flog auf mich zu, und ich riss ganz instinktiv die Arme in die Höhe, um es zu fangen.

Natürlich griff ich daneben. Judiths heimtückisches Wurfgeschoss – das sich als nichts Gefährlicheres als eine Dose Cola entpuppte – prallte schmerzhaft gegen meine Fingerspitzen und fiel zu Boden, und noch während ich mich hastig danach bückte, konnte ich aus den Augenwinkeln sehen, wie Judith zum Bett schlenderte und sich im Schneidersitz darauf niederließ. Ich war nicht sicher, ob sie über meine Ungeschicklichkeit lachte, aber wahrscheinlich tat sie es.

Weitaus umständlicher als notwendig gewesen wäre hob ich die Coladose auf und überzeugte mich davon, dass sie noch dicht genug war, um sie halbwegs ungefährdet aufreißen zu können und *nicht* mit einer Dusche aus klebriger Coca-Cola belohnt zu werden. Die gewonnene Zeit nutzte ich, um meine Gesichtszüge wieder unter Kontrolle zu bringen. Irgendetwas in mir war der festen Überzeugung gewesen, dass der Leibhaftige unter der Tür erschienen war, als Judith hereinkam, und sosehr ich mich auch dagegen zu wehren versuchte, diese völlig widersinnige Furcht war immer noch *da* – aber das musste Judith mir ja nicht unbedingt ansehen. Schon weil sie möglicherweise eine entsprechende Frage gestellt hätte, die ich ganz bestimmt nicht beantworten wollte.

»Danke«, sagte ich unbeholfen.

»Die habe ich geklaut«, antwortete Judith grinsend. »Vorhin, unten in der Küche. Für uns.« Sie fuchtelte triumphierend mit einer zweiten Coladose herum, riss den Verschluss mit einer gekonnten Bewegung auf und tat so, als würde sie mir damit zuprosten. Aber sie trank nicht – vielleicht schon, weil ich selbst keine Bewegung machte, um meine eigene Dose aufzureißen, sondern sie nur ein wenig hilflos anstarrte.

»Ich störe auch wirklich nicht?«, vergewisserte sich Judith.

»Wie kommst du darauf?«

Ein Schulterzucken. »Nur so ... du siehst irgendwie ... blass aus.«

Sah man es mir tatsächlich so deutlich an? Ich rettete mich ebenfalls in ein Achselzucken, das aber noch nicht einmal mich selbst zu überzeugen vermochte, geschweige denn irgendjemand anderen. »Du hast es doch gerade selbst gesagt: Das hier ist das reinste Spukschloss.«

»Ein wahres Wort.« Judith sah sich mit übertriebenen Bewegungen im Zimmer um. »Und in diesen heimeligen Zimmern hat also die Elite unseres Landes ihre Ausbildung genossen? Kein Wunder, dass die meisten von ihnen eine gehörige Macke haben.« Sie schauderte übertrieben. »Mich würden keine zehn Pferde in ein solches Zimmer kriegen. Und schon gar nicht allein.«

»Wenn ich nichts Wichtiges verpasst habe, dann *bist* du in einem solchen Zimmer«, antwortete ich.

»Ich sagte: *keine zehn Pferde,* nicht *keine zehn Millionen*«, verbesserte mich Judith. Sie blinzelte mir zu. »Und ich bin ja auch nicht allein.«

Gut, den letzten Satz würde ich einfach überhören.

»Aber es bleibt dabei: Irgendwie ist es unheimlich hier«, fuhr sie fort. »Und weißt du, was das Verrückteste ist? Nein? Ich habe das Gefühl, schon mal hier gewesen zu sein.«

Ich starrte sie an. *Was* hatte sie da gesagt?

Ganz offensichtlich mussten sich meine Gedanken mehr als deutlich auf meinem Gesicht abzeichnen, denn Judith sah mich nur einen Moment lang stirnrunzelnd an, dann nickte sie. »Du also auch.«

»Nein«, antwortete ich impulsiv, zuckte dann mit den Schultern und gestand in etwas weniger erschrockenem Ton: »Oder doch, ja. Das heißt … nicht genau. Ich meine: Ich weiß genau, dass ich noch niemals hier gewesen bin, aber trotzdem –«

»– kommt dir das alles hier irgendwie bekannt vor«, fiel mir Judith ins Wort. Sie klang jetzt regelrecht triumphierend. »Weißt du, woher das kommt?«

»Nein.«

»So etwas ist gar nicht so selten«, antwortete Judith. »Ich habe vor ein paar Wochen einen interessanten Bericht über genau dieses Thema in einer Zeitschrift gelesen. Das hier sieht genau so aus, wie wir *glauben*, dass ein Internat auszusehen hat. Immerhin kennen wir es aus tausend Filmen und Büchern, und manchmal fängt unsere Erinnerung eben an, uns Streiche zu spielen. Wir erinnern uns an Dinge, die wir in Wirklichkeit gar nicht erlebt haben, und würden jeden Eid schwören, dass es genau so war.«

Ich verzichtete vorsichtshalber darauf, Judith zu fragen, in *welcher* Zeitschrift sie diesen Artikel gelesen hatte. Immerhin begriff ich ungefähr, was sie meinte, und wahrscheinlich lag sie damit gar nicht einmal so falsch – auch wenn *dieses* Zimmer hier ganz bestimmt *nicht* so aussah, wie ich mir ein typisches Zimmer in einem typischen Internat vorgestellt hatte. Aber es war eine weitere Erklärung, und eigentlich war sie auch nicht wesentlich schlechter als die, die ich mir selbst zurechtgelegt hatte.

Judith sah mich eine geraume Weile lang erwartungsvoll an. Als ich ihr nicht den Gefallen tat, auf ihre abenteuerliche Theorie einzugehen und mich in ein Gespräch verwickeln zu lassen, das ich ganz bestimmt nicht führen wollte, hob sie die Schultern, ließ sich mit einem wenig gekonnt geschauspielerten Seufzen mit Hinterkopf und Schultern gegen die Wand über meinem Bett sinken und griff unter ihren Pullover. Sie kramte ein paar Sekunden lang herum. Als sie die Hand wieder hervorzog, glitzerte eine Flasche Wodka darin; eins von diesen schmalen Dingern, die wie Flachmänner aussehen und auch demselben Zweck dienen, nämlich sie unauffällig in der Jackentasche oder auch unter einem beliebigen anderen Kleidungsstück zu transportieren.

»Auch einen Schluck?«

Eigentlich wollte ich nichts trinken und im Grunde war mir nicht einmal mehr nach Gesellschaft. Aber mir war auch noch viel weniger nach *Alleinsein*. »Warum nicht?« Ich kapitulierte, riss die Coladose auf und wurde mit einem hellen Zischen und einem klebrig braunen Sturzbach aus Schaum belohnt, der sich über meine Finger ergoss und auf meine Schuhe tropfte. Judiths Grinsen nach zu urteilen hatte sie auf nichts anderes gewartet. Ich fragte mich, ob sie mir die Dose vielleicht absichtlich so zugeworfen hatte, dass ich gar nicht anders konnte, als sie fallen zu lassen. Allerdings gab ich ihr nicht die Genugtuung, irgendwie darauf zu reagieren, sondern wischte mir lediglich die klebrige Brühe von der Hand und hielt ihr die Dose hin. Abtrinken musste ich nicht mehr. Gut die Hälfte dessen, was zuvor in der Dose gewesen war, klebte jetzt auf meinen Schuhen.

»Haben wir denn etwas zu feiern?«, fragte ich vorsichtig.

»Haben wir nicht?« Judith opferte gut ein Drittel des Inhaltes ihrer Flasche, um die Dose in meiner Hand wieder aufzufüllen, trank einen gewaltigen Schluck aus ihrer eigenen und verfuhr dann ebenso damit. »Ich meine, immerhin sind wir den Millionen ein gutes Stück näher als noch vor einer Stunde, oder? Von gestern gar nicht zu reden.«

»Findest du?« Ich nippte vorsichtig an meinem Getränk und beschloss, es bei diesem einen Schluck zu belassen. Ich habe nichts gegen ein Bier dann und wann oder auch ein paar mehr, aber harte Sachen waren noch nie mein Ding und heute schon gar nicht. Nicht an diesem sonderbaren Ort und nicht, wo meine Kopfschmerzen gerade auf ein erträgliches Level zurückgegangen waren.

»Du etwa nicht?« Judith nahm einen weiteren gewaltigen Schluck des Wodka-Cola-Gemischs, das sich jetzt in ihrer Dose befand, legte den Kopf auf die Seite und sah mich erwartungsvoll an. Sie kicherte albern. »Ich meine: Du glaubst doch nicht, dass die anderen eine Chance gegen ein Traumpaar wie uns haben, oder?«

Fast gegen meinen Willen musste ich ebenfalls lachen. »Für dich scheint die Konstellation ja schon festzustehen«, antwortete ich.

»Wenn du mich fragst, ja«, sagte Judith. Sie lachte immer noch, aber es fiel mir plötzlich schwer, ihre Worte als reines Herumgeflachse aufzufassen. »Ich meine: Stefan und Ellen sind ja nicht nur wie füreinander geschaffen, und du und die Heilige Maria, das kann ich mir nun beim besten Willen nicht vorstellen. Bleiben nur du und ich übrig – es sei denn, du entdeckst plötzlich deine Vorliebe für das andere Geschlecht und Ed und du adoptiert ein paar Kinder. Das soll ja heutzutage möglich sein.«

»Das ist es«, antwortete ich ernsthaft, obwohl ich wusste, dass wir damit gegen die Bedingungen des Testaments verstießen. Noch ernster und mit einem bewusst nachdenklich aufgesetzten Gesichtsausdruck fuhr ich fort: »Obwohl – wenn ich so darüber nachdenke, gefällt mir Stefan doch besser. Ich habe schon immer auf die großen, kräftigen Typen gestanden, weißt du?«

»Kräftig bin ich auch«, antwortete Judith. »Nur wachsen werde ich wahrscheinlich nicht mehr ...« Sie zog eine Schnute. »Wenigstens nicht in die richtige Richtung.«

Diesmal lachten wir beide, aber ich konnte nicht sagen, bei wem es bemühter klang. Schließlich beendete Judith die unangenehme Situation, indem sie einen weiteren Schluck trank und dann demonstrativ weit genug auf dem Bett zur Seite rutschte, um mir Platz zu machen. Sie ging nicht so weit, mit der flachen Hand auffordernd auf die Matratze neben sich zu klopfen – aber irgendwie tat sie es doch, und sei es nur durch die Art, wie sie mich ansah. Ich beschloss, beides zu ignorieren, und tat so, als würde ich noch einen Schluck trinken.

»Jetzt mal im Ernst.« Judith räusperte sich unbehaglich und wusste für einen Moment anscheinend nicht mehr, wohin mit ihrem Blick. »Das ... das alles hier ist doch verrückt, oder?«

»Ich hätte es etwas drastischer formuliert«, stimmte ich ihr zu. »Ehrlich gesagt: Wenn ich diese Geschichte in einem Buch gelesen oder in einem Film gesehen hätte, dann hätte ich mich gefragt, ob der Autor einen an der Klatsche hat. Das Ganze kommt mir vor wie ein Stück aus einem Schmierentheater.«

»Ist es aber nicht«, antwortete Judith. Sie machte keinen Hehl aus ihrer Enttäuschung, und in meinem Hinterkopf begann wieder die wohl bekannte Stimme zu flüstern, die mich fragte, ob *ich* eigentlich einen an der Klatsche hatte, mir eine solche Gelegenheit entgehen zu lassen. Judith hatte durchaus Recht: Die Anzahl der möglichen Konstellationen in diesem Spiel war nicht besonders groß. Um nicht zu sagen: Es gab nur eine einzige, und die saß gerade auf meinem Bett und tat ihr Möglichstes, um den Begriff *versteckte Botschaften* neu zu definieren. Sie winkte nicht mit dem Zaunpfahl, sondern mit dem Eiffelturm.

Unglückseligerweise rührte sich darüber hinaus in mir nichts. Judith war ein nettes Mädchen, aber mehr auch nicht.

»Ich traue der ganzen Geschichte nicht«, antwortete ich mit einiger Verspätung.

»Wieso? Weil sie zu schön wäre, um wahr zu sein?« Judith lachte leise. »Für einen geschmacklosen Scherz ist das Ganze ein bisschen zu aufwendig in Szene gesetzt, meinst du nicht auch?« Sie machte eine flatternde Handbewegung. »Das alles hier. Von Thun, Carl, Flemming … von den Reisespesen mal ganz abgesehen … Kannst du dir ungefähr vorstellen, was der Spaß *gekostet* hat?«

»Ziemlich genau sogar«, antwortete ich. »Das ist es ja, was ich nicht verstehe.« Ich trank nun doch einen (winzigen) Schluck aus meiner Dose, kaute genießerisch darauf herum, als wäre es ein Schluck edelster Wein, kein Gemisch aus Tankstellen-Wodka und Aldi-Cola, und begann im Zimmer auf und ab zu gehen; immerhin eine halbwegs elegante Methode, um aus Judiths unmittelbarer Nähe zu entkommen, ohne dass es auffiel. »Weißt du, ich bin kein Anwalt oder so was, aber normalerweise laufen solche Sachen anders: ein Brief von irgendeinem Notar, ein Termin in einer Kanzlei, tausende von Formularen und Dokumenten, die beigebracht werden müssen ... und dann diese haarsträubenden Bedingungen. Selbst wenn bis hierhin alles stimmt und wir wirklich alle um zwanzig Ecken mit diesem Sänger verwandt sind, glaube ich kaum, dass ein solches Testament vor irgendeinem Gericht der Welt Bestand hätte.«

»Deswegen hat er uns ja auch hierher zitiert«, meinte Judith.

»Das ändert gar nichts«, erwiderte ich überzeugt. »Spielen wir es doch einfach mal durch. Wenn von Thun die Wahrheit gesagt hat, dann reden wir hier über viel Geld. Ich meine: wirklich *viel* Geld. Zehn Millionen, vielleicht noch viel mehr.«

»Genug, dass du dich doch noch in Stefan verlieben könntest?«, kicherte Judith.

»Ich meine es ernst«, beharrte ich. Was der Wahrheit entsprach – nur dass es mir selbst erst im gleichen Moment klar wurde, in dem ich die Worte selbst aussprach. »Wir sind zu sechst, aber nur zwei von uns teilen sich den ganzen Kuchen, während die vier anderen leer ausgehen sollen.«

»Und?«

»Und?« Ich schüttelte den Kopf. »Glaubst du wirklich, die Verlierer werden mit den Schultern zucken und sagen: Tja, schade, war nichts? Ganz bestimmt nicht. Wer immer von uns diese Farce verlieren sollte, wird Himmel und Hölle in Bewegung setzen, um dieses so genannte Testament anzufechten und seinen Anteil zu bekommen. Wir werden die nächsten fünf oder zehn Jahre vor Gericht verbringen, ganz egal wie es ausgeht.«

Judith machte ein nachdenkliches Gesicht. Sie schwieg.

»Wenn von Thun tatsächlich Notar ist oder auch nur in einer Kanzlei *gearbeitet* hat, dann weiß er das ganz genau«, fuhr ich fort. »Kein Gericht der Welt würde dieses so genannte Testament anerkennen. Vermutlich würde es damit enden, dass keiner von uns etwas bekommt und das ganze Erbe dem Roten Kreuz überschrieben wird, falls es sich nicht gleich das Finanzamt krallt.«

»Vielleicht ist das ja genau der Sinn der Sache«, antwortete Judith. »Dass das Finanzamt es *nicht* kriegt.«

»Das hätte er einfacher haben können«, beharrte ich. »Und sicherer.«

Judith trank wieder von ihrem Wodka-Cola-Gemisch, runzelte die Stirn und schüttete nach kurzem Zögern auch noch den verbliebenen Rest aus ihrer Flasche in die Dose.

»Wo ist eigentlich dein Zimmer?«, fragte ich.

»Gleich nebenan.« Judith machte eine entsprechende Kopfbewegung. »So weit weg von Ed wie nur möglich – aber warum fragst du?«

»Weil ich keine Lust habe, dich ins Bett zu tragen, und auch nicht im falschen Zimmer landen will, wenn *ich* ins Bett gehe.«

»Und was ist mit deinem?«

»Wenn du das da ausgetrunken hast«, antwortete ich mit einer entsprechenden Geste auf die Getränkedose in ihrer Hand, »müsstest du eigentlich umfallen und wie ein Stein schlafen.«

»Wenn du dich da mal nicht täuschst«, antwortete Judith unerwartet scharf. Anscheinend schärfer, als sie selbst beabsichtigt hatte, denn sie sah plötzlich wieder verlegen aus. Dann rettete sie sich in ein albernes Kichern und zog einen übertriebenen Schmollmund. »Außerdem war das nicht nett. So spricht man nicht mit einer Dame.«

»Stimmt«, antwortete ich. »Aber das könnte daran liegen, dass du keine bist.«

»Aber ich bin auch nicht so schwer. Warum kommst du nicht her und probierst es aus?«

»Ich glaube nicht, dass das eine gute Idee wäre«, sagte ich ruhig. »Versteh mich nicht falsch, Judith – du bist ein nettes Mädchen, aber mir ist heute einfach nicht nach mehr als Reden.«

Erstaunlicherweise nahm Judith diese Abfuhr weitaus gelassener hin, als *ich* jemals einen Korb hingenommen hatte – und ich hatte eine Menge davon kassiert. Sie wirkte weder beleidigt noch verletzt, sondern hob nur mit einem ganz leicht enttäuscht klingenden Seufzen die Schultern.

»Vielleicht hast du sogar Recht«, sagte sie nach einem weiteren Schluck, »und es ist keine gute Idee – heute. Aber du bist mir eine Revanche schuldig, das ist dir doch klar?«

»Selbstverständlich«, erwiderte ich mit großem Ernst. »Ich schleiche noch heute Nacht runter in die Küche und klaue *zwei* Dosen Cola für jeden von uns. Auch wenn ich dabei Gefahr laufe, Zerberus über den Weg zu laufen. Wenn ich also nicht wiederkomme, musst du wohl oder übel mit Ed vorlieb nehmen.«

»Wieso nennst du ihn eigentlich immer Zerberus?«, erkundigte sich Judith.

»Carl?« Ich grinste. Nachdem dieser eine Punkt zwischen uns geklärt – oder zumindest ausgesprochen – war, fühlte ich mich plötzlich deutlich entspannter. »Weil ich finde, dass Zerberus viel besser zu ihm passt. In der griechischen Mythologie war Zerberus ein dreiköpfiger Höllenhund, der den Eingang zur Unterwelt bewachte.«

»Griechische Mythologie.« Judith machte ein beeindrucktes Gesicht, aber ich glaubte ihrer Miene nicht ganz. Sie war sicher kein weiblicher Einstein, aber sie war auch alles andere als ungebildet oder gar dumm. »Verstehst du was von solchen Dingen?«

»Nur was ich in Comics gelesen habe«, antwortete ich. »Aber ich habe eine Menge Comics gelesen.«

Diesmal währte der schräge Blick, mit dem sie mich maß, schon deutlich länger, und ich las auch eine sichtbare Spur von Verwirrung in ihren Augen. Vielleicht war ich nicht der Einzige im Raum, der den anderen zu durchschauen begann. »Außerdem habe ich das gar nicht gemeint«, sagte sie schließlich.

»Ich weiß, was du gemeint hast. Und ich komme auf dein Angebot zurück. Ich wäre ja dumm, es nicht zu tun.« Ich seufzte. »Manchmal ist es schon ein Kreuz, im einundzwanzigsten Jahrhundert zu leben.«

»Wieso?«

»Weil es früher das Vorrecht von uns Männern war, euch Frauen mit solchen Anträgen in Verlegenheit zu bringen.«

»Tja, so ändern sich die Zeiten.« Judith grinste schadenfroh, trank den Rest aus ihrer Dose und stand mit einer so schwungvollen Bewegung auf, dass sie einfach keinem anderen Zweck dienen *konnte*, als mir zu beweisen, wie stocknüchtern sie noch war. Natürlich ging es schief. Sie hätte fast das Gleichgewicht verloren und wäre wahrscheinlich wirklich gestürzt, wäre das Zimmer nur eine Spur breiter gewesen. So konnte sie gerade noch den Arm ausstrecken und sich an der gegenüberliegenden Wand abstützen.

»Ups!«, sagte sie. »Das war –«

»– vielleicht doch ein wenig zu viel des Guten«, beendete ich den Satz. »Du hast einen genauso anstrengenden Tag hinter dir wie wir alle. Tu dir selbst einen Gefallen und geh schlafen. Ich fürchte, morgen wird es noch ein wenig aufregender.«

Warum auch immer – diesmal hatte ich Judith *wirklich* beleidigt. Sie starrte mich an und für die Dauer dieses einzelnen Blickes wirkte sie unglaublich verletzt und getroffen. Sofort setzte ich zu einer Entschuldigung an, aber Judith kam mir zuvor.

»Ich *bin* nicht betrunken, wenn du das meinst«, sagte sie. »Ich bin zu schnell aufgestanden, das ist alles. Manchmal wird mir dabei schwindelig.«

Ich sagte nichts, blickte aber vielsagend auf die leere Flasche, die auf meinem Bett lag. Hätte ich so viel Alkohol in so kurzer Zeit getrunken, *wäre* ich betrunken gewesen. Aber vielleicht war es besser, wenn ich gar nichts mehr sagte.

»Ich brauche nur ein bisschen frische Luft«, fuhr Judith fort. Sie machte eine Kopfbewegung auf das schmale Fenster in der Dachschräge. »Kann man das Ding aufmachen? Meines ist eingerostet.«

Ich hatte keine Ahnung, aber die Idee, das Fenster zu öffnen, gefiel mir. Vielleicht würde mir ein wenig frische Luft ebenso gut tun wie Judith; wenn auch sicher in anderer Hinsicht. Zumindest würde sie den muffigen Geruch vertreiben. Wenn ich die Wahl hatte, diese Nacht zu frieren oder sie in einem warmen Zimmer zu verbringen, das wie eine Gruft roch, zog ich ein wenig Zähneklappern vor. Ohne direkt zu antworten, ging ich zum Fenster, drehte den Griff und musste nur einmal kurz daran ziehen, bevor sich die rostigen Angeln bewegten – wenn auch mit einem erbärmlichen Quietschen, das vermutlich noch zwei Etagen tiefer zu hören war. Eiskalte, feucht riechende Nachtluft strömte herein und vertrieb wenigstens für einen Moment den nassen Modergeruch, der das Zimmer erfüllte. Einen ganz kurzen Moment hatte ich den verrückten Eindruck, dass das Licht unter der Decke im Luftzug flackerte – was natürlich schlichtweg unmöglich war. Es war zwar eine uralte Glühbirne, aber es war immerhin eine Glühbirne. Was hatte Judith vorhin über Dinge gesagt, von denen wir einfach glauben, dass sie so sein müssten?

Judith trat unaufgefordert an meine Seite. Sie musste sich auf die Zehenspitzen stellen, um aus dem Fenster zu blicken, und sie kam mir dabei so nahe wie seit unserem Tête-à-Tête auf dem Rücksitz von Zerberus' Landrover nicht mehr. Ich wich ganz instinktiv vor ihrer Berührung zurück; aber nicht schnell genug, um nicht erneut zu spüren, wie angenehm sie roch, und einen kurzen Schauer zu verspüren, als ihr Haar meine Wange kitzelte. *Warum nicht?*, flüsterte die wohl bekannte Stimme in meinem Hinterkopf. *So spät ist es noch nicht. Und sooo betrunken ist sie auch noch nicht.*

»Das tut gut«, seufzte Judith. Sie stand mit geschlossenen Augen am Fenster und atmete die eiskalte Nachtluft in tiefen Zügen ein. »Was für ein grässlicher Gestank in dieser Bude herrscht! Das fällt mir erst jetzt auf.«

Mir fiel eher auf, wie deutlich sich ihre Brüste unter dem dünnen Pullover hoben und senkten, während sie am Fenster stand und ein- und ausatmete. Ich sah rasch weg und machte einen weiteren Schritt zur Seite, um den Sicherheitsabstand zwischen uns zu vergrößern. Außerdem musste ich eine Menge von dem zurücknehmen, was ich vorhin über sie gedacht hatte. Sie hatte ein paar Pfunde mehr, als die Hochglanzillustrierten und die Werbeindustrie unserem guten Geschmack zubilligten, aber eigentlich saßen sie alle an den richtigen Stellen …

»Das ist unheimlich«, murmelte Judith.

»Was?«

»Das da draußen. Der ganze Anblick.«

Zögernd trat ich wieder neben sie und stellte mich ebenfalls auf die Zehenspitzen, um aus dem Fenster zu blicken. Viel gab es gar nicht zu sehen: einige Quadratmeter einer steil abfallenden Dachfläche, die wie ein nasses Puzzle aus schwarz verspiegelten Teilen im Mondlicht glänzten, dahinter einen vielleicht fingerbreiten Streifen des gegenüberliegenden Gebäudes. Irgendwo dahinter wiederum musste Crailsfelden liegen, aber alles, was ich erblickte, war vollkommene Finsternis. In der Stadt brannte entweder kein einziges Licht oder ich hatte gründlicher die Orientierung verloren, als mir bisher klar gewesen war.

»Unheimlich?« Ich sah Judith fragend an.

Sie erwiderte meinen Blick nicht, sondern machte

eine Kopfbewegung nach links. Im ersten Moment erkannte ich auch in dieser Richtung nichts außer Dunkelheit, aber der Ausdruck auf Judiths Gesicht war zu besorgt gewesen, sodass ich noch einmal und genauer hinsah.

Die Dunkelheit dort drüben war nicht homogen, sondern hatte verschiedene Schattierungen, und einmal darauf aufmerksam geworden, dauerte es nur noch Augenblicke, bis ich die Umrisse eines gedrungenen runden Turmes erkannte, die in vollkommener Schwärze aus der etwas samteneren Dunkelheit des Nachthimmels dahinter gestanzt waren.

»Das ist der alte Donjon, ja«, sagte ich. »Man konnte ihn deutlich sehen, als wir heraufgefahren sind.« Judith sah mich fragend an, und ich verbesserte mich: »Bergfried, wenn es dir lieber ist.«

»Das meine ich nicht.« Judith schauderte und es war nicht geschauspielert. Ich war ihr immer noch nahe genug, um zu sehen, wie sich die feinen Härchen in ihrem Nacken aufrichteten. »Hörst du nichts?«

Hören? Ich lauschte angestrengt, schüttelte den Kopf und lauschte dann noch konzentrierter, als sich der besorgte Ausdruck auf Judiths Gesicht beharrlich weigerte, irgendetwas anderem zu weichen.

Und schließlich hörte ich es auch: ein ganz feines, hohes Fiepen, leise und weit entfernt, wie der Laut einer Hundepfeife, die jemand unten im Ort blies; nur irgendwie aufgeregter und dass es sich um ein ganzes Orchester davon zu handeln schien.

»Fledermäuse.« Mehr noch als die feinen Härchen in Judiths Nacken sträubte sich etwas in ihrer Stimme, als sie das Wort aussprach.

»Vermutlich«, bestätigte ich – und kaum hatte ich das Wort ausgesprochen, glaubte ich tatsächlich eine Anzahl winziger, hektisch hin und her flatternder Schatten zu erkennen, die den Turm umkreisten. Aber das war wahrscheinlich *wirklich* Einbildung. »Wahrscheinlich sogar. Sie leben gerne in alten Türmen und Dachstühlen, weißt du? So etwas wie diese Ruine könnte eigens für sie gebaut worden sein.«

»Verdammt noch mal, das hätte er uns sagen können!«, sagte Judith mit zitternder Stimme.

»Sag nicht, du fürchtest dich vor Fledermäusen!«

»Ich hasse die Viecher«, antwortete Judith. »Mach ...« Sie fuhr sich nervös mit der Zungenspitze über die Lippen. »Mach das Fenster zu ... bitte!«

»Sie kommen bestimmt nicht herein«, versicherte ich. »Fledermäuse mögen kein Licht. Und menschliche Gesellschaft schon gar nicht.«

»Ich weiß«, antwortete Judith. Sie versuchte zu lächeln, aber es misslang kläglich und geriet zu einem Ausdruck kaum noch unterdrückter Panik. »Aber mir wäre trotzdem wohler, wenn du das Fenster zumachen könntest.«

Diesmal reagierte ich sofort. Der Klang in ihrer Stimme war echte Angst, und wer war ich, irgendjemandem seine Phobie vorhalten zu können? Ausgerechnet ich? Ich schloss das Fenster, legte den Riegel vor und überzeugte mich (und vor allem Judith) dann noch einmal mit einem übertriebenen Rütteln am Griff, dass auch wirklich zuverlässig abgeschlossen war. Judith atmete erleichtert auf, aber ich konnte auch sehen, dass die Angst in ihren Augen nur zurückkroch, nicht ganz verschwand.

»Danke«, sagte sie.

»Kein Problem.«

»Doch, es *ist* ein Problem. Du musst mich für eine hysterische Ziege halten, die –«

»Das tue ich keineswegs«, unterbrach ich sie. »Ich weiß, was eine Phobie ist. Wenn der Hof dort unten voller Spinnen oder Kakerlaken wäre, würde ich jetzt wahrscheinlich schon wimmernd auf dem Schrank hocken und nach meiner Mami schreien.«

»Spinnen *und* Kakerlaken?«

»Alles, was mehr als vier Beine hat«, bestätigte ich – was nicht ganz der Wahrheit entsprach, aber ich hatte das Gefühl, dass ein wenig Übertreibung in diesem Falle durchaus dazu beitragen konnte, Judith zu beruhigen.

»Das ist völlig verrückt«, fuhr Judith fort, noch immer nervös und im Tonfall einer Verteidigung und ohne mir direkt in die Augen zu sehen. »Ich liebe Mäuse, weißt du? Ich finde sie niedlich – und Ratten genauso. Als Kind hatte ich sogar eine eigene Maus und … und ich habe auch kein Problem mit Vögeln. Aber Fledermäuse … ich komme einfach nicht dagegen an.« Sie gab sich einen sichtbaren Ruck, atmete tief und hörbar ein und zwang sich, mir in die Augen zu blicken. Ich konnte sehen, wie schwer es ihr fiel. »Entschuldige. Ich –«

Ihr Vorrat an Selbstbeherrschung war so schnell erschöpft, wie sie ihn zusammengerafft hatte. Plötzlich begann sie am ganzen Leib zu zittern, und in ihrem Blick war jetzt *echte* Panik zu lesen, nicht mehr nur ihre Vorboten. Ihre Lippen bebten.

Natürlich wusste ich, dass es ein Fehler war, noch bevor und auch während ich es tat, aber ich hätte schon aus Stein sein müssen, um irgendetwas anderes zu tun, als mit einem einzigen Schritt bei ihr zu sein und sie tröstend in die Arme zu nehmen. Einen Moment lang standen wir einfach so da, eng aneinander geklammert und schweigend, Judiths Schultern bebten, ich erlebte erneut den betörenden Duft ihres Haares, spürte, wie weich und fraulich und verwundbar ihr Körper unter dem dünnen Pullover war, und nach einem weiteren, unfassbar kurzen Augenblick legte sie langsam den Kopf in den Nacken und sah zu mir hoch. Im allerersten Moment schmeckten ihre Lippen salzig, nach den Tränen, die sie nicht mehr ganz hatte zurückhalten können, aber dann wurden sie süß und weich …

Ach verdammt, warum eigentlich nicht?!

*

Es waren nicht die Straßen von Crailsfelden, über die ich stolperte. Im ersten Moment glaubte ich, dass sie es seien; mein Verstand sagte mir, dass sie es sein *mussten*: Ich war in Crailsfelden eingeschlafen, also musste ich immer noch in Crailsfelden *sein*. Aber das war ich nicht. Darüber hinaus konnte ich das Kloster (von Crailsfelden ganz zu schweigen) schwerlich verlassen haben, denn ich lag noch immer auf dem schmalen, muffig riechenden Jugendbett im Dachgeschoss des ehemaligen Klosters und schlief. Der einzige Ort, an dem diese bizarre Szenerie existierte, war die Pseudorealität meiner Träume.

Es war nicht das erste Mal, dass ich träumte und mir dessen vollkommen bewusst war; im Gegenteil. Ich weiß, dass das ungewöhnlich ist – zumindest habe ich nie jemanden getroffen, dem es genauso ergeht –, aber solange ich mich zurückerinnern kann, war ich mir fast immer der Tatsache bewusst gewesen, zu träumen, wenn ich träumte – und ich träumte oft. Banale Szenen, die ich am Tag zuvor erlebt hatte, surrealistische Impressionen, die keinen Sinn hatten und auch keinen ergaben, so oft und so lange man auch darüber nachdachte, Alpträume, die mir schier das Blut in den Adern gefrieren ließen, erotische Fantasien ... den üblichen Mist eben, mit dem sich jedes Gehirn beschäftigt, um die Zeit totzuschlagen, während der Körper im Leerlauf vor sich hin tuckert, um neue Kräfte zu sammeln. Mit einem Unterschied: Ich wusste fast immer, dass ich nur träumte, und zumindest wenn diese Träume einen Sinn ergaben, konnte ich sie sogar genießen; mein ganz privates Kino im Kopf, bei dem ich mich gemütlich zurücklehnen und der Dinge harren konnte, die da kamen.

Doch zwei Dinge waren heute anders: Ich wusste sofort, dass es ein Alptraum war – einer von der ganz üblen Sorte, die schlimm begannen und schnell den Punkt erreichten, an dem es einfach nicht mehr schlimmer werden *konnte* (nur um dann erst *richtig* loszulegen, versteht sich) –, und dieses Wissen schützte mich nicht vor der Angst, die mit dem Alptraum kam. Mein Herz hämmerte. Ich war in Schweiß gebadet. Meine nackten, blutigen Füße schrammten über hartes Kopfsteinpflaster, dessen Mörtel offensichtlich nicht nur aus Kalk und Sand zusammengerührt worden war, sondern auch aus einer gehörigen Portion Eisennägeln, denn jeder Schritt löste eine neue grelle Schmerzexplosion in meinen Fußsohlen aus, und die Häuser standen ebenso dicht beieinander wie in dem kleinen, unscheinbaren Städtchen, und trotzdem war ich nicht in Crailsfelden. Nicht mehr.

Crailsfeldens Straßen waren nicht mit Stroh und faulenden Abfällen übersät, in Crailsfelden rasten keine wie verrückt quietschenden Schweine durch die Gassen, Crailsfelden stank nicht so erbärmlich. Und Crailsfelden *brannte nicht*.

Diese Stadt brannte. Aus vielen der strohgedeckten Dächer schlugen Flammen in die Höhe, aus den glaslosen Fenstern der mittelalterlichen Gebäude quoll dichter schwarzer Rauch, der wie eine zerrissene Wolldecke über den Straßen hing und das Atmen fast unmöglich machte. Über mir kreisten Fledermäuse, kreischten ihr unhörbares Ultraschallkreischen, flatterten wie wild mit ihren Schwingen. Einige von ihnen brannten, andere stießen immer wieder blitzschnell herab, wie um sich im Sturzflug auf einen unsichtbaren Gegner zu werfen, und prallten dabei gegen Dächer und Wände. Manche zerschmetterten auf dem Boden.

Es war laut, unglaublich laut. Die Schreie der Menschen und das Quieken und Grunzen der Tiere, die aus ihren Stallungen flohen, übertönte beinahe das Prasseln der Flammen, irgendwo hinter mir verabschiedeten sich zwei, drei der Gebäude unmittelbar nacheinander, stürzten unter gewaltigem Lärm ein und trieben Asche und Rauch durch die Stadt, eine tödliche, heiße und trockene Welle, wie die Schockwelle einer Atomexplosion, die lautlos und schnell aus einer anderen Welt herüberschwappte und alles zerstörte, worauf sie traf.

Das Mädchen an meiner Hand schrie entsetzt auf, und ich warf ihm einen kurzen Blick zu, stellte aber fest, dass es nicht verletzt war, sondern sich nur erschrocken hatte. Der Feuersturm tobte über uns hinweg, pulverisierte Dächer und Wände und setzte das, was er nicht sofort zerstören konnte, in Brand. Aber er vermochte weder dem Mädchen (Judith – es hatte Judiths Gesicht, nur dass es viel jünger war und nicht Judiths rotes Haar hatte, sondern bis auf die Schultern fallende schwarze Locken) noch mir etwas anzutun, denn er war Teil einer anderen Horrorvision, die der Teil von mir sogar erkannte, der noch immer beharrlich darauf pochte, dass ich schlief und dass das hier alles nur ein Alptraum war, der mir nicht wirklich etwas anhaben konnte. Es war der monochrome Ausschnitt eines Filmclips aus den frühen Fünfzigern, in dem zum ersten Mal die Folgen einer Nuklearexplosion dokumentiert wurden; Bäume, die sich wie sturmgepeitschtes Gras bogen, bevor die Druckwelle zuerst die Blätter und eine Nanosekunde später die Rinde von den Stämmen fegte, ein Haus, dessen Dach sich in einer fast ästhetischen Wellenbewegung abhob und in Millionen Teile zerfiel, bevor es von einem unsichtbaren Faustschlag getroffen und zusammen mit dem Rest des Gebäudes pulverisiert wurde, ein billig eingerichtetes Zimmer voller Schaufensterpuppen, Stofftiere, Nierentischchen und Stehlampen mit gestreiften Stoffschirmen, dessen Fensterscheiben plötzlich grell aufleuchteten und sich dann in einen Hagel tödlicher Schrapnellgeschosse verwandelten, bevor die Druckwelle die Kamera traf und zerschmetterte. Jeder, der einen Fernseher besitzt, hat diese Szene schon einmal gesehen, und irgendein verschrobener Teil meines Unterbewusstseins musste sie in mir mit diesem brennenden mittelalterlichen Crailsfelden assoziiert und eingeblendet haben; ein Traum in einem Traum, der die Requisite gefährdete, aber nicht die Akteure.

Aber ich hatte keine Zeit, erleichtert aufzuatmen. Ich hatte keine Zeit, schützend den Arm um das Mädchen an meiner Seite zu legen. Ich hatte keine Zeit, irgendetwas anderes zu tun, als zu laufen, immer schneller und schneller zu laufen. Sie konnte kaum mit mir Schritt halten, stolperte ein paarmal beinahe, doch ich riss sie einfach weiter mit. Keine Ahnung, wohin, einfach nur weg. Weg von dem Rauch und der Wolke aus Asche, fort von dem Feuer, das überall brannte, wohin man auch sah – ein unersättlicher Moloch aus Licht und Hitze und purer, verheerender Energie, der durch die Stadt tobte und seine Wut darüber hinausschrie, dass es uns nichts anhaben konnte. Der völlig widersinnigen, aber zwingenden Logik eines Alptraums folgend, schützte mich dieses Wissen nicht vor der Angst, sondern schien sie eher noch zu verschlimmern. Ich konnte nichts anderes tun, als zu rennen, hinaus aus diesem Alptraum, weg von dem Feuer, das willkürlich und mit böser Absicht gelegt worden sein musste, kreuz und quer in dieser Stadt in einer Zeit, in der man Wäsche noch in Kübeln wusch und Nachttöpfe einfach aus dem Fenster leerte.

Weg von den Menschen, die uns verfolgten.

Sie schrien. Sie kreischten. Sie fluchten. Aber es war nicht die Angst vor dem Feuer, die sie vorantrieb, sondern Hass. Der Hass auf mich und das Mädchen an meiner Seite. Vielleicht nur auf sie.

Ich wusste noch immer nicht, wer dieses Mädchen war. Ich wusste ja noch nicht einmal, wo sie herkam, aber als ich das nächste Mal den Kopf drehte und sie ansah, hatte sie nicht mehr Judiths Gesicht, sondern südländisch-exotische Züge, die mehr zu ihrem schwarzen Lockenhaar passten als Judiths

Pausbäckchen. Sie war jünger, noch ein Kind, und in der Panik in ihren dunkel gewordenen Augen hatte sich ein Ausdruck von stummem Vorwurf gemischt, den ich nicht verstand, der sich aber trotzdem wie ein Messerstich tief in meine Brust bohrte. Anscheinend hatte der Regisseur dieses Kafka-Stückes, das in meinem Kopf ablief, beschlossen, die Schraube um eine weitere Drehung anzuziehen und es mir so richtig zu geben. Was immer diesem Mädchen angetan worden war, wovor immer es floh, es war meine Schuld. Es gab keinen Grund für diese Überzeugung, aber Träume brauchen keine Begründung.

Die Verfolger kamen näher. Nicht sehr schnell, aber sie *kamen* näher, und das würden sie auch weiter tun, denn selbstverständlich unterschied sich dieser beschissene Alptraum in diesem Punkt *nicht* von einem gewöhnlichen Nachtmahr: Man konnte rennen und rennen, so schnell man wollte, die Verfolger holten immer auf, auch wenn man selbst lief wie von Furien gehetzt und sie nur gemütlich schlenderten.

Unsere Verfolger schlenderten allerdings nicht.

Sie warfen Steine nach uns, stießen üble Flüche und Verwünschungen aus, und ich musste nicht über die Schulter zu ihnen zurückblicken, um zu wissen, dass sie nach uns spien. Ich konnte ihre Worte nicht verstehen, wusste nicht, was sie trotz der allgegenwärtigen Gefahr, von hinabfallenden, brennenden Balken und Strohbündeln getroffen zu werden, dazu trieb, zwei Menschen zu verfolgen, statt einfach fortzulaufen und ihre Haut zu retten, was sie dazu trieb, *uns* zu verfolgen. Sie taten es einfach. Und sie würden uns nicht nur töten, wenn sie uns einholten, sondern uns etwas weitaus Schlimmeres antun. Sie würden *ihr* etwas Schlimmeres antun. Ich musste aus diesem verdammten Alptraum aufwachen, denn ich spürte plötzlich, dass es noch einen Unterschied gab. Vielleicht würde er nicht einfach enden, wenn ich erwachte. Ich musste erwachen, *bevor* sie uns einholten. Vielleicht würde ich es sonst nie wieder tun.

Ich packte die Hand meiner Begleiterin noch fester. Wir würden es nicht schaffen! Gott, wir rannten schneller, als wir theoretisch *konnten*, und trotzdem würden wir es nicht schaffen! Alles, was wir erreichen würden, war, dass wir uns die Füße auf dem harten, unebenen Kopfsteinpflaster noch mehr aufreißen und uns noch ein paar Kratzer, Platzwunden und Prellungen zuziehen würden, wenn wir stolperten, ehe uns die Meute erwischte und niederschlug, steinigte, erstach, verbrannte oder was auch immer sie mit uns vorhatte.

Aber ich konnte nicht aufgeben. Nicht mich und nicht sie. Wenn sie auch mich erwischten – sie sollte weiterlaufen! Sie *musste* überleben. Wenn sie starb – wenn sie *auch diesmal wieder starb*! –, würde etwas Entsetzliches geschehen. Ich wollte es ihr sagen, wollte sie anschreien, nicht auf mich zu warten, wenn ich fiel oder wenn sie mich erwischten, sondern ihre eigene, samtweiche Haut zu retten. Aber ich konnte es nicht. Meine Lunge drohte zu zerspringen, die verqualmte, trockene Luft brannte in meinen Augen, meiner Nase, meiner Kehle, machte es mir unmöglich, auch nur einen Ton hervorzubringen. Schmerz biss sich in meine Seiten, mahnte mich, doch langsamer zu laufen, aber ich ignorierte ihn. Etwas Kaltes, Hartes traf meinen Hinterkopf und ich spürte sofort warmes Blut meinen Nacken hinabrinnen, doch auch darauf reagierte ich nur, indem ich noch schneller lief. Es spielte keine Rolle, was mit mir geschah. Miriam (Miriam?) musste überleben. Ich musste den Teufelskreis durchbrechen.

Wir erreichten eine Wegkreuzung, die rechts wie links in jeweils eine schmale Gasse führte. Die oberen Geschosse der angrenzenden Häuser brannten bereits lichterloh. Den Bruchteil einer Sekunde hielt ich inne, unschlüssig, in welche Richtung wir weitereilen sollten. Es gab keine Rettung vor dem Feuer. Die Flammenwalze war über die gesamte Stadt hinweggetobt und kam zurück, kreiste uns ein wie ein gieriges, loderndes Raubtier, das seine Beute nicht zu schlagen vermochte, aber ebenso wenig bereit war, aufzugeben.

Die Fledermäuse über uns flogen ein Stück weit voraus, hielten dann abrupt inne, verharrten einen winzigen Augenblick auf der Stelle flatternd, wie ein Schwarm zu groß geratener, hässlicher Kolibris (Fledermäuse konnten so etwas nicht, aber das interessierte den ausgeflippten Möchtegern-Carpenter in seinem Regiestuhl in mir ebenso wenig wie die Tatsache, dass er hier verschiedene Zeitepochen durcheinander brachte), kehrten dann um und bogen ungeachtet der lodernden Flammen in die nach links führende Gasse ein. Mindestens ein halbes Dutzend der Tiere zahlte mit ihrem Leben dafür. Dennoch vertraute ich dem Instinkt der Tiere. Außerdem glaubte ich, dass wir es schaffen konnten, das Haus zu passieren, ehe die brennenden Dachbalken auf uns herabfielen oder das Gebäude einstürzte. Vielleicht würde es auf diese Weise wenigstens ein paar unserer Verfolger aufhalten. Oder ein paar von diesen Mistkerlen erschlagen.

Das tat es tatsächlich. Aber zuerst traf es das Mädchen Miriam an meiner Hand mit einem brennenden Strohbündel, das zwischen uns zu Boden stürzte, eine lodernde Guillotine, die mit einer Klinge aus Hitze und Licht die Verbindung zwischen uns durchtrennte, ihre Wange streifte und einen erheblichen Teil ihres schwarzen Haares versengte. Sie schrie erneut auf, schlug mit der freien Hand nach ihrem Gesicht und ihrem Haar, versuchte, ihre linke Hand loszureißen und damit ebenfalls nach der verletzten Stelle ihrer Haut zu greifen, zu schlagen oder was sonst auch zu tun, als ich sie sofort mit eisernem Griff packte und weiterzerrte. Wir hatten keine Zeit zum Leiden.

Hinter uns wurden entsetzte Schreie laut, als weitere brennende Strohbündel und Balken vom Dach hinab- und in die Menschenmasse hineinkrachten. Ich roch den süßlich intensiven Gestank von verbranntem Fleisch. Es musste viele erwischt haben, mindestens ein halbes, wenn nicht gar ein ganzes Dutzend. Doch der Rest ließ sich davon nicht beeindrucken, sondern setzte uns im Gegenteil noch wütender und entschlossener nach.

Die Meute holte auf. Immer öfter wurden wir nun von Steinbrocken und Holzstücken getroffen, die die Menschen nach uns schleuderten. Sie hatten weiter aufgeholt. Sie rannten eindeutig langsamer als wir, aber sie holten trotzdem auf!

»Bleib stehen, Miststück!« Eine helle Kinderstimme, schrill und von jener absoluten Bosheit erfüllt, die nur Kinder aufzubringen imstande sind. Kinder. Selbst die Kinder machten Jagd auf uns!

Und weil Kinder und Betrunkene meistens die Wahrheit sagen, erkannte ich in diesem Augenblick, dass wir tatsächlich in der Falle saßen. Die Gasse war mehr als nur eine Gasse – sie war eine Sackgasse. An ihrem Ende wurde sie von einem wuchtigen Gebäude begrenzt, das mit einem massiven Holztor verschlossen war. Anders als die meisten Häuser der mittelalterlichen Stadt war sein Dach nicht mit Strohbündeln, sondern mit Schindeln bedeckt, und es gab – zumindest zu dieser Seite hin – auch kein Fenster, keine Nebentür, einfach nichts.

Es war vorbei. Ich hätte dem Instinkt der Fledermäuse nicht trauen dürfen. Ich hatte keine Flügel.

Trotzdem rannte ich weiter, meine Begleiterin, die die Aussichtslosigkeit unserer Situation ebenfalls erkannt hatte und langsamer zu laufen versuchte, unbarmherzig immer weiter mit mir reißend. Wir durften nicht aufgeben! Niemals! Wir würden rennen bis zuletzt und unsere Haut so teuer wie möglich verkaufen!

Irgendetwas flog dicht über uns hinweg und zerstob in einem Feuerregen an der Wand, vielleicht ein Stein, irgendein gemeines Wurfgeschoss, vielleicht eine brennende Fledermaus. Der Himmel spie Feuer, und die Luft war jetzt auch hier so stickig und heiß, dass jeder Atemzug zur Qual wurde. Wir atmeten flüssiges Feuer.

»Bleib stehen, Miststück! Wir kriegen dich ja doch!«

Ich widerstand der Versuchung, mich umzusehen und damit kostbare Zeit zu verschwenden, aber ich wusste, dass sie wieder näher gekommen waren. Die Gasse war nicht sonderlich lang, aber selbst wenn sie nicht vor einem Tor geendet hätte, das massiv genug aussah, um dem Beschuss aus einem Schiffsgeschütz zu trotzen, hätten wir keine Chance gehabt. Sie würden uns einholen, lange bevor wir das Ende dieser brennenden Höllenschlucht erreichten. Ich musste aufwachen. Ich musste aus diesem verdammten Traum aufwachen, irgendwie!

Ein Ruck ging durch die Wirklichkeit (Wirklichkeit? – Haha), nur ein winziges Stocken, wie ein nicht vollkommen sauberer Schnitt in einem Film, den man nicht wirklich sieht, aber irgendwie doch spürt, und plötzlich waren Feuer und Rauch verschwunden und an ihrer Stelle spannte sich ein von dunklen Regenwolken verhangener Himmel über uns. Wir waren auch nicht mehr in Crailsfelden, jedenfalls nicht mehr in einem mittelalterlichen, brennenden Crailsfelden, dennoch aber von hohen Bruchsteinmauern und schindelgedeckten Dächern umgeben.

Es verging ein Moment, bis mir klar wurde, dass der Schnitt wohl doch drastischer gewesen war, als ich angenommen hatte, und dann noch ein zweiter, bis ich das neue Setting erkannte. Das Kloster! Wir befanden uns auf dem Burghof, fünfhundert Jahre und ebenso viele Meter von der brennenden Kulisse des ersten Aktes entfernt.

»Gib endlich auf! Du machst es nur schlimmer, Miststück!«

Die Stimme war so voller Bosheit und Hass, dass ich eine volle Sekunde wie gelähmt dastand, bevor ich die Kraft aufbrachte, mich herumzudrehen. Wir waren entkommen, aber nur der Kulisse, nicht den Akteuren. Wir hatten einen Teil unserer Verfolger mitgebracht.

Es waren jetzt nicht mehr so viele – vier, vielleicht fünf oder sechs –, und obwohl ich ihre Gesichter sonderbarerweise nicht erkennen konnte, spürte ich den Hass, der uns entgegenschlug, wie die Berührung einer eiskalten Hand. Die Gestalten waren klein, schmal und *schnell* – Kinder –, aber ich wusste dennoch, dass wir chancenlos gegen sie waren; Velociraptoren, die im Rudel jagten und selbst vor einem Tyrannosaurus nicht zurückschreckten. Nichts hatte sich geändert.

Ohne ein Wort fuhr ich herum und stürmte weiter. Aus der Gasse war der weitläufige Innenhof des ehemaligen Internats geworden, aber es gab dennoch nur einen einzigen Ausgang: das Tor, das am oberen Ende der Treppe lag. Es war ebenso verschlossen, wie das am Ende der brennenden Gasse.

Noch fünfzig Schritte. Vierzig. Dreißig …

Ich warf einen gehetzten Blick über die Schulter zurück. Die Raptoren waren näher gekommen. Sie schienen sich jetzt tatsächlich zu bewegen wie schlanke, tödliche Reptilien. Ich konnte ihre Gesichter noch immer nicht erkennen, aber sie waren schnell, unglaublich *schnell*. Wir hatten keine Chance!

Fünfundzwanzig. Zwanzig. Fünfzehn …

Die Fledermäuse über uns hielten inne, flatterten ein weiteres Mal auf der Stelle herum. Dann setzten sie in steilem Winkel zum Abflug an und schnellten geradewegs auf das Tor zu. Noch einen Moment und sie mussten daran zerschmettern, geflügelte Lemminge, die sich in einen Abgrund aus eisenbeschlagenem Holz stürzten.

Stattdessen schwangen die schweren Torflügel geschmeidig auf und gewährten den Tieren Einlass.

Ich bremste scharf ab, beobachtete die bizarre Szene mit ungläubig aufgerissenen Augen und offenem Mund und beschloss dann, mich später darüber zu wundern, was ich gesehen hatte (wenn es ein Später gab). Ich stürmte den Fledermäusen nach und durch das riesige Tor in das Gebäude hinein, in dem uns nichts als absolute Schwärze erwartete. Keine *Dunkelheit*. Schwärze. Die große Eingangshalle des Internats lag nicht im Dunkeln da, sondern war einfach verschwunden. Selbst das Licht, das durch den Eingang fiel, löste sich auf, als wäre dies das Tor zu einem so vollkommen fremden Universum, dass darin nicht einmal Licht und Dunkelheit existieren konnten, und plötzlich begriff ich, wie grausam ich mich getäuscht hatte. Dieses Tor war nicht die Rettung, sondern erst der Anfang des Schreckens. Was immer dahinter auf uns wartete, war ungleich entsetzlicher als alles, wovor wir bisher geflohen waren. Es war nicht der Weg hinauf in die Freiheit, sondern der Abstieg in eine weitere Ebene der Hölle. Dante hatte sich geirrt. Unter dem neunten Kreis der Hölle wartete ein weiterer. Und danach noch einer. Und noch einer. Doch so wenig, wie ich bisher in der Lage gewesen war, unseren Verfolgern zu entkommen, konnte ich jetzt anhalten. Die Torflügel schwangen weiter auf und verschlangen uns, um sich unmittelbar hinter uns ein weiteres Mal wie von Geisterhand in Bewegung zu setzen.

Keuchend hielt ich inne und wandte mich um. Die Dunkelheit war absoluter als alles, was ich jemals erlebt hatte, aber aus irgendeinem Grund konnte ich das Tor trotzdem sehen; vielleicht nicht einmal wirklich *sehen*, sondern nur auf eine andere, unheimliche Art wahrnehmen, die nichts mit den normalen menschlichen Sinnen gemein hatte, sodass es auch keine Worte gab, um sie zu beschreiben. Ich sah sie: geisterhaft wogende Umrisse in gespenstischen Farben, die dort lebten, wo sich das Tor befunden hatte. Aber es war kein Tor. Das war es nie gewesen.

Fledermausflügel. Die Torflügel hatten die Form von gewaltigen Fledermausschwingen!

Ich spürte, wie sich Miriams Hand so fest um meine Finger schloss, dass mir der Schmerz die Tränen in die Augen trieb. Ich wollte mich losreißen, aber es ging nicht. Ich war unfähig, mich zu bewegen, auch nur einen Muskel zu rühren oder in ihr Gesicht zu sehen.

»Warum tust du das?«, wimmerte Miriam. »Warum tust du mir das an?«

Das Tor ... *waberte.* Etwas begann hinter den gespenstischen Linien Gestalt anzunehmen, ein ... Unnatürlich laute Schritte hallten mir entgegen. Schemen einer weißen Gestalt. Kein Engel ...

Warum tust du mir das an?!

Mit einer gewaltigen Willensanstrengung riss ich mich vom Anblick dieses letzten, bedrohlichsten Verfolgers los und schlug mit einem keuchenden Schrei die Augen auf.

Einen Moment lang blieb ich liegen, versuchte, langsam und ruhig zu atmen, und wartete darauf, dass sich mein hämmernder Pulsschlag normalisierte. Ein Traum. Es war ein Traum gewesen, nichts als ein Traum. Ich hatte es gewusst, während ich geträumt hatte, und ich wusste es auch jetzt. Nichts Bedrohlicheres als ein Alptraum, beunruhigend, bizarr und erschreckend, aber letztendlich nicht mehr als ein paar Chemikalien, die mit den Synapsen in meinem Gehirn Reise nach Jerusalem spielten ... Was erwartete ich denn nach einem Tag wie diesem und vor allem in einer *Umgebung* wie dieser, verdammt noch mal?!

Es funktionierte nicht. Der Gedanke mochte logisch sein, aber Logik nutzte mir im Moment herzlich wenig, und das, was ich bisher immer als eher angenehm empfunden hatte – der kleine Trick, zu *wissen*, dass ich träumte, und damit eher ein Abenteuer als eine nächtliche Qual zu erleben –, erwies sich plötzlich als Bumerang. Ich hatte nicht das Gefühl, erwacht zu sein. Vielleicht hatte ich nur ein weiteres Tor durchschritten und war auf dem nächsten Level des höllischen Spiels angekommen.

Was für ein Unsinn!

Obwohl ich wusste, dass es mir wahrscheinlich nicht gut bekommen würde, setzte ich mich mit einem einzigen Ruck auf und zwang mich, die Augen zu öffnen und einen raschen Blick in die Runde zu werfen. Prompt wurde mir schwindelig, und das so schnell und heftig, dass ich um ein Haar von der Bettkante gefallen wäre. Aber immerhin: Das Zimmer war so schäbig und deprimierend, wie ich es in Erinnerung hatte, aber eben ein normales Zimmer. Keine Fledermaustüren, die in den Wahnsinn führten.

Ich wartete, bis die Dunkelheit hinter meinen Lidern aufhörte, Purzelbäume zu schlagen, was eine ganze Weile dauerte. Länger, als es dauern sollte. Aus dem Schwindelgefühl drohte Übelkeit zu werden. Ich hatte einen ganz leisen, aber Übelkeit erregenden Geschmack tief hinten in der Kehle, ein süßliches Aroma wie nach Erbrochenem, nur penetranter, *fremdartiger*, und einen Moment lang glaubte ich, etwas Scharfes, Stechendes zu riechen. Ammoniak? Seltsam.

Nach einer Weile öffnete ich zum zweiten Mal die Augen und schluckte gleichzeitig bittere Galle herunter, die sich in meinem Rachen gesammelt hatte. Das Zimmer blieb, was es war, aber die Übelkeit verging; wenn auch nicht vollkommen.

Erst dann fiel mir auf, dass ich allein war. Miriam (ich verbesserte mich hastig in Gedanken: Judith!), Judith war nicht mehr da. Ich konnte mich nicht erinnern, wann sie aufgestanden und gegangen war, aber allzu lange konnte es noch nicht her sein. Ich konnte ihren Geruch noch ganz schwach wahrnehmen, und die Erinnerung an die Zeit, bevor wir eingeschlafen waren, war noch sehr lebendig – und überraschend angenehm. Zu sagen, dass wir sensationellen Sex gehabt hätten, wäre übertrieben gewesen. Niemand konnte in einem Zimmer wie diesem, mit papierdünnen Wänden und zweifellos neugierig lauschenden, unerwünschten Verwandten im Nebenzimmer, etwas wirklich Sensationelles erwarten, schon gar nicht nach einem Tag wie dem, der hinter uns lag. Dennoch war ich überrascht. Judith war so ziemlich alles, nur nicht der Typ Frau, auf den ich stand, und ich hätte eher ein schales Gefühl erwartet, vielleicht etwas wie Verlegenheit oder gar schlechtes Gewissen. Aber ich hatte ein angenehmes Gefühl – und eine sonderbare Mischung aus Enttäuschung und vager Erleichterung. Enttäuschung, weil ich (fast zu meinem eigenen Erstaunen) gerne neben ihr aufgewacht wäre, aber auch Erleichterung, sie eben *nicht* neben mir liegen und mich mit besorgt gefurchter Stirn anblicken zu sehen, weil ich schweißgebadet und schreiend und vielleicht den Namen Miriam stammelnd aufgewacht war.

Miriam ...

Einen Moment lang durchforstete ich angestrengt mein Gedächtnis, aber da war nichts. Wenn es einen

Grund gab, aus dem ich ausgerechnet auf diesen Namen gekommen war, dann war er so tief in meiner Erinnerung vergraben, dass ich nicht an ihn herankam. Vermutlich gab es keinen. Und *ganz bestimmt* war das, was ich im Moment tat, nicht besonders konstruktiv. Ich hatte einen Alptraum gehabt – einen von der ganz üblen Sorte, zugegeben –, aber nicht mehr als das, basta! Es brachte nicht besonders viel, wenn ich versuchte, ihn zu analysieren. Schließlich war ich kein Psychiater. Später, wenn das alles hier vorbei war und ich all die vielen schönen Millionen auf meinem Konto angehäuft hatte, konnten sich professionelle Gehirnklempner darum kümmern, wenn es wirklich nötig war, aber im Moment hatte ich wirklich Wichtigeres zu tun.

Zum Beispiel ins Nebenzimmer zu gehen und Judith zu wecken, um von ihr eine Zigarette zu schnorren.

*

Wie um mich nachhaltig daran zu erinnern, wie ungesund das Rauchen war, meldeten sich meine Kopfschmerzen mit einer stechenden Attacke zurück; nicht so schlimm, dass mir körperlich übel geworden wäre, aber schlimm genug, mich benommen taumeln zu lassen. Rasch ließ ich mich auf die Bettkante sinken, vergrub das Gesicht in den Händen und wartete mit geschlossenen Augen darauf, dass das pochende Hämmern verebbte oder wenigstens auf ein erträgliches Maß zurückging. Das geschah auch, und zwar in umgekehrter Reihenfolge und quälend langsam. Ich fühlte mich hinterher nicht wirklich besser; die Kopfschmerzen waren weg, aber sie hatten ein Gastgeschenk dagelassen – ein Gefühl leiser Übelkeit im Magen und einen Geschmack im Mund, als wäre ich gerade aus einem Fiebertraum erwacht.

Vielleicht war das ja die Erklärung. Zu behaupten, dass ich mich an diese verdammten Kopfschmerzen mittlerweile gewöhnt hätte, wäre nicht wahr – es gibt Dinge, an die *kann* man sich nicht gewöhnen, und heimtückische Migräneattacken gehören ganz eindeutig dazu –, aber die Schmerzattacken waren selten so heftig (und vor allem so *zahlreich*) gekommen wie heute und eigentlich waren sie sonst *nie* von Alpträumen begleitet. Wahrscheinlich hatte ich mir irgend so einen beschissenen Virus eingefangen: in der zugigen Bahn, auf der Taxifahrt hierher oder während der Expedition mit Carls Nato-olivfarbenem Friedenstaubenjeep hierherauf. Ja. Das musste die Erklärung sein. Sie machte es nicht besser, aber irgendwie doch erträglicher.

Was nichts daran änderte, dass ich mich erstens hundsmiserabel fühlte und zweitens das ziemlich sichere Gefühl hatte, so schnell nicht wieder einschlafen zu können. Ich sah auf die Uhr, aber auch das erwies sich im Nachhinein als keine wirklich gute Idee: Es war gerade elf vorbei – später Nachmittag, wenn ich meinen normalen Lebensrhythmus zugrunde legte –, und das bedeutete, dass mir mindestens noch sieben oder acht endlose Stunden bevorstanden, ehe die Nacht vorüber war und wir uns alle wieder unten in der Küche trafen. Preisfrage: Wie verbringt man acht Stunden in einem Geisterschloss, in dem es weder Fernseher noch Radio, Video- oder DVD-Player gibt und die Minibar aus einem leeren Sperrholzschränkchen besteht, das schon vor zwanzig Jahren begonnen hatte, aus dem Leim zu gehen? Antwort: Man langweilt sich zu Tode oder sucht sich Gesellschaft. Und das Wichtigste: Diese Gesellschaft war momentan im Besitz der einzigen Schachtel Zigaretten im Umkreis von mehreren Kilometern. Also beschloss ich, meinen begehbaren Kleiderschrank zu verlassen und mich auf die Expedition zu Judiths Zimmer zu machen. Sorgen darüber, dass ich sie wecken und mir damit möglicherweise ihren Zorn zuziehen könnte, machte ich mir nicht. Ich war ziemlich sicher, dass in dieser Nacht keiner von uns gut schlief; wenn überhaupt. Vermutlich hätte nicht einmal der Dalai-Lama in einer Nacht wie dieser ruhig geschlafen. Nicht wenn am nächsten Morgen die Entscheidung anstand, ob man als reicher Mann – und ich meine als wirklich *stinkreicher* Mann – oder frustriert, pleite und um eine Hoffnung ärmer nach Hause ging. Also trat ich an die Tür, streckte die Hand nach dem Griff aus und zögerte dann noch einmal, als mir etwas auffiel.

Auf dem wackeligen Nachttisch, der sich so schräg gegen das nicht minder wackelige Bett lehnte, dass man nicht sicher sein konnte, wer nun wen stützte und vor dem endgültigen Umfallen bewahrte, standen die rot-weißen Coladosen, die Judith früher am Abend für uns organisiert hatte. Vielleicht hätten wir die Dinger nicht bei dem zusehen lassen sollen, was wir anschließend getan hatten, denn ganz offensichtlich hatten sie sich vermehrt. Jetzt waren es drei.

Nachdenklich griff ich nach der dritten Dose und registrierte überrascht, dass sie nicht nur ungeöffnet, sondern auch eiskalt war. Auf dem lackierten Weißblech hatten sich winzige Wassertröpfchen gebildet, sodass ich das Ding kurzerhand dazu benutzte, meinem brummenden Schädel etwas Gutes zu tun, indem ich die Dose langsam über meine Stirn und dann abwechselnd über beide Schläfen rollte. Eine Wohltat; aber auch ein Rätsel, und nicht unbedingt ein *angenehmes.*

Drei Dosen? Während ich das Gefühl genoss, mit dem das eiskalte Metall über meine Haut glitt, dachte ich einen Moment angestrengt nach, ohne zu einem *wirklich* sicheren Ergebnis zu kommen – aber ich war doch *ziemlich* sicher, dass sie nur zwei Dosen mitgebracht hatte. Schließlich hatte ich ihr ja sogar leichtsinnigerweise versprochen, den nächsten Raubzug in die finsteren Küchengewölbe Burg Frankensteins hinab zu übernehmen, um Nachschub zu holen.

Was nichts anderes bedeutete, als dass jemand hier gewesen war. Judith?

Mittlerweile doch deutlich mehr beunruhigt, als ich zugeben wollte, ließ ich die Coladose sinken und betrachtete das zerwühlte Bett. Wenn man bedachte, womit wir uns in der letzten halben Stunde die Zeit vertrieben hatten, war es eigentlich ein kleines Wunder, dass das ganze Ding nicht einfach zusammengebrochen war, aber der Anblick weckte auch noch einen anderen Gedanken in mir, und der war nicht annähernd so angenehm wie die Erinnerung an Judiths warme Haut unter meinen Lippen und das Kitzeln ihrer Haare an meinem Bauchnabel. Zumindest *ich* war hinterher praktisch sofort eingeschlafen, und ich vermutete, Judith ebenfalls. Wenn jemand hereingekommen war und uns Arm in Arm liegend im Bett gesehen hatte …

Albern! Meine neu gewonnene *Familie* war mir

herzlich egal, und es konnte mir *erst recht* egal sein, was die anderen von mir dachten oder über mich redeten.

Nachdenklich hob ich die Coladose wieder vor das Gesicht und starrte sie an, als müsste ich es nur lange genug tun, um alle Antworten von ihr zu bekommen, die ich haben wollte. Und tatsächlich blitzte für den Bruchteil einer Sekunde ein Bild vor meinem inneren Auge auf, aber es verschwand zu schnell, um es wirklich zu erkennen. Alles, was zurückblieb, war ein ungutes Gefühl und vielleicht die *Ahnung* einer Erinnerung an etwas Großes, Kuppelartiges, unter dem ich mich bewegt hatte, verfolgt von bizarren Schatten und schlagenden Flügeln …

Natürlich war es nur die Erinnerung an den verrückten Alptraum, den ich gehabt hatte. Was sonst?

Strafend musterte ich die Getränkedose in meiner Hand. »Nun sag schon, Schätzchen«, sagte ich leise. »Wer hat dich hierher gebracht?«

Nein, die Coladose antwortete nicht – aber dafür kam ich mir plötzlich noch hilfloser und verrückter vor als bisher. Ich stand tatsächlich mitten in der Nacht, nur in Unterhose, T-Shirt und einer Socke da und *sprach mit einer Dose Cola!* Und da machte ich mir Sorgen, ob jemand hereingekommen war und Judith und mich nebeneinander im Bett liegend gesehen hatte?

»Also gut.« Ich bedachte die Dose mit einem neuerlichen strafenden Oberlehrer-Stirnrunzeln, stellte sie neben ihre beiden geleerten Schwestern auf den Nachttisch und verschränkte demonstrativ die Arme vor der Brust. »Wenn du auf stur schaltest, dann trinke ich dich eben nicht. Selbst Schuld. Dann werd doch schal!«

Hoch erhobenen Hauptes und stolz wandte ich mich ab, bückte mich nach meiner zweiten Socke und schaffte es irgendwie, sie auf einem Fuß hüpfend und in weniger als fünf Minuten anzuziehen, und das sogar, ohne auf die Nase zu fallen. Pullover und Jeans gingen ein wenig schneller, aber aus irgendeinem Grund fand ich meine Schuhe nicht. Schließlich entdeckte ich sie im hintersten Winkel unter dem Bett. Wie waren sie dahin gekommen? Um sie zu bergen, hätte ich auf dem Bauch unter meinem Bett herumrutschen müssen und dann wieder aufstehen … Ich dachte an den Schwindelanfall von vorhin. Nein, so was brauchte ich nicht! Also verließ ich das Zimmer auf Socken. Schließlich waren es nur ein paar Schritte bis zu Judiths Suite.

Draußen war es vollkommen dunkel. Irgendwo am anderen Ende des Flurs, ungefähr ein halbes Parsec entfernt, glomm zwar eine 5-Watt-Birne, aber der schmutzig gelbe schwammige Schein schien die Dunkelheit ringsum eher noch zu vertiefen; Beute, die eine ganze Armee hungrig wimmelnder Finsternisdämonen anlockte. Der Gedanke klang verrückt, aber ganz genau das war das Bild, das mir in diesem Moment durch den Kopf schoss. Und das war nicht alles. Waren da Stimmen? Ein lautloses, hechelndes Flüstern, gerade an der Grenze des nicht mehr wirklich Hörbaren, aber dennoch *da*, und etwas wie schlurfende Schritte, als käme etwas heran, etwas Großes, Fauliges, was sich mühsam, aber auch ebenso unaufhaltsam heranschleppte …

Verrückt. Normalerweise neigte ich eigentlich nicht zu solch morbiden Gedanken, aber auch diesmal war es wortwörtlich das, was mir durch den Kopf ging. Dieser unheimliche Alptraum schien ein paar Alien-Eier in meinem Unterbewusstsein abgelegt zu haben, die jetzt nach und nach aufplatzten und ihre hässliche Brut freigaben. Es wurde wirklich langsam Zeit, dass ich aus diesem Spukschloss herauskam.

Oder zumindest aus diesem Flur. Ich brauchte eine Zigarette, und vielleicht konnten Judith und ich ja auch da weitermachen, wo wir vorhin aufgehört hatten … möglicherweise die beste Art, die Nacht in dieser verdammten Ruine herumzukriegen.

Ich ging weiter, tastete mich mehr zur nächsten Tür, als dass ich wirklich etwas sah, und zögerte noch einmal, bevor ich die Hand nach der Klinke ausstreckte. Mein Kopf war zwar voll mit den verrücktesten Gedanken, aber zum Ausgleich hatte ich plötzlich Schwierigkeiten, mich an die banalsten Kleinigkeiten zu erinnern – hatte Judith gesagt, dass sie im Nebenzimmer untergebracht war? Vermutlich. Mit ziemlicher Sicherheit sogar. Aber *mit ziemlicher Sicherheit* hieß nicht *bestimmt*, und die Vorstellung, vielleicht ins falsche Zimmer zu platzen (und möglicherweise auch im falschen Moment – wer sagte mir denn, dass Judith und ich als Einzige auf die Idee gekommen waren, sich gemeinsam ein wenig die Zeit zu vertreiben?), war mir so peinlich, dass ich das Ohr gegen das Holz der Tür legte, um einen Moment zu lauschen. Nicht dass es weniger peinlich gewesen wäre, wenn in diesem Moment einer der anderen auf den Flur herausgetreten wäre und mich gesehen hätte …

Erneut hatte ich dieses unheimliche Gefühl des Beobachtetwerdens, und diesmal war es so intensiv, dass ich erschrocken herumfuhr und instinktiv die Arme hob, um mich im Zweifelsfall zu verteidigen. Aber natürlich war da nichts, wogegen ich mich hätte wehren können. Ich war allein mit der Dunkelheit hier draußen. Da war nichts, was sich herangeschlichen und zum Sprung geduckt hätte. Die einzigen Monster, die es hier gab, stammten aus meinem eigenen Unterbewusstsein. Schöne Grüße aus der Twilight-Zone, und einen guten alten Bekannten haben wir auch noch mitgebracht: Meine Kopfschmerzen waren wieder da, nicht mehr so unerträglich wie vorhin, aber von jener ganz bestimmten Art, die keinen Zweifel daran lässt, dass sie nicht wieder vergehen würden. Stöhnend rieb ich mir mit Daumen und Zeigefinger der rechten Hand über die Augen – nicht dass es irgendetwas genutzt hätte, außer dass ich hinterher für einen Moment noch weniger sah –, drückte dann die Klinke herunter und trat ein, ohne angeklopft zu haben. Wenn ich schon in eine peinliche Situation geriet, dann sollte es sich schließlich auch lohnen.

Die Tür schwang alles andere als lautlos auf, sondern knirschte wie das Vorzeigerequisit aus einem alten Hammer-Film, und obwohl es draußen auf dem Flur fast vollkommen dunkel war, sickerte doch genug graues Licht herein, um meinen eigenen Schatten mit einem absurd verzerrten Arm nach dem Bett greifen zu lassen. Hammer-Film, die Zweite. Anscheinend hatte dieser verdammte Traum nicht nur ein oder zwei Mitbringsel dagelassen, sondern ein ganzes Eierpaket wie das einer Spinne, das jetzt aufplatzte und nach und nach hunderte winziger, hässlicher Monster freiließ, die fröhlich durch meine Gedanken wuselten.

Das Zimmer war leer. Die Einrichtung war ungefähr genauso luxuriös wie die meines Appartements nebenan, nur dass das Bett völlig unberührt war; Laken und Decke so stramm gezogen, wie sie der letzte Bewohner dieses Raumes vor zwanzig oder fünfundzwanzig Jahren zurückgelassen hatte. Das Kabuff roch genauso muffig und alt wie mein eigenes Zimmer und vor dem schmalen Dachfenster lastete dieselbe wattige Dunkelheit. Für einen winzigen Moment glaubte ich, etwas darin zu erkennen; eine flatternde Bewegung, die nicht da sein sollte und auch zu schnell verschwand, als dass ich ganz sicher sein konnte, ob ich sie wirklich gesehen oder mir nur eingebildet hatte: vielleicht eine von Judiths Fledermäusen, vielleicht auch nur ein Schatten, den die Spinnen in meinen Gedanken warfen. Ich sah nicht noch einmal hin. Judith war nicht hier, und so wie der Raum aussah, schien sie auch nicht hier *gewesen* zu sein. Das war sonderbar, denn mittlerweile war ich *hundertprozentig* sicher, dass sie mir vorhin erzählt hatte, sie hätte das benachbarte Zimmer. Vielleicht hatte ich mich einfach in der Richtung geirrt?

Ich trat wieder auf den Flur hinaus, schloss die Tür so leise hinter mir, wie ich es konnte – aus irgendeinem Grund schien mir das plötzlich ungemein wichtig, als hätte ein Teil von mir mit einem Male Angst, irgendetwas zu wecken, was lautlos und unsichtbar irgendwo in der Dunkelheit hinter mir lauerte –, und sah mich um. Irgendetwas … war anders, aber ich konnte nicht sagen, was.

Vielleicht das Licht der Glühbirne? Irgendwo in dieser Ruine musste es einen Generator geben, der sie mit Strom versorgte; aber bei der Pflege, die Carl dieser Bruchbude angedeihen ließ, hätte es mich auch nicht weiter gewundert, wenn das Notstromaggregat jeden Augenblick den Geist aufgegeben hätte. Ich blickte einen Moment konzentriert in die entsprechende Richtung, kam aber dann zu einem eindeutigen *Nein* als Antwort. Die Glühbirne spendete ohnehin kaum nennenswertes Licht. Etwas weniger Strom und sie würde *Dunkelheit* verströmen.

Ich spürte, wie sich die feinen Härchen in meinem Nacken aufrichteten. Der bloße *Gedanke*, in diesem alten Gemäuer bei völliger Dunkelheit herumzutappen, war beklemmend und ganz und gar *nicht* komisch. Nicht dass ich Angst vor Fledermäusen, der Dunkelheit oder gar Gespenstern oder irgendeinem anderen Unsinn gehabt hätte, schließlich war ich ein zivilisierter Mitteleuropäer mit guter Schulbildung, der noch dazu in den USA aufgewachsen war und genug populärwissenschaftliche Filme gesehen und entsprechende Bücher gelesen hatte, um die Gründe für diese Ängste zu kennen. Und ich war viel zu vernünftig, um mich ihnen zu ergeben. Viel zu vernünftig. *Eindeutig* zu vernünftig. Ganz bestimmt!

Wenn ich vor etwas Angst hatte, dann davor, im Dunkeln die Treppe hinunterzufallen und mir den Hals zu brechen. Alles andere waren nur völlig irrationale Ängste; die Ängste eines primitiven Wilden, der eine Bewegung aus den Augenwinkeln wahrnimmt und nicht weiß, ob es sein eigener Schatten ist oder vielleicht der eines großen, struppigen Dinges mit glühenden Augen und messerscharfen Zähnen. Nicht meine Ängste. Ich weiß schließlich, was ich bin!

Die Übung half; zumindest so weit, dass ich nicht zu pfeifen begann, als ich weiterging.

Ich hatte mich getäuscht. Das Licht drang nicht unter einer der Türen hier oben hervor, sondern kam von der Treppe. Irgendwo unten im Haus brannte Licht, und als ich einen Moment stehen blieb und lauschte, glaubte ich auch Stimmen zu vernehmen – oder zumindest ein undeutliches Murren, das Stimmen *sein* konnten. Erfüllt von einer Mischung aus Verwirrung und einer zwar grundlosen, aber allmählich stärker werdenden unguten Ahnung, ging ich weiter, stieg die Treppe hinab und begann die weitläufige Eingangshalle zu durchqueren, in der mir ein breiter, dunkelgelber Lichtstreifen geradewegs den Weg zur Küche wies. Das Murmeln wurde deutlicher und war nun eindeutig als Stimmen zu identifizieren. Was hatte ich erwartet?

Die Steinfliesen, mit denen die Halle ausgelegt war, waren jetzt eiskalt; vor allem unter meinen nackten Fußsohlen. Ich verfluchte mich dafür, vorhin in meinem Zimmer nicht ein paar Sekunden mehr auf die Suche nach meinen Schuhen aufgewandt zu haben; aber jetzt zurückzugehen, wäre albern gewesen.

Das Stimmengemurmel aus der Küche wurde plötzlich von einem schrillen Lachen unterbrochen. Ed – kein Zweifel. Aus den Augenwinkeln sah ich die Tür zum Innenhof. Irgendetwas an dem Bild war anders; genug, mich zwar nicht anhalten, aber doch etwas langsamer gehen und den Kopf drehen zu lassen. Die Tür stand sperrangelweit offen. Seltsam – ich war fast sicher, dass wir sie vorhin hinter uns geschlossen hatten. Vielleicht war ja Carl noch einmal nach draußen gegangen, um irgendetwas zu holen oder zu erledigen. Vielleicht hatte auch einer der anderen nur Luft geschnappt und vergessen, die Tür wieder hinter sich zu schließen.

Die Gespräche in der Küche verstummten ebenso schlagartig wie Eds meckerndes Lachen, als ich eintrat, und alle Anwesenden – es waren tatsächlich *alle* – wandten die Köpfe oder drehten sich auf ihren Stühlen herum, um mich anzustarren. Auf eine Art, die mir nicht gefiel.

»Hallo«, sagte ich – nicht unbedingt die intelligenteste Begrüßung, die denkbar gewesen wäre, aber die einzige, die mir im Moment einfiel. »Gibt es ... irgendeinen Grund für dieses Mitternachtstreffen?«

»Klar«, griente Ed. »Wir haben auf dich gewartet. Ich hatte die Hoffnung schon aufgegeben, dass du noch kommst. Aber jetzt sind wir ja wieder alle vereint, wie es sich für eine große, glückliche Familie gehört.« Sein Grinsen wurde noch breiter. »Willkommen im Club der Träumer.«

Ich schenkte ihm einen schrägen Blick, beschloss, das Einzige zu tun, was mir sinnvoll erschien, und seine Worte kurzerhand zu ignorieren, und steuerte den freien Platz neben Judith an. Erstaunlicherweise wich sie meinem Blick aus – was nichts daran änderte, dass sie einen durch und durch hinreißenden Anblick bot; obwohl Ellen ganz bestimmt nicht zufällig zwei Schritte hinter ihrem Stuhl stand und nichts anderes tat, als einfach nur fantastisch auszusehen, und das auf eine Art, die jedermann erkennen ließ, dass sie es wusste. Sie trug einen knapp sitzenden, dunkelrot gemusterten Pyjama, der keinen Millimeter Haut sehen ließ, der Fantasie aber dafür umso mehr Nahrung gab, und sie hatte irgendetwas mit ihrem Haar gemacht, was es zu einer nicht wirklich erloschenen roten Flamme werden ließ, die sich über ihre Schultern ergoss. Rothaarige Hexe oder nicht, sie war eine wirklich *schöne* Frau und ich war schließlich auch nur ein Mann.

Trotzdem ging diese Runde eindeutig an Judith. Es war kein fairer Kampf. Neben Ellen hätte einfach jede andere Frau ausgesehen wie Aschenputtel, und um in Ellens eigener Terminologie zu bleiben: Vielleicht wäre Miss Superweib nicht schlecht beraten gewesen, sich männliches Revierverhalten etwas genauer anzusehen. Einen wehrlosen Gegner niederzuknüppeln brachte keine Ehre, sondern dem Verlierer eher das Mitleid und die Sympathien der Zuschauer.

Nicht dass es nötig gewesen wäre: Judith trug jetzt ein langes, seidenes Nachthemd, das kaum mehr von ihrer Haut sehen ließ als Ellens Schlafanzug, dennoch aber irgendwie den Eindruck erweckte, als *wäre* es durchsichtig, und hatte das Haar zu einem Wirrwarr hochgesteckt, den sie vermutlich einfach nur als praktisch empfand, ich selbst aber außergewöhnlich hinreißend. Trotzdem wäre Pummelchen (ich nahm mir vor, dieses Wort auch in Gedanken nicht mehr zu benutzen, zum einen war es unfair, und zum anderen bestand durchaus die Gefahr, dass es mir irgendwann aus Versehen herausrutschte), wäre *Judith* nicht Judith gewesen, wäre sie nicht auch immer gut für einen Stilbruch. Über ihrem zweifellos mit großer Sorgfalt ausgesuchten Nachthemd trug sie ein aufgeknöpftes Herrenhemd. *Mein* Hemd.

Darüber hinaus fiel sie in ihrem Aufzug allerdings nicht weiter auf. Auch ich selbst war ja mehr ausals angezogen, und Ed hatte sich in Boxershorts, ein um mindestens zwei Nummern zu großes Axelshirt Marke Bruce Willis und kniehohe weiße Socken geworfen, selbstverständlich aber nicht einmal jetzt auf seinen albernen Cowboyhut verzichtet, und um das Maß voll zu machen, trug er eine Kette um den Hals, an der zwei Erkennungsmarken aus Blech hingen, wie sie Soldaten trugen. Stefan war kaum weniger flüchtig angezogen – Bermuda-Shorts, T-Shirt und Turnschuhe, nur dass dieses Outfit bei ihm passend aussah, und Maria ... war eben Maria. Sie trug einen unscheinbaren Blümchenpyjama und darüber einen ausgefransten alten Morgenmantel, der wie ein Beutestück aus einer längst vergangenen Beziehung ausgesehen hätte – hätte man sich vorstellen können, dass sie irgendeine Art von Beziehung haben könnte ... Ihr Haar war in Unordnung, und so müde, wie sie aussah, erweckte sie ganz den Eindruck, zu jenem pflichtbewussten Teil der Bevölkerung zu gehören, der stets vor Mitternacht in die Kiste steigt, um dann mit den Hühnern wieder aufzustehen. Oder vor ihnen, um sie zu wecken.

»Konntest du auch nicht schlafen?«, fragte Ed, der endlich auch begriffen hatte, dass ich ihm nicht den Gefallen tun würde, auf seine Bemerkung von vorhin einzugehen.

»Ich hatte Kopfschmerzen«, antwortete ich.

»Und da bist du heruntergekommen, weil es hier ja zweifellos einen gut sortierten Medikamentenschrank gibt – verstehe«, stichelte Ed.

Wider besseres Wissen setzte ich zu einer scharfen Antwort an, aber Ellen kam mir zuvor. »Ich kann dir ein Aspirin geben«, sagte sie.

»Gern.« Aspirin. Eine wunderbare Idee. Während der letzten Minuten hatte ich meine Kopfschmerzen beinahe vergessen, aber das hieß nicht, dass sie nicht *da* waren. Ich schenkte Ed, der Judith und mich abwechselnd mit anzüglichen Blicken musterte, einen bösen Blick, drehte mich dann demonstrativ auf dem Stuhl herum und griff nach Judiths Hand.

Ihre Reaktion überraschte mich. Sie sah auf und wirkte für einen Moment fast unangenehm berührt. Hatte ich irgendetwas falsch verstanden?

Bevor ich eine entsprechende Frage stellen und mich möglicherweise vollends zum Narren machen konnte, beugte sich Ellen zwischen Judith und mir hindurch, um ein Glas Wasser auf den Tisch zu stellen, womit sie den Blickkontakt zwischen uns unterbrach – und vermutlich nicht unbeabsichtigt.

»Habe ich … irgendetwas verpasst?«, fragte ich.

»Maria glaubt, etwas gehört zu haben«, sagte Stefan.

Ich kramte einen Moment in meinem Gedächtnis. Wenn ich mich nicht sehr täuschte, dann hatte Maria das Zimmer neben Judith. Ich konnte mir ungefähr vorstellen, was sie gehört hatte, und wappnete mich innerlich gegen einen von Eds dummen Sprüchen. Zu meiner Überraschung schwieg er, nur sein Grinsen wurde noch breiter. Sollte ich das Rennen machen und als Sieger aus dieser absurden Geschichte hervorgehen, dann würde ich dem Kerl die Fresse polieren, sobald die Entscheidung gefallen war.

Wenn nicht, vermutlich auch.

»Und?« Ich drehte mich auf dem Stuhl herum, um Maria anzusehen. Sie hockte mit angezogenen Beinen auf ihrem Stuhl und hatte beide Knie mit den Armen umschlungen. Sie ging nicht so weit, auf dem Stuhl vor- und zurückzuschaukeln, aber sie sah sehr erschrocken aus, und in ihrem Blick war eine Leere, die mir einen kalten Schauer über den Rücken laufen ließ.

Ellen ließ eine große, weiße Tablette in das Wasserglas neben mir fallen und beobachtete, wie sie in Millionen feiner Luftbläschen explodierte. »Hast du gut geschlafen?«

Judith lächelte verschwörerisch. Sie wusste ja, unter welchen Umständen ich eingeschlafen war; und ich hatte das sichere Gefühl, nicht nur sie … Ich spürte, wie mir das Blut in die Wangen schoss. Rot werden wie ein verknallter Teenager hatte gerade noch gefehlt. Ich wartete auf einen vernichtenden Kommentar von Ed, aber seltsamerweise ließ er auch dieses Mal eine Gelegenheit verstreichen.

Ich nahm einen Schluck aus dem Glas, ehe ich antwortete. Ich schmeckte erst, dass es *kein* Aspirin war, als die bittere Flüssigkeit bereits meine Kehle hinabrann. Aber was immer es auch war, es tat seine Wirkung. Die Flüssigkeit konnte meinen Magen noch gar nicht wirklich erreicht haben, aber der dumpfe Druck in meinem Kopf nahm bereits ab. Ich nahm einen weiteren, noch größeren Schluck, verzog – demonstrativ – das Gesicht und leerte das Glas dann mit einem einzigen Zug. In Ellens Augen blitzte es amüsiert auf, aber sie verbiss sich zu meiner Erleichterung jeden Kommentar, sondern nahm mir nur das Glas aus der Hand und stellte es wortlos auf den Tisch zurück. *Braver Junge.*

»Gut geschlafen?« Ich schüttelte vorsichtig den Kopf. »Nicht besonders, wenn ich ehrlich sein soll.«

»Das hätte mich auch gewundert«, sagte Ed.

»Niemand von uns hat das«, fügte Ellen beinahe hastig hinzu. Ich sah sie nicht an, aber ich konnte den ärgerlichen Blick, den sie Ed zuwarf, regelrecht spüren. »Maria war nur die Erste, die aufgewacht ist.«

»Aufgewacht woraus?«, fragte ich.

»Aus dem Traum«, antwortete Ed. »Aus *unserem* Traum, um genau zu sein, Schlaukopf.«

»Ed, bitte!«, seufzte Ellen. Sie warf Ed einen ärgerlichen Blick zu und beugte sich dann wie zufällig wieder zwischen Judith und mir hindurch, diesmal, um nach einer Packung West zu greifen, die auf dem Tisch lag, und sich eine Zigarette anzuzünden. »Du hattest einen Alptraum. Habe ich Recht?«

Bevor ich antwortete, griff ich ebenfalls nach der Schachtel, bediente mich und ließ mir von Ellen Feuer geben. »Und?«

Ellen lächelte zuckersüß. »Ich wette, du hast von dieser Burg geträumt und etwas hat dich in diesem Traum verfolgt.«

Die blauen Augen der anderen durchbohrten mich regelrecht mit Blicken. Erst jetzt fiel es mir auf: Sie alle hatten blaue Augen. Leuchtend klare, himmelblaue Augen ... so wie ich. Aber wir scheinen ja auch alle miteinander verwandt zu sein, versuchte der rationale Teil meines Verstandes mich zu beruhigen. Außerdem spielte es im Moment *wirklich* keine Rolle.

Ellen blies eine Rauchwolke in meine Richtung. »Du wurdest gnadenlos gehetzt. Und da war Feuer ... Du bist zur Burg hinaufgeflohen. Allein ... ausgeliefert diesem blutgierigen Mob ... und dann war da diese Tür.«

»Woher weißt du das?«, fragte ich fassungslos. Automatisch starrte ich Judith an, erntete aber nur ein angedeutetes Achselzucken, und Ed sagte grinsend: »Keine Sorge – du sprichst nicht im Schlaf. Und wenn doch, hat sie wenigstens nichts davon erzählt.«

Ich war so verwirrt, dass ich nicht einmal darauf

reagierte, sondern mich nur wieder an Ellen wandte. »Was ... was soll das alles?«

»Also?«, fragte sie. »Habe ich Recht?«

»Woher weißt du das?«, fragte ich noch einmal.

»Sie weiß es«, antwortete Maria an Ellens Stelle, »weil wir alle diesen Traum hatten. Ganz genau denselben.«

»Das ist ein Scherz«, sagte ich. Ich versuchte zu lachen, aber es misslang kläglich. Fast Hilfe suchend wandte ich mich an Judith, aber ich erntete auch von ihr nur ein stummes Kopfschütteln.

»Keinem von uns ist im Moment nach Scherzen zumute, Kleiner«, sagte Stefan.

»Aber das ist doch völlig unmöglich«, widersprach ich. Noch vor zehn Sekunden hätte ich meine Seele für einen Zug aus einer Zigarette verkauft; jetzt vergaß ich sogar, dass ich eine brennende Zigarette zwischen den Lippen hatte, verschluckte mich prompt an dem bitteren Rauch und bekam einen Hustenanfall. Ellen zog verächtlich die Brauen zusammen und Eds schadenfrohes Grinsen konnte ich regelrecht hören. Judith schlug mir zwei- oder dreimal mit der flachen Hand zwischen die Schulterblätter; nicht dass es irgendetwas half, aber nach dem letzten Schlag ließ sie die Hand in meinem Nacken liegen, wo sie ein zwar durchaus angenehmes, in diesem Moment aber ebenso unwillkommenes Kribbeln auslöste. Es fiel mir schwer, ihren Arm nicht ganz instinktiv abzustreifen, zumal in Ellens Augen ein neues, ganz unzweifelhaft *spöttisches* Glitzern entstand. Andererseits – warum nicht? Vermutlich war ich ohnehin der Einzige hier im Raum, der sich ernsthaft eingebildet hatte, dass *nicht* jedermann wusste, unter welchen Umständen ich eingeschlafen war.

»Nun mal langsam«, sagte ich, nachdem ich wieder halbwegs zu Atem gekommen war – und einen weiteren Zug aus meiner Zigarette genommen hatte, der um ein Haar den nächsten Hustenanfall auslöste. »Also wir hatten alle einen Alptraum. Das ist ungewöhnlich, aber andererseits …« Ich sah mich Beifall heischend um. »Wir alle hatten einen stressigen Tag. Und dazu noch dieses Spukschloss.«

»Du meinst also, wenn wir dasselbe geträumt haben, liegt es daran, dass wir heute einen stressigen Tag hatten und alle dieselben traumatischen Erfahrungen gemacht haben.« Maria spähte mich über den Rand einer großen Teetasse an, die sie wie einen Schutzschild dicht vor ihr Gesicht hielt. Sie stellte die Frage in einem Tonfall, dem man deutlich anmerkte, wie verzweifelt sie auf eine zustimmende Antwort wartete; und nicht allein von mir.

»So ungefähr«, bestätigte ich.

»Du hörst anscheinend nicht richtig zu, Schätzchen«, sagte Ellen. Judith warf ihr einen ärgerlichen Blick zu, den Ellen aber natürlich ignorierte. »Wir hatten nicht *alle einen Alptraum*. Wir haben *alle dasselbe geträumt. Exakt* dasselbe.«

»Das ist vollkommen unmöglich«, antwortete ich impulsiv. Und außerdem stimmte es nicht. Ellen hatte nichts von Miriam erwähnt. *Warum tust du mir das an?*

Ellen verdrehte demonstrativ die Augen. Sie trat einen Schritt zurück, betrachtete stirnrunzelnd die Zigarette, die sie in der Hand hielt, und nutzte die Gelegenheit, sich erneut zwischen Judith und mir hindurchzubeugen und die Zigarette mit so vollkommen übertriebener Kraft in den Aschenbecher zu rammen, dass die Funken flogen.

»Gehen wir die Sache doch einfach mal analytisch an«, sagte sie. »Wildes Herumspekulieren bringt hier nichts. Sortieren wir einmal die Fakten.« Ihr Blick wanderte langsam von einem zum anderen. Wir alle sind angeblich miteinander verwandt, haben uns aber noch nie zuvor gesehen oder auch nur voneinander gehört.«

»Und was hat das mit unserem Traum zu tun?«, fragte Maria.

»Nichts, Schätzchen«, erwiderte Ellen lächelnd. »Oder auch alles. Ich versuche nur, die Fakten aufzuzählen. Vielleicht gibt es ja einen gemeinsamen Nenner.«

»Psychologie für Anfänger«, flüsterte Judith. »Erstes Kapitel, erster Absatz.«

Sie hatte *wirklich* leise gesprochen, aber Ellen hatte ihre Worte dennoch gehört. Für den Bruchteil einer Sekunde blitzte etwas in ihren blauen Augen auf, was ich nur noch als puren Hass bezeichnen konnte. Aber natürlich hatte sie sich augenblicklich wieder in der Gewalt.

»Um das ein für alle Mal klarzustellen«, sagte sie, beherrscht und lächelnd, aber dennoch eine hörbare Spur kühler als bisher, »ich bin Chirurgin, keine Psychologin. Ich halte von diesen Gehirnklempnern genauso wenig wie ihr. Mich interessieren Fakten und sonst nichts.«

»Chirurgin?« Maria wirkte überrascht.

»Genau«, antwortete Ellen zuckersüß. »Ich schneide gern, weißt du, Liebes?«

Und wahrscheinlich brauchte sie nicht einmal ein Skalpell dazu, dachte ich. Ihre Zunge war scharf genug. Vorsichtshalber sprach ich das nicht aus. Es war auch nicht wirklich nötig.

»Also noch einmal von vorne«, fuhr Ellen fort. Ihr Blick ruhte unangenehm lange und durchdringend auf mir. »Noch vor ein paar Stunden hat keiner von uns den anderen gekannt, obwohl wir doch angeblich miteinander verwandt sind. Andererseits – wenn man uns so ansieht, lässt sich eine gewisse Ähnlichkeit im Phänotypus nicht leugnen.«

»Phänotypus«, wiederholte Ed.

»Verwandtschaft«, erklärte Ellen. Diesmal verdrehte sie etwas mehr die Augen. »Familienähnlichkeit, wenn dir dieses Wort lieber ist, Ed*uard.*«

Ed grinste nur noch breiter und sah abwechselnd von Ellen zu Maria und wieder zurück. »So richtig ähnlich sehen wir uns ja eigentlich nicht.«

»Gott sei Dank!«, murmelte Judith.

Ellen schüttelte seufzend den Kopf. »Ich finde schon«, sagte sie. »Für einen Wissenschaftler zählen manchmal andere Dinge als der erste, offensichtliche Eindruck, wisst ihr? Wir alle haben zum Beispiel blaue Augen.« Sie sah zu Judith hin. »Und fast alle sind blond.«

»Wenn dir das schon reicht, dann bin ich noch mit etwa fünf Millionen anderen in diesem Land verwandt«, entgegnete Judith patzig. »Ich dachte, wir wollten die Ebene der wilden Spekulationen verlassen und uns mit Fakten beschäftigen.«

»Und was hat das alles mit unserem Traum zu tun?«, fragte Maria. Sie schüttelte heftig den Kopf. »Dass sechs Leute fast identische Träume haben … Ich bin keine Wissenschaftlerin, aber ich sehe auch, wenn irgendwas nicht mit rechten Dingen zugeht.«

»Das ist vermutlich das Schlossgespenst.« Ed ließ wirklich keine Gelegenheit aus, sich zum Narren zu machen. Niemand reagierte auf ihn.

»Und dann noch diese Kopfschmerzen«, fuhr Maria fort. *Kopfschmerzen?* Ich löste mich instinktiv aus Judiths Umarmung und richtete mich ein wenig weiter auf, um Maria fragend anzustarren.

»Seit wir in dieser gottverlassenen Ruine angekommen sind, bekomme ich immer wieder Migräneattacken«, bestätigte sie. Sie schien meinen Blick richtig zu deuten. »Du etwa auch?«

Ich nickte. »Ja, aber das heißt nichts. Ich bin mit Migräneattacken groß geworden. Allerdings sind sie schlimmer, seit wir hier sind.« Und häufiger.

»Stress«, konstatierte Ellen. »Das ist nicht außergewöhnlich. Migräne und Stress vertragen sich nicht besonders gut.«

»Möglich«, sagte Stefan. »Aber da ist noch etwas.« Er schien einen Moment nach den richtigen Worten zu suchen. Als er weitersprach, klang er anders. So als wäre ihm das, was er sagte, selbst unangenehm. »Das Gefühl, dass einem die Sache irgendwie vertraut vorkommt. Ich weiß, es klingt verrückt, aber seit ich hier angekommen bin, habe ich dauernd das Gefühl, das alles schon einmal erlebt zu haben.«

»Glaub mir, mein Großer – ich *wüsste*, wenn wir uns schon einmal gesehen hätten«, stichelte Ed.

Stefan ignorierte ihn. »Ich habe das Gefühl, schon einmal hier gewesen zu sein«, beharrte er. »Ich meine: Ich *weiß*, dass ich noch nie hier war, weder in diesem Ort noch in diesem Gebäude. Und zugleich …« Er brach ab und hob hilflos die Schultern.

»*Déjà-vu*«, sagte Ellen beckmesserisch. »So was kommt vor. Es gibt sogar eine wissenschaftliche Erklärung dafür.«

»Ach?«, fragte Judith.

»Interessiert sie euch?« Miss Allwissend wartete die Antwort natürlich gar nicht erst ab, sondern verschränkte die Arme vor der Brust und fuhr in nun eindeutig schulmeisterlichem Ton fort: »Im Grunde ist es ganz einfach. Das menschliche Gehirn besteht aus zwei Hälften, die zwar im Prinzip eine Einheit bilden, dennoch aber weitgehend unabhängig voneinander arbeiten. Manchmal kommt es vor, dass die eine Hälfte ein Ereignis aufnimmt und bereits als Erinnerung abspeichert, während die andere noch dabei ist, es zu verarbeiten. Und schon hat man das Gefühl, etwas schon einmal erlebt zu haben. Ist im Grunde ganz simpel.«

»Ich finde es ziemlich blödsinnig«, murmelte Ed.

»Ja, das habe ich mir gedacht«, antwortete Ellen. »Ich sage ja auch nicht, dass es hier so war. Es ist nur *eine* Möglichkeit. Die andere –«

»*Was* ist nur eine Möglichkeit?« Von Thuns Stimme bewahrte uns nicht nur vor einem weiteren hochwissenschaftlichen Vortrag, sondern schnitt auch so unangenehm in meine Gedanken, dass ich erschrocken herumfuhr und den Alten geschlagene zehn Sekunden so erschrocken anstarrte, als wäre er das leibhaftige Schlossgespenst, von dem wir gerade gesprochen hatten.

Dabei war an ihm in diesem Moment noch viel weniger Erschreckendes als vorhin. Ganz im Gegenteil: Der Alte wirkte buchstäblich wie die Karikatur des mittellosen Adeligen aus einem Fünfzigerjahre-Spielfilm. Er trug einen abgetragenen roten Morgenmantel mit aufgesticktem Wappenschild auf der Brusttasche, darunter einen gestreiften Pyjama, der irgendwann in den Fünfzigern (des *vor*letzten Jahrhunderts) vielleicht einmal als chic gegolten haben mochte. Den krönenden Abschluss bildeten ausgelatschte Filzpantoffeln, aus denen beängstigend zerbrechlich wirkende Knöchel herausstachen.

»Darf ich fragen, was dieser Volksauflauf zu bedeuten hat?«, fragte von Thun mit einer Stimme, der noch immer ein Echo vergangener Macht innewohnte. Eigentlich mehr die Stimme eines Lehrers, dachte ich, der es gewohnt war, dass man auf ihn hörte. Vielleicht war dieser sonderbare alte Kauz in Wirklichkeit mehr, als er zu sein vorgab. Zumindest etwas *anderes.* Das war nicht das Auftreten eines naiv altmodischen Anwaltsgehilfen, sondern –

»Na, was denkst denn du, Alterchen?«, fragte Ed grienend. Er machte eine wedelnde Handbewegung, die alle hier im Raum einschloss. »Wir konnten uns über die *Paarungen* nicht einigen, die sich aus den Klauseln dieses bescheuerten Testaments ergeben.«

»Wie bitte?« Von Thun blinzelte verständnislos.

»Na, ist doch klar«, sagte Ed feixend. Er deutete auf Ellen. »Wir alle wollten natürlich mit der coolen Ellen in die Kiste hüpfen. Da mussten wir Jungs uns entscheiden, ob wir die Beute mit 'ner Runde Flaschendrehen verteilen oder ob wir es auf die altmodische Art auf dem Burghof mit Fäusten austragen.«

»Das entspricht zwar nicht ganz den Tatsachen, aber ein Teil davon gefällt mir«, sagte Stefan ruhig. Er stand auf, bevor Ed Gelegenheit zu einer weiteren dämlichen Bemerkung bekam, und trat einen Schritt zur Seite, um einen weiteren der billigen Plastikstühle heranzuziehen. »Nehmen Sie doch Platz. Einen Kaffee?«

»Kaffee?« Von Thun blinzelte, wirkte für einen Moment noch verwirrter und hilfloser als bisher und zog dann eine altmodische Taschenuhr an einer dünnen Goldkette aus seinem Morgenmantel. Ein hörbares *Klick* erscholl, als er den Deckel aufklappte. »Um diese Zeit? Um Gottes willen, es ist fast Mitternacht, wissen Sie das eigentlich?«

»Ich hoffe, wir haben Sie nicht geweckt«, sagte Judith rasch. »Wir waren doch nicht zu laut?«

»Ich konnte ohnehin nicht schlafen«, behauptete von Thun. »In meinem Alter braucht man nicht mehr so viel Schlaf, wissen Sie? Trotzdem sollten Sie sich zurückziehen. Immerhin haben Sie alle morgen einen anstrengenden Tag vor sich.«

Er sah uns der Reihe nach an und schien darauf zu warten, dass wir aufspringen und sofort gehorsam in unsere Zimmer eilen würden. Als das nicht geschah, wirkte er enttäuscht, vielleicht sogar ein bisschen verärgert.

»Vielleicht ist das ja gerade der Grund, aus dem wir nicht schlafen können«, antwortete Judith. »Wir sind natürlich ... ein bisschen aufgeregt, wie Sie sicherlich verstehen können.«

»Selbstverständlich«, antwortete von Thun – in einem Ton, der mehr als deutlich machte, dass er uns ganz und gar *nicht* verstand. »Ich schlage aber trotzdem vor, dass Sie dieses Mitternachtstreffen beenden und sich zurückziehen.« Sein Blick löste sich von Judiths Gesicht und irrte auf eine Weise durch den Raum, als suche er nach etwas ganz Bestimmtem – nein, falsch. Er *befürchtete*, etwas ganz Bestimmtes zu sehen, was aber offensichtlich nicht geschah.

Warum eigentlich?, fragte Ellens Blick. *Willst du nicht, dass wir irgendetwas Bestimmtes herausfinden?* Sie sprach diese Worte nicht laut aus, aber den Reaktionen der anderen nach zu schließen war ich nicht der Einzige, der sie irgendwie trotzdem hörte. Vielleicht bewegten sich unsere Gedanken auch alle in die gleiche Richtung.

Aber es war seltsam: Nicht nur Maria, sondern nach einem kurzen Moment auch Judith und schließlich sogar Ed erhoben sich gehorsam von ihren Stühlen, und schließlich beobachtete ich fast erstaunt, wie ich selbst als Letzter aufstand, meine Zigarette in den Aschenbecher drückte und dann auch noch ordentlich meinen Stuhl zurückschob. Von Thun mochte aussehen wie eine Witzfigur – und sich vermutlich auch ganz bewusst alle Mühe geben, diesen Eindruck noch durch sein Benehmen zu verstärken –, aber er strahlte eine Autorität aus, der nicht einmal Ellen etwas entgegenzusetzen hatte. Vielleicht wollte sie es auch gar nicht.

»Bitte verstehen Sie mich nicht falsch«, sagte von Thun. »Es steht mir natürlich nicht zu, Ihnen irgendwelche Vorschriften zu machen, aber Sie alle brauchen morgen wirklich einen klaren Kopf.« Er suchte einen Moment sichtlich nach Worten und fuhr mit einem angedeuteten und alles andere als überzeugend wirkenden Lächeln fort: »Darüber hinaus ist es nicht ganz ungefährlich, sich im Dunkeln hier im Haus zu bewegen.«

»Weil uns das Schlossgespenst in den Hintern beißen könnte?«, fragte Ed.

»Das Gebäude befindet sich in keinem besonders guten Zustand«, antwortete von Thun vollkommen ernst. »Ich würde Ihnen nicht empfehlen, auf eigene Faust auf Erkundung zu gehen. Nicht dass es *wirklich* gefährlich wäre, aber man muss ja kein überflüssiges Risiko eingehen, nicht wahr?«

»Wie zum Beispiel das, uns unbeobachtet zusammen in einem Zimmer sitzen zu lassen?«, flüsterte Judith. »Hat er Angst, dass wir irgendetwas herausfinden?«

»Nein, junge Dame, das habe ich nicht«, antwortete von Thun indigniert. »Ich möchte nur nicht, dass Ihnen etwas zustößt. Sie wollen doch den vielleicht wichtigsten Tag Ihres Lebens nicht mit einem gebrochenen Bein im Krankenhaus verbringen, oder?«

Judith fuhr sichtlich zusammen und auch ich starrte von Thun einen Herzschlag lang mit offenem Mund an. Judith hatte *geflüstert.* Sie stand so dicht neben mir, dass ich ihr Parfum riechen konnte, und trotzdem hatte ich ihre Worte eher erraten als wirklich verstanden. Von Thun schien buchstäblich Ohren wie ein Luchs zu haben.

»So … so habe ich das auch nicht gemeint«, stammelte Judith. »Ich wollte … eigentlich nur sagen, dass –«

»Vielleicht sollten wir wirklich tun, was Herr von Thun uns rät, und schlafen gehen«, fiel ihr Ellen ins Wort. »Wir sind alle müde und entsprechend gereizt. Ein paar Stunden Schlaf tun uns sicher gut. Morgen früh sieht die Welt bestimmt schon ganz anders aus.« Sie lächelte ihr unerschütterliches Lächeln, während sie das sagte, aber der Blick, mit dem sie Judith streifte, war beinahe beschwörend. Vermutlich hatten Ellen die gleichen Worte auf der Zunge gelegen wie die, die Judith laut ausgesprochen hatte, aber diesmal gab ich ihr Recht. Irgendetwas stimmte mit diesem angeblichen Anwaltsgehilfen nicht, aber wir würden es ganz bestimmt nicht herausfinden, solange er dabei war. Vielleicht waren wir besser beraten, wenn wir folgsame Kinder waren und brav ins Bett gingen, um uns später noch einmal zu treffen, sollte es nötig sein.

»Ich wollte wirklich nicht –«, begann von Thun, schien dann aber einzusehen, dass er die Situation nur noch peinlicher machen konnte, und brach mitten im Satz ab. Ed setzte dazu an, eine seiner überflüssigen Bemerkungen loszuwerden, aber dann fing er im letzten Moment einen warnenden Blick aus Ellens Augen auf und beließ es bei einem Achselzucken und einem schiefen Grinsen. Statt sich weiter zum Narren zu machen (falls das überhaupt noch ging ...), trat er wieder an den Tisch zurück, nahm den wuchtigen Handscheinwerfer auf, der darauf lag, und schaltete ihn ein. Der Strahl kam mir sonderbar blass und kraftlos vor, während er ihn herumschwenkte, aber als er die Lampe auf die offen stehende Tür hinter von Thun richtete, verwandelte er sich in ein gleißendes Lichtschwert, das die Dunkelheit draußen in der Halle teilte. Der Anblick hatte allerdings nichts Beruhigendes. Wie schon einmal hatte ich im Gegenteil das Gefühl, dass das Licht die Schwärze, die die Eingangshalle erfüllt, nicht wirklich vertrieb, sondern nur zu etwas anderem werden ließ; etwas, was mehr Substanz hatte, als es haben durfte, und in dem sich vielleicht etwas bewegte ...

Ich versuchte den Gedanken als so albern abzutun, wie er ja schließlich auch war, aber es gelang mir nicht wirklich; und darüber hinaus schien ich nicht der Einzige zu sein, dem es so erging. Marias Schultern sanken noch ein wenig weiter herab, als sie es ohnehin taten, und die Schritte, mit denen sie hinter Ed und Stefan in Richtung Tür ging, waren eindeutig zögernd, und auch Judith rückte noch dichter an mich heran und griff instinktiv nach meiner Hand. Ich entzog mich ihrem Griff – nicht weil mir ihre Berührung unangenehm war, sondern weil ich mir nach von Thuns Auftritt einfach albern vorgekommen wäre, Hand in Hand mit ihr brav wieder in mein Zimmer hinaufzugehen. Judith runzelte die Stirn und sah vielleicht auch ein bisschen verletzt aus, aber sie sagte nichts und rückte auch nicht weiter von mir weg. Spätestens wenn wir wieder im Zimmer waren, würde ich ihr mein Verhalten erklären.

Von Thun schlurfte als Erster aus der Küche und machte einen Schritt zur Seite, kaum dass er draußen in der Halle war – zweifellos aus keinem anderen Grund als dem, Ed und den anderen Platz zu machen, die sich deutlich schneller bewegten als er. Trotzdem hatte ich das verrückte Gefühl, dass er aus dem Licht floh, ein schmalschulteriger, böser alter Gnom aus einer anderen Dimension, dessen Element die Dunkelheit war. Ich verscheuchte den Gedanken und ging ein wenig schneller, sodass Judith und ich zwar als Letzte, aber dicht hinter den anderen die Küche verließen.

Etwas raschelte und Ed blieb erschrocken stehen und hob seine Lampe. Eine Sekunde lang zuckte der handdicke Lichtstrahl wie betrunken durch die Dunkelheit und für einen noch kürzeren Moment schien er irgendetwas zu streifen; zu schnell, um es wirklich zu erkennen, aber dennoch nicht schnell genug, um es nur zu einer Täuschung werden zu lassen. Etwas Kleines, seltsam taumelnd Fliegendes.

Judith stieß einen unterdrückten Schrei aus und klammerte sich instinktiv an meinen Arm und selbst Ellen fuhr deutlich erschrocken zusammen und hob mit einem Ruck den Kopf. »Was war das?«

»Nichts.« Ed stocherte mit dem Lichtstrahl hektisch in der Dunkelheit herum, aber das Flattern wiederholte sich nicht. Trotzdem … das Rascheln war immer noch da. Irgendetwas bewegte sich über uns durch die Dunkelheit.

»Meine Freunde, ich bitte Sie«, sagte von Thun. Seine Stimme war noch immer so dünn wie zuvor, aber in der fast vollkommenen Schwärze, die uns umgab, wurde sie zugleich auch zu etwas anderem, sonderbar Bedrohlichem. »Hier ist gewiss nichts, wovor Sie sich fürchten müssten. Allenfalls ein paar Fledermäuse.«

»Fledermäuse?« Judiths Stimme wurde zu einem schrillen Flüstern und ich hätte von Thun für diese letzte Bemerkung am liebsten den Hals umgedreht.

»Sie nisten drüben im alten Turm«, erklärte von Thun. »Manchmal verirrt sich eine von ihnen hier ins Haupthaus, aber ich kann Ihnen versichern, dass sie vollkommen harmlos sind.«

»Fledermäuse?« In Judiths Stimme zitterte nun eindeutig Panik. »Ich … ich hasse Fledermäuse«, krächzte sie. Sie klammerte sich fester an meinen Oberarm. Ihr Griff tat mittlerweile weh, und ich konnte selbst durch ihre Fingerspitzen hindurch fühlen, wie rasend ihr Puls ging.

»Sie dürften auch gar nicht hier sein«, antwortete von Thun. »Diese Tiere sind zwar harmlos, aber sie richten trotzdem eine Menge Schaden an, und ihre … *Hinterlassenschaften* sind nicht nur unappetitlich, sondern ganz gewiss auch nicht hygienisch.« Ich konnte sein unwilliges Stirnrunzeln regelrecht hören.

»Eigentlich dürften sie gar nicht hier drinnen sein. Ich habe strengste Anweisung gegeben …« Er brach mit einem ärgerlichen Schnauben ab, und ich konnte hören, wie er sich irgendwo in der Dunkelheit vor uns bewegte. »Da sehen Sie es – die Tür ist offen. Und dabei hatte ich strengste Anweisung gegeben, dass die Türen immer und unter allen Umständen geschlossen zu sein haben! Ich werde Carl gleich morgen früh einen strengen Verweis erteilen, mein Wort darauf.«

»Jetzt übertreiben Sie nicht«, maulte Ed. »Es ist schließlich nur eine Fledermaus, kein Vampir!«

Das war zweifellos scherzhaft gemeint, aber niemand lachte, und ich konnte spüren, wie Judith erneut zusammenfuhr und sich noch stärker an mich klammerte.

Ungefähr eine Sekunde lang. Dann erscholl das sonderbare Flappen und Rascheln erneut, nur näher diesmal, *fleischiger*, und im nächsten Augenblick schrie Judith gellend auf. Ihre Fingernägel gruben sich so fest in meinen Oberarm, dass ich warmes Blut über meinen Bizeps rinnen fühlte, und noch bevor ich in irgendeiner Form darauf reagieren konnte, riss sie sich los und stürzte, immer noch schreiend, davon. Instinktiv streckte ich die Hand nach ihr aus, griff ins Leere und verlor durch die neuerliche abrupte Bewegung beinahe das Gleichgewicht, sodass ich einen hastigen Seitwärtsschritt machen musste, um nicht auf die Nase zu fallen. Irgendwo links von mir ließ Ed ein unwilliges Grunzen hören und schwenkte seinen Scheinwerfer herum –

– und im nächsten Augenblick war Judith nicht mehr die Einzige, die schrie.

Von Thun hatte gelogen. Es *gab* Monster in diesem Schloss und eines davon war mit Zähnen und Klauen über Judith hergefallen.

Ed verriss mit einem erschrockenen Keuchen den Scheinwerfer, was das Licht in stroboskopischen kleinen Sprüngen herumhüpfen und den Anblick zu einem Ausschnitt aus einem bizarren Alptraum werden ließ. Etwas Schwarzes, Zappelndes hing in Judiths Haar, ein Fleisch gewordener Nachtmahr mit braunschwarzem Fell, seltsam flacher Nase, riesigen Ohren und langen, ledernen Schwingen, die wie wahnsinnig schlugen. Riesige rot glühende Augen starrten voller Mordlust und ich sah rasiermesserscharfe Krallen wie winzige, scharf geschliffene Skalpelle aufblitzen. Mein Herz schien auszusetzen und für die Dauer von einer oder zwei Sekunden schien die Zeit einfach stehen zu bleiben.

Dann brach der Bann. Ed hatte seine zitternden Hände endlich wieder weit genug unter Kontrolle, um den Scheinwerferstrahl genau auf Judith zu richten, mein Herz schlug endlich weiter, und aus dem blutsaugenden Vampir wurde wieder das, was er die ganze Zeit über gewesen war: eine Fledermaus, nicht einmal so groß wie eine Kinderhand, eher interessant als hässlich und hundertmal so erschrocken wie wir alle zusammen.

Judith schrie immer gellender, taumelte ziellos und schlug zugleich mit beiden Händen nach dem kleinen Flattertier, das sich offensichtlich mit den Krallen in ihren Haaren verfangen hatte. Sie hätte die winzige Fledermaus ohne Mühe abstreifen und davonschleudern können, aber sie wagte es nicht, sie wirklich zu berühren. Hysterisch schreiend rannte sie einen Moment lang ziellos herum und stürmte schließlich auf die offen stehende Tür zum Hof zu.

Und ich erwachte endlich aus meiner Erstarrung, zumindest weit genug, um krächzend Judiths Namen zu rufen und ungeschickt hinter ihr herzurennen.

»Judith! Um Gottes willen, bleib stehen! Es ist nur eine Fledermaus!«

Natürlich hörte sie meine Worte gar nicht, sondern geriet sichtlich mit jeder Sekunde mehr in Panik. Die Fledermaus ihrerseits flatterte immer heftiger mit den Flügeln, die bei jedem Schlag wie ledrige, dürre Hände in Judiths Gesicht klatschten, und versuchte sich loszureißen, aber ihre Krallen hatten sich im Haar verfangen; das einzige Ergebnis ihres verzweifelten Flatterns waren zwei dünne Rinnsale aus dunkelrotem Blut, die plötzlich über Judiths Stirn liefen.

»Bleib stehen! *Um Himmels willen, bleib doch stehen!*«

Judith rannte ganz im Gegenteil nur noch schneller, prallte, blind vor Panik, gegen den Türrahmen und schien die Treppe nach draußen mehr hinunterzustürzen als hinunterzulaufen, und wir alle – angeführt von von Thun, der absurderweise nicht nur die Führung übernommen hatte, sondern sich auf seine humpelnd unbeholfene Art eindeutig schneller bewegte als jeder andere – stürzten hinterher.

»Bleiben Sie stehen!«, schrie er. »Junge Dame, so bleiben Sie doch stehen! Es ist nur eine harmlose Fledermaus! Ich nehme sie weg!«

Judith blieb nicht stehen, sondern prallte nur ungeschickt mit der Hüfte gegen das steinerne Treppengeländer, fand wie durch ein Wunder ihr Gleichgewicht auch diesmal wieder und raste die Treppe hinab. Die Fledermaus hatte mittlerweile eine ihrer Krallen losgerissen und schlug noch verzweifelter mit den Flügeln. Ich konnte das Klatschen hören, mit dem ihre Schwingen Judiths Gesicht trafen. Ihre freie Klaue fuhr panisch durch die Luft und riss dünne, blutige Kratzer in Judiths Stirn.

»Nicht dorthin!« Von Thuns Stimme explodierte zu einem schrillen Kreischen, in dem blanke Todesangst zu hören war. *»Um Gottes willen, NICHT NACH RECHTS!«*

Es war zu spät. Judith hatte den Fuß der Treppe erreicht und wandte sich zielsicher genau in die Richtung, vor der von Thun sie gewarnt hatte, und in dem Sekundenbruchteil danach spürte ich wie in einer Art vorweggenommenem *Déjà-vu*, was geschehen würde.

Judith stolperte. Die Fledermaus riss in einer verzweifelten Kraftanstrengung auch ihre zweite Kralle los und flatterte mit einem schrillen Pfeifen davon, wobei sie ein ganzes Büschel von Judiths Haaren mitnahm. Judith schrie erneut und diesmal vor Schmerz auf, geriet endgültig aus dem Gleichgewicht und kämpfte mit wild rudernden Armen darum, nicht zu stürzen. Vielleicht hätte sie es sogar geschafft, aber da, wo sie hintreten wollte, war plötzlich nichts mehr, denn der Boden hatte sich unter ihr aufgetan, um sie zu verschlingen.

Judith schrie. Ihre Arme wirbelten wie die außer Kontrolle geratenen Flügel einer Windkraftanlage, während sie – absurd langsam, aber auch mit schrecklicher Unaufhaltsamkeit – weiter und weiter nach vorne kippte. Unter ihr war nichts mehr. Wo noch einen Herzschlag zuvor das uralte Kopfsteinpflaster des Hofes gewesen war, gähnte jetzt ein kreisrunder, bodenloser Abgrund, in den sie unweigerlich hineinstürzen würde.

Aber sie fiel nicht. Sie stürzte, drehte sich noch

im Fallen auf die Seite und griff verzweifelt mit ausgestreckten Armen nach einem Halt, der grausam nahe und doch unerreichbar weit weg war, und im buchstäblich allerletzten Moment war von Thun hinter ihr, warf sich nach vorne und rammte ihr die Handflächen in die Seite.

Der Stoß versetzte ihr genau das entscheidende bisschen Schwung, das sie rettete. Statt in den schwarzen Schlund zu stürzen, prallte sie dicht daneben auf den Boden, kreischte vor Schmerz und hatte trotzdem noch die Geistesgegenwart, den Schwung ihres eigenen Sturzes auszunutzen und weiterzurollen.

Von Thun hatte weniger Glück.

Noch während Judith wimmernd über das Kopfsteinpflaster rollte, prallte er mit so grässlicher Wucht auf den Rand des Schachtes, dass ich zu *hören* glaubte, wie seine altersschwachen Knochen zersplitterten. Er schrie nicht, sondern stieß nur einen sonderbaren, seufzenden Laut aus und war im nächsten Sekundenbruchteil einfach verschwunden.

Ich hatte endlich das Ende der Treppe erreicht, stürmte mit einem verzweifelten Zwischenspurt an Ed und Stefan vorbei und setzte mit einem einzigen Sprung über den Abgrund hinweg, der plötzlich da klaffte, wo eigentlich das fünfhundert Jahre alte Kopfsteinpflaster des Burghofes sein sollte; ein Sprung, den ich normalerweise niemals gewagt hätte. Dicht neben Judith fiel ich auf die Knie (so wuchtig, dass ich vor Schmerz aufstöhnte), beugte mich über sie und versuchte sie herumzudrehen.

»Miriam!«, keuchte ich. »Was ist mit dir?«

Sie schlug nach mir. Die Bewegung kam zu schnell

und zu unerwartet, sodass ihre Hand mit voller Wucht in mein Gesicht klatschte und mir zusätzlich die Tränen in die Augen trieb. Hastig richtete ich mich wieder auf, entging mit mehr Glück als Geschick einem zweiten Hieb und packte schließlich ihre Handgelenke. Judith schrie, bäumte sich auf und versuchte mit der schieren Kraft reiner Todesangst sich loszureißen. Dann, endlich, erkannte sie mich und hörte auf zu toben. Ich konnte regelrecht spüren, wie alle Kraft aus ihr wich. Statt weiter verzweifelt um sich zu schlagen, brach sie in meinen Armen zusammen und begann hemmungslos zu schluchzen.

»Ich bin es!«, sagte ich hastig. »Frank! Es ist alles in Ordnung, beruhige dich! Sie ist weg!«

»Es … es tut mir Leid«, schluchzte Judith. Sie zitterte am ganzen Leib, und ich konnte die Hitze ihrer Tränen spüren, die an meiner Wange hinunterliefen. »Es tut mir Leid. Ich … ich wollte nicht –«

»Das ist schon in Ordnung«, unterbrach ich sie. »Hör auf, dich zu entschuldigen.« Verdammt, genau genommen war sie die Einzige in dieser Ruine, die bisher so etwas wie menschliche Regungen gezeigt hatte. Wieso also *entschuldigte* sie sich dafür?

»Ich … ich dachte … es war so …«

»Schon gut.« Ich legte ihr sanft den Zeigefinger über die Lippen und versuchte zu lächeln. Judiths Reaktion nach zu schließen schien es mir nicht sonderlich gut zu gelingen. Sie war blass wie die sprichwörtliche Wand und zitterte am ganzen Leib. Ich konnte spüren, wie ihr Herz raste.

»Bist du verletzt?«, fragte ich vorsichtig. »Ich meine: Kann ich dich einen Moment allein lassen?«

Judith nickte zögernd. Ihre Augen waren groß

und plötzlich fast schwarz vor Furcht. Sie hatte Todesangst ausgestanden und sie hatte sie noch immer. Trotzdem ließ ich nach einer weiteren Sekunde ihre Schulter los, richtete mich auf und drehte mich in der gleichen Bewegung herum.

Ellen, Stefan, Maria und Ed knieten hinter mir in einem asymmetrischen Kreis um das gut anderthalb Meter messende Loch, das sich im Burghof aufgetan hatte. Ed schwenkte seinen Handscheinwerfer hin und her und stocherte mit dem Lichtstrahl in die Tiefe, während Maria ununterbrochen von Thuns Namen rief. Behutsam ließ ich mich erneut auf Hände und Knie hinab und legte die letzten anderthalb Meter kriechend zurück. Abgründe waren noch nie mein Ding gewesen – vorsichtig ausgedrückt.

Was ich dann allerdings im hin und her tanzenden Licht des Handscheinwerfers erblickte, war kein Abgrund, der geradewegs bis zum Mittelpunkt der Erde hinabreichte, sondern ein kreisrunder, offensichtlich aus Beton gegossener Schacht, der nach allerhöchstens drei oder vier Metern in einem scharfen Knick endete. Verrostete Metallsprossen ragten aus dem rissigen Beton und ein muffiger, ganz sacht aber auch nach Verwesung riechender Lufthauch schlug mir entgegen.

»Herr von Thun!« Marias Stimme zitterte vor kaum noch unterdrückter Panik. »So antworten Sie doch! Was ist mit Ihnen?«

»Wahrscheinlich ist er tot, Schätzchen«, sagte Ellen. »Oder zumindest bewusstlos. Du kannst also aufhören, hysterisch herumzuschreien.«

»Ich habe nur –«

»Und sei es nur, damit wir seine Antwort auch

verstehen, *falls* er antworten sollte«, fuhr Ellen ungerührt fort. »Gute Idee?«

Maria schenkte ihr einen bösen Blick, hielt aber gehorsam die Klappe – trotz allem hatte Ellen eindeutig Recht –, und auch ich maß Miss Allwissend mit einem raschen Blick. Allerdings bereute ich es auch fast im gleichen Moment. Ihr Gesicht zeigte keinerlei Regung, bestenfalls eine Andeutung analytischer Neugier. Es mochte zwar verrückt sein, bestenfalls irrational, in einem Augenblick wie diesem, aber in diesem Moment hasste ich sie beinahe. Sie war nicht cool. Sie war unmenschlich.

»Der Schacht scheint hinter dem Knick kaum noch Gefälle zu haben«, sagte Stefan nachdenklich. »Vielleicht kann man hinuntersteigen.«

»Mit *man* meinst du dich?«, vermutete Ed. Er hob die Lampe und richtete den grellen Strahl direkt auf Stefans Gesicht, ließ den Scheinwerfer aber hastig wieder sinken, als er das Aufblitzen in Stefans Augen sah.

»Es sei denn, *du* willst es tun«, antwortete Stefan.

»*Niemand* wird in diesen Schacht steigen«, mischte sich Ellen ein. Eigentlich schade. Ein – nicht ganz so kleiner – Teil von mir hatte sich bereits mit dem Gedanken angefreundet, dass mir Stefan vielleicht die Mühe abnehmen würde, Ed die Fresse zu polieren. Aber was nicht war, konnte ja noch werden …

Ed arbeitete jedenfalls daran. »Ach?«, fragte er. »Wer hat dich eigentlich zum Anführer gemacht?«

»Die Vernunft«, antwortete Ellen gelassen. Sie machte eine Geste in den Schacht hinab. »Keiner von uns weiß, was dort unten ist. Vielleicht hat Stefan ja Recht, aber genauso gut kann es da unten zwanzig Meter senkrecht in die Tiefe gehen. Oder auch hundert.« Sie schüttelte heftig und auf eine Art den Kopf, die keinen Widerspruch mehr zuließ. »Selbst wenn von Thun noch lebt, ist ihm nicht damit geholfen, wenn wir *zwei* Verletzte bergen müssen.«

»Das mag sein«, antwortete Stefan. »Aber ich sehe trotzdem nach. Vielleicht liegt er dort unten und ist schwer verletzt.«

»Aber das ist doch –«, begann Ellen. Stefan brachte sie mit einem eisigen Blick zum Schweigen und Ed setzte wieder sein Idiotengrinsen auf.

»Und wenn du dich irrst?«, fragte Maria besorgt. »Ich … ich halte das für keine gute Idee. Wir sollten lieber Hilfe rufen. Da müssen Experten ran … Vielleicht … vielleicht die Feuerwehr oder … oder ein Rettungsteam.«

»Tolle Idee«, sagte Ellen verächtlich. »Leider funktionieren hier keine Handys. Dieses verdammte Tal ist ein einziges Funkloch. Nichts zu machen.«

»Und woher willst du das wissen?«, fragte Maria.

»Sie hat Recht.« Ich schüttelte bedauernd den Kopf. »Der Taxifahrer hat mir dasselbe erzählt. Nicht einmal der Radioempfang funktioniert hier richtig.«

»Ich steige hinab.« Stefans Stimme hatte nicht mehr den Tonfall einer Frage. »Macht euch keine Sorgen. Ich bin Freeclimber. Zwar ein bisschen aus der Übung, aber …«

»Gibt es eigentlich irgendetwas, was du nicht kannst?«, fragte Ed.

»Eine Menge.« Stefan ließ sich auf Hände und Knie herabsinken, drehte sich um und angelte mit dem Fuß nach der obersten Sprosse. »Dumme Sprüche ertragen, zum Beispiel. Sie haben mich aus dem SEK rausgeschmissen, weil ich meinen Vorgesetzten verprügelt habe, weißt du?«

Ellen lachte leise und auch ich konnte ein Grinsen nicht mehr ganz unterdrücken. Wahrscheinlich war das nicht wahr, aber Ed hatte die Botschaft verstanden und hielt die Klappe. Wortlos sah er zu, wie sich Stefan vorsichtig weiter über den Rand des Schachtes schob und den Fuß auf die zweite Eisensprosse setzte, die aus dem Beton ragte. Es knirschte hörbar und Stefan erstarrte für einen Moment. Ich ertappte mich dabei, wie ich diesen Muskelprotz beneidete. Für ihn schien die Welt ein viel einfacherer Ort zu sein als für mich. Ein Ort, an dem es keine Herausforderung gab, die er nicht meistern konnte.

Stefan verharrte noch eine weitere Sekunde vollkommen reglos, dann atmete er hörbar ein und tastete nach der nächsten Sprosse. Nach wenigen Augenblicken hatte er den Boden des Schachtes erreicht und tastete mit dem Fuß in den Bereich hinter dem Knick.

»Hier geht es schräg weiter«, sagte er. »Ziemlich steil. Da sind Sprossen, aber der Scheiß hier ist glatt wie Schmierseife.«

»Dann komm lieber zurück«, sagte Maria.

»Das wird schon gehen«, murmelte Stefan. Ich konnte mich täuschen, aber ich hatte das Gefühl, dass seine Stimme schon nicht mehr ganz so selbstsicher klang wie zuvor. Dennoch kletterte er entschlossen weiter und war nach zwei oder drei Sekunden vollends verschwunden.

»Mir gefällt das nicht«, sagte Maria besorgt. »Was, wenn er auch noch abstürzt?«

Ellen streifte sie mit einem verächtlichen Blick, sagte aber nichts, sondern richtete sich auf und sah sich mit gerunzelter Stirn um. »Mich würde viel mehr interessieren, wo dieses verdammte Loch mit einem Male herkommt.«

»Vielleicht ein alter Brunnenschacht?«, vermutete Ed.

»Den jemand sorgsam zugemauert hat?« Ellen schnaubte verächtlich. »Und sieh dir mal den Rand an, Superhirn.«

Ed schwenkte den Strahl seiner Taschenlampe gehorsam herum, und ich erkannte sofort, was Ellen gemeint hatte: Im Zentrum des grellweißen Lichtkreises war deutlich zu erkennen, *warum* Judith diese Falle vorhin so vollkommen übersehen hatte. Der Schacht war nicht nur mit drei Zentimeter dicken Brettern abgedeckt gewesen. Irgendjemand hatte sich die Mühe gemacht, schmale Scheiben aus dem Kopfsteinpflaster zu schneiden und die Schachtabdeckung damit zu pflastern. Ich verbesserte mich in Gedanken: Der Schacht war keine Fallgrube, sondern ein *Geheimgang*. Vielleicht irgendein uralter Fluchttunnel, der noch aus der Zeit stammte, als dieses Kloster als Raubritterburg gedient hatte.

Ich sah mich nach Judith um. Sie hatte sich aufgesetzt und blickte mit schreckensbleichem Gesicht in unsere Richtung, aber sie wagte es aus verständlichen Gründen nicht, näher zu kommen.

»Da hat sich aber jemand verdammte Mühe gegeben«, murmelte Ed.

Ein Knirschen drang aus der Tiefe herauf, einen halben Atemzug später gefolgt von einem Schrei und etwas, was wie ein unterdrückter Fluch klang. Etwas Metallisches stürzte in den Schacht hinab, schlug klirrend ein paar Mal gegen die Wände und war schließlich verschwunden.

»Stefan?«, rief Maria. Dann noch einmal und so laut, dass mir die Ohren klingelten: *»Stefan!«*

»Alles in Ordnung! Es ist nichts passiert!« Stefans Stimme klang ganz und gar nicht nach *alles in Ordnung*, aber immerhin konnte er noch antworten. Wir hörten ein Rumoren und Schleifen aus der Tiefe, und nur einen Augenblick später erschienen Stefans Hände hinter dem Knick, um nach den rostigen Metallsprossen zu tasten. Fluchend und vor Anstrengung keuchend arbeitete sich der Hüne weiter in die Höhe und zog sich schließlich mit einem Klimmzug über den Rand des Schachtes.

»Was ist passiert?«, fragte Maria erschrocken.

»Eine der Sprossen«, antwortete Stefan kurzatmig. »Sie muss durchgerostet gewesen sein. Sie ist einfach weggebrochen.« Er schüttelte den Kopf. »Das hat keinen Sinn. Da unten ist es pechschwarz und der ganze Scheiß besteht nur aus Rost. Da runterzuklettern wäre Selbstmord.«

»Sag ich doch«, sagte Ed triumphierend. Blödmann!

»Aber ich glaube, ich habe etwas gehört«, fügte Stefan hinzu.

»Von Thun?«

»Keine Ahnung«, gestand Stefan. »Ich bin auch nicht sicher. Aber es könnte ein Stöhnen gewesen sein.«

»Wenn er tatsächlich dort unten liegt, ist er garantiert schwer verletzt«, sagte Ellen. »Ein Mann in diesem Alter.« Sie schüttelte den Kopf. »Alte Knochen brechen wie Glas, wisst ihr?«

Ich ersparte es mir, ihr zu sagen, dass ich *gehört*

hatte, wie etwas in von Thun zerbrach. Wenn er tatsächlich noch lebte, dann war das ein kleines Wunder. Aber ich hatte meine Zweifel, dass dieses Wunder noch allzu lange vorhalten würde.

»Wenn ich ein Seil hätte – oder die entsprechende Ausrüstung …« Stefan klang eindeutig *schuldbewusst*.

»Haben wir aber nicht«, sagte Ellen. »Und selbst wenn: Du würdest ihn wahrscheinlich umbringen, wenn du ihn an ein Seil bindest und nach oben ziehst.«

»Dann suchen wir doch im Keller nach einem Eingang«, wandte Maria ein. »Irgendwo muss dieser Schacht doch hinführen. Da kommt man bestimmt auch auf einem anderen Weg hin.«

»Prima Idee«, sagte Ellen, »im Dunkeln durch diese Ruine zu stolpern und nach einem Eingang zu einem verborgenen Keller zu suchen.« Sie schüttelte den Kopf. »Das dauert viel zu lange.«

»Gut«, sagte Ed. »Immerhin wissen wir jetzt, was wir alles *nicht* können. Hat Miss Brain zufällig auch eine Idee, *was* wir tun sollen?«

Statt auf Eds hämischen Tonfall zu reagieren, richtete sich Ellen noch ein wenig weiter auf und sah sich mit gerunzelter Stirn um. Dann deutete sie in Richtung des Tores. »Carls Wagen.«

»Was soll damit sein?« Ed blickte ebenso wie alle anderen in die Richtung, in die Ellens ausgestreckter Arm wies. Carls Nato-olivfarbener Friedenstaubenjeep stand noch immer dort, wo wir ausgestiegen waren.

»Wenn sein Wagen hier ist, ist er vermutlich ebenfalls da«, sagte Ellen. »Suchen wir ihn. Vielleicht weiß er ja, wohin dieser Schacht führt.«

»Eine wunderbare Idee«, spöttelte Ed. »Ich meine, es kann ja höchstens zwei oder drei Stunden dauern, bis wir ihn in dieser Bruchbude finden.« Er grunzte abfällig. »Schnappen wir uns den Wagen und fahren runter nach Crailsfelden. Vielleicht hat ja irgendjemand in diesem Kaff wenigstens ein Telefon, das funktioniert.«

»Dafür brauchen wir Carl aber ebenfalls«, sagte Ellen. »Bevor du fragst: Ich habe zufällig *gesehen*, dass er den Schlüssel abgezogen und eingesteckt hat.«

»Wer braucht denn einen Schlüssel?«, griente Ed. »Der Wagen, den ich nicht knacken kann, ist noch nicht gebaut.« Warum überraschte mich das nicht?

Ellen anscheinend auch nicht, denn sie blickte Ed zwar verwirrt, aber keineswegs *überrascht* an. Sie dachte zwei, drei Sekunden lang angestrengt nach, und als sie schließlich nickte, wirkte sie nicht unbedingt überzeugt, sondern eher resigniert.

»Also gut«, sagte sie. »Machen wir beides. Frank und du, ihr fahrt runter ins Dorf, und wir anderen suchen Carl.«

Diesmal war ich es, der – wenn auch nur in Gedanken – die Frage stellte, wer zum Teufel Ellen eigentlich zum Anführer gemacht hatte. Irgendwie schien Ellen meine Gedanken auch zu erraten, denn sie warf mir einen kurzen, fast beschwörenden Blick zu, den ich erst nach einem Moment richtig deutete. Vielleicht war die Idee, Ed allein fahren zu lassen, nicht unbedingt die beste. Also gut … aber ausgerechnet *Ed* und ich?

»Komm schon, Dicker!« Ed sprang mit einer übertrieben federnden Bewegung in die Höhe, verlor auf dem rutschigen Kopfsteinpflaster prompt die Balance und wäre um ein Haar kopfüber in den Schacht gestürzt, hätte Stefan nicht im letzten Moment zugegriffen und ihn am Schlafittchen gepackt.

»Wenn ihr fertig seid mit Spielen, Jungs«, sagte Ellen, »können wir vielleicht weitermachen. Ich meine: Dort unten liegt möglicherweise ein Schwerverletzter, für den jede Sekunde zählt.«

Ed spießte sie mit Blicken regelrecht auf, war aber klug genug, nichts zu sagen – zumal Stefans Pranke noch immer wie zufällig auf seiner Schulter lag –, sondern riss sich nur mit einem trotzigen Ruck los und stiefelte in Richtung des Landrovers davon.

Ich folgte ihm nicht sofort, sondern ging die wenigen Schritte zu Judith zurück. Sie war noch immer so blass wie vorhin, und die Leere in ihrem Blick machte mir klar, dass sie von den Geschehnissen der letzten Minuten wahrscheinlich gar nichts mitbekommen hatte.

»Alles in Ordnung?«, fragte ich. Natürlich war *nichts* in Ordnung. Judith zitterte nach wie vor wie Espenlaub und ihr Gesicht war blutüberströmt und bot einen entsetzlichen Anblick. Vermutlich waren die Schrammen, die ihr die Fledermaus zugefügt hatte, nicht besonders schlimm. Aber Kopfverletzungen bluten immer stark, und ich hatte nicht vergessen, was von Thun über die *Hinterlassenschaften* der Fledermäuse erzählt hatte.

»Ellen sollte sich das besser einmal ansehen«, sagte ich.

»Nein!« Judith klang fast entsetzt. »Das … das ist nicht nötig. Wirklich.«

Ich schluckte die Antwort, die mir auf der Zunge lag, herunter. Ellen *würde* sich die Verletzungen ansehen, dafür würde ich sorgen, aber nicht jetzt.

Judith stand eindeutig noch unter Schock. »Ich fahre mit Ed runter ins Dorf«, sagte ich. »Wir müssen irgendwo Hilfe holen, aber ich schätze, dass wir schnell wieder zurück sind. Kann ich dich ein paar Minuten allein lassen?«

»Kein Problem«, antwortete Judith. Sie versuchte zu lächeln, aber es geriet eher zu einer Grimasse.

»Wirklich?«

»Geh ruhig«, erwiderte Judith. »Ich komme schon klar.« Sie fuhr sich nervös mit der Zungenspitze über die Lippen. »Nur –«

»Ja?«

Wieder suchte Judith sekundenlang nach den richtigen Worten. Als sie schließlich sprach, wich ihr Blick meinen Augen aus. »Wer ... warum hast du mich ... Miriam genannt?«

»Miriam?« Ich erschrak; mehr, als ich mir selbst eingestehen wollte.

»Vorhin, als ich ... gestürzt bin«, sagte Judith, leise und stockend, aber dennoch mit fester Stimme. »Du hast mich Miriam genannt.«

»Du musst dich irren«, behauptete ich. »Ich kenne keine Miriam.« *Warum tust du mir das an?*

Judiths Blick machte es überflüssig, irgendetwas auf diese Behauptung zu erwidern. Ich hielt ihm auch nur noch eine Sekunde lang stand, dann drehte ich mich fast hastig herum und eilte mit so weit ausgreifenden Schritten hinter Ed her, dass es schon fast einer Flucht gleichkam.

Ed fummelte mit einem Stück Draht am Türschloss des Landrovers herum, als ich ihn erreichte. Ich konnte nicht genau sehen, was er tat, aber plötzlich hörte ich ein halblautes, schweres Klacken und die Tür schwang mit einem erbärmlichen Quietschen auf. Ed rutschte auf den Fahrersitz, beugte sich zur Seite und entriegelte die Beifahrertür.

»Der Herr haben ein Taxi bestellt?«, griente er.

Ich verzichtete auf eine Antwort, stieg in den Wagen und knallte die Tür übertrieben laut hinter mir zu. Ed griente unerschütterlich weiter, griff unter das Lenkrad und zerrte ein buntes Knäuel Kabel hervor. Ich konnte auch jetzt nicht wirklich erkennen, was er tat, aber es verging nur ein kurzer Moment, ehe der Motor des Landrovers mit einem schrillen Heulen ansprang.

»Na also!«, jubelte Ed. Er war erstaunlich schnell im Kurzschließen von Autos. Ich fragte mich, welchen Beruf er wohl ausübte. Aber eigentlich wollte ich es gar nicht so genau wissen …

Ed sah aus dem Fenster. »Fein, die Seitenspiegel sind noch angelegt. Dann verlassen wir mal mit Vollgas dieses verdammte Geisterschloss.«

Er setzte mit quietschenden Reifen zurück, zog mit einem brutalen Ruck die Handbremse an und ließ den schweren Wagen ebenso gekonnt wie angeberisch halb um seine Achse schlittern, bis er mit der Schnauze voran auf das Tor zeigte. Das war der Moment, in dem ich mich an den Sinn von Sicherheitsgurten erinnerte.

»Angst?«, grinste Ed. Vielleicht war ja jetzt der ideale Moment, mich an meine guten Vorsätze zu erinnern und ihm die Zähne einzuschlagen. Am besten, *bevor* er weiterfuhr. Stattdessen starrte ich ihn nur weiter an wie das berühmte hypnotisierte Kaninchen die Schlange. »Keine Sorge. Ich bin ein guter Fahrer.«

Dein Wort in Gottes Ohr, dachte ich und schloss den Sicherheitsgurt.

Ed kicherte, schenkte mir ein noch breiteres und diesmal *eindeutig* schadenfrohes Grinsen und trat das Gaspedal mit einem einzigen Ruck bis zum Bodenblech durch. Der Motor des Landrovers heulte gequält auf und die Reifen drehten auf dem nassen Kopfsteinpflaster im allerersten Moment durch. Dann griff das grobstollige Profil, und der Wagen schoss mit einem Ruck los, der anscheinend nicht nur mich überraschte. Ed riss erstaunt die Augen auf und klammerte sich ein wenig fester an das zerschrammte Lenkrad, aber er reagierte dennoch zehnmal schneller, als ich es jemals gekonnt hätte. Der Wagen schoss auf das Burgtor zu und für einen Moment wirbelten mir die Bilder aus meinem Alptraum von vorhin durch den Kopf: ein riesiges Tor, das mir entgegensprang, uralte hölzerne Flügel, die sich plötzlich in die gigantischen Schwingen einer noch gewaltigeren Alptraum-Fledermaus verwandelten, ein Monster, das mich verschlingen würde, mich und Miriam und –

Ed trat auf die Bremse, ließ den Wagen mit einem brutalen Ruck nach rechts und einen Sekundenbruchteil später mit einem noch härteren Ruck in die Gegenrichtung schleudern und brachte irgendwie das Kunststück fertig, das motorisierte Zweitonnengeschoss gegen alle Regeln der Physik und der Wahrscheinlichkeit nicht nur weit genug abzubremsen, sondern es auch genau auf Kurs zu halten. Wir zerschellten also nicht an der Seite des gemauerten Torbogens, sondern schossen präzise in das finstere Gewölbe hinein, ohne die steinernen Wände zu berühren, die auf beiden Seiten nur Zentimeter entfernt schienen. Ich schrumpfte regelrecht auf dem Sitz zusammen und klammerte mich gleichzeitig mit beiden Händen an dem Sicherheitsgurt fest, der sich schräg über meine Brust spannte.

»Was ist los mit dir, Kleiner?«, kicherte Ed. »Du hast doch nicht etwa Angst? Deinen Mangel an Vertrauen könnte ich glatt als Kränkung auslegen, weißt du?«

Selbst wenn ich fähig gewesen wäre, zu antworten – was ich nicht war –, wäre ich nicht mehr dazu gekommen. Der Landrover schoss, langsamer werdend, aber immer noch in geradezu selbstmörderischem Tempo, durch das Torgewölbe, passierte wie durch ein zweites, noch größeres Wunder auch die offen stehenden Torflügel, ohne daran zu zerschellen, und näherte sich dem jenseitigen Ende des Tunnels. Gerade als ich glaubte, wir hätten es geschafft, löste sich etwas Riesiges, Dunkles aus der Decke und fiel wie die Klinge einer schartigen Guillotine auf das Wagendach.

Zeit und Physik explodierten in einem einzigen, brodelnden Chaos aus Lärm, Schmerz, Entsetzen und reiner tobender Bewegung, als die nahezu zwei Tonnen Gewicht des Landrovers im Bruchteil einer Sekunde zum Stehen gebracht wurden. Irgendetwas traf den Wagen mit der Gewalt von Thors Hammer, drückte das Dach ein, schleuderte Ed und mich nach vorne und ließ die Windschutzscheibe in einem Hagel winziger rechteckiger Glasscherben nach innen explodieren. Die Gewalt, mit der ich in den Sicherheitsgurt geworfen wurde, presste mir die Luft aus den Lungen und ließ meinen Entsetzensschrei zu einem schrillen Quietschen werden, und tausend winzige rasierklingenscharfe Messer schnitten in mein Gesicht. Der Aufprall war so hart, dass ich trotz der Sicherheitsgurte das Bewusstsein verlor.

Allerdings nicht sofort. Zwischen dem Moment, in dem uns der Himmel auf den Kopf fiel, und dem, in dem ich ohnmächtig wurde, verging vielleicht nur der Bruchteil einer Sekunde, aber diese winzige Zeitspanne reichte vollkommen, um mir zu zeigen, dass Ed deutlich weniger Glück hatte als ich.

Er war *nicht* angeschnallt und die Wirkung war verheerend. Der Aufprall schleuderte ihn nach vorne, schmetterte seinen Brustkorb mit grausamer Wucht gegen das Lenkrad und ließ ihn mit haltlos pendelnden Armen wieder zurück in den Sitz stürzen, um ihn praktisch im gleichen Moment noch einmal und mit vielleicht noch größerer Wucht nach vorne zu schleudern. Ed klappte wie das berühmte Taschenmesser in der Mitte zusammen, prallte mit Stirn und Gesicht abermals auf das Lenkrad (diesmal so heftig, dass es *zerbrach*) und sackte dann in sich zusammen wie eine Marionette, deren Fäden vom Hieb eines *Katana*-Schwerts gekappt wurden.

Mir wurde schwarz vor Augen. Der Wagen zitterte und bebte noch immer, und noch während die Welt rings um mich herum rasch zu verblassen begann, ertappte ich mich bei dem durch und durch albernen Gedanken, mich darüber zu wundern, wieso dieser verdammte Motor eigentlich noch lief und warum ich immer noch das Klirren von zerbrechendem Glas hörte, das wie gefrorener Regen niederprasselte. Dann glitt ich endgültig in eine große, allumfassende Dunkelheit hinüber.

Das unwiderruflich Allerletzte, was ich sah, waren die handlangen Spitzen des Fallgatters, die wie rostige Drachenzähne durch das Wagendach bissen und sich erbarmungslos in Eds Nacken und Hinterkopf bohrten.

GEISTERSTUNDE

Pein. Das war alles, wofür in meinem Bewusstsein Platz war, als ich erwachte. Grelle, erbarmungslose Pein, die meinen Schädel ausfüllte und eine glühende Bahn aus purer Qual bis weit in den Nacken und die Schultern hinabzog. Ich registrierte mit seltener Klarheit, dass ich bewusstlos gewesen und nun wieder erwacht war. Und trotz des grausamen Pochens in meinem Hinterkopf erinnerte ich mich genau an den Alptraum, der mich während meiner Bewusstlosigkeit gequält hatte; ein brodelnder Schmerztiegel der unterschiedlichsten Emotionen und Bilder, die nur eines gemeinsam gehabt hatten: Sie waren allesamt unerträglich.

Trotzdem wünschte ich mir in diesem Moment nichts mehr, als wieder das Bewusstsein zu verlieren.

Es war nicht das erste Mal, dass ich mit rasenden Kopfschmerzen erwachte – schließlich hatte ich eine lebenslange Karriere als Migräne-Spezialist hinter mir –, aber es war das mit Abstand schlimmste Mal. In den zahllosen Nächten, in denen ich von Migräneanfällen geplagt aufgewacht war, hatte ich mir eingebildet, dass es einfach nicht schlimmer kommen konnte, aber das stimmte nicht. Es konnte immer schlimmer kommen.

Trotzdem war heute ... irgendetwas anders. Ich tauchte aus einem Sumpf aus brodelndem Schmerz und Benommenheit hinauf an die Oberfläche, aber anders als sonst lag ich nicht auf einem zerwühlten Bett, das nass von meinem eigenen Schweiß (und manchmal auch Erbrochenem) war, sondern auf einer harten, kalten Unterlage. Und auch der Schmerz war diesmal anders: Er versuchte nicht, meinen Schädel von innen heraus zu sprengen, sondern hatte sich eine glühende Furche über meine Schläfe bis hinab zum Wangenknochen gebahnt, von der aus er sich tiefer in meinen Kopf hineinwühlte und stach. Instinktiv versuchte ich, die Hand zu heben, um den Quälgeist zu verjagen, der auf meinem Schädel saß, aber es gelang mir nicht. Jemand ergriff mein Handgelenk und drückte meinen Arm mit einer Kraft zur Seite, der ich nichts entgegenzusetzen hatte; und auch nicht wollte.

»Halt still. Sie ist gleich fertig.«

»Und wenn du weiter herumzappelst, soll's mir auch recht sein, dann sieht dein Gesicht eben aus wie eine Patchwork-Decke.«

»Was vielleicht sogar eine Verbesserung wäre«, fügte eine dritte Stimme hinzu. Ich wusste so wenig, wem sie gehörte, wie die beiden anderen, aber ich beschloss, ihren Besitzer nicht zu mögen.

Ein weiterer, noch tieferer Stich strafte nicht nur die erste Stimme Lügen, sondern auch meinen Glauben, die Grenze dessen erreicht zu haben, was noch irgendwie zu ertragen war. Ich hatte Migräne-Anfälle erlebt, die schlimmer waren; aber dieser Schmerz war irgendwie anders. Es war nicht einfach eine Verletzung oder etwas, was mir mein eigener Körper antat. Jemand tat mir weh, und das hatte etwas Entwürdigendes, das mich wütend machte.

Alles drehte sich in meinem Kopf, wie ein Strudel, der mich in den Alptraum zurückzureißen versuchte, aus dem ich gerade mit Müh und Not aufgewacht war. Ich konnte nicht einmal sagen, ob ich nicht tatsächlich für einen Moment erneut das Bewusstsein verlor, denn das Nächste, woran ich mich erinnerte, war ein leises, metallisch klingendes Geräusch, das einfach da war, sich aber zugleich auch so anhörte, als hätte es bereits eine Weile angedauert – das letzte Scheppern einer Münze, die sich im Kreis gedreht hatte und nun, schneller werdend, auslief.

»Fertig. Mehr kann ich im Moment nicht für ihn tun«, seufzte die zweite Stimme. Ein widerlich süßer Geruch nach Kölnischwasser breitete sich aus und verband sich mit dem Gefühl latenter Übelkeit, mit dem ich erwacht war, zu etwas Neuem und sehr viel Schlimmerem, und dann … Mein Kopf wurde ohne Warnung in brodelnde Lava getaucht. Mein Gesicht stand in Flammen und weiß glühende Drähte bohrten sich durch meine Augen. Ich schrie und bäumte mich auf, aber die gleichen starken Hände, die mich schon vorhin gepackt hatten und deren Griff ich nichts entgegenzusetzen hatte, drückten mich zurück. Irgendwie hatte ich das Gefühl, dass es ihnen Spaß machte.

In Wahrheit waren es vermutlich nur wenige Sekunden, aber für mich schien eine schiere Ewigkeit zu vergehen, bis das lodernde Feuer in meinem Gesicht zu einem halbwegs erträglichen Brennen herabsank.

»Ich glaube, du kannst ihn jetzt loslassen.« Wieder die zweite Stimme. Die Stimme einer Frau, wie mir jetzt klar wurde. Spöttisch fügte sie hinzu: »Oder willst du ihm zu allem Überfluss auch noch die Handgelenke brechen?«

»Das ist vielleicht gar keine schlechte Idee.« Wieder Stimme Nummer drei. Ich beschloss endgültig, ihren Besitzer nicht nur nicht zu mögen, sondern zu hassen.

Vorsichtig öffnete ich die Augen und war darauf gefasst, mit einer wütenden Schmerzattacke dafür belohnt zu werden, wie ich es von zahllosen Migräne-Anfällen her kannte. Doch der heimtückische Angriff, auf den ich wartete, blieb aus. Mir wurde nicht einmal übel.

Wenigstens nicht übler, als mir sowieso schon war.

Um mich herum waren Gesichter, die mir im ersten Moment nichts sagten, ebenso wenig wie der große, gewölbeartige Raum, in dem ich aufgewacht war; eine Katakombe. Ich war in Frankensteins Labor erwacht, und die Stiche in meinem Gesicht waren die gewesen, mit denen sein Assistent ein paar Leichenteile festgenäht hatte, um die fehlenden Stücke zu ersetzen. Ich erinnerte mich an eine Explosion, die meinen Kopf in Stücke gerissen hatte und –

Nein. Das stimmte nicht. Ein weiterer Teil meiner Erinnerung kehrte zurück. Ich war bei Dr. Frankenstein gestrandet, und das mit meinem Kopf war auch irgendwie passiert, aber es war nicht mein Schädel, der auseinander geflogen war. Mein Kopf war von einer rostigen Metallstange aus dem dreizehnten Jahrhundert ans Armaturenbrett eines fast ebenso alten Geländewagens genagelt worden …

Eine schlanke Frau mit gestyltem fuchsroten Haar, die direkt vor dem billigen Plastikstuhl stand, auf dem ich hockte, musterte mich mit ausdruckslosem Gesicht, während sie die Flasche mit Kölnischwasser zuschraubte. Allein der Anblick reichte aus, um den Schmerz in meinem Gesicht neu anzustacheln. Erinnerungen drängten aus meinem Unterbewusstsein hoch, aber ich kämpfte sie nieder. Ich wollte sie nicht.

»Ich weiß, es brennt ein bisschen, aber ich habe nichts anderes zum Desinfizieren«, sagte sie. Das Mitleid in ihrer Stimme hielt sich in ziemlichen Grenzen, fand ich. Ganz im Gegenteil. *Ich schneide gerne.*

Verständnislos starrte ich sie an. Der Gedanke, so zusammenhanglos er im ersten Moment auch sein mochte, gab einen weiteren Teil meiner verschütteten Erinnerungen frei. Ellen, fiel mir ein. Sie hieß Ellen, nicht Miriam, und als wäre dieser Name ein Auslöser gewesen, kehrten meine Erinnerungen plötzlich wie ein Strom dunkler, unwillkommener Schatten zurück. Meine Reise nach Crailsfelden, die Ankunft in dem ehemaligen Internat und früheren Kloster, die Bekanntschaft mit den anderen, mit denen ich angeblich um zahllose Ecken herum verwandt sein sollte und die ebenso wie ich wegen einer mysteriösen Erbschaft hergekommen waren. Miriam. Von Thun, der greise Anwaltsgehilfe, der uns die ersten Einzelheiten über das verrückte Testament Klaus Sängers offenbart hatte, sein Sturz in den Schacht, mein Versuch, zusammen mit Ed in die Stadt zu fahren und Hilfe zu holen, das Fallgatter, das auf den Wagen herabgestürzt war …

Meine Benommenheit war plötzlich wie weggeblasen. Die Bilder, die nun durch meinen Kopf wirbelten, waren kaum weniger chaotisch als die, die ihnen Platz gemacht hatten, aber es gab einen Unterschied: Diese Erinnerungen waren echt. Ed war tot, und ich sollte es eigentlich auch sein. Mit einem Ruck richtete ich mich auf dem Stuhl auf, so dass Stefan, der neben mir stand und mich zuvor mit so unerbittlicher Kraft festgehalten hatte, hastig wieder die Hände hob, um zuzugreifen, sollte es sich als nötig erweisen. Immerhin wusste ich jetzt, wem die dritte Stimme gehörte.

»Was …?«

»Du hast verdammtes Glück gehabt«, fiel mir Ellen ins Wort. Sie stellte die Parfümflasche auf einen Stuhl neben sich, auf dem bereits eine ganze Sammlung weiterer höchst phantasievoll improvisierter Folterutensilien verteilt lag: ein aufgeklapptes Näh-Etui, eine blutige, verbogene Nadel, mehrere gleichfalls blutbesudelte Tücher und diverse Utensilien aus einem Erste-Hilfe-Kasten, der offenbar schon eine Antiquität gewesen war, als Carls altersschwacher Jeep, aus dem er vermutlich stammte, gerade vom Band gerollt war. Falls es damals schon Fließbänder gegeben hatte. »Es ist nur eine Platzwunde. Ich musste sie nähen, aber keine Sorge: Die Narbe wird zwischen den Falten auf deiner Stirn kaum zu sehen sein. Und je älter du wirst, desto weniger fällt sie auf.«

»Wie fühlst du dich?«, fragte Judith. Während Ellen weiterhin jeden Anflug von Mitgefühl oder gar Sorge vermissen ließ, las ich in Judiths Gesicht fast zu viel davon – in dem Teil ihres Gesichtes, den ich erkennen konnte, hieß das. Allzu viel war es nicht. Wenn das, was ich sah, ebenfalls Ellens Werk war, dann hielten ihre Fähigkeiten als Krankenschwester nicht mit denen als Ärztin mit. Wenigstens hoffte ich, dass sie als Ärztin besser war: Ein halbes Dutzend mehr oder weniger lieblos aufgeklebter Pflaster auf Stirn und Wangen verdeckten die Wunden, die ihr die Krallen der Fledermaus zugefügt hatten, und in ihrem rechten Ohr steckte ein klumpig gewordener rotbrauner Wattebausch. Sie war sehr blass, genau wie Maria, die ein Stück abseits mit im Schoß gefalteten Händen auf einem der Stühle saß und mit fahrigen Blicken nach einem Mauseloch Ausschau zu halten schien, in dem sie sich verkriechen konnte.

Ed fehlte. Aber Ed war ja auch …

»Ed«, murmelte ich. Meine Zunge war schwer und weigerte sich, mir richtig zu gehorchen. »Was ist mit Ed? Wo …?«

»Er liegt da drüben«, erklärte Judith. Sie machte eine Kopfbewegung in Richtung des Küchentisches, und ich erinnerte mich gerade noch rechtzeitig genug an die brennende Zündschnur in meinem Schädel, um nicht mit einem Ruck den Kopf zu drehen und ihrer Geste zu folgen. Stattdessen stemmte ich mich vorsichtig in die Höhe. Im ersten Moment wurde mir trotzdem schwindelig; alles drehte sich vor meinen Augen. Meine Beine schienen plötzlich zu schwach zu sein, um das Gewicht meines eigenen Körpers zu tragen. Aber nach wenigen Sekunden ging der Anfall vorbei, und wenigstens hatte ich nicht mehr das Gefühl, dass mein Kopf gleich explodieren müsse. Wenn das ein Migräne-Anfall gewesen war, dann der seltsamste, an den ich mich erinnern konnte.

»Du solltest dich noch etwas schonen. Beim Marathon-Lauf hättest du im Moment ohnehin keine Chance«, riet Ellen. Wahrscheinlich hatte sie Recht, aber ich ignorierte sie trotzdem. Mühsam wankte ich in Richtung des Tisches, und als ich ihn erreichte, musste ich mich mit beiden Händen auf der Platte des klobigen Möbelstücks abstützen. Die Kopfschmerzen, auf die ich wartete, kamen immer noch nicht, aber mein Herz pochte. Plötzlich hatte ich Angst, Ed anzusehen. Ich hätte ihm liebend gerne höchstpersönlich die Zähne eingeschlagen, aber ich wollte ihn nicht tot sehen.

Das musste ich auch nicht. Ed war nicht tot. Er bot einen bemitleidenswerten Anblick, und wäre er bei Bewusstsein gewesen, hätte er sich in diesem Moment vermutlich sogar gewünscht, tot zu sein, aber er war es nicht. Sein T-Shirt war der Länge nach aufgeschnitten, und ich konnte sehen, dass seine Brust mit kleinen Schnittwunden, Prellungen und Blutergüssen nur so übersät war; sie hatten bereits begonnen, sich in allen Farben des Regenbogens zu verfärben. Sein Kopf war bandagiert wie der einer Mumie, nur über Mund, Nase und Augen waren schmale Schlitze frei geblieben. Trotz der dicken Verbände war der Mull an zahlreichen Stellen blutgetränkt.

Er war bewusstlos, aber er lebte, auch wenn ich nicht begriff, wieso. Bevor ich selbst ohnmächtig geworden war, hatte ich gesehen, wie sich die gut handlangen Spitzen des Fallgatters durch das Wagendach und direkt in seinen Hinterkopf und Nacken gebohrt hatten! Er konnte gar nicht mehr am Leben sein. Aber er war es.

»Bei ihm kann man schon nicht mehr von Glück sprechen«, kommentierte Ellen, die neben mich getreten war und meine Gedanken zu lesen schien. »Das grenzt schon an göttliche Fügung.«

»Göttliche Fügung?«

Ellen zuckte beiläufig mit den Schultern. »Nenn es, wie du willst. Du weißt doch: Kleine Kinder, Betrunkene und Schwachköpfe haben anscheinend besonders aufmerksame Schutzengel.«

Ich funkelte sie ärgerlich an. Ich konnte Ed nicht ausstehen, und mein Mitleid hätte sich vermutlich in Grenzen gehalten, selbst wenn er gestorben wäre. Dennoch machte mich die Art wütend, wie sie über ihn sprach, aber was hatte ich anderes von ihr erwartet?

»Nur eine Handbreit weiter vorn, und er wäre Schaschlik«, fuhr sie ungerührt fort. »So hat er nur eine schwere Gehirnerschütterung – nicht, dass ich glaube, da wäre viel zu erschüttern gewesen – und am Hinterkopf eine Schnittwunde, die bis auf den Knochen reicht. Und jede Menge blauer Flecken und Prellungen. Aber ich glaube, es ist nichts Ernstes.« Diesmal war ich sicher, einen fast bedauernden Unterton in ihrer Stimme zu hören.

»Wird er durchkommen?«, fragte ich. Meine Stimme klang belegt, aber ich redete mir ein, dass es an meinem eigenen Zustand lag, nicht an meinem überwältigenden Mitleid mit Ed.

Ellen hob die Schultern. »Ich habe getan, was ich konnte. Ich bin Ärztin, keine Voodoo-Priesterin, weißt du?« Sie schien plötzlich das Bedürfnis zu verspüren, sich verteidigen zu müssen, denn sie machte eine wütende Bewegung auf den Stuhl mit ihren gesammelten Folter-Instrumenten zu. »Mit dem Krempel da kann ich nicht viel anfangen. Aber der Kerl ist zäh, also fürchte ich das Schlimmste.«

»Ich denke, er kommt durch?«, fragte Judith.

»Eben, Schätzchen«, sagte Ellen. »Einer weniger

wäre doch nicht schlecht. Das sind immerhin –«, sie tat so, als müsse sie einen Moment lang angestrengt nachdenken, »knapp siebzehn Prozent, oder?« Sie wartete einen Moment lang vergeblich auf eine Antwort, zuckte erneut mit den Schultern und wandte sich ab, um mit schnellen Schritten zu der altmodischen Spüle hinüberzugehen. Als sie den Hahn aufdrehte, ertönte ein Geräusch, das sich wie der Vorbote eines Erdbebens anhörte, doch es ließ nach einigen Sekunden bereits wieder nach, und ein dünner, bräunlicher Wasserstrahl kam aus dem Hahn. Allein der Anblick weckte ein leises Gefühl von Ekel in mir, aber Ellen griff ungerührt nach einem Stück Seife und begann sich die Hände zu waschen.

»Er hat ziemlich viel Blut verloren«, stellte ich fest. »Kannst du nichts dagegen tun?«

»Ich habe die Wunden genäht und die Blutungen notdürftig gestillt.« Ellen machte sich nicht einmal die Mühe, sich zu mir herumzudrehen. Sie roch an ihren Fingerspitzen, rümpfte demonstrativ die Nase und begann sich ein zweites Mal die Hände zu waschen. Wahrscheinlich würde sie den Gestank des billigen Kölnischwassers trotzdem nicht loswerden. »Eigentlich müsste er in ein Krankenhaus – aber ich hoffe, es sieht schlimmer aus, als es ist.«

»Was man von meinem Wagen nicht gerade behaupten kann«, ertönte eine nörgelnde Stimme. Ich hatte bislang nicht einmal bemerkt, dass Zerberus – Carl, wie er richtig hieß, aber der Spitzname, den ich ihm in Gedanken verpasst hatte, erschien mir sehr viel passender – ebenfalls da war. Er lehnte mit vor der Brust verschränkten Armen neben der Tür an der Wand und sah ebenso müde wie wütend aus.

Ein ganz kleines bisschen vielleicht auch verstört. Maria warf ihm einen vorwurfsvollen Blick zu, den er aber gar nicht zur Kenntnis zu nehmen schien, denn er nahm nun langsam die Arme herunter und kam näher, wobei er Ed so wütend anstarrte, als wolle er mit seinem Blick nachholen, was dem Fallgatter nicht gelungen war. »Die Karre ist nur noch Schrott.«

»Ach ja?«, fragte Stefan bissig. »Dann hat sich ja nicht sehr viel geändert.«

Zerberus gab sich redlich Mühe, ihn mit seinen Blicken aufzuspießen, und ich war wohl nicht der Einzige, der ihm ansah, dass er eigentlich etwas ganz anderes sagen wollte und es sich nur in Anbetracht von Stefans breiten Schultern im letzten Moment noch anders überlegte. »Der Wagen war alt, aber völlig in Ordnung«, nörgelte er. »Jedenfalls so lange, bis dieser Idiot da ihn klauen wollte. Geschieht ihm nur recht, wenn er jetzt –«

Weiter kam er nicht. Stefan fuhr mit einer blitzschnellen Bewegung herum und war mit zwei Schritten bei ihm. Ohne auch nur die geringste Mühe hob er den nicht gerade schmächtigen Wirt mit einer Hand hoch, stapfte weiter, als ob er sein Gewicht gar nicht spüre, und rammte Zerberus mit solcher Wucht gegen die Wand, dass er keuchend die Luft zwischen den Zähnen ausstieß. Ellen unterbrach für einen Moment ihre Versuche, die Haut von ihren Fingern zu schrubben, und sah eher gelangweilt in seine Richtung, und Judith schlug erschrocken die Hand vor den Mund.

»Jetzt reicht's«, zischte Stefan. Er sprach nicht einmal laut, aber in einer Tonlage, die seine Worte irgendwie so klingen ließ, als hätte er geschrien.

»Noch ein Wort über deine Scheiß-Karre, und du kannst deine Knochen aus den Ecken zusammensuchen. Haben wir uns verstanden?«

Sein Wutausbruch hatte mich ebenso überrascht wie die anderen, aber mein erschrockenes Zusammenzucken hatte einen anderen Grund. Ich war erschrocken, aber nicht über das, was Stefan gerade getan oder gesagt hatte.

Erschrocken war ich über mich selbst.

Im gleichen Moment, in dem Stefan Carl gepackt hatte, war auch ich herumgefahren – aber nicht, um ihn zurückzuhalten oder gar Carl zu Hilfe zu eilen. Im Gegenteil: Hätte Stefan ihn nicht gepackt, dann hätte ich mir Carl vorgenommen; und ich bezweifelte, dass ich es dabei hätte bewenden lassen, ihn am Schlafittchen zu packen und ein bisschen durchzuschütteln. Ich bin gewiss kein gewalttätiger Mensch, aber in diesem Moment wollte ich nichts mehr, als Zerberus zu packen und meine Faust in sein Althippie-Gesicht zu schlagen. Und ich war nicht der Einzige, dem es so erging. Ellen blickte noch immer mit fast gelangweiltem Gesicht zu Stefan und Carl und hatte wieder angefangen, an ihren Händen herumzuschrubben. Judith hatte noch immer die Hand vor den Mund geschlagen, aber ich hatte eher das Gefühl, dass sie sie einfach dort vergessen hatte und dem Schauspiel fast gebannt zusah und auf die Fortsetzung wartete. Selbst Maria wirkte zwar erschrocken, zugleich aber auch auf eine morbide Art fasziniert, die gerade bei ihr besonders unheimlich wirkte. Was ging hier vor? Plötzlich lag Gewalt in der Luft wie etwas Greifbares. Ich ertappte mich dabei, wie ich das Spiel von Stefans beeindruckenden Muskeln nicht nur voller Faszination beobachtete, sondern ihn sogar darum beneidete. Ich konnte mich nur noch mit Mühe zurückhalten, um nicht zu ihm zu eilen und auf Carl einzuschlagen.

Möglicherweise hätte ich es sogar getan, wäre Maria nicht plötzlich aufgesprungen und hätte einen kleinen, fast kläglichen Schrei ausgestoßen. »Aufhören!«, wimmerte sie. »So … so hört doch auf!«

Selbst jetzt fiel es mir schwer, meinen Blick von Stefan und dem hilflos mit den Beinen strampelnden Carl zu lösen, der mittlerweile aufgehört hatte, nach Luft zu ringen. Sein Gesicht lief langsam blau an.

Maria hatte die Hände vor das Gesicht geschlagen und zitterte am ganzen Leib. In ihren Augen stand das blanke Entsetzen, aber es war dieselbe Art von Entsetzen, die ich selbst spürte: Was sie sah, das erschreckte sie zutiefst, aber noch viel mehr entsetzte sie, was sie gerade gespürt hatte. Ich hatte mir die morbide Faszination in ihren Augen nicht eingebildet.

Aber ihre Worte brachen den Bann.

Fassungslos wurde mir klar, was ich gerade gedacht hatte; und ganz offensichtlich nicht nur ich. Auch auf Stefans Gesicht machten Hass und Mordlust einem plötzlichen Ausdruck von schuldbewusster Verwirrung Platz. Langsam ließ er die bereits zum Schlag erhobene Faust sinken und stellte Zerberus beinahe behutsam auf die Füße zurück. Carl japste nach Luft, sank an der Wand entlang in die Knie und schlug beide Hände gegen den Hals.

Ich wechselte einen raschen Blick mit Judith und las in ihren Augen denselben Schrecken, den auch ich empfand. Den wir alle empfanden. Was um alles in der Welt geschah mit uns?

Stefan sah für einen Moment noch hilfloser aus

und begann von einem Fuß auf den anderen zu treten. Dann beugte er sich mit einem Ruck vor, griff nach Carls Hand und zog ihn auf die Füße; ob er wollte oder nicht. »Ich hoffe, wir haben uns verstanden«, sagte er. Die Wut war aus seiner Stimme gewichen, aber sie klang immer noch aggressiv, wenn auch jetzt auf eine vollkommen andere Art. »Und jetzt wüsste ich verdammt noch mal gern, was Sie überhaupt hier machen. Ich denke, Sie wollten zurück ins Dorf?«

Carl rang noch immer röchelnd nach Luft. Er massierte seinen Hals, aber in dem Blick, mit dem er uns nacheinander maß, lag keine Angst mehr, sondern höchstens so etwas wie Verwirrung und ein stummer Vorwurf. Gleichzeitig brachte er das Kunststück fertig, schon wieder so griesgrämig auszusehen, dass man meinen konnte, alle Last der Welt ruhe auf seinen knochigen Schultern.

»Was wohl?«, schnappte er. Er versuchte, möglichst selbstbewusst zu klingen, aber das Zittern in seiner Stimme ließ eher ein Nörgeln daraus werden. »Schließlich habe ich den Auftrag, mich um dieses Gemäuer zu kümmern. Sie können Gift darauf nehmen, dass ich lieber unten in meiner Gaststätte wäre.« Er sah sich Beifall heischend um. Als niemand Anstalten machte, aus lauter Dankbarkeit vor ihm auf die Knie zu fallen, fuhr er mit trotzig geschürzter Unterlippe fort: »Stattdessen war ich im Keller und habe versucht, die Stromversorgung in Gang zu bringen – und was ist der Dank?«

Ich grinste flüchtig. Es fiel mir ziemlich schwer, mir Carl mit seinen zwei linken Händen als eine Art Hausmeister vorzustellen, der an einem so sensiblen Gerät wie einem Stromgenerator herumbastelte; noch dazu, wenn es vermutlich älter war als er selbst.

»Im Keller?«, hakte Stefan misstrauisch nach.

»Wo denn sonst? Stellen Sie sich nur vor, irgendjemand ist auf die Idee gekommen, dass der Keller genau der richtige Ort für den Stromgenerator wäre«, antwortete Carl sarkastisch. »Herr von Thun hat mich gebeten, mir das Ding anzusehen, bevor sich einer von Ihnen im Dunkeln auf der Treppe den Hals bricht. Wo wollten Sie überhaupt mitten in der Nacht hin – noch dazu mit meinem Wagen?«

»Hinunter ins Dorf, Hilfe holen«, antwortete Stefan. »Was haben Sie denn gedacht?«

Ich war bestimmt nicht der Einzige, der Carl ansah, dass er mit dieser Antwort noch weniger anfangen konnte. Er blickte Stefan nur kurz und mit einer Mischung aus Trotz und Verwirrung an, dann war er mit wenigen Schritten am Tisch und wurde kreidebleich. Ganz offensichtlich begriff er erst jetzt, wie es tatsächlich um Ed stand.

»Hilfe?«, murmelte er verstört. »Aber … aber wieso denn? Er ist doch erst … ich meine …«

Ich tauschte einen raschen Blick mit den anderen, doch niemand reagierte, was letztendlich allerdings auch eine Form von Antwort war.

»Es ging nicht um Ed«, sagte ich. Carls Blick wurde noch verständnisloser, so dass ich mit einer fragenden Geste in die Runde hinzufügte: »Hat Ihnen niemand etwas gesagt?«

»Gesagt?«, wiederholte Carl. »Was gesagt?«

»Von Thun«, antwortete ich. »Er hatte einen Unfall.«

Carl atmete scharf ein und prallte so abrupt zurück, als hätte ich die Hand gehoben, um ihn zu schlagen. Diesmal war das Erschrecken in seinen Augen echt. »Herr von Thun?«, keuchte er. »Was ist mit ihm?«

»Das wissen wir nicht«, antwortete Ellen an meiner Stelle. »Und genau deswegen wollten wir ja auch jemanden losschicken. Um Hilfe zu holen.«

»Was ist passiert?«, fragte Carl erneut.

Ellen hob die Schultern. »Er ist in eine Art … Brunnenschacht gefallen.«

»Wie bitte?«, murmelte Carl. Täuschte ich mich, oder war da plötzlich noch etwas anderes in seinem Blick, etwas wie Misstrauen?

»Eine von uns«, antwortete Ellen und machte eine verächtliche Kopfbewegung in Richtung auf Judith, »hat wegen einer Fledermaus die Nerven verloren und ist blindlings losgestürzt. Dabei wäre sie fast in einen Schacht auf dem Hof gefallen. Von Thun konnte sie noch rechtzeitig zur Seite stoßen, aber ist dabei selbst abgestürzt. Ed und Frank wollten in Crailsfelden Hilfe holen.«

»Es gibt hier keinen Brunnenschacht«, antwortete Carl. Seine Stimme klang flach, fast ausdruckslos, und er wirkte vollkommen verwirrt. Die Worte waren nur ein Reflex gewesen. Ich war mir sicher, dass er noch gar nicht richtig verstanden hatte, was er da hörte.

»Ja, das dachte von Thun offensichtlich auch«, sagte Ellen ruhig. »Wie es aussieht, hat er sich geirrt.«

»Wie geht es ihm?«, wollte Carl wissen. Er bedachte Judith mit einem kurzen, aber fast hasserfüllten Blick, und ich revanchierte mich bei Ellen mit einem ganz ähnlichen, wenn auch eher wütenden. Meiner Meinung nach war es nicht nötig gewesen, so genau zu erklären, wie es zu dem Sturz gekommen war. Judith machte sich auch so schon genug Vorwürfe, auch wenn sie so gut wie alle anderen hier wissen musste, dass es nichts anderes als ein dummer Unfall gewesen war – aber wahrscheinlich machte es Ellen einfach nur Spaß, Salz in die Wunden zu reiben. Ich ging zu Judith hinüber, die wie ein Häufchen Elend mit gesenktem Kopf wieder auf ihrem Stuhl in sich zusammengesunken war, und legte ihr tröstend die Hand auf die Schulter. Sie erschauerte leicht unter der Berührung, aber sie erwiderte sie nicht. Ihre Hände blieben zusammengefaltet auf ihren Knien und ich verspürte ein absurdes Gefühl von Enttäuschung. Was hatte ich erwartet? Dass sie aufsprang und ihrem Retter um den Hals fiel?

»Herr von Thun ist ... abgestürzt?«, fragte Carl zum wiederholten Male. Er fuhr sich nervös mit der Zungenspitze über die Lippen. »Was ist mit ihm? Lebt er noch?«

»Keine Ahnung«, antwortete Stefan und verdrehte die Augen. »Zum dritten Mal: Ich wollte hinunterklettern, aber der Schacht macht nach ein paar Metern eine Biegung. Keine Ahnung, was dahinter ist.«

»Aber Sie können ihn doch nicht einfach ...« Carl fuchtelte wild mit den Händen in der Luft herum. »Das ist völlig unmöglich! Ich meine, der ... der Schacht ist doch gründlich abgedeckt. Wie konnte ...?«

»Dann hat irgendjemand diese Abdeckung wohl entfernt«, sagte ich. Ich ließ Judiths Schulter los und trat einen Schritt auf Zerberus zu. Das nervöse Flackern in seinem Blick wurde noch stärker und schließlich kam mir ein Einfall. »Möglicherweise war das ja auch der, der die Sicherung des Fallgatters entfernt hat, das uns beinahe aufgespießt hätte.«

»Was meinen Sie damit?«, fragte Carl. Seine Augen wurden schmal. Sein Blick flackerte immer nervöser, aber er hielt mir trotzdem stand, wenn auch nur mit Mühe. »Gar nichts«, behauptete ich lächelnd und in jenem bewusst beiläufigen Ton, der eben gerade nicht ganz beiläufig ist. »Ich will nur sagen, dass so ein Gatter nicht von selbst herunterfällt.« Aus den Augenwinkeln sah ich, dass sich Ellen nun ganz in meine Richtung drehte und mich stirnrunzelnd ansah, und auch auf Stefans Gesicht erschien plötzlich ein nachdenklicher Ausdruck.

»Ich war zwar nicht dabei«, sagte Carl in kühlem Ton, »aber so, wie mein Wagen aussieht, müssen Sie wie ein Irrer gegen das Tor geknallt sein.« Er schnaubte abfällig und beinahe hätte ich ihm seine Empörung sogar geglaubt. »Diese ganze Bruchbude hier ist baufällig. Seien Sie froh, dass Ihnen nicht der ganze Turm auf den Kopf gefallen ist.«

»Ja, vermutlich sollte ich das sein«, antwortete ich. Ich sprach nicht weiter. Nicht etwa, weil Carl mich überzeugt hatte – ganz im Gegenteil, ich begann allmählich immer mehr Gefallen an meiner eigenen Idee zu finden, als mir selbst lieb war. Natürlich war ich ganz selbstverständlich davon ausgegangen, dass der Aufprall des Jeeps das Gatter gelöst hatte, das mich um ein Haar und Ed tatsächlich aufgespießt hatte. Aber plötzlich war ich da nicht mehr so sicher. Carl hatte Recht: Dieser ganze Bau war Jahrhunderte alt, und vermutlich war es auch Jahrhunderte her, dass das Gatter zum letzten Mal benutzt worden war. Der Mechanismus musste so gründlich eingerostet sein, dass er ein mittleres Erdbeben überstanden hätte, ohne sich von der Stelle zu rühren. Es sei denn, jemand hatte sich daran zu schaffen gemacht und ihn so gründlich gewartet, dass sich das Gatter bei der leisesten Erschütterung löste.

Der Fehler in diesem Gedanken fiel mir fast im gleichen Moment auf, in dem ich ihn dachte: Bis hierhin klang meine Theorie ja ganz hübsch, nur hätte der Attentäter auch ganz genau wissen müssen, wann wir die Burg verlassen wollten, auf welchem Weg – und vor allem, dass Ed den Wagen ins Tor rammen würde. Ich verscheuchte den Gedanken, aber der Schaden war bereits angerichtet. Allem Anschein nach war ich nicht der Einzige, der eins und eins zusammenzählen konnte, aber vielleicht der Einzige, der sich die Mühe machte, noch ein winziges Stückchen weiter zu denken.

»So habe ich das noch gar nicht gesehen«, sagte Stefan. Er kam wieder näher und ballte fast beiläufig die Fäuste. »Aber es ist ein interessanter Gedanke.«

Carl hatte sich gut genug in der Gewalt, um nicht vor ihm zurückzuweichen, aber man sah ihm an, wie gerne er es getan hätte. »Was für ein Blödsinn«, sagte er. »Sie glauben doch nicht etwa …«

»Ja – was?«, fragte Stefan lauernd. Und plötzlich war die Gewalt wieder da. Die Spannung war nie wirklich gewichen. Sie hatte sich nur zurückgezogen, sich versteckt wie eine Spinne, in deren Netz sich ein Opfer verfangen hatte, dem sie nicht gewachsen war, so dass sie in ihre Höhle zurückkroch und auf einen günstigen Moment wartete, um es hinterrücks anzuspringen.

»Jetzt hört doch auf«, sagte Judith. »Was soll der Quatsch? Wenn wir so weitermachen, dann fallen wir in ein paar Minuten alle übereinander her.« Sie klang eher resigniert als zornig, und ich verspürte einen dünnen, aber schmerzhaften Stich in der Brust, als sie endlich doch aufsah und mich anblickte. Vielleicht, weil sie Recht hatte. Ich war schon immer ziemlich gut darin gewesen, mit wenigen unbedachten Worten möglichst großen Schaden anzurichten, aber das hier war nun wirklich nicht der richtige Moment, um mit schlechten Angewohnheiten weiterzumachen.

Stefan atmete hörbar aus und entspannte sich, aber in dem Blick, mit dem er Carl maß, war noch immer so etwas wie eine latente Drohung. Vielleicht auch eher ein Versprechen: Aufgeschoben ist nicht aufgehoben.

»Wissen Sie, wohin dieser Brunnenschacht führt?«, fuhr Judith an Carl gewandt fort, mit ganz leicht erhobener Stimme und vielleicht eine Spur zu schnell.

»Nein. Er ist schon seit Ewigkeiten zugemauert.«

»Wäre ja auch zu schön gewesen«, seufzte Ellen.

Judith warf ihr einen ärgerlichen Blick zu, blieb aber sachlich. »Wir brauchen ein Telefon. Unsere Handys funktionieren hier nicht, und ich nehme auch nicht an, dass es hier ein Telefon mit Festnetzanschluss gibt?«

Carl schüttelte den Kopf. »Dieses Gebäude steht seit zehn Jahren leer«, erinnerte er. »Als es noch ein Internat war, hat es hier Telefon gegeben, aber der Anschluss funktioniert nicht mehr. Seither ...« Er zuckte die Achseln.

»Und was ist mit diesem Schacht?«, fragte Ellen. »Wohin führt er? Es muss doch vom Keller aus einen Zugang dorthin geben?«

»Keine Ahnung«, wiederholte Carl. Als er sah, wie sich Stefans Gesicht schon wieder verdüsterte, fügte er rasch hinzu: »Sie machen sich kein Bild davon, wie riesig dieses alte Gemäuer ist. Es gibt Keller, aber sie sind zum Teil eingestürzt, und ich hatte bisher keinen Grund, Kopf und Kragen zu riskieren, um da unten rumzukriechen. Ich weiß nicht, wohin der Schacht führt. Interessiert mich auch nicht. Wenn von Thun dort unten liegt, dann kann ihn höchstens die Feuerwehr rausholen.« Seine Stimme wurde leiser und auf eine Art bedauernd, die mir sagte, dass ihm dieser sonderbare alte Mann mehr zu bedeuten schien, als er uns alle glauben machen wollte. »Wenn er noch lebt.«

»Feuerwehr ist eine gute Idee«, stellte ich fest. »Aber dafür muss man sie erst einmal benachrichtigen – womit wir wieder beim Thema wären. Irgendjemand muss ins Dorf hinunter, und da es anscheinend nicht anders geht, zu Fuß.«

Stefan grinste humorlos. »Lass mich raten: Du denkst dabei nicht zufällig an mich, wie?« Er winkte ab. »Vergiss es. Auf die Idee bin ich auch schon gekommen. Der Jeep steckt im Tor wie ein Korken im Flaschenhals. Seitlich käme da kaum eine Flunder daran vorbei. Drüberklettern geht nicht wegen des Gatters und darunter durchkriechen ist auch nicht. Ihr hattet Glück, dass der Wagen eine Heckklappe hat, sonst hätten wir euch nicht mal rausholen können.«

»Es wird ja wohl irgendwo noch einen weiteren Ausgang geben«, sagte ich und blickte Carl dabei fragend an. Ein dünner, bohrender Schmerz erwachte in meinen Schläfen. Außerdem begann meine Hand zu jucken. Gedankenverloren und ohne hinzusehen fuhr ich mit dem Daumen über die juckende Stelle.

»Nein«, sagte Carl.

»Nein?«, wiederholte Stefan zweifelnd.

»Jedenfalls kenne ich keinen«, behauptete Carl. »Das hier war einmal eine Burg. Deshalb gibt es auch keine weiteren Ausgänge. Man ist wohl davon ausgegangen, dass einer reicht.«

»Eine Burg?«, hakte Judith nach. »Von Thun hat erzählt, es wäre ein Kloster gewesen.«

»So groß ist der Unterschied nicht«, mischte sich Maria ein. »Im Mittelalter wurden viele Klöster wie Festungen angelegt, um vor Feinden Schutz zu bieten. Manchmal war es auch nur ein Alibi – man baut ein Kloster, weil man sich offiziell nicht traut, eine Festung zu errichten.«

Ich hörte kaum hin. Meine Kopfschmerzen, einmal neu erwacht, wurden wieder schlimmer, aber was hatte ich nach einem solchen Unfall auch erwartet? Es grenzte an ein Wunder, dass es mir überhaupt schon wieder so gut ging. Ich sah auf den Küchentisch und die totenbleiche Gestalt darauf hinab. Eds Atem ging so flach, dass man genau hinsehen musste, um ihn überhaupt zu bemerken, und sein Gesicht war so bleich wie die sprichwörtliche Wand. Wahrscheinlich sollte ich froh sein, überhaupt Kopfschmerzen haben zu können.

»Und wie sieht es mit Geheimgängen aus?« Auch Judith massierte kurz ihre Schläfen, ließ die Hände aber rasch wieder sinken und flüchtete sich in ein fast verlegenes Lächeln. »Ich meine, in Filmen haben Burgen doch immer irgendwelche verborgenen Fluchtwege.«

»Wahrscheinlich gibt es welche«, sagte Ellen.

»Dummerweise sind Geheimgänge meistens geheim, Liebchen. Das liegt in der Natur der Sache, weißt du? Deswegen nennt man sie Geheimgänge.« Sie schüttelte den Kopf. »Filme!« Sie stand noch immer an der Spüle, hielt aber jetzt ein Glas Wasser in der Hand, mit dem sie etwas Kleines, Weißes hinunterspülte; wahrscheinlich eine Tablette. »Das klassische Bildungsprogramm, wie? Warum nicht gleich Tom & Jerry?«

Judith holte tief Luft, und in ihren Augen funkelte plötzlich etwas, was ich vorher noch nicht darin gesehen hatte, aber ihr Zorn verrauchte so schnell, wie er gekommen war. »Da draußen gibt es jedenfalls einen gut getarnten Schacht, von dem niemand weiß, wohin er führt, Miss Oberschlau«, versetzte sie bissig. »Wo ist da der große Unterschied zu einem Geheimgang? Und warum sollte es nicht noch einen geben?«

Sie blickte Ellen herausfordernd an, aber die schnitt nur eine verächtliche Grimasse und gab keine Antwort. Sie nippte an ihrem Wasser. Ich musste an die braune Brühe denken, die aus dem Hahn gekommen war, und unter meiner Zunge lief bittere Galle zusammen.

»Im Klartext«, wandte sich Stefan abermals an Carl. »Wollen Sie uns erzählen, dass wir hier gefangen sind?«

»So dramatisch würde ich es nicht ausdrücken«, antwortete Carl. »Aber im Moment sitzen wir fest. Das stimmt. Aber bestimmt nicht lange«, fügte er fast hastig hinzu, als Stefans Blick noch einmal um mehrere Nuancen dunkler wurde. »Allerhöchstens für ein paar Stunden.«

»Wieso?«, fragte Ellen.

»Morgen früh um acht kommt ein Catering-Service, um Ihnen Frühstück zu bringen«, antwortete Carl. »Spätestens die werden den Wagen entdecken und Hilfe rufen. Wir müssen nur am Tor auf sie warten.«

»Um acht?« Ellen leerte ihr Glas mit einem Zug und sah demonstrativ auf ihre Armbanduhr, die vermutlich mehr gekostet hatte, als der Rest von uns in einem Monat verdiente. Dann blickte sie zu Ed hin. »So lange können wir nicht warten.«

»Ich denke, es geht ihm gut?«, fragte Judith.

»Den Umständen entsprechend, ja«, erwiderte Ellen ruhig. »Aber ich habe keine Röntgenaugen, weißt du? Er könnte innere Verletzungen haben. Schon mal davon gehört?« Sie schüttelte energisch den Kopf, als Judith erneut widersprechen wollte. »Nicht, dass ich mich in den letzten zwanzig Minuten unsterblich in diesen Idioten verliebt hätte – aber im Augenblick ist er vor allem mein Patient.«

»Zu siebzehn Prozent oder zu hundert?«, wollte Judith wissen.

Ellen ignorierte sie und wandte sich mit einem fragenden Blick erneut an Carl. »Sie sind sicher, dass es keinen Hinterausgang oder so was gibt?«

»Ganz bestimmt nicht«, versicherte Carl. Er lachte leise. »Wenn, dann hätten die Gören aus dem Internat ihn ganz bestimmt gefunden.«

»Aber irgendwie müssen wir hier raus«, beharrte Ellen. Sie deutete auf den bewusstlosen Ed. »Wenn er stirbt, dann werden eine Menge Leute eine Menge sehr unangenehmer Fragen stellen. Übrigens auch an Sie«, fügte sie mit einem Blick auf Carl hinzu.

»Und nicht zu vergessen – an von Thun«, sagte Ellen in fast gelangweiltem Ton.

»Aber es war doch ein Unfall«, murmelte Maria.

Ellen blickte stirnrunzelnd in ihr Glas, auf dessen Boden eine braune Brühe zurückgeblieben war, in der winzige weiße Krümel schwammen. Schließlich schwenkte sie es ein paarmal hin und her, zuckte mit den Achseln und stürzte auch den letzten Schluck mit einem einzigen Zug hinunter. Das flaue Gefühl in meinem Magen nahm noch zu. »Ich denke ja nur laut«, sagte sie. »Also, wenn mir jemand diese Geschichte erzählen würde ...« Sie beendete den Satz mit einem Achselzucken, aber jeder im Raum verstand, was sie meinte. Ob Ed nun einem heimtückischen Anschlag zum Opfer gefallen war (obwohl ich das uneingeschränkte Copyright auf diese Idee hatte, kam sie mir mit jedem Moment absurder vor) oder es tatsächlich nur eine Verkettung unglücklicher Umstände gewesen war, ließ sich relativ leicht herausfinden. Aber zwei Unfälle an einem Tag waren vielleicht ein bisschen viel. Vor allem, wenn eines der Opfer genau der Mann war, der uns keine zwei Stunden zuvor erklärt hatte, dass zwei von uns diese Burg als sehr, sehr reiche Menschen verlassen würden ...

»Warum schlagen wir nicht einfach zwei Fliegen mit einer Klappe?«, fragte Judith. »Gehen wir nach unten und suchen nach von Thun. Vielleicht finden wir ihn ja. Und wenn nicht, dann vielleicht wenigstens einen Ausgang.«

Die Aussicht auf eine Expedition in die dunklen Kellergewölbe (hatte Carl nicht gerade etwas von einsturzgefährdet gesagt?) begeisterte mich nicht unbedingt und ich machte auch keinen Hehl daraus. Aber die Alternative wäre gewesen, allein mit

Ellen hier zurückzubleiben; Judith und zu meiner Überraschung sogar Maria schlossen sich Carl und Stefan sofort und ohne auch nur eine Sekunde zu zögern an – entweder, die beiden hatten zu viele Indiana-Jones-Filme gesehen, oder ihnen war die Vorstellung, allein mit Ellen hier zu bleiben, genauso unangenehm wie mir. Vielleicht war auch alles einfach besser, als nur tatenlos hier herumzusitzen und darauf zu warten, dass die Nacht vorbeiging oder wir alle einen Lagerkoller bekommen und uns gegenseitig an die Kehle gehen würden. Oder Ed starb.

Die Einzige, die zurückblieb, war Ellen; vorgeblich, um sich weiter um Ed zu kümmern, sollte er erwachen, aber in Wahrheit wohl eher, weil sie es für unter ihrer Würde erachtete, in schmutzigen Kellerräumen herumzukriechen. Unvorstellbar, wenn ihr einer ihrer sorgsam manikürten Fingernägel abbräche. Und bevor ich allein mit ihr hier blieb und mir ihre gehässigen Sticheleien anhörte, zog ich den Keller immer noch vor.

Judiths Blick irrte immer wieder unstet nach oben, als wir die große Halle durchquerten. Sie gab keinen Laut von sich, aber sie zitterte ganz leicht, und ob ich wollte oder nicht, ich musste ihren Mut bewundern. Ich war nicht sicher, ob ich an ihrer Stelle die Kraft aufgebracht hätte, noch einmal hier hinauszugehen. Davon abgesehen, dass allein der Anblick ihres zugepflasterten Gesichts bewies, dass die Attacke der Fledermaus alles andere als harmlos gewesen war, war ihre Angst vermutlich keine normale Angst, sondern wohl eher eine Phobie; ganz egal, was Ellen sagte. Mit Phobien ist nicht zu spaßen. Ich weiß, wovon ich rede.

Carl deutete wortlos auf den schwarzen Schlagschatten unter der Treppe, wandte sich aber auch praktisch in der gleichen Bewegung in die entgegengesetzte Richtung und steuerte den Ausgang an. Stefan und Maria tauschten einen überraschten Blick, folgten ihm aber kommentarlos, und selbst Judith schloss sich ihm tapfer an.

Noch immer fiel leichter Nieselregen vom Himmel und es war unangenehm kalt. Fröstelnd drängte sich Judith an mich und hakte sich bei mir unter. Die Berührung war mir beinahe unangenehm, obwohl ich nicht einmal sagen konnte, warum. Ich schämte mich des Gefühls und ergriff nun meinerseits ihren Arm fester. Als wir die Treppe hinuntergingen, vermied ich es krampfhaft, in Richtung des Brunnenschachtes zu sehen.

Carl eilte, immer zwei Stufen auf einmal nehmend, die Treppe hinunter und ließ sich neben dem gähnenden Loch im Boden auf die Knie fallen. Ich wollte ihm folgen, aber Judith versteifte sich neben mir, so dass ich auf der obersten Stufe stehen blieb; im Grunde dankbar, einen Vorwand zu haben.

»Und das … das verstehe ich nicht«, murmelte Carl.

»Was?«, fragte Stefan kühl. »Dass irgendjemand hier eine Todesfalle gebaut hat? Ich auch nicht.«

Carl blickte ihn unsicher an, aber da war auch noch etwas anderes in seinem Blick. Bei dem schwachen Licht hier draußen konnte ich nicht genau erkennen, was. Aber es gefiel mir nicht. »Auf diesem Schacht war ein Gitter«, behauptete er. »Das weiß ich ganz genau.«

»So?«, fragte Maria. »Woher?«

»Weil ich es höchstpersönlich angebracht habe«,

blaffte Carl. Nach einer Sekunde und mit einem angedeuteten Schulterzucken schränkte er ein: »Jedenfalls habe ich dabei mitgeholfen.«

»Nachdem Sie vor fünf Minuten noch nicht einmal wussten, dass es diesen Brunnen gibt?«, fügte Stefan hinzu. Er trat neben Carl und beugte sich behutsam vor. »Da ist kein Gitter.«

»Aber es war da!«, beharrte Carl. »Ich bin doch nicht blöd!« Stefan warf ihm einen schrägen Blick zu und Carls Stimme wurde nun eindeutig trotzig. »Ihr habt von einem Brunnen gesprochen. Das hier ist kein Brunnen.«

»Sondern?«, fragte Stefan.

»Woher zum Teufel soll ich das wissen?«, fauchte Carl. Er stand mit einem Ruck auf. Nachdem wir die Küche verlassen hatten, schien er rasch zu seiner gewohnten Selbstsicherheit – um nicht zu sagen: Unverschämtheit – zurückgefunden zu haben. »So oft war ich noch nicht da unten. Ich bin auch nicht besonders scharf darauf.«

»Als Hausmeister?«, fragte Stefan misstrauisch.

»Wer zum Teufel sagt das?«, schnappte Carl. »Ich sehe ab und zu nach dem Rechten, aber das ist auch schon alles. Da unten wimmelt es von Ratten und Spinnen!« Er sah kurz zu Maria hin, aber die erhoffte Reaktion blieb aus, so dass er mit einem irgendwie bedauernd wirkenden Achselzucken fortfuhr: »Das da unten ist der reinste Irrgarten.«

»Und woher wissen Sie das, wenn Sie sich da unten gar nicht auskennen?«, fragte Judith.

Carl starrte sie einen Moment lang fast hasserfüllt an und schwieg. Nach einer weiteren Sekunde drehte er sich mit einem demonstrativen Ruck herum und ging ins Haus zurück.

Judith und ich mussten hastig zur Seite treten, sonst hätte er uns wahrscheinlich über den Haufen gerannt.

Ich sah ihm verwirrt und ein bisschen wütend nach, verbiss mir aber die Bemerkung, die mir auf der Zunge lag; die Situation war auch so schon angespannt genug, ohne dass ich weiteres Öl in die Flammen goss.

Die frische Nachtluft hatte mir gut getan; als wir wieder in die Halle zurückkamen, waren meine Kopfschmerzen zu einem dumpfen Pochen herabgesunken, nicht mehr quälend, sondern nur noch lästig. Carl führte uns zu einer Tür unterhalb der großen Treppe, die massiv genug aussah, um dem Beschuss aus einer Kanone zu trotzen. Dennoch zog er sie ohne Mühe auf. Seltsamerweise quietschte sie nicht einmal in den Angeln – dafür, dass Carl den Keller angeblich so gut wie nie betrat, war diese Tür erstaunlich gut gepflegt. Aber auch das behielt ich für mich.

»Sollten wir nicht besser eine Lampe mitnehmen?«, fragte Maria unsicher. Ich dachte an den Scheinwerfer, den Carl oben zurückgelassen hatte, um den Flur zu beleuchten, und zumindest Judiths Gedanken schienen sich wohl auf ganz ähnlichen Bahnen zu bewegen. Ganz offensichtlich war ihr die Vorstellung, im Dunkeln die beiden Treppen hinaufzugehen, mindestens so unangenehm wie mir.

»Gute Idee«, sagte Carl spöttisch, während er die Tür vollends aufzog und die Wand dahinter ein paar Sekunden lang abtastete. Dann ertönte ein trockenes Knacken, wie das Geräusch eines brechenden Zweiges. An den Wänden flammten mehrere in Abständen angebrachte Lampen auf und gaben den Blick auf eine steil in die Tiefe führende Steintreppe frei.

Ich klappte den Mund auf, aber Stefan kam mir zuvor. »Die reinste Festbeleuchtung«, murmelte er. »Aber im ganzen übrigen Haus funktionieren nur noch ein paar Funzeln. Irgendwie komisch, nicht?«

»Der Keller hat einen eigenen Stromkreis«, antwortete Carl.

»Und wann genau wollten Sie uns das sagen?«, fragte Stefan. Seine Stimme klang erstaunlich beherrscht, aber Carl warf ihm einen Blick zu, als fürchte er, dass Stefan ihn im nächsten Moment die Treppe hinunterstoßen würde.

»Wahrscheinlich ist er bei dem Brand vor zehn Jahren nicht so stark beschädigt worden wie der Rest des Gebäudes«, antwortete er – was ganz und gar keine Antwort auf Stefans Frage war. »Ich weiß nicht einmal, wo die Sicherungskästen sind.«

»Dann suchen wir sie doch«, schlug Stefan vor.

Hintereinander stiegen wir die schmale Treppe hinab. Judith presste sich noch fester an mich, was auf der steilen, in halsbrecherischem Winkel nach unten führenden Treppe alles andere als bequem war. Die Stufen waren ausgetreten und gerade ein winziges bisschen zu schmal, um sie gefahrlos hinunterzugehen, und das blasse Licht, das die Treppe erhellte, schien die Dunkelheit an ihrem unteren Ende nur noch zu betonen. Ein Schwall muffiger, abgestanden riechender Luft schlug uns aus der Tiefe entgegen, und ich wünschte Carl in Gedanken die Pest an den Hals für das, was er vorhin über Ratten und Spinnen erzählt hatte. Natürlich war das Huschen und Trippeln kleiner, haariger Beinchen und krallenbewehrter Pfoten nicht wirklich da, sondern nur eine weitere Ausgeburt meiner eigenen Phantasie – was aber nichts daran änderte, dass ich es trotzdem hörte. Die Dunkelheit dort unten hinter der letzten Stufe hatte etwas Bedrohliches, und es wurde mit jedem Schritt schlimmer, den sie näher kam. Irgendetwas wartete dort unten auf uns. Etwas, das nichts mit meinen Phobien zu tun hatte, nichts mit Ratten und Spinnen oder jäh auftauchenden Hindernissen oder Fallgruben, die sich in der Schwärze dort unten verbargen, sondern etwas weitaus Älteres, Gefährlicheres und Bösartigeres. Ich wollte nicht dort hinunter. Um nichts auf der Welt, und wäre ich in diesem Moment allein gewesen, ja, nicht einmal das – wäre Judith nicht da gewesen, ich hätte auf der Stelle kehrtgemacht und wäre davongerannt, so schnell ich konnte. Nicht nur aus diesem Keller, sondern aus diesem Haus und weg von dieser ganzen verdammten Stadt. Aber Judith war da, und außerdem wäre ich ja noch nicht einmal in dieses verdammte Kaff hineingekommen, geschweige denn hinaus. So ging ich weiter und schickte insgeheim ein Stoßgebet zum Himmel, dass Judith selbst genug mit ihrer eigenen Angst zu tun hatte, um nicht zu merken, wie es um ihren tapferen Beschützer stand.

Auf den letzten drei oder vier Stufen eilte Carl voraus und die Dunkelheit dahinter verschlang ihn. Er blieb gerade lange genug verschwunden, um der irrationalen Angst, mit der mich diese Schwärze erfüllte, neue Nahrung zu verleihen, dann wiederholte sich das schwere Klacken von oben, und ich schloss für eine Sekunde geblendet die Augen, als unter der Decke eine ganze Anzahl unerwartet heller Lampen aufleuchtete.

Carl war nicht verschwunden, und in dem weitläufigen Raum hinter ihm lauerte auch nichts von alledem, was meine überbordende Phantasie mich hatte glauben lassen wollen. Dennoch war sein Anblick eine Überraschung. Ich hatte ein schmutziges, mit Gerümpel voll gestopftes Gewölbe voller Spinnweben, Schmutz und Schimmel erwartet, doch das genaue Gegenteil war der Fall: ein langer, ganz offensichtlich erst in jüngster Vergangenheit renovierter Korridor, dessen Wände sorgfältig verputzt und weiß gestrichen waren, der allerdings breit genug war, schon wieder fast ein kleiner Saal zu sein. Der Boden bestand nicht aus glitschigem Kopfsteinpflaster, sondern war penibel betoniert. Die Luft war ein wenig feucht, aber der sonderbare Geruch, der mir in die Nase stieg, war nicht der von Moder und Verfall, sondern ganz typisch für eine Baustelle: frischer Beton und Holz und Farbe. Dieser Keller passte so wenig zu dem Gebäude, unter dem er lag, wie Carls Behauptung, er wäre baufällig und er selbst käme nur selten hier herunter.

»Baufällig, wie?«, fragte Stefan.

»Das täuscht«, erwiderte Carl. »Dieser Teil ist vor zwei Monaten erst renoviert worden – gerade weil er in einem so schlechten Zustand war. Der Rest ist eine Katastrophe.«

Stefan zog vielsagend die linke Augenbraue hoch, enthielt sich aber jeden Kommentars, und auch ich verzichtete darauf, noch einmal nachzuhaken. Der Geruch hier unten war vielleicht nicht wirklich unangenehm, aber er tat meinen Kopfschmerzen auch nicht gerade gut. Seit wir die Treppe heruntergekommen waren, begannen sie wieder schlimmer zu werden.

Stefan drehte sich langsam einmal um sich selbst,

wobei sein Blick aufmerksam über die frisch gestrichenen Wände und die ebenso frisch gestrichenen gleichförmigen Türen tastete. Seine Augen wurden schmal. Schließlich blieb er in die Richtung gewandt stehen, in der auch ich den Burghof vermutete. Ganz sicher war ich allerdings nicht. Von der Tür aus waren wir nach links gegangen, dann noch einmal scharf abgebogen und durch die Treppe und … Nein, das hatte keinen Zweck. Mein Orientierungssinn war noch niemals besonders ausgeprägt gewesen und hier ließ er mich offensichtlich vollkommen im Stich. Ich musste mich darauf verlassen, dass Stefans Talent als Pfadfinder dem meinen überlegen war.

»Dort.« Stefan deutete – nicht ganz so sicher, wie ich es gerne gehabt hätte – nach links. Unglückseligerweise führte der Korridor in die andere Richtung, aber es gab zumindest eine Tür. »Was ist da?«

Carl hob in einer trotzig wirkenden Geste die Schultern. »Ein paar Räume voller Spinnweben und Gerümpel«, antwortete er. »Verdammt, hier unten ist nichts. Schon gar kein Ausgang.«

»Und warum sind Sie dann so versessen darauf, dass wir es uns nicht ansehen?«, fragte Stefan.

Carls Gesicht verdüsterte sich noch weiter. »Blödsinn!«, antwortete er. »Ich habe keine Lust, mir den Hals zu brechen, das ist alles. Aber macht doch, was ihr wollt. Beschwert euch bloß hinterher nicht bei mir.« Er drehte sich mit einem Ruck herum und eilte zu der Tür, auf die Stefan gedeutet hatte. Als Nächstes, überlegte ich, würde er vermutlich behaupten, keinen Schlüssel dafür zu besitzen, aber auch das würde ihm nicht viel helfen. Die Türen machten einen stabilen Eindruck, waren aber trotz allem nur aus Holz, und ich hätte sogar mir zugetraut, sie aufzubrechen. Womöglich kam Carl auf dem Weg dorthin zu demselben Schluss, denn er griff in die Hosentasche, förderte einen Bund mit mindestens zwanzig gleich aussehenden Schlüsseln zutage und klimperte einen Moment damit herum, bis er den richtigen gefunden hatte. Die Tür sprang auf und bewegte sich lautlos auf gut geölten Angeln, gerade als wir neben ihm ankamen. Dahinter lag absolute Dunkelheit. Das Licht hatte sie nicht wirklich vertrieben, sondern nur hierher zurückgejagt.

»Gibt es kein Licht?«, fragte Stefan. Keiner von uns rührte sich. Carl sah ihn einen Moment lang trotzig an, dann aber hob er die Schultern, drehte sich wortlos herum und verschwand hinter einer Tür auf der anderen Seite des Korridors. Er blieb auch jetzt wieder gerade lange genug weg, um mich zu beunruhigen, doch als er zurückkam, schwenkte er eine altmodische Petroleumlaterne in der Hand. Irgendwann musste sie einmal grün gewesen sein, bestand jetzt aber hauptsächlich aus Rost. Ihr Glaskolben war an einer Stelle gesprungen und so schmutzig, dass es mir zweifelhaft erschien, ob man mit dieser Lampe irgendwo nennenswert Licht machen konnte.

»Kein Strom?«, fragte Stefan. Auch er klang ein ganz kleines bisschen nervös.

»Ich habe doch gesagt: Sie haben gerade erst angefangen, den Schuppen zu renovieren«, antwortete Carl. »Hat jemand Feuer?«

Judith griff in die Tasche ihres Morgenmantels und förderte mit einer schon fast unbewussten Bewegung Zigaretten und eine Schachtel Streichhölzer zutage. Die Marlboro steckte sie sofort und mit einem fast verlegen wirkenden, flüchtigen Lächeln wieder ein, wie eine Internats-Schülerin, die um ein Haar von ihrer gestrengen Oberlehrerin beim Rauchen ertappt worden wäre, die Streichholzschachtel reichte sie Carl. Er nahm sie entgegen, stellte die Lampe auf den Boden und ließ sich in die Hocke sinken. So ungeschickt, wie er den Glaskolben der Petroleumlampe in die Höhe zu hebeln versuchte, musste das Ding entweder hoffnungslos eingerostet sein, oder er hatte nicht die geringste Ahnung, wie man damit umging. Er verbrauchte insgesamt vier Streichhölzer, bevor es ihm gelang, den Docht in Brand zu setzen.

»Seid bitte vorsichtig«, sagte er, während er sich aufrichtete und die Lampe – die tatsächlich keine nennenswerte Helligkeit zu verströmen schien – am ausgestreckten Arm so weit von sich weg hielt, wie es nur ging. Aber aus seiner Stimme war der patzige Unterton verschwunden. Er klang jetzt tatsächlich besorgt. »Da drin liegt aller mögliche Krempel herum. Zwei Verletzte in einer Nacht reichen.«

Judith und ich waren auch diesmal die Letzten, die ihm folgten. Im allerersten Moment drohte mich die Panik zu übermannen. Mein Atem ging schneller; vielleicht nur für zehn Sekunden, aber so heftig, dass es fast wehtat, begann mein Herz zu rasen, und meine Finger zitterten nunmehr so heftig, dass es Judith gar nicht mehr entgehen konnte. Die Dunkelheit schien aus allen Richtungen zugleich auf mich einzustürmen und die Monster aus meiner Phantasie sprengten endgültig ihre Ketten und fielen mit blitzenden Zähnen und Klauen über mich her. Aber die Panikattacke war auch fast ebenso schnell wieder vorüber, wie sie gekommen war. Ich biss die Zähne zusammen und zwang mich, starr auf den schwammigen Klecks aus gelbem Licht zu starren, in den sich Carls Lampe verwandelt hatte, und nach den ersten Schritten wurde es tatsächlich besser. Das schmutzige Glas verschluckte den Großteil des Lichtes, aber in der vollkommenen Dunkelheit, die hier unten herrschte, reichte der Rest immer noch aus, um sich notdürftig zu orientieren. Carl hatte die Wahrheit gesagt: Dieser Keller hatte nichts mit dem fast klinisch anmutenden Gang zu tun, durch den wir gekommen waren. Seine Größe war schwer abzuschätzen, denn das blasse Licht verlor sich in der Dunkelheit, bevor es die Wände erreichen konnte, aber der Boden bestand aus genau demselben Kopfsteinpflaster, das ich draußen vermisst hatte, und in regelmäßigen Abständen wuchsen gemauerte Säulen aus ihm heraus, die die Gewölbedecke über unseren Köpfen trugen. Zu meiner Beunruhigung stellte ich fest, dass nicht alle von ihnen unbeschädigt waren, und meine Schritte hallten zwar hohl auf dem harten Boden und kehrten als verzerrte Echos aus der Schwärze zurück, aber ich stieß auch immer wieder gegen Schutt und sogar ganze Ziegelsteine; vergeblich versuchte ich mir einzureden, dass sie nicht aus der Decke gebrochen waren. Die Luft roch jetzt nicht mehr nach Nitroverdünnung und Kalk, sondern nach Moder und verschimmeltem Holz und ganz schwach vielleicht auch nach Verwesung. Ohne dass ich es wollte oder auch nur selbst merkte, schlossen Judith und ich dichter zu Carl und den beiden anderen auf; hinein in den unregelmäßigen Kreis aus zerfasertem gelbem Licht, der den einzigen Schutz vor der unheimlichen Dunkelheit bildete, die immer näher zu rücken schien. Irgendwo in dieser Schwärze waren Geräusche:

Wasser tropfte. Ein ganz sachtes, regelmäßig an- und abschwellendes Brummen, wahrscheinlich das Geräusch des Generators, von dem Carl erzählt hatte. Aber da waren auch noch andere Laute. Etwas raschelte. Ein Huschen. Einmal glaubte ich ein hohes, dünnes Fiepen zu hören, und es war keine Einbildung, denn Judith fuhr im gleichen Moment erschrocken neben mir zusammen und klammerte sich so fest an mich, dass es fast wehtat. Lebten Fledermäuse auch in Kellern? Ich wusste es nicht. Mein Wissen über sie beschränkte sich zum Großteil auf die Tatsache, dass es sie gab und dass man sie oft in Kirchtürmen oder nicht ausgebauten Dachböden fand, aber das bedeutete nicht, dass sie nicht auch in einem so gemütlichen, dunklen Gewölbekeller wie diesem anzutreffen wären. Judith hätte mir diese Frage vermutlich beantworten können, und um ein Haar hätte ich sie sogar gefragt, schluckte die Worte aber dann im letzten Moment hinunter. Es reichte durchaus, wenn einer von uns am Rande eines hysterischen Anfalls stand.

Nach einer Ewigkeit (nach ungefähr zwanzig Schritten) hielt Carl vor einer niedrigen, aber äußerst massiv aussehenden und mit schweren eisernen Bändern beschlagenen Tür an. Ich wartete darauf, dass er wieder nach seinem Schlüsselbund griff, aber er reichte Stefan nur wortlos seine Laterne, packte mit beiden Händen den schweren eisernen Riegel, der die Tür verschloss, und zog ihn mit sichtlicher Kraftanstrengung auf. Diesmal hörte ich das widerwillige Knirschen von uraltem, halb verrostetem Metall, aber jetzt hätte ich auch gerne darauf verzichtet.

Mit der gleichen Anstrengung, mit der er den

Riegel zurückgezogen hatte, schlug Carl die Tür auf und nahm seine Lampe wieder an sich. Hinter der Tür kamen die ersten zwei oder drei Schritte eines gemauerten Gewölbeganges zum Vorschein, der selbst in der Mitte so niedrig war, dass man nicht wirklich aufrecht darin gehen konnte.

»Was ist das?«, fragte Stefan.

Carl zuckte mit den Schultern, und die Bewegung übertrug sich auf die Lampe in seiner Hand und ließ das Licht in hektischen kleinen Sprüngen hin und her tanzen, was den Gang mit einem unheimlichen Leben zu erfüllen schien. Ich wünschte mir, er hätte das nicht getan. »Noch mehr Keller«, sagte er. »Falls einer von euch auf Gerümpel steht, wird er seine helle Freude daran haben.«

Stefan maß ihn mit einem kurzen, abfälligen Blick, nahm ihm kurzerhand die Laterne aus der Hand und bückte sich als Erster durch die Tür. Der Lichtkreis wanderte weiter und ließ Judith und mich schutzlos in der Dunkelheit zurück, erhellte aber nun auch ein größeres Stück des Gewölbeganges, so dass man die Türen erkennen konnte, die auf der linken Seite davon abzweigten. Sie waren uralt, nicht sehr viel höher als anderthalb Meter und machten einen äußerst massiven Eindruck. Jede besaß ein zwar kaum handgroßes, dennoch aber mit rostigen Eisenstäben vergittertes Guckloch und einen hölzernen, aber äußerst massiv aussehenden Riegel. Wenn ich jemals einen Gang mit Kerkerzellen gesehen hatte, dann diesen.

»Was um Gottes willen ist denn das?«, murmelte Maria.

»Keine Ahnung«, behauptete Carl amüsiert. »Aber vielleicht wussten sie ja früher besser, wie man mit renitenten Kindern umgeht.«

Maria warf ihm einen zornigen Blick zu, aber sie sagte nichts, sondern trat stattdessen an die erste dieser sonderbaren Türen heran und zog sie auf. Meine Vermutung, was ihr Gewicht anging, musste wohl richtig sein: Sie brauchte offensichtlich all ihre Kraft dazu, und das Geräusch, das dabei entstand, ließ mich an einen schweren Wohnzimmerschrank aus Eiche denken, der über eine Schiefertafel von der Größe eines Fußballfeldes gezogen wird. Stefan, der schon zwei oder drei Schritte vorausgegangen war, kehrte um und leuchtete mit seiner Laterne in den dahinter liegenden Raum.

Ich hatte Recht gehabt. Es war eine Zelle. Sie war nicht wesentlich breiter als die Tür, vielleicht vier oder fünf Schritte lang und ebenfalls so niedrig, dass ein normal gewachsener Mensch nicht aufrecht darin stehen konnte. Es gab kein Fenster, aber in jede der drei Wände war ein schwerer Eisenring eingelassen, über dessen Zweck man nicht besonders lange nachdenken musste. Darüber hinaus war sie vollkommen leer. Der Gedanke, dass hier unten tatsächlich einmal Menschen angekettet gewesen waren – vielleicht sogar mehrere zugleich –, jagte mir einen kalten Schauer über den Rücken.

»Reizend«, sagte Stefan. »Das waren dann wohl die Appartements für die Mieter, die das Sozialamt schickt.«

Niemand lachte. Maria sah ihn leicht vorwurfsvoll an, und Stefan richtete sich mit einem Ruck auf, den er spätestens in dem Moment bedauerte, in dem sein Hinterkopf hörbar gegen die gewölbte Decke knallte. Wenn es stimmt, dass Gott kleine Sünden sofort straft, war er in diesem Moment wohl besonders aufmerksam.

Wir setzten unseren Weg fort. Es gab insgesamt drei der unheimlichen Kerkerzellen, dann schlossen sich größere, allerdings ebenfalls fensterlose Räume an, deren Türen allesamt offen standen, soweit sie überhaupt noch welche hatten. Anders als die Zellen waren sie nicht leer, sondern enthielten genau jenes Sammelsurium von Gerümpel und jahrzehntealtem Kram, den Carl vorausgesagt hatte: uralte Schränke, Schultische und -stühle, halb auseinander gebaute Vitrinen, Bettgestelle, zerschlissene Polstermöbel und einen uralten Küchenherd, der noch mit Holz oder Kohle beheizt wurde; jeder Antiquitätenhändler des Landes hätte vermutlich seinen rechten Arm dafür gegeben, sich hier einmal in Ruhe umsehen zu dürfen, aber man sah den Räumen auch an, dass hier seit langer, wirklich sehr langer Zeit niemand mehr gewesen war. Eine zentimeterdicke Staubschicht verwandelte einen Großteil der lieblos aufeinander gestapelten und geworfenen Möbel in surrealistische graue Skulpturen, und ich sah zwar nicht die Spinnen, die Carl prophezeit hatte, wohl aber staubverkrustete Netze von den Ausmaßen kleiner Betttücher. Hinter einer der offen stehenden Türen entdeckte ich einen klobigen, uralten Generator, der von einem fast bis unter die Decke reichenden Berg aufeinander gestapelter rostiger Benzinkanister flankiert wurde, und es gab einen ganzen Keller voller Bücher, die im Laufe der Zeit zu einer einzigen kompakten Masse zusammengebacken waren. Weder fanden wir einen getarnten Ausgang, noch stießen wir auf ein Lebenszeichen des vermissten Herrn von Thun.

Da ich meinem eigenen Zeitgefühl nicht mehr traute, schloss ich mit zwei schnellen Schritten weiter zu Stefan auf und benutzte das Licht seiner Lampe, um einen Blick auf die Armbanduhr zu werfen. Ich war ziemlich überrascht, festzustellen, dass wir uns gerade einmal seit fünf Minuten hier unten aufhielten – mir kam es vor wie eine Stunde –, und Stefan folgte meiner Bewegung mit Blicken, runzelte die Stirn und blieb stehen. »Wie groß, zum Teufel, ist dieser verdammte Keller?«, wandte er sich an Carl. »Wir müssen doch schon längst unter dem Hof sein.«

»Keine Ahnung«, behauptete Carl. »Ich war bisher nur ein einziges Mal hier. Da vorn geht's nicht weiter.« Er machte eine Kopfbewegung in die Dunkelheit am Ende des Ganges hinein. Stefan maß ihn mit einem Blick, der ziemlich deutlich machte, für wie glaubwürdig er seine Worte hielt, drehte sich wortlos um und ging mit schnellen Schritten weiter.

Zumindest auf den ersten Blick schien es, als hätte Carl die Wahrheit gesagt. Der Gang endete nach einem knappen Dutzend weiterer Schritte vor einer Ziegelsteinmauer, die ebenfalls uralt, dennoch aber sichtlich jünger als der Rest dieses unterirdischen Gewölbes war. Sowohl die Steine selbst als auch die Art des Mauerwerks verrieten, dass jemand den Korridor nachträglich zugemauert hatte.

»Seid ihr jetzt zufrieden?«, nörgelte Carl. »Oder soll ich einen Presslufthammer holen, damit wir die Wand niederreißen können?«

Stefan warf ihm einen verächtlichen Blick zu, drehte sich herum und machte dann mitten in der Bewegung noch einmal kehrt, hob die Lampe etwas höher und betrachtete das Mauerwerk im bleichen Schein des Petroleumlichtes stirnrunzelnd. »Anscheinend hat das schon jemand getan«, sagte er.

»Was soll das heißen?«, fragte Judith.

Stefan deutete auf eine Stelle in Brusthöhe, die mir auf den ersten Blick gar nicht aufgefallen war. »Hier hat jemand ein Loch in die Wand geschlagen«, sagte er. »Seht ihr? Diese Steine hier sind neu. Und der Mörtel ist frisch. Keine drei Monate alt.«

»Sind Sie zufällig auch noch Bauingenieur?«, fragte Carl.

Stefan sah ihn nicht einmal an, als er antwortete. »Nein. Aber ich habe Augen im Kopf.« Er schlug mit der flachen Hand auf die gut fünfzig Zentimeter im Quadrat messende Stelle, die er uns gerade gezeigt hatte, und sagte noch einmal: »Irgendjemand wollte wohl wissen, was dahinter ist.«

»Sehr viel kann es nicht gewesen sein«, nörgelte Carl, »sonst hätte er das Loch nicht wieder zugemauert.«

So ungern ich es auch tat – aber in diesem Punkt musste ich Carl Recht geben. Und selbst, wenn nicht – wir hatten weder die Zeit noch das notwendige Werkzeug, diese Mauer niederzureißen, nur um möglicherweise festzustellen, dass dahinter nichts weiter als noch eine Mauer war.

»Also gut«, sagte Stefan widerstrebend. »Gehen wir zurück.«

Niemand widersprach. Ich vermutete, dass selbst Stefan insgeheim froh war, aus diesen unheimlichen Katakomben herauszukommen, denn er schlug ein deutlich schärferes Tempo ein als auf dem Hinweg, blieb aber dann plötzlich wieder stehen und sah stirnrunzelnd die Petroleumlampe an.

»Was ist?«, fragte Maria alarmiert.

Stefan antwortete ihr nicht, drehte sich aber herum, hob die Lampe am ausgestreckten Arm ein wenig höher und starrte sie weiter mit einem Ausdruck höchster Konzentration an. »Tatsächlich«, murmelte er schließlich.

»Tatsächlich – was?«, fragte ich.

Ich bekam so wenig eine Antwort wie Maria gerade, aber Stefan trat nun wieder auf mich zu, schob mich mit der freien Hand kurzerhand beiseite und machte einen Schritt durch die Tür, vor der er stehen geblieben war. Als das Licht in den dahinter liegenden Raum fiel, sah ich, dass es die Kammer mit dem Generator und den leeren Benzinkanistern war.

»Fällt euch nichts auf?«, fragte Stefan.

Ich tat ihm den Gefallen, mich noch einmal kurz in dem hoffnungslos voll gestopften Kellerraum umzusehen, schüttelte aber dann ärgerlich den Kopf. Mir war wirklich nicht nach Ratespielchen. Alles, was ich wollte, war, von hier zu verschwinden.

Stefan hob die Lampe noch ein wenig höher. Das Licht flackerte und ließ die Schatten im Raum einen beunruhigenden, hektischen Tanz aufführen. »Das wundert mich nicht«, sagte er. »Vorhin ist es mir auch nicht aufgefallen.«

»Was?«, fragte Judith. Ihre Stimme klang ein bisschen genervt.

»Das Licht«, antwortete Stefan. »Es flackert. Siehst du?« Er hielt die Lampe nun ganz ruhig, aber die Flamme hinter der schmutzigen, gesprungenen Scheibe bewegte sich weiter sachte hin und her. »Hier zieht es. Nicht sehr stark, aber wenn man darauf achtet, merkt man es.«

Er hatte Recht. Die Zugluft riss uns nicht unbedingt die Augenbrauen aus den Gesichtern, aber nun, wo Stefan mich darauf aufmerksam gemacht hatte, bemerkte auch ich einen ganz schwachen

Luftzug, der aus einer Richtung kam, aus der er eigentlich nicht kommen konnte: direkt aus dem Kellerraum heraus.

»Das ist doch Quatsch«, sagte Carl. Er klang ein bisschen nervös, fand ich. »In dieser Bruchbude zieht es an allen Ecken und Enden.«

Stefan ignorierte ihn, trat ganz in den Keller hinein und schwenkte die Laterne langsam in einem Halbkreis von rechts nach links. Die tanzenden Schatten, die die Bewegung begleiteten, verwandelten den uralten Generator in etwas anderes, Beunruhigendes.

»Sind Sie verrückt?«, keuchte Carl. »Das sind Benzinkanister!«

Stefan würdigte ihn noch immer keines Blickes, sondern trat ganz im Gegenteil einen weiteren Schritt auf den fast deckenhohen Stapel aus unordentlich übereinander geschichteten Metallkanistern zu, stellte seine Lampe auf den Boden und musste sich nicht besonders weit recken, um den obersten Kanister von dem Stapel herunterzunehmen. Ohne auf Carls neuerliches erschrockenes Keuchen Rücksicht zu nehmen, öffnete er ihn und schnüffelte daran. »Leer«, sagte er. »Seit schätzungsweise fünfzig Jahren.«

Er nahm seine Lampe wieder auf und bewegte sie erneut im Halbkreis. Als sie den Generator passierte, flackerte die kleine Flamme nur durch seine Bewegung; dann bewegte er die Laterne an dem Kanisterstapel entlang und das Flackern nahm deutlich zu.

»Dahinter ist etwas«, sagte er. »Hier – halt fest.«

Er drückte mir die Laterne in die Hand, griff sich gleich vier der übereinander gestapelten leeren Kanister und warf sie achtlos zur Seite. Carl sagte irgendetwas, aber seine Worte gingen im Scheppern der leeren Metallbehälter unter, und Stefan packte sich einen weiteren Stapel und dann noch einen und noch einen. Und schon nach ein paar Augenblicken wurde klar, dass er Recht gehabt hatte: Was wie ein massives Hindernis ausgesehen hatte, erwies sich als eine sorgsam aufgebaute Wand aus leeren Kanistern, hinter der ein gut meterhohes Loch in der Mauer gähnte.

»Na so was«, sagte Stefan. Er klang fast fröhlich. »Ihr scheint aber ziemlich große Mäuse hier zu haben.« Er machte sich jetzt nicht mehr die Mühe, die Kanister einzeln wegzuräumen, sondern fegte das Hindernis einfach mit ein paar abschließenden unwilligen Bewegungen aus dem Weg, griff mit einer fordernden Geste hinter sich und warf mir einen ärgerlichen Blick über die Schulter hinweg zu, als ich ihm nicht schnell genug die Laterne in die Hand drückte.

Ich fühlte mich immer unbehaglicher und auch Judiths Hand schloss sich fester um meine Finger. Stefan, der in einer fast grotesken Haltung auf einer immer noch kniehohen Schicht zerbeulter, rostiger Benzinkanister lag, streckte die Hand mit der Laterne durch das Loch, ohne dass dahinter mehr als verschwommene Schatten und tanzender Staub sichtbar wurden, aber der Luftzug war nun stärker geworden, und auch wenn er ebenso unangenehm und muffig roch wie alles hier, war er doch ganz zweifellos frischer. Zugleich wurde es hier drinnen wieder dunkler, und ich musste mich mit aller Macht gegen die Vorstellung wehren, dass das Maschinenungetüm neben mir die Dunkelheit ausnutzte, um endgültig zu etwas anderem zu mutieren.

»Da hat sich jemand aber verdammt große Mühe gegeben«, sagte Stefan. Seine Stimme drang als verzerrtes Echo aus dem Loch in der Wand hervor. Der Raum auf der anderen Seite musste sehr groß sein. »Und das ist – hoppla! Was ist denn das?«

Er kroch unter gewaltigem Scheppern und Getöse vollends in das Loch hinein und richtete sich auf der anderen Seite wieder auf, und die Dunkelheit schlug wie eine erstickende Woge über mir zusammen. Judith atmete scharf ein, und auch Maria stieß einen zwar undefinierbaren, aber zweifellos erschrockenen Laut aus. Mein Herz begann zu jagen. Vielleicht war der einzige Grund, aus dem ich es plötzlich sehr eilig hatte, Stefan zu folgen, der, dass ich spürte, mit diesem Panikanfall nicht mehr fertig zu werden. Ich bin gewiss kein größerer Feigling als die meisten anderen, und ich habe auch keine übersteigerte Angst vor der Dunkelheit, aber das hier war etwas anderes. So hastig, dass ich im Dunkeln über die mittlerweile wirr herumliegenden Kanister stolperte und um ein Haar gefallen wäre, folgte ich Stefan und kroch auf Händen und Knien – und ohne Judiths Hand loszulassen, was ich auch schwerlich gekonnt hätte, denn sie klammerte sich mittlerweile mit aller Kraft an meine Finger – durch das Loch in der Wand. Hastig richtete ich mich auf der anderen Seite wieder auf und trat so dicht an Stefan heran, wie es gerade noch ging, ohne ihn wirklich zu berühren; nicht, um in seiner Nähe Schutz zu suchen, wohl aber in dem Licht seiner Lampe. Der Raum, in dem wir uns befanden, musste sehr groß sein. Ich sah im allerersten Moment nur ein hoffnungsloses Durcheinander aus

Schemen und Umrissen, über die das gelbe Licht der Petroleumlampe zu schnell hinwegtastete, um sie wirklich erkennen zu können. Aber dieser Keller war eindeutig größer als der Generator-Raum nebenan, und der Luftzug war nun so deutlich, als striche eine kühle Hand über mein Gesicht. Ganz automatisch drehte ich mich in die entsprechende Richtung und glaubte tatsächlich etwas wie einen grauen Schimmer hoch oben unter der Decke wahrzunehmen – möglicherweise ein Fenster oder ein schmaler Lichtschacht.

»Was ist das hier?«, murmelte Judith. Die Frage galt Carl, der als Letzter auf Händen und Knien hereingekrochen kam und sich so umständlich aufrichtete, dass die Bewegung gar keinem anderen Zweck dienen konnte als dem, Zeit zu schinden.

»Woher soll ich das wissen?«, fragte er dann auch prompt.

Etwas schepperte. Ich drehte mit einem erschrockenen Ruck den Kopf und sah einen Schatten neben mir, wo eigentlich keiner sein sollte, und eine halbe Sekunde später wiederholte sich das Scheppern und Glas zerbrach.

»Bleibt, wo ihr seid!«, sagte Stefan. »Ich glaube, hier steht eine …« Statt weiterzusprechen, stellte er die Lampe geräuschvoll ab, und für ein paar Sekunden war nur ein hektisches Scharren und Kramen zu hören. Dann riss er ein Streichholz an, und ein leises Zischen erklang, das mir irgendwie vertraut vorkam, obwohl ich es im ersten Moment nicht einordnen konnte. Erst als nur ein kleines Stück neben Stefans Petroleumlaterne eine zweite, deutlich hellere und weiße Lichtquelle aufglomm, erkannte ich die gasbetriebene Campingleuchte.

»Interessant«, sagte Stefan.

Ich war ganz und gar nicht sicher, ob er dasselbe meinte wie ich, vor allem nicht, wenn man den Blick in Betracht zog, den er Carl dabei zuwarf. Ich drehte mich jedoch nicht einmal zu Zerberus herum, sondern presste für eine Sekunde die Lider zusammen und blinzelte dann ein paarmal, damit sich meine Augen an die veränderten Lichtverhältnisse gewöhnen konnten. Auch dieser Raum bestand aus uralten, groben Ziegelsteinen und hatte eine gewölbte Decke, war aber deutlich größer als die Kammer nebenan. Stefan hatte seine Lampe auf etwas abgestellt, was früher vielleicht einmal als Werkbank gedient hatte, nun aber hoffnungslos mit allem möglichen Gerümpel beladen war. Daneben befand sich eine Art hölzerner Verschlag, nur kniehoch, aber mit einer Seitenlänge von sicherlich zwei Metern, den ich im ersten Moment für eine antiquierte Kartoffelkiste hielt, bis ich die von Rost zerfressene, schräg in der Decke verschwindende Kohlenrutsche gewahrte. Die Zugluft kam von dort oben. Es war kein Fenster, sondern eine Kohlenklappe, die nicht mehr ganz dicht schloss und es vermutlich auch nie getan hatte. Die gegenüberliegende Wand, gute acht oder zehn Schritte entfernt, wurde zur Gänze von einem Metallregal eingenommen, das nicht nur passgenau unter die Wölbung der Decke eingebaut war, sondern auch so massiv aussah, als wäre es für die Ewigkeit gedacht. Wie die Werkbank waren auch die Regalböden bis zum Überquellen mit allem möglichen Krempel voll gestopft, doch auch das Licht der Campinglampe reichte nicht weit genug, um Einzelheiten zu erkennen. Ich hatte nur einen allgemeinen Eindruck von Chaos. Glas oder spiegelndes Metall blitzte.

»Das ist interessant«, sagte Stefan noch einmal. Diesmal tat ich ihm den Gefallen, mich zu ihm herumzudrehen und ihn zu fragen:

»Was?«

Stefan deutete auf die Gaslampe. »Das Ding ist neu«, sagte er. »Und die Kartusche auch. Man konnte hören, wie viel Druck noch drauf ist.«

»Und?«, fragte Maria. Sie hatte es aufgegeben, im Dunkeln herumzustochern, und kam zurück, wobei sie ihre Füße so behutsam aufsetzte, als ginge sie über gemahlenes Glas.

»Jemand ist hier unten gewesen«, antwortete Stefan. »Ich nehme an, derselbe, der sich so große Mühe gegeben hat, den Eingang zu verstecken.« Er sprach Carls Namen zwar nicht aus, sah ihn aber so unübersehbar spöttisch an, dass Carl sich zu einer Antwort genötigt fühlte.

»Starrt mich nicht an«, sagte er. »Ich hab keine Ahnung, was das hier ist. Interessiert mich auch nicht.«

Stefan antwortete irgendetwas, was ich gar nicht mehr beachtete – wenn die beiden sich den Rest der Nacht damit vertreiben wollten, sich zu streiten, dann war das ihre Sache, aber ich hatte keine Lust dazu. Ich nutzte die Zeit lieber, mich erneut und diesmal aufmerksamer in dem unheimlichen Gewölbekeller umzusehen. Meine Augen hatten sich mittlerweile hinlänglich an das schwache Licht gewöhnt. Ich erkannte jetzt, dass die Wände auch hier fleckig und von Schimmel und Moder überzogen waren, aber irgendwann einmal musste dieser Raum ganz anders ausgesehen und einem völlig anderen Zweck gedient haben. An der Wand links von uns waren noch die Schatten von Schränken zu erkennen, die früher einmal dort gestanden hatten, lange genug, ihre Umrisse in den Staub zu meißeln. Ganze Bündel von dicken, mit spröde gewordenem schwarzem Gummi ummantelten Kupferkabeln zogen sich unter der Decke entlang und krochen, bizarren Schlingpflanzen gleich, bis zur Mitte der Wand hinab, wo sie in einer ganzen Batterie altmodisch anmutender Schalter und Verteilerkästen endeten. Darunter musste einmal etwas Großes und Wuchtiges gestanden haben. Ohne auf Stefan und Carl zu achten, die sich mittlerweile darin überboten, sich Gehässigkeiten an den Kopf zu werfen, nahm ich Carls Petroleumlaterne und trat näher an die Wand heran. Ich sah jetzt, dass dieses sonderbare Sammelsurium von Schaltern, Verteilerkästen und anderen, mir völlig unbekannten Apparaten mindestens fünfzig oder sechzig Jahre alt sein musste, wahrscheinlich mehr. Unter dem Schmutz eines halben Jahrhunderts, der sich darauf abgelagert hatte, war es im ersten Moment nicht zu erkennen gewesen, aber jedes einzelne Kabel war sorgsam beschriftet. Ich wechselte die Laterne von der rechten in die linke Hand, befeuchtete den Zeigefinger mit der Zunge und versuchte, eines der kleinen Schildchen sauber zu wischen, um die Beschriftung zu lesen. Das Ergebnis war höchst unbefriedigend. Der Schmutz hatte die Konsistenz von Zement und ließ sich ungefähr genauso leicht abwischen, aber ich fand zumindest heraus, dass die Schildchen offenbar aus emailliertem Metall bestanden und mir die Aufschrift vermutlich ohnehin nichts gesagt hätte: Es schien sich um reine Buchstaben- und Zahlenkombinationen zu handeln, die sich nur dem erschlossen, der wusste, was sie bedeuteten.

»Das ist seltsam«, sagte Judith. Ich hatte nicht einmal bemerkt, dass sie mir gefolgt war.

»Was?«, fragte ich, eher aus Höflichkeit und um ihr das Gefühl zu geben, ein guter Zuhörer zu sein, als dass ich tatsächlich eine Erläuterung erwartete. (Mittlerweile hatte ich einen Punkt erreicht, an dem ich mir getrost eingestehen konnte, dass ich Judith tatsächlich mochte, und mir insgeheim sogar selbst fast glaubte, dass ich durchaus willens und in der Lage gewesen wäre zu tun, was ich getan hatte – sie flachzulegen nämlich, mich vielleicht sogar auf so etwas wie eine lockere Beziehung mit ihr einzulassen –, hätte ich sie unter ganz normalen Umständen in freier Wildbahn kennen gelernt; nichtsdestotrotz war sie auch nur eine Frau und unterlag so dem umfangreichen Bedienungshandbuch ihrer Spezies: Wenn es sein muss, komm sturzbetrunken und zu spät nach Hause, latsch mit Hundescheiße unter den Schuhsohlen über den weißen Teppich und drück deine Kippen in das Seramis unter der Yuccapalme, aber hör ihr zu! Egal, was sie sagt, egal, wann und wie und wo sie es sagt, gib ihr bloß nicht das Gefühl, dass dir ihre Worte gleich sind.) Schließlich gab es seit unserer Ankunft in Crailsfelden streng genommen nichts mehr, was nicht auf die eine oder andere Weise seltsam, um nicht zu sagen vollkommen absurd war. Hier unten schon mal gar nicht. Ich wollte weg.

Judith deutete mit einer Kopfbewegung auf das briefmarkengroße Stück, das ich mühevoll halbwegs freigekratzt hatte. »Das ist altdeutsche Schrift«, sagte sie.

Ich sah noch einmal hin und hob die Schultern. Was mich anging, hätte es auch altbabylonische

Keilschrift sein können, es machte keinen Unterschied. Aber es bedrückte mich auch nicht wirklich. Mit jeder Sekunde, die wir hier unten zubrachten, mit jedem Atemzug der feuchten, kühlen, leicht modrig schmeckenden Luft, die in meine vor sich hin schmachtenden Lungen strömte, wuchs das Bedürfnis in mir, einfach auf dem Absatz umzudrehen und davonzustürmen. Aber mittlerweile war es nicht mehr Angst, die diesen Wunsch aus mir hervorkitzelte. Es war die plötzliche, unerschütterliche Gewissheit, auf keinen Fall hier sein zu dürfen. Obwohl ich schon einmal hier gewesen war …

»Fraktur«, mischte sich Maria ein. Auch sie hatte offensichtlich keine Lust, Stefans und Carls zeremoniellem Balztanz weiter zuzusehen, und war uns gefolgt; nur, dass es mir bei ihr fast unangenehm war.

»Aha«, sagte ich abwesend. »Und?«

Maria schüttelte den Kopf. »Das ist Frakturschrift«, sagte sie noch einmal. »Früher wurde alles so gedruckt. Aber sie ist irgendwann in den vierziger Jahren aus der Mode gekommen.«

»So etwas wie Sütterlin?«, vermutete Judith.

»Nein«, antwortete Maria. »Auch wenn die meisten es dafür halten. Das Zeug hier muss mindestens sechzig oder siebzig Jahre alt sein.« Sie schauderte übertrieben. Ihr Blick folgte den uralten Stromleitungen bis zu der Stelle, an der sie in der Wand verschwanden. Wenn man sie in Gedanken verlängerte, musste man ziemlich genau bei dem überdimensionalen Stromgenerator auf der anderen Seite der Mauer herauskommen. Was immer vor nahezu einem Menschenalter einmal hier gestanden hatte, das schien eine Menge Strom verbraucht zu haben. Und es war seltsam: Ganz plötzlich hatte ich das

Gefühl, eigentlich wissen zu müssen, was es war. Es war beinahe wie vorhin, oben in meinem Zimmer: Obwohl ich ganz bestimmt noch niemals hier gewesen war, hatte ich plötzlich ein so intensives Gefühl von Déjà-vu, dass mir ein kalter Schauer über den Rücken lief.

Und diesmal funktionierte auch Judiths selbst gebastelte Erklärung nicht. Möglicherweise traf sie auf die Zimmer oben im Dachgeschoss zu, und mein Unterbewusstsein verband sich tatsächlich mit allen Bildern, Filmen und Klischees, die ich jemals über Internate gehört und gesehen hatte – aber ein muffiges Gewölbe, ein Stromgenerator, der mir stark genug vorkam, um eine kleine Stadt zu versorgen, und eine Schalttafel aus dem Elektro-Museum gehörten ganz sicherlich nicht zu den Vorstellungen, die ich mit einem Internat verband.

Und das war es noch nicht einmal allein. Dass mir dieser Raum auf schon fast unheimliche Weise bekannt – vertraut!? – vorkam, war schon schlimm genug, aber ich spürte ganz genau, dass hier etwas fehlte. Nicht nur die Schränke, die ihre geisterhaften Schatten an der Wand hinterlassen hatten, oder die Gerätschaften, zu denen die Kabel einst geführt hatten. Da war noch mehr. Hier war etwas gewesen, was –

»Unheimlich«, murmelte Judith, und der Gedanke war weg.

Für den Bruchteil einer Sekunde hasste ich sie fast. Ich hatte das Gefühl gehabt, der Lösung ganz nahe zu sein. Es war da gewesen. So nahe, dass ich nur die Hand hätte auszustrecken brauchen, um es zu ergreifen, aber Judiths Stimme hatte es verscheucht; wie ein scheues Tier, das für den Bruchteil einer Sekunde unaufmerksam gewesen war und sich dann hastig wieder versteckt hatte.

»Ja«, antwortete ich. Anscheinend hörte man meiner Stimme mehr von meinen wahren Gefühlen an, als mir lieb war, denn Judith sah verwirrt zu mir auf und blickte für einen Moment regelrecht erschrocken. Sie wollte eine Frage stellen, aber ich drehte mich rasch herum und trat an das Regal, das die Rückwand des Kellers beherrschte. Schließlich konnte sie nichts dafür, wenn ich allmählich immer hysterischer wurde.

Die beiden Frauen folgten mir – und wenn auch nur, weil sie vermutlich keine Lust hatten, allein in der Dunkelheit zurückzubleiben –, und ich hob die Lampe ein wenig höher. Judith stieß einen kleinen, abgehackten Schrei aus, prallte zurück und schlug die Hand vor den Mund. Ich konnte hören, dass Stefan und Carl ihren idiotischen Streit unterbrachen und mit schnellen Schritten herbeieilten. Der Teil in mir, der noch nicht vollkommen hysterisch war, beschloss wieder einmal, etwas zu tun, worin ich eine Menge Übung hatte (nämlich, mich wie ein Idiot zu benehmen), und den Helden zu spielen. Ich hob die Lampe ein wenig höher, streckte den anderen Arm aus und griff tapfer nach dem Objekt, das Judith in so offensichtlichen Schrecken versetzt hatte.

Es war ein Einmachglas. Passend zum Rest der Einrichtung musste es mindestens fünfzig oder sechzig Jahre alt sein – eines von diesen schweren, aus dickem Glas gefertigten Dingern, auf deren Deckel in erhabener Schrift der Name des Herstellers prangte und die mit einem Gummiring verschlossen waren, der den Inhalt angeblich für die Ewigkeit konservieren sollte.

Zumindest dieser hier hatte sein Versprechen gebrochen. Das Glas war so schwer, dass ich Mühe hatte, es mit nur einer Hand zu halten, während ich im schwachen Licht der Petroleumlampe versuchte, die verblichene Schrift auf dem Etikett zu entziffern. Was immer einmal in diesem Glas gewesen war – jetzt hatte es sich in eine schleimige, schwarze Brühe verwandelt, die Fäden ziehend an der Innenseite des Glases hinablief, während ich es drehte, und in der formlose, widerliche dunkle Klumpen trieben.

»Das ist ja ekelhaft«, würgte Judith hervor. Sie kam wieder näher und versuchte zu lächeln, um sich selbst irgendwie über die Peinlichkeit des Momentes hinwegzuretten, aber es misslang kläglich.

Ich nickte nur zustimmend, drehte das Glas weiter in der Hand und versuchte, die Aufschrift auf dem Deckel zu entziffern. »Hausfrauenstolz«, behaupteten die altmodisch geschwungenen, erhabenen Buchstaben.

»Das dürfte dann wohl eine glatte Lüge sein«, sagte ich amüsiert.

»Das kommt auf die Hausfrau an«, antwortete Judith. »Du weißt ja nicht, was sie sonst noch so …«

Ihre Augen weiteten sich. Verwirrt blickte ich abermals auf das Glas in meiner Hand – und dann keuchte ich ebenfalls erschrocken und ließ es mit einer entsetzten Bewegung fallen. Irgendetwas in der schleimigen Flüssigkeit hatte sich bewegt!

Das Glas fiel zu Boden, aber es zerbrach nicht. Das Geräusch, mit dem es auf dem harten Stein aufschlug, klang wie das einer massiven Eisenkugel, und ich hörte ein ganz leises Zischen, dem fast unmittelbar ein absolut widerlicher Gestank folgte.

Trotzdem rollte das Glas noch ein kleines Stück davon und blieb dann äußerlich unversehrt liegen.

»Was zum Teufel sollte das?«, fragte Stefan.

Der Gestank wurde noch schlimmer. Das Zischen hatte aufgehört, aber das Glas war jetzt eindeutig nicht mehr luftdicht.

Judith schlug mit einem angeekelten Laut die Hand vor den Mund und trat einen Schritt zurück, und selbst Stefans Gesicht verlor sichtbar an Farbe, während Maria uns alle abermals überraschte: Zwar ebenfalls mit eindeutig angewidertem Gerichtsausdruck, dennoch aber ohne zu zögern, ließ sie sich in die Hocke sinken und rollte das Glas mit spitzen Fingern weit genug herum, bis sie das verblichene, mit Bleistift geschriebene Etikett lesen konnte. Dann lachte sie leise.

»Was ist so komisch?«, fragte Stefan.

»Eingelegte Pflaumen«, las Maria vor. »Mindestens haltbar bis Dezember 1954. Möchte jemand probieren?« Sie richtete sich wieder aus der Hocke auf und sah sich um, als erwartete sie allen Ernstes eine Antwort auf diese Frage. Als sie keine bekam, fügte sie mit einer Geste auf das Regal hinzu: »Wir haben auch Birnen, Aprikosen und Apfelmus, falls ihr keine Pflaumen mögt.«

»Du kannst dieses Gekrakel lesen?«, wunderte sich Judith.

»Das ist tatsächlich Sütterlin«, erklärte Maria, nun schon wieder mit einem nervösen Unterton in der Stimme, als wäre sie über ihre eigene Courage erschrocken. »Benannt nach dem Pädagogen und Graphiker Sütterlin – und *lesen* ist zu viel gesagt. Aber ich kann ein paar Brocken entziffern.«

»Dann können wir jetzt ja wohl wieder gehen«,

drängte Carl. »Ich nehme an, dass niemand eine Zwischenmahlzeit will?«

Niemand lachte und auch Carls nervöses Grinsen wirkte einfach nur hilflos. Er begann nervös auf der Stelle zu treten, und sein Blick irrte überallhin, nur nicht zu dem Regal. Man hätte fast meinen können, dass er Angst davor hatte…

»Einen Moment noch«, murmelte ich. Im blassen Lichtschein der Campinglampe meinte ich hinter dem Regal etwas Metallisches schimmern zu sehen. Es kostete mich noch immer große Überwindung, und ich ging in einem schon fast albern großen Bogen um das heruntergefallene Glas herum, aber ich ging darum herum, griff nach einer der Streben und rüttelte prüfend daran. »Fasst mal mit an.«

»Was soll denn der Unsinn?«, fragte Carl nervös.

»Das beginne ich mich allmählich auch zu fragen«, sagte Stefan – aber er sah Carl bei diesen Worten an, und seine Stimme war hörbar schärfer geworden. Selbst in dem blassgelben, dürftigen Licht, das die Öllampe verstrahlte, konnte man erkennen, dass Carls Gesicht noch einmal blasser geworden war.

Stefan wartete einen Herzschlag lang vergeblich auf eine Antwort, zuckte schließlich mit den Schultern und trat ohne ein weiteres Wort neben mich. Als ich es allein versucht hatte, hatte sich das Regal praktisch nicht gerührt, aber zu zweit schoben wir es ohne große Mühe zur Seite – was auch nicht weiter erstaunlich war. Das Regal stand keineswegs so unverrückbar da, wie es den Anschein zu erwecken versuchte, sondern bewegte sich auf einer Anzahl großer, offenbar sorgsam geölter Rollen. Dahinter kam eine ziemlich stabil aussehende Metalltür zum

Vorschein, die zusätzlich noch mit breiten Eisenbändern beschlagen und mit einem modernen Zylinderschloss gesichert war.

»Lassen Sie mich raten«, wandte ich mich gereizt an Carl. »Sie sehen diese Tür zum ersten Mal, nicht wahr? Und Sie haben auch nicht die geringste Ahnung, was dahinter liegt.«

»Stimmt«, antwortete Carl trotzig. Sein Gesicht war das personifizierte schlechte Gewissen. »Ich habe sie noch nie vorher gesehen.«

Stefan verdrehte bezeichnend die Augen, aber er enthielt sich jeden Kommentars, ließ sich stattdessen in die Hocke sinken und fuhr mit den Fingerspitzen über die hellen Kratzspuren, die die eisernen Rollen im Boden zurückgelassen hatten. Einige davon waren frisch, aber längst nicht alle. Das Regal war schon oft bewegt worden.

»Und Sie haben auch selbstverständlich keinen Schlüssel dafür«, vermutete ich.

»Selbstverständlich nicht«, antwortete Carl trotzig. »Wie gesagt: Ich sehe diese Tür zum ersten Mal.« Seine Stimme war erstaunlich ruhig, aber sein Blick irrte wie der eines in die Enge getriebenen Tieres hin und her. Innerlich spannte ich mich instinktiv an, um ihm den Weg zu verstellen, falls er versuchen sollte wegzulaufen. Er sah ganz so aus, als wollte er genau das tun.

»Vielleicht waren es ja die Arbeiter, die hier renoviert haben«, fuhr er fort. »Sie …«

Stefan stand kommentarlos auf und war mit einem Schritt, der fast gemächlich wirkte, ohne es im Geringsten zu sein, neben ihm und griff in seine Hosentasche. Carl begann lauthals zu protestieren und versuchte sogar, seine Hand zur Seite zu schlagen, aber Stefan ignorierte ihn einfach. Als er die Hand wieder aus Carls Hosentasche herauszog, hielt sie einen gewaltigen Bund mit mindestens zwei Dutzend Schlüsseln. Die meisten davon waren uralt und rostig, altmodische Gebilde mit übergroßen, geschwungenen Bärten, aber es gab auch zwei umso modernere, goldfarben schimmernde Sicherheitsschlüssel, und dieses Mal war die Wahrscheinlichkeit auf unserer Seite.

Bereits der erste Schlüssel, den ich ausprobierte, passte. Mit einem leisen Klicken glitt der Riegel zurück.

»Und weil Sie sie noch nie gesehen haben, ist es überflüssig, zu erwähnen, dass Sie sie auch noch nie geöffnet haben«, stellte Stefan in einem Tonfall fest, der ungefähr so trocken war wie Wüstensand nach anderthalb Stunden im Umluftherd. »Nicht einmal, wenn wir dahinter Ihr ganz persönliches Kulturtäschchen finden. Oder Ihre aktuelle Steuererklärung.«

Carl funkelte ihn trotzig an und presste die Lippen zu einem dünnen Strich zusammen. Stefan bedachte ihn mit einem ebenso abfälligen wie verächtlichen Blick, ehe er vortrat und die Tür mit einem übertrieben heftigen Ruck aufriss. Obwohl sie äußerst schwer und massiv aussah, ließ sie sich so einfach öffnen, dass er fast das Gleichgewicht verloren hätte, und ich verkniff mir nur mühsam ein schadenfrohes Grinsen. Stattdessen versetzte ich Carl einen Stoß, der ihn als Ersten durch die Öffnung taumeln ließ, bevor er am Ende tatsächlich noch einen Fluchtversuch unternehmen oder irgendeine andere Dummheit machen konnte. Ich war mittlerweile so weit, ihm buchstäblich alles zuzutrauen.

Anders als in dem Vorratskeller (wo Carl die Lampe wahrscheinlich absichtlich unbrauchbar gemacht hatte, wie ich mittlerweile vermutete) funktionierte hier das Licht. Der Schein einer nackt von der Decke baumelnden Glühbirne riss eine kleine Kammer aus der Dunkelheit. Ein Schultisch stand darin, auf dem ein Plastikschnellhefter und ein alter Dolch mit braunem Holzgriff und einer schwarzen Metallscheide lagen. An einer Wand standen verschiedene Werkzeuge ordentlich aufgereiht, ein Vorschlaghammer, eine Spitzhacke, eine Schaufel und anderes mehr. Neben dem Werkzeug standen zwei moderne Handscheinwerfer auf dem Boden, wie sie auf Baustellen verwendet werden.

»Nun sieh mal einer an«, murmelte ich und warf Zerberus, der in die hinterste Ecke des Raumes zurückgewichen war, einen giftigen Blick zu. Ich zog den Dolch aus der Scheide. MEHR SEIN ALS SCHEINEN war in Großbuchstaben in die Klinge eingraviert. Das Messer war unerwartet schwer und es fühlte sich auf eine fast erschreckende Weise – vertraut an.

»Unheimlich«, murmelte Maria. Dabei musste sie sich, wie ich fand, von uns allen immer noch am wohlsten hier unten fühlen. War sie nicht immerfort insgeheim auf der Suche nach irgendwelchen Löchern im Boden, die ihr einen Fluchtweg in einen beliebigen Keller, Bunker oder Abwasserkanal boten?

»Stimmt«, fügte Judith hinzu. »Aber es bringt uns im Moment auch nicht weiter. Ich meine: Bin ich eigentlich die Einzige hier, die nicht vergessen hat, warum wir eigentlich hier heruntergekommen sind?«

Ich sah sie ein wenig schuldbewusst an. Die ehrliche Antwort auf ihre Frage wäre wohl ein eindeutiges Ja gewesen, und mein schlechtes Gewissen wurde noch stärker, als ich an von Thun dachte, der möglicherweise nur ein paar Meter entfernt dalag und vielleicht genau in diesem Moment starb, während wir hier Indiana Jones spielten. Dennoch sah ich Judith nur verwirrt an, ohne mich zu rühren.

»Darf ich mal sehen?«

Fast erschrocken fuhr ich herum und blinzelte Maria verständnislos an. Sie hatte die Hand ausgestreckt und machte eine entsprechende Kopfbewegung zum Messer hin, und ich ertappte mich dabei, es ihr auf gar keinen Fall geben zu wollen. So verrückt der Gedanke war, wich ich doch ganz instinktiv einen halben Schritt vor ihr zurück, und als wäre das allein noch nicht genug, presste ich die antike Waffe eine Sekunde lang schützend an mich; wie Gollum, der endlich seinen Schatz in Händen hält.

»Den Dolch«, wiederholte Maria und machte auch noch einmal dieselbe auffordernde Geste. Sie wirkte ein bisschen irritiert. Ihrem Blick nach zu urteilen, hielt sie mich in diesem Moment wohl auch tatsächlich für Gollum, ganz kurz bevor er Frodo den Finger abbeißt. »Darf ich mal sehen?«

»Nein«, antwortete ich fast hysterisch. Sehen war etwas, was man mit den Augen tat. Nicht mit der Hand. Ich wollte ihr das Messer nicht geben. Aber natürlich tat ich es doch, wenn auch erst nach einigen Sekunden und deutlich widerstrebend. Maria nahm den Dolch entgegen und drehte ihn äußerst behutsam in den Fingern. Der Blick, mit dem sie mich dabei maß, brachte mich dazu, mich hastig herumzudrehen und nach dem Schnellhefter zu greifen, der auf dem Tisch lag. Er enthielt ein gutes Dutzend Plastikhüllen, in denen Zeitungsausschnitte, herausgerissene Illustriertenseiten und kleine, mit einer fast unleserlich krakeligen Handschrift bedeckte Zettelchen steckten.

»Was hast du da gefunden?«, erkundigte sich Judith. Sie stellte sich auf die Zehenspitzen, um über meine Schulter hinwegzublicken.

Ich antwortete nicht sofort, sondern blätterte den Hefter mit einem Gefühl wachsender Ratlosigkeit durch. Die meisten Ausschnitte, die er enthielt, waren uralt, mindestens so alt wie wir, wenn nicht älter.

»Irgendwelches Nazi-Zeug«, murmelte Stefan. Auch er stand hinter mir, musste sich allerdings nicht auf die Zehenspitzen stellen, um etwas zu erkennen. Er sah flüchtig zu Carl hin. Der hatte sich nicht gerührt, stand aber nun mit trotzig vor der Brust verschränkten Armen gegen die Wand gelehnt da und versuchte so demonstrativ gelangweilt und unwissend auszusehen, dass es schon fast lächerlich wirkte.

»Hier.« Stefan hielt meine Hand zurück, als ich weiterblättern wollte, und deutete mit ausgestrecktem Zeigefinger auf einen Artikel, der eindeutig älter war als jeder hier im Raum. Auf der Kopfzeile des unordentlich aus einer Zeitungsseite herausgerissenen Fetzens war noch der Reichsadler zu sehen, der ein Hakenkreuz in den winzigen Krallen trug. »Hier geht es darum, wie das Zahngold aus den Konzentrationslagern zur besonderen Verfügung an die SS überstellt wurde.«

Ich hob den Hefter etwas näher ans Licht und strengte die Augen an, aber alles, was ich erkennen konnte, war eine Aneinanderreihung nahezu unleserlicher, fast vollkommen ausgebleichter Buchstaben. Diese Zeitung war mindestens sechzig Jahre alt, wenn nicht mehr. »Du kannst das lesen?«, fragte ich zweifelnd.

»Nein«, antwortete Stefan und nickte. Als ich ihn verständnislos anstarrte, grinste er breit. »Vor einer Weile gab es eine interessante Artikelserie über das verschwundene Nazigold. Zufällig haben sie ganz genau diesen Zeitungsartikel zitiert. Im *Spiegel* war eine Fotokopie davon abgedruckt.«

»Du interessierst dich für so etwas?«, fragte Judith.

»Ich interessiere mich prinzipiell für alles«, antwortete Stefan, in einem Ton, von dem ich nicht sagen konnte, ob er verächtlich oder einfach nur überrascht klang. In einem eindeutig lauernden Tonfall und mit einem kurzen Seitenblick auf Carl fügte er hinzu: »Und anscheinend nicht nur ich.«

Carl bedachte ihn mit einem gelangweilten Blick, der sogar fast überzeugend wirkte. Stefan nahm mir den Hefter aus der Hand, begann darin zu blättern und fuhr mit den ausladenden Gesten eines Lehrers, der stolz auf sein Wissen ist, fort: »Hier sind Belege dafür, dass das Zahngold in der Reichsbank in Berlin gelagert wurde, und hier ein Artikel darüber, wie Nazischätze im Frühjahr '45 in einer Nacht-und-Nebel-Aktion aus Berlin weggebracht worden sind.«

Er blätterte weiter und präsentierte uns Berichte über Nazigold, das in Bergwerken in Thüringen versteckt oder zu einer alten Festung in Bayern gebracht worden war, Spekulationen darüber, ob es in Seen versenkt, in Höhlen versteckt oder einfach irgendwo vergraben worden war. Wieder andere Artikel ergingen sich in geradezu haarsträubenden Spekulationen darüber, wie Gold, Edelsteine und Bargeld beiseite geschafft worden waren, um geheime Forschungsprojekte der Nazis auch nach dem Untergang des Dritten Reiches fortsetzen zu können, und wie es anschließend von Nazibonzen dazu benutzt worden war, um sich über den so genannten Rattenweg abzusetzen – eine Fluchtroute über mehrere norditalienische Klöster, über die sich etliche einflussreiche Nazis nach Südamerika abgesetzt hatten, was sie allerdings fast ihr gesamtes zusammengestohlenes Vermögen gekostet hatte.

»Das ist ja alles ganz interessant«, sagte Judith, »aber was hat dieses Zeug hier zu suchen?«

»Es passt zu dem Dolch«, sagte Maria.

»Das Ding stammt aus dem Dritten Reich?«, erkundigte sich Judith.

»Ein Napola-Dolch«, bestätigte Maria. Als sie unsere verständnislosen Blicke bemerkte, fügte sie hinzu: »Napola steht für nationale politische Lehranstalten – Eliteschulen. Solche Dolche wurden an Schüler von Adolf-Hitler-Schulen verschenkt. Nur sie tragen diesen Sinnspruch.«

»Du scheinst dich ja bestens damit auszukennen. Und nicht nur damit«, bemerkte Stefan misstrauisch.

Maria schien unter seinem Blick sichtbar zusammenzuschrumpfen, aber zugleich erschien auch ein vollkommen unerwarteter Ausdruck von Trotz in ihren Augen. »Ich habe mich schon immer sehr für Geschichte interessiert«, verteidigte sie sich. Irgendwie klang sie noch immer, als müsse sie sich für ihr Fachwissen entschuldigen, fand ich.

Ich schenkte ihr ein aufmunterndes Lächeln, doch sie wich meinem Blick aus und drehte nervös den Dolch zwischen ihren Händen.

»Damit kommen wir zu Ihnen«, sagte Stefan und drehte sich zu Carl um, der sich noch immer so fest gegen die Wand presste, als versuche er, in der Mauer zu verschwinden. Er seufzte. »Wollen Sie dieses alberne Spielchen noch lange treiben, oder können wir uns darauf einigen, dass der ganze Krempel hier Ihnen gehört? Ich finde, wir haben allmählich genug Zeit verschwendet.«

Carl wand sich tatsächlich noch einen Moment, aber schließlich rang er sich zu einem widerwilligen Nicken durch. »Es stimmt. Die Sachen … gehören mir«, gestand er.

Er hätte alles abstreiten können. Letztlich waren wir weder auf seine Kulturtasche noch auf private Unterlagen gestoßen, die tatsächlich bewiesen hätten, dass niemand anders als er dieses absurde Arbeitszimmer unterhalb des Klostergemäuers sein Eigen nannte. Es gab keine handfesten Fakten, die gegen ihn sprachen. Der Dolch, der Schreibtisch, die Zeitungsartikel: Das alles hätte ebenso gut von Thun gehören können – was irgendwie sogar viel besser gepasst hätte. Von Thun war alles Mögliche, nur eins ganz bestimmt nicht: der unbedarfte Anwaltsgehilfe, für den er sich ausgegeben hatte. Er war hier nicht nur aufgetaucht, um seinem verstorbenen ehemaligen Arbeitgeber einen letzten Dienst zu erweisen, sondern – er gehörte zu dieser gottverlassenen Ruine wie der Grünspan auf den Dachrinnen. Nach allem, was ich in den vergangenen Stunden hier erlebt hatte, hätte ich einen alten Mann wie von Thun, der sich zum Zeitvertreib ein

Büro – nur durch einen Geheimgang zugänglich – in den Katakomben dieses Geisterschlosses zugelegt hätte, um dort Requisiten aus der Nachkriegszeit zu sammeln, für die Stabilität seines Charakters bewundert. Ich an seiner Stelle hätte jedenfalls mit Sicherheit schon erheblich größere Schäden davongetragen, denn ich war ja hier schon nach wenigen Stunden reif für die Klapse. Und auch wenn dieses Kellerloch nicht von Thuns Hobbyraum war, dann hätte ich an Carls Stelle zumindest behauptet, dass es so wäre, denn der alte Mann lag tot oder sterbend in unzugänglicher Tiefe und konnte sich nicht mehr verteidigen. Carl hätte es sich einfach machen können.

Aber er tat es nicht. Seine Körpersprache hätte ihn Lügen gestraft – das tat sie schon die ganze Zeit –, und ein weiterer Blick in Stefans Richtung machte mir klar, dass sich eine weitere Lüge unter Umständen ungünstig auf Carls körperliche Unversehrtheit auswirken könnte. Stefan wirkte äußerlich ruhig, aber unter dieser Maske brodelte es, und ich war ganz bestimmt nicht der Einzige, der keinen besonderen Wert darauf legte, dabei zu sein, wenn dieses Riesenbaby explodierte. Ich revidierte eine ganze Reihe meiner Gedanken von soeben – ich an Carls Stelle hätte auch nichts anderes gesagt als die Wahrheit. Ganz bestimmt. Stefan machte nicht den Eindruck, als wollte er das lebende Relikt des Woodstock–Festivals um einen Kopf kürzer machen, wenn es irgendetwas in seinen Ohren zweifelhaft Klingendes von sich gab, sondern eher so, als würde er Carl in transparente, mundgerechte Scheibchen schneiden. Ich war froh, dass er den Dolch nicht hielt.

»Und?« Stefan trat einen Schritt auf Carl zu. Da war sie wieder, diese Gewalt, die hier anscheinend zwischen den Sauerstoffmolekülen in der Luft hing und immerfort nur auf ein Opfer lauerte, das sie anfallen konnte, um es sich hörig zu machen. Ich las es in Stefans Augen und ich hatte Angst. Ich wusste, dass er sich in diesen Sekunden tief in seinem Inneren wünschte, Carl möge ihm doch einen Vorwand geben, damit er ihn mit bloßen Händen in Stücke reißen könnte, und dass er sich nur mit Mühe beherrschte. Ich hatte Angst, dass es mich auch wieder erwischen könnte, Angst, dass Stefan die Kontrolle über sich verlieren könnte und dass ich es genießen würde. »Jetzt lassen Sie sich doch nicht jedes Wort aus der Nase ziehen«, forderte er Zerberus auf. »Also?«

»Also was?«, fragte Carl patzig. Er musste entweder blind sein oder auf irgendeinem sonderbaren Selbstzerstörungstrip. Was zum Teufel hatten sich die Jungs zu seiner Zeit eigentlich reingepfiffen? Acetylensäure?

»Was soll das alles hier?«, fragte Stefan, nicht einmal wirklich lauter, aber doch in einem veränderten Tonfall, der selbst Carl klar zu machen schien, dass es allmählich ernst wurde.

»Das alles hier hat … nichts mit euch zu tun«, behauptete er, in trotzigem Ton und mit herausfordernd vorgestülpter Unterlippe. Hätte er dazu auch noch die Kraft gehabt, Stefans Blick standzuhalten, hätte es möglicherweise sogar überzeugend gewirkt.

»Und womit hat es zu tun?«, fragte Stefan.

Was zum Teufel geht dich das an?, fragte Carls Blick. Er war immerhin klug genug, diese Frage nicht laut auszusprechen, aber irgendwie konnte man sie dafür umso deutlicher in seinen Augen lesen. Stefan machte einen Schritt auf ihn zu. Die Bewegung wirkte ruhig, fast beiläufig, aber sie hatte zugleich – oder vielleicht auch gerade deshalb – etwas ungemein … Bedrohliches. Carl schluckte hörbar, hob abwehrend die Hände und rettete sich schließlich in ein nervöses Lächeln.

»Wirklich, das ist … nur so eine Art Hobby von mir«, sagte er nervös. »Sonst nichts.«

»Sicher«, sagte Judith spöttisch. »Deshalb haben Sie sich auch solche Mühe gegeben, das alles hier so gut zu verstecken.«

Carl bedachte sie mit einem trotzigen Blick und tat darüber hinaus das, was er am besten konnte: Er schwieg.

Einen Moment lang hielt die Spannung noch an. Stefan stand einfach da und blickte den langhaarigen Hausmeister mit scheinbar ausdruckslosem Gesicht an, dann wandte er sich mit einem angedeuteten Achselzucken um, trat wieder an den Tisch heran und nahm den Schnellhefter erneut zur Hand. Er begann darin zu blättern, aber ich hatte nicht den Eindruck, dass er wirklich las. Schließlich ließ er den Aktenordner mit einem scharfen Laut auf die Tischplatte klatschen, drehte sich erneut zu Carl um und schüttelte stirnrunzelnd den Kopf.

»Das ist jetzt nicht Ihr Ernst, oder?«, fragte er.

»Was?«, fragte Maria. Auch Judith sah ihn nur verstört an, während unter dem Ausdruck von gespieltem Trotz auf Carls Gesicht etwas anderes heranwuchs. Er schwieg beharrlich weiter.

»Was ist nicht sein Ernst?«, beharrte Maria.

Stefan machte eine kreisende Handbewegung, die

irgendwie den Hefter, Carl und den gesamten Raum einschloss. »Ich schätze, unser Freund wandelt seit einer Weile auf den Spuren von Indiana Jones.«

»Wie?«, fragte Maria. Ihr Blick machte klar, dass sie mit diesem Namen nicht viel anfangen konnte. Alles andere hätte mich auch gewundert. Verwirrt sah sie abwechselnd Carl und den roten Plastikschnellhefter an, dann zog sie ungläubig die Luft zwischen den Zähnen ein und riss die Augen auf.

»Ja, genau«, sagte Stefan. Obwohl er weiter unverwandt Carl anstarrte, war ihm Marias Reaktion ebenso wenig entgangen wie die Judiths und meine eigene. »Wie lange glauben Sie schon, dass das Nazigold hier ist?«

Carl schwieg beharrlich weiter, aber Stefan fand sichtlich Gefallen an seiner Idee und fuhr in ebenso nachdenklichem wie begeistertem Tonfall fort: »Das Zeug hier ist ziemlich alt. Ich schätze, Sie sind schon vor etlichen Jahren zum ersten Mal auf einen Artikel über das Nazigold gestoßen, habe ich Recht? Und seither hat Sie der Gedanke nicht mehr losgelassen, dass ein Teil davon hier sein könnte.«

Carl schwieg. Der Ausdruck in seinen Augen wandelte sich von Trotz allmählich in blanke Mordlust.

»Ja, genauso muss es gewesen sein. Ich weiß noch nicht genau, was Sie auf die Idee gebracht hat, das Zeug könnte hier versteckt sein, aber …«

»… irgendwann hat er die Stelle als Hausmeister hier bekommen«, fiel ihm Maria ins Wort. Auch sie starrte Carl jetzt aus großen Augen an, und der Ausdruck, mit dem er ihren Blick erwiderte, ging weit über das hinaus, was er sich bei Stefan erlaubte. Nicht nur zu meinem Erstaunen ließ sich Maria davon aber nicht im Geringsten beeindrucken, ganz im Gegenteil. Sie nickte heftig und fuhr, abwechselnd in Carls Richtung und auf den Schnellhefter deutend, fort: »Ich habe das nie verstanden, wisst ihr? Niemand wollte den Posten haben. Er wird schlecht bezahlt, und bevor sie angefangen haben, diesen alten Kasten hier zu renovieren, war er nicht einmal ganz ungefährlich.«

»Hinterher auch nicht«, sagte Judith.

»Und plötzlich hat er sich regelrecht darum gerissen«, fuhr Maria fort. »Jede freie Minute hat er hier oben verbracht.«

»Woher weißt du das?«, fragte Judith.

»Weil ich Carl kenne«, antwortete Maria. »Jeder hier in Crailsfelden kennt ihn. Wir sind sozusagen Nachbarn.«

»Du lebst hier?«, fragte ich.

Maria nickte fast unwillig, starrte aber weiter und mit einem Ausdruck wachsender Verblüffung in Carls Richtung. »Das ist die Erklärung«, murmelte sie. »Sie haben jeden freien Augenblick genutzt, um hier nach Geheimgängen oder zugemauerten Türen zu suchen.«

»Moment mal«, murmelte Judith. »Sie glauben ernsthaft, dass das verschwundene Nazigold ... hier versteckt ist?«

Carl schürzte trotzig die Lippen. »Könnte doch sein«, murmelte er.

»Aber das ergibt keinen Sinn«, widersprach Maria. »Dieses alte Gemäuer hat eine bewegte Geschichte, das ist richtig. Aber im Dritten Reich war hier lediglich ein Kinderheim untergebracht und ein Kurhaus für junge Mütter.«

»Das ist die offizielle Version«, sagte Stefan. Er

hob die Schultern. »Aber ich denke, unser Freund hier kennt noch eine andere.«

Carl funkelte ihn an. Vielleicht spürte er unsere allgemeine Überraschung und gewann dadurch einen Teil seiner Selbstsicherheit zurück. »Und?«

Stefan wollte antworten, aber diesmal kam ihm Judith zuvor. »Sie brauchen sich keine Sorgen zu machen, Carl«, sagte sie. »Keiner von uns ist scharf auf Ihr Nazigold.« Sie schüttelte heftig den Kopf, um ihre Behauptung zu unterstreichen. »Wir brauchen es nicht. Sie wissen doch, warum wir hier sind.«

»Nein«, behauptete Carl.

Judith bedachte ihn mit einem kurzen, beinahe mitleidigen Blick. »Nichts für ungut, Carl – aber Sie wären der erste Hausmeister, der nicht lauscht.« Sie machte eine rasche Geste, als er widersprechen wollte. »Selbst wenn ich auf einer Kiste dieses schmutzigen Goldes sitzen würde, würde ich es nicht anrühren.«

»Warum fragt ihr nicht sie?«, murrte Carl mit einer trotzigen Bewegung in Marias Richtung. »Sie weiß doch sowieso alles besser.«

»Weißt du es?«, fragte Stefan, zwar an Maria gewandt, aber noch immer, ohne Carl einen Sekundenbruchteil aus den Augen zu lassen.

Maria antwortete nicht gleich und ein nachdenklicher Ausdruck erschien auf ihrem Gesicht. Ihr Blick irrte fast hilflos durch den kleinen halbdunklen Raum. »Keine Ahnung«, gestand sie schließlich.

»Ich denke, du lebst hier?«, fragte Stefan.

»Das stimmt«, antwortete Maria. »Unsere Familie lebt schon seit ein paar Generationen hier in Crailsfelden. Aber ich war damals ja noch nicht einmal geboren. Es gab Gerüchte …«

»Gerüchte?«, fragte Judith.

Maria druckste einen Moment herum. »Die Leute … reden nicht gerne über das Schloss. Aber mein Vater hat ein paarmal davon erzählt, dass die Nazis hier ein und aus gingen. Hohe SS-Leute und Soldaten.« Sie hob die Schultern. »Es wäre möglich.«

»Ein paar Millionen in Nazigold, versteckt in einem Kinderheim?« Judith wiegte den Kopf. »Eigentlich ein perfektes Versteck. Ich meine – wer würde es schon hier vermuten?«

»Carl«, sagte Stefan trocken.

Carls Miene nahm nun eindeutig den Ausdruck des zu Unrecht Verdächtigten an, aber er war kein besonders guter Schauspieler. Plötzlich konnte ich Stefans unverhohlene Wut viel besser verstehen. »Sie sind ein solcher Idiot«, sagte ich. »Von Thun ist wahrscheinlich tot, und Ed und mich hätte es um ein Haar ebenfalls erwischt, und das alles nur, weil Sie hier den kleinen Schatzsucher spielen und Angst haben, wir könnten Ihr schmutziges kleines Geheimnis entdecken. Man sollte Sie …«

»Beruhige dich«, sagte Judith. »Es nutzt keinem, wenn wir jetzt alle durchdrehen.«

Sie legte mir beruhigend die Hand auf den Unterarm, aber es war sehr viel weniger ihre Berührung, die mich davon abhielt, weiter auf Zerberus zuzugehen und etwas deutlich Drastischeres zu tun, als ihm nur die Meinung zu sagen. Es war vielmehr der ruhige, durch und durch vernünftige Klang ihrer Stimme. Ich zwang mich, die Augen zu schließen und zwei-, dreimal gezwungen tief ein- und auszuatmen. Was ging hier vor? Sicher, ich hatte jeden Grund, wütend auf Carl zu sein. Aber das war es nicht allein. Es war noch mehr, etwas, was mich fast vor mir selbst erschrecken ließ. Verdammt, ich hatte gefühlt, wie es wieder gekommen war – diese … ruhige Kälte, die von außen in mich einzudringen schien, die in jeden von uns einzudringen versuchte, die nach unserem Verstand und unseren Herzen griff und eine plötzliche brutale Lust am Leid, eine fast sadistische Freude am Schmerz anderer weckte, von der ich bis jetzt noch nicht einmal geahnt hatte, dass sie in mir schlummerte. Es war einzig Judiths Stimme gewesen, die mich im letzten Augenblick zurückgerissen hatte. Das Menschliche in ihr.

»Was heißt hier durchdrehen?«, entgegnete Stefan gereizt. »Ich finde, Frank hat völlig Recht. Wir sollten den Kerl …«

»… nach oben in die Küche bringen, dann sehen wir weiter«, fiel ihm Judith ins Wort. Sie sah sich mit allen Anzeichen deutlichen Unbehagens um. »Ich will hier raus. Ich kriege keine Luft mehr hier drinnen.«

»Meinetwegen«, murrte Stefan. Ich sah ihm an, dass es ihm nicht anders erging als mir, kein bisschen. Plötzlich war ich unendlich froh, dass Judith bei uns war. Vielleicht hätte Carl dieses Kellergewölbe ansonsten nicht mehr lebend verlassen – oder auf jeden Fall nicht unbeschadet. Die dünne, flüsternde Stimme war noch immer in meinem Kopf. Wer sollte ihn hier unten schon finden? Wer sollte uns alle hier finden?

Ich fröstelte, wand mich aus Judiths Griff und drehte mich zum Ausgang, und auch Stefan ergriff sich einen der Handscheinwerfer und machte eine ruckartige Kopfbewegung in Carls Richtung. »Also gut, gehen wir. Aber glauben Sie nicht, dass die Angelegenheit für mich damit erledigt ist.«

Als wir in die Küche zurückkehrten, war Ed wieder zu Bewusstsein gekommen und hatte sich auf dem Tisch aufgesetzt. Die Decke, die Ellen über ihn gelegt hatte, war jetzt um seine Schultern geschlungen, und er saß weit nach vorne gebeugt da. Er sah aus wie ein alter Indianer, der an einem längst erloschenen Lagerfeuer hockt und nicht versteht, warum es plötzlich so kalt geworden ist; aber vielleicht auch wie eine Figur aus einem alten Horrorfilm – eine Leiche, die auf dem Seziertisch erwacht und überlegt, welchen der Anwesenden sie zuerst fressen soll. Sein Gesicht war immer noch grau und in seinen Augen lag ein fiebriger Glanz.

»Ach, ihr seid auch schon wieder da?«, nuschelte er undeutlich. »Eine reizende Familie habe ich mir da angelacht. Ich liege hier und sterbe langsam vor mich hin, und ihr habt nichts Besseres zu tun, als einen gemütlichen Spaziergang zu unternehmen.«

»Das mit dem Sterben ist gar keine schlechte Idee«, antwortete Judith spitz und schüttelte dann seufzend den Kopf. »Aber so schlecht kann es dir ja wohl nicht gehen, wenn du schon wieder dumme Bemerkungen machen kannst. Wie fühlst du dich?«

»Ungefähr so, wie ich aussehe«, murmelte er. Er richtete sich ächzend weiter auf, streifte die Decke von den Schultern und schob steifbeinig die Füße vom Tisch. »Wie das blühende Leben, was hast du denn gedacht? Ich könnte Bäume ausreißen.«

Genau genommen sieht er weniger aus wie das blühende Leben, dachte ich, sondern eher wie der Tod auf Urlaub – was ihn aber nicht daran hinderte, Judith schon wieder voller Kampfeslust anzufunkeln. Vielleicht spürt er es auch, dachte ich.

Aber wahrscheinlich lag es eher daran, dass Ed eben Ed war.

»Aber allerhöchstens ganz kleine«, sagte Ellen. Sie deutete mit Daumen und Zeigefinger ihrer linken Hand einen Abstand von vielleicht drei Zentimetern an. »Nicht mal Bonsais, würde ich sagen. Und wenn du dich nicht wieder hinlegst, dann reißt du bald gar nichts mehr aus, nicht einmal mehr Grashalme. Die betrachtest du dir höchstens von unten. Habt ihr etwas entdeckt?«

Ihre letzten Worte galten uns, und Stefan nickte auch sofort mit einem zornigen Seitenblick in Carls Richtung. »Allerdings«, bestätigte er. Er stellte den mitgebrachten Handscheinwerfer dicht neben Ed auf den Tisch und bugsierte Carl unsanft zu einem der billigen Plastikstühle. »Unser Freund hier hat ein finsteres Geheimnis, weißt du? Wartet hier und passt gut auf ihn auf. Ich bin gleich zurück.«

»Kommt gar nicht in die Tüte. Ich wollte gerade einen Ausflug nach Disneyland machen«, brummte Ed in einem weiteren vergeblichen Versuch, witzig zu sein, aber da war Stefan bereits zur Tür hinaus.

Ellen sah ihm stirnrunzelnd nach. »Wäre einer von euch so freundlich, mir zu erklären, was das soll?«, fragte sie verärgert.

Ich setzte zu einer Erklärung an, aber Judith kam mir zuvor. Mit wenigen, knappen Worten berichtete sie, was wir entdeckt hatten, und Ellens Blick verdüsterte sich mit jedem Moment, den sie ihr zuhörte. Dabei musste ich Judith im Stillen Respekt zollen: Sie erwähnte zwar unseren Fund und auch Carls kleines Geheimnis, spielte beides aber so geschickt herunter, dass sich selbst Ed nur zu einem stirnrunzelnden Blick in Carls Richtung bemüßigt fühlte und der Streit nicht sofort von vorne begann.

»Nazigold?« Ellen schüttelte verwirrt den Kopf und legte den Schnellhefter zur Seite, nachdem sie ihn flüchtig durchgeblättert hatte. Ed streckte die Hand danach aus, aber Ellen ignorierte ihn. »Ich dachte, ihr sucht nach einem Ausgang – oder nach von Thun.«

»Da unten befindet sich ein regelrechtes Labyrinth«, antwortete ich. »Selbst wenn es einen Ausgang gibt, glaube ich nicht, dass wir ihn finden.«

»Geheimgang, so ein Blödsinn!«, knurrte Carl. »Ich kann euch versichern, dass es keinen gibt. Wenn da einer wäre, hätte ich ihn gefunden.«

»Ach?«, fragte Ed. »Es sei denn, da unten ist noch was anderes, von dem du nicht willst, dass wir es sehen.«

Carls Augen blitzten zornig, aber auch diesmal war es wieder Judith, die rasch und besänftigend die Hand hob. »Das spielt doch jetzt wirklich keine Rolle«, sagte sie.

»Ein paar Millionen in Gold?«, fragte Ed. Er hatte sich inzwischen auf den Tischrand gesetzt und schwankte ein wenig hin und her, tat mir aber nicht den Gefallen, herunterzufallen und sich dabei die Zähne auszuschlagen.

»Nein«, beharrte Judith. »Bin ich eigentlich die Einzige hier, die noch an irgendetwas anderes denkt als an Geld?«

Ed grinste breit. »Also ich denke schon noch an etwas anderes, Schätzchen«, sagte er. Zweifellos – er war wieder ganz er selbst.

Judith ignorierte sein anzügliches Grinsen. »Ist

euch eigentlich klar, in was für einer beschissenen Lage wir uns befinden?«, fragte sie. »Habt ihr alle vergessen, warum von Thun uns hierher gerufen hat?« Sie sah Zustimmung heischend von einem zum anderen, erntete aber nur verständnislose Blicke; selbst von mir.

»Er war der Einzige, der Sängers Testament wirklich kannte«, fuhr sie fort. »Und er liegt jetzt schwer verletzt oder auch schon tot irgendwo dort unten. Könntet ihr euch vielleicht vorstellen, welche Fragen uns die Polizei stellen wird, wenn wir ihnen mit dieser Geschichte kommen?«

»Ziemlich genau«, antwortete Stefans Stimme von der Tür her. Ich fuhr erschrocken herum. Ich hatte nicht einmal gemerkt, dass er schon zurück war. Sein Haar war nass. In der rechten Hand hielt er eine Rolle braunes Klebeband.

»Das habe ich vorhin schon in Carls Wagen gesehen«, sagte er, als er meinen fragenden Blick bemerkte. »Ganz praktisch, wenn man immer auf alles vorbereitet ist.« Er kam näher, blieb aber drei oder vier Schritte vor Carl stehen. »Aber ich habe auch noch was anderes entdeckt«, fuhr er fort, ohne Carl dabei auch nur einen Sekundenbruchteil aus den Augen zu lassen. »Ich habe mir diesen so genannten Brunnenschacht noch mal genauer angesehen. Eigentlich erstaunlich, dass ich es nicht gleich gemerkt habe.«

»Was?«, fragte Ellen.

»Jemand hat dran rumgefummelt«, antwortete Stefan. »Vor gar nicht langer Zeit. Der Deckel musste bei der geringsten Belastung zusammenbrechen.«

Carl begann unbehaglich auf seinem Stuhl hin

und her zu rutschen. »Und was … soll das heißen?«, fragte er.

»Das frage ich Sie«, antwortete Stefan. Er machte einen weiteren Schritt in seine Richtung, und Carls Blick begann fast gehetzt zwischen der Rolle Klebeband und Stefans Gesicht hin und her zu irren.

»Was … haben Sie vor?«, fragte er.

»Ich will nur sichergehen, dass Sie uns nicht abhanden kommen«, antwortete Stefan. »Jedenfalls nicht, bevor Sie uns nicht ein paar Fragen beantwortet haben.«

»He!«, machte Judith. »Langsam! Wir sind doch hier nicht im Wilden Westen!«

Stefan sah ganz kurz in ihre Richtung, und in diesem Moment tat Carl das wohl Dümmste, was er hätte tun können, und zwar so schnell, dass selbst Stefan von dieser Aktion völlig überrascht wurde und zu spät reagierte. Carl prallte gegen ihn und stieß ihn aus dem Laufen heraus mit den Schultern aus dem Weg. Stefan taumelte zur Seite, besaß aber noch genügend Geistesgegenwart, zuzupacken und einen Ärmel von Carls Jacke festzuhalten. Der Wirt kam aus dem Tritt. Mit dem Mut der Verzweiflung schlug er nach Stefan und traf ihn zweimal im Gesicht, dann holte er aus und trat ihm wuchtig vors Schienbein.

Der Hüne stieß einen Schrei aus und ließ ihn los. Mit einem Satz war Carl durch die Tür verschwunden.

»Na warte!«, knurrte Stefan und setzte ihm nach. Die Wut gab ihm die Kraft, den Schmerz zu ignorieren. Er humpelte nicht einmal sichtbar.

»Ich möchte nicht in seiner Haut stecken, wenn er ihn erwischt«, seufzte Judith. Sie warf mir einen auffordernden Blick zu. »Vielleicht sollten wir ihnen besser nachgehen.«

Ich rührte mich nicht. »Er wird ihn schon nicht gleich umbringen«, sagte ich gleichgültig. Und wenn, war es auch nicht schlimm, dieser Dummkopf hatte es nicht besser verdient.

Judith sah mich so konsterniert an, als hätte ich die letzten Worte tatsächlich laut ausgesprochen – was ich nicht getan hatte –, und im nächsten Augenblick fragte ich mich verwirrt, was zum Teufel ich da eigentlich gerade gedacht hatte. Es war noch nicht vorbei. Irgendetwas hier stimmte nicht. Ich habe nie behauptet, ein Pazifist zu sein oder lieber auch noch die linke Wange hinzuhalten, wenn mir jemand auf die rechte schlägt – aber das war dann doch nicht mehr ganz ich.

Es war dieses Haus.

»Von mir aus kann er ihm den Kopf abreißen und damit Fußball spielen«, sagte Judith. »Aber erst später. Wir brauchen Carl noch.«

»Also, alles, was er für dich tun kann, kann ich bestimmt besser«, feixte Ed. »Du musst es nur sagen, Schätzchen.«

Judith verdrehte die Augen, und auch Ellen sah plötzlich so aus, als wäre sie vielleicht zum ersten Mal in ihrem Leben unzufrieden darüber, dass sie, so wie vorhin, ihren Job so gut gemacht hatte. Wahrscheinlich war es weniger die Sorge um Carl, die mich schließlich doch bewog, mich herumzudrehen und Judith zur Tür zu folgen, sondern vielmehr die Gewissheit, dass ich hinübergehen und Ed den Hals umdrehen würde, wenn er auch nur noch eine einzige dumme Bemerkung machte. Außerdem hatte Judith Recht. Wir brauchten Carl noch. Und sei es nur, um der Polizei einen Verdächtigen präsentieren zu können, auf den wir alle anklagend mit dem Zeigefinger deuten konnten. Während Maria mit Ellen und Ed in der Küche zurückblieb, eilten wir den beiden rasch nach.

Carl war nicht besonders weit gekommen. Stefan hatte ihn auf der anderen Seite der Halle eingeholt und zu Boden gerungen. Er wehrte sich nach Kräften und strampelte mit den Beinen, aber genauso gut hätte er auch versuchen können, seinen verkeilten Wagen mit bloßen Händen aus der Toreinfahrt zu zerren. Stefan hielt ihn mühelos und mit nur einer Hand nieder, während er ihm mit der anderen den Arm auf den Rücken drehte; und das deutlich fester, als unbedingt nötig gewesen wäre.

»Das reicht«, sagte Judith. »Du musst ihm ja nicht unbedingt gleich den Arm brechen.«

»Das habe ich auch nicht vor«, antwortete Stefan. Er stand auf und riss Carl dabei so grob auf die Füße, dass dieser ein schmerzhaftes Wimmern hören ließ. Der Ausdruck auf Stefans Gesicht gefiel mir gar nicht. Carl hatte ihm die Lippe blutig geschlagen, und ich schätzte Stefan nicht als einen Menschen ein, der so etwas mit einem Achselzucken abtat.

»Helft mir«, wimmerte Carl. »Der Kerl bringt mich um!«

»Kaum«, sagte Judith gelassen. Sie lächelte dünn. »Jedenfalls nicht, bevor Sie uns nicht die Wahrheit gesagt haben.«

»Aber das habe ich!«, protestierte Carl. »Ich bin doch nicht verrückt! Warum sollte ich von Thun auch nur ein Haar krümmen? Ich wäre doch wahnsinnig, irgendetwas zu tun, was die Bullen auf den Plan ruft! Außerdem kannte ich den Alten doch gar nicht!«

»Da ist was dran«, sagte Judith, schüttelte aber trotzdem den Kopf. »Immer vorausgesetzt, wir kennen schon die ganze Geschichte.«

»Oh, die kriegen wir schon noch raus«, versprach Stefan. »Nicht wahr?« Er unterstrich seine Frage mit einem kurzen Ruck an Carls Arm, der diesem ein neuerliches schmerzerfülltes Ächzen entrang, drehte ihn mit einer unsanften Bewegung herum und versetzte ihm einen Stoß, der ihn ungeschickt lostaumeln ließ. Ich suchte vergeblich nach einer Spur von Mitgefühl in mir.

Judith und ich folgten ihm, aber sie machte nur einen einzigen Schritt, bevor sie wieder stehen blieb und mit einem erschrockenen Ruck den Kopf in den Nacken legte. Auch ich hielt noch einmal an und sah nach oben. Da war nichts als Dunkelheit.

»Was hast du?«, fragte ich.

Es dauerte noch einen Moment, bevor sie ihren Blick von der Schwärze am oberen Ende der Treppe losriss. Sie lächelte nervös. »Nichts«, behauptete sie. »Ich dachte ...« Sie sprach nicht weiter, sondern hob nur die Schultern, aber sie machte auch keine Anstalten weiterzugehen, sondern fuhr sich nervös mit dem Handrücken über den Mund.

»Ich will hier raus«, murmelte sie. »Das Haus ... ist mir unheimlich.«

»Mir auch«, antwortete ich. Ich versuchte, mich zu einem aufmunternden Lächeln zu zwingen, aber ich konnte sogar selbst spüren, wie kläglich dieser Versuch scheiterte. »Wahrscheinlich war es nur irgendein harmloses Geräusch«, sagte ich. »Du weißt doch, wie diese alten Häuser sind. Da klappert und knistert und raschelt es ununterbrochen irgendwo.«

»Ja, wahrscheinlich«, antwortete Judith, in einem Ton, der das genaue Gegenteil behauptete. Sie schüttelte den Kopf. »Aber das meine ich nicht.«

»Sondern?«

»Vorhin, unten im Keller«, sagte sie stockend. Sie wich meinem Blick aus. Ihre Stimme wurde leiser. »Ich … für einen Moment …«

»Du hättest nichts dagegen gehabt, wenn Stefan dem Kerl den Hals umgedreht hätte«, sagte ich.

Überrascht sah sie mich an. »Woher …?«

»Mir ging es genauso«, gestand ich. »Du hast Recht, weißt du? Es ist dieses Haus. Es macht irgendetwas mit uns.« Judith sah nun vollends verblüfft aus, und ich ließ noch eine weitere Sekunde verstreichen, bevor ich mit einem – diesmal gelungenen – Lächeln fortfuhr: »Aber das hat nichts mit den Geistern der Vergangenheit zu tun. Wir sind alle in einer Ausnahmesituation. Wahrscheinlich würde jeder durchdrehen, an unserer Stelle.«

Das war ganz gewiss nicht das, was sie hatte hören wollen. Es war nicht einmal das, was ich selbst glaubte. Judith hatte Recht. Mit diesem Haus stimmte etwas nicht, und sie (und alle anderen vermutlich auch) spürte es so deutlich wie ich. Aber ich war einfach nicht bereit, dafür irgendetwas anderes als einen rationalen Grund zu akzeptieren.

Vielleicht noch nicht.

»Ja, wahrscheinlich hast du Recht«, antwortete sie mit einem neuerlichen nervösen Lächeln. »Komm, gehen wir zu den anderen. Bevor Stefan wirklich noch eine Dummheit macht.«

Hand in Hand eilten wir durch den großen, sonderbar stillen Raum zurück in die Küche und kamen gerade rechtzeitig, um zu sehen, wie Stefan

Carl mit dem Klebeband an einen Stuhl fesselte. Er ging ziemlich verschwenderisch damit um. Offensichtlich hatte er sich vorgenommen, den armen Kerl in die moderne Version einer ägyptischen Mumie zu verwandeln, denn er hatte nicht nur seine Hand- und Fußgelenke mit braunem Packband an den Plastikstuhl gefesselt, sondern umwickelte auch seinen Oberkörper mehrfach damit. Judith zog fragend die linke Augenbraue hoch.

»Ihr wart schnell«, begrüßte uns Ed. »Schade, dass ich nicht dabei war. Aber ihr habt mir ja noch etwas übrig gelassen.«

Niemand beachtete ihn. Nachdem Stefan fast seine gesamte Rolle Klebeband verbraucht hatte, ließ er den Rest achtlos fallen und ging vor Carl in die Hocke, so dass sich ihre Gesichter auf gleicher Höhe befanden. Was er sah, schien ihm nicht zu gefallen.

»Ich tue das nicht gern«, behauptete er. Habe ich schon erwähnt, dass auch er kein besonders guter Schauspieler war? »Das macht mir bestimmt keinen Spaß, aber Sie lassen uns keine andere Wahl.«

»Ihr seid ja komplett verrückt!«, sagte Carl. »Ich werde euch anzeigen, das ist euch doch klar, oder? Das ist Freiheitsberaubung.«

Stefan verzog das Gesicht und stand mit einem Ruck auf. In fast nachdenklichem Ton sagte Ellen: »Eigentlich spielt es doch jetzt gar keine Rolle mehr, wenn auch noch ein bisschen Körperverletzung dazukommt, oder? Ich meine: Ich kenne da die eine oder andere Methode, die keinerlei Spuren hinterlässt.«

Carl wurde noch blasser und starrte sie mit aufgerissenen Augen an, und auch ich blickte Ellen einen Moment verwirrt ins Gesicht. Es war fast unheimlich – sie hatte fast wörtlich genau das ausgesprochen, was ich in diesem Moment gedacht hatte. Aber sie war Ärztin, und von so jemand hätte ich eine solche Bemerkung zuallerletzt erwartet! Was ging hier vor?

»Verdammt noch mal, was wollt ihr von mir?«, fragte Carl. »Ich habe alles gesagt, was ich weiß!«

»Das Dumme ist nur, dass wir Ihnen nicht glauben«, antwortete Stefan. Carl wurde noch ein bisschen blasser, sagte aber jetzt gar nichts mehr. Stefan starrte ihn noch einen Moment lang wortlos an, bevor er sich auf dem Absatz herumdrehte und an einen der Schränke trat. Lautstark scheppernd begann er in einer Schublade herumzukramen. »Also – wie kommen wir hier raus?«

»Es gibt keinen anderen Ausgang«, beteuerte Carl. Die Verzweiflung in seinen Augen wirkte sogar fast überzeugend. Vielleicht sagte er tatsächlich die Wahrheit. Das Problem war gar nicht, dass ich nicht glauben konnte. Ich wollte es nicht.

»Und ein Telefon?«, fragte Ellen. »Eines mit Festnetzanschluss?«

»Es gibt einen Apparat im früheren Direktorzimmer, aber der ist tot«, antwortete Carl. »Ist schon vor Jahren abgeschaltet worden. Wozu auch? Schließlich steht dieser Kasten seit einer Ewigkeit leer.«

Stefan schien gefunden zu haben, wonach er gesucht hatte. Mit sichtbar zufriedenem Gesichtsausdruck zog er eine Geflügelschere aus der Schublade. »Viel besser als ein Messer«, sagte er und ließ die Schere ein paarmal hörbar auf- und zuschnappen. Mit einem hässlichen metallischen Geräusch schrammten die Klingen übereinander. Prüfend strich er mit dem Daumen über die Schneide.

»Könnte ein bisschen schärfer sein«, sagte er, »aber es wird schon reichen.«

Carls Augen wurden groß. »Was … was haben Sie vor?«, murmelte er.

Stefan tauschte einen raschen Blick mit Ellen, während er langsam wieder zu Carl ging und dabei rhythmisch mit der Schere klapperte. »Wir unterhalten uns nur mit Ihnen«, antwortete er mit perfekt geschauspielerter Freundlichkeit. »Vielleicht fällt Ihnen ja doch noch ein, wo der Ausgang ist.«

Carl begann – selbstverständlich vollkommen vergeblich –, gegen seine Fesseln zu kämpfen. »Es … es gibt keinen«, stammelte er. Seine Augen quollen schier aus den Höhlen, während sich sein Blick an der immer noch auf- und zuschnappenden Schere in Stefans Hand festsaugte. »Wenn … wenn es noch einen gibt, dann ist er versteckt, und ich … ich habe ihn noch nicht gefunden.« Seine Stimme wurde schriller. »Das ist die Wahrheit! Denkt doch nur mal an den Turm!«

»Was ist mit dem Turm?«, fragte Maria stirnrunzelnd.

»Ihr habt ihn doch gesehen«, antwortete Carl nervös. »Ist euch daran nichts aufgefallen?«

»Nein«, erwiderte Maria. Auch Ellen schüttelte den Kopf, und Stefan blieb zwar stehen, hörte aber nicht auf, mit der Schere zu klappern. Allmählich, fand ich, trieb er das grausame Spielchen ein bisschen zu weit. Nicht, dass ich Carl nach allem, was er sich mit uns geleistet hatte, nicht einen kleinen Schrecken gönnte – aber alles hatte seine Grenzen.

»Er hat keinen Eingang«, sagte Carl.

»Keinen Eingang?«, fragte Judith. »Sie meinen: Jemand hat die Tür zugemauert?«

Er schüttelte heftig den Kopf und versuchte weiter, sich von seinen Fesseln zu befreien. »Er hat nie einen gehabt«, behauptete er. »Jedenfalls habe ich keine Tür gefunden. Auch keine zugemauerte.«

Judith machte ein zweifelndes Gesicht. »Unsinn! Was soll ein Turm nutzen, in den man nicht hineinkann?«

»Das ist doch nur wieder ein Trick, um uns hinzuhalten«, vermutete Ellen.

»Nein, ist es nicht«, beharrte Carl. »Was ich meine, ist, dass es keinen sichtbaren Eingang gibt. Zumindest nicht über der Erde. Das ist typisch für diese Bruchbude hier. Wahrscheinlich gibt es irgendwo einen unterirdischen Zugang, aber niemand weiß, wo er ist.«

»Und was hat das mit uns zu tun?«, fragte Stefan und ließ die Schere erneut und diesmal mit einem heftigen Ruck zuschnappen, der auch noch das allerletzte bisschen Farbe aus Carls Gesicht weichen ließ. »Eigentlich wollten wir von Ihnen hören, wie wir hier herauskommen, sonst nichts.«

»Lass ihn weiterreden«, mischte sich Maria ein. »Der Turm ist mir auch schon aufgefallen. Er hat wirklich keine Tür.«

Stefan maß sie mit einem eindeutig misstrauischen Blick. »Ich dachte, du weißt nichts über diese Burg?«

Marias Blick wurde geradezu mitleidig. »Ich bin hier aufgewachsen«, sagte sie, »schon vergessen? Als Kinder haben wir manchmal hier oben gespielt. Das war zwar verboten, aber wir haben es trotzdem getan.« Sie wandte sich direkt an Carl. »Dieser Turm hat keine Tür. Aber warum?«

Carl zuckte mit den Schultern; zumindest versuchte er es, aber da seine Arme an den Stuhl gefesselt waren, wurde nur eine unbeholfene, fast komisch wirkende Bewegung daraus.

»Ich weiß nicht«, antwortete er, was mittlerweile sein Lieblingssatz zu sein schien. Für jemanden, der sich als Hausmeister um dieses Gebäude kümmern sollte, wusste er reichlich wenig. Oder behauptete es zumindest. »So sieht es hier überall aus. Mein Vater hat erzählt, dass während des Krieges dauernd irgendwo an der Burg herumgebaut wurde, zuletzt hauptsächlich von Zwangsarbeitern, die aus Polen hergebracht wurden. Der Reichsarbeitsdienst hatte für sie eigene Baracken am Burgberg gebaut, aber von den Ingenieuren hat keiner erzählt, wozu die ganzen Umbauten dienten, und mit den Zwangsarbeitern durfte keiner reden. Auf jeden Fall ist der ganze Kasten hier seither das reinste Labyrinth. In manche Teile der Burg komme ich immer noch nicht rein.« In seinen Augen stand die nackte Angst und sein Blick irrte zwischendurch immer wieder zu der Schere in Stefans Hand. Ich wünschte mir, Stefan hätte das Scheißding endlich weggelegt. Wenn er vorgehabt hatte, Carl einen gehörigen Schrecken einzujagen, war ihm das gründlich gelungen.

»So einen Blödsinn habe ich schon lange nicht mehr gehört«, sagte Stefan. »Polnische Zwangsarbeiter, die den ganzen Kasten umbauen, Räume zumauern und Geheimgänge anlegen ...« Er schnaubte wütend und schnitt ein paarmal mit der Geflügelschere in der Luft herum. »Und in welcher Kammer haben sie die abgeschossenen Ufos und die Leichen der Außerirdischen untergebracht?«

»Stefan«, sagte Judith ruhig. »Das reicht.«

Stefan ignorierte sie und Carls Augen wurden

noch größer. »Nein«, stammelte er. »Das ... das könnt ihr doch nicht machen! Ich ... ich habe euch alles gesagt, was ich weiß!« Voller Panik bäumte er sich in seinem Stuhl auf, aber das Klebeband war viel zu fest, als dass er es hätte zerreißen oder auch nur lockern können. Ich sah, wie es in die Haut über seinen Handgelenken schnitt und dünne, blutige Striemen darin hinterließ.

»Fang mit dem Daumen an der rechten Hand an«, riet Ellen lächelnd. »Dann ist Schluss mit dem heimlichen Graben. Ohne Daumen kann man kein Werkzeug halten.« Sie kramte eines der wenigen noch übrig gebliebenen Päckchen mit Verbandsmull aus dem Erste-Hilfe-Kasten, warf es in die Luft und fing es geschickt wieder auf. »Ich kümmere mich dann um die Wunde, damit er uns nicht wegstirbt. Leider habe ich keine Aderpresse, also wäre Ausbrennen vermutlich am besten.« Sie drehte den Kopf in Eds Richtung, der noch immer grinsend auf der Tischkante saß und mit den Beinen baumelte. »Könntest du den Gasherd anwerfen und ein Messer heiß machen? Eins mit einer breiten Klinge.«

Judiths Blick wanderte immer verwirrter zwischen Ellen, Stefan und mir hin und her. Sie begann die Hände zu ringen.

»Nein!«, wimmerte Carl. Seine Stimme begann sich zu überschlagen. Kalter Schweiß rann über sein Gesicht, während er weiter jammerte, heulte und bei allem, was ihm heilig war (viel konnte es nicht sein, vermutete ich), schwor, dass er nicht wusste, was wir überhaupt von ihm wollten. Ed ließ sich mit einer Bewegung von der Tischkante gleiten, die seine bisher zur Schau getragene Schwäche Lügen strafte, ging zum Herd und riss ein Streichholz an, mit dem er die kleine Gasflamme entzündete.

»Am besten wickelst du irgendetwas um den Griff, damit du dich nicht verbrennst«, riet ihm Ellen, ohne hinzusehen. »Sonst habe ich am Ende noch zwei Patienten, und eine Heulsuse reicht mir im Moment.«

Meine Hand juckte. Ich begann die kleine gerötete Stelle zwischen Daumen und Zeigefinger zu massieren, ohne hinzusehen, und versuchte mit fast verzweifelten Blicken, Ellens Aufmerksamkeit zu erregen.

»Frank!«, sagte Judith.

Sie hatte ja Recht. »Ich ... ich finde, das reicht jetzt wirklich«, sagte ich, an niemand Bestimmten gewandt und auch nicht annähernd mit so fester Stimme, wie ich gewollt hatte. Niemand nahm meine Worte auch nur zur Kenntnis, und ich wiederholte sie auch nicht, sondern ballte nur hilflos die Fäuste und konnte nichts anderes tun, als Judiths Blick, der nun eindeutig fordernd und vorwurfsvoll wurde, mit einem Achselzucken zu beantworten. Selbst wenn ich hätte reden wollen, plötzlich konnte ich es nicht mehr. Ein bitterer Geschmack nach Galle war mit einem Male in meinem Mund, und die Kopfschmerzen, die seit unserer Rückkehr aus dem Keller zwar schwächer geworden waren, aber immer noch permanent irgendwo hinten in meinem Schädel rumorten, wurden plötzlich schlimmer. Es war kein Migräneanfall, sondern etwas anderes, gegen das die mentalen Techniken, die ich im Laufe meines Lebens schon aus purem Selbstschutz entwickelt hatte, nicht halfen. Ein greller Stich zuckte durch meine Schläfen, wie eine glühende Nadel, die schnell und präzise diagonal durch meinen ganzen Schädel gezogen wurde. Gepeinigt kniff ich die Augen zusammen, und …

… war nicht mehr in der Küche.

Auch nicht mehr in der Burg.

Stattdessen rannte ich durch die Straßen einer brennenden Stadt, verfolgt von einem aufgebrachten, tobenden Mob, an meiner Hand ein kleines Mädchen, das ich hinter mir herzerrte.

»Warum tust du das?«, jammerte Miriam. »Warum tust du mir das an?«

Das Toben und Brüllen der Menge hinter uns wurde lauter. Schritte kamen näher. Ich konnte die Gewalt riechen, die in der Luft lag. Als ich einen Blick über die Schulter zurückwarf, sah ich, dass die Meute aufgeholt hatte und immer noch weiter aufholte, nicht sehr schnell, aber unbarmherzig. Ich versuchte ebenfalls, schneller zu laufen, und irgendwie gelang es mir, trotz meiner Panik, trotz meines hämmernden Herzens, das in meiner Brust zerspringen wollte, trotz des wimmernden Mädchens an meiner Hand, das alles in seiner Macht Stehende tat, um mich aufzuhalten. Aber ganz egal, wie schnell ich auch lief, die Verfolger waren schneller, kamen näher. Nicht mehr lange, und sie hatten uns eingeholt. Ich konnte die Mordlust in den Gesichtern der Männer und Frauen sehen. Der blanke Hass, der keinen Grund und keine Entschuldigung brauchte, sondern einfach da war. Keine Gnade, schrien ihre Blicke. Sie würden uns töten, wenn sie uns einholten. Sie würden mich töten und Miriam …

Mit einem halb erstickten Keuchen riss ich die Augen wieder auf und die Vision verschwand. Judith rückte dichter an mich heran, griff sacht nach meinem Handgelenk und maß mich mit einem sorgenvollen Blick; dann aber wandte sie sich wieder Carl und Stefan zu, und ich registrierte zweierlei: Die Vision konnte nur den Bruchteil einer Sekunde gedauert haben, denn die beiden standen noch in völlig unveränderter Haltung da, wie Figuren aus einem Film, der für einen Moment angehalten worden war und nun mit einem Ruck weiterlief, und das andere war eine bizarre ... Enttäuschung, dass die Schere in Stefans Hand noch immer nicht zum Einsatz gekommen war. Etwas in mir *wollte*, dass er es tat.

Stefan trat einen weiteren Schritt vor, mit dem er nun endgültig bei Carl anlangte, und ging, immer noch mit der Schere in der Luft herumklappernd, langsam und mit breitem Grinsen vor ihm in die Hocke. Carl warf sich so verzweifelt zurück, dass der billige Plastikstuhl ächzte und ich nicht weiter erstaunt gewesen wäre, ihn in Stücke brechen zu sehen. Judith schlug sich mit einem Keuchen die linke Hand vor den Mund.

»Stefan!«, schrie sie. »Bist du wahnsinnig geworden? *Hör auf!*«

Stefan machte sich nicht einmal die Mühe, sich zu ihr herumzudrehen. »Bring deine Kleine zum Schweigen, Frank«, knurrte er. »Bevor ich es tue.«

»Wie?«, murmelte Miriam *(Miriam? Judith!)* verwirrt, und Carl warf sich keuchend und wie ein Fisch auf dem Trockenen nach Luft japsend weiter nach hinten. Eines der dünnen Plastikbeine seines Stuhles begann sich sichtbar durchzubiegen und würde gleich brechen.

»Also«, sagte Stefan in fast freundlichem Tonfall und ließ seine Schere auf- und zuschnappen, während sich seine freie Hand dem an die Stuhllehne gefesselten linken Arm von Carl näherte. »Das ist Ihre unwiderruflich allerletzte Chance, vielleicht doch noch die Wahrheit zu sagen.«

»Aber ich weiß doch nichts!«, wimmerte Carl. »Bitte! Ihr müsst mir glauben! Ich würde es euch sagen, wenn ich wüsste, wo das Gold ist! Ich würde euch alles geben!«

»Wer interessiert sich schon für dein Scheiß-Gold?«, fragte Stefan.

»Ich«, sagte Ed vom Herd her. Niemand beachtete ihn.

Stefan seufzte. Er wirkte enttäuscht, aber nicht sehr. »Also gut«, murmelte er kopfschüttelnd. »Sie haben es nicht anders gewollt.«

Mein Herz schien einen Schlag zu überspringen und dann schneller und mit schon fast schmerzhafter Kraft weiterzuhämmern, als ich sah, dass Stefan Carls linke Hand ergriff und die Schere senkte. Zerberus begann zu kreischen. Das Stuhlbein zerbrach mit einem Geräusch wie ein Peitschenknall, aber Stefan hielt ihn mit so eiserner Kraft fest, dass er nicht kippte. Fasziniert und entsetzt zugleich sah ich zu, wie sich die Schere weiter senkte, und – tat nichts. Mein Verstand schrie mir zu, dass ich etwas unternehmen musste. Ich konnte nicht zusehen, wie Stefan diesem armen Kerl dasselbe antat, was die Meute in meinem Traum mir angetan hatte. Aber ich tat es. Reglos, entsetzt, zugleich auch von einer boshaften Vorfreude erfüllt, stand ich einfach da und tat nichts, während sich die Schere weiter senkte, sich Carls linker Hand näherte –

und dann durch das Klebeband glitt, das seinen Arm an die Stuhllehne fesselte.

Die Zeit lief wieder normal weiter. Mit einem kraftlosen Ächzen ließ sich Judith auf einen der freien Stühle sinken und Maria schlug in stummem Entsetzen die Hände vor den Mund. Carl wimmerte noch einmal und starrte aus Augen, die schwarz vor Angst waren, auf die schartige Klinge, die mit einem hässlichen Geräusch durch das braune Packband glitt und es ebenso mühelos zerteilte, wie sie vermutlich durch Haut und Fleisch und Knochen geschnitten hätte; dann sackte er nach vorne.

Stefan hielt den zerbrochenen Stuhl mit der linken Hand ohne sichtbare Mühe in der Balance und zerschnitt rasch und mit einem Geschick, als täte er so etwas jeden Tag, Carls Fesseln. Schließlich legte er die Schere aus der Hand, hob den halb Bewusstlosen aus dem Stuhl und platzierte ihn unsanft auf einem anderen, der noch alle vier Beine hatte.

»Also, ich schätze, er sagt die Wahrheit«, sagte er, während er sich wieder aufrichtete und sich zu uns umdrehte. Er grinste, aber sein Gesicht zeigte dabei einen nervösen Ausdruck, als sei er gerade aus einem tiefen Schlaf voller schrecklicher Alpträume erwacht (was der Wahrheit möglicherweise sogar recht nahe kam), sah sich einen Moment lang suchend um und versetzte der Rolle Klebeband, die noch immer neben dem zerbrochenen Stuhl lag, dann einen Fußtritt, so dass sie quer durch den Raum schlitterte.

»Jetzt haben wir ein Problem«, murmelte er. Seine Stimme klang belegt. Ich hörte Betroffenheit darin, aber auch etwas wie mühsam unterdrücktes Entsetzen.

Ed trat mit einem humpelnden Schritt neben Ellen und blickte verwirrt und stirnrunzelnd von ihr zu Carl und Stefan und dann wieder zurück. »He, was ist denn los?«, fragte er. »Ist die Show etwa schon vorbei?«

Niemand antwortete, aber auf Judiths Gesicht erschien ein Ausdruck, den ich in diesem Moment lieber nicht deuten wollte, als ihr Blick an seiner rechten Hand hängen blieb. Der Depp hatte tatsächlich ein Messer heiß gemacht, dessen Klinge dunkelrot glühte und rauchte.

»Sagt nicht, dass es schon vorbei ist«, nörgelte er.

»Es reicht, Ed«, sagte Ellen. Sie klang sonderbar müde, und auch wenn sie sich von uns allen vielleicht am besten in der Gewalt hatte, war auf ihrem Gesicht doch eine Spur desselben Entsetzens zu erkennen, das ich auch in Stefans Augen gelesen hatte. »Leg das Messer weg, du Trottel.«

»Moment mal«, sagte Ed. »Ich dachte, wir wollten …«

»Ich denke, wir haben erfahren, was wir wissen wollten«, fiel ihm Ellen ins Wort. Ihre Stimme wurde schärfer. »Du hast doch nicht ernsthaft geglaubt, ich würde zusehen, wie Stefan den Mann verstümmelt? Ich habe einen Eid geschworen, Menschen zu helfen, nicht, sie zu verletzen!«

»Dann … dann war das alles nur ein Trick, um ihn zum Reden zu bringen?«, fragte Ed. Er klang verwirrt, aber auch enttäuscht.

Ellen antwortete gar nicht mehr, sondern lachte nur verwirrt und nervös und begann sich mit zitternden Händen eine Zigarette anzuzünden. Ihr Blick irrte unstet durch den Raum. »Sonst noch jemand?«

Ich war ziemlich sicher, dass sie in den letzten Minuten an alles Mögliche gedacht hatte, nur nicht an den Eid des Hippokrates – genau wie alle anderen auch, die nur Blut hatten sehen wollen; mich eingeschlossen. Aber ich war viel zu verstört – und erschrocken –, um den Moralapostel zu spielen oder mich gar zum Richter aufschwingen zu wollen. Meine Kopfschmerzen waren fast verschwunden, und so schluckte ich alles hinunter, was mir auf der Zunge lag, griff stattdessen nach der Zigarettenschachtel, die sie mir hinhielt, und bediente mich. Auch Judith griff mit einem dankbaren Nicken zu, und Ed streckte ebenfalls die Hand aus, doch Ellen klappte die Schachtel rasch zu und steckte sie wieder ein.

»Ich habe dich nicht zusammengeflickt, damit du dich jetzt selbst umbringst«, sagte sie lächelnd. »Rauchen ist ungesund, hat dir das noch niemand gesagt? Und in deinem Zustand erst recht.«

Ed setzte zu einem geharnischten Protest an, hatte aber anscheinend das Messer vergessen, das er noch immer in der rechten Hand hielt. Statt seiner gerechten Empörung Ausdruck zu verleihen, schrie er plötzlich auf, begann auf einem Bein herumzuhüpfen und steckte sich den Zeigefinger der anderen Hand in den Mund, den er sich offensichtlich an der noch immer rot glühenden Klinge verbrannt hatte. Ellen grinste.

»Ihr verdammten Idioten«, wimmerte Carl. Er hatte sich wieder halbwegs auf seinem Stuhl aufgerichtet, die Ellbogen auf die Knie gestützt und das Gesicht in beiden Händen vergraben. Seine Schultern zuckten unkontrolliert. »Dafür mache ich euch fertig, das schwöre ich«, schluchzte er. »Das wird euch noch Leid tun.«

Ellen nahm einen tiefen Zug aus ihrer Zigarette, bevor sie ihr Feuerzeug ein zweites Mal aufschnappen ließ und es Judith und mir hinhielt. Während ich meine durchschnittliche Lebenserwartung mit einem gierigen Zug um die statistischen drei Minuten verkürzte, bedachte Ellen Carl mit einem langen, nachdenklichen Blick. »Ich glaube, er hat wirklich die Wahrheit gesagt«, murmelte sie.

»Ich fürchte, der sagt auch jetzt noch die Wahrheit«, fügte Judith hinzu. Sie schüttelte besorgt den Kopf. »Ihr hättet das nicht tun sollen. Wenn er uns anzeigt, sehen wir ganz schön alt aus.«

Ed betrachtete die Tasche, in der Ellen ihre Zigarettenpackung hatte verschwinden lassen, mit einem schmachtenden Blick. »Was will er schon sagen?«, fragte er abfällig. »Solange wir alle zusammenhalten, steht sein Wort gegen unseres.«

»Und das ist alles, was dir dazu einfällt?«, fragte Judith.

Ed sah nicht so aus, als ob er wirklich verstanden hätte, was sie damit meinte. Er nuckelte nur weiter an seinem verbrannten Finger und gab ein abfälliges Schnauben von sich. Ich sah wieder zu Carl hin. Er hatte noch immer das Gesicht in den Händen vergraben, aber seine Schultern bebten, und seine Knie zitterten so heftig, dass ich mir vielleicht auch Sorgen um den zweiten Stuhl machen sollte, auf dem er saß. Nein, dachte ich, Judith hat Recht. Carl bot einen erbarmungswürdigen Anblick und ganz bestimmt nicht mehr den eines Mannes, der noch weiter lügen würde. Zugleich kam ich mir schäbig vor. Einen erwachsenen Mann vor Angst zum Weinen zu bringen war nichts, worauf man stolz sein konnte.

Judith kramte ihr Handy hervor, schaltete es ein und blickte stirnrunzelnd auf das Display. »Kein

Empfang«, seufzte sie nach einigen Augenblicken. Mit einer resignierten Geste steckte sie das Gerät wieder ein und fügte leiser hinzu: »Wir sitzen wirklich hier fest.«

»Gib dir keine Mühe«, sagte Ellen und tat einen weiteren tiefen Zug an ihrer Zigarette. »Hab ich schon ausprobiert, während ihr unten im Keller wart.«

»Dann suchen wir doch den Apparat, von dem Carl erzählt hat«, schlug Judith vor. »Ich meine –« Sie wandte sich in Stefans Richtung um. »Vielleicht kann man ihn ja irgendwie wieder anschließen. Hast du nicht gesagt, dass du etwas davon verstehst?«

»Nein«, antwortete Stefan. »Aber man muss auch nichts von Telefonen verstehen, um zwei Drähte in die Buchse zu schieben. Nur fürchte ich, dass die Leitung abgeschaltet sein wird.«

»Wir könnten es wenigstens versuchen«, sagte Maria schüchtern.

»Ja«, sagte Stefan spöttisch. »Genauso gut können wir aber auch warten, bis es hell wird, und Rauchzeichen geben.« Er starrte einen Moment lang nachdenklich ins Leere, dann drehte er sich zu Carl herum. »Wie lange wird es dauern, bis jemand herkommt und nach uns sucht?«

Eigentlich war ich sicher, dass er gar nicht antworten würde. Stefan offensichtlich auch, denn als der Wirt schließlich die Hände herunternahm und ihn aus geröteten Augen anstarrte, wirkte er regelrecht überrascht. »Suchen?«, fragte er. »Wer sollte euch denn suchen?«

Ich sah aus den Augenwinkeln, dass Ed schon auffahren wollte, doch Stefan hob rasch die Hand und brachte ihn zum Schweigen, noch bevor er überhaupt etwas sagen konnte. »Wahrscheinlich hat er Recht«, sagte er. »Niemand weiß, dass ihr hier seid. Der Einzige, der uns vermissen könnte, ist er.«

»Das heißt, wir sitzen hier fest?«, fragte Ed. »Es kann Wochen dauern, bis uns jemand findet!«

»Red keinen Unsinn«, sagte Ellen. »Vielleicht vermisst uns ja niemand, aber ihn.« Sie deutete auf Carl. »Spätestens im Laufe des Tages wird sich irgendjemand Gedanken machen und sich fragen, wo er abgeblieben ist.« Sie wandte sich mit einem fragenden Blick an Maria, aber die Antwort, die sie bekam – beziehungsweise nicht bekam –, schien nicht unbedingt die zu sein, auf die sie gehofft hatte. »Und wenn nicht, können wir tatsächlich ein Feuer irgendwo oben auf der Burgmauer machen. Jemand wird es schon sehen.«

»Ich werde ganz bestimmt nicht die Hände in den Schoß legen und darauf warten, dass jemand kommt«, sagte Stefan. »Ihr könnt ja machen, was ihr wollt, aber ich bleibe keine Minute länger in diesem Spukschloss als unbedingt nötig.«

»Ach?«, fragte Judith. »Und was willst du machen? Vielleicht über die Burgmauer klettern?«

Stefan nickte. »Und warum nicht? So hoch ist sie auch wieder nicht.«

»Aber das ist doch verrückt«, sagte Maria. »Du wirst dir sämtliche Knochen brechen!«

»Kaum«, antwortete Stefan in leicht verächtlichem Ton. »Ich bin vielleicht kein Reinhold Messner, aber ich war oft genug im Gebirge, um keine Angst vor einer fünf Meter hohen Mauer zu haben. Auf jeden Fall sehe ich sie mir an.«

»Lass den Unsinn«, sagte Judith. »Ich finde, ein Toter reicht.«

»Mir passiert schon nichts«, antwortete Stefan, und irgendwie war es gerade der ruhige, fast besänftigende Ton, in dem er diese Worte aussprach, der mich davon überzeugte, dass er Recht hatte. Gab es eigentlich irgendetwas, was dieser Kerl nicht konnte?

»Er hat Recht, Schätzchen«, sagte Ed, der immer noch an seinem verbrannten Zeigefinger herumnuckelte, aber vorsichtshalber erst, nachdem sich Stefan umgedreht und die Küche verlassen hatte. »Du brauchst dir keine Sorgen um ihn zu machen. Hast du nicht gesehen, was er unter Hemd und Hose trägt?« Er grinste dämlich. »Ich meine diesen blauen Strampelanzug mit dem roten S auf der Brust.«

»Warum hat mich eigentlich vorhin keiner von euch bewusstlos geschlagen, als ich versucht habe, diesem Idioten zu helfen?«, fragte Ellen. Sie zog erneut an ihrer Zigarette und musterte Ed auf eine Art, auf die andere vielleicht ein besonders seltenes, aber auch besonders ekelhaftes Insekt angesehen hätten. Eds Grinsen wurde nur noch breiter.

»Was wollt ihr denn?«, fragte er. »Ich spreche doch nur laut aus, was jeder von euch denkt. Wenn Superman es schafft, über die Mauer zu fliegen, prima, dann kommen wir hier raus. Und wenn nicht: auch gut. Einer weniger, mit dem wir uns um das Erbe streiten müssen.«

Niemand antwortete. Selbst Carl hob den Kopf und sah Ed verwirrt und erschrocken an, und ich hatte mit einem Male das Gefühl, keine Luft mehr zu bekommen. Ich zögerte nur noch einen winzigen Moment, dann fuhr ich auf dem Absatz herum und stürmte aus dem Raum, bevor ich noch etwas Unüberlegtes tun konnte.

Ed den Hals umdrehen, zum Beispiel …

*

Es hatte aufgehört zu regnen, als ich auf den Hof hinaustrat, aber noch immer bedeckten dichte Wolken den Himmel. Das Kopfsteinpflaster glänzte dunkel vor Nässe, schien aber das ohnehin nur schwache Licht noch zusätzlich zu verschlucken. Es war kühl, doch in diesem Moment empfand ich die klare, frische Nachtluft als Wohltat und atmete ein paarmal hintereinander tief ein und aus. Der Sauerstoff vertrieb auch noch den Rest meiner Kopfschmerzen, aber es blieb ein sonderbar drückendes Gefühl zurück. Kein Schmerz, aber etwas, was beinahe noch unangenehmer war.

Meine Hände zitterten, als ich die Zigarette an die Lippen hob und einen weiteren tiefen Zug tat. Ich fühlte mich innerlich aufgewühlt und verunsichert und wusste selbst nicht, warum. Schon nach unserem ersten Zusammentreffen in Carls Kneipe war mir klar geworden, dass ich mir nicht unbedingt eine Traumfamilie angelacht hatte, aber was dort drinnen gerade vor ein paar Augenblicken fast passiert wäre, das ging weit über das hinaus, was ich tolerieren konnte. Ich hatte Angst vor mir selbst, und der winzige Teil meines Bewusstseins, der noch zu klarem Denken imstande war, machte mir sehr deutlich, dass ich allen Grund dazu hatte, denn ich hatte keinerlei Widerstand geleistet.

Irgendetwas bewegte sich in der Dunkelheit auf der anderen Seite des Hofes. Ich sah genauer hin und erkannte die schlanke, hoch aufgerichtete Gestalt von Stefan, die reglos auf halber Strecke zwischen dem Torturm und mir stand. Nach dem, was gerade passiert war, hatte ich wenig Lust, mit ihm zu reden – genau genommen hatte ich auf keinen meiner lieben Verwandten Lust, noch nicht einmal auf Judith –, aber ich löste mich schließlich doch von meinem Platz und ging langsam die Treppe hinunter und auf ihn zu, wobei ich einen übertrieben großen Bogen um das gähnende Loch im Boden schlug, in dem von Thun verschwunden war. Stefan drehte sich um, als ich näher kam und er meine Schritte hörte.

»Hast du schon etwas gefunden?«, fragte ich.

Stefan schüttelte stumm den Kopf. Er war ja auch selbst erst seit einigen Augenblicken hier draußen, und ich hatte nicht das Gefühl, dass er sich tatsächlich schon nach einer geeigneten Stelle umgesehen hatte, um über die Mauer zu steigen. Ich war mir nicht einmal mehr sicher, dass er wirklich aus diesem Grund hier herausgekommen war.

»Nein«, sagte er nach einer Weile. »Ich bin auch …« Er hob in einer hilflosen Geste die Schultern, die bei einem Mann seiner Größe und Statur fast komisch wirkte. »Was da drinnen gerade passiert ist«, begann er. »Es … es tut mir Leid. Ich weiß auch nicht, was in mich gefahren ist.«

»Nicht nur in dich«, antwortete ich.

»Das hätte nicht passieren dürfen«, beharrte er. Obwohl ich ihm direkt gegenüberstand, war das Licht zu schwach, um den Ausdruck auf seinem Gesicht wirklich erkennen zu können, aber seine Stimme klang fast gequält. »Wenn Judith und du mich nicht zurückgehalten hättet …«

»Dann wäre auch nichts passiert«, fiel ich ihm ins

Wort, obwohl ich mir gar nicht so sicher war, dass das auch stimmte. »Immerhin wissen wir jetzt, dass Carl die Wahrheit sagt.«

Wieder schwieg Stefan eine geraume Weile.

»Jetzt mach dich nicht verrückt«, fuhr ich fort. »Uns sind eben allen die Nerven durchgegangen. Ist ja auch ein bisschen viel passiert, für einen einzigen Abend, findest du nicht?«

»Darum geht es nicht«, erwiderte Stefan kopfschüttelnd. »Für einen Moment …« Er atmete hörbar ein, als fiele es ihm unendlich schwer, weiterzusprechen. »Weißt du, ich wollte es wirklich tun. Es hätte nicht viel gefehlt und ich hätte ihm wirklich den Finger abgeschnitten.« Er trat gegen einen Stein, der lautstark davonschlitterte und irgendwo in der Dunkelheit gegen ein Hindernis prallte. Das Geräusch klang wie ein Pistolenschuss in der Stille, die sich über den Hof gelegt hatte. »Diese verdammte Bruchbude bringt uns noch alle um den Verstand.«

»Ich weiß, was du meinst«, sagte ich. »Mir ist es genauso gegangen. Vergiss es. Wir haben uns heute Abend alle nicht gerade mit Ruhm bekleckert.«

Stefan schüttelte stur den Kopf. »Dieser Carl ist ein verlogener Mistkerl, aber das gibt uns noch lange nicht das Recht, so mit ihm umzuspringen«, beharrte er.

»Und deshalb willst du jetzt Kopf und Kragen riskieren, um über die Mauer zu klettern?«, fragte eine Stimme hinter mir. »Du musst dir nichts beweisen, Stefan. Und uns erst recht nicht.«

Stefan sah auf und auch ich drehte mich erschrocken herum. Ich hatte nicht einmal bemerkt, dass Judith ebenfalls aus dem Haus gekommen und hinter mich getreten war. »Frank hat Recht, weißt du? Es ist schon genug passiert für einen Tag.«

Stefan schwieg ein paar Sekunden lang, dann zuckte er die Achseln. »Wir können nicht einfach abwarten, bis jemand kommt, um nach uns zu suchen«, antwortete er schließlich. Es klang nach dem, was es war: eine nicht besonders überzeugende Ausrede. »Außerdem könnte von Thun noch am Leben sein. Wie würdet ihr euch fühlen, wenn sie ihn finden und sich herausstellt, dass er gestorben ist, während wir hier oben gesessen und Däumchen gedreht haben?«

»Nicht besonders gut«, gestand Judith. Sie rückte näher an mich heran und lehnte sich gegen meine Schulter. Automatisch setzte ich dazu an, ihr den Arm um die Schulter zu legen, aber irgendetwas hielt mich dann doch davon ab.

»Warte wenigstens bis morgen früh, bis es hell ist«, sagte Judith, aber irgendwie klang sie resigniert. Wahrscheinlich spürte sie, dass Stefan seine Entscheidung längst getroffen hatte und nichts, was einer von uns sagen würde, ihn noch zurückhalten konnte. Vielleicht war es wirklich sein schlechtes Gewissen, das ihn dazu trieb, dieses Risiko einzugehen, aber davon einmal ganz abgesehen – er hatte Recht. Vielleicht lebte der alte Mann ja noch. Wir konnten nicht einfach abwarten, bis ein Wunder geschah und jemand kam.

»Wie du willst«, seufzte sie schließlich. »Aber warte noch einen Moment. Ich bin gleich wieder da.«

Und damit wandte sie sich um und ging mit schnellen Schritten zum Haus zurück. Ich sah ihr nach, bis sie in der Dunkelheit verschwunden war, aber ich bedauerte fast augenblicklich, es getan zu haben. Natürlich war es nur eine optische Täuschung, ein perfektes Zusammenspiel der Lichtverhältnisse mit meiner eigenen überreizten Phantasie, und doch: Für einen winzigen Moment schien sich ihre Gestalt zu verändern, ihre Umrisse zerflossen, ordneten sich neu zu etwas, was nicht mehr ganz menschlich zu sein schien, sondern größer, bizarrer war und einen Umhang wie ledrige schwarze Schwingen trug.

Hastig verscheuchte ich den Gedanken und drehte mich mit einem Ruck wieder zu Stefan um.

»Hast du schon eine passende Stelle gefunden?«, fragte ich.

Stefan schüttelte den Kopf. »Ich habe noch gar nicht danach gesucht«, gestand er, doch bereits während er das sagte, drehte er sich herum und ging mit langsamen Schritten los. Ich folgte ihm. »Viele kommen sowieso nicht in Frage«, fuhr er fort. Sein Blick glitt prüfend über das uralte Mauerwerk ringsum. »Das Problem sind die Felsen auf der anderen Seite. Geht ziemlich steil runter.«

Ich maß ihn mit einem kurzen, überraschten Blick. Offensichtlich hatte sich Stefan das Gebäude auf dem Weg hier herauf gründlicher angesehen als wir alle. Ich selbst erinnerte mich nur vage an steil aufsteigende kantige Felsen und schwarzes Mauerwerk.

»Versuchen wir es dort drüben«, sagte er, während er auf einen baufälligen Schuppen mit flachem Dach deutete, der unweit des Tores wie ein geducktes, Schutz suchendes Tier an der Mauer lehnte. Ich hatte nichts dagegen einzuwenden, aber wieso sagte er eigentlich dauernd *wir*?

Während wir auf den Verschlag zugingen, musterte ich ihn genauer, und das wenige, was ich in der Dunkelheit erkennen konnte, gefiel mir ganz und gar nicht. Seine Wände bestanden aus dem gleichen brüchig aussehenden Stein, aus dem die ganze Burg erbaut war, doch der Schuppen selbst befand sich in noch viel schlechterem Zustand als der Rest dieser Ruine. Eigentlich sah er aus, als könnte ihn der erste heftige Luftzug wie ein Kartenhaus zusammenstürzen lassen. Allein der Gedanke, auf das flache Dach hinaufzuklettern, dessen Winkel mit jedem Schritt, mit dem wir uns dem Gebäude näherten, steiler zu werden schien, trieb mir einen eisigen Schauer über den Rücken.

»Du bist entweder mutiger, als ich dachte«, sagte ich, »oder noch verrückter, als ich befürchtet habe.«

Stefan reagierte nur mit einem Grinsen, das ich in der Dunkelheit zwar nicht sehen, dafür aber umso deutlicher spüren konnte. Nachdem er kurz und prüfend an der Tür des Schuppens gerüttelt hatte – sie war selbstverständlich abgeschlossen und ebenso selbstverständlich das einzig halbwegs Stabile an dem ganzen Gebäude, so dass er erst gar nicht versuchte, sie aufzubrechen –, ließ er seinen Blick prüfend über die leicht überstehende Kante des mit Holzschindeln gedeckten Daches gleiten, hob die Arme und zog sich dann mit einer schwungvollen Bewegung hinauf, die jedem Olympiaturner zur Ehre gereicht hätte. Aus der gleichen fließenden Bewegung heraus richtete er sich auf und machte einen ersten vorsichtigen Schritt, um die Stabilität des Daches zu prüfen. Dann drehte er sich wieder zu mir um, ging in die Hocke und machte eine auffordernde Bewegung zu mir herab.

»Worauf wartest du?«, fragte er. »Keine Angst. Das Dach ist stabil.«

Das hatte ich auch nicht bezweifelt. »Und dann?«, fragte ich.

Stefan seufzte. »Jetzt komm schon«, sagte er, wartete einen Moment vergebens darauf, dass ich mit irgendetwas anderem als verständnislosen Blicken reagierte, und fuhr schließlich mit einem leisen Lachen fort: »Du willst doch nicht, dass ich den ganzen Ruhm für mich allein einheimse, oder?«

»Doch«, antwortete ich, aber dann hob ich, fast zu meiner eigenen Überraschung, dennoch die Arme und tastete mit ausgestreckten Händen nach der Dachkante. Stefan war ein gutes Stück größer als ich, so dass ich die morschen Schindeln gerade mit Müh und Not mit den Fingerspitzen erreichen konnte und schon erleichtert aufatmen wollte, doch anscheinend hatte er sich auf seine Rolle als Spielverderber gut vorbereitet. Ehe ich auch nur richtig begriff, was er tat, ließ er sich auf die Knie sinken, streckte beide Arme aus und ergriff meine Handgelenke. Ebenso mühelos, wie er vorhin Carl zu seinem Stuhl getragen hatte, zog er mich weit genug in die Höhe, dass ich mich mit dem Ellbogen auf dem Dach aufstützen konnte. Danach lockerte er seinen Griff zwar, ließ aber nicht los, sondern sah nur mit einem jetzt eindeutig schadenfrohen Grinsen zu, wie ich mich ächzend – und weitaus weniger elegant als er zuvor – zu ihm hinaufzog. Als ich es geschafft hatte, blieb ich einige Sekunden lang keuchend und um Atem ringend auf Händen und Knien hocken. Meine Arme und Schultern schmerzten von der ungewohnten Anstrengung, und ich fühlte, dass mir trotz der kühlen Nachtluft der Schweiß ausbrach.

Schließlich ließ er mich doch los, stand mit einer Bewegung auf, bei der ich mittlerweile sicher war, dass er sie nur so mühelos und elegant aussehen ließ, um mich zu ärgern, und trat zwei Schritte zurück.

»Na also«, sagte er. »Geht doch.«

»Ja«, knurrte ich, während ich mich umständlich ebenfalls hocharbeitete. »Und vielen Dank auch.«

»Kein Problem«, antwortete er. Sein Grinsen wurde noch breiter. »Wohl ein bisschen aus dem Training, wie?«, fragte er.

»Was für ein Training?«

Stefan grinste noch breiter. »Pass auf, wo du hintrittst.«

Ich erstarrte mitten in der Bewegung, obwohl ich noch nicht einmal einen ganzen Schritt gemacht hatte. »Ich denke, das Dach ist stabil?«

»An den meisten Stellen«, antwortete er. »Pass einfach auf, wohin du trittst.« Also gut, ich zog ihm eine Menge von den Pluspunkten, die er in den letzten Minuten eingeheimst hatte, wieder ab. Eigentlich alle.

Seine Warnung war nicht unbegründet. Mein Herz begann schneller zu klopfen, als ich sah, in wie schlechtem Zustand das Dach wirklich war. Was Stefan als ein paar morsche Stellen bezeichnet hatte, das entpuppte sich als ein Durcheinander unterschiedlich großer, unregelmäßig geformter Löcher, die das Dach für meinen Geschmack eher zu etwas werden ließen, das wie der verunglückte Versuch eines wenig begabten Holzschnitzers aussah, ein Fischernetz nachzubauen. Der Schuppen war nicht besonders hoch, aber meine Knie begannen trotzdem zu zittern, als ich mich Stefan anschloss, der sich umwandte und mit geradezu unverschämter Selbstsicherheit über das Durcheinander aus morschen Holzschindeln und stehen gebliebenen Dachbalken zur Mauer hin balancierte. Ohne auch nur sichtbar in der Bewegung innezuhalten, turnte er die verbliebenen anderthalb Meter bis auf den alten Wehrgang hinauf, ließ sich – diesmal ohne dass es meiner Aufforderung bedurft hätte – erneut in die Hocke nieder und half mir, ihm auf die Mauer hinauf zu folgen. Mein Herz hämmerte wie verrückt, als ich mich neben ihm aufrichtete und an eine Lücke zwischen zwei der fast meterhohen zerbröckelnden Zinnen trat.

Der Anblick, der sich uns dahinter bot, beruhigte mich auch nicht unbedingt – obwohl ich im Grunde nichts sah. Auf der anderen Seite der Mauer gähnte ein bodenloser schwarzer Abgrund.

»Und so was macht dir also Spaß?«, fragte ich schwer atmend.

»Was?«

Ich machte eine wedelnde Handbewegung hinter mich. »In völliger Dunkelheit über tausend Jahre alte Burgmauern zu klettern«, antwortete ich.

Stefan blieb ernst. »Erstens ist es nicht völlig dunkel«, antwortete er, »und zweitens habe ich nicht gesagt, dass es mir Spaß macht.« Er hob beruhigend die Hand, als ich etwas sagen wollte. »Keine Sorge. Ich bin nicht lebensmüde. Ich will mich nur umsehen, das ist alles.«

Aber was um alles in der Welt will er denn sehen?, fragte ich mich. Meine Augen hatten sich mittlerweile – fast – an die Dunkelheit gewöhnt. Bei Tageslicht hätten wir vermutlich einen geradezu sensationellen Ausblick auf das gesamte Tal und die Stadt am Fuße des Burgberges gehabt, jetzt aber war Crailsfelden allenfalls zu erahnen. Hier und da brannte ein einzelnes blasses Licht, und irgendwo am anderen Ende des Talkessels schwamm ein winziger roter Lichtfleck in der Dunkelheit; ich erinnerte mich flüchtig an die Leuchtreklame der kleinen Tankstelle, die wir am Ortseingang passiert hatten. Davon abgesehen reichte das blasse Sternenlicht nicht einmal aus, um den Fuß der fünf Meter hohen Mauer zu erkennen, wie ich voller Unbehagen feststellte, als ich mich vorbeugte und in die Tiefe sah.

»Und da willst du runterklettern?«, fragte ich zweifelnd. »Judith hatte Recht, weißt du? Du musst nicht den Helden spielen.«

»Wer sagt denn, dass ich in den Helden *spiele*?«, gab Stefan mit einem angedeuteten Grinsen zurück, wurde dann aber schlagartig wieder ernst. »Ein Seil wäre vielleicht nicht schlecht«, sagte er. »Hast du zufällig gesehen, ob Carl ein Abschleppseil im Wagen hat?«

Ich hatte zwar nicht darauf geachtet, war mir aber ziemlich sicher, dass es so war; Carl war einfach der Typ, der ein Abschleppseil im Wagen hatte. Gleich unter dem mit Marihuana und selbst gezogenem Mohn ausgestopften Verbandskasten, vermutete ich. Dennoch zögerte ich zu antworten. Die Vorstellung, noch einmal über das baufällige Dach nach unten zu balancieren und vor allem noch einmal in den zerknautschten Landrover hineinzukriechen, in dem ich um ein Haar ums Leben gekommen wäre, jagte mir einen eisigen Schauer über den Rücken.

Noch bevor ich antworten konnte, fiel ein bleicher Lichtschein über den Hof, tastete sich mit kleinen nervösen Rucken an der Burgmauer und an Stefans Gestalt empor und blieb schließlich an seinem Gesicht hängen. Stefan kniff die Augen zusammen und hob schützend die Hand, und auch ich drehte mich überrascht herum und suchte nach dem Ursprung des Lichtstrahles.

»Ich dachte, das hier könnt ihr gebrauchen«, drang Judiths Stimme vom Hof herauf. Hinter dem grellweißen Stern, den sie in der Hand trug, war ihre Gestalt nur als verschwommener Schatten zu erkennen, der irgendwie nicht wirklich menschlich wirkte. Etwas Großes, Zerfetztes schien ihre Schultern zu umfließen, wie ein Mantel aus geronnener Dunkelheit. Obwohl sie sich schnell bewegte, blieb der Lichtstrahl des kleinen Scheinwerfers nahezu reglos auf Stefans Gesicht gerichtet, was dieser mit einem nicht unbedingt erfreuten Blick kommentierte. Er sagte nichts.

Judith blieb gerade weit genug entfernt stehen, dass das Schuppendach den Lichtstrahl nicht abschnitt, und legte erwartungsvoll den Kopf auf die Seite. »Wäre einer der Gentlemen vielleicht so nett, einer Dame hinaufzuhelfen?«

»Hältst du das für eine gute Idee?«, fragte ich. Stefan schwieg beharrlich weiter. »Das Dach ist ziemlich baufällig.«

»Wenn das eine Anspielung auf mein Gewicht sein soll«, antwortete Judith, »dann ziehe ich es vor, sie zu überhören.« Sie wedelte ungeduldig mit dem Scheinwerfer, so dass der Strahl Stefans Gesicht endlich losließ. Im gleichen Moment, in dem er es tat, senkte Stefan den Arm und atmete leise, aber hörbar auf; als hätte ihn der Lichtstrahl gebannt.

»Warte«, rief er. »Ich komme.«

Er ging halb in die Knie, um auf das anderthalb Meter tiefer liegende Schuppendach hinabzuspringen, hielt dann jedoch noch einmal mitten in der

Bewegung inne und sah zu mir hoch. »Was ich dir gerade erzählt habe …«, begann er.

»… bleibt unter uns«, führte ich den Satz zu Ende. »Keine Sorge.«

Stefan nickte knapp, sprang auf das Schuppendach hinunter und balancierte so elegant wie eine Ballerina über die morschen Balken. Einen Moment später warf ihm Judith die Lampe zu. Er fing sie geschickt auf, schob sie, ohne sie auszuschalten, unter seinen Gürtel und beugte sich dann vor, um auch ihr aufs Dach zu helfen. Trotz ihrer überzähligen Pfunde zog sie sich ohne größere Mühe hinauf; nicht ganz so elegant wie Stefan vorhin, aber doch wesentlich müheloser und trotz ihres Ungeschicks irgendwie anmutiger als ich. Nur einen Augenblick später kletterten die beiden, nebeneinander und (wie ich nicht ohne Neid registrierte) ohne dass Judith Stefans Hilfe in Anspruch genommen hätte, auf den Wehrgang hinauf.

Stefan zog die Lampe unter seinem Gürtel hervor und trat wieder an die Mauer heran. Judith atmete tief durch, drehte sich dann einmal um sich selbst und warf einen langen, forschenden Blick über den Hof.

»Unheimlich«, murmelte sie.

Ich konnte nicht widersprechen. Unheimlich war vielleicht noch die harmloseste Bezeichnung, die mir für diese halb verfallene, uralte Ruine einfiel. Vielleicht tat ich ihr unrecht. Nach dem, was wir gerade erlebt hatten, wäre mir vermutlich jeder Ort unheimlich, zumindest unangenehm, vorgekommen. Die Kälte und die nahezu vollkommene Finsternis taten ein Übriges, um dem ehemaligen Kloster nicht unbedingt den Charme von Disney World zu verleihen. Dennoch fiel es mir immer schwerer, mir vorzustellen, dass hier einmal Kinder gelebt haben sollten. Was hatte Maria erzählt? Im Dritten Reich war dies ein Kinder- und Erholungsheim für werdende Mütter gewesen? Wenn das stimmte, wunderte es mich noch weniger, dass das Dritte Reich untergegangen war.

Ohne irgendetwas von dem auszusprechen, was ich empfand, ging ich zu Stefan hinüber. Er hatte sich mittlerweile weit nach vorne gebeugt und ließ den Strahl der starken Taschenlampe senkrecht in die Tiefe fallen. Das weiße Licht stanzte einen lang gestreckten Keil aus fast schon unangenehmer Helligkeit aus der Nacht und beleuchtete nicht nur die Mauer, sondern auch die Felsen sowie uraltes, verwittertes Wurzelwerk und abgestorbene Bäume auf der Steilwand darunter. Ein unangenehmes Gefühl ergriff von meinem Magen Besitz, als ich sah, wie tief der Boden auf der anderen Seite der Burgmauern unter uns lag. Auf dieser Seite mochte sie keine fünf Meter hoch sein, genau, wie Stefan gesagt hatte; auf der anderen Seite maß sie mindestens das Doppelte, und der gewachsene Fels, der sich darunter anschloss, fiel nicht wirklich weniger steil ab.

»Ziemlich tief«, murmelte Judith, nachdem sie ebenfalls an die Mauer herangetreten war und sich schaudernd nach vorne gebeugt hatte. Die Gänsehaut auf ihren Unterarmen kam offensichtlich nicht allein von der eiskalten Nachtluft. »Bist du sicher, dass du wirklich da runterklettern willst? Du wirst dir sämtliche Knochen brechen.«

»Kaum«, widersprach Stefan. »Ich bin zwar nicht Spiderman, aber ich habe schon schwierigere Wände gemacht. Das ist höchstens eine Fünf plus.«

»Fünf plus?«

Stefan richtete sich wieder auf und revanchierte sich bei Judith, indem er den Lichtstrahl einen Moment lang direkt auf ihr Gesicht richtete. Dass er mich dabei auch erwischte und ich für einen Augenblick blind war und danach nur blitzende Sterne sah, schien er billigend in Kauf zu nehmen.

»Das ist der Schwierigkeitsgrad, nach dem Kletterer ihre Hindernisse bewerten«, sagte Judith.

Stefan nickte anerkennend. »Und diese Mauer ist wirklich nicht allzu schwer. So manche Übungswand ist schwieriger«, fügte er hinzu.

Wahrscheinlich hat er Recht, dachte ich. Ich verstand nicht besonders viel vom Klettern, aber selbst meinem unkundigen Blick war der Zustand nicht entgangen, in dem sich die Burgmauern befanden. Zwischen den verwitterten Steinen gähnten Risse und Spalten, an denen vermutlich sogar ich hätte hinunterklettern können. Trotzdem sagte ich: »Übungswände sind aber im Allgemeinen nicht klatschnass. Ich bin nicht einmal sicher, dass dieser uralte Krempel dein Gewicht hält.«

»Mach dir nichts draus«, sagte Judith. »Anscheinend hält er jeden hier für fett.«

Stefan war immerhin rücksichtsvoll genug, endlich die Lampe zu senken, als er antwortete. »Das ist kein Problem«, sagte er mit einer wegwerfenden Handbewegung. »Sandstein ist unangenehm zu klettern, aber nicht gefährlich, wenn man vorsichtig ist. Trocken würde ich der Mauer gerade mal eine Drei plus geben. Das würdest sogar du schaffen.«

»War das jetzt eine Beleidigung oder ein Kompliment?«, fragte ich.

Stefan grinste, war aber klug genug, nicht darauf zu antworten, sondern sah nur noch einmal über die Schulter hinweg nach unten. »Was mir viel mehr Sorgen macht als die Mauer, ist die Felswand da unten«, sagte er. »Der Berg ist ziemlich steil. Ein falscher Tritt, und …«

»Vielleicht solltest du das besser lassen«, sagte Judith. »Keiner hat etwas davon, wenn dir auch noch etwas passiert.«

»Außer Ed«, sagte Stefan. Er lachte. »Keine Sorge. Ich passe schon auf. Schließlich bin ich nicht lebensmüde. Sobald ich unten bin, klopfe ich einfach an die nächstbeste Haustür und rufe unsere Freunde und Helfer von der Polizei.« Er drehte die Lampe so herum, dass der Lichtstrahl auf den Boden fiel, und reichte sie mir. »Du kannst mir leuchten, wenn ich hinunterklettere. Aber pass auf, dass du mich nicht blendest. Das Licht ist ziemlich stark.«

»Ach?«, fragte ich. Ein einzelner Donnerschlag rollte über den Himmel, leise und noch sehr weit entfernt, aber nicht nur ich fuhr erschrocken zusammen. Judith hatte ganz offensichtlich Mühe, sich zu beherrschen, und einen Moment lang irrte ihr Blick sichtlich am Rande einer Panik umher. Dann fing sie sich wieder und rettete sich in ein nervöses Lächeln.

»Also los«, sagte Stefan. Mit einer schwungvollen Bewegung zog er sich auf die Mauer hinauf, drehte sich herum und ließ die Beine auf der anderen Seite in die Tiefe sinken. Ich hörte, wie seine Turnschuhe über den feuchten Stein scharrten, und obwohl er immer noch zuversichtlich grinste, erschien zugleich auch ein Ausdruck von höchster Anspannung und Konzentration auf seinem Gesicht.

»Leuchte mir«, verlangte er.

Gehorsam trat ich an die nächste Lücke zwischen den Zinnen, beugte mich vor und richtete die Lampe so aus, dass der Strahl die Wand unter ihm beleuchtete, ohne ihn zu blenden. Stefan tastete geschickt mit Finger- und Zehenspitzen nach jedem noch so winzigen Spalt und Riss im brüchigen Mauerwerk. Hier und da rieselte trockener Mörtel aus den Fugen, und unter seinen Fingerspitzen löste sich ein abgebrochenes Stück des Sandsteins und verschwand lautlos in der Tiefe, als er mit ebenso routinierten wie vorsichtigen Bewegungen zu klettern begann; mein Unbehagen legte sich ein wenig. Stefan war vorsichtig, aber man hätte schon blind sein müssen, um nicht zu erkennen, dass er ein routinierter Bergsteiger war.

»Das Licht ein wenig tiefer«, verlangte er.

Ich gehorchte. Wie um seinem Befehl den nötigen Nachdruck zu verleihen, rollte ein zweiter, diesmal schon etwas lauterer Donnerschlag über den Himmel heran, und fast in derselben Sekunde klatschte ein einzelner eiskalter Regentropfen auf meinen Nacken. Ich unterdrückte einen Fluch und redete mir eine Sekunde lang tatsächlich ein, dass es wohl bei diesem einen Tropfen bleiben und uns das Gewitter vielleicht nur streifen würde; schließlich hatten wir nach den zurückliegenden Stunden beim Schicksal noch einiges gut. Aber anscheinend doch nicht so viel, wie ich gehofft hatte, denn diesem ersten Tropfen folgten ein zweiter und ein dritter, und Stefan war noch keine zwei Meter weit die Mauer hinuntergestiegen, als es richtig zu regnen begann. Nicht unbedingt in Strömen, aber doch heftig genug. Die Wand war binnen weniger Sekunden nass und der Scheinwerferstrahl verwandelte sich in einen dreieckigen Keil aus silbernen Fäden.

»Komm lieber zurück«, rief Judith. »Das ist viel zu gefährlich!«

Umkehren ist wahrscheinlich noch gefährlicher, dachte ich. Stefan reagierte auch nicht, was aber möglicherweise daran lag, dass er ihre Worte gar nicht gehört hatte. Das Geräusch des Regens war nicht einmal sehr laut – ein seidiges Rauschen, das aus allen Richtungen zugleich zu kommen schien –, aber auf eine Weise intensiv, dass es fast jeden anderen Laut übertönte. Stefan hielt den Kopf gesenkt, damit ihm der Regen nicht direkt ins Gesicht klatschte, und kletterte nun deutlich langsamer, sichtlich darum bemüht, jedes unnötige Risiko zu vermeiden. Gewissenhaft überprüfte er jeden neuen Halt zunächst auf seine Tragfähigkeit, ehe er ihm sein Körpergewicht anvertraute. Manchmal verharrte er sekundenlang reglos auf einer Stelle, tastete mit Fingern oder Zehen nach Vorsprüngen und Fugen, bis er sicher war, sein Körpergewicht gefahrlos verlagern zu können, und einmal stieg er fast einen halben Meter weit wieder in die Höhe, bevor er es ein Stück weiter links erneut versuchte.

Allerdings war diese Vorsicht auch keineswegs übertrieben. Immer wieder lösten sich kleine Steine oder winzige Staub- und Mörtellawinen aus der Wand, und der strömende Regen tat ein Übriges, die Mauer in etwas zu verwandeln, das meiner Einschätzung nach mittlerweile keine Fünf, sondern vermutlich eine Fünfzig war. Aber er kletterte beharrlich weiter. Langsam, aber mit den ruhigen, sicheren Bewegungen eines Mannes, der wusste, was er tat.

Als er die Hälfte der Wand hinter sich gebracht hatte, sah ich aus den Augenwinkeln einen Schatten. Ich fuhr so erschrocken zusammen, dass der

Lichtstrahl einen Satz zur Seite machte, und suchte den Himmel über mir ab. Nichts. Alles, was ich sah, waren tief hängende, fast schwarze Wolken, aus denen es mittlerweile tatsächlich wie aus Kübeln goss. Wahrscheinlich spielten mir meine Nerven schon wieder einen Streich.

»Was ist mit dem Licht los?«, drang Stefans Stimme aus der Tiefe herauf. Obwohl er sich kaum fünf Meter unter mir befand, hörte es sich an, als wäre er einen Kilometer entfernt. »Frank!«

Ich beeilte mich, den Scheinwerferstrahl wieder richtig zu platzieren, und verfluchte mich selbst in Gedanken für meine Nervosität. Stefan schüttelte unter mir ärgerlich den Kopf, kletterte dann aber kommentarlos weiter.

»Ich glaube, er schafft es«, sagte Judith. Sie hatte ihren Platz in der anderen Lücke im Mauerwerk aufgegeben und war direkt neben mich getreten. Ich nickte nur stumm. Stefan hatte mittlerweile mehr als die Hälfte der Mauer hinter sich gebracht. Ich hielt den Scheinwerfer etwas schräger, um einen größeren Bereich der Wand unter ihm zu beleuchten, und stellte beunruhigt etwas fest, was ich vorhin schon einmal gesehen hatte, nur dass es mich jetzt deutlich mehr erschreckte. Vielleicht noch drei oder vier Meter unter Stefan ging die Burgmauer in den gewachsenen Fels des Berges über, aber die Wand darunter war fast ebenso steil.

»Ich hätte doch das Seil holen sollen«, murmelte ich.

»Welches Seil?«, fragte Judith. Ein dritter, noch lauterer Donnerschlag erscholl, und ich glaubte noch einmal einen Schatten wahrzunehmen, der rasch und lautlos über uns dahinschoss. Diesmal beherrschte ich mich. Der Lichtstrahl machte nur einen einzelnen kleinen Hüpfer und kehrte dann zitternd an seinen Platz zurück. Stefan hob kurz und unwillig den Blick, sparte sich aber zu meiner Erleichterung jeden Kommentar und konzentrierte sich lieber auf das Klettern.

»Welches Seil?«, wiederholte Judith ihre Frage.

»Carl hat ein Abschleppseil im Wagen«, antwortete ich widerwillig.

»Und ihr habt es nicht geholt?«, murmelte Judith. »Männer! Das wäre euch wohl gegen den Stolz gegangen, wie?«

Ich schenkte ihr einen kurzen, ärgerlichen Blick. »Es wäre vor allem gegen den gesunden Menschenverstand gegangen«, antwortete ich, froh, dass mir diese Ausrede im allerletzten Moment noch eingefallen war. »Oder hast du schon einmal ein Abschleppseil gesehen, das zwanzig Meter lang ist?«

Judith sagte zwar nichts dazu, aber sie schwieg auf eine ganz bestimmte Art, die es mir angeraten erscheinen ließ, das Thema nicht weiterzuverfolgen.

Ein weiterer und unmittelbar darauf noch ein Donnerschlag rollten über den Himmel und Judith sah erschrocken nach oben. Wieder hatte ich das Gefühl, einen Schatten vorüberhuschen zu sehen, und diesmal gelang es mir nicht mehr, ihn als bloße Einbildung abzutun, denn praktisch im gleichen Augenblick zuckte auch sie erschrocken zusammen, und für eine oder zwei Sekunden breitete sich ein Ausdruck nackter Panik auf ihrem Gesicht aus. Dann hatte sie sich wieder unter Kontrolle, allerdings nicht gut genug, um den raschen, nervösen Blick zu unterdrücken, den sie zu dem wuchtigen, türlosen Turm auf der anderen Seite des Hofes warf, bevor sie sich wieder vorbeugte und zu Stefan hinuntersah.

Ungeachtet des strömenden Regens und des mit erschreckender Schnelligkeit näher kommenden Gewitters hatte Stefan mittlerweile den allergrößten Teil der Mauer hinter sich gebracht. Ich schwenkte die Lampe für einen Moment zur Seite, um die Felswand unter ihm zu beleuchten. Sie fiel tatsächlich – zumindest auf dem Stück, das der Scheinwerferstrahl erreichte – fast genauso steil ab wie die gemauerte Wand, und ich verspürte ein kurzes eisiges Frösteln, als der bleiche Lichtschein über das Gewirr aus knorrigen Wurzeln und dürrem, drahtigem Gebüsch glitt, das sich in die Spalten und Ritzen der Felswand gekrallt hatte. Natürlich war es nur meine außer Rand und Band geratene Phantasie, aber für diesen Moment hatte ich das Gefühl, ein Gewirr aus gierig ausgestreckten Händen und Klauen zu sehen, die nur darauf warteten, dass ihre Beute freiwillig näher kam.

»Was ist mit dem Licht?«, riss mich Stefans Stimme in die Wirklichkeit zurück.

Hastig schwenkte ich den Lichtstrahl wieder an seinen Platz zurück, und irgendetwas Dunkles, Glitzerndes tauchte für den Bruchteil einer Sekunde darin auf und war wieder verschwunden, bevor ich es genau erkennen konnte.

»Was …?«, entfuhr es Judith erschrocken.

Es war keine Einbildung gewesen. Judith hatte es gesehen und Stefan wohl auch, denn er war mitten in der Bewegung erstarrt und blickte sich mit fast angstvoll aufgerissenen Augen um.

»Was zum Teufel ist da los?«, rief er. »Frank! Verdammt!«

Ich kam nicht dazu, zu antworten. Plötzlich ging alles rasend schnell. Der Schatten war wieder da, schwarz, gedrungen und glänzend wie nasses Leder schoss er pfeilschnell auf Stefan hinab. Ein Klatschen ertönte, als er ihn wuchtig direkt ins Gesicht traf, und über mir stieß Judith einen schrillen, erschrockenen Ruf aus, als wir sahen, wie Stefans rechte Hand ihren Halt losließ und er ganz instinktiv nach seinem Gesicht zu greifen versuchte. Im grellen Licht des Handscheinwerfers sahen die drei langen, parallelen Linien, die plötzlich auf seiner Wange erschienen, aus wie mit einem schwarzen Edding gezogene Striche. Aber es war Blut.

Stefan keuchte, als ihn seine eigene ungeschickte Bewegung auch noch den Halt mit dem rechten Fuß verlieren ließ. Für den Bruchteil einer Sekunde war ich hundertprozentig sicher, dass er endgültig abrutschen und stürzen musste, aber dann fand er im letzten Moment wieder sicheren Halt.

Für eine Sekunde. Vielleicht auch für zwei, aber nicht länger.

Der Schatten war wieder da und diesmal war er nicht allein gekommen.

Zwei, drei, dann mindestens ein halbes Dutzend erschreckend großer, geflügelter schwarzer Dämonen stürzten sich aus allen Richtungen zugleich auf ihn. Judith schrie noch einmal, nun in der Tonlage reiner Panik, und auch ich brüllte Stefan irgendetwas vollkommen Sinnloses zu, beugte mich weiter vor und begann wild mit der Taschenlampe zu fuchteln wie Darth Vader mit seinem Lichtschwert, erreichte damit aber natürlich nicht mehr, als dass das apokalyptische Bild unter uns nun vollends zu einem Alptraum geriet. Stefan schrie. Das tanzende weiße

Licht der Taschenlampe zerhackte die Bewegungen der Fledermäuse zu einem stroboskopischen Tanz, der sie noch wilder und gefährlicher erscheinen ließ, als sie ohnehin schon waren. Plötzlich hörte ich nicht mehr nur Stefans und Judiths Schreie, sondern noch einen anderen schrillen, pfeifenden Laut, gerade an der Grenze des überhaupt noch Hörbaren, aber unglaublich intensiv, unglaublich wild und so durchdringend, dass er in den Zähnen schmerzte.

Panik ergriff mich. Was ich sah, war völlig unmöglich. Fledermäuse greifen keine Menschen an, zumindest nicht ohne Not und nicht unter freiem Himmel. Und dennoch taten sie es. Und sie taten es mit erschreckender Effektivität.

Stefan klammerte sich mittlerweile mit nur noch einer Hand an die Mauer. Seine Beine baumelten frei im Nichts, und mit der anderen Hand versuchte er ebenso verzweifelt wie vergebens, das halbe Dutzend geflügelter schwarzer Ungeheuer abzuwehren, das immer wieder auf ihn herabstieß, mit winzigen Krallen an seinem Haar zerrte und sein Gesicht zerkratzte. Irgendwie bekam er einen der winzigen Quälgeister zu fassen. Selbst über die große Distanz hinweg konnte ich das Geräusch winziger zerbrechender Knochen hören, als er die Fledermaus einfach in der Hand zerquetschte, aber damit schien er das Ganze nur noch schlimmer zu machen. Das Pfeifen und Fiepen der Fledermäuse wurde noch schriller, wütender, und mehr und mehr Tiere tauchten aus der Dunkelheit auf, wie ein Schwarm absurd großer schwarzer Motten, die magisch vom Licht angezogen wurden. In Stefans Schrei trat zur Angst plötzlich greller Schmerz – und dann ließ er auch noch seinen letzten Halt los!

Wie ein Stein stürzte er in die Tiefe, und im gleichen Sekundenbruchteil verstummte das Kreischen der Fledermäuse, und es wurde geradezu unheimlich still.

Nicht einmal das Geräusch seines Aufpralls drang aus der Tiefe herauf.

*

»Fledermäuse tun so etwas nicht! Niemals!« Ellen stampfte ihre Zigarette so wuchtig in den Aschenbecher, dass ein Funkenregen in alle Richtungen stob, und zündete sich sofort mit zitternden Fingern eine neue an. »Nein«, sagte sie zum ungefähr zwanzigsten Mal, seit wir hereingekommen waren. »Niemals. So etwas tun Fledermäuse einfach nicht!«

Abgesehen von ihr hatte kaum jemand ein Wort gesagt, seit wir hereingekommen waren und erzählt hatten, was mit Stefan passiert war. Maria hatte entsetzt die Hand vor den Mund geschlagen und war geradezu erstarrt, und Carl starrte Judith und mich abwechselnd mit aufgerissenen Augen an. Selbst Ed hatte auf seine üblichen dummen Bemerkungen verzichtet und sah zum ersten Mal, seit ich ihn kennen gelernt hatte, so aus, als wäre er zumindest zu rudimentären menschlichen Regungen fähig, und vermutlich war auch Ellens hysterisches Getue im Grunde nichts anderes als ihre Art, den Schrecken zu verarbeiten.

»Verdammt noch mal, Fledermäuse *tun* so etwas einfach nicht!«, sagte sie noch einmal.

»Diese hier haben es aber getan«, antwortete Judith. Nach dem, was wir gerade erlebt hatten, fand ich ihre Stimme fast unangemessen ruhig, aber es lag zugleich auch ein angespannter Unterton darin, der mich alarmierte. Sie schüttelte den Kopf, um ihre Behauptung zu unterstreichen, und fuhr sich mit der Hand übers Gesicht. Ihre Fingerspitzen tasteten unwillkürlich über die dünnen, frisch verschorften Kratzer, die von ihrem eigenen Zusammenstoß mit den geflügelten Bewohnern der Burg kündeten. »Frag mich nicht, warum. Sie tun es eben.«

»Vielleicht sind die Viecher ja krank«, sagte Ed. »Dieser dämliche Trottel. Musste ja unbedingt den Helden spielen. Und ich hatte gehofft, wir kämen endlich hier raus. Ich habe Schmerzen und gehöre in ein Krankenhaus.«

Ellens Blick nach zu schließen, gehörte er ganz woanders hin, aber sie behielt ihren Kommentar zu meiner Erleichterung für sich und zog nur nervös an ihrer Zigarette. Ihr Blick tastete fahrig über Judiths Gesicht und blieb für meinen Geschmack gerade eine Winzigkeit zu lange an den Kratzern auf ihrer Wange hängen. Für Judiths möglicherweise auch, denn sie hob nervös die Hand und fuhr noch einmal mit den Fingerspitzen über die dünnen roten Linien, wie um sich davon zu überzeugen, dass sie nicht etwa angeschwollen waren oder sich auf irgendeine andere Weise zu verändern begannen. Habe ich schon erwähnt, dass ich das intensive Bedürfnis verspürte, Ed die Zähne einzuschlagen?

Schließlich ließ sich Ellen auf einen der Plastikstühle sinken und fuhr sich mit der Hand durchs Haar. Einen Moment lang meinte ich, es feucht in ihren Augen schimmern zu sehen – ein menschliches Gefühl bei unserer unnahbaren Eiskönigin? Von Anfang an hatte sie sich mit Stefan am besten verstanden.

»Scheiße«, brummte Ed. »Dieser Idiot musste ja unbedingt den Helden spielen. Stefan, der Supermann, wie? Das hat er jetzt davon!«

»Noch ein Wort«, sagte Ellen mit fast tonloser Stimme, aber auf eine Art, die Ed, der bereits zu einer weiteren dummen Bemerkung angesetzt hatte, nicht nur dazu brachte, sie vorsichtshalber hinunterzuschlucken und den Mund wieder zuzuklappen, sondern auch noch das allerletzte bisschen Farbe aus seinem Gesicht weichen ließ, »und du brauchst einen besseren Arzt als mich.«

Ed wäre nicht Ed gewesen, hätte er ihr nicht noch einen abschließenden giftigen Blick zugeworfen, aber er war – wenigstens in diesem Moment – klug genug, es dabei zu belassen.

»Und ... und ihr seid sicher, dass er tot ist?«, fuhr Ellen nervös fort, nun wieder an Judith und mich gewandt.

»Nein«, antwortete Judith. »Ich meine, wir haben es nicht gesehen.«

»Woher wollt ihr es dann wissen?«, fragte Maria. »Er könnte genauso gut ...«

»... schwer verletzt irgendwo dort unten liegen«, unterbrach ich sie, schüttelte zugleich aber auch bedauernd den Kopf. »Das macht keinen Unterschied, weißt du? Selbst wenn er noch lebt, hat er sich mindestens ein paar Knochen gebrochen, und wir können nichts für ihn tun.«

Ellen zog erneut so gierig an ihrer Zigarette, dass die Spitze hell aufglühte, rammte sie dann – obwohl kaum zur Hälfte aufgeraucht – in den Aschenbecher und zündete sich mit zitternden Fingern sofort die nächste an. Ich begann mir allmählich nun doch Sorgen zu machen; weniger um Ellens Gesundheitszustand, denn als Ärztin musste sie selbst am besten wissen, was sie sich antat, als vielmehr um unseren Zigarettenvorrat. Ellen schien meinen gierigen Blick zu bemerken, denn sie hielt mir stumm die Schachtel hin, aber ich lehnte zu meiner eigenen Überraschung mit einem Kopfschütteln ab. »Wir … wir müssen irgendetwas tun«, sagte sie nervös. »Ich meine, wir … wir können nicht einfach hier herumsitzen und so tun, als sei nichts passiert. Maria hat Recht. Vielleicht lebt er ja noch.«

Sie wollte einfach, dass er noch lebte. Und unwillkürlich erschienen für einen Moment die schrecklichen Bilder noch einmal vor meinem inneren Auge. Ich hatte nicht tatsächlich gesehen, wie Stefan auf den Felsen aufgeschlagen war. Er war einfach aus dem Lichtstrahl der Taschenlampe verschwunden, und genau genommen hatte ich nicht einmal einen Aufschlag gehört. Vielleicht war er ja in einen Busch gestürzt oder ein Baum oder sonst irgendetwas hatte ihn aufgefangen. Vielleicht lag er genau in diesem Moment nur ein paar Meter von uns entfernt mit gebrochenen Beinen da und wartete verzweifelt darauf, dass jemand kam und ihm half. Der menschliche Körper ist eine sonderbare Konstruktion – manchmal ist es sehr leicht, ihm großen Schaden zuzufügen, selbst ohne es zu wollen, aber auf der anderen Seite hält er manchmal auch geradezu Unvorstellbares ohne schwere Verletzungen aus. Trotzdem schüttelte ich nach einigen weiteren Sekunden den Kopf.

»Die Felswand ist an dieser Stelle mindestens fünfzehn Meter hoch«, sagte ich.

»Mehr als zwanzig«, mischte sich Carl ein. Ellen starrte ihn so finster an, als hätte er sich allein durch diese Bemerkung als der einzige Schuldige an Stefans Unglück entlarvt. Doch Carl deutete nur ein Schulterzucken an und fuhr in deutlich bedauerndem Ton fort: »Euer Freund müsste schon eine ganze Heerschar von Schutzengeln auf seiner Seite gehabt haben, um das zu überleben. Da unten ist nichts als Stein.«

»Wir müssen trotzdem etwas unternehmen«, beharrte Maria. »Wir können ihn nicht einfach verletzt da draußen liegen lassen.«

»Ach, und was sollen wir deiner Meinung nach tun?«, fragte Ed. Er zog eine Grimasse. »Soll ihm vielleicht jemand hinterherklettern und auch noch abstürzen?« Er deutete fast anklagend auf Carl. »Du hast ihn gehört. Die Chance, dass Stefan noch lebt, ist minimal.«

»Aber sie besteht«, beharrte Ellen. Maria warf ihr einen dankbaren Blick zu. »Und es geht nicht nur um Stefan, sondern auch um von Thun. Wenn dir schon alles andere egal ist, dann versuch dir doch einfach vorzustellen, wie wir irgendjemandem erklären sollen, dass es hier gleich zwei schwere Unfälle innerhalb einer Stunde gegeben hat.«

»Zwei Abstürze«, fügte Judith hinzu.

Eds Augen wurden schmal. »Was genau willst du damit sagen?«, fragte er.

»Dass wir irgendwie hier rausmüssen oder zumindest Hilfe rufen«, sagte Ellen. Sie maß Carl mit einem nachdenklichen Blick, fuhr dann aber wieder direkt an Judith und mich gewandt fort: »Es muss einfach noch einen anderen Ausgang geben.«

»Ich kenne jedenfalls keinen«, sagte Carl.

»Dann suchen wir danach«, beharrte Ellen. Sie stand auf. »Und wenn ich mich mit bloßen Händen durch diese verdammte Mauer graben muss – ich bleibe keine Sekunde länger in diesem Rattenloch als ich muss. Vielleicht ... vielleicht sollten wir uns aufteilen. Zwei Gruppen sind doppelt so effektiv wie eine.«

»Ach?«, fragte Ed spöttisch.

»Ich weiß nicht, ob es eine gute Idee ist, wenn wir uns trennen«, wandte Maria ein.

»Hast du Angst, ganz allein hier zu bleiben?«, fragte Ed höhnisch. »Keine Angst, Schätzchen – ich bleibe gerne bei dir und halte Händchen.«

Obgleich sie Cowboystiefel-Eduards herablassende Art mittlerweile eigentlich schon gewohnt sein müsste, zuckte Maria unter seinen Worten zusammen, versah ihn aber schließlich mit einem Blick, der kaum eine andere Interpretation zuließ als Ekel, zumindest aber ein gehöriges Maß an durchaus nachvollziehbarem Abscheu. Ich glaubte ihr deutlich anzusehen, wie froh sie darüber war, dass Ed zumindest in dieser Nacht, wahrscheinlich aber auch für eine ganze Reihe weiterer Sonnenaufgänge, nicht mehr aus eigener Kraft auf seinen Beinen stehen würde.

»Ich gehe mit dir.« Maria rümpfte die Nase und wandte sich Judith zu. »Wo fangen wir an?«

Judith machte ein unschlüssiges Gesicht und trat einen Schritt näher an mich heran. »Ich ... sehe mir mit Frank und Carl den Turm an. Und die alten Lehrerunterkünfte«, sagte sie schließlich. »Das kleine Haus auf der anderen Seite vom Hof. Vielleicht gibt es von dort aus einen direkten Ausgang.«

Ihr Versuch, sich Fräulein Graumaus Superschlau auf diplomatischem Wege vom Halse zu halten, fiel weniger unauffällig aus, als sie sich wohl gewünscht hatte, und Maria bedachte sie mit einem entsprechend verletzten Blick.

Ich schüttelte erst zögernd, um Judith nicht zu kränken, dann aber doch entschieden den Kopf. Es hatte nichts mit ihr persönlich zu tun, ganz bestimmt nicht. Aber ich wollte allein sein. Dieses ganze verdammte Spukhaus machte uns alle langsam, aber sicher wahnsinnig. Keiner von uns war noch derselbe, der er gewesen war, als er sich vor gar nicht allzu vielen Stunden hierher begeben hatte. Ich kam längst nicht mehr mit mir selbst zurecht – wie sollte ich dann noch mit den anderen zu Rande kommen? Ich wollte die Aggressionen, die ich inmitten meiner unliebsamen, neu gewonnenen Verwandtschaft in der kleinen, spärlich eingerichteten Küche wieder in mir aufsteigen spürte, nicht versehentlich auf Judith abladen – schließlich war sie von allen diejenige, die mir am sympathischsten war. Ich war nie ein gewalttätiger Mensch gewesen, in meiner späteren Jugend eher jemand, der lieber eine nagelneue, noch eingeschweißte Big Box Luckies verschenkte, als es mit einem Nein auf einen Nahkampf ankommen zu lassen. Rückblickend war das vielleicht nicht unbedingt heldenhaft, aber den Birkenstockschuh des Weicheis ließ ich mir trotzdem nicht anziehen. Ich war nur ein friedliebender Mensch, was meine Freunde gerne mal ungerechtfertigterweise als Tendenz zur Harmoniesucht auslegten, und ich machte meinen Ärger lieber im Stillen mit mir selbst aus. Manchmal warf ich ein paar Dinge kaputt oder trat gegen ein paar Mülltonnen, aber damit war mein Aggressionspotential gemeinhin schon erschöpft.

Hier und jetzt drohte sich das zu ändern: Mit jedem Zug verqualmter, staubiger Luft wuchs mein

Wunsch, Ed endgültig und selbst für ihn unmissverständlich kaltzumachen. Konnte es nicht sein, dass er überhaupt nur noch lebte, weil er zu blöd war zu kapieren, dass er eigentlich längst tot war? Eine interessante Theorie, wie ich fand.

Ich brauchte Zeit für mich, und wenn es sich nur um eine halbe Stunde handelte. »Ich gehe allein«, entschied ich und nickte auffordernd in Ellens Richtung. »Geh du mit ihr. Und Carl bleibt bei Ed und leistet gegebenenfalls erste Hilfe, wenn er merkt, dass sein Herz eigentlich seit Stunden nicht mehr schlägt und auch seine dummen Bemerkungen nichts anderes sind als die letzten Zuckungen seiner Nerven im Mund- und Rachenbereich.«

»Wahrscheinlich eher *letzte* Hilfe«, grollte Zerberus.

»Das wollen wir doch mal sehen.« Ed ließ drohend seine Fingerknochen knacken und reckte Carl kampfeslustig die Stirn entgegen. »Seht euch nur alle in Ruhe um – wir zwei wissen uns schon gut selbst zu beschäftigen.«

»Kommt gar nicht in Frage«, wandte Ellen entschieden ein und feuerte mit den Augen eine Hand voll Blitze in meine Richtung ab. Offenbar fühlte sie sich mit Maria, die bereits an ihre Seite gerückt war, ausreichend bedient und legte keinen besonderen Wert darauf, zusätzlich von Judith, für die sie offenkundig ebenso wenig übrig hatte, begleitet zu werden. Wahrscheinlich war aber auch, dass es ihr in diesen Sekunden ähnlich erging wie mir und dass sie am liebsten allein losgezogen wäre. »Das ist viel zu gefährlich. Judith geht mit dir. Wir treffen uns in einer halben Stunde wieder hier«, fügte sie mit einem Blick auf ihre sündhaft teure Designer-Armbanduhr hinzu, neben der selbst mein (ebenfalls nicht preiswertes) eigenes Stück einen Uhrwerkinfarkt erleiden musste, und machte meine Hoffnung auf ein wenig Zeit und Raum für mich damit endgültig zunichte. Sie verschwand auf dem Flur und Maria folgte ihr wortlos.

Judith trat schweigend an meine Seite. Ich sah ihr an, dass sie sich allein durch meinen Versuch, sie abzuwimmeln, gekränkt fühlte, beschloss aber, nicht darauf einzugehen. Im Augenblick fühlte sich sowieso jeder von jedem irgendwie angegriffen, und Frauen an sich waren komplizierte Wesen, denen man besser ein wenig aus dem Weg ging, wenn man ihnen versehentlich auf die Füße getreten war. Erst wenn die Schwellung an ihren Zehen ein wenig zurückgegangen war, rieb man sie vorsichtig mit Rosenwasser ein. Ich war kein Frauenversteher und erst recht kein Beziehungsprofi, aber ich beherrschte zumindest ein paar Grundregeln.

»Also gut«, seufzte Carl mit einem verächtlichen Seitenblick auf Ed, erhob sich von seinem Platz und griff nach der Taschenlampe, die Judith auf dem Küchentisch abgelegt hatte. »Ich weiß zwar, dass es sinnlos ist, aber ich begleite euch.«

»Er hat Angst vor mir.« Ed grinste selbstzufrieden.

Carl schüttelte den Kopf. »Eher *um* Sie«, korrigierte er Ed trocken und trat dann an meine Seite. »Vor allem aber um euch. Das hier ist ein altes, baufälliges Gemäuer. Man verletzt sich nur zu schnell, wenn man sich nicht auskennt.«

Und du kennst dich natürlich blendend aus, fügte ich in Gedanken hinzu. Obwohl du mit von Thun, mit dieser ganzen wahnsinnigen Geschichte um irgendein hirnrissiges Testament und mit diesem Geisterschloss hier überhaupt nichts zu tun hast. Gut, du suchst von Zeit zu Zeit nach verborgenen Schätzen in den Katakomben, aber damit hat es sich auch schon. Ich behielt meine Gedanken für mich und widersprach ihm nicht. Flapsige Sprüche arteten hier nur zu schnell in Streit und Mordgelüste aus, so viel hatte ich begriffen. Außerdem hatte Ellen meine Aussichten auf etwas Alleinsein mit ihrem dominanten Gehabe längst in Grund und Boden gestampft, und wenn ich die Wahl hatte, mit einer beleidigten Frau allein durch die Dunkelheit zu ziehen oder mich zusätzlich von Carl begleiten zu lassen, entschied ich mich für Letzteres. So blieb mir ein Konflikt mit Judith vorläufig erspart. Und wer weiß – vielleicht erinnerte sich Zerberus unterwegs auf mysteriöse Weise ja doch noch an einen Weg, der an den mumifizierten Überresten des sagenumwobenen Klaus Sänger und an Nazigold vorbei hier hinausführte?

»Das mit Stefan«, sagte ich zögernd, als wir die Küche verlassen hatten, ohne wirklich zu wissen, warum ich es sagte. »Es tut mir Leid. Ich meine das, was er mit Ihnen gemacht hat.«

Wollte ich ihm ein wenig versöhnlich stimmenden Honig ums Maul schmieren, weil ich hoffte, doch noch etwas Wichtiges aus ihm herauszubekommen (ich war felsenfest davon überzeugt, dass er uns weitaus mehr verschwiegen hatte als nur sein privates Nazigold-Forschungszentrum im Keller dieser Ruine), oder klang tatsächlich so etwas wie schlechtes Gewissen aus meiner Stimme? Wenn ja: warum? Ich hatte Zerberus nichts getan, obwohl mir sehr danach gewesen war, ebenfalls kopflos auf ihn einzuschlagen. Vielleicht reichte das ja. Vielleicht wollte ich mir aber auch nur beweisen, dass ich allen negativen Schwingungen der eisigen Atmosphäre dieses Gemäuers zum Trotz in der Lage war, an meinem eigentlich friedliebenden, sozialverträglichen Gemüt festzuhalten.

Oder ich wollte einfach nur irgendetwas sagen, ehe Judith anfangen konnte zu reden.

»Schon gut.« Carl zuckte seufzend mit den Schultern und zog eine gequälte Grimasse. »Sie müssen sich nicht entschuldigen, im Gegenteil. Ich habe mich zu bedanken. Wenn Sie nicht gewesen wären, hätte er mich wahrscheinlich einfach umgebracht.«

Ich nickte ihm dankbar zu. Vielleicht war es auch nur das gewesen, was ich hatte hören wollen. Ich fühlte mich ein kleines bisschen wie ein Held, während ich das Hauptgebäude verließ und den finsteren Hof Seite an Seite mit Judith und Carl überquerte.

Ich schlug einen großen Bogen um den Schacht, in dem von Thun verschwunden war, und verlangsamte meine Schritte unwillkürlich, als wir uns dem alten Lehrerhaus näherten, das sich unweit des seltsamen türenlosen Turmes befand, der über unseren Köpfen in schwindelerregende Höhen reichte und nur als bedrohlicher, tiefschwarzer Schatten erkennbar war. Fledermäuse kreisten, hektisch mit ihren ledrigen Flügeln schlagend, um sein spitz zulaufendes Dach. Judith vergaß ihre Enttäuschung über meinen misslungenen Versuch, sie an Ellen abzuschieben, für eine Sekunde, als sie die pelzigen schwarzen Tierchen erspähte, die wie Hummeln um die Turmspitze schwirrten, und griff Schutz suchend nach meiner Hand. Auch mein Magen zog sich zu einem kaum mehr als tennisballgroßen Klumpen zusammen, als die fliegenden Ungeheuer mir die noch keinen Deut verblasste Erinnerung an Stefans Sturz und vor allem an dessen Ursache ins Bewusstsein zurückriefen. Außerdem verspürte ich wieder ein unangenehmes Pochen in den Schläfen, das mir verriet, dass die nächste Hardcore-Migräneattacke nicht lange auf sich warten lassen würde.

Seit ich in Crailsfelden angekommen war, hatten die Kopfschmerzen mich auf Schritt und Tritt begleitet. Sie waren kurzfristig auf ein erträgliches, fast ignorierbares Level zurückgegangen, aber keine Sekunde lang gänzlich verschwunden. Nun meldeten sie sich mit jedem Schritt, den ich auf dem feuchten Pflaster zurücklegte, das im blassen Mondschein wie schwarzer Granit glänzte, ein wenig heftiger zurück.

»Sie scheinen da oben zu nisten«, stellte Judith schaudernd fest. »Ich will nicht wissen, wie viele von ihnen sich noch in diesem Turm verstecken.«

»Wir werden es nie erfahren«, behauptete Carl schulterzuckend. »Es ist, wie ich schon sagte: Der Turm hat keinen Eingang. Allein der Teufel weiß, was sich der große Architekturmeister, der ihn errichtet hat, dabei gedacht hat.«

Obwohl ich sie nicht ansah, sondern mit dem Kopf im Nacken in die Dunkelheit hinaufstarrte und die pelzigen Flugmonster mit einem mehr als unbehaglichen Gefühl im Bauch beobachtete, bemerkte ich, wie Judith erschauderte. Ich wollte nicht in ihrer Haut stecken. Sie litt unter einer Fledermausphobie. Allein die bloße Vorstellung, die Situation sei auf meine eigene diesbezügliche Schwäche zugeschnitten und ich stünde vor einem gewaltigen, über und über mit Spinnen übersäten Turm und jemand würde andeuten, es sei durchaus möglich, dass er nur so voll gestopft wäre mit pelzigem, langgliedrigem Getier, jagte mir einen eisigen Schauer über den Rücken. Ich verscheuchte den Gedanken und zog Judith schützend zu mir heran.

»Das glaube ich nicht.« Judith ließ meine Hand los und rückte ein Stück von mir ab, wobei sie mich kurz mit einer Mischung aus Trotz, Ärger und Entschlossenheit im Blick anfunkelte. Ich sah sie irritiert an. »Es muss einen Eingang geben«, sagte sie und trat tapfer auf den baufälligen Turm zu. »Ein loser Stein, der bewegt werden muss, eine Klappe im Boden oder irgendetwas in der Art. Niemand baut einen zwanzig Meter hohen Turm – für ein paar Fledermäuse!«

»Anscheinend schon«, seufzte Zerberus und schüttelte den Kopf. Und als hätte er in meinen Gedanken gelesen, fügte er hinzu: »Und für die Spinnen vielleicht. Die sind hier auch keine unerhebliche Plage.«

Judith trat dicht an den alten Turm heran und begann das Mauerwerk Dezimeter für Dezimeter mit dem Lichtkegel der Taschenlampe, die sie Carl im Vorbeigehen aus der Hand genommen hatte, abzutasten. Anscheinend war ihr gerade eingefallen, dass sie noch immer enttäuscht über mein abweisendes Verhalten in der Küche war, und sie hatte sich im gleichen Atemzug vorgenommen, mir und sich selbst zu beweisen, dass sie sich nicht fürchtete und nicht auf mich angewiesen war.

Ich wandte mich nach links und trat auf das einstöckige, heruntergekommene Gebäude zu, das irgendwann einmal einer Hand voll Lehrer Zuflucht vor einer Horde ungezogener, kreischender, unermüdlich brabbelnder und teilweise sicher von Heimweh geplagter Kinder und Teenager geboten haben musste. Nun sollte es mir Schutz vor Judiths Groll, dem Rest der Welt und gewissermaßen auch vor mir selbst bieten. Und vielleicht entdeckte ich dabei ja auch tatsächlich den zweiten Ausgang, von dem Carl so energisch bestritt, dass es ihn gab.

»Gehen Sie ruhig mit ihr«, forderte ich Carl über die Schulter hinweg auf, ehe ich die zwei Stufen zu der wuchtigen, glücklicherweise nur angelehnten hölzernen Tür hinaufging und diese langsam aufschob, worüber diese sich mit einem hässlichen Quietschen ihrer uralten, rostigen Angeln beklagte. »Ich komme schon allein zurecht.«

Es hätte genau andersherum sein sollen, doch als ich den schmalen, stockfinsteren Flur betrat, der an die Tür grenzte, schlug mir ein Luftzug entgegen, der eindeutig kälter war als der Wind, der mir draußen um die Ohren geweht hatte. Ich spürte, wie sich die feinen Härchen auf meinen Armen und meiner Brust aufstellten. Schnell schloss ich die Tür hinter mir, um den Durchzug zu stoppen, obwohl das zur Folge hatte, dass ich erst einmal überhaupt nichts mehr sehen konnte. Die Gänsehaut jedoch blieb. Ich ignorierte sie genau wie den pochenden, sich nun im Eiltempo zu einem Hämmern steigernden Schmerz in meinem Kopf nach Kräften und ging auf die steile hölzerne Treppe zu.

Treppe? Ich konnte nichts sehen, zum Teufel noch mal! Meine Augen hatten sich längst noch nicht an die absolute Dunkelheit hier drinnen gewöhnt; ich konnte die sprichwörtliche Hand vor Augen nicht erkennen. Woher, bitte sehr, wusste ich, dass ich auf eine Treppe zusteuerte? Woher wusste ich, aus welchem Material sie bestand, noch bevor die ersten Stufen unter meinen Schuhen knarrten und meine Hand nach dem mit dezenten Schnitzereien versehenen hölzernen Geländer griff? Woher wusste ich überhaupt, in welche Richtung ich mich wenden musste? Und warum tat ich eigentlich nicht das einzig Vernünftige und suchte nach einem Lichtschalter, ehe ich die Treppe hinaufging? Wie konnte ich so sicher sein, dass es weder im Erdgeschoss noch im Treppenhaus elektrisches Licht gab?

Aber ich war mir sicher.

Ein beklemmendes Gefühl ergriff Besitz von mir. Es war, wie es auch unten im Keller gewesen war: ein Déjà-vu – aber eines von an Gewissheit grenzender Stärke. Es war nicht das erste Mal, dass ich meine Füße auf diese Stufen setzte. Ich versuchte, diesen Gedanken zu verdrängen, ja sogar mich fast verzweifelt auf die sich langsam bis zum Nacken hinunterziehenden Kopfschmerzen zu konzentrieren, aber es gelang mir nicht, obgleich der Schmerz mittlerweile so heftig war, dass mir ganz schwindelig wurde. Mein Herz begann zu rasen, während ich mich langsam und mit zitternden Knien der ersten Etage näherte. Ich spürte, dass sich eine ganze Menge winziger, kalter Schweißperlchen auf meiner Stirn und hinter meinen Ohren sammelten, zu mehreren größeren vereinten und über meinen Hals in den Hemdkragen hinabrannen. Ich war nicht zum ersten Mal hier.

Was hatte ich überhaupt hier verloren? Ich sollte nach einem Ausgang suchen – glaubte ich etwa, dort oben eine Feuerleiter zu finden, die vom Fenster auf der Außenseite hinabführte und bis in den Graben vor dieser Festung reichte? Eine Hängebrücke, wie von einem gewaltigen Abenteuerspielplatz, oder eine Liane, an der ich mich bis ins Crailsfeldener Zentrum, am besten gleich bis zum nächsten Flughafen schwingen konnte?

Mein Schädel brummte mittlerweile nicht mehr, er donnerte regelrecht. Das Herz schlug fast schmerzhaft in meiner Brust, und ich hatte das Gefühl, als würde mir ein Strick um den Hals gelegt, der sich mit jedem Schritt weiter zuzog, meine heftig pulsierenden Adern abklemmte, meine Kehle zuschnürte und mir das Atmen immer mehr erschwerte. Verdammt, was geschah nur mit mir?

Wenn ich auch nicht wusste, warum und woher: Ich kannte jede einzelne Stufe dieser steilen Treppe. Trotzdem kramte ich das Feuerzeug, das Judith mir im Laufe des Abends für Notfälle überlassen hatte, aus der Tasche hervor, nachdem ich sie zu zwei Dritteln hinter mir zurückgelassen hatte. Ich redete mir ein, es zu tun, weil ich das spärliche, flackernde Licht, das sogleich einen geisterhaften Tanz auf den Wänden zu meinen Seiten und an der Decke vollführte und das enge Treppenhaus noch unheimlicher erscheinen ließ, zum Sehen brauchte. In Wirklichkeit strebte ich nur nach dem beruhigenden, ganz normalen Gefühl, Licht zu brauchen, um mich zurechtzufinden. Ich redete mir ein, dass es funktionierte.

Als ich das obere Ende der Treppe erreicht hatte, blieb ich einen Augenblick lang stehen und lauschte angestrengt in die Dunkelheit hinein. Ich wusste, dass ich allein hier war. Wahrscheinlich war ich in meinem ganzen Leben noch nie so allein gewesen. Plötzlich wäre mir ein wenig Gesellschaft sehr lieb gewesen – meinetwegen sogar in Form von Ellen oder sogar von Eduard. Ich fühlte mich einsam und im Stich gelassen, wie ein kleines Kind, das nachts durch sein Elternhaus tappt und feststellt, dass Mutter und Vater heimlich ausgegangen sind und dass die sonst so vertraute Umgebung, in der es sich eigentlich mit so schlafwandlerischer Sicherheit zurechtfindet, plötzlich etwas ungemein Unheimliches und Bedrohliches hat. Einen kurzen Moment lang überlegte ich, umzukehren und mich wieder Judith und Carl anzuschließen, deren Stimmen nun, da ich lauschte, durch die dicken Mauern auf ein Murmeln gedämpft zu mir drangen, betrat schließlich aber doch die hölzernen Dielen der ersten Etage. Es war, als hätten meine Beine einen eigenen Willen, zumindest aber eine gewisse Mechanik entwickelt und trügen mich ganz allein und ohne mein Zutun über den zu beiden Seiten mit dunklem Holz vertäfelten Flur. Ich wehrte mich nicht dagegen. Ich spürte, dass es … dass es richtig war.

Meine Füße trugen mich zielstrebig zu der letzten von drei Türen, die auf den Korridor hinausführten. Sie nahmen einfach keinerlei Rücksicht auf meine mittlerweile butterweichen Knie, auf das schmerzhafte Rasen meines Herzens und vor allem auf den längst rasenden Schmerz in meinem Kopf, der schon jetzt alle Migräne-Anfälle, die ich auf meinem langjährigen Leidensweg kennen gelernt hatte, übertraf und sich nichtsdestotrotz im Stakkato meines Pulsschlages in winzig kleinen Schritten zwar, aber unweigerlich ins absolut Unerträgliche steigerte. Ich schmeckte bittere Galle auf meiner Zunge und kämpfte mühsam gegen den Schwindel an, während ich die Tür aufschob.

Genau wie der Eingang im Erdgeschoss, war auch

diese Tür nur angelehnt. Anders als diese quietschte sie aber keineswegs, sondern schwang nahezu von allein auf, als ich sie mit der flachen Hand berührte, und gab den Blick frei in ein Zimmer – das ich nur zu gut kannte.

Ich war niemals hier gewesen, um mir vielleicht Schelte für heimliches Rauchen in einer vermeintlich unbeobachteten Ecke, für das Pfuschen in der Englischarbeit, das Abschneiden von allzu verlockenden langen Zöpfen mit der Papierschere oder für das Spucken von durchgenuckelten Papierkügelchen abzuholen. Abgesehen davon, dass die allermeisten dieser Dinge ohnehin nie auf mich zugetroffen hätten (abgesehen von der Sache mit den Klassenarbeiten – ich glaube nicht, dass ich ein dummer Schüler war, aber hin und wieder war ich eben etwas bequem), sondern eher auf einen beachtlichen Teil meiner Mitschüler, hatte ich dieses Internat nie besucht. Ich war nie in diesem Rektorzimmer gewesen. Trotzdem wusste ich mit absoluter Sicherheit, dass es genau dieses war, das ich im flackernden Licht des Feuerzeuges, das mir langsam, aber sicher den Daumen der rechten Hand verkohlte, und durch einen Schleier von Tränen, die der unerträgliche Schmerz in meinem Kopf mir in die Augen getrieben hatte, erspähte. Der Raum war groß – überraschend groß eigentlich, selbst für ein Rektorzimmer. Ich war sicher, dass er mindestens die halbe Etage für sich allein beanspruchte, und wäre wahrscheinlich erstaunt gewesen, wäre er mir nicht so unglaublich vertraut vorgekommen und wäre der Schmerz hinter meiner Stirn, in meinem Hinterkopf und sogar in meinem Nacken nicht ganz so grausam gewesen. So aber nahm ich das, was ich durch den Tränenschleier hindurch erkennen konnte, eher sachlich als tatsächlich interessiert oder gar neugierig zur Kenntnis und konnte mir längst nicht mehr erklären, warum ich eigentlich hier war. Das hatte ich mir ohnehin eigentlich nie richtig erklären können.

Der Raum war mit bis zur Decke reichenden dunklen Massivholzregalen eingerichtet, die mittlerweile vollkommen leer vor sich hin staubten und kaum mehr als ein Dutzend Spinnen (Spinnen! Es wurde wirklich Zeit für mich zu gehen!) beherbergten. Dennoch konnte ich die Unmengen von dicken, in Leder gebundenen Büchern und Aktenordnern, mit denen dieses Zimmer einmal nur so voll gestopft gewesen sein musste, lebhaft vor meinem inneren Auge sehen. Dazu gab es einen einzigen, ebenfalls leeren Schrank, dessen Scharniere der Last der Jahrzehnte längst nachgegeben hatten und die Türen nicht mehr zu tragen vermochten, so dass sie schräg nach innen weggekippt waren und wahrscheinlich nur eines einzigen Lufthauchs bedurften, um endgültig auf den dunklen Bodendielen zu landen. Auch ein Bett ohne Rost und Matratze, ein wuchtiger Schreibtisch und ein ebenfalls staubiger, von der Feuchtigkeit der Luft, die durch das glaslose Fenster eindrang, rissig und spröde gewordener Ledersessel gehörten zum Mobiliar. Obwohl der Raum offenbar seit Jahrzehnten nicht mehr genutzt worden war, schimmerte die Pracht längst vergangener Zeiten unverkennbar durch die nahezu zentimeterdicke Staubschicht hindurch. Mahagoni. Alles hier war aus Mahagoniholz gefertigt, mit Schnitzereien versehen und ein kleines bisschen größer, dicker und stabiler als tatsächlich nötig. Im Grunde genommen betrat ich eine Luxus-Ausgabe der Schülerzimmer, die von Thun uns für die Nacht zur Verfügung gestellt hatte.

Besonders der Schreibtisch in der Mitte des Raumes musste jeden Antiquitätenhändler, selbst so, wie er dastand, also halb verborgen unter einer Masse von Staubweben, aus denen man sich mit etwas Geschick vielleicht schon einen kleinen Kelim weben konnte, an die Schwelle zum Orgasmus treiben. Er war noch immer ein Traum aus Mahagoni, mit liebevollen Schnitzereien, vergoldeten Schmuckleisten und reich verzierten, filigran wirkenden – obgleich mit Sicherheit äußerst stabilen – vergoldeten Griffen an den Schubladen versehen, von denen sich rechts und links jeweils vier zwischen Tischplatte und Boden übereinander reihten.

Ich wusste, dass sich die Schubladen nicht öffnen ließen. Ich probierte sie dennoch einzeln durch, um mir absolute Gewissheit zu verschaffen. Nachdem ich einen Moment lang vergeblich an den staubigen Goldgriffen gerüttelt hatte, ließ ich mich vor dem antiken Möbelstück in die Hocke sinken und tastete, zielsicherer, als mir selbst lieb war, über eine der mit winzigen Blumenornamenten versehenen Schmuckleisten des Tisches. Meine Finger drückten nahezu automatisch auf eine bestimmte Stelle, die mit einem leisen Klicken nachgab. Ich hörte ein Geräusch wie das einer einrastenden Feder und wie sich zeitgleich etwas auf der Rückseite des Schreibtischs bewegte, umrundete ihn in schwankendem Gang und ließ mich schnell wieder auf die Knie nieder, ehe das Schwindelgefühl übermächtig werden konnte. Dennoch fiel es mir schwer, den Kopf oben zu behalten, während ich in das kleine, kaum handbreite Fach griff, das der Druckmechanismus auf der Rückseite des Tisches durch das Verschieben einer kleinen Holzleiste freigegeben hatte. Der hämmernde Schmerz hinter meiner Stirn, das an ein Dröhnen grenzende Rauschen in meinen Ohren, das Gefühl, jemand hätte mir die Schädeldecke aufgesäbelt, Wasser hineingefüllt, die Öffnung verschlossen und wäre nun damit beschäftigt, mir unaufhörlich Luft in den Kopf zu pumpen – all das machte mich wahnsinnig. Ich schmeckte bittere Galle und ätzende Magensäure. Meine Beine begannen zu kribbeln.

Meine Hände ertasteten Papier. Ein stechender Blitz durchfuhr meinen Kopf, ließ mich gequält aufschreien und trieb mir so heftig die Tränen in die Augen, dass ich sie nicht mehr zurückhalten konnte. Sie rannen mir über die eiskalten Wangen und tropften auf den Boden zu meinen Füßen hinab. Ich steckte das Feuerzeug ein. Selbst das wenige Licht, das es zu erzeugen vermochte, quälte meine Augen, und sie fühlten sich an, als seien sie ein Stück weit aus den Höhlen hervorgequollen und von unzähligen geplatzten Äderchen durchzogen. Was zum Teufel war das nur? Was geschah mit mir? Ich hatte immer behauptet, es gebe nichts Schlimmeres als Zahnschmerzen oder einen ausgewachsenen Migräne-Anfall. Das, was in diesem Moment mit mir passierte, war allerdings viel schlimmer als beides zusammen. Ungefähr so stellte ich mir eine Schädelamputation bei vollem Bewusstsein vor.

Ich wusste, dass ich mich nicht mehr lange in dieser hockenden Position halten konnte, zog mich mit mächtigem Kraftaufwand und dabei mit aller Macht gegen den aufsteigenden Brechreiz ankämpfend an der Tischplatte hoch, umrundete den Tisch ein zweites Mal, wobei ich mich mit beiden Händen daran abstützte, und ließ mich stöhnend in den staubigen Ledersessel auf der anderen Seite fallen. Für die Dauer von zwei, drei endlos langen Atemzügen schloss ich die Augen und lauschte meinem rasenden Herzschlag, der das Rauschen in meinen Ohren noch übertönte. Mein Atem ging schnell und schwer, und ich bemerkte, wie trotz verschlossener Lider bunte Punkte vor meinen Augen zu tanzen begannen. Es hatte keinen Sinn – ich würde das Bewusstsein verlieren, unabhängig davon, ob ich gerade stand, hockte oder weiterhin mit geschlossenen Augen hier saß.

Ich hob die Lider ein winziges Stück an, so dass mein Blick gerade eben den kleinen Bereich erfasste, in dem sich meine Hände befanden, zog das Feuerzeug wieder hervor, entzündete es und betrachtete angestrengt, was meine Hände aus dem kleinen Geheimfach gezogen hatten, während die Tränen in einem Sturzbach über meine Wangen flossen, der sich wie Lava auf meiner kalten Haut anfühlte.

Fotos. War es das, weshalb ich hier war? Ein paar alte, größtenteils in Schwarzweiß aufgenommene, vergilbte und an den Rändern von der Zeit zerfressene Fotos?

Auf den meisten waren verschiedene Schulklassen in Schuluniformen abgebildet, die zusammen mit wechselnden Lehrern im Haupthaus des alten Klosters abgelichtet worden waren. Eines zeigte eine Pfadfindertruppe, die eine weiße Fahne mit einem merkwürdigen schwarzen Stern schwenkte, ein weiteres ein halbes Dutzend Erwachsene, die weiße Laborkittel trugen. Das letzte Polaroid, das ich betrachtete, war anscheinend auf einem festlichen

Empfang oder dergleichen geknipst worden: Frauen in Ballkleidern, Männer in Bügelfaltenanzügen mit breiten Krawatten und großen Hemdkragen. Einer davon kam mir bekannt vor. Die träge, grauenhaft pochende Maschinerie hinter meiner Stirn weigerte sich, mir seinen Namen auf die Schnelle zuzuspielen, aber es war irgendein bekannter Politiker, der einem stolz lächelnden, wie alle anderen festlich gekleideten älteren Herrn mit silbrig-weißem Haar die Hand schüttelte.

Plötzlich begannen sich die Bilder vor meinen Augen zu drehen. Das Hämmern in meinem Kopf erreichte die Stärke des Kugelhagels aus einer Kalaschnikow, und gleichzeitig wich das Kribbeln aus meinen Beinen und machte einem tauben Gefühl Platz: Ich spürte sie nicht mehr. Die Bilder lösten sich vor meinen Augen auf, explodierten zu einer Wolke aus Millionen und Abermillionen bunter Pünktchen, und das Dröhnen in meinen Ohren hörte schlagartig auf. Ich ließ die Bilder fallen und verlor das Bewusstsein.

Ich hätte die Ohnmacht begrüßt, hätte sie mich von meiner Qual erlöst. Aber so war es nicht. Dieses Mal folgten mir die Kopfschmerzen bis in den Traum hinein. Und anders, als es hätte sein sollen, war mir bewusst, dass ich sie nicht nur träumte und sie sofort verschwinden würden, sobald ich mich aus diesem Alptraum befreite und in die Wirklichkeit zurückkehrte, sondern ich war mir ganz im Gegenteil, sogar während ich träumte, darüber im Klaren, dass dieser Schmerz absolut echt war.

Miriam schrie. Ich blickte über die Schulter zu ihr zurück, wie um mich davon zu überzeugen, dass sie noch da war, obwohl sie sich gar nicht von mir hät-

te entfernen können, nicht einmal, wenn sie gewollt hätte, denn ich zerrte sie mit festem Griff um ihr zierliches Handgelenk einfach mit, Stufe um Stufe, immer weiter in die Höhe.

»Nein!« Ihre dunklen Augen trafen flehend meinen Blick. Es gab kein Licht in diesem Treppenhaus, es war stockfinster. Dennoch konnte ich die Angst in ihren Augen und den feuchten Glanz darin absolut sicher erkennen. »Wir … wir dürfen nicht …«, stammelte sie mit erstickter Stimme. »Bleib stehen! Tu mir das nicht an! Bleib doch stehen!!«

Ich blieb nicht stehen. Ich konnte, ich durfte nicht anhalten. Wir mussten weiter, immer weiter in die Höhe, Stufe um Stufe die geschwungene steinerne Treppe hinauf, immer im Kreis, bis der Schwindel uns überwältigte, und trotzdem immer noch weiter. Sie waren hinter uns her. Ich wusste nicht, wer sie waren, aber ich wusste, dass sie uns nicht einholen durften, dass wir ihnen nicht in die Hände fallen durften, dass sie sie nicht bekommen durften. Miriam.

Immer wieder zuckte ein stechender Schmerz durch meinen gequälten Kopf, so als schlügen rhythmisch Blitze durch die dünnen Knochenplatten, die mein Hirn schützen sollten. Ich konnte keine Rücksicht auf mich nehmen. Ich musste Miriam retten.

Ich hörte ihre Schritte. Sie hallten von den Wänden des Turmes wider, den wir schwer atmend und längst in Schweiß gebadet hinaufstürmten, und verwandelten das Innere des Gebäudes zusammen mit den Stimmen in eine einzige akustische Folter. Kinderstimmen. Schreie, Flüche, hässliches Lachen – das alles aus dem Mund von Kindern. Grausame Ehrlichkeit klang aus ihren Stimmen. Sie wollten sie haben. Sie wollten sie töten. Sie klangen so schrecklich glaubwürdig – glaubwürdiger als jeder Erwachsene. Sie würden sie umbringen.

Obwohl sich zu dem pochenden Schmerz in meinem Kopf mittlerweile ein böses Stechen, das durch meine Seiten fuhr, gesellt hatte, beschleunigte ich meine Schritte. Miriam stürzte. Ich nahm keine Rücksicht darauf, hielt nicht einmal inne, sondern zerrte sie im ununterbrochenen Lauf einfach wieder in die Höhe und weiter mit mir. Sie weinte. Sie schrie. Einen Moment lang übertönte ihr angstvoller Schrei sogar die laut widerhallenden Stimmen und Schritte.

Ich zerrte sie weiter durch die Dunkelheit.

Keuchend legte ich den Kopf in den Nacken und blickte gehetzt die scheinbar bis in ein anderes Universum reichende Treppe hinauf. Licht. Dort oben war Licht.

Falsch, verbesserte ich mich in Gedanken. Es war keine Helligkeit; zumindest keine, die Farben zu Farben werden und Konturen erkennen ließ. Es war nur ein gräulicher Schimmer, der die Schatten, als welche ich die Stufen wahrnahm, noch schwärzer, steiler und unwirklicher und die Wände, die zu meinen Seiten emporragten, noch unendlicher erscheinen ließ. Im selben Moment, in dem ich den gräulichen Schein erspähte, durchfuhr ein noch heftigeres und diesmal auch nicht wieder nachlassendes Stechen mein Haupt. Ich stöhnte gequält auf. Trotz der Schmerzen nahm ich ein seltsames, unangenehmes Kribbeln im Bauch wahr, das sich mit jeder zurückgelegten Stufe verstärkte, bis ich mich ein wenig fühlte, als hätte ich die Box einer Stereoanlage verschluckt, aus der nun ein tiefer, dunkler Bass erklang, der meine Gedärme vibrieren ließ.

Wir durften das Ende der Treppe nicht erreichen. Ich hatte keine Ahnung, was uns dort oben erwartete, aber mit einem Male wusste ich mit unerschütterlicher Sicherheit, dass es ganz und gar nichts Gutes war, dass wir geradewegs in unser Unheil stürmten. Miriam hatte Recht. Wir durften nicht weiterlaufen.

Aber wir hatten keine Wahl. Die grausamen Stimmen der Kinder und das unerträgliche Getrappel ihrer Schritte kamen immer näher. Es war unmöglich, dass ein Mob dieses Ausmaßes die Stufen schneller zurücklegte als wir beide, denn die Kinder mussten sich gegenseitig am Vorwärtskommen hindern, einander in ihrer Eile schubsen und drängeln, bis das eine oder andere zu Fall kam und wiederum andere mit sich riss. Sie mussten einander eher behindern, als dass sie sich nutzten. Dennoch holten sie zu uns auf, daran bestand kein Zweifel. Mein Magen verkrampfte sich schmerzhaft zu einem steinharten Klumpen. Meine Finger umklammerten Miriams Handgelenk noch entschlossener, noch fester, so dass sich meine Fingernägel einige Millimeter in ihre dünne, samtweiche Haut gruben. Ich rannte, so schnell ich nur konnte.

Was auch immer dort oben auf uns wartete, konnte nicht grausamer sein als das, was geschah, wenn der Mob uns einholte.

Sie würden uns in Stücke reißen.

Als ich wieder zu mir kam, waren meine Kopfschmerzen verschwunden, oder zumindest auf ein Niveau gesunken, auf dem ich nicht mehr gezwungen war, ihnen Beachtung zu schenken. Aber meine Kleider klebten schweißnass und kalt auf meiner fiebrig-heißen Haut, und mein Herz raste, als hätte ich gerade einen Hundertmeterlauf zurückgelegt – oder zumindest einen Sprint durch einen in schier unendliche Höhe ragenden Turm.

Wie war ich hierher gekommen? Ich meine nicht in den Raum – meine Erinnerungen waren, wie ich schnell feststellte, vollständig erhalten geblieben. Meine Trennung von Judith und Carl unten im Hof, der Weg nach oben, die hämmernden Kopfschmerzen, das geheime Fach im Schreibtisch, die Fotos und sogar der Moment, in dem die Ohnmacht meinen Willen besiegt hatte – ich konnte mich lückenlos an jeden Schritt, den ich zwischen Küche und Rektorzimmer zurückgelegt hatte, erinnern. Ich war mir hundertprozentig sicher, dass ich in dem ledernen Sessel gesessen und die Bilder betrachtet hatte, als ich das Bewusstsein verlor. Wäre ich gefallen, läge ich der Länge nach unter dem Tisch, aber so war es nicht: Ich kauerte in sitzender Haltung mit dem Rücken zum Schreibtisch. Meine Hände waren leer, Feuerzeug und Fotos waren verschwunden.

Mein Blick wanderte irritiert über den staubigen Boden, aber da war nichts. Wäre ich gefallen und hätte ich mich im Schlaf irgendwie in diese aufrechte Position gebracht, müssten die Bilder doch in meiner unmittelbaren Nähe verstreut liegen …

Ein kalter Schauer rann mir den Rücken hinab und ließ mich frösteln. Jemand musste hier gewesen sein, als ich ohne Bewusstsein war. Vielleicht war derjenige noch immer im Raum?

Ich sprang auf die Füße und sah mich hektisch um. Mein Herzschlag, der sich gerade erst und auch kaum nennenswert beruhigt hatte, beschleunigte sich erneut. Wieder überkam mich Schwindel, aber dieses Mal wollte er mich nur darauf hinweisen, dass es dem Kreislauf nicht gut tat, so schnell aufzustehen. Ich kämpfte ihn nieder und spannte alle Muskeln an. Mein Blick drang im silbrigen Mondschein durch das winzige Fenster in den Raum ein, tastete durch das Zimmer und über das Mobiliar. Aber ich war allein. Mein Feuerzeug befand sich auf dem Schreibtisch – gleich neben den Fotos, die sorgsam und in akribischen Abständen aufgereiht auf der dunklen, an den Seiten mit Schnitzereien verzierten Mahagoniplatte lagen.

Erschrocken und mit angehaltenem Atem starrte ich auf die Tischplatte hinab. Wer war das gewesen? Und was sollte das? Mit zitternden Fingern griff ich nach dem Feuerzeug. Beim vierten oder fünften hektischen Versuch gelang es mir schließlich, es zu entzünden. Im flackernden Schein der Flamme betrachtete ich die Bilder, die ich vorhin nur durch einen Tränenschleier hindurch und mit dröhnendem Schädel überflogen hatte.

An erster Stelle befand sich das Bild, auf dem die Männer in den Laborkitteln abgebildet waren, an letzter das Polaroidbild von dem Empfang. Nun endlich fiel mir der Name des Politikers wieder ein, der einem festlich gekleideten lächelnden Grauhaarigen mit einem zufriedenen Ausdruck im Gesicht die Hand schüttelte: Es war Franz Josef Strauß. Er war ausschließlich auf diesem einen Bild zu sehen. Zwischen den Klassenfotos, die den Rest der Reihe bildeten, entdeckte ich das Ausflugsfoto der Pfadfindertruppe mit ihrem Leiter, das vor einem Waldlokal aufgenommen worden war.

»Frank?« Es war Judiths Stimme, die unsicher aus

dem Erdgeschoss zu mir heraufschallte. Ich hörte Schritte auf der Treppe, und einen kurzen Moment später nahm ich aus den Augenwinkeln wahr, wie der grelle Strahl einer Taschenlampe fast brutal durch die Dunkelheit im oberen Flur schnitt. »Frank? Bist du hier? Ist alles in Ordnung bei dir?«

»Ich ... ja«, antwortete ich zögernd, gab mir einen Ruck und griff nach den Bildern, um sie zu einem Stapel zusammenzuschieben. Plötzlich erstarrte ich mitten in der Bewegung. Eines der Klassenfotos hatte sich verändert. Jemand hatte sieben Köpfe von Kindern und den des dazugehörigen Lehrers eingekringelt.

Eines der Kinder war das Mädchen aus meinem Traum.

Für einen kleinen Augenblick setzte mein Herzschlag aus. Ich kniff die Augen zu schmalen, aufmerksamen Schlitzen zusammen und starrte auf den Tisch vor mir hinab. Es war unmöglich, und trotzdem bestand überhaupt kein Zweifel: Miriam. Das dunkelhaarige Mädchen inmitten all der Blondschöpfe war ganz eindeutig Miriam!

Judith erschien hinter mir im Türrahmen und blendete mich mit dem Strahl ihrer Lampe, als ich mich zu ihr herumdrehte. »Was tust du denn hier?«, fragte sie. Aus ihrer Stimme klang deutliche Sorge. Der Ärger, den sie über mich empfunden hatte, war vollständig daraus verschwunden. Die zweite Möglichkeit, mit enttäuschten oder anderweitig gekränkten Frauen umzugehen, fiel mir in dieser Sekunde ein, bestand darin, sie ein wenig in Sorge zu versetzen. Das war nicht meine Absicht gewesen, aber es war auch keineswegs so, dass ich diesen Umstand nicht etwa begrüßte. »Hast du etwas gefunden?«, fragte sie.

»Nein.« Ich schüttelte heftig den Kopf und wandte mich mit tränenden Augen wieder um. Hastig raffte ich die Bilder zusammen und steckte sie ein. »Zumindest keinen Ausgang. Und ihr?«

»Nichts«, antwortete Judith und hob hilflos die Schultern. »Vielleicht hatten die anderen ja mehr Glück. Gibt es hier wenigstens ein Telefon?«, fragte sie wenig hoffnungsvoll.

Ich ließ kopfschüttelnd den Blick durch den Raum schweifen. »Nein«, seufzte ich. Dann bemerkte ich eine Anschlussbuchse in der Nähe des Schreibtisches. »Einen Anschluss, mehr nicht. Und ich glaube auch nicht, dass er uns etwas nützen würde, wenn wir tatsachlich ein Telefon hätten.«

Judith nickte traurig. »Komm«, sagte sie und wandte sich zum Gehen. »Carl wartet unten im Hof. Es ist schon kurz vor eins. Wir sollten längst zurück sein.«

Wir waren die Letzten, die in die Küche zurückkehrten, und Ellens angespannte Haltung, in der sie uns zusammen mit Ed und Maria erwartete, machte uns deutlich, dass sie bereits drauf und dran gewesen waren, nach uns zu suchen. Als wir den spärlich eingerichteten, hell erleuchteten Raum schließlich nacheinander betraten, verriet Marias Blick Erleichterung. Ed rümpfte die Nase und betrachtete uns mit einer herablassend hochgezogenen Braue.

»Unsere verlorenen Söhne und ihr kleines Schwesterchen«, spottete er. »Wo habt ihr euch denn rumgetrieben? Wir hatten doch ausgemacht, dass Ausflüge in die Stadt oder in den Zoo heute Abend höchstens noch mit Sondererlaubnis und Unterschrift der Erziehungsberechtigten drin sind.«

»Wir waren nur kurz in der Apotheke und haben uns einen Großvorrat Ohropax besorgt, um von deinem dämlichen Geschwafel verschont zu bleiben.« Judith verdrehte die Augen und wandte sich Maria und Ellen zu. »Nichts«, seufzte sie. »Carl hat Recht: Der Turm ist tatsächlich nicht begehbar. Zumindest nicht vom Hof aus. Das Lehrerhaus ist seit Ewigkeiten verlassen. Es gibt einen Telefonanschluss, aber keinen Apparat.«

»Verdammt.« Ellen schnaubte und ließ sich auf einen der billigen Plastikstühle fallen. »So ähnlich sieht es im Rest dieser Bruchbude auch aus.«

»Dann bleibt uns wohl tatsächlich nichts anderes übrig, als uns die Nacht hier um die Ohren zu schlagen und zu hoffen, dass morgen früh tatsächlich jemand hierher kommt, um nach uns zu sehen«, erklärte Maria schulterzuckend.

»Oder nach denen, die bis dahin noch am Leben sind«, fügte Judith bitter hinzu. Ich schenkte ihr einen fragenden Blick. Sie nickte knapp in Eds Richtung. »Ed«, erklärte sie. »Außerdem Stefan, nicht zu vergessen von Thun, der da draußen irgendwo in diesem Schacht festsitzt. Und wer weiß, was sonst noch alles passiert.« Sie sah fröstelnd an mir vorbei auf den Flur hinaus.

»Wie meinst du das?«

Judith hob zögernd die Schultern. »Glaubt ihr etwa noch, dass das alles nur Zufall ist? Ich meine: Erst die Sache mit dem Rechtsanwalt, von Thuns Sturz, das Gitter, das euch beide fast das Leben gekostet hätte, die Sache mit Stefan …« Sie schüttelte hilflos den Kopf. »Ich kann nicht glauben, dass auf einmal ganz zufällig dermaßen viel Unglück über jemanden hereinbrechen kann, versteht ihr?«

»Selbstverständlich verstehen wir das, Schätzchen.« Ellen zog eine verächtliche Grimasse. »Irgendjemand hat diesem Anwalt heimlich so viele Amphetamine in den Kaffee geschüttet, dass er einen Hirnschlag erlitten hat, und dir dann eine Fledermaus auf den Hals gehetzt, die darauf dressiert war, hysterische junge Frauen aus dem Haus zu jagen, während er selbst auf der Lauer lag, um die Bodenklappe rechtzeitig zu entfernen, damit auch garantiert jemand stürzt. Und schließlich hat er Stefan ein bisschen Verwesungskonzentrat in die Socken geschüttet und seine als Fledermäuse verkleideten Hausgeier auf ihn losgelassen.« Sie machte eine Geste mit der Linken, die Judith wissen ließ, dass sie ihrer Meinung nach nicht mehr alle Tassen im Schrank hatte. »Zufall? Ganz sicher nicht. Wir können doch alle eins und eins zusammenzählen, oder?«

Judith funkelte sie zornig an. »So ähnlich«, gab sie ruppig zurück. »Von mir aus glaub aber weiter an deine Schicksalsschläge. Hoffentlich treffen sie dich als Nächste.«

»Ich habe etwas gefunden«, fiel ich in den sich anbahnenden Streit ein, ehe er wieder ausarten konnte und es womöglich noch mehr Verletzte gab, und zog die Fotos aus der Hosentasche, die ich aus dem Lehrerhaus mitgebracht hatte. »Es hilft uns vielleicht nicht, hier herauszukommen, aber vielleicht interessiert es ja trotzdem jemanden.«

»Was ist das?« Maria trat zu mir und blickte neugierig über meine Schulter. Sie schien erleichtert über meinen Themenwechsel.

»Ist euch eigentlich schon aufgefallen, dass bislang nur Männer verunglückt sind?«, philosophierte sie unbeirrt weiter, aber niemand ging darauf ein.

Selbst Ellen seufzte nur genervt auf, stand auf und nahm mir die Bilder aus der Hand, um sie auf dem Küchentisch auszubreiten. »Kinderfotos. Sehr schön«, stöhnte sie. »Was ist daran so interessant?«

»Sie sind in dieser Schule aufgenommen worden«, antwortete ich schulterzuckend. »Und ich habe sie in einem Geheimfach gefunden. Oben im Direktorzimmer. Ich dachte, dass Dinge, die in Geheimfächern versteckt sind, die nur über verborgene Hebel zu öffnen sind, vielleicht wichtig sein könnten.« Eine Erwähnung des Blackouts, den ich im Lehrerhaus erlitten hatte, und die Tatsache, dass die Kringel auf einem der Gruppenfotos zu Anfang auf dem vergilbten Fotopapier noch nicht zu sehen gewesen waren, ersparte ich mir. Wer hätte mir schon geglaubt? Ich jedenfalls nicht, wenn ich in der Haut eines anderen gesteckt hätte.

Ellen setzte zu einer schnippischen Antwort an, aber in dieser Sekunde drängte sich Maria in unsere Mitte und hob beschwichtigend die Hände. »Ich für meinen Teil finde sie schon ziemlich interessant«, fiel sie ruhig ein und deutete auf den sechsstrahligen Stern, bestehend aus drei schwarzen Balken auf der Flagge, die der Pfadfindertrupp auf dem Foto schwenkte. Erst jetzt im grellen Neonlicht der Internatsküche bemerkte ich seine außergewöhnlichen Merkmale. Er hatte keine spitzen Strahlen. Ich hatte noch nie einen Stern mit abgerundeten Spitzen gesehen. »Lebensborn. Das ist die Rune des Lebensborns. Eigentlich ist es ein nordisches Symbol, aber die Nazis haben es für sich in Anspruch genommen.«

Aus den Augenwinkeln bemerkte ich, wie auch Carl einen Schritt näher zu uns herantrat und einen

Blick auf die Bilder zu erhaschen versuchte. Lebensborn und Drittes Reich, das waren wahrscheinlich Signalwörter, die auf der Suche nach seinem Nazischatz alle Alarmglocken hinter seiner Stirn im Sturm klingeln ließen. Er bemühte sich um eine so desinteressierte Miene, dass ihm die Neugier schon wieder deutlich ins Gesicht geschrieben stand.

»Demnach müssten die Bilder schon ziemlich lange da drüben gelegen haben.« Judith drehte eines der Klassenfotos um und suchte auf der Rückseite nach einem Datum, fand aber nur einen ziemlich verblassten Stempel, den sie ins Licht hielt, um ihn entziffern zu können. »Fotolabor C. Taube«, las sie schließlich vor und sah Carl stirnrunzelnd an. »Noch ein Zufall, nicht wahr? Zur Taube ist nicht wirklich der Name Ihrer Gaststätte. Wir alle haben dummerweise das kleine r hinter dem T übersehen. Tatsächlich ist es die Traube. Und Ihr Vorname schreibt sich wahrscheinlich mit einem doppelten K am Anfang.«

»Nein«, antwortete Carl trotzig. »Das ist kein Zufall. Dieses Fotolabor gehörte zu seinen Lebzeiten meinem Onkel. Es war übrigens das einzige im Umkreis von gut dreißig Kilometern Luftlinie. Wahrscheinlich sind alle Fotos, die in diesem Kaff jemals geschossen worden sind, in seinem Labor entwickelt worden.«

Judith legte das Klassenfoto beiseite und konzentrierte ihre Aufmerksamkeit wieder auf das Pfadfinderbild. Nun, da das Licht besser war und meine Kopfschmerzen verschwunden waren, bemerkte ich immer mehr Details auf dem verblassten Papier. Eines davon waren die beiden Fahrzeuge, die zwischen den Schülern in Pfadfinderuniformen mit diesen albernen Halstüchern sowie deren ebenfalls in lächerlichen Uniformen steckenden Betreuern und dem Waldlokal zu erkennen waren: ein Lkw mit graublau gestrichener rundlicher Schnauze, wie man sie aus alten Schwarzweißfilmen kannte, und ein kleinerer Oldtimer. Judith deutete nacheinander mit dem Zeigefinger auf beide.

»Von Lkws verstehe ich nichts«, sagte sie und deutete auf den Oldie mit der ungewöhnlichen eiförmigen Karosserie. »Aber das da ist eine BMW Isetta. Die kam erst 1953 auf den Markt. Dieses Foto muss also irgendwann zwischen 53 und Mitte der siebziger Jahre entstanden sein. Jedenfalls stammt es nicht aus der Zeit des Dritten Reiches.«

Maria nickte bestätigend. Sie schien ein wenig in ihrer Dozentinnenehre verletzt, da sie diese Feststellung nicht vor Judith gemacht und (wahrscheinlich innerhalb eines halbstündigen Vortrages) den anderen vermittelt hatte.

»Was ist Lebensborn?«, wollte Judith wissen, und Marias Augen nahmen einen regelrecht erleichterten Glanz an. Nicht nur ich bedachte Judith mit einem fast erschrockenen Blick. Niemand von uns legte großen Wert auf all die Informationen, die irgendwann im Geschichtsunterricht oder auf einem Doku-Sender an uns vorbeigelaufen waren – und schon gar nicht in aller Ausführlichkeit und aus Marias Mund. Aber es war zu spät. Judith hatte den Stein ins Rollen gebracht, und ich wusste, dass ich schon einmal eine halbwegs bequeme, sitzende Position einnehmen konnte, noch ehe Maria Luft geholt hatte, um zu antworten. Ich ließ mich seufzend auf einen der Plastikstühle neben Ed sinken.

»Zeit für ein paar vertrauliche Worte unter Männern?«, zischte Ed mir in verschwörerischem Tonfall ins Ohr. Ich blickte ihn stirnrunzelnd an.

»Das kommt darauf an, wen du fragst«, ging Maria auf Judiths Frage ein. »Viele Unterlagen zum Lebensborn sind vernichtet, und die Meinungen darüber, was die Ziele dieser Vereinigung waren, gehen auseinander.«

»Was hältst du davon, wenn wir zwei freiwillig auf die paar Kröten aus dieser Erbschaft verzichten?«, flüsterte Ed und grinste.

»Häh?«, machte ich verständnislos. Ich hatte keinen blassen Schimmer, worauf er hinauswollte. Überhaupt hatte ich im Laufe der letzten Stunden äußerst wenige Gedanken an diese bescheuerte Erbschaft verschwendet, die mir ohnehin nur winkte, wenn ich schleunigst ein Kind mit der pummeligen Judith zeugte, sie heiratete und zumindest die nächsten achtzehn Jahre damit zubringen wollte, in einem knallroten Ferrari von Kinderarzt zu Elternsprechtag zu rasen und mir von Judith (ich war sicher, sie würde eine gute Mutter sein) aus Erziehungsratgebern vorlesen zu lassen. Wenn dieses Erbe denn überhaupt existierte.

»Wir sollten uns Carl anschließen und mit ihm nach dem Gold suchen. Oder besser: ohne ihn, und ohne die anderen«, flüsterte Ed in beschwörendem Tonfall und klopfte mir kumpelhaft auf die Schulter. »Aber nur wir zwei, verstehst du. Zwei Hälften sind mehr als zwei Sechstel.« Er lächelte selbstzufrieden über diese großartige Erkenntnis. Ich zog die Stirn kraus und überlegte, ob ich seine Worte nun ernst nehmen und mir dementsprechend ernsthafte Sorgen um seinen Geisteszustand machen oder mich auf einen weiteren dämlichen Spruch vorbereiten sollte, der seinem Vorschlag möglicherweise folgte.

»Im Oktober 1947 wurde im Zusammenhang mit den Nürnberger Kriegsverbrecherprozessen ein Teilprozess gegen die Angehörigen des ›Rasse- und Siedlungshauptamts‹ und gegen den ›Lebensborn e. V.‹ begonnen«, erklärte Maria weiter. »Keiner der Verantwortlichen aus dem ›Lebensborn e. V.‹ wurde verurteilt. Man hat sie lediglich der Mitgliedschaft in der als kriminell eingestuften SS für schuldig befunden. Obwohl sie damit juristisch gesehen unschuldig waren, sind die Geschichten über den Lebensborn lange nicht verstummt.«

»Na toll, Frau Professor«, wandte Ed sich in nun wieder für alle hörbarer Lautstärke an Maria, nachdem er mich eine kleine Weile erwartungsvoll angesehen und keine Antwort bekommen hatte. »Und was haben sie gemacht, deine SS-ler?«

Ich beschloss, dass es durchaus an der Zeit war, an den kümmerlichen Resten seines Verstandes zu zweifeln. Der Klang seiner Stimme war noch immer herablassend; er bemühte sich um einen möglichst genervten Tonfall. Aber ich hörte noch etwas aus ihr heraus, das auch Carl ins Gesicht geschrieben stand: heimliches, eigennütziges Interesse. Ed hatte es ernst gemeint, als er vorgeschlagen hatte, sich zusammen mit mir von der Gruppe abzusondern und auf eine mit Sicherheit abenteuerliche Schatzsuche zu begeben. Hatte er vielleicht wirklich noch nicht gemerkt, dass er nicht einmal allein auf den Füßen stehen konnte?

»Tja, man hat so eine Art Auslese betrieben«, erklärte Maria und zog eine fast angeekelte Grimasse, von der ich nicht mit absoluter Gewissheit sagen konnte, ob sie eher Ed galt oder dem, was sie erzählte. »Mütter, die uneheliche Kinder empfangen hatten, konnten sie in den Lebensbornheimen heimlich zur Welt bringen und haben von den Ärzten Papiere ausgestellt bekommen, dass sie dort lediglich zur Kur waren. Die SS hat die Zeugung unehelicher Kinder gefördert, damit frisches Blut für das Reich gezeugt wird. Kinder, die dabei besonders den Idealen des arischen Typs entsprachen, wurden selektiert. Sie sollten die Elite für das Tausendjährige Reich werden. Man hat sie ohne Väter und Mütter, dafür aber ganz im Geiste des Nationalsozialismus erzogen. Wäre das Dritte Reich nicht zusammengebrochen, dann wären diese Kinder jetzt seine Führungselite. Es gibt auch Geschichten, man hätte Frauen gezielt mit SS-Offizieren zusammengebracht und regelrechte Bordelle zur Zeugung arischer Kinder unterhalten. Aber das ist umstritten. Außerdem sind in den besetzten Ostgebieten viele Kinder entführt worden, die dem arischen Idealbild entsprachen. Aber inwieweit der Lebensborn darin verwickelt ist, ist ebenfalls umstritten.«

»Du meinst, man hat gezielt Menschen gezüchtet?«, fragte Judith aufgebracht, während Ed sich wieder in eine sitzende Position aufrichtete, um einen Blick auf die Fotos zu werfen. Ellen verdrehte die Augen und zündete sich seufzend eine Zigarette an. Sie war anscheinend die Einzige, die nicht wenigstens eine Spur von Interesse für meinen Fund oder gar das, was Maria erzählte, aufbringen konnte. Insgeheim musste ich zugeben, dass Marias Erläuterungen eigentlich nicht ganz so öde und nervtötend waren, wie ich zu Anfang angenommen hatte. Sie wusste erstaunlich viel über das Dritte Reich. Es hatte absolut nichts mehr mit durchschnittlicher Allgemeinbildung zu tun, Nebenprozesse der Nürnberger Kriegsverbrecherprozesse mit genauem Datum aus dem Effeff benennen zu können. Manchmal war ihr Wissensspektrum so beeindruckend, dass es unheimlich wirkte.

»Na ja, gerade darüber streiten die Historiker«, antwortete Maria ausweichend. »Sicher ist nur, dass die Kinder aus dem Lebensborn unter besonderer Obhut aufwuchsen und quasi von Geburt an zu kleinen Nazis gedrillt wurden.«

»Die kleinen Wichser hier sehen auch aus wie gezüchtete Nazis«, höhnte Ed. »Seht euch dieses Pfadfinderbild nur mal an. Die sind ja alle blond, und ich wette, die haben auch alle blaue Augen.«

Ich betrachtete das Foto ein drittes Mal binnen kürzester Zeit, diesmal noch aufmerksamer als zuvor. Irgendetwas daran beunruhigte mich. Mein Blick blieb immer wieder an der Rune hängen, ohne dass ich mir darüber im Klaren war, woran das liegen könnte. Ich hatte einen solchen Stern tatsächlich noch nie in meinem Leben gesehen. Trotzdem wirkte er nicht befremdlich. Nacheinander betrachtete ich die Gesichter der Kinder. Es waren insgesamt zwölf. Sie alle mussten mindestens dreizehn, keines aber älter als sechzehn Jahre sein. Die Jungen trugen ihr Haar kurz geschnitten, die Mädchen ihre ausschließlich blonden Mähnen zu ordentlichen Zöpfen geflochten. Ihre Uniformen bestanden aus Khakihemden und dunklen Hosen beziehungsweise Faltenröcken. Die Ärmel der älteren Jungen und Mädchen waren mit Achselschnüren geschmückt, außerdem trugen alle einen Aufnäher auf dem linken Arm. Ich kniff die Augen zusammen und versuchte angestrengt, die einheitliche Applikation darauf zu erkennen, schaffte es aber nicht, sondern bemerkte stattdessen etwas anderes: Das Gesicht eines der Knaben erschien mir vertraut. Einen Moment lang überlegte ich, wo ich es schon einmal gesehen hatte.

Als es mir schließlich einfiel, bildete sich spontan ein Kloß in meinem Hals.

Es war gar nicht so lange her, dass ich diese Züge zum letzten Mal gesehen hatte. Es war gestern Morgen gewesen, als ich zum letzten Mal in einen Spiegel geschaut hatte.

Nein. Das war nicht ich, der da inmitten eines Dutzends Pfadfinder stand und voller Stolz in das Objektiv einer Kamera lächelte. Aber er sah mir verdammt ähnlich. Der eisige Schauer, der mich in dieser Nacht schon so oft heimgesucht hatte, drehte eine weitere Ehrenrunde über meinen Rücken und schlüpfte von dort aus in meine Boxershorts.

Maria zog eines der vor dem Internat aufgenommenen Gruppenbilder zu sich heran. Es war das mit den mysteriösen Filzstiftkringeln.

»Hier auch«, sagte sie. »Alle eingekreisten Köpfe gehören zu blonden Kindern. Bis auf dieses Mädchen.« Sie deutete auf Miriam.

»Vierzehn von dreißig Kindern auf diesem Foto sind blond«, versuchte ich schnell von dem Mädchen aus meinem Traum abzulenken, ehe ich noch etwas Unbedachtes sagen und Ellen zu dem Entschluss verführen konnte, mir bei der nächsten sich bietenden Gelegenheit einen mit einer Überdosis Valium angereicherten Tee unterzujubeln.

»Der Typ sieht dem auf dem Pfadfinderbild ganz schön ähnlich.« Judith deutete auf den Lehrer, dessen Kopf ebenfalls mit schwarzem Filzstift eingekreist war und der inmitten der hintersten Schülerreihe stand. Sie nahm das Foto in die Hand und warf einen Blick auf die Rückseite. »Und hier ist auch ein vernünftiger Stempel drauf. Fotolabor C. Taube, Crailsfelden, 1977.«

Maria betrachtete alle Fotos noch einmal und noch aufmerksamer als zuvor. »Er ist auf gut der Hälfte der Bilder zu sehen«, stellte sie schließlich fest und deutete nacheinander auf einige. »Hier«, sagte sie und zeigte auf einen der Männer im Laborkittel. Es musste das älteste der Bilder sein, denn dort war seine Haut noch frisch und straff und sein Haar noch dicht und blond. Außerdem war es eines der Schwarzweißfotos. »Außerdem ist er der Pfadfinderleiter, seht ihr? Da sind noch mehr Klassenfotos mit ihm, aufgenommen in Abständen von mehreren Jahren. Und außerdem hier.« Sie zog die Stirn kraus, wie um sich noch einmal zu vergewissern, dass sie tatsächlich richtig sah, und nickte schließlich heftig. »Da auf dem Empfang. Er redet mit jemandem, der …«

»… der aussieht wie unser lieber Freund, der draußen in dem Erdloch vor sich hin schmort«, beendete Ed ihren angefangenen Satz. »Aber der hat ja auch nichts mit der ganzen Geschichte zu tun. Unser Samariter hilft ja nur selbstlos in einer Kanzlei aus, für die er seit Jahren nicht mehr arbeitet«, fügte er in ironischem Tonfall hinzu.

»Jedenfalls glaube ich nicht, dass so viele blonde Kinder Zufall sind. Schon gar nicht im Zusammenhang mit dem Lebensborn«, warf Maria schulterzuckend ein. »Sie machen gut die Hälfte von allen aus. Das entspricht keineswegs dem Durchschnitt der Bevölkerung.«

»Abgesehen von Frau Professor Doktor Ellen und dem Loser da drüben sind wir alle blond«, bemerkte Ed und deutete mit einer verächtlichen Geste auf Carl. »Aber die meisten würden für Angehörige der überlegenen Herrenrasse trotzdem ziemlich blöd dastehen.«

»Ellen ist auch blond«, behauptete Judith. Ein kleines Gewinnerlächeln schlich sich in ihre Züge. Offenbar genoss sie es, die sonst so perfekte, unantastbare Ellen mit ihrer falschen Haarfarbe bloßzustellen. »Das Rot ist nicht echt. Man sieht es am Ansatz.«

»Habt ihr eigentlich sonst keine Sorgen oder ist euch einfach nur langweilig«, zickte Ellen zurück, rammte ihre Kippe in den Aschenbecher und blies Judith den Qualm des letzten Zuges absichtlich ins Gesicht, sofern das von ihrem Platz in zwei Metern Entfernung technisch möglich war. »Könntet ihr vielleicht mal darüber nachdenken, wie wir endlich hier herauskommen? Ich habe wirklich keine Lust, in dieser staubigen Ruine zu übernachten. Oder am Ende noch länger hier festzusitzen.«

Ich tauschte einen vielsagenden Blick mit den beiden anderen Frauen. Marias Blick wanderte wieder über die Fotos und verharrte auf dem Bild mit den eingekringelten Köpfen. Sie erschrak.

»Was ist?«, fragte Judith besorgt, aber auch mit unverhohlener Neugier.

Maria schüttelte irritiert den Kopf. »Nein«, sagte sie schließlich entschieden. »Das … das sind wir nicht. Das können nicht wir sein. Ich bin nie hier zur Schule gegangen.«

Ed zuckte mit den Schultern. »Frau Doktor hat ausnahmsweise einmal Recht«, lenkte er ab. Anscheinend hatte er entweder das Interesse an Carls

Nazi-Schatz verloren oder beschlossen, dass die Fotos ihn auf der geplanten Suche danach nicht weiterbrachten. Vielleicht befürchtete er auch, Maria könnte wieder etwas entdecken, was sich ihrer Meinung nach ausführlich zu erklären lohnte, und ahnte, dass seine Kapazitäten an Allgemeinbildung dazu nicht mehr ausreichen würden. Wer wusste das schon so genau? »Wir müssen hier raus. Und wenn es keinen Ausgang gibt und auch kein Telefon, dann müssen wir eben anders auf uns aufmerksam machen.«

»Was schlägt unser Superbrain denn vor?« Ellen zündete sich eine neue Zigarette an.

»Du könntest die längst überfällige Gehirnoperation an ihm in Angriff nehmen, während wir draußen auf dem Hof abwarten, ob ein arbeitsloser Anästhesist im Dorf seine Schreie hört und anfragt, ob hier vielleicht eine Stelle für ihn frei ist«, schlug Judith bissig vor.

»Wir könnten den Dachstuhl anzünden«, erwiderte Ed. Ich war mir nicht sicher, ob er nur scherzte. »Irgendjemand da unten wird das Feuer bestimmt bemerken und die Feuerwehr alarmieren.«

»Ich fürchte, da muss ich passen«, stöhnte Ellen. »Mir mangelt es an gewissem Feinwerkzeug, um an einem Organ von derart mikroskopischer Winzigkeit herumzuoperieren. Wir werden die Nacht hier oben abwarten und auf den Catering-Service warten müssen, von dem von Thun geredet hat.«

»Dann gehen wir eben in den Keller und suchen nach Carls Schatz.« Ed zeigte sich unbeeindruckt von Ellens Beleidigungen. Vielleicht hatte er sie gar nicht als solche begriffen. »Oder wir suchen nach ein paar Schaufeln und buddeln von Thun aus.«

»Du bleibst auf deinem Hintern sitzen und wartest ab, genau wie alle anderen«, entschied Ellen kühl. »Morgen früh geben wir ein Rauchsignal. Aber nicht mit dem Dachstuhl. Diese verdammte Ruine hat Stefan umgebracht, von Thun geschluckt und deinen IQ halbiert. Ich denke, das sind genug Verluste für eine einzige Nacht.«

»Ach, lass ihn doch«, winkte Judith ab. »So einen großen Verlust stellt er nun auch wieder nicht …«

»Psst!« Maria hielt sich erschrocken den Zeigefinger vor die Lippen und bedeutete uns mit der anderen Hand, ebenfalls still zu sein und zu lauschen. »Habt ihr das auch gehört?«

Nun, da alle verstummt waren, war das, was sie meinte, tatsächlich nicht zu überhören. Aus der Empfangshalle erklangen deutlich schlurfende Schritte. Ein Husten und Schnaufen …

Mit einem einzigen Satz war ich bei Carl, der dem Geschehen in der Küche schon seit geraumer Weile schweigend an eine Wand gelehnt und mit vor der Brust verschränkten Armen folgte. Ich riss ihm die Taschenlampe aus der Hand, die Judith auf dem Hof an ihn weitergegeben hatte. Alarmiert und zum Schlag bereit hielt ich sie fest, während das Geräusch immer näher kam. Mittlerweile rechnete ich in dieser geisterhaften Umgebung mit allem: mit dreibeinigen Monstern, die Tentakeln schwingend durch die Tür hereinkrochen, mit einäugigen Untoten und fliegenden – Fledermäusen ähnelnden – Toastern aus der Nachkriegszeit, die in Schwärmen über uns hereinbrachen. Und ich war der einzige Mann in diesem Raum. Carl war nicht nur alt, sondern es stand auch längst nicht fest, ob er uns tatsächlich so wohlgesonnen war, wie er vorgab, und Ed war ein Krüppel.

Ich vernahm ein Stolpern, ein Keuchen, fast hechelnde Atemgeräusche und spannte meine Muskeln zum Schlag –

– dann erschien Stefan im Türrahmen.

Er bot einen erbärmlichen Anblick. Seine Haut war aschfahl und blutverkrustet wie sein kurzes blondes Haar, sein T-Shirt hing in Fetzen von seinem durchtrainierten Oberkörper herab und gab den Blick frei auf eine Unzahl von hässlichen Kratzern und blutigen Schrammen. Sein rechtes Bein war so stark verdreht, dass alle Sehnen und Bänder darin gerissen sein mussten, und er zog es hinter sich her, so dass es über den Boden schleifte. Aus dem Hosenbein tropfte Blut.

Mit einem kleinen Aufschrei stürzte Ellen an mir vorbei, wobei sie mich so heftig anrempelte, dass ich zur Seite kippte und gegen Carl prallte. Sie schob Stefan einen Arm unter die Schulter und versuchte ihn zu stützen, während er in die Küche hineintorkelte.

»Stefan!«, rief sie erschrocken. »Was ist … Verdammt!«

Im selben Augenblick, in dem ihr der Fluch über die Lippen kam, entdeckte auch ich, was sie zu diesem bewegt hatte: Aus Stefans Rücken ragte der Schaft eines Dolches. Der Napola-Dolch aus dem Keller! MEHR SEIN ALS SCHEINEN, hallte es in meinem Kopf wider. Stefan schien nur noch zu sein. Unter seinen vor Angst weit geöffneten Augen lagen tiefe schwarze Ringe, und wahrscheinlich waren es nicht nur die erlittenen Qualen und die Furcht, die er ausgestanden hatte, die seine Haut blass, beinahe weiß erscheinen ließen. Er musste unglaublich viel Blut verloren haben. Auch aus seinen Mundwinkeln rann Blut.

Ellen führte Stefan langsam zum Küchentisch. Ich ließ endlich die Taschenlampe fallen und half ihr, ihn darauf zu betten. Binnen weniger Sekunden bildete sich eine mächtige Blutlache auf der Tischplatte.

Stefan hustete Blut, griff nach meinem Handgelenk und hielt es so fest umklammert, dass es schmerzte. Er wollte etwas sagen, brachte aber nur einen würgenden Laut hervor. Ich ließ mich neben ihm in die Hocke sinken und hielt mein Ohr so dicht an seine Lippen, wie es nur möglich war, ohne ihn damit noch mehr am Sprechen zu hindern.

»Das Messer!«, kreischte Judith hinter mir hysterisch. »Zieh doch das Messer heraus!«

»Dadurch würde die Blutung nur noch schlimmer werden«, entgegnete Ellen sachlich und griff nach Stefans linkem Handgelenk, um nach seinem Puls zu fühlen. »Verdammt!«, fluchte sie schließlich erneut.

Ich hörte, wie Judith wie von Sinnen auf den Tasten ihres Handys herumzuhämmern begann, und sah Stefan an. Seine Augen weiteten sich entsetzt. Zwei, drei Atemzüge lang starrte er mich mit blanker Panik im Blick an, dann drehte er den Kopf zur Seite.

»Er ist hier«, stieß er mit aller Kraft, die er noch aufbringen konnte, hervor.

»Was sagst du?«, fragte Ed.

Stefan versuchte verzweifelt, das Gesagte zu wiederholen, presste aber nur noch unverständliches, gequältes Gestammel hervor. Dann bäumte sich sein Körper ein letztes Mal wie von einem gewaltigen Stromstoß heimgesucht auf.

»Exitus.« Das Wort aus Ellens Mund klang so kühl und sachlich, dass jedem im Raum spätestens in dieser Sekunde klar werden musste, dass all ihre Überheblichkeit, ihr medizinisches Geschwafel und ihr scheinbar unnahbares, abweisendes Wesen nur Teil einer lächerlichen, dem Selbstschutz dienenden Maskerade sein konnten. Stefan war tot. Vielleicht starb in diesem Augenblick auch etwas in ihr, und sie wollte nicht, dass wir sie schreien hörten.

»Was hat er gesagt?« Eds Stimme klang schrill, er näherte sich dem Rande der Hysterie, den Judith längst erreicht hatte.

»Er ist hier«, wiederholte ich tonlos.

»Wer?« Ed maß jeden Einzelnen von uns mit fast panischem Blick. »Wen meint er? Wer ist hier?!«

»Vielleicht meinte er seinen Mörder«, flüsterte Maria.

»Wenn … wenn er wieder zurückkommen konnte, dann … dann muss es doch einen Weg hinaus geben«, stammelte Ed. »Er ist doch die Mauer hinabgestürzt … und so, wie er aussieht, ist er bestimmt nicht wieder hochgeklettert. Er muss einen Geheimgang gefunden haben, und er ist zurückgekommen, um uns zu holen …«

»Wenn er ein bisschen mehr geredet hätte, würde uns seine Heldentat nutzen.« Ellen biss sich auf die Unterlippe. Sie war kurz davor, die Fassung zu verlieren. Ellen. Die unantastbare, unerschütterliche, immerfort über allem und jedem stehende Ärztin. Sie war diejenige, die mit der Situation am besten umgehen zu können glaubte und es tatsächlich von allen am wenigsten konnte. »Hätte sich dieser verdammte Idiot nur ins Dorf geschleppt, um Hilfe zu holen, dann würde er jetzt noch leben!«, entfuhr es ihr.

»Wenn wir seiner Blutspur folgen, finden wir den

geheimen Ausgang«, stellte Maria fest. Die Hysterie hatte zuerst von ihr Besitz ergriffen, aber von ihr auch als Erster wieder abgelassen.

»Und stehen vermutlich bald vor seinem Mörder«, ergänzte Ed. Er zitterte. »Nette Aussichten.«

Ich sagte nichts. Er ist hier. Stefans Worte hallten in meinem Kopf wider. Meine Gedanken schlugen Kapriolen. Jeder von uns konnte Stefans Mörder sein. Jeder, der die Küche in der letzten halben Stunde verlassen hatte, hätte den Dolch aus dem Keller holen und ihn dem Sportler in den Rücken treiben können. Und jeder hatte sie verlassen. Rein objektiv betrachtet hätte sogar jeder von uns ein Motiv gehabt, nicht nur Stefan, sondern auch alle anderen umzubringen; schließlich ging es um eine Menge Geld – um ein ganzes Leben im Geld sogar. Und Carl? Er hatte nach dem, was Stefan ihm angetan hatte, ebenfalls gute Gründe, ihm nach dem Leben zu trachten. Alle hatten diesen Raum verlassen, alle, außer Ed, der viel zu schwach war, um …

Ich beäugte ihn misstrauisch. Konnte es nicht sein, dass er nicht halb so schwer verwundet war, wie wir alle annahmen, und dass er sich in unserer Abwesenheit in den Keller geschleppt hatte, um nach diesem sagenhaften Schatz zu suchen? War es nicht möglich, dass er dabei den Dolch an sich genommen und Stefan in den Rücken gejagt hatte, als er ihm zufällig begegnete, weil es nämlich doch einen Geheimgang gab, der durch den Keller führte und …

Ich schob diese Gedanken fast gewaltsam beiseite. Es nutzte niemandem etwas, wenn wir alle einander misstrauten und jeder jeden verdächtigte. Und »hier« musste schließlich noch lange nicht dasselbe bedeuten wie »in diesem Raum«. Vielleicht waren Stefans Worte auch ganz anders gemeint gewesen, als ich sie verstanden hatte.

»Wir sollten uns nicht mehr trennen«, sagte Judith, als hätte sie meine Gedanken gelesen.

Maria nickte. »Wir müssen hier raus«, stellte sie fest. »Wir suchen einen Weg. Aber gemeinsam.« Sie hob die Taschenlampe vom Boden auf und bedeutete Judith und mir, ihr zu folgen.

Judith öffnete nacheinander mehrere Küchenschubladen und fand schließlich, wonach sie gesucht hatte. Sie zog ein großes Küchenmesser hervor. »Folgen wir der Blutspur«, beschloss sie.

Ich erhob mich langsam, maß Stefan mit einem letzten mitfühlenden Blick und schloss seine leblosen Augenlider mit der flachen Hand. Dann nickte ich Judith zu. »Gut«, sagte ich. »Wir haben überhaupt keine andere Wahl.«

Alptraumzeit

Wir hatten einen Mörder unter uns! Immer wieder kreiste der Gedanke in meinem Kopf und schien dabei ein lähmendes Gift abzusondern. Es fiel mir schwer, Judith und Maria zur Tür zu folgen, mit gesenktem Haupt und unfähig, etwas zu sagen. In der Küche war es totenstill, was der buchstäblichen Bedeutung dieses Wortes unangenehm nahe kam. Die wenigen Schritte, die uns vom Ausgang trennten, wenn wir der Blutspur folgten, die Stefans Weg hierher kennzeichnete, kamen mir vor wie Dutzende von Metern. Ich wäre gerne gerannt – schließlich befand ich mich mit einer Leiche in einem Raum, zum Teufel noch mal! –, aber ich konnte nicht. Meine Beine fühlten sich plötzlich unendlich schwer an, wie betäubt. Als ich die beiden Frauen fast erreicht hatte, vernahm ich plötzlich ein leises, schabendes Geräusch, das ich, aller Trägheit meiner Wahrnehmung zum Trotz, sofort als das Scharren einer Schublade im alten, verzogenen Küchenschrank ausmachte. Mitten in einem Schritt hielt ich inne und blickte über die Schulter zurück.

»Ich kenne mehr als ein Dutzend Stellen am menschlichen Körper, wo ein Stich oder ein Schnitt ausreicht, um zu töten.« Ellen stand vor einer halb geöffneten Schublade und hielt uns in einer provozierenden Geste der Reihe nach ein scharf geschliffenes Tranchiermesser entgegen.

Ich zweifelte nicht am Wahrheitsgehalt ihrer Worte; schließlich war sie Chirurgin und dazu ausgebildet, präzise Schnitte zu setzen – schon deshalb wäre sie wahrscheinlich eine der Letzten im Raum gewesen, die ich verdächtigt hätte, für das grausame Attentat auf Stefan verantwortlich zu sein. Trotzdem stellten sich die Härchen auf meinen Armen beim Anblick der schlanken, rothaarigen Ärztin mit der blitzenden, gut und gerne fünfzehn Zentimeter langen Klinge in der Hand, kerzengerade auf und blieben stehen, als wären sie mit extraschnell trocknendem Hard Gel fixiert. Aber der Schauer, der mich durchfuhr und sich nicht wie das Standardfrösteln, das mich im Laufe dieser Nacht schon so oft geschüttelt hatte, schnell wieder zurückziehen wollte, lag weniger in der tödlichen Waffe begründet, die Ellen in der Hand hielt, als in dem Ausdruck auf ihrem Gesicht. Ihre eiswasserblauen Augen blitzten bedrohlicher als alle blitzenden Küchenschneidegeräte der Welt zusammen: Sie funkelten *irre*. Tranchiermesser verloren normalerweise nicht die Kontrolle über sich. Ellen aber schien kurz davor zu sein.

Und das war leider nicht nur der individuelle Eindruck, den meine längst bis an den Rande der Erträglichkeit geschundenen Nerven mir vermittelten. Auch Maria verlor deutlich an Farbe (sofern sie noch welche übrig gehabt hatte) und wich langsam zur Seite, bis der Türrahmen sie bremste, und Judith, die nur einen kleinen Schritt hinter mir stand, sog so scharf die Luft zwischen den Zähnen ein, dass ein pfeifendes Geräusch entstand. Lediglich Ed schien gänzlich unbeeindruckt. Er maß Ellen mit schräg gelegtem Kopf und einer lässig hochgezogenen Braue, was aber durchaus daran liegen konnte, dass er sie von seiner Position aus nur von der Seite sah.

Ich machte einen vorsichtigen Schritt in ihre Richtung und hob beschwichtigend die Linke, während ich die Rechte ruhig, aber bestimmt nach dem Messer ausstreckte. »Daran zweifelt niemand«, sagte ich, so ruhig ich konnte. Ich konnte nicht so ruhig, wie ich wollte. Ellen war schließlich nicht die Einzige, der die Ereignisse der vergangenen Stunden und die seltsame, kalte Atmosphäre in diesem alten Klostergemäuer aufs Gemüt schlugen. »Keiner hat dich verdächtigt, okay? Gib mir das Messer.«

Ellen maß mich mit einem Blick, der so frostig war, dass ich fast fürchtete, er würde Eisblumen aus der Tränenflüssigkeit auf meinen Hornhäuten gestalten, wenn ich ihm zu lange standzuhalten versuchte. Aber ich blieb tapfer und sah nicht weg. Ihre Hand schloss sich noch fester um den Plastikgriff des Messers.

»Unsere Sportskanone da ist die Referenz für deine Fähigkeiten«, machte Ed meine Worte mit einem spöttischen Schnauben zunichte, während er mit dem Zeigefinger auf Stefans blutverschmierte Leiche auf dem Küchentisch deutete.

Mein Herz tat einen schmerzhaften Sprung. Ich hielt unwillkürlich die Luft an und blickte erschrocken zu Ellen zurück, von der Ed mich einen winzigen Augenblick lang abgelenkt hatte. Verdammt, warum hatte es ausgerechnet Stefan erwischt? Warum ausgerechnet das einzige männliche Wesen neben mir, das wider aller ursprünglicher Erwartungen weit mehr mit den Eiweißverbindungen unter seiner Schädeldecke anfangen konnte, als sich nur die aktuelle DFB-Tabelle einzuprägen? Warum konnte nicht Ed an seiner Stelle schlaff auf dem Küchentisch liegen und aus toten Augen an die Decke starren, während das Blut, das aus seinem Mund getropft war, langsam an seinen Lippen verkrustete? Vielleicht hätte ich in diesem Fall Erfolg mit meinem Versuch gehabt und Ellen hätte mir das Messer gegeben. Aber obwohl die gusseisernen Streben des Fallgitters ihn nahezu durchbohrt hatten, lebte Ed noch, und so funkelte es für einen winzigen Moment nur noch zorniger, noch wahnsinniger in den Augen der Ärztin, während sie erst ihn, dann Stefan anblickte.

Dann begann sie plötzlich zu zittern. Ein Ausdruck von Scham trat in ihre Augen mit den stecknadelkopfgroßen Pupillen. Ein Ausdruck von messerscharfer Intelligenz, vermischt mit grenzenloser Wut und Wahnsinn trat in ihren Blick und eine einzelne Träne rann über ihre Wange, während ihre Glieder erschlafften. Das Messer entglitt ihrer Hand und fiel klirrend auf den Boden hinab. Schließlich sackte sie in sich zusammen und begann stumm und durch einen Tränenschleier ins Leere starrend zu weinen.

Ich hatte mit vielem gerechnet – zum Beispiel damit, dass sie auf dem Absatz herumwirbeln und Ed ihre chirurgische Treffsicherheit an seinem eigenen Leib beweisen würde, damit, dass sie mir die ausgestreckte Rechte im Stand und ohne Betäubung amputieren würde, oder mit beidem in umgekehrter Reihenfolge. Ich will nicht sagen, dass mir das lieber gewesen wäre als das, was dann tatsächlich geschah – aber weit entfernt davon war ich nun auch wieder nicht. Ich hatte in meinem Leben viele Frauen weinen sehen (habe ich eigentlich schon erwähnt, dass ich nicht unbedingt ein Beziehungsgenie bin?) und diese waren zwar alle keine Amazonen gewesen, aber besonders nah am Wasser gebaut hatten sie nun auch wieder nicht. Doch noch nie zuvor hatte mich ein bisschen Salzwasser auf weicher Haut so berührt, so erschüttert wie in diesem Augenblick: Ellen weinen zu sehen – die starke, unbeirrbare, über allem und jedem stehende Universitätsabsolventin –, dazu noch mit dieser durch und durch *ehrlichen* Gefühlsregung, hatte etwas Bedrückendes, Verunsicherndes, fast schon Unheimliches. Ich sah, wie sie vergeblich um ihre Fassung rang. Sie wollte nicht, dass wir sie so sahen, dass wir merkten, dass sie verletzlich war, und dass es Ed (ausgerechnet Ed!) gelungen war, sie so sehr zu treffen. Sie vergrub das Gesicht in den Händen und senkte den Kopf. Noch immer kam kein Laut über ihre zu einem schmalen Strich zusammengepressten Lippen. Ich glaubte nicht, dass es nur der Angriff auf ihre ärztlichen Fähigkeiten gewesen war, der sie so plötzlich und so heftig aus der Bahn geworfen hatte. Mein Blick wanderte zu Stefans totem Körper. Vielleicht waren Judith und ich nicht die Einzigen gewesen, die die hereinbrechende Nacht zu spannenderen Dingen genutzt hatten als zum Spinnwebenzählen und Mottenjagen.

Judith eilte an mir vorbei, ließ sich vor Ellen in die Hocke sinken und streckte den Arm aus, um ihn ihr um die Schulter zu legen. Was dann geschah, passierte so schnell, dass ich die Bewegungen nicht mitverfolgen konnte, obwohl ich kaum mehr als anderthalb Meter von den beiden entfernt stand: In der einen Sekunde berührten Judiths Fingerspitzen sachte Ellens zitternde Schultern, in der nächsten standen beide aufrecht da. Die junge Ärztin hatte Judith an den Haaren gepackt und hielt sie vor sich wie eine Geisel, die ihrem Kidnapper als menschlicher Schutzschild dient. Sie hatte das Tranchiermesser wieder an sich genommen, umklammerte es mit festem Griff und drückte es Judith so grob gegen die Halsschlagader, dass ein Tropfen Blut aus der Schnittstelle quoll und über die blank polierte Klinge rann. Maria hinter mir schrie entsetzt auf und auch Judith schien schreien zu wollen, aber ihrer Kehle entwich nichts als ein fassungsloses, trockenes Keuchen. Ich wich zurück.

»Keiner fasst mich an.« Ellens Stimme war leise, klang aber dennoch so schrill, dass sie fast hysterisch wirkte. »Ich *kann* gezielte Schnitte setzen, glaubt mir. Jeder, der auch nur einen halben Schritt näher kommt, wird nie wieder Gelegenheit bekommen, daran zu zweifeln, verstanden?«

Das Zittern, das von ihr Besitz ergriffen hatte, als sie zu weinen begann, hatte sich zu einem Beben gesteigert und ihr Atem ging schwer. Ihr Blick irrte hektisch durch den Raum, während sie sich vergewisserte, dass niemand von uns zum Versuch ansetzte, gegen ihre mehr als deutliche Ansage aufzubegehren. (Wie sollten wir auch? Zumindest in diesen Sekunden traute sich keiner im Raum auch nur zu atmen.) Alles in allem wirkte sie wie ein in die Enge gedrängtes wildes Tier, das verzweifelt nach einer Lücke im Kessel der Meute sucht, durch die es entkommen kann. Eine Frau wie sie, dachte ich, war in ihrem Leben sicher schon ungemein häufig mit dem Tod in Kontakt geraten, sie hatte wohl schon viele Menschen sterben sehen, ohne dass es sie besonders berührt hätte, ohne dass es sie berühren *durfte*. Vermutlich hatte sie nicht ein einziges der Unfallopfer, die sie während ihrer Laufbahn in der Notaufnahme vergeblich behandelt hatte, persönlich gekannt. Sie war vermutlich immer ohne größere Schwierigkeiten in der Lage gewesen, das Geschehene mit ihrem weißen Kittel an den Haken zu hängen und einfach hinter sich zurückzulassen, wenn sie die Station verließ. Dieser nicht nüchtern aus den Augen der Ärztin betrachtete, mit Schmerz, Trauer und Hilflosigkeit verbundene Tod eines Menschen, den sie gekannt hatte, überforderte sie. Vielleicht verstand sie in diesen Minuten auch erstmals, was sie im normalen Leben eigentlich jeden Tag tat, worum es dabei wirklich und in letzter Konsequenz ging. Ob sie sich so herzlos und kalt fühlte, wie sie manchmal wirkte?

Augenblicke, die sich schier unendlich in die Länge zogen, vergingen, ehe sie den quer über Judiths Brust gelegten Unterarm mit der zwanzig Zentimeter langen Klinge in der Hand langsam zurückzog und Judith schließlich mit einem herben Ruck von sich wegschleuderte, so dass sie schmerzhaft auf den Knien landete. Mit einem einzigen Schritt war ich bei ihr und half ihr in die Höhe, wobei ich das Haar an ihrem Hals beiseite schob, um zumindest flüchtig die Wunde zu inspizieren, die die scharfe Klinge verursacht hatte.

»Nur ein Kratzer«, stellte ich fest und strich ihr beruhigend über die Wange. Doch sie betrachtete erschrocken ihre Fingerspitzen, mit denen sie nach dem kleinen Schnitt getastet hatte und an denen jetzt Blut klebte. Dann wandte ich mich wieder Ellen zu. »Wenn es einen Hauptverdächtigen gibt, dann bin ich das«, sagte ich ruhig und spürte, wie ein kleiner Teil meines Verstandes bereits nach einem harten, handlichen Gegenstand zu suchen begann, mit dem er mir gleich den Hinterkopf zertrümmern würde.

Aber obwohl ich das Misstrauen, das in dichten Schwaden durch den Raum zu ziehen schien und sich immer stärker gegen mich richtete, deutlich spürte und spätestens seit Stefans tragischen letzten Augenblicken und der Rolle, die ich in dieser unglücklichen Situation gespielt hatte, sogar nachvollziehen konnte, war es mir recht so. Lieber sollten Maria, Judith, Ed und Carl ihr – rein objektiv betrachtet – berechtigtes Misstrauen mir gegenüber noch steigern, als dass Ellen sich weiter verdächtigt fühlte und in ihrem schlechten Zustand endgültig die Kontrolle über sich verlor. Ich wusste, dass ich nichts getan hatte. Ich würde den Schuh, den ich mir vielleicht in diesem Moment anzog, mit einer guten Portion Taktgefühl ziemlich rasch wieder ablegen können, ohne ihn einem der anderen direkt zuzuschieben.

»Schließlich war ich der Einzige, der allein unterwegs war«, fügte ich erklärend hinzu. »Außerdem bin ich länger geblieben, als vereinbart war.«

Ich war im Direktorzimmer zusammengebrochen. Der Schmerz in meinem Kopf hatte mir das

Bewusstsein geraubt, deshalb hatte ich so viel Zeit dort verbracht. Aber ich erzählte nichts davon – wenn ich meinen Blackout überhaupt erwähnen wollte, dann zu einem späteren Zeitpunkt. Es hätte mir im Moment nichts genutzt. Wahrscheinlich hätte mir ohnehin niemand geglaubt und ganz nebenbei war es nicht besonders heldenhaft, von nichts als Kopfschmerzen aus den Latschen geworfen zu werden. Ich schämte mich ein wenig dafür. In dieser Situation war es auch nicht wichtig. Mein einziges Ziel bestand gerade darin, Ellen zu beruhigen, bis sie ihre Fassung wiedergewonnen hatte und normale und vernünftige Gespräche führen konnte. Der immer noch misstrauische Ausdruck in ihren hektisch von einem zum anderen und wieder zurück wandernden Augen verriet mir, dass bis dahin wahrscheinlich noch hohe Anforderungen an mein taktisch-emotionales Geschick gestellt würden, das ich in meinem bisherigen Leben noch nicht allzu oft beansprucht hatte. »Wir dürfen jetzt nicht die Nerven verlieren«, sagte ich. »Lass uns die Dinge objektiv betrachten, okay?«

»Da warst du nicht der Einzige«, warf Carl ruhig ein. Er hatte bislang völlig unbeteiligt und regungslos an der Wand gelehnt, als sei er mit dem Inventar verschmolzen. »Judith und ich haben uns im Hof getrennt. Ich hatte irgendwann keine Lust mehr, ihr dabei zuzusehen, wie sie auf der Suche nach einem mysteriösen Schaltsystem an jedem einzelnen Stein des alten Turms gerüttelt hat, und habe derweil versucht, die Lücke zwischen Torgang und Wagen zu erweitern, damit wir uns hindurchquetschen können.« Er hob seufzend die Schultern. »Vergeblich.

Die Karre verschließt die Ausfahrt dicht wie ein Kronkorken.«

»Jedenfalls haben wir einander etwa zwanzig Minuten lang nicht gesehen«, bestätigte Judith nachdenklich. Sie versuchte den misstrauischen Seitenblick auf Carl zu unterdrücken, schaffte es aber nicht ganz. Ellen entspannte sich nur unwesentlich, aber wenigstens legte sich langsam das irre Funkeln in ihren Augen.

»Maria war auch nicht die ganze Zeit über bei mir.« Ellen schnaubte. Mein innerliches Aufatmen hielt daher nur kurz an. Ich hatte ausschließlich darauf abgezielt, den Verdacht vorübergehend auf mich zu lenken, um sie aus der Ecke, in die sie sich getrieben fühlte, herauszumanövrieren, nicht aber darauf, dass wir einander gegenseitig verdächtigten und die Stimmung auf diese Weise wieder derart aufgeheizt wurde, dass wir uns am Ende vielleicht die Zähne einschlugen. Nun aber schien es genau darauf hinauszulaufen. »Wir haben uns kurz getrennt, um verschiedene Räume zu durchsuchen. Als ich fertig war, war Maria weg«, erklärte Ellen und bedachte Maria, die ihren Schrecken über Ellens Bemerkung einigermaßen überwunden hatte und an Judiths Seite getreten war, mit einem bitterbösen Blick.

»Aber ich –«, fuhr Maria auf, brach aber mitten im Satz ab und senkte nervös den Blick.

»Aber was?« Ed legte lauernd den Kopf schräg. »Vielleicht gibt es ja wirklich einen zweiten Ausgang, der durch den Keller führt. Vielleicht ist Stefan von dort gekommen. Er wollte uns holen, aber unser graues Mäuschen hat die Gunst des Augenblicks genutzt, einen lästigen Miterben loszuwerden. War es so?«

»Das ist doch völlig absurd!«, Maria schüttelte heftig den Kopf.

»Findest du?« Ellen, die sich gerade erst wieder halbwegs in der Gewalt gehabt hatte, tat einen drohenden Schritt in unsere Richtung, wobei sie mit der Spitze des Tranchiermessers in Marias Richtung deutete. Offenbar war sie drauf und dran, sich gleich in den nächsten Wahn zu steigern. »Ich finde diese Version ziemlich plausibel, Schätzchen. Schließlich warst du lange genug weg, mindestens eine Viertelstunde. Zeit genug, um den Dolch zu holen und Stefan niederzustechen.«

»Das glaube ich nicht.« Obwohl ich wusste, dass Judith die zierliche, neunmalkluge Besserwisserin in den biederen, aschgrauen Klamotten mindestens ebenso wenig mochte wie ich, versuchte sie ihr ein wenig Rückendeckung zu geben – eher, um die Situation zu entschärfen als weil sie tatsächlich von ihrer Unschuld überzeugt war, wie ihre skeptische Mimik und distanzierte Körperhaltung verriet. »Es gibt bestimmt eine andere Erklärung, oder?« Sie wandte sich Maria zu und blickte sie fragend an. »Wo bist du gewesen?«

»Ich …« Maria stand das Unbehagen so deutlich wie mit Neonlettern ins Gesicht geschrieben. Sie zögerte einen Augenblick und blickte verlegen auf ihre Fußspitzen hinab. »Oben«, stieß sie schließlich hervor. »Auf der Toilette.«

»O là là«, machte Ed spöttisch. »Zehn Minuten für ein kleines Mädchen? Das Fassungsvermögen deiner Blase ist wirklich beeindruckend.«

»Während das deiner Birne wohl eher zu wünschen übrig lässt«, ergänzte Judith spöttisch.

»Das war ganz allein Ellens subjektives Zeitempfinden«, konterte Maria brüskiert und überspielte damit die Scham über ihren öffentlich ausdiskutierten Toilettenbesuch. Mit einer trotzigen Geste warf sie den Kopf in den Nacken. Sie tat mir ein bisschen Leid. »Allein in einem dunklen Keller, erfüllt von mehr oder weniger begründeten Ängsten, verliert man das Zeitgefühl schon mal«, sagte sie. »Da können aus Minuten Stunden werden.«

»Andererseits finde ich es auch ein bisschen auffällig, dass nur Männer ums Leben kommen. Es wäre durchaus denkbar, dass eine Frau –«, grübelte Judith laut nach, brach aber ab und machte eine wegwerfende Handbewegung, als mein mahnender Blick sie traf.

Ellen öffnete den Mund, um etwas hinzuzufügen, aber ich kam ihr zuvor. Ich hatte diese ganze Diskussion mit meinem bescheuerten Ablenkungsmanöver ins Rollen gebracht und fühlte mich daher auch verantwortlich, dafür zu sorgen, dass sie schnell wieder ein Ende fand.

»Zusammenfassend gesagt kann also jeder von uns der Mörder sein«, versuchte ich einen Schlussstrich zu ziehen. »Jeder außer Ed war lange genug allein und in der Lage, den Dolch aus dem Keller zu holen und Stefan umzubringen.«

»Warum alle außer Ed?«, warf Maria empört ein. »Was ist, wenn er nur simuliert? Es könnte doch sein, dass er gar nicht so schwach ist, wie er tut.«

»Tiefe Schnittwunden und eine Gehirnerschütterung sind schwer zu simulieren.« Ellen verdrehte die Augen über Marias wirklich sehr weit hergeholte Unterstellung. Mit einem Anflug der Erleichterung stellte ich fest, dass sie anscheinend wieder fast die Alte war.

»Lassen wir den Küchenhocker aus dem Spiel«, bestätigte Judith und begann nachdenklich im Raum auf und ab zu gehen. »Einer von uns vieren ist der Mörder.« Sie blieb stehen und bedachte erst Maria, dann Ellen und Carl und zuletzt mich mit konzentriertem Blick. Als sie mich ansah, lag eine ungewohnte Kälte in ihrer Miene, die mich irritierte. Ich zuckte zusammen. Ich hatte geahnt, dass ich der Hauptverdächtige hier war, aber ich hätte meine rechte Hand darauf verwettet, dass Judith mir vertrauen und Rückendeckung geben würde. Wir kannten uns zwar auch erst seit ein paar Stunden, aber wir waren uns ziemlich nahe gekommen in dieser Zeit. Ich hatte geglaubt, dass sie über ausreichende Menschenkenntnis und Sensibilität verfügte, um einfach zu *wissen*, dass ich nichts mit der ganzen Geschichte zu tun hatte, denn von uns allen verfügte sie über die wahrscheinlich höchste emotionale Intelligenz. Ich war allerdings froh, mit niemandem darüber gewettet zu haben. Judiths Skepsis mir gegenüber schmerzte schon genug. Wenigstens durfte ich meine rechte Hand behalten.

»Wir sitzen wie Ratten in einem Käfig«, sagte Ellen. »Das Ganze erinnert an eine Versuchsanordnung wie in einem Labor. Man ködert die Ratten, sie werden eingesperrt und paaren sich. Und dann beginnt man mit dem Versuch. Keine kann mehr aus dem Käfig fort. Nur die intelligenteste Ratte wird das Schlupfloch finden und überleben.«

Judith schüttelte angewidert den Kopf. »Du hast eine kranke Fantasie.«

Maria legte nachdenklich die Stirn in Falten und kratzte sich unwillkürlich am Hinterkopf. Dann trat sie an den Küchentisch, hob Stefans leblosen Arm vorsichtig ein Stück weit an, was sie deutliche Überwindung kostete. Sie presste ihre Lippen fest zusammen, hielt den Atem an und zog die blutbeschmierten Fotos unter seinem toten Körper hervor. Dann trat sie schnell ein Stück zurück, als fürchtete sie, der tote Sportler könne sich im nächsten Augenblick aufbäumen und sich, als Zombie zu neuem Leben erwacht, auf sie stürzen. Sie begann die Bilder so hektisch durchzublättern, dass sie an eine Patientin im Wartezimmer eines Zahnarztes erinnerte, die heftig in Illustrierten blättert, um sich von den Folterwerkzeugen abzulenken, die im Behandlungsraum auf sie warten könnten.

»Und wir sind brave Ratten«, fuhr Ellen ungerührt fort und bestätigte damit indirekt, was ich mir bereits gedacht hatte. Stefan und sie hatte mehr verbunden als eine Runde Skat oder Mau-Mau vor dem Einschlafen. Die Vorstellung war irgendwie absurd und doch war es wohl so gewesen. Und außerdem: Judith und ich waren schließlich auf den ersten Blick bestimmt auch nicht die Kandidaten für eine Quoten steigernde Traumhochzeit, oder? »Kaum waren wir im Schloss, sind wir alle miteinander in die Kiste gesprungen«, behauptete Ellen. »Ganz wie es unser verrückter Gönner Klaus Sänger sich von seinen Versuchstierchen wünschte und ...«

»Ich habe nicht ...«, protestierte Maria kleinlaut und blickte von den Fotos auf.

Ed lachte anzüglich. »Ich sage nur: Stille Wasser sind tief«, grinste er.

»Mistkerl!«, entfuhr es Maria.

»Soll ich ihnen sagen, was du kleine Nutte mir ins Ohr geflüstert hast, als wir es getrieben haben?« Es bereitete Ed deutliche Freude, sie mit ihrem intimen Ausrutscher in seinem Zimmer vor uns zu foltern, und er tat es mit Erfolg.

Maria ließ die Fotos fallen und stürmte mit einem schrillen Schrei aus der Küche. Ich versuchte noch, mich ihr in den Weg zu stellen, aber was bei anderen Menschen vielleicht durch blanke Angst möglich wurde, schaffte bei ihr allein schon die Scham: Sie verlieh ihr ungeahnte Kräfte, mit denen sie mich kurzerhand zur Seite stieß, so dass ich um ein Haar das Gleichgewicht verloren hätte und gestürzt wäre. Ich fing mich am Küchenschrank ab und setzte dazu an, ihr nachzueilen, aber Judith ergriff mich am Handgelenk und schüttelte den Kopf.

»Lass sie doch«, sagte sie beschwichtigend. »Die ist nicht unsere Mörderin.« Dann wandte sie sich wieder Ellen zu. »Und wer steckt bitte sehr deiner Meinung nach hinter diesem vermeintlichen Versuchslabor?«

»Irgendein krankes Hirn eben.« Ellen hob hilflos die Schultern und seufzte tief. »Wer macht schon einen Menschenversuch? Und zu welchem Zweck?« Plötzlich weiteten sich ihre Augen. Sie trat an den Küchentisch heran, legte das Tranchiermesser darauf ab und griff nach ihrer Zigarettenschachtel. Die Plastikfolie war verklebt von dunklem, halb eingetrocknetem Blut und ihre Hände zitterten sichtbar, als sie sich eine Zigarette ansteckte. Sie nahm einen tiefen Zug, und schließlich noch einen zweiten und einen dritten, bis sie sich wieder unter Kontrolle hatte. »Die Weibchen sollten gedeckt werden«, sagte sie schließlich mit eisiger Stimme. »Jetzt braucht man die Männchen nicht mehr.«

»Du … du spinnst doch …«, keuchte Judith erschrocken. Sie schien der Hysterie plötzlich fast so nahe wie unsere Ärztin noch ein paar Minuten zuvor. »*Du* bist das kranke Hirn! Woher hätten unsere Laborchefs denn wissen sollen, dass sie den richtigen Zeitpunkt getroffen haben. Ich meine, die können doch nicht wissen, wann …«

»Bei mir wäre der richtige Zeitpunkt gewesen. Genau die beste Nacht, um Nachwuchs zu zeugen.« Sie blickte Judith offen an. »Und wie sieht es bei dir aus?«

Obwohl sich alles in ihr dagegen sträuben musste, Ellens wahnwitzige Idee auch nur ansatzweise in Betracht zu ziehen, sah ich Judith förmlich an, wie sie im Geiste die Tage nachzuzählen begann.

»Und?«, setzte Ellen schließlich nach.

»Das geht dich einen Dreck an!«, fauchte Judith, aber ihr Blick wanderte nervös durch den Raum und ihr Atem beschleunigte sich. Zweifellos war es auch für sie der beste Zeitpunkt gewesen, um schwanger zu werden. Mir wurde übel.

»Das ist wirklich albern«, winkte ich ab und schüttelte entschieden den Kopf. »Selbst wenn es so wäre, hätte niemand das wissen –«

»Unsere supergescheite Akademikerin und ihr durchtrainiertes Anabolikadepot!« Judith zog es wohl vor, zum Angriff zu starten, ehe sie selbst noch weiter in die Defensive gedrängt werden konnte, in die sie sich eigentlich ganz ohne Not gebracht hatte. Es blieb allerdings bei einem Versuch.

»Besser als mit einem gescheiterten Tellerwäscher, oder?«, konterte Ellen spöttisch.

»Wer sollte Interesse an so einem Versuch haben?«, wandte ich ein, nur um überhaupt etwas zu sagen, was von den beiden unangenehmen Themen (meinen vergnüglichen Stunden mit Judith und meiner kläglichen Karriere auf amerikanischem Boden) ablenkte.

Ellen bückte sich nach den Fotos, die Maria hatte fallen lassen, und sammelte sie ein. »Hier in der Burg wurden schon einmal irgendwelche Versuche gemacht«, erklärte sie und hielt mir die Schwarzweißaufnahme hin, die Klaus Sänger und einige andere Doktoren in weißen Laborkitteln zeigte. »Sänger hat mit den Nazis gemeinsame Sache gemacht, und weiß der Henker, an was er geforscht hat. Ich bin sicher, dass das Müttererholungsheim oder was immer hier in der Burg untergebracht war, nur zur Tarnung diente. Irgendetwas ist in den Gewölben unter der Burg vor sich gegangen. Etwas, von dem man ablenken musste.« Sie blickte über die Schulter zu Carl zurück. »Woran hätte man sonst so lange bauen sollen. Und warum hätte man alles so sorgsam verbergen müssen, wenn es nicht etwas Ungeheuerliches gewesen wäre?«

Ed klatschte müde in die Hände. »Gratuliere, Miss Paranoia. Das ist der größte Unsinn, den ich jemals gehört habe.« Er gab Frankensteins Monster aus seiner recht bedauerlichen Theaterkiste zum Besten. »Huahhh … unheimliche Naziwissenschaftler, die nun vermutlich schon alle über neunzig sind, benutzen uns als Laborratten. Tolle Idee!«

Ich starrte auf den Nazidolch in Stefans Rücken hinab. Einen winzigen Moment lang war ich beinahe versucht, Ellen zu glauben. Warum eigentlich nicht? Es gab längst keine vernünftige Erklärung mehr für all das, was in den vergangenen Stunden hier geschehen war, nichts, was diese Anhäufung von unglücklichen Zufällen und Unfällen hätte plausibel erscheinen lassen können. Und Judiths Argument, dass niemand hätte wissen können, wann für die Frauen der beste Zeitpunkt zur Fortpflanzung war, zählte nicht. Nicht umsonst hatten Frauen ganz allgemein die seltsame Angewohnheit, ständig Ärzte aufzusuchen, ohne krank zu sein. Jede der drei verfügte ganz sicher über einen Gynäkologen ihres Vertrauens. Was, wenn ihr Vertrauen nicht halb so gut aufgehoben gewesen war, wie sie geglaubt hatten? Wenn –

Ich verwarf den Gedanken. Nüchtern betrachtet brauchte man als Erklärung für das, was geschehen war, keinen vergreisten Nazi, der nach einem Paarungsexperiment die nun überflüssigen Männchen nach dem Schwarze-Witwe-Prinzip entsorgte. Irgendjemand hatte mit einem Dolch aus dem Dritten Reich, den man mit etwas Glück bei eBay ersteigern oder auf dem Trödel auftreiben konnte, einen von uns niedergestochen – um nichts anderes ging es hier schließlich. Viel naheliegender als Motiv war daher, dass tatsächlich einer von uns die Gelegenheit genutzt hatte, einen Rivalen um das Erbe des Klaus Sänger auszuschalten. Wenn ich mich zwischen einer der beiden Möglichkeiten entscheiden müsste, dann würde ich letztere wählen. Es war traurig und erschreckend, wie weit die menschliche Habgier gehen konnte. Aber diese Einsicht war noch immer leichter zu ertragen als Ellens Fantasie von den menschlichen Versuchskaninchen und die damit einhergehende Vermutung, nicht einfach nur hier festzusitzen – was an sich schon schlimm genug war –, sondern bewusst und planmäßig *eingesperrt* worden zu sein und beobachtet zu werden. Allein diese Idee würde mich in den Wahnsinn treiben, wenn ich sie zu nah an mich heranließ.

»Ich würde mich wohler fühlen, wenn wir ihn aus der Küche schaffen würden.« Judith ging nicht auf Eds dumme Sprüche ein, sondern rümpfte nur verächtlich die Nase, zog es aber auch vor, mit dem Thema abzuschließen, und deutete mit einem Nicken auf Stefans Leiche.

»Das sehe ich auch so«, sagte ich, dankbar für die Ablenkung, weg von meinen eigenen düsteren Gedanken und hin auf das für jeden nachvollziehbare menschliche Bedürfnis, nicht ständig auf einen Toten blicken zu müssen. Schließlich fiel es niemandem leicht, auf so drastische Weise an die eigene Verletzlichkeit, Schwäche und sogar die eigene Sterblichkeit erinnert zu werden.

Ich trat an den Küchentisch heran und bedeutete Carl, mir zu helfen; bis jetzt hatte er an der gegenüberliegenden Wand gelehnt und sich nicht einmal einen Zentimeter von der Stelle gerührt, als Ellen mit dem Tranchiermesser Amok zu laufen drohte. Seine Reaktionen beschränkten sich seit einer geraumen Weile auf das gelegentliche Anheben einer Augenbraue, ein Stirnrunzeln oder das Verlagern seines Gewichtes von einem Fuß auf den anderen. Von uns allen in der Küche hatte er bisher am wenigsten geredet. Etwa weil er am meisten wusste? Wenn ich einen Hauptverdächtigen bestimmen müsste, dann wäre er ganz sicher mein Favorit. Aber meine Verdächtigungen waren ebenso wenig gerechtfertigt wie Judiths unausgesprochenes Misstrauen und das der anderen mir gegenüber. Ich durfte mich nicht auf Vermutungen und Spekulationen einlassen, den Boden der Tatsachen nicht verlassen. Jeder hier war auf seine Weise drauf und dran, den Verstand zu verlieren – ich würde um meinen kämpfen. Bestimmt war dieses undurchdringliche Verhalten von Carl einfach seine Art, auf zu viel Schrecken, Leid und Angst zu reagieren. Möglicherweise war er froh darüber, so wie ich gerade, durch irgendetwas von den eigenen beängstigenden Gedanken und Theorien abgelenkt zu werden – und sei es dadurch, dass man eine blutverschmierte Leiche aus dem Raum schaffte.

Tatsächlich aber fühlte ich mich nicht besser, als wir den mindestens zweihundert Pfund schweren, schlaffen Körper des Bodybuilders mit vereinten Kräften und Judiths und Ellens wenig effektiver, aber gut gemeinter Unterstützung anhoben, sondern nur auf eine andere Weise hundsmiserabel. Obwohl ich mir große Mühe gab, überall hinzusehen, nur nicht auf den Toten, den wir unter Ellens permanenten Kommandos und fachlich begründeten Zurechtweisungen wie ein schlecht zu greifendes, sperriges, dafür aber empfindliches und mit Respekt zu behandelndes Möbelstück in die Eingangshalle wuchteten, fühlte ich mich eher wie ein Leichenfledderer als wie ein Grabträger. Das war mir selbst gegenüber nicht gerecht, denn ich tat nichts, was nicht jeder andere an meiner Stelle ebenfalls tun würde. Dennoch hatte ich ein furchtbar schlechtes Gewissen, als wir Stefans Leiche schließlich, unter angestrengtem Schnaufen und Keuchen, so weit wie möglich entfernt von Küche, Ausgang und dem Weg zwischen beidem ablegten.

Das Messer ließen wir in der Wunde stecken und legten die Leiche bäuchlings auf den Boden. Ellen hätte nicht erst darauf hinweisen müssen, dass wir gut daran taten, der Kriminalpolizei so viele Spuren zu hinterlassen wie möglich, und dass es durchaus sein konnte, dass der Täter dumm genug gewesen war, seine Fingerabdrücke auf dem Napola-Dolch zu hinterlassen. Selbst wenn es irgendeinen Grund gegeben hätte, das Nazirelikt zu berühren, hätte sich niemand von uns getraut. Wer wollte schließlich seine eigenen Fingerabdrücke auf einer Mordwaffe wissen? Und wer wollte nicht nur so schnell wie möglich einfach nur weg von hier, zurück in die Küche, raus aus dem Gebäude oder im Idealfall auf schnellstem Wege nach Hause? Ellens Befehlston hinderte niemanden daran, etwas Falsches zu tun, weil sowieso niemand ein Interesse an solcherlei Unsinn hatte. Aber er verlieh ihr unübersehbar das Gefühl, die Fäden in der Hand zu haben, das Geschehen um sie herum zu lenken und zu kontrollieren. Nach ihrem Zusammenbruch vor kaum mehr als zwanzig Minuten wäre ich der Letzte, der ihr diese Einbildung wieder ausreden würde, im Gegenteil: Wenn es unbedingt sein musste, um die Arroganz, die sie vor dem Blick hinter ihre eigene Fassade schützte, aufrechtzuerhalten, würde ich bellen und Stöckchen apportieren. Wenn ich ihr überhaupt etwas zu sagen hatte, dann konnte ich das tun, sobald wir diesen Alptraum hinter uns gelassen hatten. Von mir aus sollte der Wahnsinn, der eben für einen kurzen, aber eindrucksvollen Moment aus ihren Augen gefunkelt hatte, von ihr Besitz ergreifen, und meinetwegen sollte sie sich selbst als Patientin in der Klinik, in der sie arbeitete, wiederfinden – auf einer Station, in der man sie professionell mit der Existenz ihrer eigenen Psyche vertraut machen würde. Aber nicht hier und jetzt. Ellen war von uns allen vielleicht der labilste Charakter, weil sie ihr eigenes, wahres Wesen nicht kannte, sondern nur die erfolgreiche junge Ärztin, die ihren Namen trug und nie etwas anderes tat, dachte oder sogar fühlte, als sie es von ihr *erwartete*. Ellen spielte sich selbst, das machte sie gefährlich. Einen Moment lang fragte ich mich mit einem unpassenden Anflug von Stolz über mein neu entdecktes psychologisches Talent – obwohl ich bislang selbst der größte Kritiker aller Hobbypsychologen und -therapeuten gewesen war – nun doch, ob es nicht etwa sein konnte, dass Ellen schon einmal die Fassung verloren hatte, ohne dass wir es bemerkt hatten. Vielleicht war sie es ja gewesen, die, aus welchen Gründen auch immer, über Stefan hergefallen war und dann nicht an der allgemeinen Schwäche ihres Charakters, sondern speziell an ihrem Gewissen verzweifelt und durchgedreht war.

Ich ermahnte mich insgeheim, mich nicht schon wieder in Spekulationen zu verirren und umgehend wieder von dieser für mich selbst ganz untypischen Denkweise zwischen Pseudophilosophie und -psychologie abzulassen. Ich entwickelte mich langsam ausgerechnet zu der Sorte Mensch, der ich im Alltag weiträumig aus dem Weg ging. Außerdem gab es hier niemanden, der mir vertraute, also musste ich mir selbst treu bleiben.

Auf halbem Wege zur Küche hielt ich noch einmal inne und blickte zu Stefans Leiche zurück. Ihn durch meine eigenen Hände wie einen Tierkadaver an einer möglichst unauffälligen Stelle deponiert zu sehen kratzte unangenehm an meinem Selbstrespekt. Ich erinnerte mich daran, so etwas wie einen Regenmantel, wenn ich Glück hatte, eine kleine Plane, zusammengeknüllt auf der Ladefläche von Carls Landrover gesehen zu haben. Ich beschloss, sie zu holen, und während ich das Haupthaus verließ und in der Dunkelheit auf den Torweg zusteuerte, redete ich mir ein, dass ich das tat, um einfach noch irgendetwas, ganz egal wie Unsinniges, für Stefan zu tun, und nicht etwa, weil ich auf einen Aus-den-Augen-aus-dem-Sinn-Effekt hoffte, wenn ich seinen toten Körper bestmöglich damit verdeckte.

Ich hatte mich nicht getäuscht: Tatsächlich musste ich nicht lange suchen, bis ich das gefunden hatte, was ich – zusammengerollt, wie es war, und außerdem im Finstern – nicht eindeutig hatte identifizieren können, von dem ich mir aber während des Rückweges anhand seines Gewichts und der Beschaffenheit des Stoffes ausrechnete, dass es ausgerollt bestimmt drei oder vier Leichen verdecken konnte. Zufällig stellte ich bei dieser Gelegenheit auch fest, dass Kopfrechnen eine sehr ablenkende und deshalb beruhigende Wirkung hat – besonders dann, wenn man so schlecht darin ist wie ich. Während ich, zurück im Haupthaus, die Plane, ein schmuddeliges, hier und da bereits Schimmel ansetzendes und im geschlossenen Raum entsprechend übel riechendes Zelttuch, über dem Leichnam des Bodybuilders ausbreitete, befasste ich mich in Gedanken intensiv mit der Wurzel aus siebenunddreißigeinhalb. Und gerade als ich eine gute Idee für einen möglichen Rechenweg hatte, zog etwas meine Aufmerksamkeit auf sich: ein aufgedrucktes schwarzes Naziemblem, das erst sichtbar wurde, als ich die dunkelgrüne Plane fast vollständig über Stefan gebreitet hatte, und das bis dahin von einem ebenfalls aufgedruckten Wappenschild verdeckt gewesen war. Ich vergaß das Kopfrechnen und rieb mir fröstelnd die Oberarme. Wo zum Teufel war ich hier gelandet? Wer hatte sich an dieser Schule herumgetrieben? (Hatte? Obwohl ich mich nach wie vor weigerte, an Ellens wahnwitzige Theorie zu glauben, betete ich, dass ich die Zeitform instinktiv und nicht bloß zu meiner Beruhigung richtig gewählt hatte.) Und was hatte derjenige hier getrieben? Ob hier wirklich Menschen gezüchtet worden waren?

Ich bedeckte Stefans nackte Füße mit der Plane und erlegte mir, während ich mich aufrichtete, eine neue, etwas einfachere, aber umso langwierigere Rechenaufgabe auf. Ich wollte nicht wirklich wissen, was sich in der Vergangenheit hier zugetragen hatte; die gegenwärtigen Probleme in diesem Gemäuer reichten mir vollkommen aus.

Ich wandte mich von dem Toten ab und setzte dazu an, zur Küche zurückzugehen, als mich plötzlich ein seltsames Gefühl beschlich. Im ersten Augenblick war es nur eines von vielen, die ich nicht zuordnen konnte und wollte und vor denen ich mich hinter den Zahlenkolonnen vor meinem inneren Auge zu verstecken versuchte: ein leichtes Kribbeln unter den Fußsohlen, das ich für die Dauer eines Lidschlags erschrocken für die Voranküdigung eines neuerlichen Ohnmachtsanfalles hielt, obwohl es keinen Grund gab, das Bewusstsein zu verlieren. Ich hatte nicht einmal mehr leichte Kopfschmerzen, was ich jetzt, da es mir gerade bewusst wurde, dankend begrüßte. Aber es war kein betäubtes Kribbeln, sondern überhaupt nichts, was seine Ursache in meiner körperlichen Verfassung fand.

Der Boden unter meinen Füßen vibrierte! Die Vibration, die das Jahrhunderte alte Gemäuer durchlief, als sei irgendwo tief im Fels unter mir verborgen eine mächtige Maschine angeworfen worden, dauerte weder lange an, noch war sie besonders stark. Zwei, drei Sekunden vergingen, in denen ich unschlüssig auf meine Füße hinabstarrte und nicht wusste, welchen Reim ich mir darauf machen und wie ich reagieren sollte, als sich plötzlich mehrere kleine, aber zweifellos echte Putzstücke von der Decke über mir lösten und dicht gefolgt von einer kleinen Menge feinporigem Staub auf den Boden hinabfielen. Sie kullerten ein Stück weiter, ehe sie, durch die Vibration sachte zitternd, vor meinen Fußspitzen liegen blieben. Ein ungewöhnliches, aber nicht unangenehmes Gefühl breitete sich in meinem Körper, ganz besonders in der Magengegend, aus. Es war, als stünde ich vor der Bassbox einer gewaltigen Lautsprecheranlage, aus der die Klänge gleich mehrerer Bässe mein Innerstes vibrieren ließen – ein vertrautes, warmes Gefühl, das mich in meiner Jugend und als junger Erwachsener zum

Open-Air- und Konzerthallen-Junkie hatte werden lassen, immer lange vor Einlass schon vor den Toren wartend, um garantiert einen Platz dicht an den Boxen in den ersten Reihen zu bekommen. Ich hatte die Vibration der Bässe immer geliebt und ließ auch heute noch keine Gelegenheit aus, meine Trommelfelle und die Nerven meiner Nachbarn mit meiner bescheidenen (aber ausgesprochen lauten) Stereoanlage auf die Zerreißprobe zu stellen. Daher genoss ich trotz aller durch mein Unwissen um die Ursache des Bebens ausgelösten Angst diesen seltsamen Augenblick, diese Erschütterung, die durch Mark und Bein ging. Das hier war ähnlich dem dezibelintensiven Gedröhn, vor dem mein Ohrenarzt mich regelmäßig eindringlich warnte – nur noch wesentlich intensiver …

Das Hochgefühl dauerte kaum länger als ein paar Atemzüge, die mir wie Minuten vorkamen, in denen ich nur dastand und mich auf das wohlige Kribbeln konzentrierte, das alle meine Organe wie eine innere Massage verwöhnte und mich mit dem Verlauf von Nervensträngen vertraut machte, von denen ich nicht einmal geahnt hatte, das es sie gab. Ich wäre enttäuscht gewesen, als es plötzlich wieder vorbei war, wenn ich denn in der Lage gewesen wäre, noch irgendetwas Negatives zu empfinden. Aber das war ich nicht. Ich hätte ganze Stunden damit verbringen können, einfach nur den Reaktionen meines Körpers zu folgen und sie zu genießen, aber als das Beben verschwand, fühlte ich mich von einer inneren Wärme erfüllt, spürte ein emotionales Gleichgewicht, das etwas Unbehagliches wie zum Beispiel Unzufriedenheit oder Bedauern einfach nicht zuließ.

Ich fühlte mich gestärkt und gegen alle denkbaren physischen wie psychischen Attentate, die diese Nacht noch für mich bereithalten mochte, bestens gewappnet, erfüllt mit Ruhe ohne Trägheit und Gelassenheit ohne Resignation. Mit einem erleichterten Seufzen und zufriedenen Lächeln steuerte ich auf die Küche zu, als ich plötzlich ein leises, rhythmisches Geräusch von der Treppe her vernahm, die in die Empfangshalle hinabführte: Schritte. Ich wandte mich um und für einen kurzen Augenblick sah ich Miriam, die sich unsicher am Geländer festhielt und mit kindlich-ängstlichem Blick durch die Dunkelheit zu mir hinuntertastete. Ich zweifelte nicht daran, dass ihr Erscheinen Realität war; das warme, bedingungslos zufriedene Gefühl in meinem Bauch ließ auch für Zweifel keinen Platz. Ich trat einen Schritt durch das, was ich für *unserer beider* Wirklichkeit hielt, gewillt, ihr die Hand zu reichen, ihr zu helfen, ihre Furcht (wovor fürchtete sie sich eigentlich? Wir waren allein. Selbstverständlich waren wir das) zu überwinden, sie vielleicht sogar in den Arm zu nehmen und zu trösten.

Aber sie verschwand, kaum dass ich anderthalb Schritte hinter mich gebracht hatte. Mit ihr verschwand alles, was die mysteriöse Vibration der Wände und der Decke in mir ausgelöst hatte, und dafür kehrten alle Eindrücke, Bedürfnisse, Ängste und Gedanken, die ich kein wenig vermisst hatte, an ihren Platz zurück. Und als sei das nicht schon schlimm genug, als risse mich dieser brutale Entzug nicht schon in ausreichend kleine Stücke, tauchte auf der Treppe, wo zuletzt Miriam gestanden hatte, kaum dass das Bild des dunkelhaarigen Mädchens sich vor meinen Augen aufgelöst hatte, jemand anders auf: Maria.

Sie verharrte mitten im Schritt, als sie mich sah, und blickte mir einen Moment lang erst erschrocken, dann unsicher entgegen, ehe sie weiterging. Unter dem Arm trug sie einen ganzen Stapel dicker, staubiger Bücher.

»Hallo, Frank«, sagte sie, als sie sich schließlich den deutlich sichtbaren Ruck gegeben hatte, den es eine unsichere Persönlichkeit wie sie anscheinend kostete, etwas so Einfaches, Selbstverständliches wie einen Gruß auszusprechen. »Ich bin froh, dass ich dich hier treffe.«

Der Klang ihrer Worte strafte sie Lügen, aber ich sagte nichts und nahm es ihr auch nicht übel. Es war nur eine höfliche Floskel, aber damit übertraf mich die kleine graue Maus in diesen Sekunden trotzdem in der Disziplin Selbstüberwindung bei weitem. Ich für meinen Teil war auf einmal weder willens noch fähig, einen weiteren Schritt in ihre Richtung zu machen und ein Wort der Höflichkeit, die man mir irgendwann einmal anerzogen hatte, über die Lippen zu zwingen. Es war unfair und vollkommen absurd, aber auf einmal empfand ich einen maßlosen Hass auf sie, wie ich ihn noch nie für irgendjemand verspürt hatte. Gleichzeitig meldeten sich in diesem Moment meine Kopfschmerzen mit einem leichten Stechen in meinen Schläfen zurück – zwar noch lange nicht schmerzhaft, aber zweifelsfrei voller brennendem Tatendrang –, und so machte ich Maria ungerechtfertigterweise sowohl für meine Aussicht auf eine neuerliche Migräneattacke als auch für den plötzlichen Rückzug dieses seltsamen, nahezu utopisch schönen Gefühls und vor allen Dingen für Miriams Verschwinden verantwortlich.

Kurz: Sie war schuld, dass die Realität mich eingeholt hatte. Sie war sogar schuld, dass es sie *gab*. So gesehen war es nur höflich, dass ich ihren Gruß nicht erwiderte. Ich hätte ihn wohl zwanghaft zusammen mit einer ganzen Salve von wütenden Beleidigungen auf die Reise geschickt.

Maria legte die restlichen Stufen ins Erdgeschoss und durch den Flur zu mir in ihrer eigenartigen tippelnden Gangart zurück, wobei sie ihre Schritte beschleunigte, je weiter sie sich mir näherte. »Ich hatte dich für jemand anderen gehalten«, erklärte sie in entschuldigendem, langsam an Sicherheit gewinnendem Tonfall und deutete mit der freien Hand auf den Bücherstapel, den sie mit sich trug. »Ich habe etwas herausgefunden«, sagte sie und merkte dabei nicht, wie ich die Hände in den Taschen meiner Jeans verschwinden ließ und sie zu Fäusten ballte, die ich nur mühsam im Zaum halten konnte. Ich wandte mich um und ging weiter Richtung Küche, damit sie nicht sah, wie ich die Augen schloss und ein paarmal bewusst langsam und tief ein- und ausatmete, um meine plötzliche Aggression nicht wie an einem Sandsack an ihr abzureagieren. »Ich glaube, ich bin der Lösung des Rätsels auf der Spur.«

Ich sagte nichts. Als wir die Küche erreichten, ließ ich ihr den Vortritt, um meine Hände in sicherem Gewahrsam ruhen lassen zu können, während sie die Tür öffnete. Mir war wirklich nicht nach Rätselraten, Schatzsuchen oder sonstigem albernen Zeitvertreib. Wir waren drauf und dran, uns wie eine Gruppe Schulkids zu verhalten, die sich die

Zeit in der Jugendherberge mit der Suche nach dem sagenumwobenen Herbergsgeist versüßt. Ich hatte genug Probleme mit mir selbst und keine Lust, mich noch tiefer in einen Irrgarten der Eventualitäten ziehen zu lassen. (Was geschah hier nur mit mir? Was passierte mit meinem *Charakter*?!)

»Es hängt alles irgendwie an Ed.« Maria war mit der Hand auf der Klinke stehen geblieben, blickte mich mit Verschwörermiene an und wartete eine peinliche Sekunde lang vergeblich darauf, dass ich mich in irgendeiner Form interessiert zeigte. Schließlich versuchte sie ihre Enttäuschung über meine mangelnde Neugier mit noch mehr Geheimniskrämerei und einer Körperhaltung zu überspielen, die mir wohl vorgaukeln sollte, dass sie ohnehin nicht geplant hatte, mich in ihre vertraulichen Informationen einzuweihen. »Komm. Ich bin sicher, damit kommt alles ans Licht.« Sie drückte die Klinke herunter und schob mich vor sich her in die Küche.

Ich folgte ihr unwillig. Ich wollte allein sein, denn ich war inzwischen nicht einmal mehr auf Gesellschaft angewiesen, um einen heftigen Streit vom Zaun zu brechen. Dazu reichte ein Selbstgespräch. Ich hätte stundenlang mit mir über mich diskutieren können – über das, was ich war, ehe ich hierher gekommen war, über das, was ich in diesem Augenblick war, und über das, was ich möglicherweise sein würde, wenn ich diese Burg wieder verließ. Jedenfalls musste ich mich schwer in Acht nehmen und meine plötzlichen Launen und meinen Realitätsverlust schnell unter Kontrolle bekommen, sie am besten vollständig in den hintersten Winkel meines Hirns zurücktreiben, aus dem beides sich herausgeschlichen hatte. Aber ich hatte mich, wie mir erst jetzt bewusst wurde, einmal mehr für längere Zeit von den anderen abgesondert. Damit hatte ich mir sicher schon wieder ein paar weitere Scheffel Misstrauen verdient und ich konnte den Wortlaut, in dem Ed sich breit grinsend erkundigte, was ich denn so lange mit einem Toten in einer Halle oder gar mit der grauen Maus im Obergeschoss getrieben hätte, ziemlich genau vorstellen. Ich wollte es nicht auf die Spitze treiben, mich nicht zu sehr von der Gruppe absondern und mich damit nicht nur noch verdächtiger, sondern wahrscheinlich auch ziemlich einsam machen. Aber niemand sagte etwas, als wir eintraten und Maria die Tür hinter uns schloss. Ein bedrücktes, betretenes Schweigen, das nicht einmal Ed sich mit seiner großen Klappe anzutasten wagte, erfüllte den Raum.

Maria beeindruckte es hingegen kein bisschen. Zielsicher marschierte sie auf den Küchentisch zu und knallte die Bücher, die sie wohl im Obergeschoss gefunden hatte, mit Elan auf die Tischplatte, von der ich dankend zur Kenntnis nahm, dass einer der anderen sie gründlich vom Blut des toten Sportlers befreit hatte. Dann griff sie nach dem Fotostapel und zog eines der Bilder heraus: Klaus Sänger in seinem blütenweißen Laborkittel.

Ellen versteckte ihre Schwächen hinter einer Mauer von Arroganz, stellte ich fest. Maria hingegen trug ihre Verletzlichkeit ständig offen vor sich her und war nur dann in der Lage, sie kurzfristig abzulegen, wenn sie nach Kreide und Tafel greifen konnte, um einen Haufen dummer Schüler mit ihrem umfangreichen Wissen zu beeindrucken. Die Zielsicherheit ihrer Bewegungen machte mir unmissverständlich klar, dass uns wieder ein weiterer, unfreiwilliger Schnellkurs bevorstand. Ich unterdrückte nur mühsam ein Stöhnen und vergrub die Fäuste noch etwas tiefer in den Taschen. Ein kurzer, schmerzhafter Blitz zuckte hinter meiner Stirn auf und setzte sich in meinem Hinterkopf fest.

»Ich hab gleich gewusst, dass es mit diesem Bild etwas Besonderes auf sich hat.« Maria reichte das Foto mit einem siegessicheren Lächeln, das auf ihrem Gesicht vollkommen fehl am Platz, ja regelrecht entartet wirkte, an Judith weiter. »Es verrät, dass unser Wohltäter mehr war als nur ein Lehrer und Schulleiter.« Sie deutete auf einen zweiten Mann im Laborkittel, der auf dem Bild schräg hinter Sänger stand. »Darf ich vorstellen: Richard Krause.« Sie warf Ed einen vernichtenden Blick zu.

Ich konnte Eds Gesicht unter den Pflastern, mit denen Ellen es regelrecht hatte tapezieren müssen, kaum erkennen, was bisher aber keine große Einschränkung bedeutet hatte; die einzigen funktionsfähigen Muskeln, die seiner Visage Ausdruck verleihen konnten, schienen jene zu sein, die für das Zurückziehen der Mundwinkel und somit für das saublöde Grinsen, das er uns bei jeder möglichen Gelegenheit demonstrierte, verantwortlich waren. In diesem Moment aber verweigerten ihm selbst diese Gesichtsmuskeln ihren Dienst. Vielleicht täuschte ich mich, aber ich glaubte zu erkennen, wie die Haut zwischen all den Pflastern deutlich an Farbe verlor. Während ich Judiths, Ellens und Carls Reaktion entnahm, dass sie genau wie ich nicht die leiseste Ahnung hatten, wer Richard Krause war, was Maria uns damit eigentlich sagen wollte und ob es uns überhaupt interessierte, wirkte Ed überrascht und auch ein wenig betroffen. Für die Dauer einiger Lidschläge betrachtete er Maria stumm, dann wandte er wortlos den Blick ab und starrte an ihr vorbei ins Leere. Maria hatte mit wenigen Worten geschafft, was ich nie für möglich gehalten hätte: Sie hatte dafür gesorgt, dass es Ed die Sprache verschlug – was auch immer *es* denn nun sein mochte.

Obwohl ich eigentlich keine Lust auf eine weitere Nachhilfestunde in NS-Geschichte gehabt hatte, beobachtete ich nun – durch Eds ungewohnte Reaktion neugierig geworden –, wie Maria ein weiteres Buch vom Küchentisch nahm und es bei einer Seite aufschlug, die sie vorsorglich mit einem Eselsohr versehen hatte. Darauf prangte ein Schwarzweißfoto eines jungen Mannes in einer Uniform, der mit keck sitzender Uniformmütze und fröhlichem Gewinnerlächeln an der Theke eines Fotogeschäfts lehnte. Ohne den deutlich zu erkennenden Totenkopf der SS auf dem Kragenspiegel hätte der Mann zweifellos einen nicht unsympathischen Siegertypen abgegeben. So aber wirkte er ein bisschen wie eine Karikatur seiner selbst.

»Darf ich vorstellen.« Maria präsentierte uns das Foto mit einer Geste, die ich bislang nur aus besonders teuren Restaurants kannte, in denen der Kellner einen sündhaft teuren Wein an den Tisch bringt – sprich: nur aus dem einen oder anderen Film. Aber der triumphierende Klang ihrer Stimme und dazu ihre unterwürfige Körperhaltung passten nicht zusammen. »Richard Krause«, erklärte sie. »Oder besser gesagt Sturmbannführer Richard Krause. 1932 in die NSDAP eingetreten und 1935 Mitglied der Allgemeinen SS geworden. Er trägt diese Uniform aus Überzeugung. Sturmbannführer ist er ab 1943. Das ist die Zeit, in der er in besonderer Mission in Polen, der Ukraine und in Weißrussland unterwegs ist. Und jetzt schaut euch diesen blonden, blauäugigen Musterarier mal genauer an! Fällt euch was auf?«

Sie warf ein gewinnendes Lächeln in die Runde, das mir nicht gefiel. Vorhin in der Eingangshalle hatte ich einen plötzlichen, völlig ungerechtfertigten Hass auf sie empfunden, den ich noch immer nicht ganz hatte ablegen können, obwohl die komplexe Maschinerie hinter meiner Stirn, die mir wohl für eine kurze Weile ihren uneingeschränkten Dienst verweigert hatte, wieder lief, seit ich die Küche betreten hatte. Zu diesem Rest ungerechtfertigter Wut auf Maria gesellte sich nun zusätzlich eine meiner Meinung nach vollkommen gerechtfertigte, rational erklärbare Abneigung: Ihre Haltung, ihr Tonfall und ihre Mimik wirkten regelrecht boshaft. Ein weiterer, vergewissernder Blick auf das Foto in dem aufgeschlagenen Buch, das sie noch immer in die Runde hielt, bestätigte mir, dass ich mich nicht getäuscht hatte: Sturmbannführer Krause war Ed wie aus dem Gesicht geschnitten.

Carl stieß einen leisen Pfiff aus und bedachte Ed mit einem Grinsen, das nur unwesentlich bösartiger war als der Blick, mit dem Maria Ed aus den Augenwinkeln maß, dafür aber völlig unverhohlen. »So etwas würde also heute regieren, wenn wir damals den Krieg gewonnen hätten«, spottete er mit einer angedeuteten Verbeugung. »Ich bin wirklich hoch erfreut, einmal einem leibhaftigen Sprössling der Herrenrasse zu begegnen.«

Ed zuckte deutlich zusammen, sagte aber nichts. Ich sah, wie Marias Augen dabei einen noch freudigeren Glanz bekamen. Sie genoss es, Ed in Verlegenheit zu bringen, und schien zufrieden darüber, dass ihre Strategie zu diesem Zweck allem Anschein nach aufging. »Du hast dich nicht mit deinem Nachnamen vorgestellt, als wir uns in der ›Taube‹ getroffen haben«, legte sie nach. »Hast du was zu verbergen?« Sie legte das Buch neben dem noch immer schweigenden Ed auf dem Tisch ab, verschränkte die Arme vor der Brust und hob herablassend eine Braue. »Was zu verbergen liegt bei euch sicher in der Familie«, vermutete sie.

Ed wandte sich ihr nur langsam wieder zu und blickte sie mit völlig ausdruckslosem Gesicht an. »Niemand hat sich mit Nachnamen vorgestellt«, antwortete er schließlich tonlos.

Das war nicht wahr. Zumindest ich, dessen war ich mir sicher, hatte mich den anderen sehr wohl mit vollem Namen vorgestellt. Bei den anderen war ich mir nicht sicher, sie waren lange vor mir da gewesen. Mein Blick wanderte unsicher zwischen dem Foto und Ed hin und her. Maria hatte Recht: Die Ähnlichkeit zwischen unserem verletzten Gefährten und dem SS-Mann in dem in Leder gebundenen dicken Wälzer war verblüffend, nahezu unheimlich. Aber sie konnte trotzdem Zufall sein. Ed aufgrund eines derart fragwürdigen Indizes vorzuverurteilen war nicht fair – man musste ihn nicht mögen, um zu diesem Schluss zu kommen.

»Heißt du Krause?«, hakte Ellen schließlich sachlich kühl nach.

Ed zuckte erneut zusammen. Er warf Maria einen fast flehenden Blick zu. Dann starrte er wieder an ihr vorbei ins Leere und nickte langsam. Kein Laut kam über seine Lippen, kein dummer Spruch und kein Aufbegehren. Ihn so zu sehen traf mich fast so sehr wie Ellens Tränen, als er sie mit ihrem angeblichen Versagen konfrontiert hatte. Binnen weniger Augenblicke war der sonst so vorlaute, um keine blöde Antwort verlegene Ed zu einem jämmerlichen kleinen Käfer mutiert, der Auge in Auge mit einem übermächtigen Feind totes Insekt spielte und reglos mit angehaltenem Atem darauf wartete, dass man von ihm ablassen möge. Er wirkte irgendwie … gebrochen.

Ed hatte Maria bloßgestellt, indem er ihr gemeinsames Abenteuer im Schlafraum ausgeplaudert hatte – nun startete sie ganz offensichtlich einen Rachefeldzug der übelsten Sorte. Sie hatte es auf seine wundesten Punkte abgesehen und zumindest einen davon hatte sie gerade getroffen, was sie mit einem sadistischen Funkeln im Blick feierte. Meine Lust, sie zu schlagen, flammte erneut auf. Gut: Ed hatte sie verletzt und meinetwegen sollte sie sich dafür rächen, indem sie über seine Lieblingsstellung oder seinen Mundgeruch plauderte. Aber es war nicht gerecht, ihn für etwas verantwortlich zu machen, was er nicht getan hatte, womit er überhaupt nichts zu tun haben *konnte*, weil er nämlich noch nicht einmal das Licht der Welt erblickt hatte, als irgendjemand an den größten Verbrechen der Menschheitsgeschichte beteiligt gewesen war und anschließend ungünstigerweise ausgerechnet mit seiner Großmutter geschlafen hatte. Obwohl ihm die Unsinnigkeit von Marias unausgesprochenem Vorwurf klar sein und er entsprechend kontern müsste, sackte Ed mutlos in sich zusammen.

Ellen wandte sich wieder Maria zu, ohne Eds wortloses Geständnis zu kommentieren. »Und was hat diese Nazigeschichte mit unseren Problemen zu tun?«, fragte sie kühl.

Maria maß erst die Ärztin, dann alle anderen mit einem Blick, der uns wissen ließ, dass sie uns nicht nur für ungebildet, sondern mittlerweile auch für ausgesprochen schwer von Begriff hielt. »Seid ihr denn alle blind?«, fragte sie fassungslos. »Hier auf Crailsfelden sind im Dritten Reich merkwürdige Umbauten vorgenommen worden. Irgendwo in den Kellern haben Wissenschaftler an weiß der Henker was geforscht. Wissenschaftler, zu denen SS-Offiziere gehörten. Und jetzt sitzen wir hier und du selbst erzählst uns, dass du dich wie eine Laborratte fühlst, Ellen. Und wer sitzt mitten unter uns und schaut sich alles an?« Sie deutete mit dem Zeigefinger auf Ed. »Der Enkel von einem der Naziforscher. Das kann doch kein Zufall sein! Dann gibt es einen Mord. Und was steckt in Stefans Rücken? Ein Nazidolch«, schloss sie.

»Und diesem Enkel fällt das Gittertor auf den Kopf und er hat verdammtes Schwein gehabt, dass er das überlebt hat«, lachte Judith, ohne wirklich amüsiert zu klingen. »Das passt doch hinten und vorne nicht zusammen, was du dir da zurechtspinnst!«

Maria reckte trotzig das Kinn. »Ed hat doch vorhin noch erklärt, dass er sich stark genug fühlt, um aufzustehen«, gab sie zurück. »Vielleicht hat er auch seinen Kumpel, den Nazigoldgräber Carl, losgeschickt, um Stefan zu ermorden, wer weiß das schon so genau. Das hier stinkt doch alles zum Himmel!«

Sie hatte es darauf abgesehen, uns gegen Ed aufzuhetzen, zumindest aber unser Misstrauen ihm gegenüber zu schüren, daran hatte ich längst keinen Zweifel mehr. Im Ansatz war ihre Strategie auch gar nicht so übel gewesen – wenigstens Carl hatte zu ihrer Zufriedenheit reagiert und Judith, Ellen und ich hatten ihr zumindest zugehört, als sie ihren Vortrag über Eds Großvater heruntergerasselt hatte. Aber mit ihren letzten Sätzen hatte sie das Maß schlichtweg überfüllt. Damit hatte sie nun nicht nur Carl gegen sich aufgebracht, sondern auch alle anderen, denn ihre zu weit hergeholten Spekulationen und ihre unverhältnismäßige Emotionalität hatten den eigentlichen Zweck ihres Auftrittes offenbart.

Ellen ließ sich stöhnend auf einen der Plastikstühle plumpsen, verdrehte genervt die Augen, griff nach ihrer Zigarettenschachtel und zog eine Grimasse, als sie feststellte, dass sie ihren letzten Tabakvorrat restlos aufgebraucht hatte. »Nur zur Info, Kleine«, seufzte sie, zerknüllte die leere Schachtel und schleuderte sie gereizt Richtung Papierkorb, traf ihn aber nicht. »Der Krieg ist seit mehr als fünfzig Jahren vorbei und abgesehen von ein paar spinnerten Glatzköpfen gibt es keine Nazis mehr.«

»Schon mal was von der ODESSA gehört?« Maria bemühte sich wieder um ihren althergebrachten, belehrenden Tonfall, mit dem sie so zielsicher erreichte, dass sich ihr Gegenüber wie ein Sonderschüler auf einer Abifeier fühlte. »Der Organisation der ehemaligen SS-Angehörigen? Habt ihr eine Ahnung, wie viele überzeugte Nazis nach dem Krieg Richter, Politiker, erfolgreiche Wissenschaftler und Wirtschaftsbosse geworden sind? Dieses Doreckspack hält zusammen wie Pech und Schwefel.«

»Uuuuh!«, stieß Judith hervor, wobei sie sich schützend die Hände vors Gesicht hielt und eine geduckte Haltung einnahm, als spiele sie in einem billigen Horrorstreifen und fürchte sich gerade vor dem Pappmaché-Ungeheuer auf einem Rollbrett, das ein keuchender Filmpraktikant langsam näher schob. Unter anderen Umständen und mit besserer Laune hätte ich wahrscheinlich über ihren Anblick gelacht. »Unsere Republik wird von einem gemeingefährlichen Rentnerclub mit Durchschnittsalter über achtzig bedroht«, spottete sie. »Und die haben uns hier auf die Burg gelockt, weil sie ein paar Pornofilme von uns drehen wollen, und jetzt legen sie uns um, damit wir es nicht weitererzählen. Ich bin wirklich beeindruckt von deinem Scharfsinn.«

»Was hat denn Eds Opa für Verbrechen begangen?«, fragte Ellen, ohne dabei wirklich interessiert zu klingen. Wahrscheinlich sagte sie überhaupt nur irgendetwas, um sich von der leeren Zigarettenschachtel auf dem Fußboden abzulenken, die sie mit zwischen Bedauern und Frustration schwankendem Ausdruck auf dem Gesicht betrachtete.

Ich konnte nachvollziehen, wie sie sich fühlte. In all der Aufregung hatte ich zwischenzeitlich fast vergessen, dass ich Raucher war, aber der Anblick der leeren Packung machte auch mich nervös und rief in mir das Bedürfnis nach Teer und Nikotin wieder wach. Falls auch Judith keine Zigaretten mehr hatte, sah ich schwarz für den Rest der Nacht.

»Die SS wurde von den Alliierten als verbrecherische Vereinigung eingestuft und ihre Verbrechen stehen ja wohl außer Frage«, antwortete Maria naserümpfend.

»Mein Opa war kein Verbrecher«, meldete sich Ed endlich leise zu Wort. Es kostete ihn deutliche Überwindung, überhaupt etwas zu sagen. Seine Stimme klang erstickt und der glasige Blick, mit dem er noch immer an Maria vorbei ins Leere starrte, verriet, dass er die Tränen nur mühsam zurückhielt. »Er hat sich um mich gekümmert. Meine Eltern sind früh gestorben. Ich bin von einem Internat ins nächste gereicht worden und in den Ferien war ich immer bei ihm. Kein anderer Mensch war so gut zu mir wie er.«

Bis zu diesem Zeitpunkt hatte Ed mir beinahe Leid getan, obwohl ich ihn von allen Mitgliedern meiner neuen Verwandtschaft am wenigstens hatte ausstehen können. Doch in den vergangenen Minuten hatte Maria intensiv darauf hingearbeitet, seinen Platz an erster Stelle auf meiner Hassliste für sich zu erobern; mit seinem Gefühlsausbruch gab Ed ihn endgültig für sie frei.

Ich verstand, was er meinte – besser, als mir lieb gewesen wäre. Ich hatte mir angewöhnt, nie weiter als bis zu meinem achtzehnten Lebensjahr zurückzudenken, wenn ich über mich selbst nachdachte oder redete. Auch meine Eltern waren gestorben, als ich noch klein gewesen war, und genau wie Ed war auch ich von Internat zu Internat gereicht worden. Aber ich hatte keine Verwandten, die sich wenigstens ein bisschen um mich hätten kümmern können. Ich war mit meinem Kinderkoffer und meiner Schultasche von einer Schule zur nächsten gezogen und hatte immerfort das erniedrigende Gefühl mit mir herumgeschleppt, von niemandem gewollt zu werden und zu nichts anderem zu gebrauchen zu sein, als ein paar Lehrer und einen Vormund zu beschäftigen, den ich nie persönlich kennen gelernt hatte. Seine Bestimmung bestand wohl ausschließlich darin, mich auf Distanz zu halten und dabei das kümmerliche Erbe durchzubringen, das meine Eltern mir hinterlassen hatten. Als ich mein Abitur in der Tasche hatte, war von dem Geld nichts mehr übrig.

Ich verstand nicht nur, wie Ed sich fühlte, ich konnte es sogar anhand meiner eigenen Lebenserfahrung nachvollziehen. Ich hätte in meiner Kindheit dringend jemanden gebraucht, den ich in den Ferien besuchen konnte und der für mich da war. Ganz egal, in welcher Uniform dieser Jemand irgendwann einmal gesteckt haben mochte. Ed tat mir Leid. Ich begann ihn mit anderen Augen zu sehen als bisher.

»Dein Großvater gehörte zum Amt A in der Dienststelle Persönlicher Stab Reichsführer SS.« Maria gab nicht auf. Ihr Tonfall war der des ultimativen Vorwurfs. Ich konnte sie nicht mehr ertragen.

»Willst du nicht gleich chinesisch mit uns reden, Klugscheißerin?«, entfuhr es mir wütend. Meine Finger tasteten nach dem Innenfutter meiner Jeanstaschen und krallten sich darin zu geballten Fäusten fest. Alle Muskeln in meinem Körper spannten sich. Wenn ich mich nicht in Acht nahm, würde ich etwas tun, was ich noch nie in meinem Leben getan hatte, und eine Frau schlagen, was ich mir wahrscheinlich nie verzeihen würde. »Was soll das bedeuten?«, schnaubte ich.

Maria verdrehte seufzend die Augen, um mich endgültig und zweifelsfrei von meiner peinlichen Unwissenheit zu überzeugen. Aber ich schämte mich nicht wegen meiner vermeintlichen Bildungslücke (es gab sicherlich spannendere Themen, mit denen ich mein Potential ausschöpfen könnte) und so überzeugte sie mich lediglich von der Grenzenlosigkeit ihrer Arroganz.

»Im Amt A ist 1942 die *Studiengesellschaft für Geistesgeschichte Deutsches Ahnenerbe* aufgegangen. Diese Studiengesellschaft hat alle möglichen Forschungsprojekte gefördert. Angefangen von irgendwelchen verrückten Esoterikern, die dem Ring der Nibelungen nachspüren wollten, bis hin zu verbrecherischen Ärzten wie Sigmund Rascher, die in den Konzentrationslagern Menschenversuche durchgeführt haben.« Sie deutete erneut auf das Buch, das sie noch immer wie eine Trophäe vor sich herhielt. »Hier drinnen gibt es eine ganze Seite über Sturmbannführer Richard Krause. Allerdings steht da nur, dass er die eroberten Ostgebiete im Dienste des Amtes A bereist hat. Was, glaubst du, hat er da gemacht, Ed?«

»Mein Großvater war kein Verbrecher«, beharrte Ed kraftlos, aber stur. Die Erinnerungen an seine Kindheit und Marias Angriff auf den einzigen Menschen, den er in seinem Leben geliebt hatte, hatten nichts als ein jämmerliches Häufchen Elend zurückgelassen.

Maria genoss ihre Überlegenheit. Sie war wie ein

Hooligan, der mit Springerstiefeln nach einem am Boden Liegenden trat. »Natürlich nicht«, sagte sie gehässig. »Er war bestimmt ein netter Kerl, der im Dienste der Völkerverständigung als SS-Offizier herumreiste.«

Meine Kopfschmerzen waren für die Dauer einiger Minuten konstant auf einem nervigen, aber noch erträglichen Niveau geblieben. Nun aber spürte ich, wie ein weiterer schmerzhafter Blitz seine Reise von den Schläfen aus durch meinen Schädel antrat und damit eine Woge dumpfen Schmerzes auslöste, die für eine Weile bunte Punkte vor meinen Augen flimmern ließ. Der unbändige Hass, den ich in der Empfangshalle auf Maria verspürt hatte, als ich sie nach dem seltsamen Feentanz meines Bewusstseins für die erzwungene Rückkehr in die Realität verantwortlich gemacht hatte, schäumte erneut in mir auf.

Ich riss ihr das Buch aus der Hand und schleuderte es zornig in eine Ecke. »Das reicht!«, brüllte ich. »Du bist niemandes Richterin, auch wenn du dir noch so sehr in dieser Rolle gefällst!«

Maria zuckte erschrocken zusammen und wich gleichzeitig einen Schritt vor mir zurück, als hätte ich sie geschlagen oder als sähe ich zumindest so aus, als ob ich es gleich tun wollte. Und ich war mir gar nicht so sicher, dass ich es nicht wollte.

Judith nahm mir die Entscheidung ab, indem sie sich schnell so zwischen uns stellte, dass ich keine Möglichkeit gehabt hätte, Maria etwas anzutun, ohne dabei erst Judith zu verletzen. »Ich schlage vor, wir gehen alle an die frische Luft und regen uns draußen ein bisschen ab«, sagte sie ruhig, aber bestimmt.

Ausnahmsweise schien sie damit einer Meinung mit Ellen zu sein, denn diese erhob sich zügig von ihrem Stuhl, hakte sich energisch bei Maria unter und schob sie vor sich her aus der Küche wie ein ungezogenes Kind, dem sie vor der Tür die Leviten lesen wollte. Maria wehrte sich nicht. Mein Wutausbruch hatte sie aus dem Konzept gebracht und in die Rolle des unsicheren grauen Mäuschens zurückgeworfen, das Widerspruch und Aufbegehren nie gelernt zu haben schien. Judith schloss sich den beiden an, und weil ich fand, dass sie Recht hatten und ein wenig frische Luft mir wirklich nicht schaden konnte, folgte ich ihr, blieb aber zwischen Tür und Rahmen noch einmal stehen und blickte zu Ed und Carl zurück. Ed kauerte noch immer wie ein getretener Hund auf seinem Platz und starrte aus trüben Augen ins Leere, während Carl weiterhin an der Küchenwand gelehnt dastand und überhaupt nichts tat, was auf seine Gefühlslage hätte schließen können.

Ich verließ die Küche, durchquerte die Eingangshalle und trat zu den drei Frauen auf den Hof hinaus. Mit einem Anflug der Erleichterung stellte ich fest, dass Judith noch Zigaretten übrig hatte. Sie bot Ellen und mir davon an, nachdem sie sich selbst eine angesteckt und tief inhaliert hatte. Ich nahm ihr Angebot dankbar an und genoss die beruhigende Wirkung des Qualms in meiner Lunge, für die ich die dadurch noch zunehmenden Kopfschmerzen in Kauf nahm.

»Wenn Eds Großvater tatsächlich –«, begann Maria vorsichtig, nachdem wir alle eine kleine Weile schweigend auf dem Hof gestanden und aneinander vorbei in die Dunkelheit geblickt hatten, wurde aber barsch von Ellen unterbrochen.

»Und wenn meine Uroma Hitlers Hebamme war, was habe ich damit zu tun?«, fuhr sie Maria an. »Es spielt überhaupt keine Rolle und es interessiert hier auch niemanden, hast du verstanden? Du solltest dich zurückhalten, ehe einer von uns anfängt, sich dafür zu interessieren, woher du eigentlich so genau Bescheid weißt, Fräulein Nachkriegsarchiv. Dein Detailwissen übertrifft nämlich den kollektiven Wissensstand jeder Burschenschaft.«

Maria wich erschrocken vor ihr zurück. Dann senkte sie den Kopf und hüllte sich für den Rest unseres Kurztrips auf den Hof in ängstliches Schweigen. Auch Ellen und Judith zogen es vor, erst einmal nichts mehr zu sagen, und ich entschuldigte mich knapp und nutzte den Augenblick, um den beiden in Sichtweite den Rücken zuzudrehen und gegen die Fassade des Haupthauses zu pinkeln, ehe mir der Druck auf meiner Blase irgendwann noch so zum Verhängnis werden konnte, wie es bei Maria der Fall gewesen war, als sie die Toiletten im Obergeschoss aufgesucht hatte.

Vorausgesetzt, sie hatte die Wahrheit gesagt.

Die Blutspur, die Stefan auf seinen letzten Schritten hinterlassen hatte, endete kurz vor Ende der Empfangshalle. Entweder hatte sein Mörder oder seine Mörderin ihn, erst einen kurzen Moment nachdem er den Eingang zum Haupthaus passiert hatte, erwischt – und das war wahrscheinlicher, denn keiner von uns hatte einen Schrei oder gar Kampflärm vernommen, ehe der Bodybuilder zu uns in die Küche gestolpert war – oder das Blut war erst einige Zeit später in einem Schwall aus der mit der Stichwaffe verschlossenen Wunde gequollen und hatte ab da seinen Weg in einer sichtbaren Spur markiert. Damit schwand eine weitere minimale Chance für uns, einen zweiten Ausgang aus diesem Horrorhaus zu finden und von hier fliehen zu können – eine Tatsache, die das Schweigen, das Judith, Maria, Ellen und ich vom Hof zurück in die Küche trugen und nur zwecks dieser Feststellung in der Empfangshalle kurz unterbrachen, gleich in eine zweite, noch länger andauernde und noch unangenehmere Runde starten ließ.

Letztlich war es Ellen, die es beendete, indem sie auf die Fotos deutete, die auf dem Küchentisch lagen. »Woher hast du die eigentlich?«, fragte sie.

»Aus dem Lehrerhaus.« Ich war nicht sicher, ob ich das nicht schon erzählt hatte, berichtete aber trotzdem von meinem Ausflug in das baufällige Nebengebäude und von dem Schreibtisch mit dem Geheimfach, in dem ich auf die Bilder gestoßen war. Wieder ließ ich meinen Ohnmachtsanfall aus. Das allgemeine Misstrauen konzentrierte sich zwar mittlerweile nicht mehr auf mich, war aber immer noch stark genug, so dass ich jedes Wort, das ich aussprach, mehrfach überdachte und auf die Goldwaage legte.

Ich hatte die abgeschlossenen Schubladen des antiken Möbelstücks nur nebenbei erwähnt, denn ich hielt sie für nicht sonderlich wichtig; die Wahrscheinlichkeit, darin auf eine staubige Öllampe zu stoßen, aus der ein Geist erscheinen würde, der unseren sehnlichen Wunsch nach einem Ausgang aus diesem Gemäuer erfüllte und uns eine Autobahnauffahrt samt PKW ins Lehrerhaus zauberte, war eher gering. Ellen aber sah das wohl anders.

»Warum hast du uns nichts davon erzählt?« Sie griff nach der Taschenlampe und begann in der Küchenschublade nach einem geeigneten Werkzeug zu suchen. »Wir müssen die Schubladen aufbrechen. Vielleicht ...«

»Vielleicht was?«, seufzte Carl. Ich blickte ihn irritiert an. Er hatte das Reden im Laufe des Abends fast vollständig eingestellt – dass er sein Mundwerk gerade jetzt auf seine Funktionsfähigkeit hin überprüfte, machte mich misstrauisch und plötzlich auch neugierig auf den Inhalt der Schubladen. »Was glaubst du denn, was darin sein könnte? Seit Sängers Tod hat diesen Raum niemand mehr betreten. Wenn du Glück hast, findest du ein paar Familienfotos. Oder eine Flasche Klosterfrau Melissengeist und ein paar Eisenpräparate.«

»Lassen wir es darauf ankommen«, beschloss Ellen. »Ich für meinen Teil hatte heute Abend ohnehin nichts Wichtiges mehr vor. Wenn wir nichts finden, haben wir uns wenigstens für eine kleine Weile mit Sinnvollerem beschäftigt, als einander anzufeinden und Gefahr zu laufen, uns gegenseitig die Augen auszukratzen.«

»Ellen hat Recht«, pflichtete Judith der Ärztin bei und warf einen stirnrunzelnden Blick in die Runde. »Aber wir sollten zusammen gehen. Sollte der Mörder tatsächlich unter uns sein, bekommt er so keine Gelegenheit, noch einmal zuzuschlagen, ohne dass wir ihn dabei erwischen.«

»Ed kann nicht mitkommen«, stellte Ellen fest.

»Aber er scheidet ohnehin aus der Liste der Verdächtigen aus.«

»Ach ja?«, machte Maria. »Warum? Er hat eben selbst gesagt, dass er –«

»Nicht schon wieder!« Die Ärztin stöhnte, denn sie fürchtete, dass sich die ganze Diskussion aufs Neue anbahnen könnte, und warf einen Hilfe suchenden Blick Richtung Küchendecke, ehe sie schließlich tief ein- und ausatmete und eine beschwichtigende Geste machte. »Okay, okay«, gab sie nach. »Wir lassen Carl hier, einverstanden? Er achtet darauf, dass Ed den Raum nicht verlässt, und wir –«

»Und wenn Carl Stefans Mörder ist?«, fragte ich.

»Dann wissen wir das spätestens in dem Augenblick, in dem wir zurückkommen und feststellen, dass er auch Ed umgebracht hat«, antwortete Ellen eisig und nahm das Tranchiermesser wieder an sich, mit dem sie Judith vor nicht allzu langer Zeit die Kehle durchzuschneiden gedroht hatte.

Der Anblick bereitete mir Unbehagen, aber ich sagte nichts, sondern griff meinerseits nach dem zweiten, kleineren Messer, das Judith auf der Arbeitsplatte abgelegt hatte. Judith zog derweil aus der offenen Küchenschublade zwei weitere Schneidewerkzeuge, die zwar bestenfalls zum Kartoffelschälen taugten, die aber Maria, der sie eins davon zuteilte, wenigstens das Gefühl vermittelten, nicht gänzlich unbewaffnet zu sein. Wortlos wandten wir uns dem Ausgang zu, doch Maria trat uns in den Weg.

»So ... so gefällt mir das alles nicht«, sagte sie. »Mit diesem Messer wollte Ellen gerade eben Judith umbringen. Wer weiß, ob sie es nicht dazu benutzt –«

»Dir vorbeugend die Zunge aus dem Hals zu schneiden, weil du damit sowieso nicht mehr anfangen kannst, als unsere Trommelfelle blutig zu reden?«, fiel Ellen ihr ins Wort. »Dafür kann ich tatsächlich nicht garantieren.«

»Lass uns tauschen«, bot ich ihr an und hielt ihr mein kleineres Messer hin. Mein Hass auf Maria hatte sich keinen Deut gemindert, so dass ich einen Teufel getan hätte, ihr direkt Recht zu geben, ganz egal was sie gesagt hätte. Aber die Vorstellung, Ellen mit dem zwanzig Zentimeter langen Tranchiermesser durch die Dunkelheit neben oder hinter mir umherstreifen zu wissen, jagte mir einen kalten Schauer über den Rücken. Auch wenn sie nicht Stefans Mörderin war, wovon ich inzwischen eigentlich wieder ausging, hatte sie uns ihre Unberechenbarkeit in Extremsituationen eindrucksvoll demonstriert.

Ed schnaubte verächtlich. »Genau – gib es Frank«, sagte er gehässig und ich stellte in einer widersprüchlichen Mischung aus Erleichterung und Bedauern fest, dass er sich von Marias Attacken erholt hatte und wieder ganz der Alte war. »Erinnert ihr euch daran, was Stefan gesagt hat, bevor er gestorben ist? Er sagte: Er ist hier. Und wisst ihr noch, wen er dabei angesehen hat?«

»Natürlich hat er mich angesehen«, verteidigte ich mich. »Ich stand ja auch in seinem unmittelbaren Blickfeld.«

»Gib es ihm«, wiederholte Ed spöttisch. »Wenn er als Einziger hierher zurückkommt, weiß ich, dass ich ihn schnellstmöglich umlegen sollte.«

»So hat das alles keinen Sinn«, seufzte Judith und zog eine Streichholzschachtel aus der Tasche. Sie entnahm der Packung vier Hölzchen, knickte den Zündkopf eines einzelnen ab und ließ die Hand einen Moment lang hinter ihrem Rücken verschwinden. Als sie die Rechte zur Faust geballt wieder in unsere Mitte hielt, lugten die unteren Enden der Streichhölzer daraus hervor. »Wir losen es aus«, beschloss sie. »Das Tranchiermesser geht an denjenigen, der das kopflose Streichholz zieht.«

Niemand protestierte. Judith hatte Recht: Mit einer Vertrauensdiskussion kamen wir hier nicht weiter, denn jeder verdächtigte jeden des Mordes. Es war nur fair, den Zufall für uns entscheiden zu lassen, und er entschied sich für sie. Ellen zog ein unwilliges Gesicht, als sie die rasiermesserscharfe Klinge an Judith herausgeben musste, protestierte aber nicht.

»Gut«, sagte sie schließlich und nahm das Gemüsemesser, das Judith ihr im Tausch reichte, mit einer Bewegung entgegen, die ruppiger ausfiel, als gerechtfertigt gewesen wäre. »Können wir jetzt endlich gehen?«

»Nur, wenn ihr Zerberus mitnehmt«, antwortete Ed mit einem feindseligen Blick in Carls Richtung.

»Wenn du aufhören würdest, den Schwerverletzten zu simulieren, würden wir euch beide mitnehmen«, gab Maria gehässig zurück und wandte sich dann Judith zu. »Wir haben noch genug Klebeband und Übung in Fesselungsmethoden, um das Nazischwein am Stuhl festzukleben, damit es kein Unheil anrichtet, oder? Wir nehmen Carl mit und behalten den Überblick.«

»Weißt du eigentlich, wie viel Glück du hast, in so einer Weicheierdemokratie zu leben?«, schoss Ed ein volles Pfund zurück. »Im Dritten Reich hätte man mit einer Irren wie dir längst kurzen Prozess gemacht.« Lächelnd beobachtete er, wie Maria, von diesem Gegenangriff deutlich überrannt, erbleichte und ihre Gesichtszüge entgleisten. Dann hob er den rechten Arm zum Führergruß und grinste bösartig. »Sieg heil!«

Drei, vier Sekunden lang geschah überhaupt nichts. Maria stand einfach nur da und starrte Ed mit offenem Mund und ungläubig aufgerissenen Augen an. Dann brannte ihr eine wichtige Sicherung durch. Mit einem schrillen Schrei stürzte sie an mir vorbei auf Ed zu, augenscheinlich bereit, ihn mit bloßen Händen in Stücke zu reißen, aber Judith und ich reagierten schnell genug, ehe sie Ed tatsächlich erreichen konnte. Mit roher Gewalt schoben wir sie zurück Richtung Ausgang und in die Empfangshalle hinaus.

»Du hast Recht!«, kreischte sie über die Schulter zurück in Eds Richtung, als ich sie, wie verrückt zappelnd und ins Leere tretend, mit Judiths Hilfe den Ausgang hinausbugsiert hatte. »Es *ist* eine Weicheierdemokratie! Jedes andere System würde vielleicht verhindern, dass man das Gesetz gegen eine bestimmte Sorte von Schweinen selbst in die Hand nehmen muss!«

Wir ließen ihre Arme erst los, als Ellen die Tür zum Haupthaus hinter uns vieren ins Schloss gedrückt und vorsichtshalber mit vor der Brust verschränkten Armen wie ein Türsteher davor Aufstellung genommen hatte. Doch Maria machte keine Anstalten, zurück in das Gebäude zu rennen, um Ed mit dem Gemüsemesser, das Judith ihr gegeben hatte, mühselig in Streifen zu schneiden, sondern eilte vorweg Richtung Lehrerhaus. Sie hörte auf, wie wahnsinnig herumzukreischen, verstummte aber nicht ganz, wie ich feststellte, als wir ihr über den finsteren Hof folgten. Tatsächlich murmelte sie immer noch unverständliches Zeug vor sich hin, als wir die hölzerne Treppe in die erste Etage des Lehrerhauses hinauf zurücklegten, und schwieg erst, als wir das Rektorzimmer erreichten. Ich fragte mich ernsthaft, ob unsere graue Maus nun endgültig und unwiderruflich den Verstand verloren hatte. Ich hätte diesen Umstand durchaus begrüßt: Er bot einen ausgezeichneten Vorwand, sie – ihrem eigenen Vorschlag, wie man am besten mit Ed zu verfahren hätte, folgend – an einem beliebigen Möbelstück in einem abgelegenen Zimmer zu fixieren und die Tür zu schließen, bis die Polizei oder die Feuerwehr sich um sie kümmern würden, wenn dieser Alptraum endlich vorbei war.

Ellen trat an uns vorbei, schob langsam die Tür auf (ich konnte mich nicht daran erinnern, sie hinter mir geschlossen zu haben) und ließ den Strahl der Taschenlampe, die sie in der Küche an sich genommen hatte, einige Augenblicke lang durch den finsteren Raum huschen, ehe sie selbst sich hineinwagte und beiseite trat, um uns ebenfalls eintreten zu lassen.

»Für ein Rektorzimmer ist das aber recht bescheiden«, stellte Judith skeptisch fest.

Ich konnte mich nicht daran erinnern, den Raum als Rektorzimmer bezeichnet zu haben. »Wie kommst du darauf, dass es das Rektorzimmer ist?«

»Das hast du gesagt«, behauptete Judith, aber ihre

Stimme klang nicht so fest, wie mir lieb gewesen wäre.

Ich betrachtete sie einen Moment lang mit schräg gelegtem Kopf. Dieses Haus, die Treppe, der kleine Raum – das alles kam mir unglaublich bekannt vor, viel vertrauter, als es hätte sein sollen, nachdem ich nur ein einziges Mal hier gewesen war. Ich erinnerte mich daran, dieses an Vertrautheit grenzende Gefühl gehabt zu haben, als ich meine Füße zum ersten Mal über die Schwelle gesetzt hatte, und ich wusste auch, wie zielstrebig ich auf diesen Raum zugesteuert war und dass ich die ganze Zeit über keinen Zweifel daran gehabt hatte, dass es sich dabei um das Zimmer des Rektors, um Klaus Sängers Privatraum, gehandelt hatte.

Ob es Judith ebenso ging? Oder war ich wirklich schon so durcheinander, dass ich mich an meine eigenen Worte kaum mehr erinnerte?

»Eigentlich ist es nicht viel besser als unsere Zimmer«, bemerkte Ellen und zuckte mit den Schultern. »Aber nach allem, was wir bislang gehört haben, scheint unser großer Gönner Klaus Sänger ja ein gnadenloser Idealist gewesen zu sein.«

Ich fühlte mich ganz und gar nicht wohl in meiner Haut, als ich, plötzlich ganz der Gentleman, nach den drei Frauen in das Zimmer trat. Ellen ließ den Strahl ihrer Lampe über den wuchtigen Schreibtisch gleiten und etwas Seltsames geschah: Obwohl ich mir jede Sekunde darüber bewusst war, dass er nicht tatsächlich da war, sondern lediglich in meiner Vorstellungskraft existierte, sah ich Klaus Sänger an seinem Schreibtisch sitzen, weit vornüber gebeugt und konzentriert irgendeine Lektüre studierend, die wie sein Gesicht von einer Messinglampe mit grünem Glasschirm in schwaches, unheimliches Licht getaucht wurde.

»Respekt.« Ellens Worte zerstörten das Bild vor meinen Augen und ich war ihr dankbar dafür.

Was war nur los mit mir? Ich hatte den alten Mann mit dem silberweißen, schütteren Haar ausschließlich auf einem Foto gesehen, nie in der Realität. Und selbst wenn ich Sänger persönlich gekannt hätte: Die Detailgenauigkeit meiner Vorstellung erschreckte mich. Eigentlich war ich ein eher fantasieloser Mensch. Meine Kopfschmerzen wurden wieder schlimmer.

»Ich hätte dieses Geheimfach nicht so schnell gefunden wie du«, behauptete Ellen und schien sich der Unsinnigkeit ihrer eigenen Worte gar nicht bewusst zu sein, obwohl sie den in der Schmuckleiste verborgenen Schalter längst betätigt hatte und sich während des Redens nach dem offenen Fach auf der Rückseite des Tisches bückte, um sich davon zu überzeugen, dass es wirklich nicht mehr als die Bilder enthalten hatte, die ich mitgenommen hatte. »Es ist wirklich verdammt gut versteckt.«

Aus den Augenwinkeln sah ich, wie Judith sich einen kurzen Moment mit den Fingerspitzen die Schläfen rieb, ehe sie Ellen zum Schreibtisch folgte und ihr nun doch das Tranchiermesser reichte, damit sie die reich verzierten, massiven Schubfächer damit aufhebeln konnte. Anscheinend hatte Judith ebenfalls Kopfschmerzen. Was zum Teufel war hier los? Was geschah hier mit uns?

Wieder spürte ich Übelkeit und Schwindel in mir aufsteigen, obwohl der migräneartige Schmerz das

Niveau, das mich bei meinem ersten Ausflug hierher hatte zusammenbrechen lassen, noch längst nicht erreicht hatte. Ich lehnte mich an den Türrahmen und beobachtete Ellen dabei, wie sie eine Schublade nach der anderen aufbrach, ohne dabei aber auf etwas zu stoßen, was ihrem Entdeckerdrang Befriedigung verschaffte.

»Klassenbücher«, stellte sie enttäuscht fest und reichte einen Stapel blauer Pappmappen an Maria weiter, die im Gegensatz zu ihr deutlich interessiert an den Heften schien, denn sie legte sie auf der Tischplatte ab und begann neugierig eines nach dem anderen durchzublättern. »Anscheinend das vollständige Sortiment von 1950 bis 1985. Unser großer Gönner nahm es wohl nicht nur mit der Haarfarbe seiner Internatszöglinge etwas zu genau. Soweit ich weiß, bewahrt man so einen Quatsch nicht länger als zehn Jahre auf.«

Sie wandte sich der letzten Schublade in der Mitte des alten Mahagonitisches zu, schob das stählerne Tranchiermesser in die schmale Fuge zwischen Fach und Platte und brach auch dieses Schloss mit einer Leichtigkeit auf, die mich für einen Augenblick daran zweifeln ließ, ob sich sämtliche Operationen, die sie in ihrem Leben durchgeführt hatte, wirklich auf solche am menschlichen Körper beschränkt hatten. Vielleicht hatte es ja einmal eine Zeit gegeben, in der sie eine sicher von nicht weniger Erfolg gekrönte Karriere als Gangsterbraut angestrebt hatte. Jedenfalls dauerte es, wie zuvor auch bei den Fächern zu ihrer Rechten und Linken, keine drei Sekunden, ehe das Schloss mit einem metallischen Klicken nachgab und sie die wuchtige und von allen bisher geöffneten breiteste Schublade aufzog und Judith mit dem Strahl der Taschenlampe hineinleuchtete.

Dieses Mal ließ Ellen einen anerkennenden Pfiff hören, während sie in dem alten Schubfach herumwühlte, eine ganze Reihe von Gegenständen daraus hervorkramte und sie auf der dunklen Platte ablegte. Schließlich regte sich auch meine Neugier in der gemischten Tüte aus Gedanken und Gefühlen, die ich an diesem Kiosk der Verzweiflung erstanden hatte, und ich trat an den Tisch heran, um Ellens Ausbeute in Augenschein zu nehmen.

»Jetzt wird es interessant.« Judith griff nach einem alles andere als altertümlich scheinenden Schlüsselbund mit einem knappen halben Dutzend Schlüssel für Zylinderschlösser, reichte ihn an mich weiter und hielt nacheinander ein paar lose Blätter ins schwache Licht. »Das sind Rechnungen«, sagte sie. »Keine zwei Jahre alt. Irgendetwas ist mit dem Burgtor gemacht worden …«

Ich legte den Schlüsselbund zurück, trat hinter sie und starrte konzentriert über ihre Schulter auf die beiden Blätter in ihren Händen. Gekränkt bemerkte ich, wie sie ein kleines bisschen zusammenzuckte und einen kurzen, nervösen Blick in meine Richtung warf, als ich ihr so nahe kam, aber ich nahm keine Rücksicht darauf, sondern versuchte das Kleingedruckte auf der Rechnung der Baufirma Johannes Lohmann, Crailsfelden, im schlechten Licht angestrengt zu entziffern.

»Offenbar ist das Burgtor, das unsere beiden Rennfahrer um ein Haar aufgespießt hätte, vor zwei Jahren erst überholt worden«, stellte sie schaudernd fest. »Versteht ihr das? *Kontaktplatten im Innen-*

hof für Fallgatter«, zitierte sie und verlas den Preis. »Außerdem steht hier etwas von einer Fernsteuerungstechnik. Und da hat der Bauunternehmer noch etwas per Hand dazugeschrieben: *Achtung*! *Unfallgefahr durch sehr schnell herabfallendes Gatter – keine Haftungsübernahme, da Gestaltung auf ausdrücklichen Wunsch des Kunden erfolgt ist.*«

»Das … das bedeutet, dass sich der Bauunternehmer absolut bewusst darüber war, was für eine wahnwitzige Falle er da baut«, sagte ich leise und versuchte vergeblich, den bitteren Geschmack herunterzuschlucken, der sich auf meiner Zunge ausgebreitet hatte. »*Zur Kenntnis genommen und einverstanden, Zahlung erfolgt binnen der kommenden vierzehn Tage, Professor Klaus Sänger*«, verlas ich die Gegenzeichnung, die das Dokument abschloss.

»Davon hat uns Carl überhaupt nichts gesagt.« Verärgert legte Judith die zwei Seiten umfassende Rechnung auf den Tisch zurück. »Er kann uns doch nicht ernsthaft erzählen, dass er nichts davon gewusst hat, dass hier vor gar nicht langer Zeit noch herumgebastelt worden ist!« Ich trat an ihr vorbei und nahm die Blätter an mich, um sie ein zweites Mal zu studieren, wohl in der Hoffnung, sie beim ersten Lesen einfach falsch verstanden zu haben.

»Wir sollten ihn uns in der Tat noch einmal vorknöpfen, wenn wir zurück in der Küche sind«, pflichtete Ellen ihr bei. »Wir sollten da weitermachen, wo Stefan aufgehört hat. Ich bin sicher, er hat uns tatsächlich mehr zu sagen, als er jetzt noch glaubt.«

Auch ich nickte zustimmend, während ich die Rechnung ein drittes Mal – und dieses Mal sehr aufmerksam – durchging. Aber ich hatte mich nicht geirrt, sondern die Auflistung der durchgeführten Arbeiten von Anfang an richtig interpretiert, so grausam diese Erkenntnis auch war: Sänger hatte im Torhaus eine Anlage errichten lassen, mit der im Burghof Fallgattersensoren eingeschaltet werden konnten. Auch hier hatte der Bauunternehmer eine Warnung vermerkt, die besagte, dass diese Kontaktsensoren in keinem Fall eingeschaltet gelassen werden dürften, da das Gatter bereits fünf Sekunden nach Kontakt herabschnellte. Damit war dieses Gatter nur sinnvoll, wenn man auf den Burghof fuhr. Versuchte man den Hof hingegen bei eingeschalteten Sensoren zu verlassen, war es, wie Ed und ich bereits am eigenen Leib äußerst schmerzhaft erfahren hatten, eine nahezu mörderische Falle. Ich sprach aus, was ich dachte.

»Aber …«, Judith schüttelte fassungslos den Kopf und trotz der vorherrschenden Dunkelheit stellte ich fest, dass auch Ellen deutlich an Farbe einbüßte. Nur Maria ließ sich von meiner Interpretation nicht irritieren und blätterte weiter nervös in den Klassenbüchern herum, die Ellen ihr überlassen hatte. »Was hat das denn alles für einen Sinn? Wer lässt sich bloß so einen Mist einfallen?«

»Jemand, der dazu bereit ist, schließlich auch noch eine vierstellige Summe für die Umsetzung dieses Unsinns zu bezahlen«, stellte Ellen bitter fest. »Jemand, für den eine Einrichtung, mit der er Leute in seiner Burg gefangen setzen kann, durchaus Sinn ergeben hat.«

Dem Klang ihrer Worte und ihrer Körperhaltung war unschwer zu entnehmen, woran sie dachte, während sie sprach. Allem Anschein nach hatte sie Recht gehabt, als sie uns mit Ratten in einem Käfig verglich; zumindest in dem Punkt, dass es keine Aneinanderreihung unglücklicher Zufälle war, dass wir hier festsaßen. Wir waren mutwillig eingesperrt worden. Wieder fiel mir auf, wie ungewöhnlich kalt es in dem alten Lehrerhaus war.

»Und das alles schon vor zwei Jahren«, murmelte ich. »Sänger hat schon vor Jahren beschlossen, hier Menschen einzusperren. Er –«

Ellen unterbrach mich mit einem überraschten Aufschrei. Während unserer Überlegungen hatte sie gedankenverloren eine große schwarze Ledermappe aufgeschlagen, die ebenfalls zur Ausbeute aus der mittleren Schublade gezählt hatte und wie die Schlüssel und die Rechnung, die ich mittlerweile fast angeekelt auf den Tisch zurückgelegt hatte, auf der dunklen Mahagoniplatte lag.

»Baupläne!«, entfuhr es ihr und zum ersten Mal an diesem Abend konnte ich einer Überraschung etwas Positives abgewinnen. Auch Ellens Mine hellte sich auf.

»Aus dem Jahr 1940«, stellte Judith mit einem skeptischen Blick auf das oberste, vergilbte Blatt des mit den Jahren spröde und brüchig gewordenen Papierstapels einschränkend fest.

Endlich ließ Maria von den Klassenbüchern ab, griff nach den ersten beiden Plänen und faltete sie stirnrunzelnd auseinander. »Außerdem befassen sich diese Baupläne mit der so genannten Bauphase A«, versuchte auch sie Ellens Euphorie zu dämpfen und deutete auf einen entsprechenden Hinweis, der über jedem der schatzkartenähnlichen Bögen prangte. »Also muss man davon ausgehen, dass diese Pläne nicht zu hundert Prozent mit dem heutigen Bauzustand übereinstimmen. Zumal an dem Gebäude nach dem Krieg, als es eine Internatsschule war, ganz gewiss auch noch Umbauten vorgenommen worden sind.«

»Da wäre ich mir nicht so sicher«, Judith schüttelte den Kopf. Ich fragte mich, ob die Skepsis, die sie im ersten Augenblick empfunden hatte, als ihr das Alter der Pläne aufgefallen war, auch dann so schnell verflogen wäre, wenn sie nicht das Bedürfnis gehabt hätte, sich mit allem, was sie tat, gegen Maria zu stellen und ihr zu widersprechen, wo immer es möglich war. Maria hatte sich mit ihrer schwer gewöhnungsbedürftigen Art, die noch arroganter wirkte als die Ellens, wirklich keine Freunde gemacht. »Schließlich war Burg Crailsfelden ja die ganze Zeit über in Professor Klaus Sängers Besitz«, erklärte Judith. »Möglicherweise hat er seine Forschungen, wie auch immer diese ausgesehen haben, unter dem Deckmantel des Schulalltags noch jahrzehntelang weiter betrieben.«

Vielleicht betreibt er sie auch immer noch, fügte ich, immer stärker zu Ellens verrückter Theorie tendierend, düster in Gedanken hinzu.

Ellen tippte mit dem Zeigefinger auf den unteren linken Bereich der zweiten Karte, die Maria auf dem Tisch ausgebreitet hatte. »Das sind Laboratorien«, erklärte sie optimistisch. »Ich denke schon, dass sie erhalten geblieben sind. Welchen Grund sollte Sänger gehabt haben, sie zu zerstören? Nach allem, was wir bislang wissen, war Sänger ein Extremist. Ich weiß nicht, was er in diesen Kellern getrieben hat, aber er hat es ganz sicher *fanatisch* getan. Ich kann mir nicht vorstellen, dass er diese Labors aus Scham über den verlorenen Krieg und über das Scheitern seines Idealismus abgerissen hat. Und wenn es sie noch gibt, muss es auch noch geheime Zugänge dazu geben – wenn wir Glück haben sowohl von innerhalb als auch von außerhalb der Schule.«

»Es hat auch Zellen gegeben.« Beklemmt deutete ich auf einen eindeutig bezeichneten Bereich neben den von Ellen als Laborräume benannten Quadern und dachte fröstelnd an die verliesartige Kammer mit dem Gitter in der Tür zurück, die mir bereits bei unserer ersten Erkundungstour durch den Keller aufgefallen war. *Menschenversuche*, schoss es mir durch den Kopf. Möglicherweise hatte Ellen mit ihrem so genannten Paarungsexperiment ein bisschen zu weit ausgeholt, aber mittlerweile sah alles danach aus, als ob Professor Sänger in diesen unheilvollen Gemäuern tatsächlich Menschenversuche durchgeführt hatte. Ich fragte mich, wie diese ausgesehen haben könnten und welchem Zweck sie wohl gedient hatten, beschloss aber schnell, kein ehrliches Interesse an der Antwort auf diese Frage zu verspüren. Eine Zuchtanstalt für kleine Arier unter dem Deckmantel eines Müttergenesungsheims, später einer Schule, ausgerüstet mit vergitterten Zellen im Keller, die an eine Ansammlung von Laboratorien grenzte, die der einer gut ausgestatteten Universität in nichts nachstand … Schon die bloße Vorstellung war einfach pervers.

»Wahrscheinlich hat man dort größere Tiere für irgendwelche Tierversuche gehalten«, wiegelte Ellen ab, machte aber nicht den Eindruck, dass sie selbst von ihrem mächtig an den Haaren herbeigezogenen Einwand überzeugt war. Schließlich war sie diejenige gewesen, die als Erste in die Richtung spekuliert hatte, die mir selbst, sosehr ich mich dagegen sträubte, spätestens seit dem Fund der Rechnung für das Falltor nicht mehr abwegiger als alle anderen vorkam; nämlich darüber, dass man uns hier eingesperrt hatte, um an uns fortzusetzen, was man noch für eine unbestimmte Dauer nach dem Zweiten Weltkrieg in diesen Kellergewölben betrieben hatte.

»Wir sollten Carl mit unserem Fund konfrontieren«, beschloss Judith entschieden, während sie die Karten mit fast hektischen Bewegungen wieder zusammenfaltete und in der schwarzen Ledermappe verschwinden ließ, in der Ellen sie gefunden hatte. Es war ihr deutlich anzusehen, wie wenig ihr das Thema behagte. Sie fürchtete sich wohl davor, es weiter zu vertiefen und keine plausiblen Argumente mehr gegen die ihrer Meinung nach kranken Fantasien der jungen Ärztin vorbringen zu können. »Wahrscheinlich wird er darauf bestehen, von nichts etwas gewusst zu haben«, seufzte sie schulterzuckend, während sie sich die Mappe unter den Arm klemmte. »Aber vielleicht hilft er uns wenigstens, uns mit diesen Karten besser zurechtzufinden. Schließlich kennt er sich von uns allen am besten in dieser Burg aus.«

Maria raffte die Klassenbücher zusammen, in die sie vertieft gewesen war, ehe die Baupläne ihr Interesse auf sich gezogen hatten. Ellen griff nach dem Schlüsselbund und den Rechnungen und trat an Judith und ihr vorbei auf den Flur hinaus, um ihnen mit der Taschenlampe den Weg zu leuchten. Einen Augenblick traf sich mein Blick prüfend mit dem Marias – ich erinnerte mich an den Zustand, in welchem wir sie quasi unter Anwendung roher Gewalt aus dem Hauptgebäude gezerrt hatten, und sorgte mich ein wenig darum, ob sie einer neuerlichen Konfrontation mit Ed schon wieder gewachsen wäre. Aber der wahnsinnige, an Mordlust grenzende Hass, den ihre Augen in der Küche und noch lange Zeit danach wie Abermillionen kleine Blitze in die Dunkelheit abgefeuert hatten, war von etwas anderem verdrängt worden: von einer Art mühsam zurückgehaltener fiebriger Erregung, die mir zwar nicht weniger irrsinnig vorkam, aber wenigstens nicht ganz so gefährlich. Ellen hatte Recht gehabt, als sie ausgesprochen hatte, was nicht nur ich wohl schon vorher gedacht hatte: Marias Wissensspektrum im Bezug auf das Dritte Reich war alles andere als normal; es beinhaltete Informationen, die vielleicht nicht einmal in einem guten Lexikon zu finden waren, und hatte dementsprechend mit Allgemeinbildung nicht mehr viel zu tun. Hätte mir jemand geflüstert, dass einer der in der Burg Anwesenden heimlich nach verschollenem Nazigold forschte, hätte ich zweifellos auf unsere graue Maus getippt. Aber es war nicht Maria, die in den Kellern des Internats nach mysteriösen Schätzen grub, sondern Carl und so blieb die Frage nach dem Grund für ihr Interesse, die sicherlich nicht allein ich mir insgeheim stellte, bis auf weiteres und möglicherweise für immer unbeantwortet.

Zwei, drei Atemzüge lang blieb ich allein in Klaus Sängers dürftig eingerichtetem Privatraum zurück und blickte durch das kleine Fenster auf der gegenüberliegenden Seite des Zimmers hinaus auf den geheimnisvollen, türlosen Turm, der sich nur als schwarzer Schatten von der Dunkelheit des Nachthimmels abhob. Trotz der Finsternis, die der sichelförmige, silbrig schimmernde Mond kaum zu erhellen vermochte, erkannte ich Fledermäuse, die zu Dutzenden, vielleicht zu Hunderten, hektisch mit den Flügeln schlagend und einem Hornissenschwarm ähnlich um die spitz zulaufende Turmspitze kreisten. Mir war klar, dass es unmöglich war, ihre Laute zu hören, denn die Entfernung, die mich zusätzlich zu den Mauern des Gebäudes und der Glasscheibe des winzigen Fensters von den pelzigen Flugungeheuern trennte, war viel zu groß, als dass es so hätte sein können. Dennoch glaubte ich die hässlichen, schrillen Laute, die den Kehlen der schwarzen Monster entwichen, bis hierher zu vernehmen – ohne Unterlass und in rasender Geschwindigkeit an Lautstärke zunehmend, als versuchten sie mit dem unglaublichen Lärm, den sie verursachten, etwas zu übertönen.

Den entsetzten, panischen Schrei eines Menschen, der wusste, dass er starb, ähnlich dem Stefans, als sie ihn attackiert hatten, als er den Halt verloren hatte und meterweit in die Tiefe gestürzt war.

Miriams Schrei!

Es wäre ein Ding der Unmöglichkeit gewesen, selbst wenn ich dreist vorausgesetzt hätte, dass sie existierte und sich tatsächlich in dem unheimlichen Turm befand, und trotzdem identifizierte ich die menschliche Stimme, die zwischen den krächzenden, kreischenden Lauten der Tiere herausklang, eindeutig als die ihre. Und nun, da ich sie hörte, konnte ich das zierliche, dunkelhaarige Mädchen mit den riesigen braunen Augen für den Bruchteil einer Sekunde sogar sehen – als Teil eines schrecklich realistisch wirkenden Wachtraums, der sich wie ein Film auf einer dieser neuartigen, unbezahlbaren Plasmawände vor meinen Augen abspielte. Ich sah sie und ich sah mich, wie ich sie mit mir zerrte und dabei ihr feingliedriges Handgelenk mit einem entschlossenen Griff so fest packte, dass ich die Blutzufuhr zu ihren Fingern stoppte. Stufe um Stufe, immer im Kreis, immer weiter hinauf und ungeachtet der erschreckenden Gewissheit, dass wir geradewegs in unser Unheil – in *ihr* Unheil! – rannten. Ich sah Miriam und ich sah mich. Wir waren Kinder.

Eine kaum faustgroße, tiefschwarze Fledermaus löste sich aus dem Schatten der leer stehenden Bücherregale, brach im Sturzflug durch die Plasmawand meiner erhitzten Fantasie und zerstörte sie damit. Einen hässlichen Schrei ausstoßend, schnellte das pelzige Tier um Haaresbreite an meinem linken Ohr vorbei, drehte eine Acht durch das Zimmer und kehrte in die Nische zwischen den Möbeln zurück, aus der es so plötzlich aufgetaucht war.

Mit einem ungläubigen, erschrockenen Keuchen stolperte ich rückwärts aus dem Raum, wirbelte auf dem Absatz herum und stürmte den drei Frauen hinterher. Aber es war nicht die Fledermaus, vor der ich schwer atmend und mit rasendem Herzen floh. Es war mein eigener Wahnsinn.

»Wenn es einen positiven Aspekt in dem Umstand gibt, dass wir hier festsitzen, dann ist es der, dass wir drauf und dran sind, endlich eines der am besten verborgenen schmutzigen Geheimnisse des Dritten Reiches an den Tag zu zerren.«

Als ich die Küche einige Augenblicke nach Judith, Ellen und Maria erreichte, trippelte Maria mit ihrer ungewöhnlichen Gangart durch den kleinen Raum und deutete auf die Fotos, die ich entdeckt hatte, die Bücher, auf die sie irgendwo im Obergeschoss gestoßen war, und die Baupläne, die Ellen in der Schublade des Mahagonitisches gefunden hatte. Ich war auf dem Weg hierher ein Stück hinter den dreien zurückgeblieben, um unangenehme Fragen nach meiner plötzlich veränderten Stimmung zu vermeiden, hatte mich aber nahe genug hinter ihnen gehalten, um mitzubekommen, dass sie, kurz nachdem sie das Lehrerhaus verlassen hatte, wirres Zeug vor sich hin zu plappern begann. Ich war so durcheinander gewesen, dass ich mich gar nicht gefragt hatte, welches Geheimnis sie denn eigentlich meinte, und erst recht nicht, warum ihr selbst überhaupt so viel daran gelegen war, dass Licht in etwas gebracht wurde, was bestenfalls Historiker oder sonstige Gelehrsamkeitsbeflissene interessierte. Möglicherweise war es ja einfach die Tatsache, dass sie selbst sich zu letzterer Sorte Mensch zählte.

»Wenn wir morgen früh noch leben«, erwiderte Ellen nüchtern und legte die Rechnungen und den Schlüsselbund in Zerberus' unmittelbarer Nähe auf der Arbeitsplatte ab. »Übrigens finde ich es fast schon verdächtig, dass wir auf diese Dokumente gestoßen sind«, fügte sie nachdenklich hinzu. Ich sah, wie sie Carl möglichst unauffällig aus den Augenwinkeln beobachtete, während sie sprach. »Ich meine: Sängers Zimmer ist ansonsten vollständig leer geräumt worden. Ich werde das Gefühl nicht los, dass jemand gewollt hat, dass wir diese Unterlagen finden.«

»Man kann auch einfach mal Glück haben«, behauptete Judith optimistisch und legte die schwarze Ledermappe zu den Papieren auf der Arbeitsplatte.

»So wie ich«, machte Ed seiner Verärgerung darüber, dass wir ihn mit dem langhaarigen Kneipenwirt allein gelassen hatten, in sarkastischem Tonfall Luft. »Die Tatsache, dass er die Situation nicht dazu genutzt hat, mir die Kehle durchzuschneiden, schließt ihn allerdings noch lange nicht aus der Liste der möglichen Mörder aus. Aber zumindest hat er mich vorhin verschont.«

»Leider.« Maria rümpfte die Nase. »Im Übrigen war meine Hoffnung darauf, dass er uns von deiner Anwesenheit befreien würde, auch eher gering. Wenn es hier einen Hochzucht-Arier gibt, dem ich ohne weiteres zutraue, mit einem Napola-Dolch auf einen –«

Der Rest ihres Satzes ging in einem erschrockenen Keuchen unter. Ellen war mit einem einzigen Schritt neben ihr, verdrehte ihr den Arm auf dem Rücken und schob sie mit diesem Griff grob vor sich her, bis sie ihr Opfer mit Oberkörper und Gesicht gegen die Küchenwand pressen konnte.

»Es reicht«, sagte sie leise, aber mit unmissverständlicher Härte in der Stimme. »Das Thema ist durch, hast du verstanden? Deine beschissenen kleinen Racheeskapaden bringen uns kein Stück weiter.« Dann stieß sie Maria unsanft vor sich her durch den Raum, drückte sie schließlich mit einer einzigen, kräftigen Handbewegung auf einen der weißen Plastikstühle hinab und baute sich mit vor der Brust verschränkten Armen vor ihr auf. »Alles, was du mit deiner Gehässigkeit erreichst, ist, uns alle ständig an den Grund für deine alberne Wut zurückzuerinnern. Möchtest du das?«, fragte sie lauernd.

Im ersten Moment war Maria viel zu perplex, um darauf zu reagieren; wahrscheinlich benötigte sie ein paar Sekunden, in denen sie einfach nur dasaß und die rothaarige, schlanke Frau mit offenem Mund anstarrte. Sie musste Ellens Worte zwischen ihren eigenen, sich überschlagenden Gedanken herausfiltern und in die Form der Sätze zurückbringen, in der Ellen sie ausgesprochen hatte. Dann schüttelte sie heftig den Kopf.

»Gut.« Ellen wandte sich mit einem zufriedenen Lächeln von der grauen Maus ab. »Ich will mir schließlich gar nicht allzu lebhaft vorstellen, wie unsere kleine Pornoqueen sich von Eddi Groschenerotik bumsen lässt.«

Maria gab einen japsenden Laut von sich und die Farbe, die während Ellens Schmährede aus ihren Wangen gewichen war, kehrte binnen kürzester Zeit und in vielfacher Intensität in ihr Gesicht zurück. Judith grinste so breit, dass ich die silbernen Kronen auf ihren vorderen Backenzähnen erkennen konnte, und auch Carl konnte ein schadenfrohes Aufblitzen seiner Augen nicht unterdrücken. Selbst ich musste über Ellens treffsicheren Spott grinsen, obwohl mir streng genommen jegliche Lust auf Späßchen schon heute Morgen im Hotel vergangen war. Lediglich Eds Miene blieb regungslos. Entweder hatte er Ellens Worte überhaupt nicht als beleidigend wahrgenommen oder er suchte einmal mehr vergeblich nach einem passenden Konter.

»Wir haben Ihnen etwas mitgebracht.« Ellen wurde sofort wieder ernst, trat an die Arbeitsplatte heran, schlug die schwarze Mappe auf und breitete die oberste der vergilbten Karten demonstrativ vor Carls Nase aus. »Schatzkarten für Ihre Suche nach dem Nazigold. Oder nach unserem Ausgang.« Sie stemmte die Hände in die Hüften und maß den Althippie von Kopf bis Fuß mit einem Blick, der so überheblich und abschätzig war, dass er jeden gestandenen Straßenpenner in eine tiefe Selbstwertkrise befördert hätte. »Nur für den Fall, dass Sie uns erzählen möchten, Sie haben nichts davon gewusst: Wir haben uns längst darauf geeinigt, Ihnen kein Wort zu glauben. Alles, was wir wollen, ist, Ihnen hiermit eine Gelegenheit zu bieten, uns doch noch einen zweiten Weg aus dieser Vorbereitungsanstalt für die Psychiatrie zu zeigen und fein mit der Ausrede aus dem Schneider zu sein, dass Sie das nur mit Hilfe dieses Papierkrams geschafft haben. Einverstanden?«

Carl antwortete nicht, sondern starrte nur mit entgeistertem Blick auf die Grundrisspläne hinab. Ich war nicht sicher, ob er der Ärztin überhaupt zugehört hatte – dem Ausdruck absolut glaubwürdiger Überraschung auf seinem Gesicht nach zu schließen, die sich zu Fassungslosigkeit steigerte, als er erst langsam, dann zunehmend hektischer und mit zitternden Händen in den Bauplänen der Burg herumzublättern begann, wohl eher nicht. »Das ...«, stammelte er kopfschüttelnd. »Das ist vollkommen unmöglich ... Das kann nicht sein. Woher ...« Er blickte irritiert zu Ellen auf, die sein Tun regungslos, aber aufmerksam beobachtete. Carls Reaktion deutete sie ihrer Körperhaltung nach zu schließen im Gegensatz zu mir, der sie als echte Verwirrung erkannte, wohl eher als die Nervosität eines Ertappten. »Woher habt ihr das?«, fragte Carl.

»Aus Professor Sängers Schreibtisch«, antwortete Ellen ruhig. »Wenn Sie jetzt bitte noch fragen würden, was das ist; nur, um Ihrem kleinen Schauspiel die Krone aufzusetzen, wenn Sie wissen, was ich meine. Ich habe zwar keine Ahnung, wie es sich in diesem seelenlosen Kaff verhält, in dem Sie sich für gewöhnlich herumtreiben, und ob der Begriff der Schauspielkunst überhaupt schon bis Crailsfelden durchgesickert ist, aber ganz allgemein steht man in Deutschland auf gnadenlos überzogene Darstellungen im Hollywood-Stil.«

»Ich weiß, was das ist!«, fuhr Carl sie, plötzlich überhaupt nicht mehr unsicher, aber immer noch vollkommen aus der Fassung gebracht, an. Er wirkte ein bisschen wie ein Sechsjähriger, dem man zum Geburtstag den sehnlichsten Kindheitstraum erfüllt und ein Rennpferd mit Stall, Jockey und Stalljungen geschenkt hat und der jetzt kurz vor dem Nervenzusammenbruch steht, weil er hin- und hergerissen ist zwischen grenzenloser Freude über dieses Geschenk und abgrundtiefer Verzweiflung über die Tatsache, dass man seinen Traum in Wirklichkeit verwandelt und ihn damit vorläufig aller Ziele beraubt hat. »Das sind Grundrisspläne der Burg«, sagte er. Ich konnte sehen, in welcher Eile das Blut durch seine Halsschlagadern gepumpt wurde. »Ich habe überall danach gesucht – sowohl im Grundbuchamt in Crailsfelden als auch in dem der Kreisstadt. Aber alles, was ich auftreiben konnte, waren ein paar historische Pläne dieser Festung. Über Umbauten in der Nazizeit habe ich nichts auftreiben können. Und ich habe *gründlich* gesucht, das können Sie mir glauben.«

Mein Gefühl sagte mir, dass er die Wahrheit sprach, aber mein Verstand hielt entschieden dagegen. »Und was ist das?« Ich griff nach der Abrechnung des Crailsfeldener Bauunternehmers und knallte sie mit einer ruppigen Geste auf den Stapel der Pläne. »Was ist mit der lebensgefährlichen Falle, die Ihr guter Freund Sänger vor nicht allzu langer Zeit hier hat installieren lassen? Davon haben Sie auch nichts gewusst, nicht wahr? Sie können nur von Glück reden, dass Sie nicht selbst in den vergangenen zwei Jahren von diesem verdammten Falltor aufgespießt worden sind!«

Der Späthippie maß mich zwei, drei Sekunden lang mit verständnislosem Blick, sah auf die Rechnungen vor seiner Nase hinab und tat schließlich, was viele Männer zu tun pflegen, wenn die Nervosität Besitz von ihnen ergreift: Er ließ die rechte Hand in die Hosentasche gleiten, um sich unauffällig im Intimbereich zu kratzen.

»Was soll das heißen – eine Falle?« Spätestens in diesem Moment glaubte ich Ed, dass er nicht in der Lage war aufzustehen. Ich war sicher, er wäre mit einem einzigen Satz bei der Arbeitsplatte gewesen, um die Rechnungen an sich zu reißen, wenn er gekonnt hätte. So aber streckte er nur fassungslos den Arm nach den Papieren aus. Judith reichte sie ihm und er begann sie mit ungläubigem Blick zu überfliegen, wobei er sich in unverkennbare Wut steigerte. »Das ist –«

»Die Rechnung für den Mordanschlag auf uns beide«, erklärte ich, so ruhig es ging. Mein eigener Zorn war keinen Deut geringer. Tatsächlich war es nur meinem Glück zu verdanken, dass nicht ich, sondern er am Steuer des Friedenstaubencruisers gesessen hatte, und die Tatsache, dass Ed noch lebte, einzig dem Umstand, dass sein Schutzengel offenbar ein unverbesserlicher Workaholic mit einer ganzen Armee hilfsbereiter geflügelter Kumpanen war.

»Ich ... ja. Nein«, antwortete Carl, ohne einen von uns dabei anzusehen.

»Was soll das heißen?«, fragte ich wütend, packte ihn an der Schulter, um ihn zu mir herumzureißen, und schüttelte ihn schließlich am Kragen seines albernen Rüschenhemdes kräftig durch, als er nicht schnell genug antwortete. »Ja, nein, vielleicht oder was?!«

»Ja, verdammt, ich habe davon gewusst!«, brüllte Carl, stieß mich grob von sich weg, wich einen Schritt zurück und nahm eine leicht breitbeinige Standposition ein, um besseren Halt zu haben, falls ich erneut auf ihn losgehen sollte.

Tatsächlich war mir sehr danach, aber Judith legte mir in einer besänftigenden Geste die Hand auf die Schulter und schüttelte den Kopf. »Nun lass ihn wenigstens antworten, ehe du ihn in Stücke reißt«, sagte sie.

Sie lieferte mir keine überzeugenden Argumente, meinen destruktiven Trieb im Zaum zu halten, aber die Berührung ihrer Hand hatte etwas Beruhigendes. Nachdem sie meine körperliche Nähe sowie den Blickkontakt zu mir seit unserer Diskussion um Stefans möglichen Mörder nach Kräften vermieden hatte, genoss ich diese unbefangene kleine Geste von ihr. Ich will nicht sagen, dass mich ihr Misstrauen und ihre Abneigung bislang deshalb mehr verletzt hatten als die aller anderen hier, weil ich mich in sie verliebt hatte oder etwas in der Art. Aber beides hatte übel an meinem Ego gekratzt. Ich war immer davon ausgegangen, dass zwar nicht gleich Liebe Voraussetzung für einigermaßen guten Sex war, zumindest aber ein gewisses Grundvertrauen zwischen den Partnern. Der Umstand, dass sie mich nur wenige Stunden nach unserem kleinen Abenteuer eines Mordes verdächtigen konnte, hatte mich tiefer erschüttert, als ich eigentlich zugeben mochte.

»Professor Sänger war verrückt, keine Frage. Ich weiß nicht, warum, aber er legte nun einmal Wert darauf, dass man sich bei ihm abmeldete, ehe man die Burg verließ. Vielleicht, damit niemand auf die Idee kam, etwas zu stehlen, oder was weiß ich«, antwortete Carl. »Aber ich habe nicht gewusst, dass dieses Ding heute Nacht eingeschaltet war. Und schon mal gar nicht, warum.«

»Wer soll Ihnen das glauben?« Ed rieb sich mit der freien Hand den verletzten Nacken. Sein Atem ging schnell und ich hatte den Eindruck, als verstärke das Bewusstsein, dass seine Verletzungen nicht nur durch einen dummen Unfall verursacht worden waren, seine Schmerzen erheblich. »Und wer außer Ihnen soll es denn sonst gewesen sein?«

»Das weiß ich nicht.« Carl hob hilflos die Schultern. »Von Thun vielleicht. Obwohl ich es mir nicht vorstellen kann. Wieso sollte er so etwas tun? Oder …« Er zögerte.

»Oder wer?«, fragte Judith.

»Oder jemand anders«, antwortete Carl mit einem hilflosen Kopfschütteln. »Vielleicht sind wir ja gar nicht allein hier. Es gibt genügend Möglichkeiten in dieser Festung, sich über einen längeren Zeitraum versteckt zu halten, ohne bemerkt zu werden.«

»Oder es war jemand von uns.« Maria flüsterte fast und warf Ed nur aus den Augenwinkeln einen argwöhnischen Blick zu. Dennoch hatte Ellen ihre Worte verstanden und machte einen drohenden Schritt auf sie zu. Maria biss sich buchstäblich auf die Zunge und tat, was sie in den vergangenen Augenblicken ausschließlich getan hatte: Sie blickte verlegen auf ihre Fußspitzen hinab.

Ed schenkte ihr einen bösen Blick, sah aber sensationellerweise ein, dass es keinen Sinn hatte, wieder auf Marias Anfeindungen einzugehen und die Stimmung damit unnötig aufzuheizen. Er wandte sich stattdessen wieder angriffslustig an Carl. »Das ist der größte Müll, den du uns seit langem vor die Füße gekotzt hast«, behauptete er. »Schließlich hat meine liebe Familie das ganze Gelände hier mittlerweile auf den Kopf gestellt.«

»Eben nicht.« Ellen schüttelte den Kopf und deutete wieder auf die Baupläne. »Es ist wirklich nicht einfach, sich damit zurechtzufinden. Aber was ich mit absoluter Sicherheit sagen kann, ist, dass wir offenbar nicht einmal einen Bruchteil der Katakomben unter diesem Geisterschloss erforscht haben.«

Carl nickte bestätigend und begann erneut in den Plänen zu blättern. Schließlich zuckte er die Schultern. »Aber ich glaube nicht, dass es dort unten einen zweiten Ausgang gibt«, seufzte er schließlich und blickte geistesabwesend an Ed vorbei aus dem

Fenster. »Vielmehr glaube ich, dass der alte Turm der Schlüssel zu allem ist. Immerhin ist er seit der Nazizeit nicht mehr zugänglich.«

Maria sah von ihren Schuhspitzen auf, bedachte den Wirt mit einem seltsamen Blick, den ich nicht deuten konnte, und erweckte für einen kurzen Moment den Eindruck, als wisse sie es besser und als wolle sie Protest gegen seine Behauptung einlegen. Dann aber senkte sie wieder den Kopf und starrte weiter betreten zu Boden.

»Ich weiß nicht, ob wir uns richtig verstanden haben.« Judith griff nach den Bauplänen und breitete sie nebeneinander auf dem PVC-Boden aus. »Aber Ihr verfluchtes Nazigold interessiert hier niemanden. Wir suchen einen Ausgang. Und Sie werden uns dabei helfen, Carl. Weil wir nämlich sonst dafür sorgen werden, dass Sie sich von diesem verfluchten Schatz bestenfalls noch Ihren Sarg vergolden lassen können, kapiert?«

»Nichts anderes habe ich gemeint«, gab Carl schnaubend zurück, bückte sich über den mit Plan 3 gekennzeichneten Bogen und tippte mit dem Zeigefinger auf eine kreisförmige Darstellung im mittleren Bereich. »Hier unter dem Turm befindet sich ein großer, runder Kellerraum.« Sein Zeigefinger wanderte auf einen als Durchgang gekennzeichneten Punkt an der linken Seite des Kreises. »Von dort aus führt ein Stichgang in westliche Richtung, wie Sie sehen. Ich vermute, dass dieser Gang von der Burg fortführt. Wahrscheinlich gibt es einen geheimen Ausgang, der irgendwo nahe des Burgberges liegt. Aber sicher bin ich mir nicht. Das Ende des Gangs ist nicht zu erkennen.« Er deutete seufzend auf die linke Blattkante des Planes. »Und ein Anschlussstück gibt es nicht«, stellte er nach einem letzten, vergewissernden Blick auf die anderen Pläne fest.

Ich ließ mich neben Judith in die Hocke sinken – mehr in der Hoffnung, vielleicht noch eine weitere, unbefangene Berührung von ihr zu erhaschen, als im Glauben, tatsächlich auch nur den Ansatz eines Überblicks über diesen Wirrwarr von in Kästchen und Strichen dargestellten Räumen, Nischen und Gängen auf dem ein halbes Jahrhundert alten Papier zu gewinnen. Aber Judith rückte beiseite, ein Interesse am äußersten Bogen zu ihrer Linken vorgebend, und ich verkniff mir nur mühsam ein Seufzen. Was auch immer ihr enormes Misstrauen mir gegenüber wachgerufen hatte, war noch lange nicht verschwunden. Ich beschloss, bei der nächsten Gelegenheit unter vier Augen mit ihr zu reden, und hoffte, dass sie nicht ihr Bestes geben würde, genau diese Gelegenheit nach Kräften zu vermeiden.

»Verdammt!« Carl deutete mit der Linken auf einen weiteren in den Plänen verzeichneten Durchgang und schlug sich mit der Rechten fassungslos vor die Stirn. »Diese vermauerte Tür!«, fluchte er. »Hier muss es ganz leicht sein, zu dem Teil der unterirdischen Anlagen vorzudringen, der auch mit dem Turm verbunden ist.« Er schüttelte den Kopf und murmelte etwas in der Art, schon tausendmal daran vorbeigelaufen zu sein und sich nur deshalb dort nicht zu arbeiten getraut zu haben, weil ihm die Decke des Kellers an dieser Stelle so baufällig vorgekommen sei. »Dort müsst ihr durch. Ich … würde euch gerne dabei helfen, die Wand durchzubrechen.«

»Ich bin vielleicht mittlerweile ein bisschen verzweifelt – aber total wahnsinnig bin ich noch lange nicht«, lehnte Ellen kategorisch ab. »Ich drücke doch niemandem eine Spitzhacke in die Hand, dem ich keinen Schritt weit traue, während ich selbst mit einem Gemüsemesser neben ihm herlaufe.«

»Ich habe in meinem ganzen Leben noch keiner Fliege etwas zuleide getan!«, verteidigte sich Carl empört.

»Ellen hat Recht.« Judith stand auf und schüttelte den Kopf. »Immerhin haben Sie uns auf diese verfluchte Burg gebracht.«

»Es war vor allem eure Gier, die euch hier heraufgebracht hat«, widersprach der Wirt trocken.

Ellen öffnete den Mund zum Widerspruch, schloss ihn aber schließlich, ohne etwas gesagt zu haben, und begann wortlos, die Pläne zusammenzufalten und in die Mappe zurückzuschieben.

Wahrscheinlich wusste sie, was wir alle insgeheim zugeben mussten und niemand sich auszusprechen traute.

Carl hatte Recht. Letztlich war jeder von uns allein deshalb hier, weil er gehofft hatte, einen Menschen zu beerben, den er zu dessen Lebzeiten nicht einmal gekannt, von dessen Existenz er keine Ahnung gehabt hatte. Allein unsere Gier hatte uns hierher getrieben und sogar noch viel weiter. Ich betrachtete die pummelige, eigentlich eher unattraktive Judith unauffällig aus den Augenwinkeln. In der Aussicht auf ein paar Millionen waren wir miteinander in die Kiste gesprungen und hatten uns redlich bemüht, schnellstmöglich den Stammhalter zu zeugen, den Sängers Testament im Gegenzug für den Reichtum verlangte. Jeder von uns hatte sich unter dem Vorwand wahrer Zuneigung oder zumindest eines sexuellen Bedürfnisses prostituiert.

Und zumindest mir hatte das sogar Spaß gemacht.

Die Vorstellung, ein weiteres Mal in den muffigen Keller hinabzusteigen, behagte mir ganz und gar nicht. Dennoch äußerte ich keinen Protest, als Carl die massive Tür unterhalb der großen Treppe öffnete und den Lichtschalter betätigte, woraufhin die vor uns in die Tiefe führenden, schmalen Steinstufen in das gleichmäßige gelbe Licht eines guten halben Dutzends Lampen getaucht wurden. Schließlich gab es nichts, was ich gegen den Plan, uns in Professor Sängers Labyrinth vorzutasten, objektiv hätte einwenden können. Es war die einzige Chance, noch in dieser Nacht von hier zu entkommen, und ich wünschte mir nichts auf der Welt sehnlicher als das.

Im Idealfall hätte ich in dieser Situation gerne jemanden an die Hand genommen, den ich beschützen zu wollen vorgeben konnte – vorzugsweise Judith. Doch während ich mich die ausgetretenen Stufen hinter Carl und den drei Frauen hinabtastete, verspürte ich selbst kein geringeres Bedürfnis nach Schutz und Geborgenheit als ein dreijähriges Mädchen. Und Judith war, als wir das Ende des Flurs erreicht hatten, mit schnellen Schritten an mir vorbei zwischen Maria und Ellen getreten – um meine körperliche Nähe zu meiden, wie es mir vorkam. Nun, da sie ihre Abneigung in der Küche für einen kurzen Augenblick scheinbar überwunden, jetzt aber aufs Neue deutlich gemacht hatte, kränkte sie mich damit wieder, wie in den ersten Sekunden, als ich sie verspürt hatte. Eine gesunde Skepsis und eine gerechte Portion Misstrauen könnte ich ihr verzeihen, denn nach wie vor konnte jeder von uns rein objektiv betrachtet Stefans Mörder sein. Aber Judith behandelte mich mittlerweile beinahe wie einen Vergewaltiger oder eine sonst wie verachtenswerte Kreatur, mit der man besser überhaupt nicht redete und deren Nähe man mied, wo es nur möglich war.

Ich hielt die Luft an und bemühte mich, durch den Mund zu atmen, als wir uns dem unteren Absatz der Treppe näherten und mir der Übelkeit erregende Gestank von Schimmel, Moder und Verwesung vermischt mit dem Kopfschmerzen fördernden Geruch von Farbe und Beton in die Nase stieg. Und nun, da es mir bewusst war, begann es hinter meinen Schläfen sogleich wieder ein wenig heftiger zu pochen. Der Wirt eilte vorweg, um auch das Licht in dem frisch renovierten Teil des Kellers für uns einzuschalten, und bedeutete uns ein wenig zu hektisch für meinen Geschmack, ihm durch die links an den breiten Korridor angrenzende Tür in den Gerümpelkeller zu folgen. Die fieberhafte Erregung, die Besitz von ihm ergriffen hatte, als Ellen ihn mit den Bauplänen konfrontierte, war zurückgekehrt und schien sich nun von Sekunde zu Sekunde noch zu steigern. Ich konnte mir nicht vorstellen, dass es lediglich die Aussicht auf einen Ausweg aus diesen verwunschenen Mauern war, die den Tatendrang in ihm so sehr aufkochen ließ. Vielmehr war es sicher sein Glaube daran, dabei nun endlich auf das verschwundene Nazigold zu stoßen, nach dem er schon seit unbestimmter Zeit suchte.

Während wir ihm im Schein der Lampe, die Judith trug, an den gemauerten Säulen und Unmengen von Gerümpel vorbei durch den Gewölbekeller folgten, dachte ich darüber nach, was ich tun würde, wenn er mit seiner aberwitzigen Theorie Recht hatte und wir tatsächlich auf seinen sagenhaften historischen Schatz stoßen würden. Mein Glaube an die Existenz des Sänger-Testaments hatte sich im Laufe der Nacht fast unmerklich, Stück für Stück, in nichts aufgelöst. Vielleicht würde ich Zerberus niederschlagen und das Gold an mich nehmen, um wenigstens irgendetwas mitnehmen zu können, sobald ich in meine Wahlheimat USA zurückkehrte – abgesehen von der Erkenntnis über die Unberechenbarkeit meines Charakters, den ich bis heute für recht stabil gehalten hatte, dem Zweifel an einer gottgegebenen Menschlichkeit eines jeden und einem Gefühl von Angst, die auszuarten und außer Kontrolle zu geraten schien.

Wie bei unserem ersten Ausflug in den Keller vernahm ich auch dieses Mal wieder eine beunruhigende, kaum im Einzelnen definierbare Geräuschkulisse. Ein leises, an einen weit entfernt laufenden Stromgenerator erinnerndes Brummen, ein Tropfen, ein Fiepen und ein Flattern, ein Huschen vielleicht oder ein Rascheln, und das alles gleichzeitig von überall und doch nirgendwo her. Aber dieses Mal wurde zumindest eine der unzähligen Fragen geklärt, über die ich mir vorhin den Kopf zerbrochen hatte: Fledermäuse lebten sehr wohl in Kellern. Zumindest in diesem.

Als wir die schwere, mit eisernen Bändern beschlagene Tür auf der gegenüberliegenden Seite des

Kellerraumes fast erreicht hatten und Carl bereits den Arm nach dem gewaltigen Riegel ausstreckte, löste sich gleich ein ganzer Schwarm der unschönen Tierchen aus einem schattigen Teil der Gewölbedecke, jagte kreischend keine Armeslänge über unsere Köpfe hinweg durch den Raum und schließlich, vollkommen untypischerweise, durch die erste Tür in den in elektrisches Licht getauchten Teil des Kellers zurück. Judith kreischte entsetzt auf, stolperte an Maria vorbei zurück und griff instinktiv nach Schutz suchend nach meinem Oberarm. Als sie begriff, was sie da soeben getan hatte, machte sie aber sogleich einen weiteren Satz zur Seite und von mir weg. Ihr Blick wanderte gehetzt zwischen dem Durchgang, durch den die Fledermäuse verschwunden waren, und mir hin und her, als wüsste sie nicht, wovor sie sich eigentlich mehr fürchten sollte.

»Es ist … alles in Ordnung«, sagte ich zögernd und trat einen kleinen Schritt auf sie zu, obwohl ich hätte wissen müssen, dass mein Beistand so ziemlich das Letzte war, wonach sie sich sehnte. »Sie sind weg«, sagte ich in der vagen Hoffnung, ein Nicken oder etwas Ähnliches von ihr zu bekommen, was mich davon überzeugt hätte, dass ich mich in der Deutung ihrer Mimik verrannt hatte, aber selbstverständlich geschah nichts dergleichen.

Judith starrte mich noch einen weiteren Augenblick lang aus angstweiten Augen und schwer atmend an, dann wandte sie sich mit einem Ruck von mir ab und bedeutete Carl, die Tür zu öffnen. Mein Magen zog sich schmerzhaft zusammen. Ich hatte ihre Abneigung zur Genüge gespürt, aber die Gewissheit, dass sich in diesem Moment zu dieser auch noch Furcht gesellte, war nicht nur erschreckend, sondern fühlte sich an wie ein kraftvoller Faustschlag mitten ins Gesicht. Anscheinend stand ich auf der Liste der Dinge, mit denen man sie quälen konnte, gleich auf Platz zwei hinter ihrer Fledermausphobie.

Ich musste mit ihr allein reden, und zwar so schnell wie möglich.

Geduckt folgten wir Carl durch den niedrigen, zu unserer Rechten ebenfalls mit Gerümpel voll gestopften Gewölbegang, vorüber an den unheimlichen Kerkerzellen mit den fest in die Wände eingelassenen Eisenringen, vorbei an leeren Benzinkanistern und dem Gerümpel. Wir traten in den Durchgang zu dem Kellerraum mit dem mysteriösen Generator und der altertümlichen Schalttafel sowie den mit »Hausfrauenstolz« und ähnlichen Übertreibungen beschrifteten Einmachgläsern und kamen schließlich in das geheime Büro, das Zerberus vergeblich vor uns zu verbergen versucht hatte.

Carl schaltete das Licht ein und deutete mit einer fast widerwilligen Geste auf die an einer Wand ordentlich aufgereihten Werkzeuge. »Bitte sehr«, sagte er. »Bedient euch.«

»Besten Dank.« Ellen trat an ihm vorbei, drückte ihm die Baupläne in die Hand, reichte Judith die Schaufel, mir die Spitzhacke und eignete sich selbst den Vorschlaghammer an. Dann wandte sie sich wieder dem Kneipenwirt zu. »Sie sagen uns den Weg, wir graben ihn frei«, beschloss sie.

Carl rümpfte die Nase und reckte für einen kurzen Augenblick trotzig sein bärtiges Kinn vor, klemmte sich aber schließlich die Pläne unter den

Arm, ohne einen weiteren Blick darauf geworfen zu haben, und geleitete uns zurück in den Gang, von dem aus die Zellen zugänglich waren. Dort angelangt, blieb er wieder stehen, kratzte sich einen Augenblick lang nachdenklich am Hinterkopf und zog schließlich doch zielsicher den zweiten der Pläne aus der Mappe hervor, um ihn im schwachen Licht des Handscheinwerfers erst in die eine, dann in die andere Richtung zu drehen und mehrfach irritiert und mit in tiefe Falten gelegter Stirn den Kopf zu schütteln.

»Hmmm …«, machte er nachdenklich. »Das ist sehr … Ich meine, das ist nicht so, wie es sein sollte. Ich hatte mir das alles ganz anders vorgestellt.«

»Häh?«, machte Judith verständnislos.

»Der Lageplan stimmt nicht mit dem tatsächlichen Zustand des Kellers überein. Sehen Sie: Der Gang hier ist überhaupt nicht verzeichnet, obwohl er sicher längst vor 1940 erbaut wurde. Und diesen Weg hier …« Er deutete auf einen schwarzen Balken auf dem gelben Papier. »Es gibt ihn nicht mehr und ich kann nicht mit Sicherheit sagen, wo er gewesen ist. Ich vermute … Ich denke, er verbirgt sich, säuberlich verputzt, hinter einer der drei Zellen.«

»Dann klopfen wir die Wände ab«, entschied Judith, betrat die mittlere der verliesartigen Kammern und begann mit dem Griff der Schaufel gegen das Mauerwerk zu klopfen.

Mein innerer Schweinehund äußerte den Wunsch, dass sie dabei keinen zugemauerten Durchgang entdecken würde, denn der Umstand, dass Ellen mir die Spitzhacke zugedacht und Zerberus offen ihr Misstrauen verkündet hatte, machte mir klar, dass die Knochenarbeit letzten Endes an keinem anderen als mir hängen bleiben würde. Und das, obwohl meine Kopfschmerzen sich schon jetzt ganz ohne physischen, wahrscheinlich allein durch den psychischen Stress, dem ich ausgeliefert war, langsam wieder einem nur schwer erträglichen Niveau näherten. Ich wünschte, Stefan hätte nie diese idiotische Kletterpartie unternommen. Würde er jetzt noch leben, hätte er, im Gegensatz zu mir, bestimmt seine helle Freude daran, eine wahrscheinlich seit Jahrzehnten bestehende Mauer niederzureißen.

Judith klopfte das Mauerwerk der Wand gegenüber der Tür systematisch mit dem Griff der Schaufel ab, schüttelte aber nach wenigen Augenblicken enttäuscht den Kopf und wiederholte den Versuch in der rechten Folterkammer. Ich hatte zwischenzeitlich beschlossen, diese menschenverachtend gelegenen Kammern so zu nennen, und befürchtete längst, dass diese Bezeichnung den Nagel absolut auf den Kopf traf. Mein Blick wanderte immer wieder nervös zu dem in der Wand verankerten Eisenring. Wenn ich mir Mühe gab – eigentlich wollte ich mir gar keine Mühe geben, aber der kleine Masochist, der, wie ich hoffte, in jedem Menschen und nicht nur in mir schlummerte, nötigte mich in fast regelmäßigen Abständen dazu, während ich Judith bei ihrer Arbeit beobachtete –, konnte ich die stählernen Fesseln auf geschundenen Knöcheln, mit denen hier vor langer Zeit anscheinend Menschen – Kinder? Konnte man wirklich so grausam sein?! – mit fingerdicken Eisenketten an den Ring gefesselt waren, beinahe spüren.

Dem Stakkato dumpfer Schläge folgten ein, zwei

andere, hohl klingende Laute. Judith klatschte zufrieden in die Hände und mein Schweinehund jaulte gequält auf und verzog sich wimmernd in einen schattigen Winkel meines Charakters.

»Hier!« Judith klopfte demonstrativ ein weiteres Mal mit dem oberen Ende der Schaufel gegen die Wand. »Das ist es. Hier muss der Durchgang gewesen sein. Wir müssen ihn nur wieder frei bekommen.«

»Nur«, wiederholte ich grollend, sagte aber nichts mehr, als Ellens mahnender Blick mich traf.

Gehorsam holte ich mit der Spitzhacke aus und begann (meine Kopfschmerzen tapfer ignorierend) erst kleine, dann immer größere Brocken aus der Gipswand zu schlagen, die sich zum Glück als nicht besonders stabiles Hindernis entpuppte. Es vergingen kaum mehr als fünf Minuten und schon hatte ich einen Durchgang über der schmalen Bank in der Kammer geschaffen, den wir einigermaßen problemlos passieren konnten.

Carl, der zwischenzeitlich den Handscheinwerfer an sich genommen hatte, kletterte als Erster durch die Öffnung und leuchtete in den Gang hinein, der sich tatsächlich dahinter befand. Und wir folgten ihm in der Reihenfolge, in der wir ihm auch vorher schon wie Entenküken durch den Keller nachgewatschelt waren.

»Na also«, stieß Carl zufrieden aus. Er ging den stockfinsteren, staubigen und mit Spinnenweben tapezierten Korridor, der links bereits kurz nach unserem Durchbruch endete, einfach nach rechts entlang und schlug gute zwanzig Meter weiter an dessen Ende zielsicher den linken der zwei angren zenden Korridore ein. »Ein bisschen was steht ja noch immer so da, wo es sich vor vierzig Jahren befunden hat. Da lang.«

Er leuchtete mit der Taschenlampe in einen schmalen, türenlosen Durchgang zu seiner Rechten, der so unscheinbar war, dass ich ihn mit ziemlicher Sicherheit überhaupt nicht bemerkt hätte, wenn ich allein durch den Korridor geirrt wäre. Allerdings wurde das auch nicht unwesentlich durch den Umstand beeinflusst, dass mittlerweile meine Kopfschmerzen die Qualität eines Migräneanfalls wieder erreicht hatten. Meine gesamte Wahrnehmungsfähigkeit wurde durch das brutale Pochen, von dem ich mir einbildete, es müsse fast heftig genug sein, dass es sogar ein Außenstehender als ein Pulsieren unter meiner dünnen Kopfhaut sehen könnte, erheblich beeinträchtigt. Im nächsten Gang wandte sich Carl nach ein paar Schritten erneut nach links, dann wieder nach rechts und dann noch einige Male in alle erdenklichen Richtungen, und als jeder von uns seine Orientierung rückstandslos eingebüßt hatte und begriff, dass es sich bei dem Wirrwarr von Strichen, Balken und Quadraten, das uns auf den Karten wie ein Labyrinth vorgekommen war, tatsächlich um ein solches handelte, hielt er inne, breitete den dritten der Pläne sorgsam auf dem von einer zentimeterdicken Staubschicht bedeckten Zementboden aus und drückte mir die Taschenlampe in die Hand, damit ich ihm leuchten sollte. Der Gang, in dem wir uns befanden, endete nach kaum zwanzig Metern in einem gewaltigen Geröllhaufen. Die Decke an seinem Ende war eingestürzt und bildete zusammen mit anderen Gesteinsbrocken, feuchter Erde und den Strängen einiger Tiefwurzler, die sich bis hierher durchgearbeitet hatten, ein unüberwindbares Hindernis. Anders als in den Gängen, die wir zuvor passiert hatten, roch es hier nicht nur nach staubiger, düsterer Geschichte, sondern zusätzlich feucht und modrig, insgesamt ungefähr so, wie ich mir den Geruch einer Gruft in einem alten Vampirstreifen vorstellte.

Ellen lehnte sich an eine der vor mindestens einem halben Jahrhundert zum letzten Mal gestrichenen Wände, während Carl aufmerksam, aber zur allgemeinen Verunsicherung mit leicht irritiertem Gesichtsausdruck, die Karte studierte. Dann aber trat sie schnell einen Schritt von der Wand weg, als der alte Putz hinter ihrem Rücken zu bröckeln begann und Staub und kleine Putzklümpchen in ihren Ausschnitt und auf ihr Haar herabrieselten. Maria trat, durch irgendetwas aufmerksam geworden, an ihr vorbei, knipste ein Feuerzeug an und begann mit dem Fingernagel an einer Stelle zu kratzen, von der bereits etwas von dem weißen Putz abgebröckelt war.

»Da ... steht etwas«, sagte sie nachdenklich und mehr zu sich selbst als an einen von uns gewandt.

Judith zog das Tranchiermesser aus dem Hosenbund unter dem T-Shirt hervor und begann vorsichtig, die Farbe von der Wand zu kratzen. »Tatsächlich«, bestätigte sie.

Auch Maria zog ihr Küchenmesser hervor und mit Ellens Hilfe hatten sie den Schriftzug, der unter der Farbe verborgen gewesen war, schnell freigekratzt.

»Funkraum«, las Judith laut vor. »Wofür ein

Müttergenesungsheim oder eine Schule wohl einen Funkraum braucht?«

»Wozu braucht es ein Labyrinth?« Ellen zuckte mit den Schultern. »Oder einen Laborkomplex und Kerkerzellen?«, stellte sie ihre eigene Theorie von den menschlichen Versuchstieren, die sie im Lehrerhaus ausgesprochen hatte, ganz beiläufig wieder in Frage.

»Das ist *gotische* Schrift«, warf Maria ein, plötzlich wieder ganz in dem belehrenden Tonfall, den niemand von uns während der vergangenen Viertelstunde vermisst hatte. »Sie weist auf eine militärische Einrichtung innerhalb der Burg hin, was wiederum bedeutet, dass dieser Funkraum schon vor dem Genesungsheim hier existiert hat. Und noch viel länger vor dem Internat«, fügte sie mit einem herablassenden Seitenblick auf Judith hinzu.

Judith klopfte prüfend mit der Schaufel gegen die Wand. »Das klingt tatsächlich hohl«, stellte sie fest. »Frank? Könntest du bitte –«

»Nein«, fiel Carl ihr ins Wort, während er die Karte wieder zusammenfaltete, sie in die Mappe zurückschob und aufstand, wobei er sich stöhnend die Knie rieb, die nach den Minuten in hockender Position anscheinend schmerzten. Vielleicht hatte er nicht nur in modischer Hinsicht den Wechsel der Jahrzehnte versäumt, dachte ich fast mitleidig bei mir, sondern auch seinen eigenen Alterungsprozess, mit dessen Folgen er nun umso härter konfrontiert wurde. Er kleidete sich zwar immer noch wie ein Teenie aus den Siebzigern, als lange Haare und Jeanshosen, die so eng waren, dass sich die Genitalien deutlich darunter abzeichneten, noch hip gewesen waren. Tatsächlich musste er allerdings das durchschnittliche Woodstockbesucheralter längst überschritten haben.

Der kleine Krampf, der meine Glieder gepackt hatte, als Judith dazu angesetzt hatte, mich darum zu bitten, eine weitere Wand niederzureißen, löste sich wieder. Ich verkniff mir einen erleichterten Seufzer und das Bedürfnis, Carl zu umarmen und ihn dankbar an mich zu drücken. Zu Recht, wie ich schnell feststellen musste, denn der Wirt schüttelte den Kopf und leuchtete mit der Lampe auf eine Stelle an derselben Wand, keine fünf Meter von dem Geröllhaufen am Ende des Ganges entfernt.

»Nicht hier«, sagte er und machte eine auffordernde Geste zu mir her. »Da hinten müssen wir durch. Ein paar Meter weiter rechts.«

»Sicher.« Ich folgte mit dem Blick dem Strahl des Scheinwerfers und betrachtet dann die Decke über der mit Licht gekennzeichneten Stelle mit einer Grimasse, bei der ich im Nachhinein froh war, dass ich sie nicht vor einem Spiegel gezogen hatte. Während sich die Decke nur wenige Schritte weiter so bedrohlich in die Tiefe neigte, dass sie befürchten ließ, einzustürzen, wenn jemand hustete, bildete sie in unmittelbarer Nähe der planmäßigen Durchbruchsstelle noch eine Waagerechte, wurde aber bis zur Mitte des Ganges von unzähligen Haarrissen und kleinen Spalten durchzogen. »Nur falls mir die Decke auf den Kopf fällt und der Staub euch kurzfristig die Sicht raubt: Judith hat die Schaufel«, bemerkte ich und tippte mit der freien Hand auf meine Armbanduhr. »Und passt bitte ein bisschen auf, wenn ihr nach mir buddelt. Die Uhr war teuer.«

»Wollen Sie nun hier raus oder nicht?«, antwortete Carl unbeeindruckt.

»Wollen wir«, beantwortete Judith die ohnehin rein rhetorische Frage des Wirtes, klopfte ein paarmal an der Stelle gegen die Wand, wo Carl mich angewiesen hatte, sie einzureißen, und dann noch eine Elle weiter links. Sie zog ein anerkennendes Gesicht und sagte: »Respekt. Genau hier scheint ein weiterer Hohlraum zu beginnen.«

Ich seufzte tief, trat zu ihr heran, holte aus, bremste jedoch den Schlag auf ein milderes Niveau ab, ehe der Stahl der Spitzhacke den Putz berührte. Dabei ließ ich die Decke schräg über mir mit einem misstrauischen Schielen keine Sekunde aus den Augen. Aber sie fiel mir nicht, wie ich befürchtet hatte, im nächsten Moment auf den Kopf und sie bekam auch keinen sichtbaren neuen Riss, so dass mein nächster Hieb mit etwas mehr Mut auf den porösen Putz traf. Dieser gab schnell und großflächig nach, doch damit hörte die Glückssträhne, die mich den ersten Durchgang in verhältnismäßiger Leichtigkeit hatte schaffen lassen, auch schon auf. Unter dem Putz befand sich eine zentimeterdicke Schicht aus steinhartem Gusszement, den zu durchbrechen mich nicht nur enorm viel Mut und Kraft kostete, sondern auch eine gewaltige Portion Selbstdisziplin und Durchhaltevermögen: Das stetige Pochen in meinem Kopf, mit dem ich bereits seit geraumer Zeit wieder zu kämpfen hatte, steigerte sich schon nach wenigen Schlägen wieder in ein Übelkeit erregendes Hämmern. Mein Hinterkopf fühlte sich weich an – um nicht zu sagen: regelrecht matschig. Und den Schwindel, der langsam, aber beständig zunahm, drückte ich nur dadurch auf einen Pegel hinunter, der mich nicht aus den Latschen warf, indem ich mich mit aller Macht auf das roboterhafte Stakkato konzentrierte, in dem meine Arme in einer monotonen Bewegung mit der Spitzhacke auf den nur in Bröckchen und Krümeln weichenden Zement eindroschen. Irgendwann erbarmte sich Ellen in einer selbstlosen Geste (ich glaubte nicht, dass sie in ihrem ganzen Leben je ein Werkzeug in die Hand genommen hatte, das mehr Muskelkraft beanspruchte als ein Skalpell), mich mit dem Vorschlaghammer zu unterstützen. Damit schränkte sie mich zwar in meiner Bewegungsfreiheit ein und behinderte mich und außerdem hatte es zur Folge, dass mir das bloße Schielen auf die baufällige Decke nicht mehr genug sein konnte. Mein Blick wanderte also ständig nach vorn und nach oben, aber ich protestierte nicht und bemühte mich, ihre Unterstützung als eine Ehre für mich anzusehen, obwohl ich eigentlich wusste, dass sie sich nicht für meine Wenigkeit aufopferte, sondern wie alle anderen hier auch ausschließlich für sich selbst und weil sie so schnell wie möglich hier herauskommen wollte. Maria wandte ihre Aufmerksamkeit derweil dem eingestürzten Ende des schmalen Korridors zu, das sie im flackernden Licht des Feuerzeuges untersuchte.

»Hier ist offenbar eine Sprengung vorgenommen worden«, stellte sie schließlich in genau dem Augenblick fest, in dem mir ein weiteres Stöhnen entwich, weil ich feststellen musste, dass sich hinter der Zementschicht eine sicher nicht instabile Mauer aus Ziegeln und Bruchsteinen befand. Ich konnte die Übelkeit, die die Schmerzen in meinem Kopf hervorgerufen hatten, kaum noch unterdrücken und sandte ein stummes Gebet zum Himmel, dass ich nicht in die Verlegenheit geraten möge, Ellen kurzerhand auf ihre zierlichen Füße zu kotzen. Dennoch drosch ich unbeirrt, aber mit schwindender Kraft und längst bis auf die Knochen von Schweiß durchnässt, weiter auf die Wand vor mir ein.

»Hinter dem Schuttwall müssen noch drei weitere Räume verborgen liegen«, erklärte Maria; sie hatte die Ledermappe an sich genommen und Plan drei, nachdem sie sich unseren aktuellen Standort von Zerberus auf dem Papier hatte zeigen lassen, im Schein der Flamme aufmerksam studiert. »Leider gibt es keine Bezeichnungen dafür. Aber einer davon hatte wohl einen Starkstromanschluss. Einer der anderen mehrere Wasserzuleitungen und eine beckenartige Vertiefung. Versteht ihr das?«

Die Überraschung über die Tatsache, dass Maria – unser allwissendes Orakel! – eine waschechte Frage an uns gerichtet hatte, ließ mich für einen kleinen Moment in meiner Arbeit innehalten und auch Ellen konnte sich ein erstauntes Stirnrunzeln nicht verkneifen. Zuzugeben, dass sie etwas nicht wusste, das grenzte in Marias Fall an ein an die Allgemeinheit gerichtetes Friedensangebot. Ellen war aber offenbar nicht nach Waffenstillstand zumute. Die aggressive Spannung, die sich bereits während unserer ersten Sightseeing-Tour durch den Gewölbekeller bemerkbar gemacht und noch eine geraume Weile nach unserer Rückkehr in die Küche angedauert hatte, ehe sie auf ein einigermaßen natürliches Maß angesichts der besonderen Umstände abgeklungen war, kehrte deutlich merkbar zurück. Sie stieg, wie mir in diesem Augenblick bewusst wurde, direkt proportional zu meinen Kopfschmerzen weiter an. Ich verspürte den Drang, jemanden zu schlagen – entweder Carl, um ihn dazu zu bringen, endlich all die Dinge offen zu legen, die er uns meiner Meinung nach verschwieg, oder Ellen, weil ich sie nicht leiden konnte, oder Maria, weil ich sie noch weniger als nur nicht, sondern absolut überhaupt nicht und auf gar keinen Fall ausstehen konnte, oder meinetwegen sogar Judith, weil ihr Verhalten mir gegenüber an meinem Ego kratzte und mich tief verletzte. Zusätzlich nahm ich in diesem Moment wieder etwas wahr, was ich heute bereits zweimal verspürt hatte und was mir im Nachhinein so verrückt, so irreal vorgekommen war, dass ich es ohne Eintrittskarte für mein Langzeitgedächtnis aus dem Kurzzeitgedächtnis verdrängt hatte: das Gefühl von wummernden Bässen, die ihre Schallwellen geschickt an meinen Ohren vorbei direkt in meinen Bauch hineinlenkten.

Ich schloss die Augen und dachte an nichts anderes als die Bewegung meiner Arme, die weiter mit der Hacke auf die Mauer einschlugen. So verpasste ich die entscheidenden drei, vier Hiebe, die das Mauerwerk tatsächlich zum Einsturz brachten. Als ich die Augen wieder öffnete, befand ich mich vor einem klaffenden Loch, mit kaum einem halben Meter Durchmesser. Mit dem letzten Schlag, den ich vollführte, lösten sich tatsächlich einige Gesteinsbrocken aus der Decke über mir, aber das nahm ich kaum noch wahr. Dann kehrte ein Kribbeln in meine betaubten Beine zurück und Schwindel und Schmerz wurden so übermächtig, dass ich die Spitzhacke sinken lassen und mich darauf abstützen musste. Ich rang verzweifelt um mein Bewusstsein und drängte gleichzeitig Galle und Magensäure, die sich langsam, aber entschlossen ihren Weg durch meine Speiseröhre in meinen Hals hinaufbahnten, an die ihnen zugedachten Orte zurück. Bunte Pünktchen flimmerten hinter meinen geschlossenen Lidern.

Nicht schon wieder! Ich zwang mich, die Augen zu öffnen, und beobachtete schwer atmend und durch einen Schleier der Benommenheit hindurch Ellen dabei, wie sie mit einem Gesichtsausdruck, als litte auch sie mittlerweile unter Kopfschmerzen, die Taschenlampe an sich nahm und in den Raum hinter dem Durchbruch hineinleuchtete, den ich mit buchstäblich letzter Kraft geschaffen hatte. Ich konnte – ich durfte! – jetzt nicht wieder das Bewusstsein verlieren! Abgesehen von der Tatsache, dass mir eine größere Peinlichkeit gar nicht hätte unterlaufen können (außer, einer der Damen über die Füße zu reihern, versteht sich), stand für mich nach wie vor fest, dass Stefans Mörder sich unter uns befinden musste. Ich war nicht sicher, ob ich jemals wieder erwachen würde, wenn ich hier im Keller zusammenbrach. Die anderen würden mich hier liegen lassen, davon war ich überzeugt. Und der Mörder würde zurückkehren und mir die Pulsschlagadern durchtrennen, während ich schlief. Ich musste wach bleiben, egal wie.

Ich ließ die Spitzhacke fallen, lehnte mich schwer atmend an die gegenüberliegende Wand, biss mir in die geballte Faust und konzentrierte mich auf den stechenden Schmerz, der durch meine Hand schoss, während ich gedanklich im Rhythmus meines Atems zu zählen begann. Nach den positiven Erfahrungen, die ich in der Empfangshalle mit Rechenaufgaben gemacht hatte, hätte ich mir gerne eine solche gestellt. Aber der unerträgliche Schmerz hatte von meinem Gehirn nichts als Brei übrig gelassen, daher vermochte es sich nicht einmal mehr eine solche auszudenken, geschweige denn zu lösen. Das bloße Zählen und der neue kontrollierte Schmerz, den ich mir selbst zufügt hatte, taten jedoch ihre Wirkung: Es gelang mir, mich zumindest von dem Schwindel abzulenken, und er zog sich schmollend und langsamer, als mir lieb gewesen wäre, zurück. Die Kopfschmerzen und das Wummern in meinem Bauch jedoch blieben.

Judith schenkte mir einen Blick, der irgendwo zwischen Unsicherheit, Herablassung und Mitleid schwankte, mir insgesamt aber deutlich mehr behagte als die blanke Panik, mit der sie mich vorhin im ersten Kellerraum betrachtet hatte. Sie bückte sich nach der Spitzhacke und begann mit entschlossenen, kräftigen Hieben das Loch zu erweitern, das ich in die Wand geschlagen hatte. Wären die Schmerzen in meinem Kopf nicht so unerträglich gewesen und hätte ich mich nicht zu schwach dazu gefühlt, hätte ich in diesem Augenblick wahrscheinlich einen anerkennenden Pfiff verlauten lassen. So aber nahm ich nur staunend zur Kenntnis, mit wie viel Temperament die mopsige junge Frau auf das alte Mauerwerk eindrosch. Ich dachte daran zurück, wie ich am Abend in meinem Zimmer oben gelegen hatte und nahm mir fest vor, ihr beim nächsten Mal etwas mehr Initiative zu überlassen – wenn es denn ein nächstes Mal gab, was zumindest ein klärendes

Gespräch unter vier Augen und eine ganze Menge Feingefühl meinerseits voraussetzte. Judith ohne allzu große Anstrengung mit so viel Power arbeiten zu sehen hatte jedoch etwas gewissermaßen Erotisches, was mir selbst in meiner miserablen körperlichen Verfassung nicht entging.

Wieder rieselte Putz von der Decke und dieses Mal blieb es nicht bei einem vereinzelten kleinen Brocken: Mindestens anderthalb Pfund Gesteinsklumpen polterten auf den Boden zu meinen Füßen herab, begleitet von einer kleinen Staubwolke, die meine Lunge reizte und mich zum Husten brachte. Der Schmerz in meinem Schädel bekam einen weiteren Schub, so dass mein Husten in ein gequältes Keuchen überging. Das seltsame Wummern in meinem Bauch wurde heftiger und erfüllte alle meine Innereien zwischen Leisten und oberen Rippen und für einen kurzen Moment hatte ich einmal mehr das Gefühl, dass der Boden unter meinen Füßen vibrierte.

Dann war der ganze Spuk vorbei. Von einem Lidschlag zum nächsten war nichts mehr da: Weder die Kopfschmerzen noch die mit ihnen einhergehende Übelkeit oder das für sich allein genommen gar nicht einmal unangenehme Gefühl wie von viel zu laut aufgedrehten Boxen. In der Sekunde, in der der Boden unter meinen Füßen wieder stillstand, war alles weg, so plötzlich und so restlos, als hätte es nichts von alledem je gegeben. Alles, was noch daran erinnerte, war ein Gefühl von Schwäche und Erschöpfung, als hätte ich gerade den Iron Man mit Bravour gemeistert.

Judith hatte das Loch in der Wand binnen kürzester Zeit weit genug vergrößert, dass auch sie, die von uns allen den meisten Speck auf den Rippen hatte, mühelos hindurchklettern konnte. Das tat sie auch, dicht gefolgt von Ellen, Maria und schließlich von mir. Carl hatte mir geistesgegenwärtig unter die Achseln gegriffen und mich vor sich her auf den Durchbruch zugeschoben, nachdem ich aus eigener Kraft nur einen einzelnen, deutlich schwankenden Schritt auf die andere Seite zu getan hatte. Der Wirt war schließlich der Letzte, der den Durchbruch passierte.

»Ehrliche Arbeit ist nicht so dein Ding, was?«, spottete Ellen, als ich noch immer schwer atmend Halt an der Wand neben dem Loch suchte. Dabei ging es ihr selbst allem Anschein nach auch nicht so blendend, wie sie vorzugeben versuchte. Der Strahler in ihrer Hand zitterte merklich und ihr Gesicht leuchtete bleich in der Finsternis, gegen die der Schein der Lampe einen erbitterten, von wenig Erfolg gekrönten Kampf aufgenommen hatte.

»Es geht ihm beschissen.« Überrascht stellte ich fest, dass es ausgerechnet Judith war, die mir ein wenig Rückendeckung vor der jungen Ärztin zu geben versuchte.

Ich zog es trotzdem vor, nichts zu sagen, denn meine freudige Überraschung genügte nicht, die Aggressivität, die fast greifbar in der Luft lag, deutlich zu überdecken, so dass ich eine weitere Eskalation an diesem Abend fürchtete, wenn wir den Fehler begingen, mehr als unbedingt nötig miteinander zu reden. Stattdessen blickte ich mich konzentriert in dem Gang um, auf den wir gelangt waren. Ellen schluckte eine weitere Bemerkung herunter und ließ den Lichtkreis langsam über die auch auf dieser Seite sorgfältig verputzten und weiß gestrichenen Wände gleiten, während wir uns langsam durch den neu entdeckten Flur tasteten. Zu unserer Linken gab es einen Durchgang in den Raum, der ursprünglich auch von der anderen Seite zugänglich gewesen sein musste, denn neben dem türenlosen Rahmen prangte ein mit dem auf der anderen Seite vollkommen identischen gotischen Schriftzug: Funkraum. Maria wollte gerade, von brennender Neugier gepackt, dort eintreten, aber Carl hielt sie zurück und deutete in die entgegengesetzte Richtung.

»Wir sollten uns an die Pläne halten«, sagte er bestimmt. »Und zwar stur und ausschließlich. Und sogar dann können wir noch von Glück reden, wenn wir nicht die Orientierung in diesen Katakomben verlieren.«

Ich biss mir auf die Zunge, um nicht anzumerken, dass wir uns abgesehen von ihm vermutlich alle längst so gut zurechtfanden, wie verirrte Blattläuse in einem Ameisenbau, und nickte bekräftigend. Fast beleidigt wandte sich Maria von der Kammer ab und folgte Ellen und Judith, die langsam vorausgingen, uns den Weg leuchteten und den Strahl der Lampe über die Wände und schließlich einen Moment überrascht an der Decke entlangwandern ließen.

Fingerdicke Kabelstränge, umhüllt von porösem, jahrzehntealtem Isolierband, verliefen unter der gewölbten und dadurch einen Deut zu niedrig scheinenden Decke wie unheimliche schwarze Würmer. An den Seiten waren dicke, ovale Glaslampen in regelmäßigen Abständen angebracht. Keine zehn Schritte von unserem Durchbruch entfernt grenzten im Abstand von vier oder fünf Metern zwei weitere Räume an den Flur. Neben jedem befand sich ein altertümlicher Drehschalter und auch sie waren seitlich des Eingangs mit je einem gotischen Schriftzug gekennzeichnet. Ich fühlte mich immer mehr wie bei einer Zeitreise in eine andere Epoche katapultiert, ein halbes Jahrhundert zurück in eine Vergangenheit geschossen, von der ich bislang zum Glück hatte sagen können, dass es mich in dieser Zeit noch nicht gegeben hatte und dass ich, zu meiner Beruhigung, nichts mit den damaligen Ereignissen zu tun hatte.

Der erste der Räume, Lagerraum VII, war, zumindest dem flüchtigen Blick nach, den wir im Vorbeigehen hineinwarfen, vollständig leer und kaum größer als die Zellen, durch die wir in das Labyrinth gelangt waren. Der zweite war sogar noch ein wenig kleiner bemessen und ebenso leer wie der erste, löste aber in meinem Magen, der sich gerade erst von der letzten Übelkeitsattacke erholt hatte, ein mulmiges Gefühl aus, denn obwohl ich laut der Pläne mit einem Fund wie diesem hätte rechnen müssen, erschreckte mich der Schriftzug, der ihn als Versuchsraum III kennzeichnete.

Um mich von den unschönen Ideen abzulenken, welcher Art wohl die Versuche dieses wahnsinnigen Professors gewesen sein mochten, durch dessen labyrinthartigen Komplex wir irrten, wandte ich beim Weitergehen meine uneingeschränkte Aufmerksamkeit Judiths runden Pobacken zu. Viel besser fühlte ich mich dadurch aber nicht. Auch wenn ich noch immer nicht wusste, warum ich in Judith eine so plötzliche Abneigung, ja sogar Angst ausgelöst hat te, war beides bei ihr unbestreitbar immer noch vorhanden. Ich wusste nicht, ob es mir gelingen würde, ihr Vertrauen so weit zurückzugewinnen, dass sie mir in dieser Nacht auch nur freiwillig die Hand reichen würde. Und mit jeder Sekunde, in der ich sie beobachtete und sie am liebsten spontan in den Arm genommen hätte, schmerzte ihr ungerechtfertigtes Misstrauen noch mehr, denn ich verspürte wie ein ängstliches Kind das zunehmende Bedürfnis nach körperlicher Nähe und Geborgenheit.

Wir passierten einen klobigen Sicherungskasten, der mit mächtigen, rostigen Schrauben an der Wand zu unserer Rechten befestigt war; darin gab es gleich vier untereinander angebrachte Reihen mit erdnussgroßen Keramiksicherungen. Judith hielt irritiert inne, legte den Zeigefinger an die Lippen, obwohl niemand gesprochen hatte, und lauschte angestrengt.

»Hört ihr auch, was ich höre?«, fragte sie, stutzig geworden.

Ich lauschte ebenfalls und nickte schließlich, obwohl sie sich, wie ich mir einbildete, mit voller Absicht so hingestellt hatte, dass sie jeden ihrer Begleiter sehen konnte, nur nicht mich. Etwas summte. Es war ein leises, wie von einem modernen Computer stammendes elektronisches Summen, das ich wahrscheinlich überhaupt nicht wahrgenommen hätte, hätte sie mich nicht darauf aufmerksam gemacht; aber nun, da ich mich darauf konzentrierte, war es eindeutig da. Es kam aus der Richtung des Sicherungskastens.

Mein Blick tastete suchend über die Wand in unmittelbarer Nähe des Kastens und tatsächlich gab es auch hier einen der museumsreifen Drehschalter, wie wir sie auch schon am Anfang des Gangs erspäht hatten. Ich streckte den Arm aus und drehte ihn.

Ich hatte eigentlich nicht damit gerechnet, dass meine Handlung irgendetwas bewirken würde, außer vielleicht, dass der uralte Schalter abbrach und ich damit ein Relikt aus der Kriegs- oder Nachkriegszeit zerstörte, für das mir ein Liebhaber in einem Internetauktionshaus vielleicht noch ein paar schlappe Kröten geboten hätte, die ich zu dem Betrag beisteuern konnte, den ich wahrscheinlich für einen Psychotherapeuten aufbringen musste, sobald ich wieder hier heraus war – wenn ich dieses Gemäuer denn jemals lebend verlassen würde und man die kümmerlichen Ersparnisse von meinem Sparbuch nicht in eine schlichte Holztruhe und ein bescheidenes Holzkreuz für mich investieren würde. Doch den Bruchteil einer Sekunde nachdem ich den Porzellanschalter um neunzig Grad gedreht hatte und ein leises Klacken ertönt war, flammten sämtliche unter der gewölbten Decke angebrachten, ovalen Lampen auf und tauchten den gesamten Gang in gleißendes weißes Licht.

Noch nie hatte mich die logische Folge der Betätigung eines Lichtschalters so erschreckt wie in diesem Moment. Geblendet hielt ich mir den Unterarm vor die Augen und blinzelte vorsichtig an ihm vorbei zur Decke. Auch die anderen legten perplex die Köpfe in den Nacken.

Maria fand ihre Sprache als Erste wieder. »Offenbar gibt es hier einen unabhängigen Stromkreis«, stellte sie sachlich fest.

»Ja«, bestätigte Judith mit einem ungläubigen

Kopfschütteln. »Und zwar einen, der funktioniert … Nach sechzig Jahren!«

»Tja.« Maria zuckte in einer unangemessenen, fast gleichgültig wirkenden Geste die Schultern. »Da lob ich mir deutsche Wertarbeit.«

»Das ist völliger Quatsch«, fiel ich etwas ruppiger als nötig ein. »Geräte, die mehr als ein halbes Jahrhundert lang nicht gewartet worden sind, können nicht funktionieren – Qualität hin oder her. Das ist ein Ding der Unmöglichkeit!«

»Anscheinend nicht.« Ich sah Judith an, dass sie von ihren eigenen Worten wenig überzeugt war, weil sie mir insgeheim Recht geben musste.

Meine Feststellung war weit mehr gewesen als der bloße Hinweis auf technisch Unmögliches, sondern die unausgesprochene Schlussfolgerung, dass sich bis vor nicht allzu langer Zeit noch jemand hier unten herumgetrieben haben musste. Diesen Gedanken weiterzuverfolgen und zu dem Schluss zu kommen, dass die im Plan verzeichneten Labore, Zellen und sonstigen Einrichtungen noch vor kurzem genutzt worden sein könnten oder dass wir vielleicht sogar nicht ganz so einsam und verlassen durch diese Kellergewölbe streiften, wie wir bislang angenommen hatten, traute Judith sich nicht. Sie hätte ihn nicht ertragen. Stattdessen griff sie nach der Mappe, die mittlerweile Maria mit sich trug, und faltete die Pläne auseinander.

»Lagerraum VII«, stellte sie schließlich fest und tippte auf eine so benannte Stelle eines Planes und ging dann mit dem Zeigefinger den voraussichtlichen Weg zu den Kammern unter dem geheimnisvollen Turm nach. »Wir sind hier. Und wenn mich nicht alles täuscht, müssen wir uns am Ende des Flures nach links wenden und dann an der ... an der dritten Abzweigung wieder rechts.«

»Das hätte ich euch auch so sagen können.« Carl bückte sich nach den Plänen und faltete sie wieder zusammen. »Wenigstens dieser Teil des Kellers hat sich in den vergangenen sechzig Jahren nicht verändert. Kommt.«

Ich folgte Carl und den anderen nur widerwillig. Der Gedanke an den türenlosen Turm, durch den ich in meinen Wach- und Tagträumen so oft gehetzt war, das Mädchen namens Miriam fest an der Hand und sie trotz ihrer flehenden Schreie unerbittlich hinter mir die schmalen, steinernen Stufen hinaufgezerrt hatte, erfüllte mich mit einer inneren Unruhe, die nicht einmal die Aussicht auf einen Fluchtweg aus diesem Irrgarten zu lindern vermochte. Wobei Unruhe eigentlich das falsche Wort war – tatsächlich erfüllte mich die Vorstellung, so nahe an den finsteren Turm zu gelangen, mit echter Angst, die meine Drüsen dazu veranlasste, neuen, eiskalten Schweiß zu dem bereits von der Anstrengung vorhandenen auf meiner Stirn und in meinem Nacken zu produzieren. Obwohl inzwischen auch die Schwäche, die den Schmerz und den Schwindel abgelöst hatte, weitestgehend den Rückzug angetreten hatte, waren meine Knie noch immer weich und von zunehmender Taubheit erfüllt, je weiter wir in das Labyrinth unter der Burg vordrangen.

Zumindest auf den ersten paar Dutzend Metern behielt Carl mit seiner Behauptung über den unveränderten Zustand des Kellers Recht. Am Ende des Flures bogen wir nach rechts ab und fanden uns in einem breiten, fast saalartigen Durchgang wieder. Er war zwar ebenfalls beleuchtet, aber nicht so hell wie der vorausgegangene und im Gegensatz dazu befand er sich nicht in nahezu unversehrtem Zustand, sondern bot einen vollkommen verwüsteten Anblick. An vielen Stellen war auch hier die Gewölbedecke gerissen und stellenweise mehr als kopfgroße Gesteinsbrocken waren aus ihr herausgefallen, so dass wir unsere Schritte verlangsamten und auf der Hut vor weiterem Steinschlag in geduckter Haltung durch den Gang schlichen. Nur noch wenige der Deckenlampen, die auch hier ursprünglich in akribischen Abständen angebracht gewesen waren und nun teilweise fehlten oder bedrohlich lose über unseren Köpfen schaukelten, funktionierten und die, die es taten, tauchten das Chaos, das uns hier begrüßte, in ein unheimliches, flackerndes Licht. Fünfzehn, vielleicht zwanzig verbogene Metallbettgestelle rosteten zu den Seiten des Flures vor sich hin oder lagen in Einzelteilen zwischen Geröll und Staub auf dem Boden verstreut, zusammen mit den dazugehörigen, schimmeligen Matratzen, deren Bezüge an vielen Stellen zerfetzt oder schlichtweg durchgeschimmelt waren, so dass Federn und gelber Schaumstoff aus ihnen hervorquollen. Überall lagen zerrissene, vergilbte Dokumente herum, die, wie ich schnell feststellte, alle einen Reichsadler mit Hakenkreuz als Kopfzeile trugen.

Ich bückte mich nach einer Hand voll Blätter, überflog sie, wurde aber nicht wirklich schlau aus den endlosen Zahlenkolonnen und knappen, handschriftlichen Anmerkungen an einigen Stellen der Listen. Zumindest aber begriff ich, dass es sich bei den Papieren, die überall auf dem Gang verstreut lagen, überwiegend um Laborprotokolle handeln musste, und sagte das den anderen. Auf einem der Blätter fand ich einen ausführlicheren, handschriftlichen Vermerk, den ich laut vorlas: *Obersturmbannführer Krause beweist bemerkenswertes Talent bei der Selektion. Belobigung ans RuSHA schicken.*

»Rasse- und Siedlungshauptamt der SS«, erläuterte Maria das Kürzel fast mechanisch.

Auch Ellen sammelte im Vorbeigehen ein paar der teilweise nur noch in Fetzen vorhandenen Protokolle auf und überflog sie stirnrunzelnd. Zweifellos konnte sie weitere Schlüsse daraus ziehen als ich. »Das hier sind Blutwerte«, stellte sie fest und versuchte vergeblich eine flapsige Bemerkung, die unsere bedrückte Stimmung, die alle beim Anblick der unzähligen Laborberichte und der alten Bettgestelle ergriffen hatte, etwas zu heben. »Ein bisschen wenig Zucker, aber ansonsten ganz in Ordnung.« Niemand sagte etwas. Die Ärztin bückte sich nach einem weiteren kleinen Papierstapel und machte plötzlich einen sehr ernsten und nachdenklichen Eindruck. »Schädelvermessungen«, flüsterte sie kopfschüttelnd und ließ ein Blatt nach dem anderen nach einem prüfenden Blick zurück auf die Erde segeln. »Sehr, sehr viele Schädelvermessungen ...«

Ich hatte keine Ahnung, zu welchem Zweck man Schädelvermessungen vornahm, und zog es vor, zum Schutz meines deutlich angeschlagenen Nervenkostüms nicht darüber nachzudenken. Daher trat ich allen durch die Baufälligkeit des Korridors ausgelösten Bedenken zum Trotz eilig an den Frauen vorbei und folgte Carl, der kein besonderes Interesse an den herumfliegenden Dokumenten zeigte und bereits ungeduldig an der dritten rechts einmündenden Abzweigung auf uns wartete.

Der Geruch von Fäulnis und Moder, der uns spätestens seit dem Moment, in dem wir den zweiten Durchbruch passiert hatten, entgegenschlug, wurde noch intensiver und ließ beunruhigende Erinnerungen an alles, was ich in meinem Leben über die Gefahren von Schimmel gehört hatte, in mir aufsteigen. Ich fragte mich einen Moment lang, ob es möglich war, dass meine ständigen Migräneattacken genau darin begründet lagen. Der Gang, den ich nach Carl betrat, stand dem vorausgegangenen in Sachen Chaos in nichts nach – im Gegenteil: Hier war allem Anschein nach noch schlimmer und gründlicher gewütet worden. Keines der Betten in dem gut zehn Fuß breiten, aber kaum mehr als zwanzig Meter tiefen Raum war unbeschädigt geblieben, und was man bei den Papieren im Vorraum mit gutem Willen noch auf den Verfall nach so langer Zeit hätte schieben können, war hier eindeutig mutwillige Zerstörung. Ein großer Teil der hier herumliegenden Dokumente war zu kleinen Fetzen zerrissen worden. Die Decke war auch hier beschädigt und am Ende des Raumes eingestürzt, so dass ein gewaltiger Berg von Stahlbetonschutt, Betonbrocken, Erdklumpen und Gestein aus dem Burgberg über dem Keller ein Weitergehen unmöglich machte. Weitere Betonbrocken hingen, der Schwerkraft auf wundersame Weise trotzend, von Muniereisen durchzogen von der Decke und zwischen ihr und dem Schuttberg auf dem Boden war nur eine kaum vierzig Zentimeter breite Lücke geblieben, durch die man sich vielleicht mit viel Willenskraft hindurchquetschen konnte, aber nur unter Lebensgefahr.

»Gesprengt.« Maria, die zusammen mit den beiden anderen hinter mich getreten war, kommentierte, was sie sah. »Hier wollte wohl jemand Akten vernichten und hat nach halb getaner Arbeit beschlossen, dass es einfacher ist, den Zugang zu blockieren.«

»Was bedeutet, dass es tatsächlich einen Ausgang irgendwo hinter dem Wall gibt«, schlussfolgerte Judith und drückte mir im Vorbeigehen die Spitzhacke in die Hand. Sie selbst kletterte furchtlos auf den Geröllberg unterhalb der Decke, die jeden Augenblick gänzlich einzustürzen drohte, und begann entschlossen, Schutt und Steine Schaufel für Schaufel beiseite zu räumen.

Einen Augenblick lang zögerte ich, folgte ihrer unausgesprochenen Aufforderung aber dann doch und begann mit der Hacke die größeren der Brocken in kleinere Stücke zu schlagen, damit sie sie beiseite schaffen konnte. Carl begann mit bloßen Händen ein paar größere Steine fortzutragen und Ellen und Maria bemühten sich darum, die Erdklumpen mit den Füßen aus dem Weg zu schieben. Aber bereits nach wenigen Minuten Arbeit, die kaum von sichtbarem Erfolg gekrönt waren, geschah das Befürchtete: Ein Knirschen und Bersten ertönte, eine Hand voll Staub rieselte als böse Vorankündigung auf uns herab, dicht gefolgt von einer Menge kleinerer Steine und einem Geröllbrocken von der Größe eines mittleren Medizinballes. Dieser hätte Judith auf der Spitze des Schuttberges mit an Sicherheit grenzender Wahrscheinlichkeit augenblicklich erschlagen, hätte sie nicht schnell genug reagiert und einen Satz rückwärts gemacht. Das rettete ihr zwar das Leben, ließ sie aber mit einem erschrockenen Aufschrei und wild rudernden Armen rückwärts den kleinen Berg hinabrutschen und, an seinem Fuß angelangt, unsanft auf dem Rücken aufschlagen. Der Betonbrocken kullerte ihr polternd nach und blieb nur Zentimeter neben ihrem rechten Arm auf dem Boden liegen.

Mit einem Satz war ich neben ihr, beherrschte mich aber, die Hand nach ihr auszustrecken und ihr beim Aufstehen zu helfen. Die Panik, mit der sie mich betrachtet hatte, als ich ihr das letzte Mal zu nahe getreten war, stand mir noch zu deutlich vor Augen. Stattdessen eilte Carl herbei, packte sie unter den Armen und zog sie auf die Füße zurück. Judith fluchte und betrachtete mehr verärgert als schmerzgeplagt die blutigen Schürfwunden an ihren Ellbogen, die sie sich bei ihrer Schlitterpartie zugezogen hatte.

Ich wischte mir mit dem Handrücken den Schweiß von der Stirn und schüttelte den Kopf.

»Das ist aussichtslos.« Ich warf einen vielsagenden Blick in Richtung der rissigen Decke. »Hier kommen wir niemals lebend durch.«

Judith kletterte unbeeindruckt zurück, nahm die Schaufel wieder an sich und arbeitete fast wie im Wahn weiter. Sie musste die Unsinnigkeit und Gefährlichkeit ihres Tuns genauso realisieren wie ich, viel besser sogar, denn schließlich war sie vor Sekunden erst knapp einer bösen Verletzung, wenn nicht gar dem Tod, entgangen. Aber sie wollte, sie *konnte* nicht einfach aufgeben. Das Gefühl, gefangen zu sein, außerdem der Tod von mindestens zwei, vielleicht drei Menschen an einem einzigen Abend und Angst, sich mit einem Mörder hier auf der Burg zu befinden, machte nicht nur sie, sondern uns alle vollkommen verrückt. Sie musste hier heraus, so schnell wie möglich, egal wie und was auch immer es sie kostete. Nichts anderes demonstrierte sie uns mit ihrem fieberhaften Aktionismus.

»Vielleicht.« Ellen bedachte die pummelige junge Frau mit einem fast mitleidigen Blick, trat ein paar Schritte zurück und sah sich suchend im Raum um. Schließlich winkte sie Carl und mir, ihr in den Vorraum zu folgen, und deutete auf mehrere relativ gut erhaltene alte Bettgestelle. »Wir können die Rahmen als Stützen verwenden«, schlug sie vor. »Zwischen Schutt und Decke geschoben, können sie ein weiteres Nachrutschen vielleicht blockieren.«

Ich war nicht überzeugt von ihrem Einfall und wandte mich dem Wirt zu. Gibt es wirklich keinen anderen Weg?«, fragte ich mit einem Anflug von Hoffnung. »Ich ... Es geht mir schon wieder viel besser. Wir könnten einen anderen Durchbruch schaffen.«

»Keine Chance.« Carl schüttelte bedauernd den Kopf. »Dieser Gang ist die einzige Verbindung zu dem Bereich unter dem Turm. Um diesen Kellerabschnitt herum befindet sich das Gleiche wie über uns: meterdickes Gestein aus dem Burgberg und kaum weniger harte Erde.«

Ich seufzte tief, fügte mich Ellens Vorschlag und machte mich mit Carl an die Arbeit. Ihre Idee war besser als überhaupt keine, denn sonst hätten wir aufgeben und in die Burg zurückkehren müssen. Wir hatten nur diese eine Chance.

Tatsächlich kamen wir in dem baufälligen Tunnelabschnitt besser voran, als ich erwartet hatte, nachdem wir die eisernen Bettgestelle als improvisierte Stützen mit mehr gutem Willen als Geschick seitlich zwischen Decke und Geröll geschoben hatten: Ein paarmal knirschte es bedrohlich über uns, so dass alle außer Judith innehielten und mit angehaltenem Atem nach oben blickten, aber nichts geschah. Dafür mussten wir feststellen, dass der Hügel nach hinten hin weiter in den Gang hineinreichte, als er spontan hatte vermuten lassen, mindestens acht, vielleicht zehn oder noch mehr Meter. Der Schweiß, der meine Kleider zuvor schon durchtränkt hatte, rann bereits in Strömen an der Haut unter meinen Jeans hinab in meine Schuhe, als wir den Durchgang zu schätzungsweise zwei Dritteln notdürftig frei geschaufelt hatten. Immer wieder schoben wir die Gestelle weiter vor und bald darauf an jeder Seite zwei weitere von hinten nach.

Als ich mich gerade, dicht gefolgt von Carl, an den anderen vorbeigequetscht hatte, um ein drittes und voraussichtlich letztes Mal Nachschub an Bettrahmen aus dem vorausgegangenen Kellerraum zu holen, durchfuhr ein plötzlicher, von überall her gleichzeitig kommender Schmerz meinen Kopf, der sich im Zentrum meines Hirns zu einem pochenden Klumpen verbündete und den Bruchteil einer Sekunde darauf zu explodieren schien. Ich schrie vor Schmerz und Schreck auf, kämpfte einen kleinen Augenblick lang vergeblich um mein Gleichgewicht, ein ganzes Feuerwerk von grellbunten Punkten vor Augen, taumelte einen Schritt vor und griff instinktiv nach irgendetwas, um einen Sturz von dem Schuttberg zu verhindern, und erwischte eine der hintersten improvisierten Deckenstützen. Mein erschrockener, leidvoller Aufschrei gipfelte in einem entsetzten, gellenden Laut, der durch das unheimliche Labyrinth schallte, als ich realisierte, wie meine Hand, mit der ich mich im Sturz fest an ein Bein des Bettes klammerte, die Stütze erst ein paar Zentimeter weit verrückte und sie dann, ehe ich darauf reagieren und meinen Halt loslassen konnte, vollständig von ihrem Platz wegstieß und mit mir in die Tiefe riss. Betonplatten und Schutt lösten sich krachend von der Decke, die, ohne ihren sowieso nur dürftigen Halt, sofort nachgab. Ich hörte noch, wie sich die erschrockenen Flüche der anderen zu panischen Schreien wandelten, und schon polterten unzählige kleine und einige große, schwere Gesteinsstücke mit dumpfen, schweren Lauten hinter mir den Geröllberg hinab und ich schlitterte – auf einen schmerzhaften Aufprall gefasst – bäuchlings auf den Fuß des Hügel zu.

Ich hatte unglaubliches Glück, mehr noch als Judith kurz zuvor in einer ähnlichen Situation, denn jene Steine, die mit mir in die Tiefe gestürzt waren, polterten teilweise nur um Haaresbreite an mir vorbei; lediglich einige wenige Steinchen trafen meine Beine, meinen Rücken und meinen Hinterkopf, waren aber kaum in der Lage, auch nur ein paar blaue Flecken zu verursachen. Meine Jeans riss und die Haut an meinen Knien platzte auf, aber als ich mich stohnend auf dem Kellerboden aufrichtete, war ich im Großen und Ganzen unversehrt. Dichter gräulich-weißer Steinstaub hüllte mich ein und verwehrte mir die Sicht über die Schulter zurück in die Richtung, aus der ich Judith und Ellen gleichzeitig erschrocken meinen Namen rufen hörte. In der nächsten Sekunde fiel das Licht aus. Einer oder mehrere der anderen versuchten hustend, sich in der plötzlichen Dunkelheit durch die Nische, die wir geschaffen hatten, zurückzutasten. Dann ertönte – wenn meine eingeschränkte, durch den Schrecken der vergangenen Sekunden irritierte Wahrnehmung mich nicht täuschte – ein lautes Knirschen, ausgehend von der Stelle des Einsturzes, und arbeitete sich in Windeseile durch den ganzen Raum.

Im nächsten Augenblick fiel uns die Decke auf den Kopf. Zumindest kam es mir so vor. Wieder ertönten panische Schreie, ein Bersten und Brechen, ein Krachen und Poltern. Aus den Augenwinkeln sah ich einen schwarzen Fleck durch die Finsternis auf mich zurasen. Die Wucht des Schlages, der mich seitlich am Kopf traf, schleuderte mich nach links und so hart gegen die Wand, dass ich glaubte, meine Wangenknochen zersplittern zu hören.

Ich spürte nicht mehr, wie ich auf dem harten, steinigen Boden aufschlug, sondern hatte plötzlich das Gefühl, wie aus meinem eigenen Körper gelöst einen Moment lang irritiert und hilflos, aber von allen Schmerzen und Ängsten befreit, durch die Dunkelheit zu schweben. Die Finsternis lichtete sich – nur einen winzigen Deut, gerade genug, um die Dinge um mich herum erahnen zu können. Ich befand mich nicht mehr in dem Keller, aber es herrschte tiefschwarze Nacht um mich herum, stockfinstere, beängstigende Nacht, und die Angst, der ich durch die Bewusstlosigkeit gerade erst entkommen war, kehrte zurück, und zwar so plötzlich und so heftig, dass ich mein unter den Rippen rasendes Herz in der Brust als heftiges Stechen verspürte.

Es verlief in umgekehrter Reihenfolge: Ich empfand panische Angst, ehe ich die Ursache dafür realisierte. Die Panik hatte einen ersten Höhepunkt bereits erreicht, als ich die Falltür sah, die in den steinernen Boden vor meinen Füßen eingelassen war. Aber auf den ersten Schrecken sollten weitere folgen.

Ich hörte Schritte, hüpfend leichte Schritte, wie die von vielen kleinen Kinderfüßen. Erschrocken starrte ich auf die Treppe hinab, die nach wenigen Metern gänzlich von der Dunkelheit verschluckt wurde und deren oberer Absatz an die Falltür grenzte. Ich musste sie nur wenige Atemzüge zuvor hinaufgeeilt sein, sie rennend und ohne innezuhalten zurückgelegt haben, denn das T-Shirt klebte mir schweißnass auf der vor Anstrengung glühend heißen Haut, mein Atem ging rasend schnell und in meinen Seiten wütete ein böses Stechen.

Die Kinder kamen näher; ich hörte die Verwünschungen und Flüche, ihr hässliches, boshaftes Lachen durch die Finsternis zu uns dringen. Miriam, die ich mit mir den Turm hinaufgezerrt hatte bis zu diesem obersten Plateau, das vom silbrigen Schein des sichelförmigen Mondes in gespenstisches, unwirklich anmutendes Licht getaucht wurde, klammerte sich so fest an mich, dass ihr Griff um meinen Oberkörper mir beinahe die Luft abschnürte. Gehetzt blickte ich mich um, auf der aussichtslosen Suche nach einem Fluchtweg. Wir befanden uns auf dem Turm der Burg – ich konnte die Konturen des Lehrerhauses schräg unter mir erkennen und auch die des Hauptgebäudes zeichneten sich in einiger

Entfernung schwach, aber eindeutig ab. Nirgendwo brannte Licht. Niemand würde unsere Schreie hören, und wenn, dann erst viel zu spät. Wir waren allein mit einem blutrünstigen Mob von Dämonen, die in kindlichen Körpern steckten, waren ihnen hilflos ausgeliefert in der Spitze eines Turmes, der nicht über Fenster und ein Dach verfügte, wie ich das aus der anderen Wirklichkeit in Erinnerung hatte (ich konnte nicht mehr unterscheiden zwischen Traum und Realität, sondern lediglich zwischen zwei Wirklichkeiten), sondern nur über kaum mehr als hüfthohes, mit Zinnen und Schießscharten versehenes, fast meterdickes Mauerwerk.

Das erste Kind schloss zu uns auf. Jedenfalls glaubte ich im ersten Augenblick, dass es ein Kind war – die schnellen, leichtfüßig trippelnden Schritte, mit der die Gestalt die letzten Stufen zu uns zurücklegte, klangen, als stammten sie von einem solchen.

Aber es war kein Kind. Es war Maria.

Ein überraschter Laut hüpfte über meine Lippen, als ich sie erkannte, aber meine Überraschung wurde schnell verdrängt von der Angst, von der Panik, die unverzüglich wieder an ihre Stelle trat.

»Du gehörst hier nicht hin.« Maria war die erwachsene Frau, die ich in Crailsfelden kennen gelernt hatte, sie trug dasselbe, einfarbige Tweedkostüm, die ganz und gar unpassenden Wanderschuhe und hatte sich um keinen Deut verändert. Aber ihre Stimme war die eines Kindes. Hell, klar und unausgereift, nichtsdestotrotz aber erschreckend entschlossen und bedrohlich. In ihren Augen funkelte reine Bosheit. »Du wirst verschwinden«, sagte sie an Miriam gewandt mit fester Stimme. »Sofort.«

Miriam blickte zu mir auf. Ihre Wangen waren schmutzig, zerkratzt und tränennass und in ihren großen, befremdlich wirkenden, aber trotzdem wunderschönen, exotischen Augen standen Angst und abgrundtiefe Verzweiflung, untermalt von Unglauben über so viel Grausamkeit und einem winzigen Fünkchen Hoffnung, das aber in diesen Sekunden endgültig erlosch. Als sie die Umklammerung um meinen Oberkörper löste und ihre kleinen, zierlichen Hände sachte über meine Handrücken glitten, ehe sie einen winzigen Schritt von mir zurückwich, wusste ich, dass etwas Schreckliches geschehen würde, etwas unsagbar Grauenhaftes. Sie wandte sich um und trat auf die Zinnen zu. Ich begriff nicht wirklich, was sie vorhatte – der Gedanke war zu grauenvoll, als dass ich ihm erlaubte, in mein Bewusstsein vorzudringen. Aber ich verstand, dass ich etwas tun musste, dass ich ihr nacheilen und sie aufhalten musste, ehe es zu spät war.

Ich löste mich aus der Erstarrung, in die ich verfallen war, schrie ihren Namen und machte einen Satz in ihre Richtung, aber sie drehte sich nicht einmal zu mir um. Hinter mir erklangen Stimmen, Kinderstimmen.

»Du bleibst bei uns«, hörte ich sie sagen.

Ich gehorchte ihnen.

Plötzlich veränderte sich alles um mich herum. Ähnlich der Staubwolke von Steinen und Geröll, die mir im Keller die Sicht genommen hatte, hüllte mich nun eine ganz andere Wirklichkeit ein: unser Fluchtort oben im Turm, Miriam und Maria, der Nachthimmel und die weitere Umgebung, die ich hatte wahrnehmen können. Doch auch dieses Bild löste sich langsam auf, verlor an Schärfe, bis es dem finsteren Aquarell eines suizidgefährdeten, paranoiden Künstlers glich. Dann zerfiel es in seine molekularen Bausteine, die einen wirren Tanz miteinander aufführten und sich mit den grünen, braunen, gelben, weißen und blauen Farbpartikelchen auf dem farbenfrohen Gemälde eines Landschaftsmalers vermischten. Einen Moment lang wirbelte die Wolke aus Farben und konturenlosen Formen um mich herum, dann setzte sie sich zu einem neuen Bild zusammen.

Der Wind ließ nach, bis nicht mehr als eine sanfte Brise zurückblieb, die das herbstlich bunte Laub der Bäume, zwischen denen ich mich plötzlich befand, leise rascheln ließ. Die harten Steinquader des Turms, auf dem ich mich gerade noch befunden hatte, wandelten sich zu weichem, rötlich-braunem Waldboden, auf dem die gelb-orangefarbenen Strahlen der tief am Himmel stehenden, ungewöhnlich warmen Herbstsonne einen fröhlichen Tanz vollführten. Vögel zwitscherten.

Dennoch entbehrte das Bild, das sich mir bot, jeglicher Romantik. Ich war nicht allein: Fünf Kinder – zwei Jungen und drei Mädchen – hatten sich im Kreis um mich herum versammelt, maßen mich mit eindringlichen Blicken und rückten in dieser Sekunde gleichzeitig einen kleinen Schritt näher an mich heran. Sie trugen identische Pfadfinderuniformen und alberne rote Halstücher. Alle hatten blondes Haar – die Jungen kurz geschnitten, die Mädchen zu langen Zöpfen geflochten.

Es waren die Kinder von dem Foto!

Erschrocken und verwirrt blickte ich mich in mei-

ner neuen Umgebung aufmerksam um. Es waren nicht nur die Kinder, die ich auf einem der Bilder in Sängers Geheimfach gesehen hatte: Ich selbst befand mich ebenfalls in der Realität dieses Fotos! Das Waldlokal, der Lkw, die BMW Isetta – alles war genau dort, wo ich es von dem Foto her in Erinnerung behalten hatte. Einige Schritte von dem Lkw entfernt entdeckte ich den Mann in der lächerlichen Pfadfinderuniform, der mit den Kindern vor der Kamera posiert hatte, konnte sein Gesicht aber nicht erkennen, denn er hatte den Kindern und mir den Rücken zugewandt und bemerkte nicht oder interessierte sich nicht dafür, was sich hinter ihm abspielte. Ich blickte an meiner eigenen Person hinab und stellte fest, dass ich nach wie vor erwachsen war. (Nach wie vor? Das stimmte nicht. Ich war mir nicht hundertprozentig sicher, glaubte aber, vor wenigen Augenblicken im Turm noch in einem kindlichen Körper gesteckt zu haben.) Verrückterweise hemmte diese Feststellung die plötzlich wieder aufkeimende Furcht vor den Kindern, die mich umringten, keinen Deut. Sie erinnerten mich an eine Szene aus einem absurden Science-Fiction-Thriller, den ich irgendwann einmal gesehen hatte: Er hatte irgendetwas mit kleinen blonden, von boshaften Aliens gezeugten Kindern zu tun gehabt, die ein englisches Dorf tyrannisierten. Mein Herzschlag beschleunigte sich wieder.

Einer der beiden Jungen, ein hageres Kerlchen, das mir irgendwie bekannt vorkam (was seine Ursache aber durchaus darin haben konnte, dass ich ihn wie alle anderen Kinder auf dem Foto gesehen hatte), löste sich aus dem Kreis und trat auf mich zu.

»Mein Großvater findet, du hast dir eine Aus-

zeichnung verdient, weil du weißt, wohin du gehörst«, sagte der Knabe.

Falsch: Seine Lippen bewegten sich, und es waren seine Stimmbänder, die die Laute hervorbrachten und sie mit Hilfe seiner Zunge, seines Atems und der Bewegung seines Kiefers zu Worten formten. Aber es war nicht seine Stimme. Der Junge mochte zwölf, vielleicht dreizehn Jahre alt sein. Seine Stimme jedoch war die eines Mannes, der die Pubertät hinter sich gelassen und die dreißig überschritten hatte. Ich kannte sie. Es war Eds Stimme!

So wie kurz zuvor Maria in ihrer erwachsenen Gestalt vor mir gestanden und mit der Stimme eines Kindes zu mir gesprochen hatte, stand mir nun umgekehrt ein Kind gegenüber, das mich zweifellos mit der Stimme eines Erwachsenen, mit Cowboystiefel-Eduards Stimme, ansprach. Der Junge streckte den Arm aus und drückte mir etwas Kaltes, Hartes in die Hand. Langsam, wie in Trance, wanderte mein Blick auf den Gegenstand zwischen meinen Fingern hinab: MEHR SEIN ALS SCHEINEN. Eine rasiermesserscharfe Klinge blitzte gefährlich im Licht der untergehenden Sonne auf. Es war der Napola-Dolch, den der Knabe mir da überreichte. Die Waffe, mit der Stefan ermordet worden war.

»Du weißt doch, wohin du gehörst?« Eds Stimme klang befehlend, erwartete nur eine einzige Antwort zur Bestätigung seiner Autorität und meiner Ergebenheit. Das hässliche Gekicher einer Spottdrossel unterbrach den Gesang der Vögel. Stefans Stimme wurde schrill, als ich nicht antwortete, und er wiederholte seine Worte, diesmal lauter: »Du weißt, wohin du gehörst, oder?!«

Dieses Mal hatten die Bilder sich nicht langsam aufgelöst und zu einer neuen Szenerie zusammengesetzt und sie waren auch nicht von schlichter Schwärze und wohltuendem, traumlosem Schlaf abgelöst worden. Ich erwachte ruckartig, von einer Sekunde zur nächsten, aus meinem Alptraum und sah mich urplötzlich mit der kaum weniger grauenhaften Realität konfrontiert. Ich kauerte orientierungslos im Dunkeln, atmete schnell und schwer und fror erbärmlich in meinen schweißnassen Kleidern. Selbst meine Seiten schmerzten noch immer, als hätte ich gerade einen mittleren Marathonlauf zurückgelegt.

Oder eine Hetzjagd überstanden.

Ich wischte den Gedanken beiseite und bemühte mich angestrengt, meine Erinnerungen nach den Geschehnissen vor meinem Zusammenbruch zu durchforsten, stieß zunächst aber nur auf vereinzelte Details, die sich nur langsam zu einem vollständigen Puzzle zusammensetzen ließen. Die Kopfschmerzattacke und meine Reaktion darauf, welche die ungünstigste aller denkbaren gewesen war. Das Knirschen und Krachen der aus der Decke über uns herunterbrechenden Gesteinsbrocken, aufwirbelnder Staub und plötzliche Finsternis. Stimmgewirr, Schreie, ein ersticktes Keuchen …

Ein weiterer Augenblick verging, in dem ich wie ein zitterndes Häufchen Elend auf dem kalten, harten Boden kauerte und den finsteren Tunnelgang, oder das, was davon übrig blieb, wie ein ängstliches Kind mit Blicken abtastete, ohne dabei etwas Nennenswertes zu erkennen. Ich sah nichts als Schatten und noch mehr Schatten, von denen ich glaubte (hoffte!), dass es sich um Schutt, Geröll und Erdklumpen handelte (und nicht um abgetrennte Gliedmaßen oder zu absurden Gebilden verrenkte, mehr oder weniger vollständige menschliche Körper). Judith, Maria, Carl und Ellen: Sie hatten sich in der Nische befunden, als die Decke weiter eingestürzt war. Aber wo waren sie jetzt?

Wie als Antwort auf meine unausgesprochene Frage vernahm ich in diesem Moment ein leises Stöhnen und Wimmern, ein schwaches Flehen nach Hilfe. Ich rappelte mich mühsam mit dem Rücken zur Wand auf, kämpfte einen Moment gegen den Schwindel an, der mich zu übermannen drohte, und tastete mich schließlich langsam und vorsichtig durch die Dunkelheit nach rechts. Ich identifizierte die Stimme als die Judiths und beschleunigte meine Schritte gerade so weit, dass ich nicht Gefahr lief, im Falle eines Stolperns das Gleichgewicht zu verlieren. Trotzdem wäre ich um ein Haar der Länge nach gestürzt, und zwar direkt über Judiths Beine. Sie befand sich in geringerer Entfernung, als ich angenommen hatte, denn ihre Stimme war noch leiser, noch schwächer, als ich im ersten Moment geglaubt hatte.

»Judith?«, fragte ich leise in die Dunkelheit hinein, ließ mich auf die Knie sinken und ertastete vorsichtig ihre genaue Lage. Sie steckte eingeklemmt zwischen einem eisernen Bettgestell und der Wand. »Bist du in Ordnung? Hab keine Angst, ich bin bei dir.«

»Ich ... wer ...« Ihre gestammelten Worte klangen heiser. Ich hatte keine Ahnung, wie lange ich selbst ohne Bewusstsein gewesen war, aber sie musste bereits eine ganze Weile nach Hilfe geschrien haben, ehe ich wieder zu mir gekommen war, und sicher hatte auch der Staub ihrer Stimme schwer zugesetzt.

Und meinem Taktgefühl ebenfalls, wie mir schien. Ich hätte natürlich wissen müssen, dass das die falschen Worte gewesen waren, um sie zu beruhigen. Selbstverständlich hatte sie Angst. Vor mir wahrscheinlich noch mehr, als vor den Trümmern um sie herum und vor der Vorstellung, noch längere Zeit in dieser hilflosen Lage verbringen, frieren und wahrscheinlich auch nicht geringe Schmerzen erleiden zu müssen – auch wenn ich noch immer nicht wusste, warum sie sich so sehr vor mir fürchtete.

»Frank?«, fragte Judith, noch immer fast flüsternd, dann wurde ihre Stimme lauter und noch ängstlicher als zuvor. »Frank? Bist du es? Ich … Geh weg!« Obwohl es sie eine Menge Kraft kosten musste, hatte sie die letzten Worte fast geschrien. »Fass mich nicht an, hörst du? Geh weg und fass mich nicht an!«

Sie trat nach mir, traf mich am Schienbein und strampelte einen Moment wild in die Finsternis hinein, nachdem ich ein Stück beiseite gewichen war. Aber ihre Kraft reichte nicht aus, ihrer Hysterie Ausdruck zu verleihen, so dass sie die Beine nach wenigen Sekunden erschöpft auf den von Schutt und Steinen übersäten Kellerboden sinken ließ. Ich hörte sie leise weinen.

»Ich hole dich da raus, hörst du?«, versprach ich so ruhig und selbstsicher, wie es mir in meiner eigenen hundsmiserablen Verfassung möglich war. »Aber ich sehe nicht viel. Schrei, wenn ich dir wehtue, okay?«

In Anbetracht der Situation waren auch diese Worte ein Fehlgriff, was Judith mit einigen weiteren gestammelten Worten und anhaltendem verängstigten Schluchzen quittierte. Aber jetzt war nicht der richtige Zeitpunkt, um für einen möglichen Job bei der Telefonseelsorge zu trainieren, und auch keiner, in dem ich mir für irgendetwas Vorwürfe hätte machen müssen – außer vielleicht für die Tatsache, dass ich hier herumstand und versuchte, besonders heldenhaft klingendes dummes Zeug zu reden, und so unnötig Zeit verplemperte, die ich besser darauf verwenden sollte, ihr wirklich zu helfen.

Vorsichtig versuchte ich, das rostige Gestell anzuheben, doch es ließ sich keinen Zentimeter weit bewegen. An seinem oberen Ende klemmte es zwischen einer Betonplatte von gut einem halben Quadratmeter und, wie es mir vorkam, mehreren Kubikmetern Geröll fest. Systematisch begann ich, es Stein für Stein, von oben angefangen, beiseite zu räumen.

»Du … du bringst mich um, nicht wahr?« Obwohl ich geahnt hatte, wie groß ihr Misstrauen war, erschreckten mich ihre Worte. Wie konnte sie so etwas von mir denken? Sie konnte mich doch nicht ernsthaft für eine blutrünstige Bestie halten, die durch ein finsteres Gemäuer schleicht und ein ahnungsloses Opfer aus dem Hinterhalt ersticht? Ich sprach es aus.

Eine ganze Weile lang schwieg Judith und ich räumte mit größter Vorsicht, um ein Herabrutschen der Steine oder eine plötzliche Bewegung des eingeklemmten Gestells zu verhindern und sie damit womöglich zusätzlich zu verletzen, weitere Gesteinsbrocken und kleinere Teile der Betondecke beiseite. Ich hörte, wie sich ihr Atem ein wenig beruhigte und wie sie ihr Schluchzen unterdrückte. Sie erlangte die Kontrolle über sich zurück, langsam zwar, aber unüberhörbar.

»Wo sind die anderen?«, fragte ich, während ich in Gedanken ein Stoßgebet zum Himmel schickte, kein weiteres Desaster auszulösen, als ich die Betonplatte mit einem kräftigen Ruck aufrecht stellte und nach links wegkippte. Sie polterte ein kleines Stück weit davon und riss ein paar kleinere Trümmerstücke mit sich. Etwas Staub wirbelte auf, aber wenigstens dieses eine Mal war das Glück auf meiner Seite. »Geschafft«, stieß ich seufzend hervor und hob das Bettgestell vorsichtig an.

Judith rappelte sich in eine sitzende Position auf, presste sich schwer atmend mit dem Rücken an die Wand und blickte zu mir auf. Trotz der nahezu vollkommenen Dunkelheit konnte ich erkennen, dass ihre Augen angstweit geöffnet waren. Ich beugte mich zu ihr hinab, packte sie unter den Schultern und hob sie vorsichtig auf die Füße. Judith wehrte sich nicht, aber ich konnte den rasenden Pulsschlag unter ihrem T-Shirt fühlen, als ich sie berührte, und strich ihr beruhigend mit der Hand durchs Haar.

»Hab keine Angst«, wiederholte ich leise. »Es ist wegen Stefan, oder? Judith, du musst mir glauben. Ich habe es nicht getan. Ich weiß nicht, was er gemeint hat, als er sagte, *er* sei hier.« Judith antwortete nicht, sondern versuchte mit dem Rücken an der Wand entlang vor mir auszuweichen, aber ich hielt sie mit sanfter Gewalt fest und schüttelte den Kopf. Wir konnten so nicht weitermachen. Nicht nur, weil ich ihre Furcht als ungemein verletzend empfand (Ich konnte keiner Fliege etwas zuleide tun, zum Teufel noch mal, geschweige denn ihr! Ich hatte sie doch gerne. Und außerdem hatte ich mich in meinem ganzen Leben noch nicht ein einziges Mal mit irgendjemandem geprügelt, noch nicht einmal im Sandkasten, geschweige denn auf dem Schulhof! Ja, verdammt: In gewisser Hinsicht war ich ein Weichei!), sondern vor allen Dingen, weil wir spätestens in dieser Situation begreifen mussten, dass wir aufeinander angewiesen waren. Außerdem ... nein, ich wischte den Gedanken entschieden beiseite. Ich liebte Judith nicht. Aber ich brauchte sie trotzdem – einfach nur, weil ich irgendjemanden brauchte, an den ich mich, den Beschützer vorgebend, klammern konnte. »Denk doch mal vernünftig darüber nach«, sagte ich in fast flehendem Tonfall. »Keiner von euch hat seine letzten Worte gehört, niemand außer mir. Wenn ich ihn umgebracht hätte, hätte ich euch alles Mögliche erzählt, Judith. Dass wir seiner Familie einen letzten Gruß bestellen sollten oder irgendeinen anderen Mist, aber doch nichts, womit ich mich letztendlich selbst in Verdacht bringe.«

»Das ist es nicht allein«, fiel Judith mir leise ins Wort, atmete aber zwei-, dreimal tief und bewusst ein und aus, ehe sie weitersprechen konnte. »Es ist das und der Blick, mit dem er dich angesehen hat, und ... ich war draußen im Hof ...«, stieß sie schließlich hervor. Ihre Angst, etwas Falsches zu sagen, klang überdeutlich aus jeder einzelnen Silbe heraus. Dennoch sprach sie weiter. »Ich ... ich glaubte, einen Schatten gesehen zu haben. Eine Gestalt. Sie kam vom Lehrerhaus.«

»Davon hast du nichts gesagt«, antwortete ich und konnte hören, wie sie angespannt die Luft anhielt.

Wieder sagte sie einige Sekunden lang nichts. Ihre Vermutung laut auszusprechen hatte sie deutliche Überwindung gekostet. »Was hast du die ganze Zeit über getan?«, fragte sie schließlich. »Du warst eine Viertelstunde allein in diesem Haus, mindestens.«

»Ich ...«, setzte ich an, brach aber ab und suchte einen Augenblick lang nach einer halbwegs gelungenen Ausrede. Die Tatsache, dass ich wegen nichts anderem als Kopfschmerzen in Ohnmacht gefallen war, beschämte mich noch immer. Doch ich besann mich, dass die Unwahrheit Judith nur noch misstrauischer machen würde, denn ich war ein schlechter Lügner. Also gab ich mir einen Ruck und sagte: »Ich war bewusstlos.«

»Ohnmächtig?«, fragte Judith zweifelnd.

»Migräne«, antwortete ich schulterzuckend. »Seit ich hier angekommen bin, attackiert sie mich immer wieder. Ich habe in meinem ganzen Leben noch nie solche Kopfschmerzen gehabt. In Sängers Zimmer haben sie mich einfach umgehauen, verstehst du? Ich dachte, mein Kopf würde jeden Augenblick explodieren, genau wie ...«

»Wie?«, fragte Judith. Aber das Misstrauen hatte sich um einen kleinen Deut aus ihrer Stimme zurückgezogen.

»Wie eben«, antwortete ich und blickte beschämt weg. Erst jetzt wurde mir bewusst, dass ganz allein ich Schuld an dieser ganzen Katastrophe trug. Ich war derjenige gewesen, der die improvisierte Stütze heruntergerissen und damit den Einsturz von mindestens vier oder fünf Quadratmetern Decke ausgelöst hatte. Ganz allein ich war verantwortlich für das warme Blut, das Judiths T-Shirt an ihrem linken Oberarm durchtränkt hatte, wie ich in diesem Augenblick bemerkte, als mein Handrücken zufällig über die Verletzung streifte. »Du bist verletzt«, sagte ich erschrocken.

»Nur ein kleiner Schnitt. Es hat zwischendurch schon aufgehört zu bluten. Erst als ich vorhin gerade aufgestanden bin, hat es wieder angefangen«, winkte Judith ab. Dann seufzte sie erleichtert auf. »Es tut mir Leid«, sagte sie. »Ich hätte dich einfach fragen sollen, statt meine ganze Angst auf dich zu projizieren ... Das mit den Kopfschmerzen«, fügte sie unsicher hinzu, »kommt mir bekannt vor. Nur nicht so schlimm.«

»Wie meinst du das?«

»Ich habe auch Kopfschmerzen, seit ich in Crailsfelden bin«, antwortete Judith unbehaglich. »Ich habe nur nichts gesagt, weil ich nicht wie ein jammerndes kleines Mädchen dastehen wollte. Aber ich hatte noch nie in meinem Leben Kopfschmerzen.«

»Solche hatte ich auch noch nicht«, bestätigte ich. »Ich bin Migräneattacken gewohnt, sofern man sich an so etwas überhaupt gewöhnen kann, aber –«

»Aber ich wusste bisher noch nicht einmal, wie sich Kopfschmerzen anfühlen«, fiel Judith mir ins Wort. »Ich hatte wirklich noch nie welche. Nicht einmal, wenn ich am Morgen nach einem Weiberabend mit meinen Freundinnen auf Knien ins Bad gerobbt bin, um mich zu übergeben. Bis vor ein paar Stunden habe ich Kopfschmerzen immer für eine dumme Ausrede von Frauen gehalten, die sich nicht trauen, einfach zu sagen, dass sie ihrer Männer überdrüssig sind und keine Lust haben, mit ihnen zu schlafen. Oder von Kerlen, die zu faul sind, den Müll aus der achten Etage nach unten zu tragen. Ist das nicht seltsam?« Ich antwortete nicht, sondern hob nur hilflos die Schultern. Natürlich war es seltsam. Aber was war in diesem verwunschenen Gemäuer schon normal?

»Ellen ist schreiend weggerannt, als die Decke runtergekommen ist«, wechselte Judith abrupt das Thema, wohl in der plötzlichen Einsicht, dass jetzt eigentlich nicht der richtige Augenblick war, über Kopfschmerzen zu reden. »Sie war vollkommen hysterisch. Ich habe ihr nachgerufen, dass sie mir helfen soll, aber sie hat einfach nicht reagiert. Sie war völlig außer sich.«

»Und die anderen?«, wollte ich wissen.

»Ich weiß es nicht«, antwortete Judith hilflos. »Ich war die ganze Zeit bei Bewusstsein, aber ich konnte im Dunkeln und in dieser unmöglichen Lage eingeklemmt unter dem Bett nichts sehen. Aber ich habe Schritte gehört – gerade vor ein paar Minuten noch. Ich dachte, dass du es wärst, aber wenn du ohnmächtig warst, muss es Carl oder Maria gewesen sein. Oder Ellen rennt noch immer hilflos hier herum und hat nicht gemerkt, dass sie in der Dunkelheit im Kreis gelaufen ist.« Einen Moment lang suchte sie nach etwas in ihren Hosentaschen, dann entzündete sie plötzlich und ohne Vorwarnung ein Feuerzeug unmittelbar vor meinem Gesicht, so dass ich geblendet die Augen zusammenkniff und einen Schritt zurückwich. »Wir sollten sie suchen«, sagte sie. »Möglicherweise hatte einer der anderen weniger Glück als wir beide und ist hier irgendwo eingeklemmt und nicht in der Lage, nach Hilfe zu rufen. Carl? Maria?«, fragte sie in den nun zumindest zu einem kleinen Teil von flackerndem gelbem Licht erfüllten Tunnelabschnitt, aber niemand antwortete.

Mein Unfall mit dem Bettgestell hatte dem Kellerraum buchstäblich den Rest gegeben. Die Decke war auf mehreren Metern Richtung Eingang weiter eingestürzt, so dass es an ein Wunder grenzte, dass Judith und ich nicht unter den Trümmern begraben worden waren. Von den meisten der Bettgestelle, die wir sichernd zwischen den Schuttberg und die Decke geklemmt hatten, lugte nicht mehr als ein Bein oder eine verformte Feder aus dem Geröllhaufen hervor. Aber wenigstens war nicht alle Arbeit umsonst gewesen, denn zwei ineinander verkeilte, aus der Decke gebrochene Betonplatten hatten einen vollständigen Einsturz der Decke verhindert, so dass die von uns geschaffene Nische an ihrer engsten Stelle zwar nur auf dem Bauch robbend, aber immerhin überhaupt passierbar geblieben war.

Judith kletterte auf den Schuttberg, zwängte sich auf den Knien ein Stück weit durch die Lücke zwischen Decke und Geröll und leuchtete mit der Flamme des Feuerzeugs hinein. »Carl? Maria?«, wiederholte sie. »Hört mich jemand? Seid ihr verletzt?«

Niemand antwortete und nach einigen Augenblicken kehrte Judith traurig den Kopf schüttelnd zu mir zurück. »Nichts«, sagte sie hoffnungslos. »Wenn jemand unter diesen Brocken begraben liegt, können wir nichts für ihn tun. Lass uns nach Ellen suchen.«

Ich nickte, strich ihr übers Haar und legte ihr den Arm um die Schultern, während wir langsam auf den Ausgang zugingen. Dieses Mal wehrte sie sich nicht. Erleichterung machte sich in mir breit. Es waren nur wenige einfache Sätze gewesen, die wir endlich unter vier Augen miteinander gewechselt hatten, aber sie hatten ein kleines Wunder bewirkt: Wenn Judith mir noch immer misstraute, dann tat sie es in einem Maß, das gering genug war, es vor mir verbergen zu können. Wir erreichten den langen Gang mit den Betten. Auch hier war der Strom ausgefallen, was meinen Gedanken, dass noch vor kurzem jemand hier gewesen sein musste, der gewartet hatte, was von dem Keller übrig geblieben war, bekräftigte. Dieses Stromnetz hatte die vergangenen sechzig Jahre einschließlich mindestens zweier Sprengungen niemals unbeschadet überstanden und musste zwischenzeitlich mehrfach repariert worden sein, wenn die Sicherungen selbst durch einen vergleichsweise geringen Einsturz, wie wir ihn gerade erlebt hatten (wie ich ihn ausgelöst hatte!), flöten gingen.

»Da!«, entfuhr es Judith plötzlich, als wir den Gang fast vollständig hinter uns gelassen hatten, leuchtete mit dem Feuerzeug nach etwas, was sie zwischen den zerrissenen, zerknüllten und vergilbten Laborbefunden auf dem staubigen Boden erspäht hatte, und hob es auf. »Marias Schuh«, seufzte sie erleichtert. »Damit bleibt nur noch einer übrig, der unter dem Schutt begraben sein könnte.«

»Carl war keinen ganzen Schritt hinter mir, als die Decke eingestürzt ist«, sagte ich in beruhigendem Tonfall. »Er wird sich schon schnell genug in Sicherheit gebracht haben.«

Eine Weile gingen wir schweigend nebeneinander durch den stockfinsteren Keller, den Judith nur sporadisch mit der Flamme des Feuerzeuges erhellte, um zu verhindern, dass es sich überhitzte und ihr um die Ohren flog, was die fatale Folge gehabt hätte, dass wir den Weg aus diesem Labyrinth heraus, von dem ich insgeheim bezweifelte, dass wir ihn überhaupt finden würden, im Dunkeln hätten ertasten müssen. Doch obwohl ich meinen Orientierungssinn ganz allgemein für nicht viel zuverlässiger hielt als den eines bekifften Albatros mit Fischvergiftung, der sich in einem Spiegellabyrinth auf dem Rummelplatz zurechtzufinden versucht, trugen meine Beine mich mit fast unheimlicher Zielsicherheit durch die finsteren Kellergänge und auf den zweiten Durchbruch zu. Dort angelangt blieb Judith plötzlich stehen und griff nach meiner Hand.

»Ich …«, begann sie zögerlich und suchte einen Augenblick lang nach den richtigen Worten. »Es tut mir Leid, dass ich dich so ungerecht behandelt habe«, sagte sie schließlich.

»Macht nichts«, winkte ich ab und zwang mich zu einem Lächeln, das mir aber zur kläglichen Grimasse geriet. »Wir sind alle mit der Situation überfordert«, seufzte ich und drückte sie kurz an mich. »Jeder misstraut irgendjemandem: du mir, Maria Ed, ich Carl und Ellen …« Ich hob die Schultern. »Wahrscheinlich uns allen«, vermutete ich.

Judith schüttelte heftig den Kopf. »Aber ich habe mich da in etwas hineingesteigert«, behauptete sie. »Es wäre so leicht gewesen, dich einfach darauf anzusprechen. Ich hätte mir denken können, dass es eine ganz simple Erklärung für dein langes Fortbleiben gibt. Und für diese schattenhafte Gestalt. Ich meine, ich bin mir ja noch nicht einmal sicher gewesen, wirklich jemanden gesehen zu haben. Es war so einfach, jemanden zu bestimmen, auf den ich meine Angst konzentrieren konnte. Es machte alles so …« Erneut suchte sie nach einer zutreffenden Formulierung.

»Überschaubar?«, half ich ihr aus. Judith nickte dankbar. »Nichts anderes macht Maria mit Ed«, behauptete ich und bemühte mich um ein breites Grinsen, um die Anspannung, die noch immer in der Luft lag, ein wenig zu lockern. »So seid ihr Frauen eben: Wenn ihr eure Tage habt, sind wir Männer schuld am schlechten Wetter und an der Hungersnot in der Dritten Welt.«

»Mistkerl!« Judith tat so, als wolle sie mir in den Bauch boxen, konnte sich aber auch ein Lächeln nicht verkneifen.

Ich zog sie noch dichter an mich und fuhr ihr durchs Haar und sie lehnte sich mit der Wange an meine Brust und atmete erleichtert durch. Trotz der dramatischen Situation, in der wir uns nach wie vor befanden, standen wir ein paar wohltuende, entspannende Atemzüge einfach nur eng umschlungen da. Ich atmete den wunderbaren Duft ihrer Haare und ihrer warmen, weichen Haut. Selbst der Schweiß, der auch ihre Kleider durchnässt hatte, wirkte auf mich wie Parfüm und ich wunderte mich ein wenig, wie intensiv meine Sinneswahrnehmungen plötzlich waren. Hatte ich mir nicht eben noch selbst weismachen wollen, dass ich nicht in sie verliebt war? Wahrscheinlich war ich es wirklich nicht, redete ich mir auch jetzt wieder erfolgreich ein, was mich aber nicht daran hinderte, die Intimität des Augenblicks aus vollen Zügen zu genießen. Sicherlich war es die absolute Dunkelheit um uns herum, die meinen Geruchs- und Tastsinn zum Ausgleich für den vorläufigen Verlust der Sehfähigkeit schärfte. Judith blickte zu mir auf und in der nächsten Sekunde berührten ihre samtweichen, warmen Lippen sanft die meinen. Ich erwiderte ihren Kuss und nach einigen sachten Berührungen tastete ihre Zungenspitze vorsichtig nach meinen Lippen.

In Wirklichkeit vergingen wahrscheinlich nur wenige Minuten, aber sie kamen mir wie Stunden vor. Ich hatte noch nie im Leben so intensiv, so leidenschaftlich geküsst; vielleicht weil mir noch nie eine Frau begegnet war, die so unglaublich gut küssen konnte wie sie. Ich erinnerte mich daran, dass wir uns am Abend scherzhaft auf eine Revanche geeinigt hatten, und beschloss, unverzüglich davon Gebrauch zu machen, sobald wir diesen Horrortrip hinter uns hatten. Ich würde sie mit mir in die Staaten nehmen, ganz unverbindlich und ohne Verpflichtungen und Zwänge. Ich war davon überzeugt, überhaupt noch nie eine Frau geliebt zu haben. Es hatte Beziehungen und Affären gegeben, aber ich hatte nie das Gefühl, mir sei das Herz gebrochen worden, nachdem eine Frau mich verlassen hatte. Auch Judith liebte ich nicht, aber was nicht war, konnte ja vielleicht noch werden. Ich fühlte, wie es in meinem Bauch zu kribbeln begann.

Dann, im ungünstigsten aller Momente, meldeten meine Kopfschmerzen sich zurück – leise nur, aber in ausreichender Stärke, um die absurde Romantik des Augenblicks brutal zu zerstören. Wieder fühlte ich, wie der Boden unter meinen Füßen leicht vibrierte, und das leichte Wummern, das zeitgleich in meinen Bauch zurückkehrte, hatte etwas vom Effekt eines Grizzlybären, der sich ungestüm auf ein Honigglas stürzt und die schillernd bunten Schmetterlinge, die bislang daraus genascht haben, mit einem Schlag vertreibt; dabei hatte ich es vorher mehrfach als etwas Angenehmes, fast schon Erotisierendes wahrgenommen. Nun aber empfand ich es als etwas Störendes.

»Fühlst du das auch?«, fragte ich leise.

»Es macht mir Angst«, antwortete Judith und klammerte sich noch ein bisschen fester an mich. »Du meinst dieses Zittern.«

Ein Stein fiel mir vom Herzen. Ich war zwar schon davon überzeugt gewesen, dass die seltsame Vibration unter meinen Füßen real sein musste, aber ich erinnerte mich nur zu deutlich daran, dass ich in dieser Nacht auch schon ganz andere Dinge für zweifellos echt gehalten hatte. Miriam zum Beispiel.

»Lass uns weitergehen«, bat Judith und hob ihren verletzten Arm ein bisschen an. Sie hätte die Ausrede nicht benötigt, schließlich hatte sie mir ihre Furcht vor dem seltsamen Zittern, das nun langsam wieder nachließ, schon gestanden. Trotzdem sagte sie: »Vielleicht ist in der Küche noch ein Pflaster für mich übrig. Es brennt nämlich schon ziemlich gemein.«

Vorsichtig tasteten wir uns in der Dunkelheit weiter voran. Eine kleine Ewigkeit verging, ehe wir endlich durch die menschenverachtenden Unterkünfte in den offiziellen Teil des Kellers gelangten. Wir mussten schnell feststellen, dass der Einsturz anscheinend doch erheblichere Schäden angerichtet hatte, als uns zunächst klar gewesen war: Nirgendwo brannte noch Licht. Weder in den Kellerräumen noch im zuvor hell beleuchteten Treppenhaus. Als wir das Erdgeschoss erreichten, lag auch dieses stockfinster vor uns. Das Licht, das aus der Küche bis in die Eingangshalle hätte leuchten müssen, war erloschen. Der Stromausfall betraf allem Anschein nach nicht nur den separaten Stromkreis in dem mysteriösen Labyrinth, sondern auch das gesamte Haupthaus, vielleicht die ganze Anlage.

Der einzige Lichtstrahl, den wir ausmachen konnten, drang durch die offene Tür vom Burghof zu uns hinein. Judith und ich tauschten einen kurzen, fragenden Blick, dann eilten wir durch die Empfangshalle und traten ins Freie.

Der Nieselregen war von einem heftigen Platzregen abgelöst worden, der den gesamten Hof in einen fast knöcheltiefen See verwandelt hatte. Er schwappte wie ein Wasserfall über die Dachrinne und lief in Sturzbächen über die Stufen und in den Brunnenschacht, in dem von Thun verschwunden war. Im Zentrum des Platzes erkannten wir die Lichtquelle, die wir bereits aus mehr als zwei Dutzend Schritten Entfernung als den Handscheinwerfer identifizierten, von dem ich bisher angenommen hatte, dass er, möglicherweise mit Carl, unter den Trümmern begraben worden war. Daneben, zusammengekauert, schluchzend und vor Angst und Kälte erbärmlich zitternd, erspähten wir Ellen.

Judith eilte auf sie zu und legte ihr den Arm um die Schultern. »Ellen?«, fragte sie leise. »Bist du verletzt? Kann ich dir irgendwie helfen?«

»Fass mich nicht an.« Ellens Atem ging so schnell, dass er wie ein Hecheln klang. Ich sah die Panik in ihren Augen, in denen gleich mehrere Äderchen geplatzt waren, und ich hatte keinen Zweifel daran, dass sie auf der Stelle aufgesprungen und vor Judith und mir die Flucht ergriffen hätte, wäre sie nicht so furchtbar schwach gewesen. Sie musste über einen längeren Zeitraum völlig hysterisch durch den Keller geirrt sein. »Geht weg«, presste sie schluchzend hervor.

»Du wirst dich erkälten«, versuchte Judith Ellen zur Vernunft zu bewegen. »Lass uns in die Küche gehen. Du bist klatschnass und –«

»Ich habe gesagt, du sollst mich nicht anfassen!« Wo gerade noch Schwäche und Angst aus Ellens Stimme geklungen hatten, machte sich nun wieder Hysterie breit. Judith zog gehorsam ihren Arm zurück. »Keine zehn Pferde bringen mich noch einmal in dieses Gemäuer, versteht ihr?«, schluchzte Ellen. »Nicht einmal hundert. Ich bleibe hier, ganz genau hier, bis die Nacht vorbei ist und dieser gottverdammte Cateringservice hier aufkreuzt, und wenn es sein muss, auch noch die nächsten vierzehn Tage. Ich gehe nicht mehr da rein.«

Judith warf mir über die Schulter hinweg einen zweifelnden Blick zu, aber ich hob nur hilflos die Schultern. Anscheinend hatte ihr Irrgang durch das finstere Labyrinth eine heftige Klaustrophobie in der jungen Ärztin ausgelöst, so dass sie nun auch nach noch so gut gemeintem Zureden nicht mehr willens und in der Lage sein würde, irgendeinen geschlossenen Raum zu betreten. Wenn ich keine Gewalt anwandte (wozu ich nicht einmal mehr in der Lage gewesen wäre, wenn ich gewollt hätte, denn auch mich hatten die Ereignisse der vergangenen Stunden erheblich geschwächt und es fiel mir mittlerweile sogar schwer, aufrecht stehen zu bleiben, während Judith sich um Ellen kümmerte), konnte ich sie mit Sicherheit nicht daran hindern, hier draußen im strömenden Regen sitzen zu bleiben. Schlimmstenfalls zog Ellen sich eine Lungenentzündung zu, aber schließlich hatte sie es ja nicht weit zum Arzt.

»Wie du willst«, sagte Judith resignierend an Ellen gewandt, stand wieder auf und bückte sich nach der Taschenlampe, die der Regennässe in diesem Augenblick noch tapfer trotzte. Ich befürchtete, dass das nicht mehr lange so bleiben würde. Der kleine Handscheinwerfer war ganz offensichtlich wasserfest. Aber wasserfest bedeutete noch lange nicht, mit Kiemen oder staatlich anerkanntem Tauchschein ausgestattet, und ich nahm an, dass die Lampe ohne das eine oder andere nicht überleben würde, wenn wir sie noch länger als ein paar Minuten hier draußen zurückließen.

Doch Ellen riss den Scheinwerfer erschrocken an sich, ehe Judiths Fingerspitzen ihn berühren konnte, und hielt in der Linken plötzlich das kleine Gemüsemesser, das sie aus der Küche mitgenommen hatte, ehe wir das Rektorzimmer im Lehrerhaus aufgesucht hatten. »Die Taschenlampe bleibt hier«, fauchte sie und rutschte auf dem Hintern ein Stück weit vor Judith zurück.

Ich trat auf sie zu und streckte die Hand nach der Lampe aus, aber Ellen begann drohend, mit dem kleinen Messer in der Luft herumzufuchteln. Judith griff nach meiner Hand und zog mich kopfschüttelnd ein paar Schritte Richtung Haupthaus. »Lass sie«, bat sie mich. »Wir haben immer noch mein Feuerzeug.«

Zunächst wollte ich ihr widersprechen – ich sah keinen Sinn darin, das einzige elektrische Licht, in dessen Genuss wir in dieser Nacht wahrscheinlich kommen würden, auf Ellens seelisches Wohlbefinden zu verschwenden, akzeptierte Judiths Entscheidung dann aber doch. Vielleicht war es wirklich besser so. Ellen den Handscheinwerfer abzunehmen hätte bedeutet, körperliches Durchsetzungsvermögen aufzubringen, daran zweifelte ich nicht. Als sie uns das erste Mal mit einem Messer gedroht hatte, war ich überzeugt gewesen, sie hätte den Verstand verloren. Nun hatte sie ihn verloren und die Entschlossenheit, mit der sie Taschenlampe und Messer festhielt, verriet mir, dass sie die Lampe mit Zähnen, Krallen und ihrem Kartoffelschäler verteidigen würde. Ich war geschwächt und Ellen war wahnsinnig. Ich glaubte nicht, dass ich unter diesen Umständen eine Chance gegen sie gehabt hätte.

Dennoch hielt ich noch einmal inne, packte Judith vorsichtig an der Schulter und drehte sie zu mir herum, ehe wir ins Hauptgebäude zurückkehrten. Im Lichtstrahl der Lampe, die Ellen aus einigen Schritten Entfernung auf uns richtete (wahrscheinlich um sich davon zu überzeugen, dass wir uns tatsächlich entfernten und nicht nur einen großen Bogen einschlugen, um uns aus einer anderen Richtung an sie heranzuschleichen), betrachtete ich sie erstmals nach dem Unglück im Keller genauer.

Judith sah nicht nur besorgnis-, sondern regelrecht furchterregend aus: Die Schnittwunde an ihrem Oberarm war breiter und blutete weitaus heftiger, als ich bis dahin befürchtet hatte – so stark, dass nicht nur ihr Ärmel fast vollständig blutdurchtränkt, sondern auch mein eigenes Oberteil über und über damit besudelt war. Ihr T-Shirt hing klatschnass und beinahe in Fetzen an ihr herab, in ihrem Gesicht hatten sich zu den Kratzern, die die Fledermäuse ihr zugefügt hatten, nun auch noch ein paar fiese Schürfwunden gesellt. Ihr Haar war völlig zerzaust und verfilzt und seine Farbe ließ sich unter dem Staub, der sich mit dem Regenwasser zu einer gräulichen Schlacke vereint hatte, bestenfalls noch erahnen.

Ich bewunderte Judith für die Kraft, die sie aufgebracht hatte, um trotz ihrer Verletzung, ihrer Angst und der Aussichtslosigkeit ihrer Lage nach dem Einsturz bei Bewusstsein zu bleiben, bis ich sie hatte befreien können, und außerdem dafür, wie sie an meiner Seite durch die Finsternis gestreift war, als sei ihr nichts, aber auch gar nichts passiert. Ihr Gesicht hatte alle Farbe verloren und unter ihren Augen lagen dunkle Ringe – aber sie hatte durchgehalten und das völlig klaglos, ohne einen Ansatz von Jammern. Ich kannte nicht viele Frauen, denen ich eine so große Tapferkeit zugetraut hätte, wie mein Pummelchen Judith sie in dieser Situation demonstriert hatte, und ich verspürte einen Anflug von Stolz auf sie und ein bisschen Verachtung für Ellen. Judith zwang sich sogar zu einem Lächeln, um die Sorge, die mir vermutlich nur zu deutlich ins Gesicht geschrieben stand, nach Kräften herunterzuspielen.

Wir sollten zusehen, dass wir in die Küche kamen, damit ich ihre Wunden reinigen und notdürftig verarzten konnte. Ich griff nach ihrer Hand und tat einen eiligen Schritt auf den Eingang zu – geradewegs in den noch immer offen stehenden Brunnenschacht, der bereits den greisen von Thun verschlungen hatte.

Mein Fuß trat ins Leere und ich schrie entsetzt auf. Für die Dauer eines unendlich langen Augenblicks kämpfte ich mit wild rudernden Armen um mein Gleichgewicht. Dann verlor auch mein linkes Bein infolge der Schwäche, die immer mehr von mir Besitz ergriff, seinen ohnehin eher dürftigen Halt und ich stürzte vornüber auf die meterweit in die Tiefe reichende, tödliche Falle zu.

Man sagt gerne, das Leben sei kurz. Es gibt Situationen, in denen man begreift, dass dem überhaupt nicht so ist. Viele der Bilder, die sich wie die verfilmte Autobiografie meiner Person im Zeitraffer vor meinem inneren Auge abspielten, als ich den Bruchteil einer Sekunde lang scheinbar ohne sicheren Halt über dem Brunnenschacht schwebte und mit meinem Leben abgeschlossen hatte, waren längst dem Vergessen oder meinem nicht geringen Talent des Verdrängens zum Opfer gefallen. Schöne, traurige oder einfach nur neutrale Bilder und Eindrücke, die von meiner frühen Kindheit bis zum heutigen Tag reichten, brachen auf mich herein und machten mir klar, dass ich bereits viel mehr erlebt und durchgestanden hatte, als mir für gewöhnlich bewusst war, und dass ich eigentlich doch schon ein bisschen älter war, als ich mich fühlte.

Trotzdem hatte ich noch nicht genug. In der verzweifelten Hoffnung, irgendetwas zu erwischen, an dem ich mich festhalten und meinen ansonsten wahrscheinlich tödlich endenden Sturz bremsen konnte, griff ich ziellos in die Dunkelheit (es war erstaunlich, was man in so geringer Zeit alles denken, fühlen und wahrnehmen konnte, aber ich schaffte es *wirklich*, etwas Hoffnung in mir aufkeimen zu lassen, während Judiths entsetztes Kreischen zu mir durchdrang und mit dem Widerhall aus dem Schacht meine Trommelfelle zum Vibrieren brachte) und ich fand etwas: Meine Linke schloss sich fest um eine der rostigen Sprossen, die in das uralte Mauerwerk eingelassen worden waren. Ein schmerzhafter Ruck durchfuhr meinen Arm, als ich so meinen eigenen Sturz mit aller Kraft, die ich noch aufbringen konnte, bremste. Einen Augenblick lang hatte ich das Gefühl, mir den Arm durch den gewaltigen Ruck meines Körpergewichts und die eisern und mit verzweifelter Gewalt um die Sprosse geklammerte Hand selbst auszureißen, so dass aller Schmerz und aller Kraftaufwand umsonst gewesen wäre. Man würde mich irgendwann als halb verwesten, verstümmelten Leichnam aus dem Schacht bergen und nur noch schnell für eine fragwürdige Internetseite fotografieren, ehe man den Einheiten, in die ich mich mit meiner Aktion selbst zerlegt hatte, ein Urnenbegräbnis zuteil werden ließ. Aber meine Schulter kugelte nicht aus und meine Sehnen und Bänder hielten der plötzlichen Belastung wacker stand, so dass ich nur einen weiteren Augenblick lang wild mit den Beinen im Leeren strampelte, während ich mit der anderen Hand an der darunter liegenden Sprosse Halt suchte. Doch schließlich konnte ich mich daran hochziehen und mich von dort aus mit dem Oberkörper über den Rand des Schachtes bringen.

Judith ließ sich bäuchlings in die riesige Pfütze fallen, die sich über den ganzen Hof erstreckte und an dieser Stelle wie ein Wasserfall über mich ergoss und mir den Atem nahm. Sie griff nach meinen Schultern, um mich am T-Shirt gepackt in die Höhe zu zerren. Meine Füße fanden Halt auf einer der Sprossen und mit einem letzten, kräftigen Ruck stieß ich mich endgültig über den Rand, ehe die rostige Stufe das Zeitliche segnete. Sie brach ab, prallte klirrend gegen die Wand und segelte in den Schacht hinab. Schwer atmend und völlig entkräftet ließ ich mich neben Judith auf das harte, überschwemmte Pflaster fallen.

»Du verdammter, saublöder Trottel«, schluchzte Judith nach einigen Momenten in einer Mischung aus Erleichterung und kaum verwundenem Schrecken. Sie rappelte sich langsam auf, half mir beim Aufstehen und zog mich einen sichernden Schritt von dem Brunnenschacht weg. »Hast du mir vorhin nur das Leben gerettet, damit ich zusehen kann, wie du dich umbringst? Du kannst mich doch nicht in diesem Horrorhaus hier allein lassen. Zusammen mit dieser Irren da hinten.« Sie deutete mit einem Nicken auf Ellen, die unbeeindruckt von den Geschehnissen in nur wenigen Metern Entfernung stur auf ihrem Platz mitten auf dem Burghof sitzen geblieben war.

Ich lächelte schwach und drückte ihr einen Kuss auf den Mund. »Niemals«, behauptete ich. »Die schönste Frau der Welt irgendwo zurücklassen – das könnte ich nicht.« Vielleicht war ich doch kein so miserabler Lügner, wie ich bislang gemeint hatte; zumindest aber glaubte ich trotz der Dunkelheit zu erkennen, wie sich ihre Wangen röteten. »Ich wollte dich ja mitnehmen, aber du hast einfach meine Hand losgelassen«, setzte ich krampfhaft lächelnd hinzu.

»Blödmann.« Judith knuffte mir mit einem gequälten Lächeln in die Seite und zog mich auf den Ausgang zu und die Stufen zur Empfangshalle hinauf. Dort angelangt, verharrte sie plötzlich und legte den Zeigefinger auf die Lippen. »Hörst du das?«, flüsterte sie, mit einem Schlag wieder ganz ernst.

Ich lauschte und dann hörte ich es auch. Aus der Küche drang ein leises, erschöpftes Wimmern zu uns hinaus. Ich warf Judith einen erschrockenen Blick zu, griff nach dem Feuerzeug, das sie im gleichen Moment aus der Tasche gezogen hatte, eilte durch die Empfangshalle und zündete es an, als ich die Küche erreicht hatte.

»Tu mir nichts«, hörte ich Carls Stimme kraftlos und heiser flüstern, konnte ihn aber im ersten Augenblick nirgends entdecken. »Ich gehöre nicht zu denen. Bitte tu mir nichts!«

Erschrocken suchte ich den von der nachlassenden Flamme nur schwach erhellten Raum mit Blicken ab und erkannte schließlich schattenhaft zwei Gestalten an der gegenüberliegenden Seite. Ed war scheinbar eingeschlafen und hing mit auf die rechte Schulter gesacktem Kopf und schlaff herunterhängenden Armen in einem der billigen Plastikstühle. Carl kauerte einen Schritt weiter rechts auf den Knien, die Arme schützend über den tief nach unten geneigten Kopf, vor den einfachen Küchenschränken. Mit schnellen Schritten eilte ich auf ihn zu und streckte den Arm aus, um ihm aufzuhelfen, aber der Wirt duckte sich noch ein bisschen tiefer, als sei er ein Igel und verfüge über spitze Stacheln auf dem Rücken, die ihn schützen konnten, vor was auch immer er sich so sehr fürchten mochte. Ich blickte über die Schulter zurück und hoffte, dass Judith mir gefolgt war, damit sie die Situation mit etwas weiblichem Feingefühl entspannen konnte. Aber Judith musste in der Halle zurückgeblieben sein, jedenfalls war sie nicht bei mir, und so war ich, allein auf mich gestellt, mit der Aufgabe spontan überfordert, einen erwachsenen Mann zu beruhigen, der beinahe mein Vater hätte sein können.

»Lasst mich gehen, oh bitte, lasst mich gehen«, flehte Carl mit erstickter Stimme, ohne zu mir aufzusehen. Anscheinend hatte er mich nicht erkannt, möglicherweise nahm er überhaupt nichts von den Dingen um ihn herum wahr, sondern befand sich seit dem Einsturz in einem Schockzustand und die Biochemie in seinem Hirn spielte verrückt und gaukelte ihm eine eigene kleine Welt vor. »Ich tue alles für euch, was immer ihr wollt«, jammerte er mit heiserer, aber dennoch furchtbar schrill klingender Stimme. »Ich zeige mich an, wegen der Nazigoldsache, ich tue alles … aber bitte lasst mich nicht allein.«

»Carl?«, fiel ich in das wirre, zusammenhanglose und widersprüchliche Gestammel des Wirts ein und berührte vorsichtig seine Schulter. »Ich bin es nur, Frank. Was ist passiert? Sind Sie verletzt?«

Der Wirt zuckte zusammen, als ich ihn berührte, blickte dann aber mit angstweit geöffneten Augen zu mir auf. Sein Gesicht war weiß wie die sprichwörtliche Wand. Schlieren von getrocknetem Blut zogen sich über sein aschfahles Gesicht und sein Oberkörper und die Arme waren ebenfalls mit Unmengen von dunklem, klebrigem Blut bedeckt. Ich stieß einen erschrockenen Laut aus und wich einen Schritt zurück. Mein Fuß stieß an etwas Kleines, Hartes, das auf dem Linoleumboden lag und mit einem scharrenden Geräusch davonschlitterte.

Der Napola-Dolch!

Mein Herz machte einen entsetzten Satz, fassungslos starrte ich auf die Waffe auf dem Kunststoffboden hinab, die im schwachen Schein meines Feuerzeugs bedrohlich aufblitzte. Wie, zum Teufel, kam der Dolch hierher? Er hatte tief in Stefans Rücken gesteckt, ich hatte beides mit einer Plane abgedeckt, ehe ich den Bodybuilder in der Empfangshalle zurückgelassen hatte und zu den anderen zurückgekehrt war. Wer hatte ihn an sich genommen und wer hatte Carl damit so sehr verletzt?

Ich bemerkte einen Fehler in der logischen Abfolge meiner sich überschlagenden Gedanken. Ich hatte zwar gesehen, dass der Wirt mit Blut besudelt war – mit jeder Menge Blut, um genau zu sein. Aber ich hatte keine Verletzung an ihm bemerkt, aus der das Blut ausgetreten war.

Mein Blick wanderte langsam, das Schlimmste befürchtend, ein weiteres Mal in Eds Richtung, um den vermeintlich Schlafenden genauer zu betrachten. Aber das Schlimmste, das ich befürchtet hatte, übertraf den Anblick, der sich mir bot, als ich die kleine Flamme am ausgestreckten Arm in seine Richtung hielt, noch bei weitem.

Ed hing schlaff in dem Gartenstuhl, aber seine

Augen waren schreckensweit geöffnet. Sein Mund stand weit offen, dickes, dunkles Blut rann über seine Lippen und tropfte auf sein Hemd hinab, wo es einen gewaltigen, hässlichen Fleck bildete, der fast bis zu seinem Hosenbund hinabreichte. Dort, wo sie nicht blutverschmiert war, hatte seine Haut einen gelblich-grauen Farbton angenommen. Jemand hatte ihm die Kehle durchgeschnitten und ihm ein blutiges Hakenkreuz auf die Stirn geritzt.

Es war einfach zu viel für mich. Plötzlich begann sich alles um mich herum zu drehen. Ich ließ das Feuerzeug fallen und taumelte würgend auf das Waschbecken zu. Dort drehte ich mit bebender Hand den Hahn auf, in der verzweifelten Hoffnung, dass kaltes Wasser den Brechreiz hemmen und den Schwindel vertreiben würde, aber es hatte keinen Zweck: Der Stress des vergangenen Tages, der Tod des Anwalts, der Mord an Stefan, der Einsturz, Absturz, ständige Migräneattacken, die zweimalige Ohnmacht, wirre Geschichten, Vorstellungen, Fantasien, emotionale Achterbahnfahrten – ich hatte die Grenze dessen, was ich ertragen konnte, längst weit überschritten und steuerte wahrscheinlich seit geraumer Weile auf den Punkt zu, an dem Körper und Geist die Streikfahnen schwenkten. Ich spürte, dass ich kurz davor stand, in ein Koma katapultiert zu werden, aus dem ich vielleicht nie wieder erwachen würde, zum Schutz vor allem Möglichen, was dieses Leben – diese gottverdammte Nacht! – mir noch alles abverlangen könnte. Heftige Krämpfe tobten in meinem Magen. Ich übergab mich in das Waschbecken und sackte zitternd vor der Spüle auf die Knie.

»Tut mir Leid, aber Ellen hat nach mir gerufen.« Judith stand sicher nicht weit von mir am Eingang, befand sich allerhöchstens aber auf halbem Wege durch die Halle hierher. Trotzdem drang ihre Stimme wie von unendlich weit her nur gedämpft zu mir durch. »Der Doc ist auf dem Weg zur Besserung. Dein Kurztrip in den Schacht hat wohl irgendein loses Schräubchen bei ihr wieder halbwegs festgedreht.« Der Strahl des Handscheinwerfers erreichte die Küche einige Sekunden, ehe Judith sie betrat. »Jemand hat die Hauptsicherung hier im Sicherungskasten herausgedreht, warte.« In der nächsten Sekunde flammte das Licht in der Küche wieder auf und trieb mir die Tränen in die geblendeten Augen – wenigstens konnte ich mir dadurch einreden, dass ich mir davor das Weinen noch heldenhaft hatte verkneifen können.

»Ist bei euch alles im grünen Bereich? Hast du –«

Sie brach ab. Der Rest ihres Satzes endete in einem entsetzten Keuchen, als sie die Küche erreicht hatte und auf der Schwelle verharrte. Ich sah sie nicht an. Magensäure und bittere Galle schossen in meinem Rachen hoch, als mein Blick erneut, diesmal im grellen Schein der Neonröhre unter der Decke, auf Ed fiel und den Ausdruck auf seinem zwischen Überraschung und unmäßiger Angst zu einer abscheulichen Grimasse verzerrten Gesicht erkannte. Der seitlich geführte, wahrscheinlich bis auf die Halswirbel tiefe Einschnitt an seinem Hals reichte von der Halsschlagader bis in den Nacken, als sei er feige von hinten ausgeführt worden. Das Blut musste in wahren Fontänen aus der tödlichen

Wunde geschossen sein, denn es war mehr als zwei Meter weit bis an die weiß gekachelte Wand über der Arbeitsplatte gespritzt und hatte auch Carl über und über besudelt, klebte in seinem Gesicht, an seinen Kleidern und sogar in seinen Haaren. Ich wehrte mich nach Kräften gegen die Vorstellung des grauenhaften Augenblicks, in dem die Klinge Eds Hauptschlagader durchtrennt hatte, konnte sie aber nicht gänzlich unterbinden. Carl musste Schreckliches durchgestanden haben.

Wenn er es nicht selbst getan hatte.

Fast gewaltsam riss ich meinen Blick von dem fürchterlichen Bild los und wandte mich Judith zu, die noch immer wie erstarrt im Türrahmen stand und zitternd, mit angehaltenem Atem auf Ed hinabstarrte, der leblos in seinem Stuhl hing. Alles, was ihren Anblick etwas weniger erbärmlich gestaltete als den Eds, war der Umstand, dass sie noch lebte. Ich hatte bereits im schwachen Licht des Strahlers auf dem Hof registriert, wie übel es sie erwischt hatte, erschrak aber ein weiteres Mal, als ich sie noch einmal und vollständig beleuchtet betrachtete. Sie war völlig durchnässt und vom Zementstaub verdreckt und der Regen hatte den Blutfleck, den die Wunde an ihrem Arm verursacht hatte, nicht ausgewaschen, sondern nur vergrößert, so dass fast ihr ganzes Shirt mittlerweile blutgetränkt war und in Rottönen verschiedener Nuancen leuchtete. Nach den Berührungen und Umarmungen, die wir in der Dunkelheit ausgetauscht hatten, sah ich wahrscheinlich selbst nicht viel besser aus. Ihr Gesicht war eine fürchterliche, von Blut und Schmutz verkrustete Grimasse. Judith begann stumm und noch immer regungslos zu weinen. Ich zog mich mühsam an der Spüle in die Höhe, trat auf sie zu und zog sie an mich heran, aber wir verfügten nicht mehr über genug Kraft, um uns gegenseitig zu stützen, sondern sanken gemeinsam und fest aneinander geklammert auf den kalten Küchenboden hinab. Beruhigend wollte ich ihr übers Haar streichen, aber es gelang mir nicht. Meine Hand verkrampfte sich in ihren nassen, schmutzigen Strähnen zur Faust und presste ihr Gesicht fest an meine Brust, die sich heftig hob und senkte. Ich hörte, wie sie zu weinen begann, ihre Schultern bebten und ihr schneller Atem stockte immer wieder und auch Carl, dessen Gejammer schlagartig aufgehört hatte, als das Licht angegangen war, begann in diesen Sekunden leise zu schluchzen.

Das Geräusch leiser, zögernder Schritte drang zu uns herüber. Ich blickte erschrocken auf und sah Ellen langsam und noch immer leichenblass und mit unsicheren Schritten zu uns herkommen. Sie zitterte nach wie vor wie Espenlaub, doch im Vergleich zu Judith, Carl und mir bot sie, obwohl völlig zerzaust, nass bis auf die Knochen und mit einem auf der linken Seite angeschwollenen, bereits bläulich-violett verfärbten Gesicht, einen geradezu beruhigenden Anblick; zumindest war sie als einzige der Anwesenden nicht mit Blut beschmiert. Auch sie erstarrte mitten im Gehen, als sie die Küche erreicht hatte, und ihr Blick irrte erschrocken und hektisch durch den Raum. Aber es war nicht mehr das gehetzte Hin und Her der Pupillen einer Wahnsinnigen, aus denen sie Judith und mich gerade noch im Hof betrachtet hatte. Es war ein durchaus prüfender, die Situation erfassender Blick, der über ihr weiteres Tun entscheiden sollte – allem Schrecken, der sich ihren Augen bot, zum Trotz. (Die Küche und die blutverschmierten Gestalten darin, zu denen auch ich mich zählte, mussten ihr den Eindruck vermitteln, in diesen Sekunden ein Schlachthaus zu betreten, in dem die Metzger, welche Judith, Carl und ich waren, Mittagspause hielten und Ed das Schlachtvieh gewesen war.) Ich spekulierte, ob sie vielleicht ein Fläschchen voller Baldriankonzentrat in der Tasche gehabt hatte, das sie im Hof auf Ex getrunken hatte, denn sie wirkte plötzlich zwar noch immer erschöpft und fertig mit den Nerven, aber nicht mehr so hilflos wie ein Kind. Dann erinnerte ich mich aber daran, sie heute schon einmal beim mehr oder weniger heimlichen Konsum irgendwelcher Pillen beobachtet zu haben. Vielleicht lag darin der Schlüssel zu ihrer rapiden Besserung verborgen.

Ellen tat einen tiefen Zug an ihrer vom Regen durchnässten, kaum noch glühenden Zigarette und schloss die Augen, während sie den blauen Dunst ausatmete. Dann schnippte sie die Kippe weg, trat langsam zu Ed an den weißen Plastikstuhl heran und fühlte mit der Handinnenfläche an seiner Stirn.

»Noch keine halbe Stunde tot«, stellte sie leise fest. In ihrer Stimme lag ein Zittern, das verriet, wie mühsam sie ihre gerade erst auf wundersame Weise zurückerlangte Fassung gegen einen neuerlichen Zusammenbruch verteidigen musste. Sie strich Ed mit einer fast absurd routinierten Bewegung über das Gesicht und schloss ihm auf diese Weise die Augenlider, ehe sie sich zu Judith und mir umwandte.

»Was ist passiert?«, fragte sie leise. »Wer hat das getan?«

»Ich weiß es nicht«, antwortete ich fast flüsternd. Schon ein paar so einfache Worte auszusprechen kostete mich große Mühe. Trotzdem schob ich die zitternde Judith, die sich noch immer völlig verstört und verängstigt an mich klammerte, mit sanfter Gewalt ein kleines Stück von mir weg, stand langsam auf, wobei ich mich am Türrahmen abstützte, und half dann Judith auf die Füße, um sie wieder schützend in den Arm zu nehmen. (Schützend? Ich war größer und stärker als sie und ich war ein Mann, aber ich fühlte mich in diesen Sekunden kein bisschen wie ein Beschützer, sondern ich war nur aus dem einzigen Grunde nicht derjenige, der sich schluchzend an ihre Brust lehnte, weil sie zwei Köpfe kleiner als ich und dies somit ein Ding der Unmöglichkeit war. Es sei denn, ich wollte mir die Blöße geben und mich auf Knien an sie klammern! Ich fühlte mich so schwach und hilflos wie nie zuvor in meinem Leben.) »Carl«, sagte ich tonlos. »Frag ihn. Er war vor mir hier.«

»Ich … Ich bin aus dem Keller gerannt, als die Decke eingestürzt ist«, begann Carl stockend und hilflos den Kopf schüttelnd. »Ich bin hierher geflohen. In die Küche. Alles war dunkel … Aber da hat er noch gelebt …«

»So?«, fragte Ellen misstrauisch. Ich musste nicht über hellseherische Fähigkeiten verfügen, um eine recht genaue Vorstellung davon zu haben, was in ihrem Kopf vorging. Meine Kapriolen schlagenden Gedanken verfolgten diesmal zielgerichtet einen Weg, an dessen Abzweigung sie vor wenigen Augenblicken schon einmal in die Irre gelaufen waren. »Und was hast du dann getan?«, fragte die Ärztin.

Insgeheim hatte Ellen die Worte des langhaarigen Wirts vermutlich schon als ausreichendes Geständnis verarbeitet. Ed hatte noch gelebt, als Carl hier aufgetaucht war, und nun kauerte er blutverschmiert neben seiner Leiche. Eigentlich hatte auch ich mein Urteil längst gefällt, zumal ich den Späthippie schon zuvor im Stillen als Stefans Mörder abgeurteilt hatte. Aber ich zog es vor, nichts zu sagen, sondern ihn weitererzählen zu lassen. Schließlich waren auch Judith und ich über und über mit Blut besudelt und mussten nach gründlicher Überlegung, zumindest in Ellens Augen, ebenso für den grausamen Mord an Ed in Frage kommen wie der noch immer auf dem Linoleumboden kauernde Wirt. Carl sollte weiterreden, seinen zweiten Mord, den er allem Anschein nach selbst nicht verkraftete und der ihn in den Zusammenbruch getrieben hatte, ruhig in allen Details zugeben, das Attentat auf Stefan am besten gleich auch noch, damit wir ihn guten Gewissens gemeinsam um die Ecke bringen konnten. Nach allem, was wir hier erlebt hatten, was *ich* erlebt hatte, zweifelte ich keine Sekunde daran, dazu in der Lage zu sein. Schon jetzt fühlte ich den Adrenalinschub, der mir dazu verhelfen würde.

»Dann ging plötzlich das Licht aus«, erzählte Carl weiter und auf einmal sprudelten die Worte nur so aus seinem Mund hervor, als hätte sein Gewissen sie ihm schon vor längerer Zeit auf die Zunge gelegt, wo er sie krampfhaft zurückgehalten hatte. Zumindest dachte ich das zuerst. »Ich habe Schritte gehört, aber ich konnte nichts sehen. In der einen Sekunde war es taghell und in der nächsten plötzlich stockfinster – ich war also absolut blind. Ganz leise nur waren die Schritte, aber trotzdem ganz nah. Und dann war es still.«

Der Wirt wischte sich mit dem Handrücken die Tränen aus dem Gesicht. Seine Worte klangen nicht nach dem umfassenden Geständnis, das ich mir insgeheim erhofft hatte, allein schon, um endlich ein Ziel für meine Wut und Abscheu zu finden, die Eds grauenhafter Anblick und das Blut an den Wänden nun in rasender Eile in mir hochkochen ließen. Aber das alles weckte noch einen ganz anderen und nach allem, was geschehen war, nicht allzu weit hergeholten Verdacht in mir: Was hatte Carl gesagt? Ganz leise Schritte? Wir hatten zumindest einen von Marias Schuhen gefunden. Barfuß ließ es sich bestimmt leiser gehen. Ich tauschte einen vielsagenden Blick mit Judith, die den gleichen Gedanken zu verfolgen schien, denn sie blickte erschrocken in die im Dunklen liegende Empfangshalle hinaus. Dann zog sie mich unsicher und mit dem Rücken zur Wand einen Schritt weiter von der Tür weg in die Küche hinein.

»... dass man das Gesetz selbst in die Hand nehmen muss«, wiederholte sie leise flüsternd, was Maria vorhin geschrien hatte, als wir sie außer sich vor Wut aus der Küche geschleift hatten. Ihr Blick irrte einen Moment lang hektisch durch den Raum und blieb schließlich fassungslos auf dem vor lauter Blut aus dieser Entfernung kaum noch als solches erkennbaren Hakenkreuz auf Eds Stirn haften. »Gegen eine bestimmte Sorte von Schweinen. Das ist Lynchjustiz. Eiskalte Lynchjustiz!«

Ich zog sie ein wenig dichter an mich heran und hielt sie fest. Ich wusste nicht, ob sie zusammenbrechen oder schreiend auf den Hof rennen würde, wenn ich sie losließ, entschied aber, dass beides nicht sein musste, und schloss meine Arme noch ein wenig fester um sie.

»Ich glaube, Ed hat es auch gehört«, erzählte Carl, nun wieder schluchzend, weiter. »Zuerst hat er noch dumme Sprüche gerissen. Ich war wirklich sauer auf ihn. Verdammt, ich habe gedacht, ihr seid alle tot, und ich war völlig erschöpft und fertig mit den Nerven, und was tut er? Sitzt da und klopft dumme Sprüche! Aber dann war er plötzlich ganz still.« Während er gesprochen hatte, war seine Stimme lauter geworden, Erregung hatte ihn gepackt. Aber als der Wirt nach einer kurzen Pause weitersprach, klang er nicht mehr nur erregt, sondern hysterisch. Er schrie fast.

»Auf einmal war da ein Röcheln, ein gurgelndes, schreckliches Röcheln, kein Schrei oder so etwas, sondern viel schlimmer, ein hässlicher, erstickter Laut. Und dann spritzte etwas in mein Gesicht, etwas Warmes. Zuerst habe ich noch gedacht, was ist das denn für eine Scheiße, aber dann ist mir etwas in den Mund gelaufen und ich habe geschmeckt, dass es Blut ist, das auf mich gespritzt war. Blut, versteht ihr, da war Blut in meinem Mund! Und dann dieses Geräusch. Dieses ekelhafte, gurgelnde Geräusch ...« Wieder schwieg der Wirt einen Augenblick, kämpfte vergeblich mit den Tränen und rang nach Luft für den Rest seiner Erzählung.

»Und dann war da eine Stimme«, schloss Carl, der die Schwelle zum Nervenbruch nun endgültig überschritten hatte, hysterisch schreiend. »Eine leise Stimme. Wisst ihr, was sie gesagt hat? *Du gehörst nicht mehr länger zu uns*, hat sie gesagt! Eine leise Stimme, ganz hell und klar ist es gewesen! Eine Kinderstimme, versteht ihr?!«

ENDE
des dritten Teils

Die Chronik der Unsterblichen

Transsylvanien im 15. Jahrhundert: Der junge Frederic überlebt als Einziger das grauenhafte Massaker, das die Inquisition in seinem Heimatdorf anrichtet. Der Schwertkämpfer Andrej, dem die heimtückische Tat einzig und allein galt, sucht den Jungen auf und nimmt ihn mit auf die Jagd nach den Mördern. Doch schon bald hegt Frederic einen furchtbaren Verdacht: Ist dieser Mann, der fast unbeschadet durchs Feuer gehen kann und schwerste Verletzungen mühelos übersteht, etwa mit dem Teufel im Bunde?

Wolfgang Hohlbein

Band 1: Am Abgrund

Roman

Ullstein Taschenbuch

Die Chronik der Unsterblichen

Osteuropa im 15. Jahrhundert: Als der Inquisitor den Befehl gibt, »die Hexen zu verbrennen«, muss Andrej sich mit seinem Erzfeind, dem Piratenkapitän Abu Dun, verbünden und Seite an Seite mit dem schwarzen Riesen gegen die schreckliche Gefahr kämpfen. Denn nicht nur Andrejs Leben und das seines Schützlings Frederic stehen auf dem Spiel, sondern das Schicksal ganz Transsilvaniens. Da erfährt er, dass seine geliebte Maria unter den Einfluss des düsteren Fürsten Dracul geraten ist ...

Wolfgang Hohlbein

Band 2: Der Vampyr

Roman

ULLSTEIN TASCHENBUCH

Die Chronik der Unsterblichen

Der Schwertkämpfer Andrej ist auf der Suche nach der Puuri Dan, einer weisen Zigeunerin. Sie, so hofft Andrej, kann ihm das Geheimnis seiner Herkunft enthüllen. Die Reise führt ihn und den ehemaligen Piratenkapitän Abu Dun bis nach Bayern. In dem kleinen Ort Trentklamm stoßen sie auf schreckliche, menschenähnliche Geschöpfe. Andrej wird von einer dieser Bestien angegriffen, verletzt und verliert seine übermenschlichen Kräfte. Fast zu spät muss er entdecken, dass das Geheimnis der Ungeheuer enger mit seiner eigenen Existenz verbunden ist, als ihm lieb sein kann ...

Wolfgang Hohlbein

Band 3: Der Todesstoß

Roman

Ullstein Taschenbuch

Auf der Suche nach seiner Vergangenheit reist ein Mann durch die Zeit ... Wolfgang Hohlbeins große *Chronik der Unsterblichen* im Ullstein Taschenbuch

Die Blutgräfin
Die Chronik der Unsterblichen 6
Roman
ISBN-13: 978-3-548-26156-0
ISBN-10: 3-548-26156-6

Am Abgrund (1)
Roman
ISBN-13: 978-3-548-25165-3
ISBN-10: 3-548-25165-X

Der Vampyr (2)
Roman
ISBN-13: 978-3-548-25261-2
ISBN-10: 3-548-25261-3

Der Todesstoß (3)
Roman
ISBN-13: 978-3-548-25378-7
ISBN-10: 3-548-25378-4

Der Untergang (4)
Roman
ISBN-13: 978-3-548-25554-5
ISBN-10: 3-548-25554-X

Die Wiederkehr (5)
Roman
ISBN-13: 978-3-548-25809-6
ISBN-10: 3-548-25809-3

Wolfgang Hohlbein bei ULLSTEIN